Das Große Spiel
Buch 4: Haus Wolf

DAS GROßE SPIEL
BUCH 4: HAUS WOLF

TOM ELLIOT

Copyright

Das Große Spiel, Buch 4: Haus Wolf, ist ein im Selbstverlag erschienenes Buch von Tom Elliot. Copyright © 2024 Tom Elliot.

Alle Rechte vorbehalten. Dieses Buch oder Teile davon dürfen ohne die ausdrückliche schriftliche Genehmigung des Autors nicht vervielfältigt oder verwendet werden, ausgenommen als kurze Zitate in einer Buchrezension. Für die Erlaubnis Material aus diesem Buch zu verwenden (außer zu Rezensionszwecken), wende dich bitte an tom.may.elliot@gmail.com.

Version 1.04 DE

Dies ist ein fiktives Werk. Namen, Personen, Orte und Ereignisse sind der Fantasie des Autors entsprungen oder werden fiktiv verwendet. Jede Ähnlichkeit mit lebenden oder toten Personen, Unternehmen, Firmen, Ereignissen oder Orten ist rein zufällig.

Das Große Spiel

Immer noch gejagt.
Immer noch allein.
Aber um ein Vielfaches stärker.
Kann Michael das Spiel überleben?

Monate sind vergangen, seit Michael das Ewige Königreich betreten hat, und während vieles im Spiel ein Rätsel bleibt, ist er sich seiner Rolle im Spiel immer sicherer. Doch sein Überleben – geschweige denn sein Erfolg – ist alles andere als gesichert, und Michael muss einen heiklen Weg bestreiten, um sich seinen Platz zu erobern.

Uralte Geheimnisse tauchen wieder auf. Und längst vergessene Wahrheiten werden aufgedeckt.
Die Vergangenheit des Ewigen Königreichs ist so undurchsichtig wie das Spiel selbst, und es gibt fast so viele Versionen der Geschehnisse wie Fraktionen. Doch wenn Michael siegen will, muss er die Wahrheit von den Lügen trennen.

Wird Haus Wolf wieder aufsteigen?
Werden die uralten Blutlinien zurückkehren? Kann Michael Verbündete finden, denen er vertraut? Welchen Preis muss er zahlen, um sein Haus und seine Verbündeten zu beschützen?

Folge Michael auf seiner epischen Reise und finde es heraus!

Lob für Das Große Spiel:

„Interessantes Portal-Litrpg. Ein gutes Tempo und der Beginn einer neuen Serie. Bin gespannt, wie es weitergeht ..." - **Tao Wong auf goodreads.com**.

„... Tolle Action, tolle Geschichte und ich habe es wirklich von Anfang bis Ende verschlungen ..." - **Alex Kozlowski auf goodreads.com**.

„Kluger Protagonist. Tolle Spannung. Voller Action." -**CookieCrumble auf RoyalRoad.com**.

„Alles, was ich in einem LitRPG suche." -**CosmereCradleChris auf RoyalRoad.com**.

„Oh, das hat mir sehr gut gefallen!" – **The Enlightened Bard auf amazon.com**.

„Eines der besten Bücher in dieser Kategorie in diesem Jahr." – **Kindle-Kunde auf amazon.com.**

Anmerkung des Autors

Liebe Leserinnen und Leser,

danke, dass ihr das Große Spiel lest. Dies ist ein im Selbstverlag erschienenes Buch. Obwohl ich diesen Roman sorgfältig überarbeitet und editiert habe, können sich einige Fehler eingeschlichen haben. Wenn ihr grammatikalische Fehler oder Tippfehler entdeckt, kontaktiert mich bitte per E-Mail.

Dieses Buch enthält spielähnliche Elemente. Sie sind in der Regel nicht aufdringlich und werden in die Geschichte integriert, aber Vorsicht, sie sind vorhanden. Ich wünsche euch viel Spaß mit Michaels Geschichte.

Viel Spaß beim Lesen!
Tom (**TomLitRPG.com**)
Unterstütze mich auf PATREON

INHALT

Das Große Spiel iii
Copyright iv
Das Große Spiel v
Anmerkung des Autors vii
Inhalt viii
Michaels Evolution 1
Das System des Großen Spiels 2
Michael am Ende von Buch 3 3
Kapitel 242: Der Wächter 6
Kapitel 243: Die stillen Brüder 14
Kapitel 244: Unvergessen 18
Kapitel 245: Kompromisslösung 23
Kapitel 246: Der Schatten hinter der Fassade 29
Kapitel 247: Das Spielbrett umdrehen 35
Kapitel 248: Der wütende Stier 40
Kapitel 249: Zum Narren gehalten 45
Kapitel 250: Kopf und Herz 51
Kapitel 251: Eine Mischung aus Wahrheit und Lügen 55
Kapitel 252: Neustart 64
Kapitel 253: Unverhoffter Gewinn 71
Kapitel 254: Zukunftsplanung 80
Kapitel 255: Eine Handvoll Jobs 86
Kapitel 256: Der gefallene Bezirk 91
Kapitel 257: Versteckt im Schilf 96
Kapitel 258: Begegnung 101
Kapitel 259: Ein Katz-und-Maus-Spiel 107
Kapitel 260: Das Labyrinth der Fallen 113
Kapitel 261: Das Angebot einer Hexe 121
Kapitel 262: Ein Wolf in Ketten 127
Kapitel 263: Blutsbund 133
Kapitel 264: Eine perverse Prüfung 138
Kapitel 265: Wölfe in Schach 144
Kapitel 266: Rudeltreue 152
Kapitel 267: Kriminelles Verhalten 157
Kapitel 268: Fehlende Wahrnehmung 162
Kapitel 269: Aufbruch 167
Kapitel 270: Altes Revier 174
Kapitel 271: Ein weiteres Wiedersehen 180
Kapitel 272: Ein Tal in Not 188
Kapitel 273: Jäger 194
Kapitel 274: Wolf auf Beutezug 200
Kapitel 275: In die Irre geführt 206
Kapitel 276: Gemeiner Schrecken 212

Kapitel 277: Ein wenig Einsamkeit 218
Kapitel 278: Einbruch 225
Kapitel 279: Killer auf der Jagd 230
Kapitel 280: Düstere Arbeit 236
Kapitel 281: Ein Berg an Beute 241
Kapitel 282: Ein ungewisses Ende der Probleme 247
Kapitel 283: Das Schicksal der Besiegten 253
Kapitel 284: Wyverns Rast 260
Kapitel 285: Äthersteine 267
Kapitel 286: Die Macht eines Versprechens 273
Kapitel 287: Ein Tag im Leben eines Mentors 279
Kapitel 288: Widerstand aufbauen 285
Kapitel 289: Besucher 292
Kapitel 290: Auslieferung 298
Kapitel 291: Spieler 302
Kapitel 292: Ein gewagter Vorschlag 308
Kapitel 293: Zurück zu Hause 313
Kapitel 294: Gespenster 318
Kapitel 295: Abreise 323
Kapitel 296: Eine angeregte Diskussion 329
Kapitel 297: Preisverhandlung 333
Kapitel 298: Einen Weg wählen 339
Kapitel 299: Die Verantwortung eines Alphas 345
Kapitel 300: Die Brücke ins Nirgendwo 351
Kapitel 301: Ein tödlicher Impuls 357
Kapitel 302: Erfolg und Misserfolg 364
Kapitel 303: Der Große 372
Kapitel 304: Der Fluss nach Irgendwo 377
Michael am Ende von Buch 4 387
Bücher des Autors ix
Nachwort x
Definitionen xi
Hauptcharaktere & Fraktionen xiv
Standorte xviii

MICHAELS EVOLUTION

Stufe	Primäre Klasse	Sekundäre Klasse	Tertiäre Klasse	Wolfszeichen	Hausrang	Klassenstufe
80	GEDANKENSLAYER II M Slayererbe, Nachtwandler, Slayeraura, **Mentaler Fokus**		Neue Klasseneigenschaft			II
95	GEDANKENSLAYER III M Slayererbe, Nachtwandler, **Slayeraura II**, Mentaler Fokus		Klassenfähigkeit verbessern			III
104	GEDANKENSLAYER VI M Slayererbe, Nachtwandler, Slayeraura II, **Mentaler Fokus IV**		Klasseneigenschaft verbessern			VI
125	GEDANKENSLAYER VI M Slayererbe, **Wolfswandler**, Slayeraura II, Mentaler Fokus IV		Eigenschaft weiterentwickeln	RUDELJÄGER		
	GEDANKENSLAYER VI M Slayererbe, Wolfswandler, Slayeraura II, Mentaler Fokus IV, **Arktischer Wolf**		Neue eigenschaft	RUDEL-ALPHA		
129			LEEREMAGIER M Leereberuhrt, Spell illiterate, Leere-Rustung			

BUCH DRIE

Wie immer wächst Michael während seiner Abenteuer im Reich der Ewigkeit weiter. Die Tabelle oben zeigt nur seine jüngsten Errungenschaften (die er im Laufe des letzten Buches erreicht hat). Wenn du dir Michaels frühere Entwicklung ansehen möchtest, besuche doch bitte meine Website über den folgenden Link.

tomlitrpg.com/michael

Das System des Großen Spiels

Das Universum des Großen Spiels erweitert sich mit jedem neuen Buch der Reihe, und mittlerweile ist es nicht mehr sinnvoll, alle Karten, Tabellen und Diagramme in jedes neue Buch aufzunehmen.

Wenn du mehr über die Welt des Reichs der Ewigkeit erfahren oder das System des Großen Spiels besser verstehen möchtest, besuche meine Website über einen der folgenden Links.

tomlitrpg.com/game-lore
tomlitrpg.com/world-lore
tomlitrpg.com/glossary

Michael am Ende von Buch 3

Spielerprofil: Michael
Stufe: 129. Rang: 12. Aktuelle Gesundheit: 100%.
Ausdauer: 100%. Mana: 100%. Psi: 100%.
Spezies: Mensch. Verbleibende Leben: 3.
Wahre Zeichen (versteckt): Rudel Alpha.
Falsche Zeichen (angezeigt): Geringe Schatten, Geringes Licht, Geringe Dunkelheit.

Attribute
Verfügbar: 0 Punkte.
Stärke: 13. Ausdauer: 19. Geschicklichkeit: 33. Wahrnehmung: 25. Verstand: 71. Magie: 21. Glaube: 0.

Klassen
Verfügbar: 1 Punkt.
Primär-Sekundäre Bi-Mischung: Gedankenstalker (angezeigt). Gedankenslayer VI (versteckt).
Tertiäre Klasse: Leeremagier.

Eigenschaften
Slayererbe (versteckt): +2 Geschicklichkeit, +2 Stärke, +4 Verstand, +4 Wahrnehmung.
Tiersprache: Kann mit Bestienkin sprechen.
Markiert: kann Geistersignaturen sehen.
Wolfswandler (versteckt): Verbesserte Sinne unter allen Bedingungen.
Auserwählter Nachkomme (versteckt): an das Haus Wolf gebunden.
Unergründlicher Geist: +8 Verstand.
Geheimes Blut (versteckt): verbirgt die Blutlinie.
Mentaler Fokus IV: Erhöht die Effektivität geistiger Fertigkeiten um 40%.
Angehender Entdecker: Alle Schlüsselpunkte in neu entdeckten Sektoren werden aufgezeichnet.
Arktischer Wolf (versteckt): +5 Ausdauer, +2 Verstand, +3 Stärke.
Leereberührt: +6 Magie.
Zauberanalphabet: Kann keine auf Mana basierenden Zauber wirken.

Fertigkeiten
Verfügbare Fertigkeitsslots: 3.
Ausweichen (aktuell: 107. max: 330. Geschicklichkeit, Grundlegend).
Schleichen (aktuell: 103. max: 330. Geschicklichkeit, Grundlegend).
Kurzschwerter (aktuell: 113. max: 330. Geschicklichkeit, Grundlegend).
Kampf mit zwei Waffen (aktuell: 104, maximal: 330, Geschicklichkeit, Fortgeschritten).
Leichte Rüstung (aktuell: 107. max: 190. Ausdauer, Grundlegend).
Diebstahl (aktuell: 78. max: 330. Geschicklichkeit, Grundlegend).

Chi (aktuell: 105. max: 710. Verstand, Fortgeschritten).
Meditation (aktuell: 131. max: 710. Verstand, Grundlegend).
Telekinese (aktuell: 109. max: 710. Verstand, Fortgeschritten).
Telepathie (aktuell: 104. max: 710. Verstand, Fortgeschritten).
Einsicht (aktuell: 124. max: 250. Wahrnehmung, Grundlegend).
Täuschung (aktuell: 106. max: 250. Wahrnehmung, Meister).
Kanalisieren (aktuell: 10. max: 210. Magie, Grundlegend).
Elementarabsorption (aktuell: 10. max: 210. Magie, Meister).
Nullkraft (aktuell: 10. max: 210. Magie, Meister).

Fähigkeiten
Verwendete Fähigkeitsslots - Ausdauer: 5 / 19.
Geringeres Last Erleichtern (5 Ausdauer, Fortgeschritten, Leichte Rüstung).

Verwendete Fähigkeitsslots - Geschicklichkeit: 27 / 33.
Verkrüppelnder Schlag (Geschicklichkeit, Grundlegend, Kurzschwerter).
Geringer Durchdringender Schlag (5 Geschicklichkeit, Fortgeschritten, Kurzschwerter).
Kleiner Rückschlag (5 Geschicklichkeit, Fortgeschritten, Schleichen).
Verbesserte Fallenentschärfung (5 Geschicklichkeit, Fortgeschritten, Diebstahl).
Überlegenes Schlossknacken (5 Geschicklichkeit, Fortgeschritten, Diebstahl).
Fallenstellen (Geschicklichkeit, Grundlegend, Diebstahl).
Wirbelwind (5 Geschicklichkeit, Fortgeschritten, Kampf mit zwei Waffen).

Verwendete Fähigkeitsslots - Verstand: 24 / 71.
Einfache Massenverzauberung (5 Verstand, Fortgeschritten, Telepathie).
Betäubender Schlag (Verstand, Grundlegend, Chi).
Zweischritt (5 Verstand, Fortgeschritten, Telekinese).
Einfacher Reaktionsbuff (5 Verstand, Fortgeschritten, Chi).
Einfache Astralklinge (Verstand, Grundlegend, Telepathie).
Mittlerer Schattentransit (5 Verstand, fortgeschritten, Telekinese).
Kleine Chi-Heilung (Verstand, Grundlegend, Chi).
Einfacher Geistesschild (Verstand, Grundlegend, Meditation).

Verwendete Fähigkeitsslots - Wahrnehmung: 22 / 25.
Verbesserte Analyse (5 Wahrnehmung, Fortgeschritten, Einsicht).
Verbesserte Fallenerkennung (5 Wahrnehmung, Fortgeschritten, Diebstahl).
Kleine Waffe Verstecken (Wahrnehmung, Grundlegend, Täuschung).
Gesichtsverschleierung (Wahrnehmung, Grundlegend, Täuschung).
Überlegenes Ventro (5 Wahrnehmung, Fortgeschritten, Täuschung).
Geringere Imitation (5 Wahrnehmung, Fortgeschritten, Täuschung).

Andere Fähigkeiten:
Verbesserte Slayeraura (versteckt) (Klasse, Grundlegend, Telepathie).

Grundlegende Leere-Rüstung (Klasse, Grundlegend, Kanalisieren oder Elementarabsorption).

Bekannte Schlüsselpunkte
Sektor 14.913 Ausgangsportal und sichere Zone.
Sektor 12.560 Jenseitsportal und sichere Zone.
Sichere Zone in Sektor 1.
Ausgangsportal und sichere Zone von Sektor 101 (Sengende Dünen).
Sektor 102, 103 und 104: Ausgangsportale und sichere Zonen (Spukende Katakomben).
Ausgangsportale in den Sektoren 105, 106, 107, 108 und 109 (Wächterturm).
Sektor 18.240 Jenseitsportal 1 (Wächterturm) und Jenseitsportal 2 (Dravens Reach).

Ausstattung
Ebenherz (+30% Schaden), versteckt.
Winterknochenrüstung (+10% Schadensreduzierung, -70% Geschicklichkeit und Magie, +5 Schleichen im Schnee).
Kurzschwert, +1 (+15% Schaden, +10 Kurzschwerter), stumpf!
Schlanker Dolch.

Rucksackinhalt
Geld: 0 Gold-, 5 Silber- und 3 Kupfermünzen.
Schneekegelkarte der Tundra.
Leopardenmantel (-20% Bewegungsgeschwindigkeit).
Besitzurkunde der Taverne.
Spielmarke von Tartar.
Spielmarke von Viviane.
KGJ-Ausweis.

Beute
Keine.

Bank Inhalt
Geld: 0 Gold-, 0 Silber- und 0 Kupfermünzen.
2 x volle Heiltränke.
2 x volle Manatränke.

Offene Aufgaben
Finde den letzten Abgesandten von Wolf (versteckt) (finde Ceruvax).
Raub im Dunkeln (stiehl den Kelch der Macht Paya).
Probi (schließe zwei Kopfgelder der Klasse 4 ab).
Jagd auf Gottesanbeter (halte die Assassinen auf, die hinter dir her sind).

Wenn du dir Michaels bisherige Spielerprofile ansehen möchtest, besuche bitte meine Seite über den folgenden Link.

tomlitrpg.com/michael

Kapitel 242: Der Wächter

Wächter wird auferweckt ...

Ganz allein in der letzten Kammer des Wächterturms und nur mit der Leiche des Savantbosses als Gesellschaft, starrte ich auf die Spielnachricht. Der Dungeon war besiegt. Meine Arbeit hier war getan. Ich hatte alles gewonnen, wofür ich gekommen war - eine neue Klasse und zwei mächtige Fertigkeiten. Alles, was ich jetzt noch tun musste, war zu gehen. Warum hatte ich also so töricht sein müssen, mich in Dinge einzumischen, die schon lange vergraben waren und die man besser in Ruhe ließ?

Die Spielmeldung blinkte wieder auf.

Wächter wird auferweckt ...

Das war nicht die Art von Antwort, die ich erwartet hatte. Mein Kopf schwenkte nach links und rechts und suchte das ummauerte Gelände nach dem versprochenen "Wächter" ab. Das hohe Gras regte sich nicht, die Hügel aus weißem Pulver blieben unberührt und das Kristalltor stand noch immer offen.

Nichts rührte sich.

Nichts außer der Statue.

Mein Blick kehrte zu der riesigen menschlichen Figur zurück, die über mir aufragte. Sie hatte angefangen zu wackeln, wobei Marmorsplitter abbrachen. Es war nicht schwer zu erraten, dass die Statue vermutlich der erwachende Wächter war.

Ich hatte gehofft, dass ich für das Amulett ein mächtiges Artefakt erhalten oder ein weiteres geheimes Jenseitsportal öffnen würde, oder, noch besser, dass ich Zugang zu einer zweiten Wolfsprüfung bekommen würde.

Womit ich *nicht* gerechnet hatte, war, einen schlafenden Riesen zu wecken.

Ich kroch aus dem Loch, das ich um den Sockel der Statue gegraben hatte, und zog Ebenherz. Es war ungewiss, wie dieser "Wächter" auf mich reagieren würde. Ich war zwar misstrauisch, aber nicht übermäßig besorgt.

Durch die Zeichnung am Fuß der Statue schien es eindeutig, dass sie mit den Primes in Verbindung stand. Genau wie ich. Als Nachkomme des Hauses Wolf sollte ich nichts vor dem Wächter zu befürchten haben. Andererseits gab es immer noch viel über die Ahnen, das ich nicht wusste.

Die Auferweckung ist abgeschlossen. Der Wächter ist erwacht.

Auf geht's.

Das Kristalltor zum Gelände schlug zu. Ein unheilvolles Zeichen, aber ich ignorierte es und richtete meinen Blick auf die Statue. Ihr – sein? – Zittern verstärkte sich und weitere Steine bröckelten ab. *Zerfällt er zu Staub?*

Das Zittern des Wächters hörte auf, und seine Augen rissen auf. *Wohl eher nicht.*

Der Blick zweier Marmoraugen, die mit einem inneren Feuer leuchteten, suchten den Boden ab. Sie streiften mich zweimal, aber sahen mich nicht.
"W-w-e-e-er ... hat ... mich ... geweckt?"
Die Stimme streifte die Ränder meiner Gedanken, traurig und verlassen. Meine Angst verflog. Was auch immer der Wächter war, er schien keine Bedrohung darzustellen. Ich steckte meine Klinge in die Scheide und wandte mich der Statue zu. "Ich war das."
Die suchenden Augen reagierten nicht.
Ich runzelte die Stirn. *"Ich war das"*, wiederholte ich und sprach diesmal in Gedanken.
Die Augen der Statue richteten sich auf mich. *"Du? Wer bist ...?"* Der Wächter brach ab, und als er weitersprach, erklang seine Stimme mit neuer Energie. *"Ich kenne dich."*
Ich blinzelte. *"Wirklich?"*
"Dein Geist ... er schmeckt nach Wolf. Du gehörst zu seinem Haus."
Wie hatte der Wächter das herausgefunden? Meine Blutlinie sollte eigentlich verborgen bleiben, aber ich sah keinen Vorteil darin, ihn zu täuschen. *"Das tue ich."*
Die Augenbrauen der Statue zuckten. *"Du bist jung. Kaum mehr als ein Junges. Warum haben dir deine Ältesten erlaubt, mit mir Kontakt aufzunehmen?"*
Ältesten? Ich kratzte mich am Kopf. Meinte der Wächter den Rat des Rudels? Aber ich war selbst ein Alpha und brauchte die Erlaubnis des Rates nicht. *"Ich habe keine Ältesten"*, sagte ich und richtete mich auf.
Meine Antwort schien den Wächter nur noch mehr zu verwirren. *"Wo ist dein Prime?"*
Ich starrte ihn an. Wie konnte der Wächter die Primes kennen, aber nichts über ihr Schicksal wissen? *"Wolf ist tot."*
Der Kopf des Wächters bewegte sich knirschend von links nach rechts und verursachte dabei eine weitere Staubwolke. Die Bewegung war winzig, kaum mehr als ein paar Zentimeter. Trotzdem war das die Leugnung darin eindeutig. *"Das kann nicht sein. Die Primes sind ewig. Wenn einer fällt, erhebt sich ein anderer. Immer."*
"Ähm ..."
Nichts an dieser Begegnung verlief so, wie ich es erwartet hatte. Der Wächter hatte mich mit einer Frage nach der anderen überhäuft und mir keinen Raum für eigene Fragen gelassen, und ich war versucht, seine letzte Äußerung unwidersprochen zu lassen. Aber ich konnte nicht schweigen – der starre Blick der Statue verlangte die Wahrheit.
Ich seufzte. *"Das Haus Wolf hatte seit Jahrhunderten keinen Prime mehr, vielleicht sogar noch länger."*
"Unmöglich!"
Ich zuckte zusammen, als die Erwiderung des Wächters wie ein Donnerschlag auf mich einprasselte.
"Warum haben die anderen Häuser das zugelassen?", fragte er. *"Was ist mit Wolfs Verbündeten?"*
Ich rieb mir die Schläfen und spürte, wie sich ein pochender Kopfschmerz ankündigte. Endlich dämmerte mir, dass der Wächter länger geschlafen hatte als gedacht – und ich in der wenig beneidenswerten Lage war, ihn

aufzuklären. *"Die sind auch alle tot"*, sagte ich müde. *"Die Primes gibt es nicht mehr."*

"Du lügst!"

"Das tue ich nicht", sagte ich behutsam.

Die Statue bebte erneut und verursachte einen heftigen Steinregen. Ich war versucht, mich zurückzuziehen, blieb aber, wo ich war, weil ich befürchtete, der Wächter könne das als Zeichen von Angst oder Schuld interpretieren. Schließlich beruhigte er sich.

"Wir werden sehen", sagte er unheilvoll.

Ich runzelte verwirrt die Stirn. Was hatte das zu bedeuten?

Das Licht in den Augen der Statue wurde schwächer. Ich witterte meine Chance und fragte: *"Sagst du mir, was du bist?"*

Es kam keine Antwort.

"Wächter?"

Immer noch nichts. Mein Stirnrunzeln vertiefte sich. War er wieder eingeschlafen? Die kalte, träge Oberfläche der Statue war kein Hinweis, und ich machte einen vorsichtigen Schritt nach vorne.

Die Augen des Wächters leuchteten auf.

Ich erstarrte, aber er beachtete mich nicht. *"TOT! Sie sind alle tot! Nein, nein! NEIN! Das kann nicht sein. Das dürfen sie nicht sein."* Das Klagen des Wächters wurde von einem tobenden dunklen Strudel an Gefühlen in meinem Kopf gefolgt.

Ein Wächter hat dich verletzt und dir Psi-Schaden zugefügt.

Ich taumelte zurück. Die Kraft des Kummers der Statue hatte mich wie ein physischer Schlag getroffen. Ich umklammerte meinen Kopf und errichtete hastig eine Mauer aus Psi um meinen Geist.

Es half wenig.

Ein Wächter hat dich verletzt und dir Psi-Schaden zugefügt.
Ein Wächter hat ...
...
Ein Wächter hat deinen Geistesschild zerstört!

In weniger Zeit, als ich gebraucht hatte sie aufzurichten, wurde meine mentale Abwehr weggefegt, weggespült vom Sturm der Verzweiflung des Wächters. Das Schlimmste war, dass ich nicht einmal glaubte, dass er mich verletzen wollte. In seinem Kummer schien der Wächter meine Anwesenheit nicht zu bemerken.

"Wächter", rief ich. *"Halt!"*

Er hörte mich nicht.

Ein Wächter hat dich verletzt und dir Psi-Schaden zugefügt.
Ein Wächter hat ...
...
Warnung! Deine Gesundheit ist mit 20% gefährlich niedrig.

Ich fiel auf die Knie, Blut lief mir aus der Nase. *"Wächter ..."* krächzte ich, als mir klar wurde, dass ich hier sterben könnte.

Wäre das nicht lustig.

Nachdem ich alles überlebt hatte, was der Dungeon mir angetan hatte, wäre es eine grausame Ironie, durch die Hand eines Wesens zu sterben, das einer meiner wenigen Verbündeten in diesem Spiel sein könnte.

Ein Wächter hat dich verletzt und dir Psi-Schaden zugefügt.
Ein Wächter hat ...
...
Warnung! Deine Gesundheit ist mit 10% gefährlich niedrig.

Ich hustete und stieß Blut und Galle aus. *Ich muss seine Aufmerksamkeit auf mich ziehen*, dachte ich und wischte mir den Mund mit dem Handrücken ab. Aber wie? Der Wächter war für meine Gedankensicht unsichtbar, und bis auf das kreisende Licht in seinen Augen war er in jeder Hinsicht eine Statue. Das ließ mir nicht viele Möglichkeiten.

Ich zog Ebenherz.

Wenn ich hier sterben musste, dann nicht auf den Knien und nicht ohne auch nur einen Versuch zu unternehmen. Ich taumelte vorwärts und schlug mit aller Kraft, die ich aufbringen konnte, auf die Marmorfigur ein.

Meine Klinge klirrte laut gegen die Statue und hinterließ kaum einen Kratzer.

"STOPP!" schrie ich. Ich hob Ebenherz wieder an, aber bevor ich erneut zuschlagen konnte, überfiel mich eine neue Welle der Qual, und ich fiel zu Boden, überwältigt von einem Hustenanfall. *"Hör auf ... bitte"*, keuchte ich. *"Du ... bringst mich um."*

Warnung! Deine Gesundheit ist mit 5% gefährlich niedrig.

Ich ignorierte das Blut, das mir übers Gesicht lief und richtete mich auf. Ich musste den Wächter wieder zur Vernunft bringen. Unsicher umklammerte ich Ebenherz und machte mich bereit. Dann bemerkte ich etwas.

Das Jammern hatte aufgehört.

"Danke", hauchte ich und sank zurück auf den Boden.

* * *

"Wolfskind, wach auf!"

Die fremde Stimme, die durch meinen Kopf hallte, rüttelte mich zurück ins Bewusstsein. *Wer ist das?* fragte ich mich.

"Bitte. Die Zeit ist knapp."

Stöhnend öffnete ich die Augenlider, die vom Schlaf noch schwer und ... *Schmerz?* Ich war verletzt. "W-was ... W-wie ... W-wurde ich ... verletzt?" murmelte ich zusammenhanglos.

Es gab eine Pause. *"Deine Verletzungen sind mein Werk."*

Bruchstückhafte Bilder kamen zu mir zurück. Ich war in dem ... Dungeon, und der Wächter ... er war es, der mich angegriffen hatte. Mein Kopf pochte und fühlte sich an, als würde er gleich aufplatzen - was vielleicht erklärte, warum es so schwer war, klar zu denken. Ich unterdrückte ein weiteres

Stöhnen, rollte mich auf die Seite und griff nach meinem Psi. Es antwortete nur widerwillig, aber es antwortete.

"Du musst dich selbst heilen, sonst wirst du ..."

"Schhh", röchelte ich.

Der Wächter verstummte. Mir selbst überlassen wob ich mühsam Psi. Mehr als einmal entglitt mir der Zauber und zwang mich, immer wieder von vorne anzufangen. Aber ich blieb hartnäckig und hatte schließlich Erfolg.

Heilende Energie floss in meinen Geist, identifizierte den Schaden, den der Wächter verursacht hatte, und reparierte ihn.

Du hast 10% deiner verlorenen Gesundheit mit Chi-Heilung wiederhergestellt. Deine Gesundheit liegt jetzt bei 12%.

"Ahh", atmete ich aus, als meine Erinnerungen zurückkamen. Ich war noch lange nicht über den Berg, aber ich hing nicht mehr am Rande des Vergessens.

"Wolfskind? Lebst du noch?"

Ich lächelte schwach. *"Ja. Jetzt lass mich das bitte zu Ende bringen."* Ich schloss wieder die Augen und zauberte Chi, um jedes bisschen Schaden, das der Wächter angerichtet hatte, wieder zu heilen.

Deine Gesundheit liegt bei 100%.

Vollständig erholt, aber immer noch wackelig, stand ich auf und musterte den Wächter erneut. Sein Gesichtsausdruck zeigte keine Anzeichen von Trauer, aber das war vorhin auch nicht der Fall gewesen.

"Es tut mir leid", sagte er. *"Der Kummer hat mich übermannt. Ich habe zu lange geschlafen und vergessen, wie zerbrechlich Fleischlinge sein können."*

Ich gluckste müde. *"Zerbrechlich. So kann man es auch ausdrücken."*

"Bitte verzeih mir", begann der Wächter.

Ich winkte seine Entschuldigung ab. Was auch immer die Kreatur vor mir war, sie hatte offensichtlich lange geschlafen und beklagte den Verlust der Ahnen, als sei es erst gestern geschehen. *"Es ist alles in Ordnung. Es ist kein bleibender Schaden entstanden. Du hast rechtzeitig aufgehört und das ist was zählt."* Ich hielt inne. *"Ich nehme an, du glaubst mir jetzt?"*

"Du hast die Wahrheit gesagt", stimmte der Wächter zu. *"Größtenteils."*

Meine Augen verengten sich. *"Größtenteils? Worin habe ich mich denn geirrt?"*

Der Gesichtsausdruck der Statue änderte sich nicht, aber Scham sickerte durch seine Gedankenstimme. *"Meine erste Einschätzung war ... voreilig. Beeinflusst von deinen Worten, habe ich die falschen Schlüsse gezogen."* Der Wächter seufzte. *"Nicht alle sind tot. Einer lebt."*

Ich starrte ihn einen Moment lang ausdruckslos an, bevor die Bedeutung seiner Worte mir einleuchtete. *"Ein Prime lebt?"* fragte ich langsam. *"Willst du das damit sagen?"*

"Ja."

"Wer?" verlangte ich.

"Das vermag ich nicht zu sagen." Die Statue drehte ihren Kopf von links nach rechts, als würde sie die Luft schmecken. *"Ich spüre ihre Anwesenheit. Sie versteckt sich. Wo und warum, weiß ich nicht."*

Ich runzelte die Stirn. Was war der Wächter, dass er die Anwesenheit eines Primes aufspüren konnte? Und was noch wichtiger war: Konnte ich ihm glauben?

"Aber die Zeit wird knapp und ich habe dir viel zu erzählen."

Ich schürzte meine Lippen. *"Das hast du vorhin schon erwähnt. Was meinst du?"*

"Deine Opfergabe", erklärte der Wächter. *"Sie kann mich nur für kurze Zeit mit Energie versorgen, und ich spüre nichts weiteres an dir, das die nötige Energie hätte, mich länger wach zu halten."*

Mit Energie versorgen? *"Was bist du?"* fragte ich stumpf.

Die Statue neigte ihren Kopf nach unten und starrte mich an. *"Das weißt du nicht?"*

Ich schüttelte den Kopf.

"Was hat dich dann veranlasst, mich zu wecken?"

Ich zuckte mit den Schultern. *"Ich habe die Gravur auf dem Sockel gesehen und dachte, ich erkenne sie wieder."* Ich seufzte. *"Ich hatte den Sockel für einen Bluttalisman gehalten."*

Der Wächter ruckte vorwärts und ließ einen weiteren Steinhagel herabprasseln. Erschrocken sprang ich zurück. Aber die Statue bewegte sich weiter und beugte sich um fast neunzig Grad, um ihren Kopf wenige Zentimeter über mir zu platzieren. *"Du hast dein Blut erweckt?"*

Ich nickte.

"Du bist ein auserwählter Nachkomme?"

"Das bin ich."

Der Wächter lehnte sich wieder zurück. *"Dann gibt es vielleicht noch Hoffnung."* Bevor ich fragen konnte, was er meinte, sprach er wieder. *"Ich bin Kolath, ein Wächterkonstrukt, das vor Jahrtausenden von den Primes geschaffen wurde."*

Ich nickte, kaum überrascht. Alles deutete darauf hin, dass die Statue mit den Ahnen in Verbindung stand, und Kolaths Worte bestätigten das nur. Allerdings hatte er sich selbst als "ein Wächter" und nicht als "der Wächter" bezeichnet, was bedeutet, dass es noch mehr von seiner Sorte gab. *"Was ist ein Wächter?"*

"Wir sind die letzte Bastion", antwortete er.

Ich runzelte die Stirn. *"Bastion gegen was?"*

"Die Leere."

Ich hatte diesen Begriff schon einmal gehört, sowohl in Bezug auf den Äther als auch auf das Jenseits, aber ich vermutete, dass Kolath nicht den Äther meinte. *"Du meinst das Jenseits?"*

"Manche nennen es so."

"Was ist es?"

"Eine wuchernde Plage. Der Widerspruch des Lebens. Der Tod von allem, wenn es ihm erlaubt wird sich auszubreiten. Wir wurden von den Primes beauftragt, es in Schach zu halten." Er richtete seinen Blick auf mich. *"Die alten Primes mögen verschwunden sein, aber neue werden aufsteigen."* Er beugte sich vor, seine mentale Präsenz vibrierte vor Aufregung. *"Sag mir, wie viele von euch gibt es noch? Welche Nachkommen des Hauses stehen kurz davor, zum Prime aufzusteigen?"*

Ich biss mir auf die Lippe, da ich den Grund für Kolaths Hoffnung erahnte. Er glaubte, dass die Primes zwar tot waren, die Häuser aber noch existierten. Einen Moment lang überlegte ich, ob ich den Wächter anlügen sollte - er schien schlechte Nachrichten nicht gut zu verkraften -, aber ich spürte, dass das unendlich viel gefährlicher gewesen wäre.

"Es ist Jahrhunderte her, dass der letzte Prime gestorben ist", sagte ich ungeachtet von Kolaths Behauptung, dass sich ein Prime verstecke. Je mehr ich darüber nachdachte, desto unwahrscheinlicher erschien mir der Gedanke. Wenn ein Prime leben sollte, würden die neuen Mächte nicht ruhen, bis sie getötet wurde. Nein, die Idee war zu weit hergeholt und musste eher Kolaths Wunschdenken entsprungen sein. *"Die neuen Mächte haben dafür gesorgt, dass jede Spur von ihnen ausgelöscht wurde."* Ich hielt seinem steinernen Blick stand. *"Soweit ich weiß, gibt es keine weiteren lebenden Nachkommen."*

Er starrte mich an. *"Keine?"*

Ich nickte düster. *"Alle Häuser sind gefallen."*

"Bist du sicher?" drängte Kolath.

"Ja", sagte ich einfach.

Er senkte den Kopf. *"Dann sind wir verloren. Ohne das Prime Konklave sind wir verloren."*

"Da bin ich mir nicht so sicher", sagte ich und versuchte, ihn zu beruhigen. *"Schließlich sind die Primes schon lange fort, und das Jenseits hat noch nicht gesiegt."*

Er antwortete nicht.

"Hast du mich gehört, Kolath? Die Hoffnung bleibt."

Doch der Wächter sagte nichts.

Ich versuchte es anders und wechselte das Thema. *"Sind die anderen Statuen in diesem Sektor auch Wächter?"*

Mehr Stille.

Aargh. Hatte die Verzweiflung wieder über Kolath gesiegt? *"Ich bin nicht das einzige Mitglied des Hauses Wolf, das noch lebt"*, sagte ich und hoffte, dass das sein Interesse wecken würde. *"Ein Abgesandter von Wolf lebt, gefangen in einem der Dungeons von Nexus. Weißt du, wo ich ihn finden kann?"*

Schallendes Schweigen.

Ich knirschte vor Frustration mit den Zähnen. Kolath selbst hatte gesagt, dass die Zeit knapp war, aber er schien sie ungenutzt verstreichen zu lassen. Ich musste ihn wieder zum Reden bringen. *"Was kann ich tun, um zu helfen?"*

Keine Antwort.

"Sag es mir", beharrte ich.

Der Kopf des Wächters ruckte schließlich nach oben. *"Du kannst nicht helfen. Das können nur die Primes."*

Ich schüttelte den Kopf und ignorierte seine verzweifelten Worte. Wenigstens sprach Kolath jetzt. *"Vielleicht können wir eine Lösung finden, wenn du mir das Problem erklärst?"*

Schweigen.

So alt wie der Wächter war, könnte er mir viel beibringen, aber Informationen aus ihm herauszubekommen war wie Zähne ziehen. *"Es muss doch etwas geben, was ich tun kann"*, knurrte ich.

"Gibt es nicht." Kolath zitterte und stieß eine weitere Staubwolke aus. *"Es gibt nichts, das du oder irgendjemand anders ..."*

Er brach ab.

"Ja?" fragte ich und beugte mich vor. Ich war mir sicher, dass ihm etwas eingefallen war.

"Du kannst uns nicht retten. Nicht so, wie du bist." Kolath hielt inne, und ich verlagerte unruhig mein Gewicht. *"Aber vielleicht kannst du uns Zeit verschaffen."*

"Wie?"

"Meine Brüder und Schwestern sind verstummt. Sie antworten nicht mehr", sagte der Wächter.

"Hast du versucht, mit ihnen zu reden?"

Kolath nickte.

"Wann?" fragte ich.

"Gerade eben", sagte er. *"Ich habe sie gegrüßt. Selbst im Schlaf hätten sie meinen Ruf hören müssen. Aber sie haben nicht geantwortet."*

Alarmiert zuckte ich zusammen. *"Tu das nicht"*, zischte ich. *"Jemand anders könnte dich hören."*

Kolath blinzelte. *"Jemand anders? Wer zum Beispiel?"*

"Die neuen Mächte".

Der Wächter starrte mich an. *"Du hast sie vorhin schon erwähnt. Wer sind sie?"*

Ich winkte seine Frage ab. *"Vergiss sie. Sag mir einfach, was ich für dich tun soll."*

Kolaths Blick bohrte sich in meinen. *"Sag es mir"*, forderte er.

Ich seufzte und bedauerte meinen früheren Einwand. Ich holte tief Luft und sagte ihm alles, was er wissen wollte.

Kapitel 243: Die stillen Brüder

Es war wenig überraschend, dass die Erkenntnis darüber, wie die Häuser gefallen waren, Kolath in eine Spirale der Wut stürzte.

Obwohl der Wächter behauptete, ein Konstrukt zu sein, war er anders als alle Konstrukte, denen ich bisher begegnet war. Zugegeben, das waren nicht viele, aber ich hatte angenommen, dass alle von ihnen leblose, mechanische und wenig eigenständige Wesen waren.

Was auch immer Kolath war, er war anders.

Der Wächter war empfindsam und besaß eine Fülle von Emotionen - Emotionen, die ihn oft zu übermannen schienen. Vielleicht war das eine Folge seines hohen Alters oder seines langen Schlafs, aber ich zweifelte an seinem gesunden Verstand.

Es dauerte länger, als mir lieb war, aber schließlich gelang es mir, den Zorn des Wächters zu besänftigen. Leider war das nur vorübergehend, und er fing fast sofort wieder an.

"Haben diese neuen Mächte die Primes getötet?" fragte mich Kolath zum gefühlt dutzendsten Mal.

Ich nickte müde.

"Wie können sie es wagen?"

Ich erwiderte nichts.

"Verstehen sie nicht, was sie getan haben? Sie haben das ganze Königreich in Gefahr gebracht!" Die Statue bebte und das Licht in seinen Augen pulsierte bedrohlich. *"Aber sie werden noch eines Besseren belehrt werden"*, schwor er. *"Wenn meine Brüder und ich mit ihnen fertig sind, werden sie ihr törichtes Handeln bereuen."*

Ich öffnete meinen Mund, um den drohenden Ausbruch zu verhindern, und schloss ihn dann geräuschvoll. Wenn mich die letzte Stunde etwas gelehrt hatte, dann, dass nichts, was ich tat, den Wächter beruhigen würde.

Doch zu meiner Überraschung sackte Kolath einen Moment später zusammen, die Wut verließ ihn wie die sprudelnde Flut. *"Aber es ist zu spät"*, klagte er. *"Ich bin nicht mehr der, der ich war, und meine Brüder und Schwestern auch nicht."* Er drehte sich zu mir um. *"Ich danke dir."*

Ich starrte ihn an. *"Wofür?"*

Der Wächter lächelte. *"Dafür, dass du dir meine Tirade angehört hast."* Er seufzte. *"Die Welt ist an mir vorbeigezogen, und ich bin mir nicht sicher, ob meine Brüder und ich noch einen Sinn erfüllen."*

Ich setzte mich auf da ich merkte, dass Kolath endlich bereit war zu reden. *"Das bezweifle ich. Sag mir, was getan werden muss, und wir finden es heraus."*

Kolath sagte nichts, aber er schloss die Augen, und einen Moment später erschienen Worte in meinem Kopf.

Der Wächter, Kolath, hat dir eine neue Aufgabe zugeteilt: <u>Die stillen Brüder</u>. Kolaths Brüder und Schwestern antworten nicht auf seine Rufe. Finde heraus warum.

Ich überflog die Spielnachricht eifrig und war mir nicht sicher, was mich mehr überraschte - die scheinbar einfache Natur der Aufgabe oder die Tatsache, dass der Wächter sie mir zuweisen konnte.
"Wo kann ich deine Brüder finden?" fragte ich, nachdem ich die Spielnachricht verworfen hatte.
"Ich weiß es nicht", antwortete Kolath.
Ich starrte ihn unbeeindruckt an.
Ein kiesiges Glucksen hallte in meinem Kopf wider. *"Falls du es noch nicht bemerkt hast: Ich bin eine Statue. Ich habe sie noch nie persönlich getroffen."*
"Wie hast du dann ..."
"Wir haben uns über die Weite des Reiches hinweg in Gedanken unterhalten. Meine Brüder und Schwestern könnten in jedem Sektor sein." Er hielt inne. *"In jedem Dungeon-Sektor, meine ich. Die Wächter wurden nur in der Sphäre des Jenseits errichtet. Unsere Aufgabe war es - und ist es wohl immer noch -, die Barrieren und Portale zu bewahren, die das Jenseits zurückhalten."*
"Ich verstehe", sagte ich, nicht ganz sicher, aber bereit, die Angelegenheit vorerst auf sich beruhen zu lassen. "Und inwiefern schindet es dir Zeit, den Grund ihrer Stille aufzudecken?"
Kolath antwortete nicht sofort. *"Das ist nur der erste Schritt. Ich fürchte, wenn die anderen Wächter nicht mehr in der Lage sind, zu kommunizieren, werden sie auch nicht mehr in der Lage sein, ihre Hauptaufgabe zu erfüllen."* Er sah mich nüchtern an. *"Wenn die Barrieren fallen, hält nichts mehr das Jenseits davon ab, die Dungeons zurückzuerobern. Und das wäre fatal. Das Reich der Ewigkeit kann ohne den Endlosen Dungeon nicht überleben."*
Ich runzelte die Stirn. Wenn es stimmte, was Kolath sagte, dann hatten die Wächter eine wichtige Funktion, nicht nur für mich, sondern für alle Spieler und Mächte. "Und wenn ich die anderen Wächter finde, was dann?"
"Hilf ihnen, ihre Aufgabe zu erfüllen, so gut du kannst. Den Endlosen Dungeon offen zu halten, ist nur eine Überbrückungsmaßnahme, aber eine wichtige."
Am Ende von Kolaths Worten entfaltete sich eine weitere Spielnachricht.

Deine Aufgabe: <u>Die Stillen Brüder</u> wurde aktualisiert. Du hast erfahren, dass die Barrieren, die jeden Dungeon-Sektor vor dem Jenseits schützen, von den Wächtern errichtet und instandgehalten werden. Optionales Ziel hinzugefügt: Hilf den Wächtern, ihre Mission zu erfüllen.

"Das klingt nach einer Mammutaufgabe", hauchte ich. "Ich verstehe dein Zögern jetzt besser."
Es kam keine Antwort.
Ich fragte mich, was der Grund für das Schweigen des Wächters war, und als ich aufschaute, sah ich wie das Licht in seinen Augen schwand. "Kolath?"
Das Glühen in seinen Augen wurde immer schwächer.
Erschrocken sprang ich auf die Füße. "Bist du noch da?"
"Das bin ich, aber nicht mehr lange", flüsterte er. *"Dir diese Aufgabe zu geben, hat mich meine letzte Energie gekostet."*
"Warte", rief ich. "Nur noch ein bisschen länger. Bitte! Ich habe so viele Fragen!"
Aber es war zu spät.

Das Licht des Lebens, das die Statue belebt hatte, verschwand und hinterließ nur noch unbeweglichen Stein.

Deine Opfergabe wurde vollständig aufgebraucht, und der Wächter ist eingeschlafen.

Hinter mir öffnete sich das Kristalltor erneut, aber da mein Blick auf die leblose Statue gerichtet war, bemerkte ich es kaum.
Verdammt! Was jetzt?

✳ ✳ ✳

Die Sekunden verstrichen, aber ich bewegte mich nicht.
Den Blick auf die Statue gerichtet, suchte ich in meinem Geist nach dem kleinsten Zeichen von Kolath, aber ich fand nichts. Er war wirklich fort.
Seufzend drehte ich mich um und verließ das Gelände. Meine Schritte waren schwer, als ich über meine neue Aufgabe nachdachte. In vielerlei Hinsicht war die Erfüllung von Kolaths Auftrag genauso wichtig wie meine anderen Aufgaben. Aber diese war nicht zeitkritisch. Die Wächter schliefen schließlich schon seit Hunderten von Jahren. Die Konstrukte zu finden und ihnen zu helfen könnte ich auch nach einigen Monaten, wenn nicht sogar Jahren noch erledigen.
Und im Moment hatte ich größere Sorgen - zum Beispiel, was mich in Nexus erwartete. Ich kam vor dem Jenseitsportal zum Stehen. Es war an der Zeit, den Dungeon zu verlassen und das Spiel wieder zu betreten.
Was werde ich auf der anderen Seite finden? fragte ich mich.
Es war fast ein Jahr vergangen. Hatte sich die Stadt überhaupt verändert? Waren die Intrigen, in die ich verwickelt war, immer noch aktuell? Und was noch wichtiger war, jagten die Gottesanbeter mich immer noch? Warteten Dutzende von Assassinen auf der anderen Seite des Tores auf meine Ankunft?
Das erschien mir unwahrscheinlich - nicht nach all der Zeit - aber ich konnte es mir auch nicht leisten, anzunehmen, dass ich völlig vergessen worden war. Ich musste mich auf das Schlimmste gefasst machen.
Ich setzte mich in den Schneidersitz und betrachtete mein Spielerprofil.

Du hast Stufe 129 erreicht. Deine Leere-Rüstung ist einsatzbereit und voll aufgeladen.
Aktive Buffs: +5% Schadensreduzierung und +2,5% Widerstand gegen Luft-, Erd-, Feuer-, Wasser-, Schatten-, Licht- und Dunkelmagie.

Wenn die Gottesanbeter auf der anderen Seite lauerten, erwartete ich nicht, dass meine Leere-Rüstung eine große Hilfe gegen sie sein würde. Die Assassinen bevorzugten Klingen und Gifte als Waffen, und meine neue Klasse erhöhte meine Widerstandskraft gegen keins von beidem.
Doch meine Fertigkeiten im Umgang mit der Klinge und mein Verstand hatten sich seit meiner letzten Begegnung mit den Gottesanbetern erheblich verbessert, und wenn sie mich für leichte Beute hielten, würden sie eine böse Überraschung erleben.

Leider hatte meine Ausrüstung allerdings einen Rückschritt gemacht. Ich trug immer noch meine Knochenhaut-Rüstung, und obwohl sie mir mit der Zeit ans Herz gewachsen war, machte die unhandliche Tierhaut meiner früheren Lederrüstung keine Konkurrenz.

Mir fehlte auch eine Waffe. Das zweite Kurzschwert, mit dem ich den Dungeon betreten hatte, war stumpf, zerbrochen und ungefähr so nützlich wie ein Stock. Widerwillig legte ich es ab - es hatte keinen Sinn, unnötiges Gewicht zu behalten. Ebenherz musste reichen, bis ich meine Habseligkeiten von Kesh wiederholen konnte.

Du hast ein stumpfes Kurzschwert +1 verloren.

Als Nächstes betrachtete ich den Rest meiner Ausrüstung. Die Karte mit den Schneekegeln war der einzige Gegenstand von wirklichem Wert, und aus offensichtlichen Gründen wollte ich mich nur ungern von ihr trennen. Sie war sowohl ein Zeugnis meiner Zeit in der Tundra als auch ein unbezahlbares Navigationsinstrument.

Aber ich konnte sie nicht mitnehmen.

Das Risiko, dass sie in die falschen Hände geriet, war zu groß. Die Wahrscheinlichkeit, dass jemand anderes sie benutzte, um den Weg zum versteckten Sektor zu entschlüsseln, war zwar gering, aber es war nicht unmöglich. Seufzend zerriss ich die Karte und vergrub ihre Überreste in der Erde.

Du hast eine Schneekegelkarte verloren.

Ich stand auf und ließ den restlichen Inhalt meines Rucksacks zurück. Es gab nur noch eine letzte Sache zu tun. Ich schloss die Augen und schöpfte aus meiner Ausdauer.

Du hast einen Reaktionsbuff gewirkt, der deine Geschicklichkeit 20 Minuten lang um +4 Ränge erhöht.

Du hast Last Erleichtern gewirkt, was deine Rüstungsabzüge für 20 Minuten auf 0% reduziert. Nettoeffekt: +7 Geschicklichkeit und +4 Magie.

Du hast Geringere Imitation gewirkt und nimmst die Gestalt eines elfischen Kämpfers an. Dauer: 1 Stunde.

Ich war endlich bereit. *Also gut. Zeit, es hinter mich zu bringen.* Ebenherz fest in der Hand, schritt ich durch den Ausgang des Dungeons.

Der Transfer über das Portal beginnt ...
...
...
Transfer abgeschlossen!
Verlassen von Sektor 109. Reich der Ewigkeit wird betreten.

Kapitel 244: Unvergessen

Du hast Sektor 1 des Reichs der Ewigkeit betreten.

Ich betrat Nexus und fand die Stadt in Licht getaucht. Hinter mir verblasste das Licht des Portals und versiegelte den Weg zurück. Ich blinzelte im grellen Licht der Mittagssonne und betrachtete den Platz vor mir.

Er war so verlassen wie am ersten Tag, an dem ich den Dungeon betreten hatte.

Ich schüttelte reumütig den Kopf. Nach all meinen Vorsichtsmaßnahmen war es fast ... enttäuschend, mich auf einem leeren Platz wiederzufinden. Aber es war trotzdem eine willkommene Überraschung. *Anscheinend hat sich die Stadt kein bisschen verändert.* Ich versteckte Ebenherz und ging auf den nächsten Häuserblock zu.

Wohin? fragte ich mich.

Ich befand mich in den nordöstlichen Bezirken des Pestviertels, und das Südtor zur sicheren Zone war nicht weit entfernt. *Am besten ich gehe zuerst zum Emporium und hole ...*

Stygische Dunkelheit blitzte über den Platz, und ich erstarrte mitten im Schritt.

Ein unbekanntes Wesen hat Dunkler Puls des Suchens gewirkt.
Du hast eine Prüfung auf magischen Widerstand nicht bestanden! Dein Zauber Geringere Imitation wurde zerstreut.

Ich beachtete die Nachricht des Spiels kaum, da meine Aufmerksamkeit von etwas anderem gefesselt war. Der Zauber hatte nicht nur meine Verkleidung aufgelöst, sondern auch die grüne Umrandung des Platzes aufgedeckt.

Ich war von Gottesanbetern umgeben. Dutzende von ihnen.

Sie hatten mich nicht vergessen. Es schien eher als wurde ich erwartet. Ich zwang mich dazu meine Bewegungen zu entspannen und schwenkte meinen Kopf von links nach rechts und zählte meine Feinde.

Es waren mindestens vierzig Assassinen auf dem Platz.

So viele. Und das alles nur meinetwegen?

Angesichts ihrer Anzahl konnten die Gottesanbeter nicht die ganze Zeit hier gewartet haben. Selbst für Assassinen, die so unermüdlich wie Menaqs Jünger waren, war es absurd, über zweihundert Tage lang untätig vor einem Dungeon zu stehen.

Es gab eine einfachere, wenn auch weniger schmackhafte Erklärung.

Die Gottesanbeter waren vorgewarnt worden. Sie hatten *gewusst,* dass sie heute mit meiner Ankunft rechnen konnten. Das bedeutete, dass mein Verdacht richtig war: Jemand hatte die Assassinen informiert. Aber anstatt mir in den Dungeon zu folgen, wie ich erwartet hatte, hatten die Gottesanbeter beschlossen, mir draußen aufzulauern - was zugegebenermaßen die bessere Strategie war.

Ich hatte gehofft, dass Menaqs Jünger nach meinen vielen Tagen im Wächterturm aufgegeben hatten oder dass zumindest ihr Eifer abgeflaut wäre. Beides war scheinbar nicht der Fall.

Vor Betreten des Dungeons hatte ich mir einen Plan zurechtgelegt, wie ich mit den Mördern fertig werden könnte. Um ihre Jagd ein für alle Mal zu beenden. Aber der Plan war riskant, und ich hatte gehofft, ihn nicht anwenden zu müssen. Jetzt schien es, als hätte ich keine andere Wahl.

Zuerst musste ich aber mit den Gottesanbetern vor mir fertig werden. *Leichter gesagt als getan.*

Ich drehte mich in einem langsamen Kreis. Keiner der Assassinen hatte sich bewegt, seit sie sich gezeigt hatten. Ich runzelte die Stirn und wusste nicht, was ich von ihrer überraschenden Passivität halten sollte. *Worauf warten sie?*

Wie aufs Stichwort traten zwei grün gekleidete Gestalten vor, die etwas Großes und Unhandliches zwischen sich hielten.

Es war ein Stahlnetz.

Das kann nicht sein, wofür ich es halte, oder? Ich hielt meine plötzliche Angst im Zaum, streckte meine Gedanken nach dem Gegenstand aus und untersuchte ihn.

Dies ist ein magisches Netz der Verstrickung. Es ist ein Gegenstand von Rang 4, der eine einzelne Person fesseln und festhalten kann. Die Verzauberung des Netzes hebt alle Fähigkeiten der Klasse 4 und darunter auf.

Zum ersten Mal schoss ein Anflug von Angst durch mich.

Dass ich in den Händen der Gottesanbeter sterben würde, machte mir nichts aus. Ich hatte mich sogar damit abgefunden, genau das zu tun. Aber gefangen zu werden ... das war eine ganz andere Sache.

Der einzige Grund, warum die Gottesanbeter versuchen würden, mich gefangen zu nehmen, wäre, mich aus dem Sektor zu entfernen. Wenn sie mich in ihr Heimatgebiet brachten, könnten sie mich jedes Mal, wenn ich wiedergeboren wurde, nach Belieben töten.

Das kann ich nicht zulassen. Ich zog Ebenherz aus der Scheide.

Als Reaktion zogen die Gottesanbeter ihre eigenen Waffen. Die eine Hälfte trug Klingen, die andere Hälfte Blasrohre. In Anbetracht ihrer Absicht, mich nur zu fangen, vermutete ich, dass die Pfeile diesmal in ein anderes Gift getaucht waren.

Ich zog eine Grimasse. Ich würde sowohl den Pfeilen als auch dem Netz ausweichen müssen - irgendwie. Mit der Klinge in der Hand wartete ich.

Die mich umzingelnden Gottesanbeter kamen jedoch nicht näher. Mit beneidenswerter Geduld warteten sie, während das Paar mit dem Netz vorwärts pirschte.

Ich warf einen Blick hinter die Gottesanbeter und begann Psi zu weben. Leider gab es keine Unbeteiligten in der Nähe, die sich mir hätten beugen können. So blieben nur die Gottesanbeter selbst als Ziele übrig.

Mein Blick wanderte zurück zu den beiden Assassinen, die weiter näherkamen. Die beiden hoben das Netz an, vermutlich um es auf mich zu werfen, aber mein eigener Zauber war bereit, und ich löste ihn.

Du hast Massenverzauberung gewirkt.
Sixal hat eine Prüfung auf geistigen Widerstand bestanden!
Neewan hat eine Prüfung auf geistigen Widerstand nicht bestanden!
Du hast 1 von 2 Zielen für 10 Sekunden verzaubert.

Neewan kam zum Stillstand und zwang Sixal ebenfalls stehenzubleiben. Ich lächelte grimmig. Mein Zauber war gelandet, wenn auch nur teilweise. Aber es war Beweis genug dafür, dass ich seit dem Betreten des Dungeons einen weiten Weg zurückgelegt hatte, und wenn die Gottesanbeter dachten, sie könnten mich so leicht zu Fall bringen, dann mussten sie sich eines Besseren belehren lassen.

Der Gottesanbeter zu meiner Linken drehte sich um und starrte seinen verzauberten Gefährten an, und ich spürte, wie die Blicke der anderen Assassinen von mir zu dem sich seltsam benehmenden Spieler wechselten.

Jetzt, dachte ich, *während sie noch verwirrt sind.* Ich zog mehr Psi herbei und bereitete einen weiteren Wurf vor.

Ich war mir nicht sicher, ob es Zufall oder das Wissen um meine Grenzen – meine *früheren* Grenzen – war, aber der Kreis, den meine Feinde gebildet hatten, lag außerhalb der Reichweite eines Schattentransits der Stufe 1. Natürlich hatte sich seit dem Upgrade der Fähigkeit meine Teleportationsreichweite verdoppelt, so dass einige Gottesanbeter in Reichweite waren.

Ich raste durch den Äther und tauchte hinter einem der Blasrohrträger auf.

Du hast dich 19 Meter weit teleportiert.

Das Manöver überraschte die Assassinen erneut, und bevor mein Ziel sich umdrehen konnte, stieß ich Ebenherz in seinen Rücken.

Du hast einen Durchdringenden Schlag gewirkt.
Du hast Ashyran mit einem tödlichen Schlag getötet.

"*Greif an*", befahl ich und zog meine blutige Klinge aus der Leiche. Mein verzauberter Untergebener reagierte sofort. Neewan ließ das Netz fallen und zog seine Schwerter.

Als sie merkten, dass etwas nicht stimmte, setzten sich die Gottesanbeter in Bewegung. Die Schwertkämpfer stürmten in meine Richtung, während die Blasrohrträger ihre Waffen anhoben. Ich wirbelte herum, warf mich nach vorne und entkam nur knapp einer Salve von Pfeilen.

Du bist den Angriffen von 9 unbekannten Feinden ausgewichen.

Nur die Hälfte der Geschosse hatten auf mich gezielt. Die anderen zehn waren auf meinen Untergebenen gerichtet und schlugen in ihn ein, während er noch in Bewegung kam.

Neewan ist von einem Schlafpfeil getroffen worden! Dein Untergebener hat eine Prüfung auf magischen Widerstand nicht bestanden und ist bewusstlos geworden.
Neewan ist von einem Schlafpfeil getroffen worden!
Neewan ist von einem Schlafpfeil getroffen worden!

...
...
Neewan hat eine kritische Überdosis erlitten!
Dein Untergebener ist an einem tödlichen Herzinfarkt gestorben.

Meine Lippen verzogen sich säuerlich.

Ich hatte mit den Pfeilen Recht gehabt. Schlimmer noch: Die Gottesanbeter hatten meinen Plan schneller durchschaut, als mir lieb war. *Macht nichts*, dachte ich und kam wieder auf die Beine. Ich hatte noch andere Tricks.

Weitere Pfeile zischten durch die Luft, aber da die Gottesanbeter aus Neewans Tod gelernt hatten, waren sie darauf bedacht, ihre Angriffe zu staffeln. Ich sprang mit Zweischritt über die erste Welle, rollte mich unter der zweiten hindurch und wich der dritten aus.

Ich war frei.

Ich rannte in einem unberechenbaren Muster vom Platz.

Die Nahkämpfer verfolgten mich. Sie holten schnell auf, aber ich hatte genug Vorsprung, um vor ihnen am nächsten Gebäude anzukommen. Ich näherte mich der Steinmauer und stürzte mich mit zwei schnellen Schritten auf Blöcken aus fester Luft nach oben, um leichtfüßig auf einem Fenstersims zu landen.

Leider war das Fenster verschlossen.

Aber es gab nicht nur schlechte Nachrichten. Das Schloss, das die wackeligen Fensterläden geschlossen hielt, sah wackelig und leicht zu knacken aus. In meiner Instabilen Position klammerte ich mich mit meiner linken Hand oben am Holzrahmen des Fensters fest und schlug mit dem Knauf von Ebenherz auf das Schloss ein.

Es gab sofort nach.

Als ich einen Blick über die Schulter riskierte, sah ich die Blasrohrträger näherkommen. Ich musste aus ihrer Reichweite entkommen sein und sie gezwungen haben, sich neu zu positionieren. So vielseitig die kleinen Waffen auch waren, sie hatten auch ihre Grenzen. Unter mir hatten die anderen Gottesanbeter ihre Klingen in die Scheiden gesteckt und begannen, das Gebäude zu erklimmen.

Ich seufzte. Wie es aussah, würde ich meine Jäger nicht so schnell loswerden.

Ich warf die Fensterläden auf und tauchte in den dahinter liegenden Raum. Die Kammer war leer und dicht in Schatten gehüllt. Am anderen Ende befand sich eine Tür, und mein erster Instinkt war, direkt hindurchzugehen. Aber ich zögerte und schaute wieder zum Fenster. *Mal sehen, ob ich die Zahl meiner Verfolger nicht etwas ausdünnen kann.* Ich drückte mich mit dem Rücken an die angrenzende Wand, verschwand in den Schatten und wob Psi.

Ein feindliches Wesen hat dich nicht entdeckt! Du bleibst verborgen.

Ein Kopf tauchte durch das offene Fenster auf, und ich ließ Ranken meines Willens in seinen Geist gleiten.

Du hast Slayeraura gewirkt.
Du hast deine Anwesenheit für 10 Sekunden vor Gieryn verborgen.

Der Gottesanbeter, der meine Anwesenheit nicht bemerkte, kletterte in den Raum und lief an mir vorbei, ohne die geringste Reaktion zu zeigen. Ich ignorierte ihn, zog mehr Psi herbei und schleuderte es auf die nächsten drei Assassinen, die an der Seite des Gebäudes hochkletterten.

Du hast 1 von 3 Zielen für 10 Sekunden verzaubert.

Gut genug, dachte ich und befahl meinem neuen Lakaien, seine ehemaligen Gefährten anzugreifen. Nachdem ich mir etwas Zeit verschafft hatte, schlich ich hinter Gieryn her.

Der Gottesanbeter suchte den Raum vorsichtig ab, zweifellos auf der Suche nach mir. Ich riss seinen Kopf zurück und schlitzte ihm ohne Gewissensbisse die Kehle auf.

Du hast Gieryn mit einem tödlichen Schlag getötet.

Ich ließ den Leichnam zu Boden sinken und entfaltete meine Gedankensicht. Das Vorankommen der drei Gottesanbeter war zum Stocken gekommen, aber weitere kletterten jetzt ebenfalls das Gebäude hinauf. Bald würde ich mehr Gesellschaft haben, als mir lieb war.

Zeit zu gehen.

Ich duckte mich durch die offene Tür und ging tiefer in das Gebäude.

Kapitel 245: Kompromisslösung

Der Raum mündete in einen unbeleuchteten Korridor.
Es gab zwei Türen auf der rechten und zwei weitere auf der linken Seite. Ich eilte vorwärts und testete die erste.
Sie war verschlossen.
Verdammt, dachte ich und überprüfte meine Gedankensicht. Soweit ich es beurteilen konnte, war keiner der Räume dahinter bewohnt. Das konnte man von der Kammer hinter mir jedoch nicht behaupten. Sie füllte sich schnell mit Assassinen.
Das war allerdings nicht die einzige schlechte Nachricht.
Weitere Gottesanbeter stürmten das Erdgeschoss des Gebäudes, während andere durch das offene Fenster in den zweiten Stock kletterten, wie ich vermutete. Sie versuchten, mich einzukesseln.
Verdammt, fluchte ich und schlich leise den Korridor entlang. Im Moment verbargen mich die Schatten, aber das konnte sich schnell ändern.
Eine weitere geschlossene Tür kam in Sicht, hinter der ein dumpfes Geistesleuchten zu sehen war. Ich machte mir nicht die Mühe, die Tür zu öffnen, sondern trat in den Äther ...

Du hast dich 15 Meter weit teleportiert.

... und tauchte neben einem schlafenden Zwerg wieder auf - allem Anschein nach ein Nichtspieler. Ohne ihn zu stören, schlich ich mich zu der verschlossenen Tür und testete den Griff.
Sie war ebenfalls abgeschlossen.
Perfekt. Ich wich zurück und beobachtete in Gedanken die Gottesanbeter, die durch den Korridor krochen.
Sie kamen langsam, aber stetig voran. Meine Lippen zuckten. Meine früheren Überfälle hatten sie immerhin Vorsicht gelehrt, aber die etwa ein Dutzend Gottesanbeter, die sich näherten, waren zu viel für mich - selbst mit Massenverzauberung. *Ich warte*, entschied ich.
Ein Gottesanbeter blieb vor der Tür stehen.
Ich hielt meinen Atem an und hielt Psi bereit. Der Türknauf drehte sich ein Stück weit und rastete dann ein, durch das Schloss blockiert. Würde er versuchen einzubrechen?
Eine angespannte Sekunde verging. Dann noch eine.
Der Assassine ließ den Griff los. Ich atmete leise aus und die Anspannung fiel von mir ab. Zu früh, wie sich herausstellte. Ein vertrautes Summen erfüllte den Korridor.
Jägerauge.
Argh. Ich hatte keine Möglichkeit, meinen Geruch vor dem Verfolgungsgerät zu verbergen, und ich hatte auch nicht vor, einen Geistesschild zu errichten und mich selbst der Nutzung meiner Psi-Fähigkeiten zu berauben. Entdeckt zu werden war unausweichlich.

Ich richtete meine Aufmerksamkeit auf die Geistessignaturen in den Stockwerken über und unter mir. Die Gottesanbeter auf beiden Etagen hatten sich ausgebreitet, und ich erkannte mehrere einzelne Ziele.
Welche Richtung?
Nach unten war der schnellere Weg aus dem Gebäude, aber auch die Verfolgung wäre einfacher.
Dann eben nach oben, beschloss ich und verließ mit Schattentransit den Raum.

* * *

Du hast dich in den Schatten von Yunga teleportiert.
Ein feindliches Wesen hat dich entdeckt! Du bist nicht mehr versteckt.

Mein Ziel wirbelte herum und seine Klingen schlängelten auf mich zu. Ich tanzte zurück und warf einen kurzen Blick auf den Raum. Er unterschied sich kaum von der Kammer unter mir und war ebenfalls leer, aber das würde sich bald ändern.

Der Gottesanbeter stürzte sich nach vorne.

Ich war vorbereitet. Ich trat zur Seite und außer Reichweite seiner linken Klinge, parierte sein zweites Schwert mit Ebenherz und rammte ihm meine geschlossene Faust seitlich gegen den Kopf.

Du hast dein Ziel für 1 Sekunde betäubt.

Mein Feind taumelte zurück. Ich folgte ihm und malte ihm mit Ebenherz einen roten Schnitt über den Oberkörper. Einen Herzschlag später ließ die Betäubung nach, und der Assassine kam wieder auf die Beine. Er ignorierte das Blut, das aus seiner Schulter floss, und ließ seine Schwerter auf mich zu schnellen.

Aber ich war schon weg.

Du hast dich in den Schatten von Yunga teleportiert.

Als ich hinter meinem Ziel auftauchte, schickte ich Ebenherz vorwärts. Yunga wirbelte herum und holte mit seinen Schwertern aus. Aber er kam zu spät, und ich war bereits innerhalb seiner Deckung. Ich nutzte die Wucht des Schlages und vergrub die schwarze Klinge in der Brust des Gottesanbeters.

Du hast Yunga getötet.

Ein pfeifendes Rauschen in der Luft drang an mein Ohr. Als ich das Geräusch erkannte, ließ ich Ebenherz los und warf mich zur Seite.

Du bist dem Angriff eines unbekannten Feindes ausgewichen.

Ich rollte mich wieder auf die Füße und sah einen Gottesanbeter in der offenen Tür stehen, der mit einem Blasrohr im Mund meine Bewegungen verfolgte. Ein zweiter Pfeil zischte nach vorne.

Ich wich aus, und das Geschoss prallte gegen die Wand hinter mir. Ich wich zurück und zog Psi.

Der Gottesanbeter spuckte einen dritten Pfeil. Ich duckte mich unter dem Geschoss hindurch und castete weiter. Ein viertes Geschoss folgte, dann ein fünftes. Ich wich beiden aus.

Entweder gingen ihm die Pfeile aus oder er merkte, dass er meine Konzentration nicht stören konnte, denn er warf das Blasrohr weg und zog seine Schwerter. Doch bevor er mehr als zwei Schritte auf mich zu machen konnte, war mein Zauber vollendet und Stränge von Psi drangen in seinen Geist ein, die seine Angstzentren zu einem Fieberschub anregten.

Biscux hat eine Prüfung auf geistige Widerstandskraft nicht bestanden! Du hast dein Ziel 10 Sekunden lang in Angst und Schrecken versetzt.

Grinsend über meinen Erfolg ignorierte ich den verängstigten Assassinen und trat vor, um mein Schwert wiederzuholen. Als ich mich bewegte, weiteten sich Biscux' Augen und er stürzte ruckartig aus dem Raum. Kichernd zog ich Ebenherz aus dem Leichnam.

Meine Freude war jedoch von kurzer Dauer. Der Kampf war nicht unbemerkt geblieben, und weitere Assassinen kamen auf mich zu.

Seufzend teleportierte ich mich in den Raum unter mir.

* * *

Der Zwerg schlief immer noch, und die Tür war immer noch verschlossen.

Ich schüttelte reumütig den Kopf - wie konnte man bei dem Lärm schlafen - und legte mein Ohr an die Tür, um zu lauschen.

Meine Gedankensicht und meine Sinne meldeten, dass der Korridor dahinter frei von Gottesanbetern und Jägeraugen war. Wenn ich umkehrte, konnte ich mich aus dem Netz der Assassinen befreien - zumindest für den Moment. Ich griff nach unten, drehte den Schlüssel im Schloss und drückte die Tür auf.

Die Tür öffnete sich mit einem leisen Knarren, aber niemand kam herbeigelaufen, um nachzusehen. Ich schlüpfte hindurch, schloss die Tür hinter mir und schlich den Korridor entlang zu dem Raum, durch den ich das Gebäude betreten hatte.

Ich erreichte die Kammer ohne Zwischenfälle und war ein wenig überrascht, dass sie leer war. Ich schlich zum Fenster und überprüfte die Umgebung mit meiner Gedankensicht.

Es waren keine Feinde in Reichweite, weder auf dieser noch auf der unteren Etage. *Hmm ...*

Es war kaum anzunehmen, dass die Gottesanbeter diesen Ausgang völlig unbewacht gelassen hatten. Einige der Assassinen mussten sich in der Nähe verstecken und abwarten.

Die Frage war nur, wie viele?

Ich konnte es nicht ausmachen, aber ich konnte auch nicht im Gebäude bleiben. Es verwandelte sich momentan rasant in eine Todesfalle. Ich fasste einen Entschluss und duckte mich durch das Fenster.

Der Fall war kurz und mit einem Zweischritt, um meinen Fall zu unterbrechen landete ich sanft auf dem Boden.

Du hast ein feindliches Wesen entdeckt. Zeeran ist nicht mehr versteckt!
Zeeran hat dich entdeckt. Du bist nicht mehr versteckt!

Ein Assassine erschien, wo vorher keiner gewesen war.

Irgendwie hatte sich der Gottesanbeter trotz des hellen Sonnenlichts unter dem Fenster versteckt, und ich hatte das Pech - oder war es Glück? - fast auf ihm zu landen. Da ich mit einer Art Hinterhalt gerechnet hatte, wirbelte ich herum. Zur gleichen Zeit erhob sich mein Gegner aus seiner Hocke.

Ich hob Ebenherz zum Schlag an.

Er setzte sein Blasrohr an seine Lippen.

Ich war den Bruchteil einer Sekunde schneller, und bevor der Gottesanbeter seinen Pfeil abfeuern konnte, rammte ich Ebenherz in seine Kehle.

Du hast Zeeran mit einem tödlichen Schlag getötet.

Der Assassine war jedoch nicht allein.

Sechs weitere Gottesanbeter tauchten auf der Straße auf. Sie hatten sich ebenfalls versteckt und bewachten jeweils einen anderen Ausgang aus dem Gebäude, wie ich vermutete. Ohne Aufhebens oder Zögern hoben drei von ihnen ihre Blasrohre und feuerten.

Ich ließ mich auf den Boden fallen und rollte weg.

Du bist den Angriffen von 3 unbekannten Feinden ausgewichen.

Die Pfeile flogen harmlos an mir vorbei und prasselten auf das Kopfsteinpflaster der Straße. Als ich wieder auf die Beine kam, sah ich die anderen drei Gottesanbeter herbeieilen.

Der erste ließ sein Schwert nach vorne schnellen. Ich wich zurück und wehrte den Schlag mit Ebenherz ab. Der nächste griff mich von links an. Ich wich der schwingenden Klinge aus und konterte mit einem bösartigen Hieb nach den Knöcheln des Gottesanbeters. Er war dem Angriff gewachsen und sprang über die seelengebundene Klinge.

Der dritte Assassine schlich sich von hinten an und schlug mit dem Knauf seines Schwertes nach mir. Ich konnte dem Schlag nicht ganz ausweichen, aber ich entging ihm gut genug, dass er sein Ziel verfehlte - meinen Hinterkopf.

Als ich merkte, wie prekär meine Lage war und wie meine Schulter pochte, ließ ich Ebenherz los und machte einen Rückwärtssalto, um den Angriffen der beiden anderen Schwertkämpfer zu entgehen.

Mir blieb allerdings keine Gelegenheit, Luft zu holen.

Als sie sahen, dass ich von den Nahkämpfern getrennt war, griffen die anderen drei Gottesanbeter an. Durch das leise Zischen der Pfeile gewarnt, wich ich den ankommenden Geschossen aus.

Das läuft ja nicht so gut, dachte ich und taumelte einen weiteren Schritt zurück.

Ich war unterlegen und in der Unterzahl, und der einzige Grund, warum ich noch am Leben war, war zweifelsohne, dass die Gottesanbeter versuchten, mich zu fangen – nicht zu töten.

Und es war nur eine Frage der Zeit, bis sie Erfolg hatten.

Schwer atmend drehte ich mich um und floh die Straße hinauf, wobei ich meine Ohren spitzte, um das verräterische Geräusch der ankommenden Pfeile nicht zu verpassen. Doch als Gefahr auftauchte, kam sie von vorne, nicht von hinten.

Ich hatte kaum ein Dutzend Schritte gemacht, als zwei Gottesanbeter um die Ecke des Gebäudes kamen, auf das ich zusteuerte. Ich blieb nicht stehen. Ich stürmte auf die beiden zu, beschwor Psi und wirkte sobald sie in Reichweite kamen Schattentransit.

Ein unbekanntes Wesen hat Abstoßendes Feld ausgelöst.
Du hast eine Prüfung auf magischen Widerstand nicht bestanden! Dein Zauber wurde unterbrochen.

Mit einer Abruptheit, die mich taumeln ließ, wurde ich aus dem Äther geschleudert, viele Meter vor meinem Ziel. *Das ist neu*, dachte ich trocken.

Noch immer benommen, hätte ich das heranfliegende Geschoss fast übersehen. In letzter Sekunde zuckte ich zurück, wich dem Pfeil aus und drehte mich blitzschnell um. Gottesanbeter strömten von beiden Enden der Straße auf mich zu. Ich saß wieder in der Falle.

Und dieses Mal befürchtete ich, dass es kein Entkommen gab.

Verdammnis. Ein weiterer Pfeil pfiff durch die Luft und steuerte auf meinen Hals zu, aber ich wich zur Seite aus und konnte ihn leicht abwehren. Ein dritter Pfeil flog aus der entgegengesetzten Richtung heran, und wieder duckte ich mich aus dem Weg. Als ich mich wieder aufrichtete, ließ ich meinen Blick über meine Feinde schweifen. Weitere Gottesanbeter hoben ihre Blasrohre an die Lippen, und egal wie gut ich auswich, ich wusste, dass mich früher oder später einer treffen würde.

Es gibt nur noch eine Möglichkeit.

Während ich die Pfeilwerfer im Auge behielt, suchte ich mir die nächstgelegene Gruppe Gottesanbeter aus und wirkte Massenverzauberung.

Du hast 1 von 4 Zielen für 10 Sekunden verzaubert.

Der Zauber hatte kaum Erfolg, aber ein verzauberter Feind war alles, was ich brauchte. Ich schlängelte mich durch die andauernden, aber gestaffelten Salven von Pfeilen und rannte auf den verzauberten Gottesanbeter zu. Die anderen drei Assassinen wichen zurück, aber mein Untergebener blieb, wo er war, und beobachtete gelassen meine Annäherung.

Ich war nur einen Meter von ihm entfernt, als ich den Befehl zum Angriff gab.

Der grün gekleidete Assassine zog seine Klinge. Als sie merkten, dass etwas nicht stimmte, stürzten sich die anderen Gottesanbeter mit erhobenen Schwertern und Blasrohren auf ihn.

Aber sie waren nicht sein Ziel. Sondern ich. In Windeseile verringerte ich den Abstand und mein Untergebener gehorchte meinem Willen und streckte seine Klinge aus.

Ich lief direkt darauf zu.

Der glänzende Stahl vergrub sich in meiner Brust und durchbohrte Haut, Knochen und Herz mit Leichtigkeit. Ich gurgelte Blut und sackte bewegungslos zusammen. Der Tod war nur noch wenige Augenblicke entfernt. Doch ein blutiges Grinsen umspielte mein Gesicht. Ich würde zwar sterben, aber ich hatte den Kampf gewonnen.

Vor die Wahl zwischen Gefangennahme und Tod gestellt, war die Entscheidung leicht. Alles, was zählte, war, dass ich es in die sichere Zone schaffte.

Ich schloss meine Augen und ließ mich von der Schwärze übermannen.

Du bist gestorben.

Kapitel 246: Der Schatten hinter der Fassade

Ich erwachte mit einem Keuchen, die Augen weit aufgerissen und schnappte unkontrolliert nach Luft. Ich war am Leben. Nein. Ich war tot. Ich war gestorben. Brutal durchs Herz aufgespießt.

Nein.

Ich war gestorben, sicher – aber durch meine eigene Hand. Beziehungsweise durch die Hand meines Lakaien. Der Tod war mir lieber gewesen. Aber jetzt war ich am Leben. Ich erhob mich wackelig auf die Beine und betrachtete meine Umgebung.

Ich befand mich in der gleichen Zelle, in der ich das letzte Mal wieder auferstanden war. Wie hatte Steinbart diesen Ort genannt? *Der Wachturm im Südosten. Genau.* Aber dieses Mal waren die Türen der Zelle offen und keine Wache postiert.

Ich fischte Ebenherz aus dem Wasser und kletterte aus dem Wiedergeburtsbrunnen. Meine zitternden Arme und Beine machten das schwieriger als nötig. Ich spürte, dass mein Körper immer noch seinen Todeskampf durchlebte.

Ich blieb stehen, atmete tief durch und rief die blinkenden Spielnachrichten auf, während ich wartete, dass mein Körper sich erholte.

Du wurdest wiedergeboren. Verbleibende Leben: 2. Verlorene Zeit während deiner Wiederauferstehung: 8 Stunden. Ort der Wiedergeburt: Sichere Zone in Sektor 1. Ein seelengebundener Gegenstand wurde wiederhergestellt.

Du hast Stufe 131 erreicht!

Dein Ausweichen ist auf Stufe 108 gestiegen. Kurzschwerter ist auf Stufe 114 gestiegen. Deine Telekinese ist auf Stufe 110 gestiegen. Deine Telepathie ist auf Stufe 106 gestiegen. Deine Nullkraft ist auf Stufe 12 gestiegen.

Bei der Begegnung mit den Gottesanbetern hatte ich zwei Level gewonnen, und interessanterweise war auch meine Fertigkeit Nullkraft aufgestiegen. *Die Zaubersprüche, denen ich nicht widerstehen konnte, müssen schwarze Magie gewesen sein,* dachte ich mir.

Die Gottesanbeter waren auf die Begegnung vorbereitet gewesen – zu gut vorbereitet – und ich bezweifelte, dass ich ohne meine Fortschritte im Dungeon in der Lage gewesen wäre, ihrer Falle zu entkommen. Wie viel die Assassinen über meine Fähigkeiten wussten beunruhigte mich zwar, aber es war auch ein Trost für mich. Meine Feinde wussten mehr über mich, als sie sollten, aber gleichzeitig waren ihre Informationen unvollständig.

Sie sind nicht unfehlbar.

Als ich zu den Spielnachrichten zurückkehrte, beäugte ich meine neuen Attributspunkte. Meine neue Klasse hatte mir bei der Konfrontation nur wenig geholfen, aber das lag daran, dass meine Fertigkeiten als Leeremagier noch zu gering waren, um sie sinnvoll einzusetzen.

Trotzdem wird es mir nichts bringen, meine Magie in diesem Stadium aufzuleveln. Besser, ich investiere in etwas anderes.

Verstand war meine erste Wahl, aber für Geschicklichkeit hatte ich am wenigsten freie Slots. Ich würde bald Fähigkeiten der dritten Klasse kaufen müssen, also machte es Sinn, zuerst weiter darin zu investieren. *Genau das werde ich tun,* beschloss ich.

Deine Geschicklichkeit ist auf Rang 36 gestiegen.

Nachdem ich mich um meinen Spielerfortschritt gekümmert hatte, blendete ich die Spielnachrichten aus und richtete meine Aufmerksamkeit wieder nach außen. Es hatte geholfen, mich auf etwas anderes zu konzentrieren, und das Frösteln in meinem Körper hatte nachgelassen.

Ich fühlte mich bereit, mich der Welt wieder zu stellen und schlenderte durch die offenen Zellentüren.

✳ ✳ ✳

Die Begegnung mit den Gottesanbetern hatte mir eines klar gemacht: Obwohl ich fast ein Jahr lang von Nexus ferngeblieben war, hatte sich wenig geändert, zumindest was meine eigenen Umstände anging. Die Assassinen machten es eindeutig – ich wurde immer noch gejagt.

Mein Verdacht auf das *wie* hatte sich erhärtet, und jetzt war ich mir fast sicher, *wer* meinen Tod wollte. Das *warum* war mir allerdings immer noch ein Rätsel. Aber ich würde mich nicht von meiner Bahn abbringen lassen.

Es war an der Zeit, den Plan, den ich vor einer gefühlten Ewigkeit ausgeheckt hatte, in die Tat umzusetzen. Dazu musste ich zuerst die Albion Bank besuchen.

Der Korridor hinter der Zelle war menschenleer, und an dessen Ende angekommen riss ich die Tür auf und trat hindurch. In dem Raum dahinter erwartete mich eine einsame Gestalt.

Wilsh.

Ich kam abrupt zum Stehen und betrachtete den Kommandant der Schwarzen Garde. Er lehnte mit verschränkten Armen und einem Grinsen im Gesicht an der gegenüberliegenden Wand. Er hatte mit mir gerechnet.

"Nun", murmelte Wilsh. "Wie ich sehe, haben die Gottesanbeter dich erwischt."

Ich zuckte gleichgültig mit den Schultern. "Sie haben lange genug gebraucht." Ich ließ ein Lächeln über mein Gesicht huschen. "Und ich bin mir ziemlich sicher, dass der Punktestand immer noch zu meinen Gunsten steht."

Wilshs Grinsen verblasste. "Das war erst der Anfang", knurrte er barsch. "Die Gottesanbeter haben dich jetzt im Visier. Sie werden dich wieder finden – darauf kannst du dich verlassen – und wenn sie das tun, wirst du auf grausame Weise sterben." Er lachte laut auf. "Ich freue mich schon darauf, dich hier wiederzusehen."

Ich neigte meinen Kopf zur Seite, ein plötzlicher Verdacht keimte in mir auf. Die Bemerkung des Ritters der Schwarzen Garde deutete darauf hin, dass er alle Einzelheiten meines Kampfes mit den Assassinen kannte. Aber woher, und was hatte ihn dazu bewogen, hier auf mich zu warten? "Du weißt es, kann das sein?"

Verwirrung zeichnete sich auf dem Gesicht des Kommandanten ab. "Was weiß ich?"

"Wer die Gottesanbeter auf mich angesetzt hat", sagte ich kalt. "Du arbeitest für ihn", fügte ich mit Überzeugung hinzu.

Wilsh versteifte seine Miene, aber nicht schnell genug, um den kleinen Anflug von Angst zu verbergen, den meine Worte ausgelöst hatten. "Natürlich weiß ich, wer dich tot sehen will", schimpfte er und versuchte, seinen Ausrutscher zu vertuschen. "Jeder Dunkle Spieler weiß von dem Trottel, der die Pläne der Erwachten Toten vereitelt hat. Erebus will dein Blut – und zwar sehnlichst."

Meine Lippen zuckten. Wilsh hatte gerade etwas anderes bestätigt – er kannte meine wahre Identität, obwohl er mich bei unserer letzten Begegnung nicht analysieren konnte. "Aber die Erwachten Toten wissen nicht, dass ich in der Stadt bin, oder?" Ich konnte nur raten, aber ich glaubte nicht, dass ich falsch lag. "Wenn ich mich umhören würde, würde ich sicher herausfinden, dass du deine Vorgesetzten nicht über meine Ankunft informiert hast."

"Und warum sollten Eingeschworene der Dunkelheit jemals mit dir sprechen wollen?" spottete Wilsh.

Ich lächelte. "Du wärst überrascht, wer alles bereit ist, sich mit mir zu unterhalten." Ohne auf seine Antwort zu warten, setzte ich meinen Weg fort. Die Begegnung mit dem Kommandanten der Schwarzen Garde hatte sich als nützlich herausgestellt, und ich hatte interessante Informationen erhalten, aber jetzt war es Zeit zu gehen.

"Oh, und Wilsh?" begann ich, als ich an dem Kommandanten vorbeiging. "Wenn ich du wäre, würde ich die Stadt verlassen. Wenn die Dunkelheit erfährt, dass du ein Verräter bist ... wer weiß? Sie könnten die Gottesanbeter als nächstes auf *dich* hetzen."

Wilsh wurde bleich, bevor sich sein Gesicht wieder versteifte. "Du machst mir keine Angst!", rief er.

Ohne etwas zu sagen, verließ ich den Wachturm.

* * *

Ich ging zum zweiten Mal in einem Anfängerhemd und Shorts durch die Straßen von Nexus. Doch dieses Mal tat ich es mit Stolz. Mit erhobenem Kopf und Ebenherz an meiner Seite ignorierte ich das Gekicher und den Spott der vorbeigehenden Spieler, während ich zur Albion Bank schlenderte.

Bevor ich meinen Plan in die Tat umsetzte, wollte ich meine Vermutungen überprüfen. Die Bank würde mir die endgültige Bestätigung geben, die ich brauchte. Ich hatte mich schon mehr als einmal in Bezug auf die Gottesanbeter geirrt und fand, dass Vorsicht geboten war.

Außerdem hatte ich ein bisschen Angst vor meinem Vorhaben. Wenn ich die Dinge erst einmal in Bewegung gesetzt hatte, gab es kein Zurück mehr.

Und wenn die Dinge nicht so liefen, wie ich es mir erhoffte, konnten die Folgen katastrophal sein. Trotzdem konnte ich nicht so weitermachen wie bisher. Ich musste die Verfolgungsjagd der Gottesanbeter stoppen.

Als ich das in Wasser gehüllte Gebäude erreichte, hüpfte ich über die Steinbrücke und durch die offenen Türen. Seit meinem letzten Besuch hatte sich nichts verändert. Die Bewohner wirkten ebenso fleißig wie früher und die mit Runen versehenen Beobachter waren noch genau so, wie ich sie in Erinnerung hatte.

Ich ignorierte die erschrockenen Blicke der wenigen Kunden, ging zum nächstgelegenen magischen Scanner und trat bestimmt hindurch. Wie erwartet, löste mein Handeln eine Lawine von Spielalarmen aus.

Beobachter aktiviert. Scanvorgang beginnt ...
...
Du hast eine Prüfung auf magische Widerstandskraft nicht bestanden.
Du hast eine Prüfung auf geistige Widerstandskraft nicht bestanden.
Du hast eine Prüfung auf körperliche Widerstandskraft nicht bestanden.
...
Scans abgeschlossen. Anomaler Zauber entdeckt! Potenzielle Bedrohung-
Alarm abgebrochen. Eine Ausnahme wurde auf deinen Namen hinterlegt.

Erneut öffneten sich verborgene Türen im Foyer und Wachen strömten heraus, obwohl die Warnung über eine Bedrohung aufgehoben worden war. Ich seufzte und wusste, was als Nächstes kam.

Und genau wie erwartet überwältigten mich die Wachen mit ihren riesigen Handschuhen. Sie ließen meinen Mund frei, aber ich ertrug ihre Handgriffe stoisch und sagte nichts, als sie mich in den angrenzenden Verhörraum trugen.

✳ ✳ ✳

Ich wartete fünf lange Minuten, ohne dass jemand auftauchte. Als ich schließlich die Geduld verlor, sah ich die nächste Wache an. "Holt Devlin", schnauzte ich.

Die betreffende Wache gab keine Anzeichen mich gehört zu haben, aber ich bemerkte, wie sich einer seiner Kameraden leicht bewegte. Ich drehte mich zu ihm um. "Du erkennst mich, nicht wahr? Wenn ja, wirst du dich daran erinnern, dass Viviane selbst eine Ausnahme für mich gemacht hat. Ich bezweifle, dass sie erfreut sein wird, dass ihre Befehle ignoriert werden."

Die Wache zappelte, blieb aber stumm. Meine Worte veranlassten sein Gegenüber jedoch, das Wort zu ergreifen. "Stimmt das, Shayne?"

"Jawohl", antwortete Shayne. "Die Lady hat ihm ihre Spielmarke gegeben."

Das schien den Gruppenführer zu überzeugen. "Lasst ihn frei." Er wies mit dem Daumen auf Shayne. "Und geh und hol Devlin."

Zufrieden lehnte ich mich in meinem Stuhl zurück und wartete.

✳ ✳ ✳

Kurze Zeit später schlenderte der blau geschuppte Bankdirektor in den Raum. Er blieb kurz stehen, als er mich erblickte, und setzte sich dann mit einem hörbaren Seufzer auf den Stuhl mir gegenüber. "Ich hätte es nicht für möglich gehalten, aber wie ich sehe, ist es wahr. Willkommen zurück."

Ich sah ihn stirnrunzelnd an. "Das ist eine seltsame Art der Begrüßung. Was meinst du?"

"Unwichtig", sagte Devlin und winkte meine Worte ab. "Wie ich sehe, bist du entschlossen, weiter für Aufsehen zu sorgen." Er warf mir einen gequälten Blick zu. "Hättest du nicht einen unauffälligeren Weg wählen können?"

Ich zuckte mit den Schultern. "Ich musste dich sprechen, und es konnte nicht warten."

Devlins Kiemen zuckten. "Mich sprechen? Warum?" Er zog eine Grimasse, als er meinen unbekleideten Zustand bemerkte. "Wenn es um ein Darlehen geht oder um eine Anfrage für ..."

"Nichts dergleichen", unterbrach ich ihn. Ich lehnte mich über den Tisch. "Ich habe nur eine Frage an dich."

Devlin runzelte die Stirn, aber er sagte nichts, während er darauf wartete, dass ich weitersprach.

"Welche Zauber hat der Beobachter an mir entdeckt?" fragte ich.

Devlins Augenbrauen schossen nach oben. Welche Frage er auch immer von mir erwartet hatte, die war es nicht. "Warum willst du das wissen?"

"Tu mir bitte den Gefallen."

Der Bankdirektor starrte mich einen langen Moment lang an und zuckte dann mit den Schultern. "Offensichtlich Lokens Verfolgungszauber."

Ich nickte. "Und?"

Devlins Augen verengten sich. "Und? Und das wars." Er hielt inne. "Hattest du etwas anderes erwartet?" Bevor ich antworten konnte, fuhr er fort. "Michael", sagte er und seine Stimme klang angestrengt, "sag mir bitte nicht, dass du unsere Bank gerade als Magiedetektor benutzt hast?"

Ich lächelte schief. "Dann sag ich es eben nicht."

Der Bankdirektor stützte seinen Kopf in die Handflächen, seine Kiemen zitterten und ich konnte nicht sagen, ob er lachte oder weinte.

Ich erhob mich von meinem Stuhl. "Danke für deine Hilfe, Devlin. Es wird Zeit, dass ich gehe."

Der Bankdirektor hob den Kopf. "Das war's?"

"Das war's", stimmte ich zu.

Devlin starrte mich noch einen Moment lang an und seufzte. "Bis zum nächsten Mal", sagte er zum Abschied.

✳ ✳ ✳

Ich verließ die Bank mit gesenktem Kopf und tief in Gedanken versunken. Devlin und der magische Beobachter hatten genau das bestätigt, was ich vermutet hatte. Es lag nur ein einziger Zauber auf mir: Der von Loken.

Das war die letzte Bestätigung, die ich brauchte. Jetzt wusste ich, wie die Gottesanbeter mich verfolgt hatten. Und, was noch wichtiger war, wer sie geschickt hatte.

Es konnte nur Loken sein.

Ursprünglich hatte ich geglaubt, dass Ishita verantwortlich war. Aber je länger die Jagd der Assassinen andauerte, desto unwahrscheinlicher erschien es mir. Ishita hatte keine Möglichkeit, mich zu verfolgen, und was auch immer die Spinnengöttin war, sie war nicht gerade subtil. Wenn die Erwachten Toten wüssten, dass ich mich in Nexus aufhielt, wäre ich sicher schon auf einige ihrer Eingeschworenen gestoßen. Aber das war nicht passiert.

Was mich zurück zu Loken brachte.

Nur die Schattenmacht konnte meine Bewegungen verfolgen. Nur er konnte den Gottesanbetern gesagt haben, wann ich den Dungeon der Versengten Dünen betreten hatte, wann ich in der Zitadelle des Triumvirats gewesen war und wann ich den Wächterturm verlassen würde.

Loken war derjenige, der die Gottesanbeter auf mich gehetzt hatte. Da war ich mir sicher.

Die nächste Frage war natürlich, warum. Warum wollte der Trickbetrüger meinen Tod? Was könnte Loken dazu veranlassen, seine anderen Pläne für mich aufzugeben? Mir fiel nur ein Grund ein. Und egal, wie sehr ich versuchte, eine andere Erklärung zu finden - irgendeine andere Erklärung -, nichts anderes ergab einen Sinn.

Loken musste von meiner Blutlinie wissen.

Er wusste, dass ich zum Haus Wolf gehöre.

Kapitel 247: Das Spielbrett umdrehen

Überraschenderweise war ich nach dieser Erleuchtung nicht entmutigt. Im Gegenteil, meine erste Reaktion war Erleichterung.

Seit ich den Trickbetrüger getroffen hatte, hatte ich das Gefühl, dass er mit mir spielte. Ich konnte ihm nie wirklich vertrauen und seine Handlungen für bare Münze nehmen. Die Großzügigkeit der Schattenmacht war mir schon immer suspekt vorgekommen. Aber jetzt hatte ich endlich das Gefühl, dass ich die Fassade niederreißen und einen ersten Blick auf Lokens wahres Spiel erhaschen konnte.

Es war ein Spiel, das ich zu gewinnen gedachte.

Aber das war im Moment noch zu voreilig. Es gab noch eine Menge zu tun, bevor ich sicher sein konnte, dass mein Plan gelingen würde. Der nächste Schritt war die Wiederbeschaffung meiner verlorenen Ausrüstung.

Ich fegte meine Gedanken beiseite und machte mich auf den Weg zum Emporium. Es war Monate her, dass ich Cara meine Sachen übergeben hatte, und ich hoffte, dass Kesh sie nicht verkauft hatte. Als ich den Eingang zu dem ummauerten Gelände erreichte, traf ich auf zwei bekannte Gesichter.

"Ho, ho, ho", rief einer der Torwächter. "Seht mal, wer wieder da ist!"

Die zweite Wache blinzelte mich an. "Na, wenn das nicht unser Lieblingsnoob ist", gluckste Ent. "Und genauso schick gekleidet wie beim letzten Mal!"

Beide Riesen warfen ihre Köpfe zurück und lachten schallend. Trotz allem grinste ich. Der scheußliche Humor der beiden war fast schon heimelig.

"Sehr witzig", sagte ich und zog eine Grimasse. "Jetzt macht auf und lasst mich zu Kesh."

Lake lachte immer noch und machte eine spöttische Verbeugung, bevor er das Tor aufstieß.

* * *

Kesh war in ihrem Büro, so wie sie es immer zu sein schien, und ich fragte mich, ob sie dort schlief. Als ich hereingelassen wurde, schaute die alte Dame auf.

"Nun" sagte sie neutral. "Du bist also wieder da."

Ich seufzte in gespielter Enttäuschung. "Weißt du, du könntest wenigstens *so tun*, als ob du dich freust, mich zu sehen."

Die Mundwinkel der Händlerin zuckten, aber ansonsten ignorierte sie meine Bemerkung. "Setz dich", befahl sie.

Ich ließ mich auf den Stuhl ihr gegenüber fallen. "Ich nehme an, du weißt, warum ich hier bin?"

Kesh sah mich verwundert an. "Was, kein Smalltalk? Keine Erklärung für deine Abwesenheit?" Ihr Blick wurde schärfer. "Und keine Entschuldigung dafür, dass du meine Agentin als Kurier benutzt hast oder mich mit den immer hartnäckiger werdenden Nachfragen deiner Tavernenbesitzerin allein gelassen hast?"

Ich lächelte. "Na sag mal Kesh, du überraschst mich", murmelte ich. "Ich dachte, du wärst eine reine Geschäftsfrau?"

Die Händlerin starrte mich steinern an.

Ich kicherte, aber schon nach einem Moment verging mir das Lachen. "Was war das von Saya?"

Obwohl ich ihren eigenen Fragen auswich, antwortete Kesh mir bereitwillig. "Der Gnom hat regelmäßig geschrieben und nach dir gefragt. Natürlich hatte ich ihr nicht viel zu sagen. Alles, was ich berichten konnte, war, dass ich keine Ahnung hatte, wo du dich aufhältst. Das stellte das Mädchen natürlich nicht zufrieden, und in letzter Zeit wurden ihre Briefe immer fordernder." Kesh schnaubte. "Sie hat sogar damit gedroht, eine Beschwerde beim Triumvirat einzureichen."

Sayas Drohung schien Kesh nicht beunruhigt zu haben. Vielmehr schien sie von Sayas Misstrauen beleidigt zu sein.

Kesh griff unter den Tisch und zog einen dicken Stapel Briefe hervor. "Aber jetzt, wo du zurück bist, kannst du dich selbst um die Angelegenheit kümmern und sie beruhigen."

Ich zögerte, dann schüttelte ich den Kopf. "Ich kann jetzt noch nicht. Ich muss mich erst um etwas kümmern."

Die Brauen der alten Dame hoben sich. "Du solltest zumindest ihre letzte Korrespondenz lesen. Ich glaube, du könntest darin Grund zur Sorge finden."

Ich war in Versuchung, schüttelte aber wieder den Kopf. Was auch immer es war, es konnte noch einen Tag warten. Solange ich nicht mit Loken fertig geworden war, konnte ich es mir nicht leisten, abgelenkt zu werden. "Das werde ich", sagte ich. "Wenn ich zurück bin."

Keshs Augenbrauen hoben sich. "Wie du willst", sagte sie und verstaute die Briefe wieder in einem unsichtbaren magischen Fach.

"Hast du meine Sachen?" fragte ich und kam damit zu dem eigentlichen Grund, warum ich hergekommen war.

Kesh grunzte. "Natürlich." Sie griff wieder nach unten, zog meine Tasche hervor und legte sie vor mir auf den Tisch.

Ich machte mir nicht die Mühe, meine Erleichterung zu verbergen, schnappte mir die Tasche und schaute hinein.

"Es ist noch alles da", sagte Kesh.

"Ich habe nicht an dir gezweifelt." Ich stand auf. "Und ich danke dir! Das werde ich nicht vergessen. Aber jetzt muss ich gehen."

"Moment!", bellte die alte Dame. "Du gehst? Einfach so? Ohne jede Erklärung, nachdem du neun Monate lang verschwunden warst?"

"Tut mir leid, ich bin in Eile."

"Das sehe ich", murmelte Kesh. "Du erinnerst dich doch, dass du mich zu deiner Vertreterin ernannt hast, oder? Behalte deine Geheimnisse für dich, aber es gibt wichtige Dinge, die wir besprechen müssen - nicht zuletzt die Finanzen der Taverne."

Ich sah sie überrascht an. "Ist die Taverne pleite?"

Kesh schüttelte den Kopf. "Im Gegenteil, ihre Einnahmen sind ... beachtlich. Du solltest dir die Bücher ansehen."

"Das werde ich, aber später", versprach ich. "Kannst du in der Zwischenzeit einen Teil des Geldes auf mein Albion-Konto überweisen? Nicht zu viel", beeilte ich mich hinzuzufügen, "nur etwas Kleingeld."

Ich hatte meine Ersparnisse aufgebraucht, bevor ich den Wächterturm betreten hatte, und obwohl ich noch nicht vorhatte, die sichere Zone zu verlassen, war mir klar, dass ich etwas Geld brauchen würde.

"Kein Problem", sagte Kesh. "Vergiss nur nicht, dass die Bücher der Taverne auf dich warten, wenn du bereit bist. Und noch etwas: Was die Gegenstände angeht, um die du mich gebeten hast ..."

Ich winkte ihre Worte ab. "Auch das können wir später besprechen."

"Nun gut", brummte Kesh. "Ich sehe schon, dass es sinnlos ist, jetzt mit dir zu reden. Los, ab mit dir."

Ich drehte mich um, hielt dann aber inne, als mir etwas einfiel. "Das erinnert mich ... Kannst du eine Liste mit allen Fertigkeiten erstellen, die es im Spiel gibt? Ich interessiere mich besonders für die mächtigeren Varianten."

Kesh musterte mich einen Moment lang ausdruckslos. "Das ist für deine neue Leere-Klasse, nehme ich an?"

Ihr Wissen überraschte mich nicht. "Genau" sagte ich einfach.

"Ich kümmere mich darum", antwortete meine Vertreterin.

"Danke", sagte ich. "Oh, und noch eine Sache. Du kannst mir nicht zufällig eine Wegbeschreibung geben?"

Kesh seufzte. "Wohin?"

"Zum Palast einer Dunklen Macht".

Es gelang ihr nicht ihre Überraschung zu verbergen und Keshs Augen weiteten sich. "Welche?"

Als ich es ihr sagte, wurden ihre Augen noch runder.

* * *

Ich verließ das Emporium eilig und machte mich auf den Weg zum Hotel Freuden des Wanderers. Mein nächster Termin war entscheidend für meine Pläne, und ich musste dafür richtig gekleidet sein. Nicht, dass ich glaubte, meine Ausrüstung würde eine Macht beeindrucken, aber ich wollte nicht riskieren, ihn zu beleidigen, indem ich in Neulingskleidung auftauchte.

Nachdem ich ein Zimmer für den Tag gebucht hatte, stellte ich fest, dass Keshs Vorstellung von "Kleingeld" sich wesentlich von meiner unterschied.

Du hast einen Zimmerschlüssel erworben. Du hast 10 Gold verloren. Verbleibendes Geld auf deinem Bankkonto: 990 Gold.

Wie viel Geld hatte die Taverne bloß eingenommen? fragte ich mich in müßiger Spekulation. Es musste einiges sein, wenn Kesh ohne mit der Wimper zu zucken tausend Gold auf mein Konto eingezahlt hatte.

"Wäre das alles, mein Herr?", fragte der Hoteldirektor und unterbrach meine Gedanken.

"Ja, danke", antwortete ich. Ich nahm meine Hand von seinem Schlüsselstein und ging auf mein Zimmer, um meine alten Sachen wieder anzuziehen.

Du hast eine verzauberte Lederrüstung, 5 Schmuckstücke, die Stiefel des Wanderers und andere Ausrüstungsteile ausgerüstet.
Der Nettoeffekt deiner ausgerüsteten Gegenstände beträgt +2 Magie, +4 Stärke, +8 Geschicklichkeit und 26% Reduzierung von physischem Schaden.

"Ah", stieß ich aus und genoss die kleinen, aber bedeutenden Verbesserungen, die meine alte Ausrüstung mit sich brachte. In vielerlei Hinsicht fühlte ich mich, als wäre ich aus der Ausrüstung herausgewachsen. Aber wenn alles andere wie erwartet verlief, würde ich genug Zeit haben, mich um Ersatz zu kümmern.

Nachdem ich die Zimmertür hinter mir schloss, verließ ich das Hotel und ging zur Palastallee.

✳ ✳ ✳

Die Straße hieß eigentlich gar nicht Palastallee, aber sie war so dicht mit Villen der Elite des Spiels besiedelt, dass ich den Namen treffend fand.

Als ich das südliche Ende der Straße erreichte, suchte ich nach der Villa, die Kesh beschrieben hatte. Es dauerte nicht lange, bis ich sie fand. Genau wie die Händlerin gesagt hatte, war es eher eine Festung als ein Palast.

Ich schlenderte lässig zum Tor und präsentierte mich den bewaffneten Soldaten, die dort Wache hielten. Obwohl wir uns in einer sicheren Zone befanden, waren beide schwer gepanzert und trugen schimmernde ebenholzschwarze Plattenrüstungen. "Hau ab", bellte der ranghöhere der beiden, bevor ich ihn ansprechen konnte.

An seinem Schulterabzeichen erkannte ich ihn als Feldwebel. "Ich bin hier, um Tartar zu sprechen", sagte ich höflich.

Der zweite Soldat schnaubte ungläubig. "Ist dieser Idiot zu fassen? Wer ist er?"

Der Feldwebel unterbrach ihn. "Ich sagte, hau ab", knurrte er.

Ich griff in meine Tasche und schnippte die Spielmarke von Tartar, die Talon mir gegeben hatte, in Richtung des Feldwebels. Er fing sie reflexartig auf und untersuchte sie. An seinem Gesichtsausdruck konnte ich den genauen Moment ablesen, als er den wütenden Stier auf der Marke ausmachte.

"Woher hast du die?", fragte er.

"Von einem gewissen Hauptmann Talon", antwortete ich wahrheitsgemäß.

Die Augen des zweiten Soldaten weiteten sich. "Du meinst Hauptmann Talon, den Befehlshaber der Ebenholzgarde?"

Ich lächelte. "Ebendiesen."

Die beiden Legionssoldaten sahen sich an. "Ist das eine Fälschung?", flüsterte der zweite.

"Sei kein Idiot", knurrte der Feldwebel. "Diese Marken kann man nicht fälschen." Sein Blick huschte zu mir. "Oder stehlen." Doch trotz seiner Worte musterte mich der Feldwebel misstrauisch, als ob er vermutete, dass ich genau das getan hätte.

Ich sagte nichts und wartete, bis sie sich entschieden hatten, was sie tun wollten. Zu welchem Schluss sie kommen würden schien sowieso unvermeidlich. Der Feldwebel schien das selbst zu erkennen und wandte sich an seinen Begleiter. "Hol den Kommandanten", befahl er.

"Den Kommandanten?", rief der Soldat aus. "Das kann nicht dein Ernst sein. Der wird uns häuten …"

"Geh!", bellte der Feldwebel.

Der Soldat ging.

Ein Lächeln umspielte meine Lippen als ich meine Arme verschränkte und wartete.

Kapitel 248: Der wütende Stier

Der Legionskommandant war ein großer Mann mit grauem Haar und strenger Miene. Er warf einen Blick auf die Spielmarke, verbeugte sich respektvoll und wies mich an, ihm in den Palast zu folgen.

Der Kommandant weigerte sich jedoch, meine Fragen zu beantworten, und nachdem er mich in einen leeren Vorraum geführt hatte, gab er mir eine knappe Anweisung. "Bleib hier, und was immer du tust, geh nicht weg." Mit diesen Worten drehte der Soldat sich um und eilte davon.

Als ich mich umdrehte, sah ich ihn durch die Tür verschwinden. "Warte!" rief ich, aber es war zu spät; der Kommandant war bereits verschwunden. "Verdammt", murmelte ich.

Mir selbst überlassen betrachtete ich das Zimmer. Wie erwartet war es reich ausgestattet und jede der vielen Nischen des Raumes war mit teuer aussehenden Gemälden, polierten Statuen und hängenden Wandteppichen geschmückt. Es gab jedoch keinen Platz zum Sitzen.

Ich warf einen Blick auf die beiden Türen, die aus dem Raum führten, entschied mich aber nach kurzem Zögern dagegen, dem Kommandanten nachzujagen oder das Gebäude weiter zu erkunden. Seufzend zwang ich mich zur Geduld. *Noch mehr Warten*, nörgelte ich.

Mehrere Minuten vergingen.

Dann Stunden, und immer noch starrte ich allein in den leeren Raum.

Ich widerstand der Versuchung, mich auf den Marmorfußboden zu setzen - das gehörte sich nicht, ich war im Palast einer Macht - und begann auf- und abzugehen. Mein gesamter Plan hing von Tartar ab.

Wenn ich nur mit der Dunklen Macht sprechen könnte, war ich mir sicher, dass ich ihn von meiner Meinung überzeugen könnte. Aber was, wenn der selbsternannte Gottkaiser sich weigerte, mir eine Audienz zu gewähren? Das hatte ich nicht bedacht. Ich hatte nicht angezweifelt, dass das Zeichen der Abgesandten ausreichen würde, um mir eine Audienz zu verschaffen. Jetzt war ich mir da nicht mehr so sicher.

Der Mittag kam und ging, und immer noch tauchte niemand auf, weder um mich zur Macht zu bringen noch um mich rauszuschmeißen.

Obwohl die Versuchung groß war, den Raum zu verlassen, rührte ich mich nicht von der Stelle. Wollte sich der Legionskommandant einen Scherz erlauben? War dieses sinnlose Warten eine Art Test? Oder war meine Bitte, Tartar zu sehen, irgendwo verloren gegangen?

Ich wusste es nicht, aber ich wollte nicht gehen, bevor ich die Macht getroffen hatte.

Die Stunden vergingen, und die Nacht brach herein. Frustriert, reizbar und müde ging ich weiter auf und ab. Das war das Einzige, was mich vom Einschlafen abhielt. War es an der Zeit, jemanden zu finden und zu fragen, was zum Teufel los war?

Vielleicht, entschied ich widerwillig. *Wie lange kann ich noch ...*

Eine Stimme hallte durch den Raum. "Du bist hartnäckig."

Ich drehte mich um. Die Stimme war aus einer der Nischen an der Westwand gekommen, aber die entsprechende Ecke war leer. Während meines endlosen Wartens hatte mein Blick sie oft genug gestreift, um mir dessen sicher zu sein. Nicht einmal ein Wandteppich schmückte sie.

"Wer ist da?" rief ich.

Eine hochgewachsene Gestalt schritt aus der Nische. Wo kam er her?

Der Sprecher überragte mich um ein Vielfaches. Nichts an ihm war unauffällig, und es widersprach jeder Vernunft, dass er sich die ganze Zeit in der Nische versteckt haben sollte. Mit jedem Auftreten seiner behuften Füße brachte die Gestalt den Boden zum Beben. Seine Beine, Arme und sein Oberkörper waren mit geriffelten Stahlplatten bedeckt, aber sie verbargen seine ausgeprägten Muskeln darunter nicht im Ansatz.

Der Kopf des Sprechers war jedoch der auffälligste Aspekt seiner Erscheinung. Auf jeder Seite ragten zwei ebenholzschwarze Hörner daraus hervor. In seinen Augen schwammen goldene Tupfer, und seine Oberlippe war von einem hängenden Schnurrbart geschmückt, der nicht zu seinem ansonsten monströsen Gesicht passte.

Ein weiser alter Minotaurus?

War das eine Art Scherz? Aber nein, der Minotaurus, der auf mich zuschritt, war keine gewöhnliche Kreatur. Ganz im Gegenteil. Er stank geradezu nach Macht - und zwar nicht nach gewöhnlicher Macht.

Er selbst *war* eine Macht. Das hier war der Gottkaiser.

"Tartar?" riet ich.

Ein Lächeln umspielte einen Mundwinkel der Dunklen Macht. "Noch dazu direkt", murmelte er. Tartar blieb vor mir stehen, verschränkte die Arme vor seiner massigen Brust und blickte auf mich herab. "Du hast um eine Audienz gebeten?"

Eine Sekunde lang sagte ich nichts - *konnte* ich nichts sagen.

Trotz Tartars sanfter Worte war nichts Sanftes an der Aura von Macht, die ihn umgab. Sie traf mich mit der Kraft einer Lawine, und für einen langen Moment war ich sprachlos.

Als der Minotaurus nähergekommen war, waren die ätherischen Flammen, die seine Gestalt umhüllten, nach außen geströmt, um mich selbst in wogende Flammen zu hüllen. Sie erweckten nicht das Gefühl von bösen Absichten - noch nicht -, aber ich hatte das Gefühl, dass sie mich beim kleinsten Anzeichen einer Bedrohung auslöschen würden.

Doch nicht nur in der Realität spürte ich Tartars Anwesenheit. Meine Psi-Schilde waren errichtet und fest um meinen Verstand gelegt. Dennoch leuchtete die Macht hell und einschüchternd in meinen Gedanken auf, und sein Geist griff meine Verteidigung mit der Gleichgültigkeit der sengenden Sonne an, die auf eine trockene Wüste niederbrennt.

Selbst der Wolf in mir - der immer furchtlos war - wich vor der blanken Macht zurück, die der Minotaurus ausstrahlte. Im Gegensatz zu allen anderen Mächten, die ich kennengelernt hatte, war Tartars Macht roh und unverschleiert.

Vielleicht liegt es daran, dass ich ihm am Sitz seiner Macht begegne, vielleicht aber auch daran, dass Tartar sich im Gegensatz zu seinen Mitstreitern nicht die Mühe macht, seine Stärke zu verbergen.

Ich vermutete, dass Letzteres der Fall war.

Als ich mein Gleichgewicht wiedererlangt hatte, verbeugte ich mich respektvoll. "Das habe ich. Ich habe deine Spielmarke von ..."

Tartar schlug mit der Hand nach unten und hinterließ dabei eine Spur aus Gold in der Luft. "Ich weiß, woher du die Marke hast." Er hielt inne und fügte kalt hinzu: "Ich weiß auch von deinen Geschäften mit Hauptmann Talon. Mein Gesandter ist nicht zufrieden mit dir."

Ich verbeugte mich erneut, dieses Mal tiefer. "Ich habe mein Wort an ihn gehalten", wendete ich ein.

"Das hast du", sagte Tartar. "Und dabei hast du mir einen Dienst erwiesen." Er starrte mich mit leuchtenden Augen an. "Das ist einer der Gründe, warum du noch lebst."

"Was ist der andere?" fragte ich, bevor ich es mir verkneifen konnte.

Tartar schnaubte. "Talon hat mich gewarnt, dass du unverschämt bist." Die Macht winkte mit der Hand, und ein schwarzer Obsidian-Thron erschien hinter ihm. "Du bist ein hinterhältiger Dieb", sagte er barsch, als er sich setzte. "Und ein Betrüger noch dazu. Normalerweise würde ich mit jemandem wie dir nicht verhandeln."

Obwohl ich gegen diese wenig schmeichelhafte Beschreibung protestieren wollte, setzte die Vernunft sich durch und ich blieb still.

Tartar verschränkte die Hände vor sich. "Aber Talon spricht in den höchsten Tönen von deinen Fähigkeiten, und was noch wichtiger ist, mein Gesandter hält dich für ehrenhaft." Der Minotaurus sah mir in die Augen und sein Blick strahlte eine stille Drohung aus. "*Bist* du ehrenhaft, Dieb?"

Ich nickte vorsichtig und traute mich nicht zu sprechen.

Die Bedrohung im Blick der Macht ließ nach und er lächelte. "Dann könntest du mir in Zukunft von Nutzen sein. Das ist der zweite Grund, warum du noch am Leben bist."

Ich sagte nichts, aber meine Erleichterung war deutlich spürbar.

"Aber verwechsle Nachsicht nicht mit Notwendigkeit", fuhr Tartar fort. "Wenn du meine Zeit verschwendest oder mich verrätst, wirst du es bereuen, jemals hierhergekommen zu sein. Verstanden?"

"Verstanden."

"Gut. Jetzt erkläre mir den Grund für dein Eindringen."

Ich holte tief Luft, bevor ich weitersprach. "Ich habe Informationen und einen Vorschlag mitgebracht. Ich denke, beide werden dich interessieren." Ich hielt inne und wartete auf die Reaktion der Macht.

Aber Tartar starrte mich nur teilnahmslos an und gab nichts weiter preis.

Ohne eine andere Wahl fuhr ich fort. "Es geht um Loken und das Spiel, das er gegen die Dunkelheit treibt."

Tartars Augen funkelten. "Der Trickbetrüger", knurrte er und beugte sich vor. "Was hat er vor?"

"Loken hat einen Vertrag mit den Gottesanbetern abgeschlossen, um mich zu töten", sagte ich.

"Menaqs Leute? Unmöglich", spottete Tartar. "Die Gottesanbeter arbeiten nur für die Dunklen."

"Oder für jemanden, von dem sie denken, dass er für die Dunklen arbeitet", korrigierte ich. "Ich weiß genau, dass Lokens Verkleidungen selbst eine Macht täuschen können", fügte ich hinzu und dachte daran, wie Hamish in Erebus' Dungeon eingedrungen war.

Trotz Tartars offensichtlicher Skepsis wies er meine Worte nicht von der Hand. "Hast du Beweise?"

"Nein", gab ich zögernd zu. Als ich sah, wie sich das Gesicht der Macht verhärtete, fügte ich eilig hinzu: "Aber ich habe vor, vor Sonnenuntergang welche zu besorgen."

"Wie?" fragte Tartar knapp.

Ich sagte es ihm.

"Hmm", sagte Tartar und rieb sich mit einer massigen Hand das Kinn. "Ein plausibler Plan. Erzähl mir mehr ..."

Ich neigte meinen Kopf und tat genau das.

✳ ✳ ✳

Tartar behielt mich stundenlang bei sich und befragte mich bis tief in die Nacht. Es war vielleicht treffender es als Verhör zu bezeichnen, anstrengend und methodisch.

Ich war die ganze Zeit über penibel ehrlich. Ich teilte nicht alles mit ihm, aber ich erzählte Tartar genug, dass er meinem Vorschlag zustimmte, als ich fertig war.

"Ich hoffe, du hast recht, Dieb", polterte Tartar bedrohlich, nachdem wir unsere Vereinbarung getroffen hatten. "Sonst wird es für dich Konsequenzen haben."

Ich nickte, wohl wissend, dass ich ein gefährliches Spiel spielte, aber wenn ich mich von Lokens Machenschaften befreien wollte, gab es keinen anderen Weg.

Ich verabschiedete mich und verließ das Vorzimmer. Als ich aus dem Palast trat, blickte ich auf und sah, dass die Morgendämmerung nicht mehr weit entfernt war. Ich unterdrückte ein Gähnen und machte mich auf den Weg zur Globalen Auktion.

Trotz der späten Stunde gab es noch eine Aufgabe, die ich erledigen musste, bevor ich mich zur Nachtruhe begeben konnte. Ich brauchte einen Boten, der eine Nachricht für mich überbrachte, und ich dachte, dass der Marktplatz der wahrscheinlichste Ort in der sicheren Zone war, einen willigen Spieler zu finden.

Als ich den Rand des Platzes erreichte, nahm ich jeden Winkel genau ins Auge. Es war so voll wie immer. *Wo soll ich anfangen?* Mein umherschweifender Blick blieb an der kristallinen Spitze in der Mitte des Platzes hängen. *Hmm ... Ich frage mich, ob die Barden immer noch da sind.*

Einen Versuch war es wert, beschloss ich. Ich machte mich auf den Weg zum Spitzturm und bahnte mir meinen Weg durch die Menschenmenge. Tatsächlich fand ich eine Handvoll Musiker, die untätig am Fuß des Adjutanten standen. Zudem kam mir einer von ihnen bekannt vor.

Ich schritt zielstrebig auf den Halbelf zu und rief nach ihm. "Hey, du." Der Barde hatte sich in den Monaten, seit ich ihn zuletzt gesehen hatte, kaum verändert. Er trug immer noch dieselbe abgetragene aber reich aussehende Kleidung und hatte eine gut gepflegte Flöte dabei. "Shael, richtig?"

Der Barde drehte sich um und seine schielenden Augen verengten sich unter seinen wallenden Haarsträhnen. "Ich erinnere mich an dich", sagte er. "Der Täuschungsspieler mit zu viel Gold in der Tasche, stimmt's?"

Ich lächelte und streckte meine Hand aus. "Genau der."

Shael schüttelte sie. "Ich bin überrascht, dich immer noch in Nexus zu sehen. Ich dachte, ein kluger Kopf wie du wäre schon lange weg."

Ich gluckste. "Das ist eine lange Geschichte. Aber was machst du noch hier? Sag bloß, du hast es noch nicht geschafft, aus der Stadt zu fliehen?"

Shael seufzte theatralisch. "Sich in Nexus zu ernähren und zu kleiden ist teuer, und ich brenne fast so schnell durch meine Einnahmen, wie ich sie verdienen kann." Er hielt inne. "Aber um ehrlich zu sein, habe ich angefangen mich hier wohlzufühlen und mein Verlangen zu gehen hat nachgelassen."

Ich nickte, obwohl ich die Haltung des Barden nicht nachvollziehen konnte. An seiner Stelle hätte ich nicht so lange untätig herumgehangen, aber wenn Shael mit seinem Schicksal zufrieden war, wollte ich seine Entscheidungen nicht in Frage stellen.

"Apropos Münzen, was hältst du davon, dir welche zu verdienen?" fragte ich.

Shael grinste. "Was brauchst du?"

Ich reichte ihm den Brief, den ich im Palast des Gottkaisers verfasst hatte. "Du sollst den hier abliefern. Er ist für eine Spielerin namens Morin. Du findest sie in der Schattenburg im Schattenviertel. Kommst du da rein?"

Er nickte.

"Gut. Dann sag ihr Folgendes ..."

Kapitel 249: Zum Narren gehalten

Weniger als eine Stunde später kam Shael mit einer Antwort in der Hand zurückgerannt. Sie lautete schlicht: *"Ich werde da sein"*. Es gab keine Unterschrift, aber ich wusste, dass sie von Loken sein musste.

Ich lächelte erleichtert. Ich war mir sicher, dass Loken in der Stadt war und die Ereignisse genau verfolgte. Der Hinterhalt der Gottesanbeter am Ausgang des Dungeons bestätigte das, aber ich war mir nicht ganz sicher gewesen, ob er einem Treffen zustimmen würde.

Die Macht der Schatten war stets launisch.

Ich steckte den Brief ein und überreichte dem Barden das Honorar, das ich mit ihm ausgemacht hatte. "Danke", sagte ich.

"Jederzeit", antwortete Shael und sein Gesicht wurde zu einem breiten Grinsen, als das Gold in seinen Händen glänzte. "Und wenn du mich sonst für irgendetwas brauchst ..."

"Weiß ich, wo ich dich finden kann", beendete ich seinen Satz und legte ihm eine Hand auf die Schulter. "Aber ich muss los. Ich habe eine Verabredung mit einer Macht."

Der Halbelf kicherte und dachte wohl, ich machte Witze. Doch als ich keine Miene verzog, verstummte sein Lachen abrupt. "Meinst du das ernst? Wer bist du ...?"

Ich drehte mich um und überließ ihn seinem Staunen, während ich in Richtung des Hotels Freuden des Wanderers lief.

Es war Zeit, mich auf Lokens Ankunft vorzubereiten.

❋ ❋ ❋

Ich hatte keine Möglichkeit, Loken direkt zu kontaktieren, deshalb hatte ich Morin das Schreiben zukommen lassen und sie gebeten, es an die Macht weiterzuleiten.

Ich hatte mir keine Sorgen gemacht, ob der Brief den Betrüger erreichen würde. Wie ich Loken kannte, ließ er Morins Korrespondenz wahrscheinlich überwachen, und ich musste den Brief nur in die Schattenburg kriegen.

Das Schreiben enthielt nichts weiter als eine knappe Aufforderung zu einem Gespräch und die Angaben, wo und wann. Loken hatte keine Niederlassung in der sicheren Zone. Soweit es bekannt war, hatte er nirgendwo ein Zuhause - was typisch für ihn war.

Aber das war es auch, was meinen Plan durchführbar machte.

Wenn Loken darauf bestanden hätte, sich an einem Ort seiner Wahl zu treffen, wäre mein Plan auf der Stelle gescheitert. Das hatte er aber nicht getan, und bisher lief alles wie geplant. Aber anstatt mich zu beruhigen, verstärkte das meine Beunruhigung nur. Die Ereignisse waren in Bewegung, und jetzt gab es kein Halten mehr.

Wenn ich meinen Plan nicht erfolgreich durchzog, würde mir mehr als eine wütende Macht auf den Fersen sein.

✳ ✳ ✳

Ein paar Stunden später saß ich in einem feinen Zimmer im Freuden des Wanderers und wartete auf Lokens Ankunft. Als neutrales Gebiet inmitten einer sicheren Zone war das Hotel ein beliebter Treffpunkt für Fraktionen und Mächte.

Als ich meine Wünsche erklärt hatte, hatte das Hotelpersonal meine Bedürfnisse genau verstanden, und sich um alles gekümmert - natürlich gegen Bezahlung. Jetzt musste Loken nur noch auftauchen.

Ich ließ mich in den übergroßen gepolsterten Stuhl sinken, schloss die Augen und hielt mich unter Anstrengung all meines Willens vom Zappeln ab. Loken war spät dran. Nur ein paar Minuten, aber trotzdem war ich nervös.

Was ist, wenn er nicht auftaucht? Tartars Unmut wäre die geringste meiner Sorgen. *Er muss einfach ...*

Die Zimmertür knallte auf und Loken schlenderte mit einem breiten Grinsen herein. Von draußen schloss einer der Hotelangestellten unauffällig wieder die Tür, und ich nickte ihm dankend zu.

Mein Blick flackerte zurück zu Loken. Die Schattenmacht begutachtete das Zimmer. Die Suite war zwar groß und üppig dekoriert, aber nur spärlich eingerichtet. Der Trickbetrüger entdeckte den zweiten der beiden Stühle, die in der Mitte des Raumes standen, und setzte sich mir gegenüber.

"Michael", begrüßte mich die Macht und lehnte sich zurück. "Endlich bist du wieder da!"

"Loken", grüßte ich neutral.

Als ich nichts mehr sagte, fuhr Loken fort. "Es ist schön, dich wiederzusehen. Ich dachte schon, du würdest nie aus diesem Dungeon entkommen." Er drückte eine Hand auf sein Herz. "Ich habe um dich gefürchtet, mein Junge. Das habe ich wirklich. Aber nichts kann dich aufhalten, nicht wahr? Du bist der ultimative Entfesselungskünstler."

Ich zwang mich, still zu sein. Ich wollte am liebsten wütend auf die Macht einschreien. Fast alles Schlimme, was mir in Nexus passiert war, hatte ich Loken und seinen Machenschaften zu verdanken, und jetzt tat er so, als wäre er von Herzen um mich besorgt!

Das allein reichte aus, um mein Blut in Wallung zu bringen. *Beruhige dich, Michael. Erinnere dich an den Plan.*

Als ich schwieg, verzogen sich Lokens schwarz geschminkte Lippen zu einem verschmitzten Lächeln. "Du bist nicht nur entkommen, sondern hast dich auch noch prächtig entwickelt, wie ich sehe." Die Macht hüpfte aus seinem Stuhl und ging langsam im Kreis um mich herum. "Ein Magier der Leere. Wie faszinierend. Das ist eine ziemlich einzigartige Klasse im Spiel, weißt du. Sie wird nicht oft gefunden und noch seltener angenommen. Sie erfordert, sagen wir, eine bestimmte Anzahl von Talenten, um sie zu nutzen. Aber ich denke, du wirst gut damit zurechtkommen."

Loken blieb vor meinem ausdruckslosen Gesicht stehen. "Glückwunsch, mein Junge. Du hast es geschafft, eine schöne Sammlung von Klassen zusammenzustellen. Jetzt stell dir vor, was ..."

"Wir müssen reden", stieß ich hervor.

Während Lokens fast ununterbrochenem Redefluss war ich wortkarg geblieben, aber es war an der Zeit, die Aufmerksamkeit der Macht zu gewinnen. Je länger ich ihn im Unklaren ließ, desto wahrscheinlicher war es, dass er etwas bemerkte. "Setz dich. Bitte."

Wie durch ein Wunder setzte Loken sich hin und faltete die Hände in seinem Schoß. Mit geradem Rücken und den Blick auf mich gerichtet, machte die Macht eine Schau daraus mir ernsthaft zuzuhören.

Ich seufzte. *Er macht sich schon wieder über mich lustig.* Ich ignorierte Lokens Mätzchen und öffnete meinen Mund, um zu sprechen.

Die Macht kam mir zuvor. "Wie hast du sie gefunden?"

Stirnrunzelnd schloss ich meinen Mund mit einem Schnalzen. "Was gefunden?" fragte ich nach einem kurzen Moment.

"Tu nicht so begriffsstutzig, Michael", sagte Loken in einem verärgerten Ton. "Deine neue Klasse, natürlich. Erzähl mir alles!"

Ich sah ihn einen Moment lang an und beschloss dann, dass dies eine gute Gelegenheit war. "Weißt du das nicht längst?"

Loken neigte seinen Kopf zur Seite und tat, als ob er von rein gar nichts wüsste.

"Dein Verfolgungszauber", knurrte ich. "Hat er dich nicht über jeden meiner Schritte in Kenntnis gesetzt?"

Loken schmollte. "Jetzt sei doch nicht so, mein Junge. Der Zauber ist bei weitem nicht so präzise, wie ich es gerne hätte. Solange ich mich nicht im selben Sektor befinde wie du, kann ich deinen genauen Standort nicht erkennen, nur den Sektor, in dem du dich befindest. Und ich verbringe auch nicht, wie du anscheinend denkst, jede Sekunde eines jeden Tages damit, zu verfolgen, wo du dich gerade aufhältst." Lokens Augen funkelten vor Vergnügen. "Ich habe auch noch andere Aufgaben, weißt du."

Meine Augen verengten sich. Sagte er die Wahrheit? Wenn Loken nicht in der Lage war, meine Bewegungen durch die Sektoren des Wächterturms zu verfolgen, wusste er weder von den Wölfen noch von dem versteckten Sektor – beides Geheimnisse, die ich gerne für mich behalten würde –, aber darauf konnte ich mich nicht verlassen. Loken log. Mit ziemlicher Sicherheit.

"Was genau ist im dritten Level des Dungeons passiert?" fragte Loken, fast so, als ob er meine Gedanken verfolgt hätte. Du warst *monatelang* dort gefangen." Er wartete einen Moment, aber als ich nicht antwortete, fragte er weiter nach. "Warst du in der Eisbarriere in Stasis gefangen?"

Ich nickte kurz. "So ähnlich", sagte ich und wechselte das Thema. "Es ist an der Zeit, über die Zukunft zu sprechen."

Loken setzte sich auf. "Bist du bereit, meine Aufgabe zu übernehmen?" Ohne meine Antwort abzuwarten, rieb er sich die Hände. "Ausgezeichnet. Ich denke, du solltest jetzt ..."

Ich schüttelte den Kopf. "Nein."

Loken sah mich seltsam an. "Nein?"

"Nein, ich bin nicht bereit, dir zu gehorchen", sagte ich und betonte jedes Wort.

Ein Aufflackern von Emotionen, das zu schnell war, um es zu deuten, huschte über das Gesicht der Macht, bevor er theatralisch seufzte. "Warum hast du mich dann hierher gerufen?"

Ich ließ die Stille einen Moment lang andauern. "Ich weiß, dass du es warst."

Loken rollte mit den Augen. "Natürlich war ich es. Viele Dinge war ich." Er hielt inne. "Was genau meinst du denn?"

Mir war nicht nach Scherzen zumute. Mit grimmiger Miene sagte ich: "Ich weiß, dass du es warst, der die Gottesanbeter auf mich gehetzt hat."

"Ah", atmete Loken aus.

Dieses eine Geräusch war Bestätigung genug. Aber ich wollte es von ihm selbst hören. "Du gibst es also zu?"

Die Schattenmacht zuckte mit den Achseln, unerträglich gleichgültig, obwohl seine Täuschung aufgedeckt worden war. "Ich sehe an deinem Gesichtsausdruck, dass du überzeugt bist. Warum sollte ich es also leugnen? Ja, ich war es."

Meine Schultern sackten zusammen. Ich war mir sicher gewesen, dass Loken es war. Trotzdem konnte ich mir den Stich der Enttäuschung über seine Bestätigung nicht unterdrücken. Mir wurde klar, dass ich insgeheim gehofft hatte, die Macht würde mir eine andere Erklärung liefern. Jetzt konnte ich die Wahrheit nicht mehr leugnen: Loken hatte mich verraten.

"Wie hast du es herausgefunden?", fragte er.

Ich starrte die Macht suchend an. Auf seinem Gesicht war keine Spur von Entschuldigung oder Schuld zu sehen, nichts, was auf Reue hindeutete. Ich verdrängte mein eigenes Gefühl der Verletzung. Mir wurde klar, dass Loken weder mein Freund noch mein Verbündeter war.

Er war der Feind.

"Die Gottesanbeter haben dich verraten", antwortete ich in einem Tonfall, der Lokens Nüchternheit widerspiegelte. "Sie haben mich etwas zu genau verfolgt, und nachdem ich den Beobachter der Albion Bank benutzt habe, um sicherzustellen, dass keine anderen Zauber auf mir lagen ..." Ich zuckte mit den Schultern. "Danach blieb nur noch eine plausible Erklärung."

"Hmm", murmelte Loken. "Deshalb warst du also in der Bank." Er schaute mich von der Seite an. "Aber das erklärt noch immer nicht deinen Besuch im Dunklen Bezirk der sicheren Zone."

Ich schaute die Macht scharf an. Hatte er einen Verdacht?

Loken schmunzelte über meinen Gesichtsausdruck. "Komm schon, Michael, du hast doch nicht gedacht, dass mir das entgehen würde, oder? Mit wem hast du dich getroffen?"

Trotz Lokens wissendem Auftreten und seiner entspannten Miene spürte ich die Anspannung in ihm aufkommen. "Das weißt du nicht?" schoss ich zurück.

Loken seufzte. "Leider sind die Dunklen Mächte sehr paranoid. Jeder ihrer Wohnsitze ist von einem Störungsschleier umgeben, der alle Wahrsageversuche blockiert. Ich weiß, dass du dort warst, aber nicht, wen du besucht hast." Er hielt inne. "Also, wer war es?"

Die Tatsache, dass Loken es für nötig hielt, die Frage zu wiederholen, verriet sein Interesse und überzeuge mich, dass er die Wahrheit tatsächlich nicht kannte. "Niemand", log ich. "Ich habe nach Menaq gesucht, aber der ..."

"- wohnt nicht in der Stadt", beendete Loken für mich und entspannte sich kaum merklich. "Ah, lieber Junge, du wagst dich in tiefe Gewässer. Hast du deswegen beschlossen, mich zu konfrontieren?"

Ich nickte stumm.

"Was wolltest du erreichen?" fragte Loken und klang aufrichtig verwirrt. Ich hielt den Blick der Macht fest. "Ich will wissen, warum."

"Warum?"

Ich seufzte. "Warum hast du das getan? Warum hast du mich verraten?"

Die Maske eines Narren, die Loken so bereitwillig trug, fiel von ihm ab und enthüllte für einen kurzen Moment den unübertrefflichen Pläneschmieder darunter. "Du weißt warum, Junge", sagte er kalt.

Ich sagte nichts.

"Sag bloß, du hast es noch nicht herausgefunden?" fragte Loken, wobei sich Ungläubigkeit mit Belustigung mischte, während seine Fassade sich wieder aufbaute. "Ich hätte Besseres von dir erwartet, mein Junge." Er hielt inne. "Soll ich es dir nochmal buchstabieren?"

"Nein", schnauzte ich. Ganz sicher nicht. Ich atmete tief ein. Trotz meines Vorsatzes, ruhig zu bleiben, ging Loken mir unter die Haut. "Wann hast du es herausgefunden?"

Die Schattenmacht musterte mich mit zusammengekniffenen Augen. "Oh, ich habe es von Anfang an vermutet. Als du Hamish zum ersten Mal besucht hast, um genau zu sein. Ich hatte Erebus' Dungeon bereits selbst erkundet und wusste von der Gerberei der Kobolde und wer darin gefangen gehalten wurde." Er breitete seine Hände aus. "Nach deiner Klassenevolution brauchte es nicht mehr viel, um das alles zusammenzufügen."

Ich beäugte Loken skeptisch. "Warum hast du dann nicht gleich versucht, mich zu töten?"

"Weil ich dachte, ich könnte dich gebrauchen." Er warf mir einen spöttischen Blick zu. "Aber als du mein Angebot abgelehnt hast, wusste ich, dass du getötet werden musstest." Er lachte. "Ich konnte ja nicht ahnen, dass du in einem versteckten Sektor verschwinden würdest. Du glaubst nicht, wie glücklich ich war, als du Ishitas Schildgenerator ausgeschaltet hast."

Ich runzelte die Stirn. "Aber warum die Gottesanbeter? Warum nicht deine eigenen Leute?"

Lokens Augen funkelten. "Gewohnheit, nehme ich an. Vielleicht auch Langeweile. Wo bleibt der Spaß, Dinge auf die einfache Art zu lösen? Es ist viel schöner", sagte er grinsend, "die Lakaien der Dunkelheit zu benutzen, um meine Ziele zu erreichen."

Ich nickte langsam. Das passte auf jeden Fall zu dem, was ich über die Schattenmacht wusste. Er schien nie etwas auf die einfache Weise zu tun. "Aber *wie* hast du es gemacht? Wie hast du die Gottesanbeter getäuscht? Ich dachte die nehmen nur Aufträge von den Dunklen an."

Loken musterte mich einen Moment lang aufmerksam. "Warum dieses Interesse am Wie?"

Jetzt war ich an der Reihe, Gleichgültigkeit vorzutäuschen. "Nenn es berufliche Neugierde."

Loken lachte und schaute mich spitzbübisch an. "Du willst auch wissen, wie du die Gottesanbeter täuschen kannst, nicht wahr? Ich nehme an, dass nichts von dem, was du bisher versucht hast, funktioniert hat?"

Ich sagte nichts, aber mein grimmiger Blick war Antwort genug.

"Natürlich sage ich es dir! Es ist kein großes Geheimnis: Ich habe vorgegeben, eine Dunkle Macht zu sein."

Ich tat überrascht. "Sowas kannst du?"

Loken grinste. "Natürlich."

"Welche Macht?"

"Ich fürchte, das würde zu viel verraten." Loken erhob sich. "Wenn das alles ist, weswegen du mich gerufen hast, bin ich sehr enttäuscht; ich hatte Besseres von dir erwartet. Leider muss ich jetzt gehen."

"Warte", befahl ich barsch.

Loken drehte sich um, sein freundlicher Gesichtsausdruck verschwunden, aber bevor er etwas sagen konnte, rief ich: "Hast du genug gehört?"

Loken blieb stehen und neigte den Kopf zur Seite. "Mit wem sprichst du?"

Ich gab keine Antwort, aber im nächsten Moment wurden Worte überflüssig, als Tartar und sein Begleiter unter einem Verschleierungszauber der Klasse zwölf hervortraten.

Ich lehnte mich in meinem Stuhl zurück und lächelte breit. Es war an der Zeit zu sehen, wie gut Loken das Stechen von Verrat gefiel, wenn *er* am Ende der Verlierer war.

Kapitel 250: Kopf und Herz

"Wir haben alles gehört", bestätigte Tartar. Der Minotaurus hielt seinen Blick starr auf Loken gerichtet und seine goldgesprenkelten Augen funkelten vor Wut. "Deine Intrigen kennen kein Ende, Narr."

Die dünne Gestalt, die im Schatten des Minotaurus stand, winkte mit ihren neongrünen Gliedmaßen in der Luft, um Zustimmung zu signalisieren. In der Geste schien auch eine gesunde Portion Wut enthalten zu sein. Tartars Begleiter war natürlich Menaq. Er war der Fraktionsvorsitzende der Gottesanbeter und auf Tartars Geheiß anwesend.

Ich erhob mich und hielt die Hände nahe den Griffen meiner Klingen. Wir befanden uns in einer sicheren Zone, und die allgemeine Weisheit besagte, dass ich nichts zu befürchten hatte, aber die allgemeine Weisheit hatte mich mehr als einmal im Stich gelassen, und es war nicht abzusehen, was als Nächstes passieren würde.

Natürlich könnte ich selbst gegen nur eine der drei Mächte im Raum wenig ausrichten, sollte sich jemand entschließen mich anzugreifen, aber ich fühlte mich dennoch sicherer in dem Wissen, dass meine Waffen in der Nähe waren, und ließ meine Hände, wo sie waren, während ich Lokens Reaktion beobachtete.

Einen fast unmerklichen Moment lang schien die Schattenmacht wie erstarrt, nur sein Blick sprang von Tartar zu Menaq. Dann breitete sich zu meinem Entsetzen ein langsames Grinsen auf seinem Gesicht aus.

Dann wandte er sich von Tartar und Menaq ab - ich vermutete, dass dies eine absichtliche Beleidigung war – und drehte sich zu mir. "Du hast mich reingelegt." Er klatschte vergnügt in die Hände. "Wie wunderbar!"

Ich war nicht der Einzige, der von Lokens Reaktion verwirrt war.

Tartars Augenbrauen zogen sich zusammen, und sein Schnurrbart zitterte. Das war kein gutes Zeichen. Menaq, der den Gottesanbetern, nach denen seine Fraktion benannt war, sehr ähnlichsah, trat vor. "Wie kannst du es wagen, meine Schüler für deine üblen Spiele zu benutzen, du Betrüger!" Er hielt inne, scheinbar von Wut überwältigt. "Dafür wirst du bezahlen!", brüllte er.

Loken gähnte. "Drohungen. Wie langweilig."

Verdammt, fluchte ich, obwohl ich von der Gelassenheit der Schattenmacht beeindruckt war.

Menaq machte einen weiteren wütenden Schritt nach vorne, aber bevor er Loken in die Hände - oder besser gesagt in die Vorderbeine - bekommen konnte, ergriff Tartar das Wort: "Nicht."

Dieses eine Wort reichte aus, um Menaq zu stoppen und verdeutlichte das Machtverhältnis zwischen den beiden Dunklen Mächten.

Ich seufzte, enttäuscht über das etwas unspektakuläre Finale meiner Intrige. Ich hatte mich auf diesen Moment gefreut, weil ich Loken gedemütigt und entehrt sehen wollte, aber die Schattenmacht hatte meine Erwartungen wieder einmal enttäuscht. Abgesehen von dem winzigen

Sekundenbruchteil, in dem seine Fassung ins Wanken geraten war, schien Loken unbeeindruckt und übernahm bereits selbst wieder die Kontrolle.

Ich hätte es besser wissen müssen, dachte ich. Aber das Wichtigste war, dass mein Plan gelungen war, und damit musste ich zufrieden sein. "Habt ihr, was ihr braucht?" fragte ich und wandte mich an Tartar.

Der Gottkaiser nickte. "Ja. Du hast dein Versprechen gehalten und den Beweis geliefert, den ich verlangt habe. Du hast mein Wort, dass die Jagd der Gottesanbeter ein Ende haben wird." Er sagte dies, ohne auch nur einen Blick auf die andere Macht zu werfen, als ob es keinen Zweifel an Menaqs Zustimmung gäbe.

Der Meister der Gottesanbeter warf mir einen Blick zu, der nur unmerklich weniger hasserfüllt war als der, den er Loken geschenkt hatte. Trotzdem blieb er höflich. "Es ist, wie Tartar sagt", sagte Menaq. "Die Jagd wird abgebrochen."

"Und?" forderte Tartar milde auf.

"Und dein Mord an meinen Jüngern wird dir vergeben", beendete Menaq und schien an den Worten fast zu ersticken, als er sie herauspresste. Er warf Loken einen Blick voller Abscheu zu. "Diese Schuld wird auf andere abgewälzt."

Loken schnaubte spöttisch.

"Danke", sagte ich nachdrücklich zu den beiden Dunklen Mächten und ignorierte den Zwischenruf des Trickbetrügers.

Menaq nickte knapp, und einen Moment später kam die Nachricht vom Spiel, auf die ich gewartet hatte.

Herzlichen Glückwunsch, Michael! Du hast die Aufgabe: <u>Jagd auf Gottesanbeter</u> erfüllt! Dank deiner Bemühungen hast du die Jagd der Gottesanbeter beendet.

Die Zeichen auf deiner Geistsignatur haben sich verändert. Mit deiner List und deinen Fäusten hast du geschafft, wozu nur wenige je fähig waren: Du hast die Gottesanbeter überlebt. Du hast nicht nur ihrem Tötungsbefehl ein Ende gesetzt, sondern auch die Identität der Person aufgedeckt, die dich zum Tod markiert hat. Wolf ist zufrieden, und dein Zeichen hat sich vertieft.

Als Tartar sah, dass mein Blick nach innen gerichtet war, nickte er. "Damit ist unser Geschäft abgeschlossen, Dieb." Mit einer Geste wies der Minotaurus seinen Begleiter zur Tür. Dort hielt er inne und drehte sich zu mir um. "Wenn du hier fertig bist, komm zu mir." Sein Blick flackerte zu Loken. "Das ist noch nicht das Ende dieser Angelegenheit", warnte er.

Die Schattenmacht rollte mit den Augen, schwieg aber.

"Ich habe Verwendung für jemanden wie dich", fuhr Tartar fort und wandte sich wieder an mich. "Und im Gegensatz zu *anderen*, kannst du sicher sein, dass ich nicht versuchen werde, dich durch Täuschung an mich zu binden oder dich unehrlich zu behandeln. *Ich kümmere mich um meine Geschworenen.*"

Trotz des kaum versteckten Spottes blieb Loken still und sein wippender Fuß war das einzige Zeichen seiner Ungeduld. Mit einem letzten Blick auf die Schattenmacht verließen Tartar und Menaq das Zimmer.

Als ob er nur auf diesen Moment gewartet hätte, fuhr Loken im selben Moment, in dem die Tür zuging, zu mir herum.

✳   ✳   ✳

"Aufschneider", schnaubte Loken mit einem verächtlichen Blick auf die Tür.

Ich starrte die Macht an, überrascht, dass sie noch im Raum war. Ich hatte erwartet, dass Loken davonstürmen würde, nachdem mein Betrug aufgedeckt wurde.

Mein Plan war natürlich gewesen, Loken vor Tartar und Menaq bloßzustellen - in der Erwartung, dass sich die Gottesanbeter von ihrer Jagd zurückziehen würden, sobald Lokens Betrug aufgedeckt wurde.

Natürlich hätte ich auch zu Loken selbst gehen und versuchen können, mein Wissen als Druckmittel einzusetzen. Aber der Betrüger hatte schon einmal die Oberhand über mich gewonnen. Ich hatte beschlossen, dass es weniger riskant war, Loken mit den anderen Mächten auszutricksen, als zu versuchen, ihn allein zu einem Pakt zu zwingen.

Und noch besser: Tartar hatte zwar keine feste Zusage gemacht, Lokens Verfolgungszauber zu entfernen, aber er hatte angedeutet, dass er dies bei angemessener Kompensierung tun würde. Und Dunkle Macht hin oder her, ich hatte das Gefühl, dass ich von dem Gottkaiser ein faireres Angebot erwarten konnte als von Loken. Alles in allem schien die Sache gut gelaufen zu sein.

Nur war Loken nicht gegangen.

Was hat er jetzt vor?

Die Macht schlug sich mit der Handfläche gegen die Stirn. "Michael, sag mir bitte nicht", sagte er mit angestrengter Stimme, "dass du diesem Stiergesicht sein Geschwätz über Ehre und Wahrheit abkaufst? Tartar wird dich genauso ausnutzen wie jede andere Macht."

Meine Lippen zogen sich zusammen. Wieder einmal hatte Loken die Richtung meiner Gedanken erraten. "Die bessere Frage", erwiderte ich, "ist, was du noch hier machst?"

Loken starrte mich ausdruckslos an.

"Ich habe dich gerade verraten, schon vergessen?" schnauzte ich verärgert. "Ich kann mir nicht vorstellen, dass wir noch viel zu besprechen haben."

Lokens Mundwinkel zuckten. "Ach, das meinst du."

"Ja, das meine ich! Bist du nicht wütend?"

Der Narr neigte seinen Kopf zur Seite. "Warum? Hättest du das gerne?"

Ich knirschte mit den Zähnen, verzichtete aber weise darauf, zu antworten.

"Das war ein meisterhafter Trick", gab Loken zu. "Der war sogar mir fast würdig. Aber vielleicht nicht so gut durchdacht, wie du glaubst."

Ich starrte die Macht an und wollte nicht anbeißen, aber schließlich gab ich nach. "Und warum ist das so?"

"Eine ausgezeichnete Frage", sagte Loken und strahlte anerkennend.

"Sag es mir einfach", knurrte ich.

Loken schmunzelte über meinen Gesichtsausdruck. "Was du bei deinem genialen Plan nicht bedacht hast, mein Junge, ist die Gefahr von Tartars Interesse an dir. Du hast den Bären, oder besser gesagt, den Stier, geweckt. Trotz seines plumpen Äußeren ist dieser Trottel nicht so einfältig, wie er dich glauben machen will. Tartar ist vielleicht nicht so schlau wie ich, aber er wird dich jetzt beobachten. Sei vorsichtig, Michael. Sei sehr vorsichtig."

Ich schenkte Lokens Worten keine Beachtung. Seine Masche war offensichtlich. Der Trickbetrüger versuchte, Zweifel zu säen, wo es keine gab. Viel verwirrender war jedoch, dass er keine Feindseligkeit zeigte. "Du bist wirklich nicht wütend?" fragte ich und schaute ihn forschend an.

"Warum sollte ich?" fragte Loken und setzte sich wieder hin. "Ich habe dir schon einmal gesagt, dass Emotionen bei diesem Spiel keine Rolle spielen. Du hast mich überlistet, das stimmt. Und das ist auch gut so. Aber im Großen und Ganzen ist das nur ein kleiner Ausrutscher in meinen Plänen."

Ich starrte ihn an und es fiel mir schwer, seine Reaktion zu verstehen.

Loken seufzte. "Du verstehst es immer noch nicht, wie ich sehe. Aber das wirst du - eines Tages. Spiele das Spiel mit deinem Kopf, Michael, nicht mit deinem Herzen." Loken lehnte sich zurück, verschränkte seine Finger und sah mich an. "Jetzt setz dich. Wir haben viel zu besprechen."

Ich bewegte mich nicht.

Nichts hinderte mich daran, zu gehen. Ich könnte aus der Tür schreiten und mit Loken fertig sein. Aber die Macht wusste zu viel über meine Geheimnisse, als dass ich ihn so einfach loswerden konnte.

"Ich bin neugierig", sagte Loken plötzlich. "Warum hast du geglaubt, ich würde Tartar und Menaq nicht die Wahrheit über deine Herkunft erzählen?"

Ich warf der Macht einen scharfen Blick zu, wobei mir die kaum versteckte Drohung nicht entging.

"Ich bin ein Risiko eingegangen", sagte ich unverblümt.

Loken musterte mich mit Interesse. "Ein Glücksspiel also?"

Ich nickte. "Wenn du gewollt hättest, dass sie davon wissen, hättest du es ihnen schon längst gesagt." Ich hielt den Blick der Macht fest. "Ich vermute, dass du ein eigenes Spiel spielst, etwas, das dich davon abhält, meine Geheimnisse zu verraten."

Loken hob eine Augenbraue. "Und für diesen Verdacht hast du alles riskiert?"

Ich nickte knapp.

Loken. "*Jetzt* bin ich beeindruckt."

Als ich mich immer noch nicht bewegte, beugte Loken sich vor. "Setz dich", befahl er, sein Gesicht ausdruckslos. "Es ist an der Zeit, dass wir ein längeres Gespräch führen."

Da ich wusste, dass ich keine andere Wahl hatte und es sonst wahrscheinlich bereuen würde, tat ich wie mir geheißen und setzte mich.

Kapitel 251: Eine Mischung aus Wahrheit und Lügen

"Wir haben nichts zu besprechen", sagte ich grimmig.
Loken lehnte sich zurück. "Komm schon, Michael. Du weißt, dass das nicht wahr ist." Er musterte überspitzt den Raum. "Gibt es noch mehr versteckte Spione? Du musst es mir nicht sagen, aber ich versichere dir, dass du nicht willst, dass jemand hört, was ich als nächstes sage."
Meine Lippen wurden schmal, als mir klar wurde, welches Thema Loken ansprechen wollte. "Es ist niemand sonst hier."
"Du scheinst die Wahrheit zu sagen", sagte Loken milde. "Dieses Mal."
"Dann raus damit", sagte ich und ignorierte seine Stichelei.
Loken begegnete meinem Blick. "Ich weiß von deiner Blutlinie."
Trotz meines klopfenden Herzens blieb ich teilnahmslos und wartete darauf, dass er weitersprach.
Aber Loken sagte nichts weiter.
Das war's? fragte ich mich und meine Gedanken überschlugen sich. *Das ist alles, was er weiß?* Ich musterte die Macht genauer und versuchte, seine Maske der Freundlichkeit zu durchdringen, aber Loken war so unergründlich wie immer. Ich bemerkte, dass er mich genauso aufmerksam beobachtete wie ich ihn. Er versuchte, meine Reaktion abzuschätzen, dachte ich.
"Ich weiß nicht, wovon du sprichst", sagte ich schließlich.
"Blödsinn", spottete Loken. "Es steht dir ins Gesicht geschrieben. Du bist ein Wolf, und das weißt du auch!" Der Blick der Macht bohrte sich in meinen. "Woher weißt du von deiner Blutlinie? Wer hat dir von deinem Erbe erzählt?"
Eine Sekunde lang saß ich fassungslos still, als ich die Worte der Macht verarbeitete. *Er weiß es nicht,* staunte ich. Jedenfalls nicht die ganze Wahrheit.
Loken weiß nicht, dass ich ein auserwählter Nachkomme bin!
Erleichterung mischte sich mit Ungläubigkeit und Freude, aber ich hielt mein Gesicht betont neutral. *Freu dich nicht zu sehr, Michael,* ermahnte ich mich. *Was Loken weiß, ist schon gefährlich genug.*
Und irgendwie musste ich verhindern, dass er den Rest erriet.
"Das Spiel", sagte ich, ohne weiter Unwissenheit vorzutäuschen.
"Der Adjutant?" Stirnrunzelnd lehnte Loken sich zurück. "Erkläre das", forderte er.
"Was du vorhin gesagt hast, ist wahr", sagte ich vorsichtig. "Ich habe wirklich die Gefangenen der Kobolde im Dungeon von Erebus gefunden und sie auch befreit." Ich schaute die Macht an, um zu sehen, was er davon hielt.
Mit übertrieben konzentrierter Miene bedeutete Loken mir, weiterzusprechen. Den Teil hatte er wohl schon geahnt.
"Die Befreiung der Schattenwölfe war der Auslöser für eine versteckte Quest", sagte ich. "So habe ich meine ersten Schatten- und Lichtzeichen

bekommen. Aber das waren nicht die einzigen Zeichen. Der Adjutant hat mir noch ein weiteres Zeichen verliehen - ein verstecktes."

"Das Wolfszeichen", sagte Loken.

Ich nickte. "Richtig."

"Und zu dem Zeitpunkt hat dir der Adjutant auch die Eigenschaft Tiersprache gegeben?"

Meine Augenbrauen hoben sich. "Du weißt davon?"

"Du wärst überrascht, was eine hochrangige Analyse alles über einen Spieler aussagen kann", sagte Loken kryptisch. Er warf mir einen starren Blick zu. "Jetzt hör auf, mich hinzuhalten und beantworte die Frage."

Ich verkniff das Gesicht beim Tonfall der Macht, aber ich ließ mir meine Wut nicht anmerken. "Die Eigenschaft hatte nichts mit der versteckten Aufgabe zu tun. Zumindest glaube ich es nicht. Sie war eine Belohnung für das Überwinden des Sektorbosses."

"Ich verstehe", sagte Loken und studierte seine Fingernägel. "Dann mach weiter."

Ich zuckte mit den Schultern. "Da gibt es nicht viel mehr zu erzählen. Das Zeichen hat es meiner Klasse ermöglicht, sich weiterzuentwickeln. Seitdem hat mir das Spiel Aufgaben gegeben, um das Zeichen zu vertiefen, und dabei habe ich auch etwas über Wolf gelernt."

Loken warf mir einen zweifelnden Blick zu, stellte meine Behauptung aber nicht in Frage. "Erzähl mir von diesen Aufgaben", befahl er stattdessen.

Ich zögerte. Ich konnte die Antwort nicht verweigern, das hätte Lokens Verdacht nur noch verstärkt. Auch konnte ich nicht einfach lügen. Dafür war die Macht zu scharfsinnig. "Das Spiel hat mich beauftragt, einem Schattenwolf-Rudel zu helfen", sagte ich schließlich.

Unerwartet lächelte Loken. "Deshalb hast du die Vernichtung des Koboldstammes der Langfänge eingefädelt." Er beäugte mich scharfsinnig. "Und wegen der Wölfe willst du unbedingt in den Sektor 12.560 zurückkehren, nicht wahr?"

"Du weißt also von ihnen", sagte ich und versuchte nicht, meine Unzufriedenheit über das Ausmaß seines Wissens zu verbergen.

Lokens Grinsen wurde breiter. "Halte mich nicht für einen Narren, mein Junge. Ich habe alle deine Geheimnisse aufgedeckt."

Nicht alle. Nur die kleinen. "Jetzt weißt du alles", sagte ich in gespielter Enttäuschung. "Was jetzt?"

Loken ignorierte meine Frage. "Niemand hat dich rekrutiert?"

"Mich rekrutiert?" fragte ich verblüfft. "Wer sollte ..."

"Vergiss es", sagte Loken und winkte die Frage ab. "War nur so ein Gedanke." Er schürzte seine Lippen. "Du hast dich also allein Aufgrund der Spielnachrichten für den Weg des Wolfes entschieden?", fragte er mit sarkastischem Unterton in der Stimme. "Ist das, was du mir weismachen willst?"

"Warum ist das so schwer zu glauben?" erwiderte ich. "Du weißt, dass ich mich nicht an eine Macht binden wollte. Als das Spiel mir einen alternativen Weg angeboten hat, habe ich die Gelegenheit ergriffen!"

Einen langen Moment lang sagte Loken nichts, während er mich von unter seiner Kapuze musterte. "Was weißt du über Wolf?", fragte er schließlich.

"Erstaunlich wenig", sagte ich mit knirschenden Zähnen. Was ja auch stimmte. "Es ist schwer, Informationen über ihn zu bekommen. Ich habe erfahren, dass der Weg des Wolfes verpönt ist und dass die Mächte ihn und seine Art vor langer Zeit verdrängt haben. Ich weiß auch, dass ich mein Wolfszeichen vertiefen und ungebunden bleiben muss, um mehr über meine Blutlinie herauszufinden."

Was ich Loken gerade erzählt hatte, war natürlich nicht das Ausmaß meines Wissens, aber ich hoffte, dass es ausreichen würde, um ihn davon zu überzeugen, dass ich die Wahrheit sagte.

"Hast du deshalb aufgehört, deine Kraftzeichen zu vertiefen?" fragte Loken.

Das war eine scharfsinnige Beobachtung, die mich doppelt dankbar für meine geheime Blutlinie machte. Ohne sie hätte Loken sicherlich das ganze Ausmaß meiner Verwicklung mit Haus Wolf aufgedeckt. "Ja", sagte ich zögernd.

"Und das ist alles?" drängte Loken. "Du weißt sonst nichts über Wolf?"

Ich starrte ihn in gespielter Unschuld an. "Was gibt es sonst noch zu wissen?"

Loken antwortete nicht. Er neigte den Kopf und richtete seinen Blick nach innen, während er über meine Worte nachdachte.

Ich versteckte meine Angst und wartete.

"Also ... Adjutant ... ... hat wieder angefangen", murmelte Loken zu sich selbst. "Ich frage mich ... ... dieses Mal?"

Das Gemurmel der Macht war fast unhörbar, und selbst mit meinen durch Wolf geschärften Sinnen verstand ich weniger als die Hälfte von dem, was er sagte. Aber es war nicht Lokens Art, mit sich selbst zu sprechen.

Wollte er, dass ich mithörte? Ich war mir nicht sicher, aber ich konnte mir die Gelegenheit nicht entgehen lassen, mehr zu erfahren. "Hast du etwas gesagt?" fragte ich laut.

Loken richtete seine Aufmerksamkeit wieder auf mich und musterte mich. Dann schien er zu einem Entschluss zu kommen und sagte: "Du bist nicht der erste Spieler, den das Spiel verleiten will."

Hm?

Meine Augenbrauen zogen sich zusammen. "Was soll das heißen?"

"Nur, dass der Adjutant schon einmal versucht hat, die Blutlinien wiederzubeleben", sagte Loken verächtlich.

Ich öffnete den Mund, um eine Frage zu stellen, aber Loken sprach zuerst. "Was weißt du über die Häuser?"

"Ich habe den Begriff schon gehört", gab ich ausweichend zu. "Der Adjutant hat einmal den Ausdruck 'Haus Wolf' benutzt."

"Hmm", sagte Loken. "Du solltest dankbar sein, dass du nicht mehr weißt. Sonst wäre ich gezwungen, dich zu töten."

Ich blinzelte. "Willst du das nicht die ganze Zeit schon?"

"Oh, ich will dich nicht tot sehen."

"Aber vorhin hast du gesagt ..."

"Ich habe gelogen."

Ich starrte Loken an. "Du hast *vorhin* gelogen, aber *jetzt* sagst du die Wahrheit?" fragte ich in einem Ton, der vor Skepsis triefte.

Loken grinste, ohne seinen Hohn zu verstecken. "Das ist richtig. Ich habe das vorhin nur gesagt, um dich zu ermutigen."

"Das ergibt keinen Sinn", knurrte ich.

Loken rollte mit den Augen. "Ich dachte, du hättest es inzwischen verstanden. Die Gottesanbeter waren ... Motivation."

"Wofür?" schnauzte ich gereizt.

"Um dich dazu zu bringen, mich um Hilfe zu bitten, natürlich."

Ich starrte ihn an. "Du willst mir sagen, dass du eine Todesschwadron angesetzt hast mich zu jagen, nur damit ..."

"Nicht nur, um dich zu jagen", warf Loken ein. "Auch um dich zu töten." Er grinste wieder. "Ich wollte dich nicht *ganz* tot sehen, aber ein bisschen tot wäre mehr als in Ordnung gewesen."

Ich brauchte einen Moment, um das zu begreifen. "Du wolltest mir also eine Lektion erteilen?"

Loken schlug die Hände zusammen. "Genau!"

"Weil ich mich geweigert habe, dein Geschworener zu werden?"

"Dafür auch. Aber vor allem, weil du meine Aufgabe abgelehnt hast."

Ich starrte ihn ausdruckslos an.

Loken seufzte theatralisch. "Der Kelch, du erinnerst dich? Sag nicht, du hast ihn vergessen."

Ich runzelte die Stirn. Dieses Thema schon wieder? Ich hatte geglaubt, dass der Raub von Paya nur ein weiterer Trick von Loken gewesen war, mich umbringen zu lassen. Aber jetzt ... Ich schüttelte den Kopf. Jetzt war ich mir von nichts mehr sicher. Wann hatte Loken die Wahrheit gesagt? Damals oder jetzt? Obwohl ... es war auch denkbar, dass er *beide* Male gelogen hatte.

Gah!

Zu versuchen, Lokens Worte auf ihren Wahrheitsgehalt hin zu überprüfen, war vergeblich. Ich ließ das Thema sein und atmete tief durch. "Also gut", sagte ich und richtete meine Aufmerksamkeit wieder auf die Macht. "Was bedeutet das also? Darf ich gehen?"

Loken lachte auf eine Art, die nach wahrer Belustigung klang. "Weit gefehlt, mein Junge. Jetzt, wo wir das alles hinter uns gebracht haben, kommen wir zum eigentlichen Thema - was du für mich tun sollst."

* * *

"Warum sollte ich es riskieren, mich weiter mit dir zu verwickeln?" fragte ich nach einem kurzen Moment.

Lokens Gesicht wurde ungewohnt ernst. "Du hast vorhin gesagt, dass die Mächte Wolf und seine Art vom Thron gestoßen haben. Weißt du, warum?"

"Was hat das mit ..."

"Hör mir zu", unterbrach mich Loken.

Seufzend schloss ich meinen Mund.

"Gut", sagte Loken anerkennend. "Kennst du den Grund für unseren Rachefeldzug gegen Wolf?"

Weil die neuen Mächte die alten hassen, dachte ich, biss mir aber auf die Zunge. Das war die offensichtliche Antwort und konnte nicht sein, worauf Loken hinauswollte. Warum die neuen Mächte die alten tot sehen wollten und warum sie sich gegen die alte Garde auflehnten, das war mir immer noch ein Rätsel, also schwieg ich.

"Du weißt es nicht, oder?" sagte Loken leise. Er schwieg einen Moment lang. "Ich war da, weißt du."

"Da?"

Lokens Blick wanderte zurück zu mir. "Ich war dabei, als der Aufstand begann. Ich war damals jung, ein blutloser Nachkomme", sagte er leise. "Damals regierten Wolf und seine Gefährten - Löwe, Pest, Schlange, Drache und viele andere - das Reich der Ewigkeit. Sie nannten sich selbst Primes und herrschten über ihre eigenen kleinen Lehen - Häuser, wie sie sie nannten. Jeder von ihnen verbrachte sein Leben nur mit einem Ziel: seine Blutlinie und die Macht seines Hauses zu stärken." Er warf mir einen blanken Blick zu. "Weißt du, was das Ergebnis von all dem war?"

Ich schüttelte den Kopf.

"Krieg", sagte Loken leise. "Krieg in einem Ausmaß, das du dir nicht vorstellen kannst. Ein ewiger Krieg, der langsam, aber sicher begann, die Welt zu zerstören."

Ich blinzelte verwirrt. "Wie?"

"Hast du dich jemals gefragt, warum das Reich der Ewigkeit so ist, wie es ist, Michael?" umging Loken meine Frage. "Sektoren, die wie Inseln in der Leere des Äthers und des Jenseits schwimmen?"

Das hatte ich, aber die Antwort, wenn es denn eine gab, schien mit der Zeit verloren gegangen zu sein. "Es ist schon seltsam", gab ich zu.

"Das war das Werk der Primes", sagte Loken grob. "Ihre unaufhörlichen Kriege erstreckten sich über Kontinente. Sie verfügten über eine Magie, die heute unbekannt ist, und in ihrem Streben nach Macht haben sie die Welt zerstört." Sein Gesicht verfinsterte sich. "Heute ist das Reich der Ewigkeit nur noch ein trauriger Rest von dem, was es einmal war."

Ich sagte einen Moment lang nichts. Der Loken vor mir war ganz anders als der, den ich kannte; traurig, nachdenklich, wütend. War das der wahre Loken oder nur eine weitere Fassade?

"Haben die Mächte deshalb die Häuser zerstört?" fragte ich schließlich. Ich hatte keine Möglichkeit, Lokens Behauptungen zu überprüfen, also beschloss ich, seine Worte nicht anzufechten und sie für bare Münze zu nehmen.

"Ja", antwortete er. "Deshalb habe ich mich aufgelehnt und gegen meinen eigenen Prime gekämpft." Er hielt meinen Blick fest. "Und deshalb darfst du den Weg des Wolfes nicht weiter beschreiten."

"Aber ich bin nicht wie sie", betonte ich. "Ich bin nur ein kleiner Spieler."

Loken lachte bitter auf. "Verkauf dich nicht unter deinem Wert, Michael. Du bist nicht nur ein Spieler. Du bist ein Funke. Ein Funke, der die Flammen des Krieges entfachen und die Rückkehr der Häuser herbeiführen kann."

"Hast du so viel Angst vor ihnen?"

Loken warf mir einen finsteren Blick zu. "Wir neuen Mächte nennen uns selbst Götter, aber die traurige Wahrheit ist, dass wir nicht so mächtig sind wie die Primes. Wir haben die Häuser beim ersten Mal nur durch unsere Überzahl besiegt."

"Warum erzählst du den anderen Mächten nicht von mir? Wozu meine Existenz geheim halten?"

Loken seufzte. "Gleichgewicht. Die Worte, die ich vor langer Zeit in Erebus' Dungeon zu dir sprach, waren keine Lügen. Meine Aufgabe war und wird es immer sein, das Gleichgewicht im Spiel zu wahren."

Er sah mich feierlich an. "Ich bin nicht die einzige Macht, die sich an die Primes erinnert; ich bin nicht der Einzige, der dabei war. Tartar erinnert sich. Arinna auch. Wenn einer von ihnen erfährt, dass ein Spieler den Weg der Primes beschreitet, werden sie eine Säuberung einleiten, wie sie diese Welt seit Jahrtausenden nicht mehr gesehen hat. Sektoren werden verbrannt, Armeen aufgestellt und ein Kreuzzug gegen alle empfindungsfähigen Lebewesen gestartet werden."

Loken hielt meinen Blick fest. "Um die Verunreinigung durch die Primes zu beseitigen, werden wir die Welt in Schutt und Asche legen. Wir haben es schon einmal getan und werden es wieder tun, wenn es sein muss."

Ich starrte ihn stumm an und wusste, dass dies zumindest kein Bluff war: Loken meinte jedes Wort der Drohung, die er gerade ausgesprochen hatte.

Plötzlich lächelte die Macht, und der altbekannte Narr kehrte zurück. "Aber wie du schon sagtest, du bist nur ein Spieler. Ich bin noch nicht bereit, angesichts einer einzigen Bedrohung einen solchen Fluch auf die Welt loszulassen."

"Warum erzählst du mir das dann alles?" fragte ich leise.

"Damit du die Konsequenzen verstehst, wenn du weiter Wolfs Pfad folgst", antwortete Loken ebenso leise. "Höre jetzt auf, solange du noch kannst. Es ist zu spät für dich, die Klasse einer Macht anzunehmen, aber du kannst immer noch ein Geschworener werden. Verpflichte dich einer Macht - egal welcher - und du musst dir nie wieder Sorgen um mich machen."

Das würde ich nie tun, und die Antwort stand mir deutlich ins Gesicht geschrieben.

Lokens Mundwinkel zuckten nach oben. "Das dachte ich mir schon. Wenn das so ist, solltest du wissen, dass ich dich, solange du lebst, als Bedrohung betrachten werde. Folglich werde ich dich beobachten – und zwar immer."

Ich hatte nichts anderes erwartet. "Warum tötest du mich nicht einfach und bringst es hinter dich?" fragte ich unverblümt.

Loken gluckste. "Das könnte ich."

"Aber?" drängte ich, denn ich spürte, dass es ein Aber geben musste.

"Aber", räumte Loken ein, "es gibt Dinge, die du in deiner jetzigen Verfassung tun kannst, die andere Spieler nicht können."

Ich verschränkte meine Arme und lehnte mich zurück. "Du brauchst mich also."

"*So* weit würde ich nun nicht gehen."

Ich sagte nichts und wartete. Wir waren endlich zum Kern der Sache gekommen - was Loken von mir wollte.

"Ich bin einverstanden, dich eine Zeit lang in Ruhe zu lassen, wenn du mir einen Gefallen tust." Loken grinste. "*Vielleicht* entferne ich sogar den Verfolgungszauber."
Ich warf der Macht einen zweifelnden Blick zu. "Was für einen Gefallen?"
"Erfülle meine Aufgabe und stiehl den Kelch von Paya", sagte Loken.

* * *

Ich runzelte die Stirn, um meine Überraschung zu verbergen.
Der Kreis hatte sich geschlossen, und wir waren wieder am Anfang. All die langen Erklärungen und Drohungen von Loken liefen auf eines hinaus: Er wollte, dass ich Paya ausraube. Wie wichtig war dieser Kelch wirklich?
"Warum ich?" forderte ich.
"Ich habe dir doch gesagt ..." begann Loken.
"Du hast mir vagen Unsinn erzählt, der mehr ein Ausweichen als eine Antwort war", erwiderte ich. "Sag mir den wahren Grund. Warum willst du, dass *ich* es tue?"
Loken schwieg einen Moment lang. "Die Erklärung, die ich dir zuvor gegeben habe, war wahr, wenn auch nicht die ganze Wahrheit. Paya ist vor kurzem in den Besitz eines Artefakts von unermesslichem Wert gekommen. Ich vermute, dass die Erwachte Tote es in demselben Abschnitt des Dungeons gefunden hat, in dem du zuerst aufgetaucht bist."
Überrascht öffnete ich meinen Mund, aber Loken hob die Hand, um mich zur Geduld zu mahnen.
"Was ich dir *nicht* gesagt habe, ist dass der Kelch ein Artefakt einer Kraft ist. Er ist ein Gegenstand der Finsternis und so mächtig, dass kein Licht- oder Schattengeschworener seine Gegenwart lange ertragen, geschweige denn ihn halten kann." Er begegnete meinem Blick. "Aber du, der du nicht an die Kraft gebunden bist, wirst davon nicht betroffen sein."
Lokens Wissen über den Gegenstand schien sehr spezifisch. "Woher weißt du so viel darüber?"
"Ich habe selbst versucht, ihn zu stehlen", sagte Loken.
"Und?" fragte ich, als er nicht weitersprach.
"Und ich habe versagt", gab er zögernd zu. "Payas Schutzmaßnahmen zu umgehen war ein Kinderspiel. Aber als ich den Kelch erreichte, konnte ich ihn nicht aufheben. Das Artefakt sagte mir, dass nur jemand, der von der Dunkelheit durchdrungen ist, daraus trinken darf."
"Das hat es dir *gesagt*?" fragte ich, sicher, dass ich mich verhört hatte.
Lokens Augen funkelten. "Oh, habe ich vergessen das zu erwähnen? Der Kelch ist intelligent."
"Ein intelligenter Gegenstand?" fragte ich und war mir sicher, dass er einen Scherz machte.
"Es gibt nicht viele solcher Gegenstände im Spiel", gab Loken zu, "aber die, die es gibt, sind ausnahmslos mächtig."
Ich rieb mir die Lippen. "Was macht diesen hier so stark?"
Loken antwortete nicht.
"Loken?" fragte ich erneut.

"Ich weiß es nicht", sagte er.

Meine Augenbrauen zogen sich zusammen. "Was? Du hast ihn doch sicher untersucht?"

"Ich konnte ihn nicht analysieren", gab er zu. "Und er hat sich geweigert, mir seine Eigenschaften mitzuteilen."

Ich starrte ihn an und wusste nicht, was ich sagen sollte.

"Aber jedes Artefakt, das mich verletzen kann, ist mit Sicherheit mächtig", schloss Loken.

Meine Augen weiteten sich. Der Kelch war stark genug, um Lokens Analyse zu widerstehen *und* ihn zu verletzen? Was war das für ein Ding? "Aber wenn er so mächtig ist, wie du sagst, warum hat Paya ihn dann noch nicht benutzt?"

"Sie hat es versucht, glaub mir, und andere der Erwachten Toten auch", sagte Loken. "Aber bisher hat das Artefakt jeden getötet oder schwer verletzt, der versucht hat, daraus zu trinken." Loken lächelte. "Es scheint, als wäre ein Geschworener der Dunkelheit zu sein nicht die einzige Bedingung."

"Und jetzt willst du, dass ich daraus trinke?" fragte ich skeptisch.

"Natürlich nicht!" sagte Loken hochnäsig. "Ich will nur, dass du ihn stiehlst. Ein so mächtiges Artefakt darf nicht in den Händen der Erwachten Toten bleiben. Irgendwann werden sie herausfinden, wie sie den Kelch benutzen können." Er lehnte sich in seinem Stuhl vor. "Wenn du das Artefakt hast, kannst du es von mir aus im Jenseits entsorgen. Aber nimm es Paya weg." Er schaute mich mit seinen von der Kapuze verhüllten Augen an. "Wirst du es tun?"

Meine Augenbrauen zogen sich wieder zusammen. *Würde* ich es tun? Als Gegenleistung dafür, dass Loken seinen Zauber aufhob? Das war es, was ich die ganze Zeit zu erreichen versucht hatte. Aber ... ich hatte genug von Lokens Spielchen. "Nein", sagte ich.

Lokens Brauen hoben sich bei meiner unverblümten Ablehnung. "Warum nicht?"

"Ich vertraue dir nicht mehr", antwortete ich. "Weder dass du dein Wort hältst noch dass du unsere Abmachungen nicht zu deinem Vorteil verdrehst. Tu, was du tun musst. Erzähle deinen Leuten von meiner Herkunft, wenn du willst. Verfolge mich. Jage mich. Was auch immer. Aber ich werde keinen Pakt mehr mit dir schließen."

Ich erhob mich auf die Füße.

"Warte, Michael", sagte Loken.

Ich schaute ihn an, eine weitere Ablehnung lag mir auf der Zunge, aber Loken sprach zuerst. "Wie wäre es, wenn ich den Verfolgungszauber aufhebe?", fragte er. "Jetzt und ohne irgendwelche Bedingungen. Wirst du dann tun, worum ich dich bitte?"

War das ein weiterer Trick? "Kann ich dir vertrauen, dass du mir nicht noch einen verpasst?"

Loken lachte. "Wenn das nur so einfach wäre", sagte er. "Ich konnte dich beim ersten Mal nur mit dem Zauber belegen, weil du unwissend eingewilligt hast. Und selbst da habe ich mich an den Grenzen dessen bewegt, was das Spiel für zulässig hält." Er schüttelte reumütig den Kopf. "Der Adjutant wird mir nicht erlauben, den Zauber noch einmal anzuwenden, da du dich jetzt so deutlich dagegen wehrst, dass man dich verfolgt."

Ich schürzte die Lippen, immer noch nicht überzeugt.

Loken sah mich unverwandt an, während er auf meine Antwort wartete.

"Ich werde keinen Pakt schwören", sagte ich.

"Und ich werde dich nicht darum bitten", sagte Loken ermutigend. Er musterte mich wieder mit leuchtenden Augen. "Du wirst den Kelch also stehlen?"

"Ich werde es in Betracht ziehen", erlaubte ich.

"Gut genug", sagte die Schattenmacht und lächelte erneut. Einen Moment später fiel mir eine Spielnachricht in den Sinn.

Debuff entfernt. Der Verfolgungszauber, den die Macht Loken auf dich gelegt hat, wurde gebannt.

Deine Aufgabe: <u>Raub im Dunkeln!</u> wurde aktualisiert. Loken hat dich darüber informiert, dass der Kelch in Payas Besitz ein Dunkles Artefakt ist, das für Licht- und Schattengeschworene schädlich ist. Dein Ziel wurde geändert: Stiehl den Kelch, bevor ein Dunkler Spieler ihn benutzen kann.

"Danke", sagte ich, drehte mich um und verließ den Raum.

Kapitel 252: Neustart

Als ich das Hotel verließ, waren meine Gedanken in Aufruhr.

Meine Gespräche mit Loken schienen nie so zu verlaufen, wie ich es mir vorstellte. Wieder einmal hatte mich die Schattenmacht dazu gebracht, mein Wissen zu hinterfragen. Steckte hinter seinen Worten ein Körnchen Wahrheit?

Waren die Ahnen Monster gewesen?

Ich war mir nicht sicher, aber letztendlich war es auch egal. Was auch immer die Primes von früher getan hatten, sie waren nicht ich. Ich musste meinen eigenen Weg beschreiten. Und obwohl Loken etwas anderes behauptete, war ich *nicht* dazu verdammt, ihre Fehler zu wiederholen.

Es war jedoch klar, dass die neuen Mächte das nicht so sehen würden. Sie würden mich jagen, wenn meine Herkunft ans Licht käme. Zweifelsohne braute sich Ärger am Horizont auf. Doch das waren Probleme für einen anderen Tag.

Heute hatte ich einen Grund zum Feiern.

Ich hatte die Gottesanbeter davon abgebracht, mich weiter zu jagen, *und* ich hatte den Verfolgungszauber abgeschüttelt. Beides waren nennenswerte Errungenschaften.

Und was noch besser war: Ich hatte das Gefühl, dass ich Lokens Machenschaften endlich zu entwirren begann. Die Macht der Schatten spielte zweifellos ein raffiniertes Spiel, aber ich hatte das Gefühl, dass er in unserem Gespräch gezwungen gewesen war, mehr preiszugeben, als er wollte, und dass er einige seiner wahren Motive verraten hatte.

Die Zukunft sieht schon vielversprechender aus, dachte ich.

Mit einem Grinsen im Gesicht ließ ich mich von meinen Füßen zum Emporium tragen. Es war Zeit einzukaufen.

✳ ✳ ✳

"Ah", sinnierte Kesh, als ich ihr Büro betrat. "Du hast überlebt."

Ich lächelte. "Du brauchst nicht so überrascht zu klingen", sagte ich und setzte mich ihr gegenüber.

Die alte Händlerin musterte mich einen Moment lang. "Deinem dümmlichen Grinsen nach zu urteilen, ist dein Plan wohl aufgegangen?"

"Ist er", stimmte ich zu.

Kesh lehnte sich in ihrem Stuhl zurück. "So, so. Sag bloß, dass du tatsächlich einen Deal mit den Gottesanbetern ausgehandelt hast?"

Ich schaute sie von der Seite an. "Was weißt du darüber?"

Kesh gluckste. "Du hast mir gesagt, dass du Tartar triffst, und als ich kurz darauf erfuhr, dass Menaq die Stadt betreten hat, war es leicht, eins und eins zusammenzuzählen."

Ich nickte langsam. "Ich bin beeindruckt. Deine Quellen sind besser als die von Loken."

Kesh blinzelte. "Der Trickbetrüger? Was hat der damit zu tun?"

Ich winkte ihre Frage ab. "Wie hast du die Sache mit Menaq herausgefunden?"

Kesh beäugte mich misstrauisch, sagte aber nichts.

"Wenn du es mir sagst, erzähle ich dir vielleicht, was bei dem Treffen mit Menaq und Tartar passiert ist", bot ich an.

"Du hast dich also wirklich mit den dunklen Mächten getroffen?"

Ich nickte.

Kesh dachte einen Moment lang über mein Angebot nach, bevor sie antwortete. "Alle Mächte sind laut Gesetz verpflichtet, das Triumvirat zu informieren, wenn sie den Sektor betreten. Es ist nicht leicht, an die Liste heranzukommen, aber sagen wir mal so: Ich habe meine Wege."

"Ah", hauchte ich. Das hätte ich mir denken können. Ich wusste zwar, dass Kesh durch ihren Pakt mit dem Triumvirat ein freundschaftliches Verhältnis zu den Mächten der Stadt hatte, aber das Ausmaß ihrer Beziehungen war mir nicht bewusst. "Aber das erklärt immer noch nicht, wie du Menaq und mich zusammengebracht hast."

Kesh neigte ihren Kopf zur Seite. "Du machst Witze, oder?"

Ich verschränkte meine Arme und starrte sie an.

"Ich sehe, dass du es nicht tust", murmelte sie und grinste dann unvermittelt. "Du bist berühmt."

Ich runzelte die Stirn. "Was?"

"Du hast doch nicht geglaubt, dass die Jagd der Gottesanbeter unbemerkt bleibt, oder?" fragte Kesh. "Du wurdest mehrfach von Menaqs Jüngern gejagt und, was noch wichtiger ist, du wurdest dabei gesehen, wie du gejagt wurdest und *entkommen bist*. Es kommt nicht jeden Tag vor, dass die Assassinen in großer Zahl auf die Straße gehen, um ein Ziel zu jagen. Das hat die Leute natürlich zum Reden gebracht!"

Mein Stirnrunzeln vertiefte sich.

"Seit fast einem Jahr spricht die ganze Stadt über den 'Entkommenen'. Und die Geschichte wird mit der Zeit immer spektakulärer." Kesh schnaubte. "Wenn man den Gerüchten glaubt, hast du nicht nur eine Handvoll Assassinen getötet, sondern Unmengen von ihnen."

"Verstehe", sagte ich und ballte meine Fäuste, als ich über die Folgen meiner unerwarteten Berühmtheit nachdachte.

Keshs Lippen zuckten. "Ach, entspann dich. Nur wenige kennen die wahre Identität des Entkommenen."

"Das ist gut", sagte ich und machte mir nicht die Mühe, meine Erleichterung zu verbergen, als ich aufblickte. "Wie hast du es herausgefunden?"

"Aus den Berichten, die ich von meiner Agentin in der Zitadelle des Triumvirats erhalten habe, ging klar hervor, hinter wem die Gottesanbeter her waren." Sie sah mich einen Moment lang an. "Ich kann nicht sagen, dass ich überrascht war. Du hast schon immer nach Ärger gerochen." Trotz ihrer Worte umspielte ein Lächeln Keshs Lippen.

"Ärger scheint mir zu folgen", erlaubte ich und grinste zurück.

"Falls du dich wunderst", fuhr Kesh fort, "deine letzte Eskapade hat die Gerüchteküche wieder zum Brodeln gebracht. Man munkelt, dass du bei einer weiteren waghalsigen Flucht über ein Dutzend Gottesanbeter getötet hast."

"Ich wünschte", murmelte ich.

"Wir wissen es besser", stimmte Kesh zu. Sie lehnte sich über den Tisch. "Jetzt erzähl mir alles über den Deal, den du mit Menaq und Tartar gemacht hast."

Ich holte tief Luft und fing an zu erzählen.

* * *

Als ich mit meiner Erzählung fertig war, hatte Kesh ihr Lächeln wieder verloren. "Du schwimmst in gefährlichen Gewässern, Michael", sagte sie und warf mir einen Blick zu, der deutlich machte, was sie von meinem Plan hielt.

Ich zuckte mit den Schultern. "Ich hatte keine Wahl." Natürlich hatte ich Kesh nicht alles erzählt. Ich hatte meine Blutlinie und den Grund für Lokens großes Interesse an mir nicht erwähnt.

"Ein Artefakt einer Kraft", murmelte die Händlerin, die immer noch über meine Erzählung nachdachte. "Das ist keine kleine Sache."

Ich hatte Kesh von dem Raub erzählt, den Loken von mir verlangte. Der Pakt der Händlerin mit dem Triumvirat hinderte sie daran, ihr Wissen weiterzugeben, und da sie selbst über beeindruckende Informationsquellen verfügte, hielt ich es für wahrscheinlich, dass sie mehr Wertvolles über den Kelch herausfinden konnte als ich. "Siehst du dir die Sache mal an?"

Kesh zögerte. "Das ist nichts, wo ich mich normalerweise einmischen würde, aber ein Artefakt einer Kraft ..." Sie schüttelte den Kopf. "Das ist besorgniserregend. Ich kann nichts versprechen, aber ich werde sehen, was ich herausfinden kann. Ganz diskret."

"Danke", sagte ich mit ernster Miene.

Keshs Miene hellte sich auf. "Jetzt, wo das aus dem Weg geräumt ist, lass uns wieder zur Sache kommen." Sie hielt inne. "Ich nehme an, du bist aus *geschäftlichen* Gründen hier?"

Ich nickte. "Aber zuerst möchte ich Sayas Briefe sehen."

Wortlos reichte Kesh mir den dicken Stapel Briefe. Ich brach das Siegel des ersten Briefes und überprüfte seinen Inhalt.

Der Brief war nicht weiter bemerkenswert und enthielt nur einen Bericht über die täglichen Geschehnisse in der Taverne. Aus Sayas farbenfrohen - und manchmal recht eigenen - Erzählungen gewann ich den Eindruck, dass es sowohl dem Gnom als auch der Taverne gut ging. Kichernd über einige der von ihr beschriebenen Vorfälle legte ich den Brief beiseite und nahm den nächsten in die Hand.

Auch er ging im gleichen Stil weiter wie der vorherige und ebenso das nächste Dutzend - nur dass mit jedem Brief, wie Kesh schon sagte, Sayas Sorge über mein anhaltendes Schweigen wuchs.

Aber das war noch nicht alles.

In ihren letzten Korrespondenzen wurde Sayas Tonfall ... düsterer, weniger fröhlich. Ich runzelte die Stirn. Irgendetwas stimmte nicht. Ich blätterte schneller durch die Briefe und suchte nach einem Hinweis darauf, was Saya beunruhigen könnte, aber der Gnom hatte akribisch darauf verzichtet, irgendwelche schlechten Nachrichten weiterzugeben. Es war fast so, als wolle sie mich nicht beunruhigen.

"Du spürst es auch, nicht wahr?"

Ich schaute auf und sah, dass Kesh mich mit einem düsteren Gesichtsausdruck musterte.

"Etwas stimmt nicht", sagte ich.

Kesh nickte. "Ich glaube das auch, aber ich kenne deine Wirtin nicht gut genug, um sicher zu sein."

Ich schnitt eine frustrierte Grimasse. "Saya sagt aber nicht, was sie bedrückt. Es gibt nicht die geringste Andeutung, was es sein könnte ..."

"Sieh dir den letzten Brief an", warf Kesh ein.

Ich tat, was die Händlerin sagte, legte den Rest der Briefe beiseite und überflog das betreffende Pergament. Ein bestimmter Auszug stach mir ins Auge.

... dann gibt es noch Leute, die den Erfolg unseres Unternehmens sehen und ihn für sich selbst beanspruchen wollen. Du wirst nicht glauben, was für hinterhältige Tricks ich schon abwehren musste. Verschwundene Helfer, verdorbenes Bier, Essen, das gestohlen wurde, bevor es ausgeliefert werden konnte – es ist wirklich schockierend, wie weit manche Spieler gehen! Sie haben sogar angefangen, unsere Kunden einzuschüchtern – kannst du das glauben? Aber keine Sorge, ich habe Maßnahmen ergriffen, und bald wird all dieser Unsinn hinter uns liegen.

Aber genug davon. Ich erzähle dir lieber ...

Ich faltete den Brief mit einem besorgten Stirnrunzeln zusammen. Die Tricks, die Saya beschrieben hatte, klangen an sich nicht besonders besorgniserregend, aber ich hatte das Gefühl, dass sie das Ausmaß des Problems herunterspielte.

Das Spiel schien zuzustimmen und eine Nachricht ging mir durch den Kopf.

Im Namen von Wolf hat der Adjutant dir eine neue Aufgabe zugewiesen: <u>Ärger in der Taverne</u>! Die Nachrichten von einer Freundin, die du als Rudel bezeichnest, deuten darauf hin, dass sie deine Hilfe braucht. Hilf Saya so schnell wie möglich. Vergiss nicht, dass der Wolf vor allem der Beschützer des Rudels ist. Beschütze deine Sippe, Nachkomme!

Ziel: Untersuche die Unruhen in der Taverne und sorge dafür, dass sie aufhören.

Wie schlimm sind diese Ärgernisse wirklich? fragte ich mich. Wenn sich das Spiel selbst dafür einsetzte, konnte ich es mir nicht leisten, sie auf die leichte Schulter zu nehmen. Als ich die Nachricht des Adjutanten beiseite wischte, schaute ich Kesh an. "Wann ist der Brief angekommen?"

"Vor einem Monat", antwortete sie.

Meine Beunruhigung wuchs. Angesichts der Anzahl der Briefe in dem Stapel, den Kesh mir überreicht hatte, schien Saya öfter zu schreiben. Ich hätte geschätzt, dass sie mindestens einmal in der Woche einen Brief geschickt hatte. "Aber das ..."

"- passt nicht in ihr Muster", beendete Kesh meinen Satz. "Ich stimme zu. Seit dem letzten Brief hatte ich keinen Kontakt mehr zu Saya."

Ich blinzelte. "Was? Keinen?"

Kesh nickte grimmig.

"Du hast aber versucht, sie zu erreichen?"

"Das habe ich", sagte Kesh. "Aber alle meine eigenen Briefe kommen ungeöffnet zurück."

Meine Sorge wurde immer größer. Das klang gar nicht gut.

"Genau darüber wollte ich vorhin mit dir sprechen", fügte Kesh hinzu. "Es ist an der Zeit, dass wir jemanden in den Sektor 12.560 schicken, um persönlich nachzuforschen. Habe ich deine Erlaubnis?"

"Natürlich" antwortete ich abwesend und hielt dann inne, als mir etwas einfiel. "Wie korrespondierst du mit Saya?" Soweit ich wusste, verfügte der Gnom über keine Äthermagie und konnte daher keine Fernbotschaften empfangen.

Kesh lächelte. "Ich habe eine Vereinbarung mit einem der Händler in diesem Sektor. Ich schicke ihm meine Korrespondenz durch den Äther, und er liefert sie aus. Ihm zufolge ist in der Taverne alles in Ordnung." Sie zuckte mit den Schultern. "Aber ich kann nicht für ihn bürgen."

Ich schürzte die Lippen. "Der Händler könnte also Teil des Problems sein?"

Kesh nickte. "Deshalb müssen wir jemanden losschicken, um nachzuforschen." Sie hielt inne. "Ich denke, einer meiner eigenen Agenten wird genügen."

Ich schüttelte den Kopf. "Nein. Wir sollten einen Kämpfer schicken. Auch wenn deine Agenten vor Schaden geschützt sind, werden sie Saya nicht helfen können, sollte es nötig sein."

"Oh, das weiß ich selbst", räumte Kesh ein. "Ich dachte eher daran, einen Agenten als ständige Verbindungsperson im Sektor zu stationieren. Normalerweise eröffne ich keine Büros außerhalb von Nexus. Aber angesichts der Artefakte, die die Erwachten Toten im Dungeon des Tals gefunden haben, könnte der Sektor ein idealer Ort für eine Verkaufsstelle sein." Sie hielt erneut inne. "Ganz zu schweigen von dem Geld, das deine Taverne einbringt."

Ich blinzelte. "Ist sie wirklich so profitabel?"

"Definitiv", antwortete Kesh einfach.

Ich rieb mir nachdenklich das Kinn und nahm sie beim Wort. Wenn es um eine beträchtliche Summe Geld ging, war es kein Wunder, dass die Taverne auf feindliches Interesse stieß. Das alles erleichterte mir meine eigene Entscheidung: Diese Angelegenheit würde ich selbst in die Hand nehmen müssen. "Ich gehe selbst", sagte ich abrupt.

Kesh beäugte mich skeptisch. "Hast du die Erwachten Toten vergessen? Du hast dich zwar von den Gottesanbetern befreit, aber das wird Erebus und Ishita nicht davon abhalten, dich zu jagen."

"Oh, glaub mir, ich habe die beiden nicht vergessen." Ich hielt inne. "Und woher weißt du überhaupt von ihnen?"

Kesh hob eine Augenbraue. "Dachtest du etwa, ich hätte mich nicht informiert? Da ich erwäge, ein Büro im Sektor einzurichten, habe ich einen

Bericht über den Sektor 12.560 in Auftrag gegeben. Dabei habe ich von dem ungewöhnlichen Kopfgeld erfahren, das Ishita auf dich ausgesetzt hat."

"Hm", grummelte ich. "Verstehe."

"Aber mal im Ernst, warum gehst du selbst?" fragte Kesh. "Wäre es nicht besser, das jemand anderem zu überlassen?"

Ich schüttelte den Kopf. "Ich muss selbst nach Saya sehen und mich vergewissern, dass es ihr gut geht. Ich fühle mich ... verantwortlich für sie." Das wäre auch die perfekte Gelegenheit, um nach den Schattenwölfen zu sehen.

Ich war mir sicher, dass es bei Wolfs Aufgabe nicht nur um Saya ging. Es war auch eine nicht ganz so subtile Erinnerung - nicht, dass ich eine gebraucht hätte - dass auch andere im Tal meine Hilfe brauchen könnten.

Kesh musterte mich immer noch, widersprach aber nicht weiter.

"Du hast vorhin erwähnt, dass die Taverne einen Überschuss hat. Wieviel Spielraum habe ich?" fragte ich. Wenn ich ins Tal zurückkehren wollte, würde ich das nicht überstürzt tun.

Dieses Mal wäre ich auf alles gefasst, was Ishitas Lakaien mir in den Weg werfen konnten - nicht, dass ich vorhatte, sie wissen zu lassen, dass ich in der Nähe war, aber es konnte nie schaden, vorbereitet zu sein.

Kesh lächelte. "Ziemlich viel." Sie griff unter ihren Schreibtisch, holte ein in Leder gebundenes Buch hervor und legte es zwischen uns.

"Was ist das?"

"Das Hauptbuch des Schläfrigen Gasthauses", antwortete Kesh. "Seit du mich zur Vertreterin ernannt hast, führe ich über die Einnahmen und Ausgaben der Taverne genau Buch."

Ich beugte mich vor und schaute mir die Seiten an, die sie aufschlug. Das Buch war mit Reihen von Zahlen, die jede Ausgabe und jede Transaktion auflisteten, gefüllt.

Ich lehnte mich zurück. "Gib mir die Highlights."

Keshs Lippen zuckten. "Die Highlights? Nach Sayas letzter Einzahlung - die übrigens auch schon einen Monat her ist - hat die Taverne 22.350 Gold auf ihrem Bankkonto."

Meine Augen weiteten sich vor Schock. "Hast du *zweiundzwanzigtausend* gesagt?"

Kesh nickte. "Es wäre mehr gewesen, aber Saya hat eine beträchtliche Summe in die Taverne investiert und das Gebäude renoviert. Die Renovierungsarbeiten sind jetzt aber abgeschlossen, und in Zukunft sollten die monatlichen Gewinne steigen."

"Wie viel kann ich für meinen eigenen Bedarf abheben?" fragte ich, während ich noch versuchte, den außergewöhnlichen Betrag zu verarbeiten.

Kesh zuckte mit den Schultern. "Alles. Das Geld, das für den Unterhalt der Taverne benötigt wird, wird auf einem zweiten Konto unter Sayas direkter Kontrolle aufbewahrt."

"Alles ..." murmelte ich und senkte den Kopf, um nachzudenken. Das Schläfrige Gasthaus hatte eine schockierende Menge Geld eingebracht und nach dem, was Kesh sagte, war in naher Zukunft mit noch mehr zu rechnen. Der Zugang zu solch einem Reichtum würde alle meine Pläne einfacher machen - was es umso wichtiger machte, dass ich die Taverne rettete.

Meine Pläne nahmen langsam Gestalt an. Ich wusste jetzt, was ich tun musste und wie ich Haus Wolf aufsteigen lassen *und* diejenigen schützen konnte, die auf mich angewiesen waren. Aber bevor ich irgendetwas beschließen konnte, musste ich erst noch ein paar andere Dinge herausfinden.

Ich hob meinen Kopf. "Sag mir, was du über die Leeremagier-Fertigkeiten erfahren hast."

Kapitel 253: Unverhoffter Gewinn

Ohne mir direkt zu antworten, legte Kesh einen vertraut aussehenden dünnen Metallbogen auf den Schreibtisch. Es war derselbe Katalog, den ich schon einmal benutzt hatte. Als ich das Blatt überflog, sah ich, dass es eine Liste von Fertigkeiten enthielt.
Ich nahm den Katalog in die Hand und fing eifrig an zu lesen.

Liste der Leere-Fertigkeitsbände des Emporiums
Kosten: 200 Gold pro Stück. Klasse: Meister.

Fertigkeitsbände Ausdauer:
Giftabsorption (nicht verfügbar),
Krankheitsneutralisierung,
Abgehärtet (reduziert den Schaden durch Stichangriffe).

Fertigkeitsbände Geschicklichkeit:
Flink (wirkt geschicklichkeitsbasierten Fähigkeiten entgegen),
Meiden (reduziert den Schaden von Flächenzaubern).

Fertigkeitsbände Glaube:
Null Leben,
Null Tod,
Null Dunkelheit,
Null Licht,
Null Schatten.

Fertigkeitsbände Magie:
Luftabsorption,
Erdabsorption,
Feuerabsorption,
Wasserabsorption,
Jenseitsabsorption (nicht verfügbar),
Ätherabsorption.

Fertigkeitsbände Verstand:
Mentale Stärke (wirkt eindringenden Gedanken entgegen),
Kinetischer Rückprall (reduziert den Schaden durch sich schnell bewegende Objekte),
Konzentration (wirkt Zauberunterbrechungen entgegen).

Fertigkeitsbände Wahrnehmung:
Schwinden (wirkt allen Formen der Aufdeckung entgegen),
Verbergen (wirkt allen Formen der Analyse entgegen).

Fertigkeitsbände Stärke:

Widerstand (reduziert Schaden durch stumpfe Angriffe),
Moloch (wirkt kraftbasierten Fähigkeiten entgegen).

"Das war's?" fragte ich, nachdem ich die Liste einen langen Moment lang angestarrt hatte. "Wo sind all die Widerstandsfertigkeiten?"

"Interessanterweise benutzen Leeremagier keine gewöhnlichen Widerstandsfertigkeiten - die erhöhen nur die Chancen, schädlichen Auswirkungen zu entgehen." Kesh schüttelte amüsiert den Kopf. "Deine neue Klasse kann mehr. Sie gehört zu einer seltenen Gruppe von Leere-Klassen, die sich alle auf Schadensreduzierung spezialisiert haben. Leere-Fertigkeiten erhöhen nicht nur die Chance, einem Angriff zu widerstehen, sondern sie absorbieren auch einen Teil des eingehenden Schadens - unabhängig vom Ergebnis deiner Widerstandsprüfungen."

Ich nickte langsam. Das passte zu der Beschreibung des Spiels über meine Fertigkeiten der Nullkraft und der Elementarabsorption. Noch überraschender war jedoch, wie viel Kesh über meine neue Klasse wusste. "Du scheinst sehr viel über Leeremagier zu wissen", sagte ich und ließ die Frage offen.

Kesh lächelte reumütig. "Ich habe die Klasse nach deinem letzten Besuch recherchiert. Es gibt nur wenige Leere-Spieler im Spiel."

"Ich verstehe." Ich hielt inne. "Aber es *gibt* noch andere?"

"Gewiss", sagte Kesh. "Obwohl ich selbst noch nie auf einen gestoßen bin."

Nachdenklich nickend beugte ich meinen Kopf, um die Liste der Fertigkeiten noch einmal zu studieren - aber ich hatte mich beim ersten Mal nicht geirrt. Keine der angebotenen Fertigkeiten war mit den einzigartigen klassenspezifischen Fertigkeiten vergleichbar, die ich bei meiner Entwicklung zum Leeremagier angeboten bekommen hatte.

"Stimmt etwas nicht?" fragte Kesh, die meinen nachdenklichen Blick sah.

Ich seufzte. Die Liste enthielt dreiundzwanzig Fertigkeiten, und obwohl viele davon faszinierend klangen, war keine davon das, was ich suchte.

"Hattest du auf etwas anderes gehofft?" fragte Kesh erneut, als ich nicht antwortete.

Ich nickte zögernd. "Ich hatte auf eine Duplex-Fertigkeit gehofft."

Ihre Augenbrauen zogen sich verwundert zusammen. "Eine Duplex-Fertigkeit?"

Ich nickte abwesend. "Eine, die zwei oder mehr verschiedene Arten von Schaden abwehrt." Ich hielt inne. "Wie meine klassengebundenen Fertigkeiten."

"Ah", hauchte Kesh. "Von denen habe ich schon gehört. Aber solche wirst du nicht im Handel finden – oder sonst irgendwo."

Ich warf ihr einen Blick zu. "Warum nicht?"

"Einzigartige Fertigkeiten können nur durch Klassensteine erworben werden. Nur der Adjutant hat die Macht, sie zu erschaffen, und wann und warum er das tut, weiß niemand." Kesh beäugte mich seltsam. "Du kannst dich glücklich schätzen, dass du dir eine davon verdient hast. Das schaffen nicht viele. Aber um es kurz zu machen: Es gibt keine klassengebundenen Fertigkeitsbände."

"Oh", sagte ich und ließ enttäuscht die Schultern hängen.

Aber schon einen Moment später wurde mir klar, wie sehr der Klassenstein, den ich gefunden hatte, mir geholfen hatte. Mit ihm hatte ich *sieben* Leere-Fertigkeiten für den Preis von zwei Slots erworben. Ich bezweifelte, dass viele andere Spieler einen solchen Vorteil hatten.

Ich fragte mich allerdings, was es mit den Klassensteinen auf sich hatte. Hatte das Spiel die Fertigkeiten der einzelnen Steine unterschiedlich konfiguriert, je nachdem, was ein Spieler getan hatte, um sie zu verdienen?

Das war es, worauf Keshs Erklärung hinzudeuten schien. Selbst wenn es noch andere Leere-Nutzer im Spiel gab, konnte keiner von ihnen über *meine* besonderen Fertigkeiten verfügen.

Alles in allem war ich dankbar, dass ich auf Ceruvax gehört und mir einen eigenen Klassenstein gesucht hatte, anstatt einen zu kaufen. Aber all das war gerade nicht wichtig.

Ich schüttelte meine Gedanken ab und sah mir den Katalog erneut an. Ich hatte nur noch eine begrenzte Anzahl von Slots für Fertigkeiten zur Verfügung, so dass ich nur drei der dreiundzwanzig angebotenen Fertigkeiten auswählen konnte.

Aber welche drei?

Meine derzeitigen Fertigkeiten der Leere konzentrierten sich darauf, magische und glaubensbasierte Angriffe abzuwehren. In Zukunft konnte ich meine Fertigkeiten auch auf andere Arten von Schaden ausweiten, aber ich hatte nicht annähernd genug Slots, um die meisten davon abzudecken.

Vor allem die Krankheitsneutralisierung hatte es mir angetan. Das würde vor allem den Weg in den Sumpf erleichtern. Leider konnte ich mir darüber hinaus nur wenig Nutzen davon versprechen, und ich konnte es mir nicht leisten, meine Fertigkeiten anhand von kurzfristigen Zielen auszuwählen.

Dann gab es noch die Fertigkeiten Schwinden, Meiden und Kinetischer Rückprall. Alle hatten offensichtliche Vorteile. Aber die Wahrheit war, dass ich mich eher spezialisieren wollte.

Ich beschloss, dass es besser war, so resistent wie möglich gegen alle Arten von Mana-basierten Zaubern zu werden.

Das würde bedeuten, dass ich zwischen Null Leben, Null Tod, Ätherabsorption und Jenseitsabsorption wählen musste. *Eine einfache Entscheidung also.* Äthermagie war, soweit ich wusste, nicht offensiv.

"Ich nehme die ..."

Ich brach ab und bemerkte schließlich die zusätzlichen Vermerke neben einigen Fertigkeiten. "Kesh, warum sind zwei Fertigkeiten als nicht verfügbar markiert?"

"Es ist mir noch nicht gelungen, einen Verkäufer für Giftabsorption zu finden", gab Kesh zu. "Aber wenn du mir noch ein oder zwei Tage Zeit gibst, kann ich sie sicher besorgen." Sie hielt inne. "Was die Jenseitsabsorption angeht, so fürchte ich, dass das schwieriger wird."

Ich runzelte die Stirn. "Warum?"

Keshs Lippen verzogen sich. "Es gibt nur eine Quelle für solche Bücher: die Stygische Bruderschaft. Sie kaufen alle Jenseits-Zauberbücher und Fertigkeitsbücher auf, sobald sie auf dem Markt sind, und behalten sie für ihre Mitglieder. Ich könnte versuchen, die Bruderschaft für das nächste

Jenseits-Fertigkeitsbuch, das versteigert wird, zu überbieten, aber das könnte Wochen, Monate oder sogar Jahre dauern. Die einzige andere Möglichkeit ist ..."

"Mich direkt an die Bruderschaft zu wenden", beendete ich. Ich senkte kurz den Kopf und dachte nach. "Was ist mit anderen Artefakten des Jenseits? Hortet die Bruderschaft auch die?"

Kesh schüttelte den Kopf. "Im Gegenteil, sie verkaufen sie."

Ich blinzelte.

Die Händlerin gluckste. "Das Herstellen und Verkaufen von stygischer Ausrüstung ist die Hauptquelle des Reichtums der Bruderschaft. Sie sind nicht die Einzigen, die das tun, aber sie sind bei weitem die Besten." Sie deutete auf meine Schwerter. "Die stygische Klinge, die du trägst, wurde wahrscheinlich von einem Schmied der Bruderschaft hergestellt."

"Interessant. Wenn das so ist, nehme ich die Fähigkeitsbände für Null Leben und Null Tod."

Kesh nickte und ließ die Bände mit einer Handbewegung auf ihrem Schreibtisch erscheinen. Ich berührte ihren Schlüsselstein mit meiner Handfläche und schloss die Transaktion ab - aber nicht ohne meinen Protest kundzutun. "Ich verstehe nicht, warum die so teuer sind", brummte ich.

Kesh lächelte. "Das sind nicht nur irgendwelche Fähigkeitsbände. Sie gehören zu den seltensten im ganzen Spiel."

Ich nickte, da ich dem nichts entgegensetzen konnte und nahm die beiden Bücher in die Hand.

Du hast den Fähigkeitsband Null Leben erworben.
Du hast den Fähigkeitsband Null Tod erworben.
Du hast 400 Gold verloren.

"Darf ich?" fragte ich und deutete auf die Bücher.

Als sie meine Absicht erkannte, nickte Kesh. "Nur zu."

Ich neige meinen Kopf zum Dank und las beide Wälzer nacheinander.

Du hast zwei Meisterfertigkeiten erlangt: <u>Null Leben</u> und <u>Null Tod</u>.

Null Leben ist die Kunst, deine Leere-Rüstung zu benutzen, um feindliche, auf Leben basierende Angriffe abzuwehren oder, falls dies nicht gelingt, einen Teil des Schadens zu absorbieren. Beachte, dass die Vorteile dieser Fertigkeit nur so lange aktiv sind, wie du noch Mana hast.

Null Tod ähnelt Null Leben, stimmt aber deine Leere-Rüstung auf Nekromantiezauber ab und ermöglicht es dir, ihre schädlichen Auswirkungen abzuwehren oder zu absorbieren.

Du hast noch 1 von 6 freie Slots für Klassenfertigkeiten des Leeremagiers.

Ich atmete langsam aus und spürte, wie das neue Wissen in mich einsickerte. Die Konfiguration meiner Tertiärklasse war fast fertig und es juckte mich herauszufinden, wie sie mit dem Gedankenslayer verschmelzen würde, aber noch konnte sie das nicht.

"Was ist mit deiner letzten Leere-Fertigkeit?" fragte Kesh, als sie sah, wie die Bücher aus meinen Händen verschwanden und sie erahnte, in welche Richtung meine Gedanken gingen.

"Dafür steht ein Besuch bei der Stygischen Bruderschaft auf der Tagesordnung."

Kesh musterte mich neugierig. "Willst du die Fertigkeit Jenseitsabsorption so dringend?"

Ich nickte stumm. Angesichts des versteckten, jenseitsverseuchten Sektors vermutete ich, dass ich eine ganze Weile in der Sphäre des Jenseits verbringen würde.

Aber ich wollte die Fertigkeit nicht nur aus diesem Grund.

Ich hatte Lokens Drohungen nicht vergessen. Früher oder später würden die neuen Mächte mich jagen, und wo konnte man sich besser verstecken als dort, wo sich nur wenige Spieler hinwagten? Außerdem war es höchste Zeit, dass ich mich mit der Bruderschaft vertraut machte.

"Seltsame Wahl", bemerkte Kesh.

Ich schaute sie an, aber sie sagte nichts weiter und ließ mich selbst entscheiden, ob ich antworten wollte. "Ich habe ein paar Unternehmungen im Jenseits geplant", gab ich zu.

Kesh schnaubte. "Du willst ein Spalt-Abenteurer werden, kann das sein? Das ist ein gefährliches Hobby."

Ich zuckte mit den Schultern, ohne ihrer Vermutung zu widersprechen, und wechselte das Thema. "Ich brauche auch neue Ausrüstung."

"Hmm, woran hattest du gedacht?"

"Für den Anfang vier Upgrade-Edelsteine", sagte ich.

Kesh sah von der Bitte nicht überrascht aus. "Das übersteigt deine verfügbaren Mittel", betonte sie.

"Überweise 15.000 Gold vom Konto der Taverne", antwortete ich beiläufig.

Kesh nickte und materialisierte wortlos die Gegenstände, um die ich gebeten hatte.

Du hast 4 Upgrade-Edelsteine erworben. Mit jedem Gegenstand kannst du eine beliebige Fähigkeit um eine Klasse verbessern.

Du hast 8.000 Gold verloren.

Ich verzog das Gesicht. Selbst mit dem Gewinn aus der Taverne griffen die Kosten für die Upgrade-Edelsteine tief in meine Taschen. Ich würde ihre Verwendung sorgfältig einteilen müssen.

"Was noch?" fragte Kesh.

Ich dachte eine Weile nach. Viele meiner Fähigkeiten hatten Klasse drei erreicht, und ich wollte unbedingt ein paar Fähigkeiten vom Expertenrang kaufen, aber die Kosten für die Attribute machten mir Sorgen. "Wie viele Attributspunkte verbrauchen Fähigkeiten der Klasse drei?"

"Zehn", antwortete Kesh und bestätigte meinen Verdacht.

"Autsch", murmelte ich. Ich wandte meine Aufmerksamkeit nach innen und überprüfte mein Spielerprofil und insbesondere den Status meiner Fähigkeiten.

Ungenutzte Fähigkeitsslots

Stärke: 13 von 13.
Ausdauer: 14 von 19.
Geschicklichkeit: 9 von 36.
Wahrnehmung: 3 von 25.
Verstand: 47 von 71.
Magie: 21 von 21.
Glaube: keine.

Die Slots für Stärke und Magie waren für mich nutzlos. Ich hatte keine Fertigkeiten, die auf Stärke basierten, und meine Eigenschaft als Zauberanalphabet verhinderte, dass ich magische Fähigkeiten erwerben konnte.

Leider war meine Wahrnehmung am meisten eingeschränkt, und obwohl sowohl meine Täuschungs- als auch meine Einsichtsfähigkeiten Klasse drei waren, konnte ich mir keine Wahrnehmungsfähigkeiten leisten. *Ich muss meine Attributverteilung in Zukunft besser planen,* dachte ich.

Aber ich hatte genügend freie Plätze, um Fähigkeiten für Geschicklichkeit und Ausdauer zu kaufen. Und was den Verstand anging, konnte ich mit über vierzig verfügbaren Slots noch viel mehr herausholen.

Ich konzentrierte mich zuerst auf die Ausdauer. Die Entscheidungen sollten die einfachsten sein. "Welche Fähigkeiten hast du für leichte Rüstungen der Klasse 3?"

"Hmm ... Ich habe vier Bände verfügbar", sagte Kesh. "Willst du sie alle sehen?"

Ich nickte. "Gerne."

Kesh legte mir einen weiteren Emporium-Katalog vor, der bereits gefiltert war und die vier fraglichen Fähigkeiten zeigte. Ich beugte mich vor und studierte sie.

Gegenstand 61.411 der Waren des Emporiums ist das Fähigkeitskompendium mit der verbesserten Fähigkeit Last Erleichtern. Diese Fähigkeit reduziert die Belastung durch getragene Rüstungen um 30%. Maßgebliches Attribut: Ausdauer. Stufe: Experte. Kosten: 50 Gold. Voraussetzung: Rüstung Rang 10.

Gegenstand 291.412 der Waren des Emporiums ist das Fähigkeitskompendium mit der Fähigkeit Lastmanipulation. Diese Fähigkeit ist eine Variante der Fähigkeit Last Erleichtern. Anstatt deine eigene Last zu verringern, erhöht sie das Gewicht der Rüstung deiner Feinde und verlangsamt sie. Kosten: 50 Gold.

Gegenstand 451.478 der Waren des Emporiums ist das Fähigkeitskompendium mit der Fähigkeit Geringere Rüstungsverbesserung. Diese Fähigkeit erhöht deine physische Schadensreduktion vorübergehend um 10%. Maßgebliches Attribut: Ausdauer. Stufe: Experte. Kosten: 50 Gold. Voraussetzung: Rang 10 leichte Rüstung, Rang 5 mittlere Rüstung oder Rang 1 schwere Rüstung.

Gegenstand 931.102 der Waren des Emporiums ist das Fähigkeitskompendium mit der Fähigkeit Flinker Kämpfer. Diese Fähigkeit erhöht deine Geschicklichkeit vorübergehend um +4. Maßgebliches Attribut: Ausdauer. Stufe: Experte. Kosten: 50 Gold. Voraussetzung: Rang 10 leichte Rüstung, Rang 15 mittlere Rüstung oder Rang 20 schwere Rüstung.

Ich lehnte mich schwerfällig zurück. *So viel zum Thema einfache Entscheidung,* schimpfte ich. Ich wollte drei der vier Fähigkeiten, aber ich wusste, dass es dumm wäre, mehr als eine zu wählen.

Ausdauer gehörte nicht zu meinen Kernattributen und ich hatte nicht vor, in Zukunft viel in sie zu investieren. Das bedeutete, dass es schon schwierig genug war, *eine* Ausdauerfähigkeit auf Klasse vier, dann fünf und dann noch weiter zu verbessern; zwei wären unmöglich.

Welche soll es also sein?

Verbessertes Last Erleichtern verwarf ich sofort aus meinen Überlegungen. Ich brauchte keine weitere Verringerung meiner Last durch Rüstung. Meine Fertigkeit für leichte Rüstung war ausreichend.

Die Verringerung von physischem Schaden durch die Rüstungsverbesserung war zwar nett, aber mein Kampfstil war darauf ausgerichtet, gar nicht erst getroffen zu werden, also war sie weniger nützlich als die beiden anderen Fähigkeiten.

Flinker Kämpfer schien am vielseitigsten zu sein, aber die Fähigkeit war auch teurer als Lastmanipulation – ein Upgrade einer bestehenden Fähigkeit – und so verlockend die Fähigkeit auch war, zehn Fähigkeitsslots waren zu viel, um sie dafür auszugeben.

"Ich nehme die Lastmanipulation", sagte ich.

Kesh beschwor den Gegenstand, und ich fing sofort an, das Buch zu lesen, um mir sein Wissen anzueignen.

Du hast deine Fähigkeit Last Erleichtern zu <u>Lastmanipulation</u> aufgewertet. Diese Fähigkeit erhöht die Belastung eines Gegners im Umkreis von 2 Metern für 10 Minuten um 20%. Ihre Aktivierungszeit ist sehr langsam. Beachte, dass Lastmanipulation nur auf Feinde wirkt, die eine Rüstung tragen.

Sie ist eine Expertenfähigkeit und benötigt 5 Fähigkeitsslots mehr als ihre fortgeschrittene Variante. Du hast noch 9 von 19 freie Fähigkeitsslots für Ausdauer.

Du hast 50 Gold verloren.

Ich lächelte zufrieden. Trotz einiger Einschränkungen der Fähigkeit fand ich, dass der zwanzigprozentige Schwächungszauber für gepanzerte Nahkämpfer in meiner Nähe sie mehr als wettmachte.

Als Nächstes wandte ich mich Geschicklichkeit zu. In Anbetracht der vielen Fähigkeiten, die ich bereits hatte, schloss ich sofort aus, weitere zu erwerben. Außerdem hatte ich nur neun freie Slots, mit denen ich spielen konnte.

Ich hatte die Wahl, entweder Durchbohrender Schlag, Rückschlag oder Wirbelwind zu verbessern. Alle drei hatten sich in der Vergangenheit bewährt, aber von den dreien war Rückschlag zweifellos mein Favorit. Sein

Sofortschaden hatte viele meiner Tötungen mit einem Schlag ermöglicht.
"Ich nehme auch einen Folianten für Rückschlag der Klasse 3."
Kesh legte ein weiteres Buch auf den Tisch, und ich las auch dieses.

Du hast deine Fähigkeit Rückschlag zu Rückenstich aufgewertet. Diese Fähigkeit erhöht den Schaden, den du mit einem Angriff verursachst, auf das 2,5-fache des vorherigen Schadens. Sie ist eine Expertenfähigkeit und benötigt 5 Fähigkeitsslots mehr als ihre fortgeschrittene Variante. Du hast noch 4 von 36 freie Fähigkeitsslots für Geschicklichkeit.
Du hast 50 Gold verloren.

Die Beschreibung der verbesserten Fähigkeit war genau das, was ich erwartet hatte, und nachdem ich die Spielnachricht wegwischte, wandte ich meine Aufmerksamkeit meinen geistigen Fähigkeiten zu. Bei ihnen war der weitere Weg weniger klar.

Die Upgrade-Edelsteine, die ich gerade gekauft hatte, würden die Fähigkeiten aus den Wolfsprüfungen verbessern, aber dann blieben immer noch meine "normalen" Psi-Zauber, die ich in Betracht ziehen musste.

Als ersten Schritt beschloss ich, meine bestehenden Verstandszauber der Klasse zwei auf Klasse drei zu verbessern. "Kann ich bitte Expertenversionen von Reaktionsbuff, Massenverzauberung und Zweischritt bekommen?"

Kesh winkte wieder mit den Händen, aber als sie fertig war, lagen unerwartet nicht drei, sondern vier Zauberbücher auf dem Tisch.

Eine weitere Variante, vermutete ich. Nachdem ich einen Blick auf die Titel der Zauberbücher geworfen hatte, öffnete ich die ersten beiden Bände und las sie.

Du hast deine Verzauberungsfähigkeit auf Überragende Massenverzauberung verbessert.
Dieser Zauber setzt das Bewusstsein von 10 Zielen vorübergehend außer Kraft und zwingt sie, dir für 20 Sekunden zu dienen.
Du hast deine Fähigkeit Reaktionsbuff in Erhöhte Reflexe umgewandelt. Dies ist eine Fähigkeit, die du an dir selbst anwenden kannst und die deine Geschicklichkeit für 20 Minuten um +8 Ränge erhöht. Du hast noch 37 von 71 freie Fähigkeitsslots für Verstand.
Du hast 100 Gold verloren.

Die übrigen zwei Bücher musste ich vor dem Öffnen erst überdenken. Beide waren Varianten der Fähigkeit Zweischritt. Ich schaute mir die beiden Bücher nacheinander an und untersuchte ihre Eigenschaften.

Gegenstand 41.550 der Waren des Emporiums ist der Foliant mit der Fähigkeit Vier-Schritt. Diese Fähigkeit ermöglicht es dir, vier Schritte in der Luft zu machen, als ob sie fester Boden wäre. Maßgebliches Attribut: Verstand. Stufe: Experte. Kosten: 50 Gold. Voraussetzung: Rang 10 in der Fertigkeit Telekinese.
Gegenstand 231.802 der Waren des Emporiums ist der Foliant mit der Fähigkeit Windgetragen. Diese Fähigkeit ist eine Variante der Fähigkeit Zweischritt, die es dir ermöglicht, schneller durch die Luft zu gleiten, aber über eine kürzere Gesamtstrecke.

Die Fähigkeit Windgetragen klang faszinierend, wenn auch nicht sehr anders als die Fähigkeit Vier-Schritt, und da ich keine Nachteile in der damit verbundenen eingeschränkten Entfernung sah, wählte ich sie ohne weiteres Zögern.

Du hast deine Fähigkeit Zweischritt zu <u>Windgetragen</u> verbessert. Mit dieser Fähigkeit kannst du in jede beliebige Richtung bis zu einer maximalen Entfernung von 10 Metern und mit der doppelten Geschwindigkeit deines normalen Bewegungstempos durch einen Windstrom gleiten. Du hast noch 32 von 71 freie Fähigkeitsslots für Verstand.
Du hast 50 Gold verloren.

"Na, na", murmelte ich. "Die werden sicher nützlich sein."
"Du bist also mit deinen Einkäufen zufrieden?" fragte Kesh.
Ich strahlte sie an. "Das bin ich in der Tat."
"Wäre das alles?"

Einen Moment lang war ich versucht, weitere Fähigkeiten zu kaufen. Aber ich hatte immer noch die Upgrade-Edelsteine, wofür ich mindestens siebzehn weitere Slots bräuchte, so dass ich nur noch fünfzehn übrig hätte.

Es gibt keinen Grund, meine Entscheidungen zu überstürzen, ermahnte ich mich. *Es ist besser zu warten und zu sehen, wie sich diese Fähigkeiten entwickeln, bevor ich weitere kaufe.*

"Ich brauche keine weiteren Fähigkeiten, danke", sagte ich zu Kesh. "Aber ich brauche ein paar andere Dinge."

Kapitel 254: Zukunftsplanung

Du hast 5 x Rang 4 Seuchenschutzkristalle erworben.
Du hast 100 Gold verloren.

Nachdem ich meine Liste heruntergerasselt hatte, legte Kesh die Schutzkristalle auf den Tisch, um die ich gebeten hatte - aber sonst nichts.
Ich sah sie fragend an.
Die alte Händlerin seufzte. "So sehr es mich schmerzt, das zu sagen, aber wenn du die Bruderschaft besuchst, solltest du deine stygische Ausrüstung ebenfalls dort erwerben."
Ich nickte langsam. Ich hatte Kesh um eine spezielle Ausrüstung für Spalte gebeten. In Anbetracht der Zeit, die ich im Jenseits zu verbringen gedachte, wäre eine Spezialausrüstung von Vorteil, aber sie hatte Recht: Es war sinnvoller, diese Ausrüstung direkt von der Bruderschaft zu bekommen.
"Brauchst du sonst noch etwas?" fragte Kesh.
Mein Blick wanderte nach unten, um meine aktuelle Ausrüstung zu begutachten. War es Zeit für eine neue? Ich fand schon, aber ich wollte kein weiteres Geld ausgeben, bevor ich nicht wusste, was mich das Fertigkeitsbuch für Jenseitsresistenz und die stygische Ausrüstung kosten würden. "Wie viel habe ich noch?"
"Siebentausendeinhundertachtzig Gold auf deinem persönlichen Konto", antwortete Kesh. "Und weitere siebentausenddreihundertfünfzig auf dem Konto der Taverne."
Das reicht zumindest für ein paar Upgrades, dachte ich fröhlich, aber bevor ich den Mund aufmachen konnte, meldete sich Kesh zu Wort.
"Du solltest wissen, dass ich jemanden gefunden habe, der bereit ist, sich von einem Paar Handschuhe des Wanderers zu trennen." Sie hielt inne. "Allerdings wird der Kauf ein beträchtliches Loch in deiner Kasse hinterlassen."
Trotz Keshs Warnung konnte ich meine Begierde nicht zügeln. "Sag schon", forderte ich.
"Der Verkäufer ist ein langjähriger Kunde und hat mir zuliebe davon abgesehen, den Gegenstand auf dem freien Markt anzubieten. Wenn du die Handschuhe willst, kannst du sie für zwölftausend Gold bekommen."
Ich stöhnte. "Zwölftausend? Wirklich?"
"Legendäre Gegenstände sind nicht billig", betonte Kesh. "Und die Handschuhe gehören zu den günstigsten im Wanderer-Set. Für die übrigen Gegenstände wirst du mehr bezahlen müssen. *Viel* mehr."
Ich seufzte.
"Was soll ich ihm sagen?", fragte sie.
Ich zögerte. Ich konnte mir die Handschuhe leisten, wenn auch nur knapp, aber wenn ich sie kaufte, wäre ich erneut knapp bei Kasse. Kurz überlegte ich, ob ich die Upgrade-Edelsteine zurückgeben sollte, aber dann verwarf ich den Gedanken. Ich brauchte bessere Fähigkeiten mehr als jeden

Gegenstand, selbst wenn es ein legendärer war. "Kannst du ihn bitten, sie noch eine Woche zu behalten? Bis dahin habe ich eine Antwort für dich."

Kesh sah mich einen Moment lang an. "Eine Woche", stimmte sie schließlich zu. "Aber nicht länger."

Ich nickte.

"Wenn du damit alle deine Einkäufe erledigt hast, können wir dann die Sache mit Sektor 12.560 besprechen?"

Ich nickte wieder.

"Wann willst du Nexus verlassen?"

Ich rieb mir nachdenklich über das Gesicht. Es war schon spät und ich fühlte mich erschöpft. Die Gespräche mit Loken und Tartar waren in mehr als einer Hinsicht anstrengend gewesen. *Es ist besser, für die Unternehmungen im Tal erholt zu sein*, dachte ich.

"Morgen früh", antwortete ich.

"Perfekt", sagte Kesh. "Dann werde ich eine meiner Agentinnen bereithalten, um dich morgen bei Tagesanbruch zu begleiten. Ist das in Ordnung?"

"Natürlich." Ich hielt inne. "Nur so aus Interesse, wo willst du deine Filiale im Sektor einrichten?"

Kesh schnaubte. "Das ist eine gute Frage. Es muss in der sicheren Zone sein - alles andere im Tal ist zu gefährlich - aber bisher hatte ich kein Glück, ein Grundstück zu finden. Angesichts der wachsenden Beliebtheit des Sektors ist niemand bereit, dort Eigentum zu verkaufen. Aus der Ferne ist es allerdings schwer zu verhandeln, und meine Agentin sollte mehr Glück haben, wenn sie den Sektor erreicht."

Ich strich mir über das Kinn. "Hmm. Wie wäre es mir der Taverne?"

Kesh zog eine Grimasse. "Ich würde meine eigenen Räumlichkeiten vorziehen. Der Laden ist schließlich stolz darauf, einen erstklassigen Service zu bieten. Aber wenn sich keine anderen Möglichkeiten ergeben, nehme ich dein Angebot vielleicht an."

"Du wärst herzlich dazu eingeladen." Ich lächle verschmitzt. "Aber natürlich kostet es dich einen Teil des Gewinns."

"Natürlich", murmelte Kesh. "Was hältst du von zehn Prozent?"

"Ich dachte eher an zwanzig."

"Fünfzehn", kontert Kesh.

Ich dachte einen Moment darüber nach und nickte dann. "Abgemacht."

Die Händlerin schnaubte. "Du bist nicht sehr gut im Verhandeln, kann das sein? Die meisten Spieler hätten ein härteres Geschäft gemacht."

Ich zuckte mit den Schultern. Es lag eher in meinem Interesse, Kesh bei Laune zu halten, als um jedes Prozent Gewinn zu ringen.

Mir kam noch etwas anderes in den Sinn. "Du solltest Cara schicken."

Kesh blinzelte. "Wen?"

Ich schlug mir auf die Stirn. Ich hatte vergessen, dass Cara nicht der richtige Name der Agentin war, sondern ich sie nur so nannte.

"Deine Agentin im Pestviertel", stellte ich klar. "Ich bin es schon gewohnt, mit ihr zu arbeiten."

Kesh durchbohrte mich mit einem Blick. "Vorsichtig, Michael. Es gibt einen guten Grund, warum die Identität eines jeden meiner Agenten hinter einem Schleier der Geheimhaltung verborgen ist. Komm dem Mädchen nicht zu nahe, sonst bringst du sie in Gefahr - und mich."

Ich neigte den Kopf und akzeptierte die Zurechtweisung. "Verstanden."

"Jedenfalls halte ich es nicht für klug, *diese* Agentin zu schicken", fuhr Kesh fort. "Das Mädchen steht kurz vor dem Ende ihrer Amtszeit und hat bereits eine gute Beziehung zu den Rittern."

Ich war neugierig, was Kesh mit "Amtszeit" meinte, aber ich glaube nicht, dass sie es gutheißen würde, wenn ich die Natur ihrer Agenten weiter ausfragte. "Aber ich vertraue Ca-", begann ich.

Als ich Keshs Stirnrunzeln bemerkte, korrigierte ich mich: "Der Agentin. Sie zu schicken, ist in unserer beider Interesse, zumal wir nicht wissen, wie es im Tal aussieht."

Keshs Stirnrunzeln vertiefte sich, aber sie widersprach nicht weiter. "Nun gut, aber beherzige meine Warnung."

Ich nickte.

"Aber wenn du möchtest, dass die Zitadellen Agentin -" Kesh schaute mich an - "oder wie du sie nennst, *Cara*, dich begleitet, dann brauche ich einen Tag mehr, um sie von ihrem derzeitigen Posten zu versetzen." Sie schaute mich an. "Bist du bereit zu warten?"

Ich zögerte. Es widerstrebte mir, meine Rückkehr ins Tal zu verzögern, aber Saya hatte einen Monat und die Wölfe sogar noch länger darauf gewartet, von mir zu hören; ein weiterer Tag würde nicht viel ausmachen. "Na gut."

"Gut, dann ist das geklärt", sagte Kesh. "Wir sehen uns dann übermorgen."

Ich erhob mich, verabschiedete mich von Kesh und verließ das Gelände.

✳   ✳   ✳

Wenig später war ich wieder in meinem Zimmer im Freuden des Wanderers. Die Nacht war hereingebrochen und mein Körper sehnte sich nach Ruhe, aber ich musste noch ein paar Aufgaben erledigen, bevor ich schlafen konnte.

Im Schneidersitz auf dem Bett sitzend, schaute ich auf die vier Upgrade-Edelsteine, die vor mir ausgebreitet lagen. Sie waren für meine Fähigkeiten als Nachkomme: Astralklinge, Chi-Heilung, Geistesschild und Schattentransit.

Schattentransit war auf Klasse zwei und die anderen auf Klasse eins, und obwohl alle vier Fähigkeiten auf den Expertenrang aufgewertet werden konnten, hatte ich nur genug Upgrade-Edelsteine für zwei davon. Ich konnte zwar immer noch mehr Edelsteine kaufen, aber die Kosten waren exorbitant hoch, also musste ich mich für den Moment erst einmal entscheiden, welche der Fähigkeiten ich jetzt aufwerten wollte.

Schattentransit zuerst, denke ich.

Sie war eine meiner meistgenutzten Fähigkeiten, und es war wichtig, sie zu ihrem vollen Potenzial auszubauen. Ich berührte den Edelstein mit einer Hand und übermittelte meine Entscheidung dem Spiel.

Fähigkeits-Edelstein aktiviert.
Fähigkeitsband wird erschaffen ...
...
Die Erstellung des Fähigkeitsbands wurde angehalten. Für die Fähigkeit Schattentransit gibt es 2 Expertenvarianten.
Variante 1: <u>Langer Schattentransit</u>. Diese Variante erhöht die Reichweite des Schattentransits auf 50 Meter.
Variante 2: <u>Schattensprung</u>. Diese Variante modifiziert die Basisfähigkeit und ermöglicht es dir, 2 aufeinanderfolgende kurze Schattentransits in einem einzigen Wurf auszuführen, wobei jedes Ziel für 2 Sekunden betäubt wird.
Wähle jetzt deinen Schattentransit-Fähigkeitsband der Klasse 3.

"Mehr Varianten", murmelte ich. Ich hatte mit einem Upgrade wie dem langen Schattentransit gerechnet, aber die Schattensprung Variante war unerwartet.

Sie war interessant ...

... aber letztlich weniger verlockend als der lange Schattentransit.

Die kurze Betäubung und der Doppelsprung waren zwar toll, aber sie verbesserten die Fähigkeit auf keine Art, die mir sonderlich zusagte. Ich benutzte Schattentransit hauptsächlich, um meine Feinde zu überrumpeln, und auch wenn ich mit langem Schattentransit nur ein einziges Ziel anvisieren konnte, war es viel attraktiver, aus größerer Entfernung plötzlich zuzuschlagen.

Als ich mich entschieden hatte, übermittelte ich meine Entscheidung dem Adjutanten.

Du hast einen Fähigkeitsband mit der Fähigkeit Langer Schattentransit erworben.

Der Fähigkeits-Edelstein verschwand und hinterließ ein kleines, in Leder gebundenes Buch an seiner Stelle. Ich nahm das Buch in die Hand und saugte sein Wissen auf.

Du hast deine Fähigkeit Schattentransit zu <u>Langer Schattentransit</u> weiterentwickelt. Mit diesem Verstandszauber kannst du dich zu jedem Lebewesen im Umkreis von 50 Metern teleportieren und deine Schatten mitnehmen.

Perfekt, dachte ich.

Mein Blick glitt zu den übrigen drei Edelsteinen. Meine nächste Entscheidung war schwieriger. Geistesschild, Chi-Heilung und Astralklinge waren alle noch Klasse eins, und obwohl ich eine Ahnung hatte, wie sie sich entwickeln würden, konnte ich mir nicht sicher sein. Außerdem bräuchte ich sechs Edelsteine, um alle drei vollständig aufzuwerten.

Ich beschloss, sie nach Verwendung zu priorisieren, und aktivierte die nächsten beiden Edelsteine.

Du hast einen Fähigkeitsband mit der Fähigkeit Chi-Heilung erworben.
Du hast einen Fähigkeitsband mit der Fähigkeit Astralklingen erworben.

Das Aufrüsten meines Geistesschildes würde warten müssen - ich benutzte ihn sowieso nicht oft. Ich nahm die Zauberbücher, die aufgetaucht waren, und las sie eines nach dem anderen.

Du hast deine Fähigkeit Chi-Heilung aufgewertet. Mit diesem Zauber kannst du 20% deiner verlorenen Gesundheit mit Psi wiederherstellen.

Du hast deine Fähigkeit Astralklinge zu Zwillings-Astralklingen verbessert. Dieser Zauber manifestiert zwei Psi-Dolche in deinen Händen. Beachte, dass deine beiden Hände frei sein müssen.

Hmm.

Die Verbesserung der Chi-Heilung war wie erwartet, die der Astralklinge weniger. Ich hatte auf einen länger anhaltenden Zauber oder eine größere Klinge gehofft. Trotzdem wäre die Fähigkeit nützlich, wenn ich aus der Ferne angriff.

Mein Blick sprang auf den letzten Edelstein.

Welche der beiden Fähigkeiten sollte ich auf Klasse drei aufwerten? Wenn ihr Aufstieg demselben Muster folgte wie Schattentransit, konnte ich wahrscheinlich zwischen zwei Varianten wählen. Es gab jedoch keine Möglichkeit, vorherzusagen, welche das sein würden.

Also entschied ich mich für die Fähigkeit, die ich für wichtiger hielt: Chi-Heilung.

Fähigkeits-Edelstein aktiviert.
Fähigkeitsband wird erschaffen...
...
Die Erstellung des Fähigkeitsbands wurde angehalten. Für die Fähigkeit Chi-Heilung existieren 2 Expertenvarianten.
Variante 1: Mäßige Chi-Heilung. Diese Variante erhöht die wiederherstellenden Effekte der Chi-Heilung auf 30%.
Variante 2: Schnelle Genesung. Diese Variante modifiziert die Basisfähigkeit und ermöglicht es dir, geringere Chi-Heilung per Auslöser zu wirken.
Wähle jetzt einen Fähigkeitsband der Klasse 3.

"Sieh an, sieh an", rief ich aus und rieb vergnügt die Hände aneinander. "Das ist schon besser." Die zweite Variante passte perfekt zu mir, und trotz der geringeren Heilung zögerte ich nicht, mir die Fähigkeit anzueignen.

Du hast einen Fähigkeitsband mit der Fähigkeit Schnelle Genesung erworben.

Du hast deine Fähigkeit Chi-Heilung zu Schnelle Genesung aufgewertet und sie in einen Auslösezauber verwandelt.

Ausgelöste Fähigkeiten werden vorzeitig gewirkt und unter bestimmten Bedingungen automatisch ausgelöst. Sie sind ein wichtiger Teil des Arsenals eines Zaubernden und werden von Magiern vor allem eingesetzt, um ihre Schilde und andere Verteidigungen automatisch zu aktivieren. Sei dir aber bewusst, dass Zauber mit Auslösern nicht unfehlbar sind. Wenn du hohen Sofortschaden oder einen kritischen Treffer erleidest, kann es sein, dass die Fähigkeit nicht ausgelöst wird, bevor der Tod dich einholt.

Schnelle Genesung ermöglicht es dir, automatisch eine geringere Chi-Heilung zu wirken, wenn deine Gesundheit unter einen bestimmten Prozentsatz fällt. Sie kann auch wie gewohnt ohne Auslöser eingesetzt werden. Beachte, dass sich die Wirkung dieser Fähigkeit nach 1 Stunde auflöst, wenn sie nicht genutzt wird.
Du hast noch 14 von 71 freie Fähigkeitsslots für Verstand.

Nachdem ich meine Aufgaben erledigt hatte, legte ich mich flach aufs Bett und starrte an die Decke. Mein Kopf fühlte sich mit all dem neuen Wissen meiner neuen Fähigkeiten, das in ihm herumschwamm, viel zu voll an. Meine Kampfeffektivität hatte sich wieder einmal um einen Schritt verbessert und ich war begierig darauf, die neuen Zaubersprüche auszuprobieren.

Aber das würde bis morgen warten müssen. Ich unterdrückte ein Gähnen. Jetzt war erst einmal Schlafen an der Reihe. Ich verschränkte meine Hände hinter dem Kopf und ließ meine Gedanken schweifen.

Es gab einen Aspekt meines Spielerprofils, den ich nicht beachtet hatte: die Verbesserung von Slayeraura. Das war allerdings kein Versehen, sondern eine bewusste Entscheidung. Ich hatte beschlossen, die Fähigkeit erst nach der Verschmelzung meiner Klassen zu verbessern. Es bestand die Möglichkeit - wenn auch nur eine minimale -, dass ich die Fähigkeit bei einer zukünftigen Verschmelzung verlieren würde. Und wenn das passierte, gab es keinen Grund, unnötig einen Klassenpunkt zu verschwenden. *Besser wäre es, wenn ich ...*

Ich wurde von einem weiteren Gähnen unterbrochen.

Genug gegrübelt, dachte ich müde und schloss meine Augen. Ehe ich mich versah, war ich fest eingeschlafen.

Kapitel 255: Eine Handvoll Jobs

Am nächsten Morgen wachte ich früh auf und verließ ohne weitere Umschweife das Zimmer. Ich hatte einen ganzen "freien" Tag, bevor ich ins Tal aufbrach, und ich hatte vor, die Zeit sinnvoll zu nutzen. Auf meinem Weg durch das Hotel überlegte ich, was ich tun sollte.

Meine Ziele hatten sich schnell vervielfacht.

Neben dem Besuch des Tals galt es, den versteckten Sektor zu erkunden, Ceruvax zu finden und Kolaths Geheimnis zu lüften sowie zu entscheiden, wie ich mit Lokens Quest und Tartars Interessen umgehen sollte.

Der jenseitsverseuchte Sektor im Wächterturm stand im Mittelpunkt meiner Pläne für Haus Wolf, und die Rückkehr dorthin hatte Priorität. Die Erkundung des Sektors war jedoch eine wahre Mammutaufgabe und kein Unterfangen, das man an einem Tag bewältigen konnte.

Den letzten Wolfsabgesandten zu finden war genauso wichtig. Anhand von Cyrens Informationen vermutete ich, dass er sich im Dungeon im Salzsumpf aufhielt. Aber überhaupt erst den Eingang des Dungeons zu finden, würde schon ein Problem darstellen. Also musste die Kontaktaufnahme mit Ceruvax warten müssen.

Dann war da noch Kolaths Aufgabe. Ich wusste nur wenig darüber, was sie mit sich bringen würde oder wohin sie führen würde. Und obwohl ich entschlossen war, die Sache weiterzuverfolgen, rechnete ich nicht damit, bald voranzukommen. Also legte ich auch sie beiseite.

Schließlich war da noch Lokens Quest.

Ich war zwiegespalten, was die Mission anging. Einerseits war ich angesichts der Machenschaften des Betrügers wenig geneigt zu tun, was er wollte, und die Aufgabe selbst war zweifellos gefährlich. Andererseits war Loken eine Macht, die ich nicht ignorieren konnte. Wohl oder übel hatte ich seine Aufmerksamkeit erregt, und er wusste von meiner Blutlinie.

Die Aufgabe hatte zudem noch weniger greifbare Vorteile. Ich spürte, dass der Kelch Loken wichtig war und die Mission eine einmalige Gelegenheit bot, mehr über die Beweggründe der Schattenmacht zu erfahren - das wäre schon Belohnung genug. Ich beschloss, dass Lokens Mission eine Überlegung wert war, aber es war keine Aufgabe, die ich jetzt schon angehen konnte.

Als ich aus dem Foyer des Hotels schlüpfte, hielt ich auf der Schwelle inne. Es war an der Zeit, mich zu entscheiden, welchen Weg ich einschlagen sollte. Seufzend blickte ich in beide Richtungen die Straße hinunter.

Ich hatte mehr als genug zu tun, aber keine meiner Hauptaufgaben war an einem Tag zu schaffen. Damit blieben nur noch meine sekundären Ziele übrig, nämlich meine Klasse zu vervollständigen und ... ein paar Kopfgelder zu kassieren.

Für meine Klasse musste ich die Stygische Bruderschaft besuchen. Deren Kapitelsaal lag allerdings tief im Pestviertel, und es war besser, den Weg dorthin auf später am Tag zu verschieben. *In der Zwischenzeit schauen wir mal, welche Kopfgelder es gibt.*

Ich schwenkte nach links und schlenderte zum Marktplatz.

* * *

Seit meinem ersten Versuch, Kopfgeldjäger zu werden, hatte ich einen weiten Weg zurückgelegt, und obwohl Geld keine Motivation mehr war, gab es noch andere Gründe, der Gilde beizutreten.

Vor allem vermutete ich, dass Vollmitglieder der Gilde Zugang zu den anderen Vierteln von Nexus hatten - etwas, das meiner Meinung nach immer wichtiger werden würde, je länger ich in der Stadt blieb. Und dann war da noch die Sache mit den Verbündeten.

Ich konnte Haus Wolf nicht allein aufsteigen lassen. Ich würde, wenn nicht Verbündete, dann doch Freunde brauchen. Und da die Kopfgeldjägergilde eine fraktionslose, von keiner Kraft abhängige Gruppe war, war sie die ideale Organisation, an die ich mich wenden konnte. Natürlich wusste ich noch wenig über die Gilde, aber der einfachste Weg, mehr über sie zu erfahren, war in ihren Reihen aufzusteigen.

Und dafür muss ich Kopfgelder erfüllen.

Als ich auf dem zentralen Platz der sicheren Zone zum Stehen kam, suchte ich die Umgebung ab. Auf der Globalen Auktion war so viel los wie eh und je, und ich konnte das schwarze Brett nirgendwo ausmachen. Aber ich hatte auf dem Weg hierher danach gefragt und wusste, dass es sich am westlichen Ende des Platzes befand. Ich watete durch die Menschenmassen und suchte nach der Tafel.

Fünf Minuten später blieb ich stehen und starrte auf das hölzerne Monstrum, das vor mir in den Boden gepflanzt war. Ich war etwas besorgt gewesen, ob ich die Tafel in einem Meer aus Menschen finden konnte, aber ich hätte mir keine Sorgen machen müssen. Das schwarze Brett war unübersehbar.

Es war um ein Vielfaches größer und stabiler als das im Tal der Wölfe. Und statt mit angehefteten Zetteln war die Tafel mit nur vier stählernen Plakaten bestückt, von denen jedes fest an der breiten Holzfläche der Tafel befestigt war.

Ich warf einen Blick auf die Spieler neben mir. Die meisten eilten vorbei und beachteten die Tafel nicht. Aber die wenigen, die stehen blieben, starrten aufmerksam auf die stählernen Plakate.

Während ich zuschaute, brachte ein menschlicher Zauberer in einer Robe ein Stück Papier hervor und kritzelte wie wild darauf herum, während er immer wieder Blicke auf die Tafel warf. Als ich seinem Blick folgte, sah ich eine Reihe von Wörtern die Oberfläche jedes Metallposters herunterlaufen.

Die sind wie die Kataloge von Kesh, dachte ich. Fasziniert trat ich einen Schritt vor und betrachtete eines der Poster genauer.

Die Zahl "Eins" war in das Holz über dem Plakat geschnitzt worden, und nicht unerwartet waren alle Kopfgelder, die auf dem Plakat zu sehen waren, von Klasse eins.

Zu meiner Rechten bemerkte ich eine entstellte Elfenfrau mit einem Breitschwert über ihrer Schulter, die schlendernd auf ein anderes Plakat zuging. Sie berührte das Blech – flüchtig - und ging dann mit einem zufriedenen Gesichtsausdruck davon.

Huch, was war das?

Neugierig ging ich zu dem Plakat hinüber und berührte es selbst, woraufhin eine Spielnachricht erschien.

Willkommen, Probi! Du hast 1 von 5 aktive Jobs in deinem KGJ-Ausweis gespeichert. Möchtest du das Kopfgeld 10.380 zu deinem Logbuch hinzufügen?

Ich verneinte und schaute nach rechts - in die Richtung, in die die Kämpferin gegangen war. Die Elfe war verschwunden. *Sie muss eine Kopfgeldjägerin sein*, dachte ich und bedauerte, dass ich die Chance verpasst hatte, mit einem anderen Gildenmitglied zu sprechen. Ich wischte meine Enttäuschung beiseite und zückte meinen KGJ-Ausweis.

In der Spielnachricht, die ich gerade erhalten hatte, stand, dass ich ein aktives Kopfgeld hatte – was mir neu war.

Als ich den Wächterturm betrat, hatte ich drei aktive Kopfgelder gehabt. Das erste hatte ich nach Ablauf der vorgegebenen Zeit verloren, und da ich für die anderen beiden Kopfgelder keine ähnliche Nachricht erhalten hatte, hatte ich angenommen, dass auch sie verfallen waren. Kopfgelder waren schließlich nicht nur von einer Person einholbar, und es war fast ein Jahr vergangen.

Sicherlich hatte in der Zwischenzeit jemand anderes die anderen offenen Posten erledigt?

Anscheinend nicht, dachte ich und starrte auf meinen KGJ-Ausweis.

Ein Posten war noch immer auf der Rückseite der Karte aufgeführt. Ich fuhr mit dem Finger über die feinen Buchstaben und rief die Beschreibung auf.

Jobnummer: 428. Jobtitel: Jagd auf einen Verbrecher. Klasse: 4. Kopfgeld: 150 Gold. Die Bezahlung wird von der Gilde garantiert, und der Job ist sowohl für Gildenmitglieder als auch für Nichtmitglieder verfügbar. Jobbeschreibung: Ritterkapitän Orlon benötigt Hilfe bei der Festnahme eines verurteilten Diebes namens Anriq. Der Dieb ist aus seinem Gewahrsam entkommen und wird im Salzsumpfgebiet vermutet. Das Ziel ist ein Spieler und ein bekannter Werwolf. Ritterkapitän Orlon ist in der Zitadelle des Triumvirats zu finden.

Ich schürzte meine Lippen nachdenklich. Der Werwolf war also immer noch auf freiem Fuß. Was sagte das über diesen Anriq aus? War er zu schwierig zu fangen? Oder war es das Umfeld, das meine Kopfgeldjägerkollegen abschreckte?

Ein Schrei durchbrach meine Grübelei. "Hey, Kumpel! Aus dem Weg. Du blockierst das Brett."

Ich steckte meinen KGJ-Ausweis wieder in meine Tasche und schenkte dem Zwischenrufer eine entschuldigende Geste. *Sieht so aus, als würde es mich heute doch noch ins Salzsumpfviertel führen.*

✻ ✻ ✻

Bevor ich den Platz verließ, untersuchte ich das Schwarze Brett nach weiteren Kopfgeldern. Wenn ich schon in den Salzsumpf gehen sollte, war es sinnvoll, gleich andere Aufträge in der Region zu erledigen.

Zu meiner Freude fand ich zwei weitere Kopfgelder aufgelistet.

Jobnummer: 1015. Jobtitel: Bezirksreinigung. Klasse: 4. Kopfgeld: 300 Gold. Die Bezahlung wird von der Gilde garantiert, und der Job ist sowohl für Gildenmitglieder als auch für Nichtmitglieder verfügbar. Jobbeschreibung: Eine Gruppe von Seehexen hat sich wieder einmal im Salzsumpf niedergelassen. Finde und töte sie, damit ihr Nest nicht noch mehr ihrer Art anlockt. Um die Belohnung zu erhalten, muss der Skalp der Nestmutter bei Ritterkapitän Orlon in der Zitadelle des Triumvirats abgeliefert werden.

Jobnummer: 271. Jobtitel: Zungen und Füße. Klasse: 4. Kopfgeld: 200 Gold. Die Bezahlung wird von der Gilde garantiert, und der Job ist sowohl für Gildenmitglieder als auch für Nichtmitglieder verfügbar. Jobbeschreibung: Ein Kräuterkundler aus dem Schattenviertel benötigt Nachschub von Reagenzien, die von gelbgefleckten Fröschen geerntet werden. Diese Kreaturen sind im Salzsumpf heimisch und kommen nur in den Tiefen des Salzsumpfes vor. Um deine Belohnung zu erhalten, müssen 5 gelbgefleckte Zungen und 10 gelbgefleckte Füße in einem beliebigen Gildenbüro abgegeben werden.

Obwohl ich nicht wusste, was eine Seehexe oder ein gelbgefleckter Frosch war, nahm ich beide Kopfgelder ohne zu zögern an; wenn die Aufgaben zu schwer waren, konnte ich sie auch einfach nicht machen.

Du hast die Genehmigung für die Kopfgelder 1015 und 217 erhalten. Dein KGJ-Ausweis wurde aktualisiert. Aktive Kopfgelder: 3 von 5.

Bevor ich die sichere Zone verließ, musste ich noch einen Stopp einlegen. Ich eilte zum Emporium und kaufte ein paar Dinge ein.

Du hast 2 x Seuchenschutzkristalle von Rang 6 erworben.
Du hast 1.000 Gold verloren.
Du hast einen Alchemiestein des Jägers erworben. Es ist ein Gegenstand von Rang 4, mit dem du alchemistische Zutaten von Rang 4 aus erlegten Kreaturen gewinnen und speichern kannst. Dieser Gegenstand funktioniert nur bei tierischen Lebewesen und kann nicht verwendet werden, um Materialien aus Pflanzen zu gewinnen.
Die Verzauberung kann mit Mana wieder aufgefüllt werden. Derzeit gespeicherte Zutaten: 0 / 500.
Du hast einen kleinen Alchemiestein und 350 Gold verloren.

Ich hatte immer noch die beiden Heiltränke, die ich bei Trexton gekauft hatte, aber da ich jetzt mehr Geld zur Verfügung hatte, sah ich keinen Grund, mich nicht besser gegen die ansteckenden Infektionen im Salzsumpf zu schützen.

Die Kosten für die Verzauberungskristalle erklären zum Teil, warum die Salzsumpf-Kopfgelder unbeliebt zu sein schienen. Sie gehörten zu den ältesten Kopfgeldern auf dem schwarzen Brett.

Ich rüstete auch meinen Alchemiestein auf, da ich wusste, dass ich den zusätzlichen Speicherplatz und einen Mechanismus zum Sammeln seltener Reagenzien brauchen würde. Am liebsten hätte ich ein Erntegerät von Rang fünf gehabt, aber wie die meisten anderen Gegenstände dieses Ranges war auch es zu teuer.

Als ich das Südtor der sicheren Zone erreichte, zerbrach ich einen der Schutzkristalle in meiner Hand.

Du hast eine einmalig verwendbare Verzauberung aktiviert und einen Wachzauber zum Schutz vor Krankheiten um dich herum errichtet. In den nächsten 4 Stunden bist du vor Infektionen der Stufe 6 und darunter geschützt.

Mit einem tiefen Atemzug betrat ich das Pestviertel. Ich war endlich bereit für einen Tagesausflug in den Salzsumpf, und es war an der Zeit zu sehen, welche Schrecken er bereithielt.

Kapitel 256: Der gefallene Bezirk

Ich hielt an, als die Straße, der ich nach Süden durch das Pestviertel folgte, ein abruptes Ende nahm. Ich hatte das Salzsumpfviertel erreicht.

Vor mir erstreckte sich das Sumpfgebiet so weit das Auge reichte: kilometerlange Brackwasserflächen, die fast vollkommen von Schilf und anderen Pflanzen verschlungen wurden. Womit ich allerdings nicht gerechnet hatte, waren die verfallenen Gebäude. Es gab ganze Häuserblocks – verfallen, verlassen und im Begriff zu Sinken.

Einige Gebäude fehlten, zweifellos waren sie bereits vollständig überflutet. Andere sahen aus, als wären sie auf dem besten Weg dorthin. *Das alles gehörte irgendwann einmal zur Stadt*, dachte ich.

Was war passiert?

Es war klar, dass das Meer den Bezirk überschwemmt hatte, aber warum hatte man das zugelassen? Und warum war die Region nicht trockengelegt worden? Die Mächte hätten sicherlich beides erreichen können. Ich schüttelte den Kopf über dieses Rätsel und wandte meine Aufmerksamkeit dem Sumpf zu.

Hier und da kräuselten sich die Wellen auf der ansonsten ruhigen Oberfläche des Wassers. Insekten huschten umher, aber es gab keine Vögel. Auch keine Spieler. Tatsächlich war es unheimlich still.

Ich schaute hinter mich.

Die düsteren Gebäude des Pestviertels starrten zurück.

Nachdem ich mich vergewissert hatte, dass ich nicht auf mysteriöse Weise an einen anderen Ort teleportiert worden war, drehte ich mich um und blickte auf den Salzsumpf. Die Grenzen des Bezirks waren deutlich zu erkennen, da der Sumpf alle Straßen, die hierherführten, verschluckt hatte und dadurch eine perfekte Abgrenzung entstanden war.

Ich zog eine unglückliche Grimasse. Das nächstgelegene Gebäude war zu weit entfernt, um mit Windgetragen über den Sumpf zu fliegen. Wenn ich das Viertel betreten wollte, musste ich durch das Wasser waten. Es sah zwar seicht genug dafür aus, aber wer wusste schon, was für Kreaturen und Seuchen sich unter der trüben Oberfläche verbargen?

Ich ließ mich in die Hocke fallen und atmete tief ein.

Und bereute es sofort.

Die Gerüche des Sumpfes ließen einiges zu wünschen übrig. Unter den salzigen Geruch des Meeres mischte sich der Gestank von Verwesung und anderen Dingen, die besser unerwähnt blieben. Ich wollte definitiv nicht länger als nötig in diesem Sumpf bleiben. Ich erhob mich und entfaltete meine Gedankensicht.

Jede Lebensform im Umkreis von zwanzig Metern drang in mein Bewusstsein ein. Wie erwartet waren sie alle harmlos – kleine Fische und Schlammkrabbler. Aber keine gelb gefleckten Frösche. Ich schnaubte. Als ob ich so viel Glück haben würde.

Trotzdem hatte ich eine Vielzahl von Zielen zur Auswahl. Ich richtete meine Aufmerksamkeit auf die am weitesten entfernte Lebensform, die ich sehen konnte, und castete Schattentransit.

Du hast es nicht geschafft, dich hinter eine Schlammkrabbe zu teleportieren. Dieses Wesen ist zu klein, um einen stabilen Ankerpunkt zu bieten.

Das ist ... gemein.

Ich seufzte. Es führte kein Weg daran vorbei. Ich würde durch den Sumpf waten müssen. Ich versöhnte mich mit dem Gedanken und konzentrierte mich auf mein Ziel.

Wie gehe ich also vor?

Ich hatte drei Kopfgelder zu erfüllen und keine weiteren Hinweise, außer dass meine Ziele irgendwo im Salzsumpf waren. Ursprünglich hatte ich das für ausreichend gehalten, aber ich hatte nicht erwartet, dass der Sumpf so groß sein würde. Allem Anschein nach könnte ich Stunden in seinen Tiefen verbringen, und das nur anhand dessen, was ich von hier aus sehen konnte.

Es bleibt wohl nichts anderes übrig, als anzufangen.

Ich schloss die Augen und castete meine Buffs.

Du hast Erhöhte Reflexe gewirkt, was deine Geschicklichkeit für 20 Minuten um +8 Ränge erhöht.

Du hast Lastmanipulation gewirkt, was dir eine 10-minütige Belastungsaura verleiht, die jeden gepanzerten Gegner im Umkreis von 2 Metern um 20% verlangsamt.

Du hast den Auslösezauber Schnelle Genesung gewirkt. Wenn deine Gesamtgesundheit unter 30% fällt, heilt er dich sofort um 20%.

Bereit, mich in den Sumpf zu wagen, machte ich einen Schritt nach vorne.

Mein Fuß plumpste mit einem hörbaren Platschen in das Wasser und fand festen – wenn auch schlammigen – Boden unter mir. Ich machte einen weiteren Schritt und stand knietief im Wasser.

Brauner Schlamm sickerte in meine Gamaschen.

Igitt.

Mit unglücklich verzogenem Mundwinkel ging ich weiter. Das Wasser wurde immer tiefer, bis ich hüfthoch im Schlamm stand. Zum Glück flachte das Wasser nach etwa zehn Metern wieder ab. Ich hatte definitiv keine Lust, im Sumpf zu schwimmen. Ich wählte eines der verfallenen Gebäude aus und watete darauf zu.

Mein Ziel war eine halb verrottete Holzkonstruktion, die umzukippen drohte, aber immerhin war sie drei Stockwerke hoch und ragte über die umliegenden Gebäude hinaus. Sie würde einen hervorragenden Aussichtspunkt abgeben.

Etwas stach mich.

Krankheit von Klasse 5 widerstanden! Du hast dich nicht mit Typhili angesteckt!

Ich blieb stehen und starrte auf die Spielnachricht. Ich war noch nicht einmal eine Minute im Sumpf und schon war ich einer Infektion ausgesetzt.

Gut, dass ich diese Schutzkristalle gekauft habe. Meine Heiltränke hätten kaum ausgereicht. *Hoffen wir mal, dass mir nichts Schlimmeres widerfährt.*

Ich schlug eine Hand gegen meinen Nacken, um das störende Insekt zu töten, und ging weiter. Zehn Meter vor dem Holzgebäude blieb ich erneut stehen. Es war an der Zeit, eine meiner neuen Fähigkeiten zu testen.

Ich reichte in meinen Geist und wob Psi-Stränge zu fester Luft. Die Fäden spannen sich zu einer Rampe aus, die bis zu einem Fenster im zweiten Stock reichte, und mit einer gesunden Portion Nervosität betrat ich sie.

Du hast Windgetragen gecastet.

In meinem Rücken bildete sich ein magischer Wind, und im nächsten Augenblick glitt ich mit atemberaubender Geschwindigkeit die Rampe hinauf, die nur für meine Augen sichtbar war.

"Wow", keuchte ich und vergaß meine Abneigung gegen den Sumpf, als ich von der Windrutsche auf die Fensterbank geschleudert wurde. Obwohl die Balken verrottet waren, trugen sie mein Gewicht mühelos, und ich klammerte mich an der Außenseite des Fensters fest, während ich Luft holte und das überschüssige Wasser und den Schlamm von meiner Rüstung abtropfen ließ.

Windgetragen war ... neu.

Der Geschwindigkeits-Buff war ein riesiger Bonus, genauso wie die Tatsache, dass ich die Windrutsche in *jeder* gewünschten Form konstruieren konnte. Ich grinste. Ich könnte Kreise um meine Feinde ziehen - und das mit einem einzigen Zauber. Richtig eingesetzt wäre diese Fähigkeit im Kampf verheerend.

Als meine Begeisterung nachließ, wandte ich meine Aufmerksamkeit wieder dem Gebäude zu und spähte durch das klaffende Loch, das als Fenster diente. Im Inneren befanden sich nur noch die Überreste eines Zimmers mit durchlöcherten Böden, kaputten Wänden und verrottetem Mobiliar.

Aber es sah relativ stabil aus.

Trotzdem untersuchte ich die Kammer ein zweites Mal mit meiner Gedankensicht. Die Fähigkeit bestätigte, was ich schon geahnt hatte. Das Gebäude war leer. Nun ja, leer, wenn man von den tausenden kleinen Bewusstseinen absah, von denen ich wusste, dass sie Insekten waren.

Ohne weiter zu zögern, schlüpfte ich durch das Fenster und ließ mich vorsichtig auf einen Balken sinken, der stabiler zu sein schien als die anderen. Der Balken knarrte, aber er hielt.

Rechts von mir befand sich eine halb verrottete Treppe, die in das oberste Stockwerk führte, und darunter war eine Art Bienenstock. Die meisten leuchtenden Bewusstseine im Gebäude stammten von dort. Jede winzige Kreatur - nicht größer als mein Fingernagel - war komplett purpurrot. Ihre Augen und Panzer glitzerten in der schattigen Dunkelheit und verliehen ihnen einen bedrohlichen Ausdruck. Ich streckte meinen Willen aus und untersuchte eines der Insekten.

Dein Ziel ist eine Blutfliege der Stufe 6.

Blutfliegen sind im Salzsumpf heimisch und übertragen alle Arten von Krankheiten und Infektionen. Ihren Namen verdanken sie sowohl ihrer

blutroten Farbe als auch ihrer unheimlichen Fähigkeit, Warmblüter aufzuspüren.

Tausende von Fliegen nisteten auf den Stützbalken unter der Treppe. Ich warf einen Blick nach oben. Leider war keines der Löcher im Boden darüber groß genug, als dass ich hindurchpassen konnte.

Um in die nächste Etage zu gelangen, musste ich mich den winzigen Monstrositäten bis auf wenige Meter nähern. Leise vor sich hin summend schienen sie jedoch zu schlafen, und dank meines Schutzzaubers hatte ich nichts von ihnen zu befürchten.

Ich balancierte vorsichtig auf Zehenspitzen auf die Treppe zu.

Mehrere feindliche Einheiten haben dich entdeckt! Du bist nicht länger versteckt.

Hmm, das ging schnell. Der Lärm, der vom Nest ausging, wurde lauter und ein paar Fliegen hoben von ihren Balken ab und schwirrten wütend um mich herum. Ich hielt inne und beäugte die kleinen Insekten misstrauisch. Eines flog durch die Luft, direkt auf mein Gesicht zu.

Ich machte keine Anstalten, es aufzuhalten, und wartete.

Eine Blutfliege der Stufe 5 hat dich gestochen! Krankheit von Klasse 4 widerstanden. Du hast dich nicht mit Mong-Fieber angesteckt!

Ein weiteres Dutzend Fliegen tauchte hinter der ersten auf.

Zwölf Blutfliegen haben dich gestochen!
Klasse 6 Krankheit widerstanden ...
Klasse 5 Krankheit widerstanden ...
...
Deine Gesundheit ist auf 99,999% gesunken.

"Autsch, das tut weh", murmelte ich und grinste in Richtung der Fliegen, die weiterhin machtlos um mich herumschwirrten. Da ich mir sicher war, dass die Insekten keine Bedrohung mehr darstellten, ging ich weiter.

Weitere Fliegen hoben von ihren Schlafplätzen ab und schwirrten bedrohlich um mich herum. Ich ignorierte sie. Je schneller ich das nächste Stockwerk erreichte, desto eher würden die Insekten erkennen, dass ich keine Gefahr für sie oder ihren Schwarm darstellte. Begleitet von einem wachsenden Fliegenschwarm setzte ich einen Fuß auf die erste Treppenstufe.

Das erwies sich als Fehler.

Das Holz ächzte laut unter mir. Es gab aber nicht nach. Leider war das das geringste meiner Probleme. Angestachelt durch den Lärm, wachte der gesamte Schwarm auf, um sich der Bedrohung zu stellen - mir.

Ein Blutfliegenschwarm hat dich angegriffen. Mehrere Krankheiten wurden abgewehrt. Deine Gesundheit ist auf 99% gesunken.

"Verdammt", knurrte ich und schlug kraftlos nach den Fliegen, als ich die nächste Stufe erklomm. Die winzigen Biester schwärmten über mir und krabbelten in meinen Mund, meine Ohren und Nasenlöcher. Ein paar schafften es sogar, summend in meine Lederkleidung einzudringen. Angeekelt schlug ich vergeblich auf meine Rüstung ein.

Ein Blutfliegenschwarm hat dich angegriffen.
Ein Blutfliegenschwarm hat dich angegriffen.
Deine Gesundheit ist auf 97% gesunken.

Ich hatte die kleinen Biester unterschätzt, wie ich feststellte. Der Angriff jeder einzelnen Fliege war nicht mehr als ein Nadelstich, aber alle zusammengenommen war der Schaden gar nicht so gering.

Wenn das so weitergeht, könnte ich wirklich in Schwierigkeiten geraten.

Es gab jedoch keinen Grund zur Panik. Alles, was ich tun musste, war den Schwarm loszuwerden.

Ich rannte die Treppe hinauf und machte mich daran, genau das zu tun.

Kapitel 257: Versteckt im Schilf

Das Holz knarrte und zerbarst, sodass mein Fuß mehr als einmal durch die Treppe brach. Ich ließ mich aber nicht bremsen. Jedes Mal fing ich mich, bevor ich fallen konnte, und rannte weiter.

Ich erreichte den dritten Stock und war immer noch von Blutfliegen umgeben.

Deine Gesundheit ist auf 91% gesunken.

Von Sekunde zu Sekunde wurde das Summen des Schwarms lauter. Ich nahm an, dass die Blutfliegen damit ihre Wut zum Ausdruck bringen wollten, aber ich konnte dem Phänomen kaum Aufmerksamkeit schenken.

Ich musste einen Weg auf das Dach finden.

Da, dachte ich und entdeckte ein Loch in der Decke, das groß genug war, um hindurchzupassen. Ich beschwor Psi und formte eine Rampe aus Luft.

Du hast Windgetragen gecastet.

Ich beschleunigte die Windrutsche hinauf und ließ dabei den Großteil des Schwarms hinter mir. Einen Moment später wurde ich auf das Dach geschleudert. Ich machte einen Salto von der Windrutsche und landete auf den Knien.

Mein Blick huschte nach links und rechts um meine Umgebung zu erfassen. Ich war auf dem Dach, und es war leer. Mehr als die Hälfte der Stützbalken fehlten, was das Überqueren des Daches tückisch machte. Zumindest für den durchschnittlichen Spieler. In Anbetracht meiner eigenen Beweglichkeit sah ich keinerlei Probleme voraus.

Das nächste Gebäude ist nah genug, dachte ich. Ich könnte es mit Windgetragen leicht erreichen, und von dort aus das Gebäude dahinter. Wenn ich genug Windstöße aneinanderreihte, könnte ich dem Schwarm entkommen. Da war ich mir sicher.

Der Schwarm schwirrte durch das Loch.

Der Windstoß hatte mich vorübergehend aus ihren Klauen entkommen lassen, aber jetzt hatten sie aufgeholt. Doch anstatt sofort wieder anzugreifen, wie ich es erwartet hatte, stiegen die Blutfliegen höher in die Luft. Ich runzelte die Stirn. Wollten sie einen Sturzangriff versuchen?

Scheinbar nicht.

Das Summen des Schwarms steigerte sich zu einer fieberhaften Lautstärke. Ich verzog das Gesicht und hielt mir die Ohren zu, als das störende Geräusch meine Trommelfelle angriff. *Ist das eine neue Art von ...?*

Ich brach ab.

Von den angrenzenden Gebäuden zogen Spuren blutroter Wolken auf. Und auch sie schwirrten umher.

Mehr Blutfliegenschwärme.

Eine Flucht über die Dächer kam nicht mehr in Frage.

Mein Blick schwenkte zurück zu meinem ursprünglichen Feind. Der Schwarm schwebte immer noch in der Luft, und bildete ich mir das nur ein, oder wirkten die kleinen Biester selbstgefällig?

Ich entgegnete ihnen mit einem finsteren Blick. "Macht euch keine Sorgen", knurrte ich. "Ich werde noch das letzte Wort haben." Ich duckte mich zurück in das Loch, aus dem ich gekommen war, und ließ mich wieder in das Gebäude fallen.

* * *

Keine meiner Fähigkeiten oder Waffen würden gegen die Schwärme etwas ausrichten können. Ich könnte den ganzen Tag damit verbringen, auf die Blutfliegen einzuhacken, ohne ihre Zahl zu verringern, und keiner meiner Zauber - nicht einmal Massenverzauberung - war auch nur annähernd nützlich.

Das hieß aber nicht, dass ich hilflos war.

Ich hatte andere Möglichkeiten.

Ich kehrte in den Raum zurück, in dem ich auf den ersten Blutschwarm gestoßen war, duckte mich unter die Treppe und machte mich an die Arbeit. Es war eng, aber das war für mein Vorhaben perfekt. Ich strich mit dem Daumen über die blaue Rune an meinem Fallensteller-Armband und aktivierte den Gegenstand.

Du hast eine Fertigkeitsprüfung in Diebstahl bestanden!

Du hast 2 Fallenbaukristalle aus dem Armband des Fallenstellers entfernt.

Als die verzauberten Kristalle in meine wartenden Hände fielen, castete ich Fallenstellen. Um mit den Fliegen fertig zu werden, brauchte ich einen Flächenzauber. Ich selbst hatte zwar keine, aber meine Fallen machten den Mangel wett. Magische Energie flackerte in meinen Augen und Fingern auf und ich begann, das Schlachtfeld vorzubereiten.

Ein Schwarm strömte durch das Loch in der Decke.

Ich ignorierte die Insekten. Ich bezweifelte, dass die Kreaturen intelligent genug waren, mein Vorhaben zu verstehen, aber wenn doch und sie flohen, war das umso besser.

Als sie mich neben ihrem Nistplatz hocken sahen, zögerten die Blutfliegen nicht und gingen wütend schwirrend zum Angriff über.

Deine Gesundheit ist auf 90% gesunken.
Deine Gesundheit ist auf 89% gesunken.

Ich arbeitete weiter, ohne mir die Mühe zu machen, die Insekten auf meinen Händen und Augen zu verscheuchen. Ich löste die Verzauberung des ersten Kristalls, entnahm einen Auslöser und legte ihn neben mich auf den Boden.

Du hast eine Druckplatte platziert, konntest den Auslöser aber nicht verbergen, weil Feinde in der Nähe sind.

Zwei weitere Schwärme stürzten von der Decke herab und strömten auf mich zu, um mich vollkommen einzuhüllen.

Deine Gesundheit ist auf 75% gesunken.
Deine Gesundheit ist auf 72% gesunken.

Ich verlor schnell and Gesundheit und meine Sichtweite war auf null gesunken. Unbeeindruckt fuhr ich mit dem Zusammenbau der Falle fort und arbeitete nur nach Gefühl und anhand meines Tastsinnes. Vorsichtig senkte ich den zweiten Kristall, legte ihn neben die Druckplatte und spann das magische Geflecht zwischen ihnen.

Du hast eine Feuerverzauberung mit einer Druckplatte verbunden.
Eine Feuerbombenfalle wurde erfolgreich konfiguriert!
Deine Gesundheit ist auf 65% gesunken.

Meine Arbeit war fast getan.

Es gab nur noch eine Sache zu tun: die Falle auslösen. Aber zuerst musste ich sicherstellen, dass alle meine Ziele in Position waren. Ich richtete meine Aufmerksamkeit nach außen und konzentrierte mich auf die umherfliegenden Schwärme.

Der Raum um mich herum war so voll mit Fliegen, dass ihr Gedankenleuchten eine feste Wand in meiner Gedankensicht bildete. Wie viele Schwärme waren es?

Mindestens sieben, dachte ich. Irgendwann hatte ich aufgehört zu zählen.

Deine Gesundheit ist auf 60% gesunken.

Sind das alle? fragte ich mich. Ich war mir nicht sicher, aber ich konnte es mir nicht leisten, noch länger zu warten. Ich senkte meine Hand und schlug fest auf die Druckplatte.

Du hast eine Falle ausgelöst!

Rasend heiße Flammen erblühten zum Leben.

Im Epizentrum des Infernos kniff ich meine Augen zu und schlang meine Arme fest um mich, während das Feuer über mich hinwegfegte. Es blieb mir nichts anderes übrig, als den Schmerz zu ertragen. Mein einziger Trost war, dass es den Blutfliegen noch schlechter erging als mir.

Du hast eine Prüfung auf magischen Widerstand nicht bestanden!
Deine Gesundheit ist auf 23% gesunken. Schnelle Genesung wurde ausgelöst und stellt 20% deiner verlorenen Gesundheit wieder her!
Ein Blutfliegenschwarm wurde getötet.
Ein Blutfliegenschwarm wurde getötet.
Ein Blutfliegen...

So schnell wie die magischen Flammen erschienen, verschwanden sie auch wieder.

Erleichtert ließ ich mich auf den Boden fallen, noch immer von Schmerzen durchströmt. Mein Körper war verkohlt und versengt, aber ansonsten nicht verletzt. *Nichts, was ein paar Heilungen nicht wieder gutmachen würden.*

Um mich herum war es still – ohne das Summen auch nur einer einzigen Blutfliege, was mir wie ein Segen vorkam. Meine rissigen und verbrannten Lippen verzogen sich zu einem Lächeln.

Die Falle hatte funktioniert.

* * *

Wenig später war ich wieder vollkommen geheilt.

Ich ließ mich in den Schneidersitz fallen und betrachtete die wartenden Spielnachrichten.

Deine Diebeskunst ist auf Stufe 79 gestiegen. Deine Telekinese ist auf Stufe 111 gestiegen. Deine Elementarabsorption ist auf Stufe 12 gestiegen. Dein Chi ist auf Stufe 105 gestiegen.

Ich schnaubte. Der Kampf gegen die Schwärme war die Mühe nicht wert gewesen. Ich hatte nur wenig gewonnen und wäre dabei fast gestorben.

Apropos Fliegen ... Ich wandte meine Aufmerksamkeit nach außen und untersuchte die Gegend.

Von meinen Feinden blieb nichts als Asche übrig.

Sie waren leicht zu töten, wenn man die richtige Taktik gegen sie anwendete. Aber die Begegnung ließ mich innehalten und ich fragte mich, ob ich wirklich so gut auf eine Reise durch die Salzsumpf vorbereitet war, wie ich dachte. Trotzdem war ich jetzt fest entschlossen, und es blieb mir nichts anderes übrig, als weiterzumachen.

Außerdem war es nicht so, als wäre ich in einem Dungeon; ich konnte jederzeit umkehren, wenn es nötig war.

Ich erhob mich und kehrte auf das Dach des Gebäudes zurück. Ich drehte den Kopf ständig nach links und rechts und hielt Ausschau nach Blutfliegen und anderen Gefahren. Ich würde nicht noch einmal den Fehler machen, das Insektenleben im Salzsumpf zu unterschätzen.

Wie ich gehofft hatte, hatte ich von der Spitze des Gebäudes aus einen guten Überblick über das Viertel. Im Osten und Westen setzte sich die Reihe der baufälligen Holzhäuser ohne sichtbares Ende fort. Zweifellos beherbergten viele von ihnen weitere Kolonien von Blutfliegen. Da ich keine Lust hatte, mich mit weiteren Schwärmen anzulegen, richtete ich meine Aufmerksamkeit nach Süden.

Am äußersten Rand meiner Sichtweite erstreckte sich eine Masse aus wogendem, unruhigem Grau, das von flüchtigen weißen Streifen gekrönt wurde.

Das Meer.

Irgendetwas rührte sich in mir und ein Gefühl der Sehnsucht überkam mich. Ich war überzeugt, dass ein Teil von mir – das "Ich" von vor dem Spiel oder einer der gefallenen Nachkommen – eine tiefe, unergründliche Verbindung zum Ozean hatte.

Aber so schnell wie das Meer mein Interesse geweckt hatte, verlor ich es auch wieder. Etwas anderes hatte meinen Blick angezogen. Entlang des Ufers stand eine mächtige Festung.

Sie war das einzige Bauwerk im Gebiet, das völlig frei vom Sumpf war. Erbaut auf einem Felsvorsprung, der auf der einen Seite vom Meer und auf der anderen Seite vom Sumpf umspült wurde, war das riesige Steingebäude von Türmen und trutzigen Spitzen gesäumt, die bis in den Himmel reichten.

Was haben wir denn hier? fragte ich mich und verspürte einen fast unwiderstehlichen Drang, das uralte Bauwerk zu erkunden.

Ich verdrängte den Gedanken sofort.

Da gehe ich nicht hin, dachte ich und weigerte mich, diese Möglichkeit auch nur in Betracht zu ziehen. Ich müsste fast den gesamten Salzsumpf durchqueren, um die entfernte Festung zu erreichen, und ich hatte nur acht Stunden Seuchenschutz zur Verfügung. *Vielleicht ein anderes Mal.*

Ich wandte mich ab und betrachtete den Rest des Sumpfes. Tiefer in der Gegend nahm die Zahl der Ruinen deutlich ab - vielleicht waren sie dem Sumpf schon länger ausgesetzt und daher stärker in seinen Klauen versunken - und die Oberfläche des Sumpfes war ein fast makelloses Feld aus Rohrkolben und anderen Schilfarten.

Aber nur fast.

Hier und da wehrten sich die Ruinen noch gegen die Versuche des Salzsumpfes, sie zu verschlucken.

Eine Reihe von Marmorsäulen fiel mir besonders ins Auge. Sie waren genauso baufällig wie der Rest der Gebäude in diesem Viertel, aber interessanterweise standen sie zwischen ein paar Bäumen.

Ein Hain.

Die Bäume bestanden aus dicken, hohen Ästen, die man nicht in einem Sumpfgebiet erwarten würde, und sahen alt genug aus, um schon vor der Invasion des Salzsumpfes in diesem Gebiet gestanden zu haben.

Es waren aber weder die Säulen noch der Hain, die meine Aufmerksamkeit erregt hatten: Es waren die Gestalten, die ich zwischen den Bäumen umherlaufen sah. Ich verengte meinen Blick und konzentrierte mich auf einen der entfernten Flecke.

Dein Ziel ist eine Korallenhexe der Stufe 117.

Jede Seehexe begann ihr Leben als gewöhnliche Magierin. Aber irgendwann in ihrem Leben haben sie sich aus Begierde nach der in den Ozeanen schlummernden Macht mit Körper und Geist den wilden Meeresgeistern hingegeben. Danach wurden sie als wahre Bewohner der Ozeane wiedergeboren und haben ein einziges Ziel: die Verbreitung des wässrigen Reiches ihres Meisters. Alle Landlebewesen sind ihnen ein Gräuel, und sie tun alles, um das Land von allem Leben zu reinigen.

Ich lächelte und ließ mich von der abschreckenden Beschreibung des Spiels nicht beirren. Endlich hatte ich eine Spur zu einem meiner Kopfgelder, und es war Zeit zu jagen.

Kapitel 258: Begegnung

Ich brauchte zwei Stunden, um das Waldstück zu erreichen.

Obwohl der Sumpf vor Leben wimmelte – vor allem Insekten und Kreaturen, die zu klein waren, um eine Bedrohung darzustellen – gab es ein paar größere Bewohner, aber dank meiner Gedankensicht konnte ich sie problemlos umgehen.

Trotzdem war die Reise alles andere als angenehm.

Da es keinen höhergelegenen Weg gab, der mir den Weg erleichtert hätte, musste ich die ganze Strecke durch den Sumpf waten. Unnötig zu erwähnen, dass ich dadurch vollkommen durchnässt wurde und mich elend fühlte. Der Schlamm durchdrang jede Schicht meiner Rüstung und ich spürte irgendetwas an mir hochkriechen.

Ich unterdrückte ein weiteres Schaudern, schob das Schilf vor mir beiseite und machte einen nassen Schritt vorwärts. Ich hatte Grund, dem Sumpfschilf zu danken und es gleichzeitig zu verfluchen. Einerseits verbarg es meine Anwesenheit, andererseits verlangsamte es mich und machte es schwierig, meine eigene Position einzuschätzen.

Trotzdem war ich mir sicher, dass ich mich meinem Ziel näherte. *Es kann nicht mehr weit ...*

Ich brach ab, als ich eine Reihe grüner Blätter sah, die über das Schilf hinausragten. Das Wäldchen war endlich wieder in Sichtweite gekommen. Ich blieb stehen und betrachtete mein Ziel.

Wie ich schon aus der Ferne bemerkt hatte, waren die Bäume, die den Hain bildeten, Giganten ihrer Art, deren obere Äste sogar die vielen hohen Mauern der Stadt überragten. Die Rinde jedes hölzernen Ungetüms war schuppig und verrottet – zweifellos ein Verdienst des Salzwassers. Aber die Fäulnis schien nicht weit vorgedrungen zu sein. Die Stämme der Bäume waren noch nicht umgeknickt, und die oberen Äste trugen den unverkennbaren grünen Glanz gesunder Pflanzen.

Dahin gehe ich, dachte ich und reckte meinen Hals nach oben.

Ich bewegte mich lautlos, was im Sumpf keine Leichtigkeit war, watete näher und erreichte die Baumgrenze ohne Zwischenfälle. Die Mitte des Wäldchens lag im Schatten der Bäume, die das helle Sonnenlicht rausfilterten. Ich lehnte mich mit dem Rücken an den breiten Stamm des nächstgelegenen Baumes und spähte um ihn herum.

Keine der Hexen waren in der Nähe, aber das war zu erwarten; ich hatte meinen Einstiegspunkt sorgfältig gewählt. Auch andere Lebewesen waren nicht zu sehen, und meine Gedankensicht meldete, dass die Gewässer vor mir völlig leer waren, nicht einmal die kleinen Lebewesen, die es anderswo im Sumpf gab, waren vorhanden.

Seltsamerweise wimmelte es aber in den Bäumen selbst von Leben.

Meiner Gedankensicht zufolge war jeder von ihnen mit einer Schicht winziger, unsichtbarer Kreaturen überzogen. Ich runzelte die Stirn. *Noch mehr Insekten?* Ich weitete meine Gedankensicht aus und analysierte eines von ihnen.

Dein Ziel ist ein Seewurm der Stufe 1.
Seewürmer sind kleine Meeresorganismen, die zwar harmlos aussehen, aber in Massen tödlich sein können. Meistens sind sie in Begleitung einer Seehexe zu finden, die oft den unstillbaren Appetit der Würmer nutzen, um eine Region von Leben zu reinigen.

Hastig trat ich von dem Baumstamm zurück.

Ich ging in die Hocke und ignorierte das Wasser, das an mein Gesicht schwappte, und betrachtete den Baum mit neuen Augen. Nach dem Vorfall mit den Blutfliegen wusste ich, dass ich keinen noch so kleinen Feind unterschätzen durfte, und die Informationen, die die Analyse ergeben hatte, erklärten die Würmer.

Sie fraßen den Baum.

Ich ließ meinen Blick den massiven Baumstamm auf und ab wandern und versuchte, die versteckten Seewürmer zu entdecken, aber selbst mein geschärftes Sehvermögen reichte nicht aus. *Vielleicht sind sie ja unter der Rinde.*

Ich zögerte und überlegte, was ich tun sollte. Ich hatte vor, die Bäume zu benutzen, um die Hexen von oben anzugreifen, aber das konnte ich erst tun, wenn ich das ganze Ausmaß der Bedrohung durch die Würmer kannte. Da mir klar wurde, dass ich keine Wahl hatte, griff ich nach dem Baum und riss ein verrottetes Stück Rinde ab.

Würmer strömten nur so heraus.

Meine Lippen kräuselten sich, als ich die Dutzenden von winzigen Gestalten beobachtete, wie sie sich im Wasser wanden. Sie waren genauso zahlreich wie die Blutfliegen und schienen ebenso scharf auf ihre "Beute" zu sein. Die Würmer wanden ihre nackten, rosafarbenen Körper und schwammen zurück, wo sie hergekommen waren. Mit der Handfläche schöpfte ich einen der Würmer aus dem Wasser, bevor er entkommen konnte, und brachte ihn näher, um ihn genauer zu betrachten.

Aber der Wurm war nicht daran interessiert, sich zu fügen. Blitzschnell schlängelte sich die Kreatur durch eine Naht in meinem Handschuh und verschwand darunter.

Ein Seewurm hat dich gebissen und keinen Schaden verursacht!
Ein Seewurm hat dich mit Maritoxin infiziert, einem Lähmungsmittel, das deine Bewegungen 10 Sekunden lang um 0,01% verlangsamt. Maritoxin ist ein Stapelgift; weitere Dosen verstärken seine lähmenden Auswirkungen.

"Verdammte Scheiße", murmelte ich. Ich zog meinen Handschuh aus und schüttelte den Wurm ab, bevor er noch mehr Schaden anrichten konnte. Als er ins Wasser plumpste, wandte er sich zurück zum Baum.

Eine solche Zielstrebigkeit konnte nicht normal sein. *Sie müssen unter dem Kommando einer Seehexe stehen,* beschloss ich. Mein Blick wanderte zurück zu den Bäumen. Das machte die Waldriesen zu gefährlich, um sie zu durchqueren. Ich seufzte. Wenn ich weiterkommen wollte, musste ich wohl am Boden gegen die Hexen kämpfen - und das hüfttief im Wasser.

Nicht gut. Ganz und gar nicht gut.

Aber ich wollte noch nicht aufgeben. Ich zog die Schatten um mich herum, castete meine Buffs und watete in den Hain.

Deine Geschicklichkeit hat sich für 20 Minuten um +8 Ränge erhöht.
Du hast für 10 Minuten eine Belastungsaura erhalten.
Du hast den Auslösezauber Schnelle Genesung gewirkt.

✳ ✳ ✳

Wusch ... zisch.
Meine Ohren spitzten sich. Was war das für ein Geräusch?
Ich hielt an und lauschte aufmerksam. Ich war gerade erst in den Hain vorgedrungen und befand mich nur wenige Meter hinter der Baumgrenze. Aber die wenigen Geräusche, die in dem leblosen Hain zu hören waren, schallten unnatürlich weit, und ich war gezwungen, mich noch langsamer zu bewegen als im Sumpfgebiet.
Wieder kam ein Geräusch. *Plopp!*
Ich runzelte die Stirn. Es hörte sich an, als ob etwas auf das Wasser aufgeschlagen wäre, und das auch noch ganz in der Nähe. Ein herabfallender Ast? Etwas anderes konnte es nicht sein. Meine Gedankensicht meldete, dass das Gebiet vor mir frei von Leben war.
Aber ich wollte kein Risiko eingehen.
Die Knie gebeugt ließ ich mich tiefer ins Wasser sinken, bis nur noch meine Augen über der Wasseroberfläche zu sehen waren. Dann schlüpfte ich mit unendlich langsamen Bewegungen in einen Strauch Schilf – man konnte dem Sumpfschilf nicht entkommen, es war überall – und spaltete vorsichtig ein paar braune Halme, um hindurchzublicken.

Ein feindliches Wesen hat dich nicht entdeckt! Du bist versteckt.

Nicht weit vor mir war eine einsame Seehexe.
Ich drehte meinen Kopf nach links und rechts, um nach weiteren Feinden Ausschau zu halten, entdeckte aber keine. Die Hexe war allem Anschein nach allein. Besorgniserregender war jedoch die Tatsache, dass sie nicht in meiner Gedankensicht auftauchte.
Ihr Geist ist abgeschirmt.
Das war die einzige Erklärung. Das machte die Sache schwieriger, aber nicht unmöglich. Ich ließ meinen Blick auf der Hexe ruhen und studierte meinen Feind.
Auf den ersten Blick sah die Seehexe menschlich aus. Ihr langes, schmutzig-braunes Haar war verfilzt und verknotet, und sie trug ein Gewand aus Robbenfell, das fest an ihrer krummen Gestalt anlag. Ein genauerer Blick auf ihr zerfurchtes Gesicht und ihre vergilbten Zähne zerstörte diese Illusion jedoch.
Die Zähne der Hexe waren rasiermesserscharf, und sie hatte viel mehr davon als jeder normale Mensch. Auch die Falten in ihrem Gesicht erzählten eine andere Geschichte. Sie waren nicht das Ergebnis ihres Alters, sondern durch die Kiemen entstanden, die ihre Wangenknochen säumten.

Dann waren da noch ihre krallenbewehrten Hände und ihre schuppige Haut. Die Hexe war mit ähnlichen Schuppen bedeckt wie Devlin, der Direktor der Albion Bank. Aber während seine Schuppen leuchtend blau waren, waren die der Hexe schlammbraun und smaragdgrün.

Ein Tarnungsversuch? fragte ich mich. Die Seehexe stand stocksteif da und ließ ihren Blick aufmerksam über die Umgebung schweifen. Eine Wache, entschied ich. Ich streckte meinen Willen aus und analysierte sie.

Dein Ziel ist eine Tidehexe der Stufe 121.

Hmm. Mein Ziel hatte eine niedrigere Stufe als ich, und eigentlich sollte ich keine Probleme haben, sie zu eliminieren, aber ich wusste, dass manche Fähigkeiten Levelunterschiede irrelevant machten, und ich hatte keine Ahnung, welche Fähigkeiten die Hexen besaßen.

Es war jedoch zu vermuten, dass die Hexe über Wassermagie verfügte, und als Hexe erwartete ich nicht, dass sie körperlich sonderlich stark sein würde. Die Seehexe trug auch keine Waffen, soweit ich es sehen konnte, aber nach der Länge der Krallen an ihren Fingern zu urteilen, brauchte sie wohl keine.

Ich schlage einfach hart und schnell zu, dachte ich und ließ Ebenherz und mein stygisches Kurzschwert aus ihren Scheiden gleiten. Ich hielt beide Klingen unter dem Wasser und beschwor Psi.

Du hast dich in den Schatten einer Tidehexe teleportiert.

Ich trat aus dem Äther, ohne dass mein Ziel meine Anwesenheit bemerkte. Ich richtete mich auf, hob beide Schwerter und stach zu.

Der Zauber der Tidehexe: <u>Undurchdringliches Eis</u> wurde ausgelöst und blockiert für die nächsten 2 Sekunden allen eingehenden Schaden.
Rückenstich fehlgeschlagen!
Rückenstich fehlgeschlagen!
Ein feindliches Wesen hat dich entdeckt! Du bist nicht mehr versteckt.

Meine beiden Klingen prallten ab, zurückgestoßen von der Eiswand, die sich zwischen ihnen und meinem Ziel materialisierte. "Verdammt noch mal!" knurrte ich zwischen zusammengebissenen Zähnen.

Die Seehexe wirbelte herum, ihre flachen Handflächen ausgestreckt. Ich taumelte zurück und floh vor den schimmernden Klauen, die nach meiner Kehle suchten.

Du bist dem Angriff einer Tidehexe ausgewichen.

Mein Feind war noch nicht fertig. Ihre Augen blitzten weiß auf, und als ich merkte, dass ein zweiter Angriff bevorstand, wich ich zur Seite aus.

Du bist dem Angriff einer Tidehexe ausgewichen.

Ein Barren aus Eis schoss vorbei und verfehlte meine Nase nur um wenige Zentimeter. Ich hob meine Klingen und wusste, dass ich wieder in die Offensive gehen musste, aber das Wasser und der schlammige Boden verlangsamten meine Bewegungen, und meine Gegnerin startete bereits ihren nächsten Angriff - sie schien keine Schwierigkeiten beim Manövrieren zu haben.

Die Hexe stürzte nach vorne und hob die Handflächen in meine Richtung. Ich warf mich nach links, aber diesmal konnte ich dem Angriff nicht ausweichen, und zwei Strahle aus sengender Kälte trafen meine Brust.

Du hast eine Prüfung auf magischen Widerstand nicht bestanden!
Ein Froststrahl hat dich verletzt!
Ein Froststrahl hat dich verletzt!
Deine Leere-Rüstung hat den erlittenen Elementarschaden um 5% reduziert.

Die Wucht der magischen Geschosse schleuderte mich nach hinten und ließ mich in den Sumpf stürzen. Weitere Froststrahlen folgten und schienen keine Probleme zu haben, das trübe Wasser zu durchdringen, und trafen mich erneut mitten ins Herz.

Ein Froststrahl hat dich verletzt!
Ein Froststrahl hat dich verletzt!
...
Schnelle Genesung ausgelöst!

Mein Rücken schlug auf dem Sumpfboden auf, und weitere Eisangriffe fuhren in mich hinein und hielten mich unter Wasser fest. Ich schenkte den Spielnachrichten jedoch keine Beachtung. Die Froststrahle verletzten mich nicht nur, sie ließen auch das Wasser gefrieren.

Sie will mich in Eis einhüllen, stellte ich mit grimmiger Gewissheit fest.

Ich ignorierte die ständigen Angriffe und meine wachsende Angst, riss meine Augen weit auf und suchte nach der Hexe. Das schlammige Wasser machte es schwer zu sehen, aber ich glaubte, die verschwommenen Umrisse einer Gestalt zu erkennen, die sich über mir abzeichnete.

Das muss die Hexe sein.

Ich fixierte die verschwommene Gestalt und machte einen Schattentransit.

Du hast dich in den Schatten einer Tidehexe teleportiert.

Es funktionierte, und ich tauchte aufrecht und hinter meinem Ziel aus dem Äther auf. Die Hexe wirbelte herum und machte einen fast schon komischen Gesichtsausdruck, als sie ihre von Eis bedeckten Hände wieder auf mich richtete.

Aber ich war schon in Bewegung. Mit kurzen, ruckartigen Bewegungen stieß ich Ebenherz in die Brust der Hexe, und einen Moment später folgte die stygische Klinge.

Du hast dein Ziel lebensgefährlich verletzt. Du hast eine Tidehexe getötet!

Das Licht im Blick der Seehexe erlosch, als sie ins Wasser sank. Mit hievender Brust starrte ich auf die Leiche hinunter. *Verdammt*, dachte ich, *das war ein härterer Kampf, als ich erwartet hatte. Ich hoffe ...*

Ein verräterisches Geräusch – kaum zu hören durch meine eigenen schmerzlichen Atemzüge – ließ meinen Kopf nach oben schnellen. Weitere Gestalten in Robbenkleidung glitten mit erhobenen Händen auf mich zu. Ohne meine instinktive Reaktion in Frage zu stellen, tauchte ich nur den Bruchteil einer Sekunde bevor mich eine Flut von Froststrahlen enthaupten konnte in das Schilf ein.

Du bist dem Angriff von 3 unbekannten Feinden ausgewichen.

Die Verstärkung war eingetroffen.
Und dieses Mal waren sie in der Überzahl.

Kapitel 259: Ein Katz-und-Maus-Spiel

Nach dem beinahe Treffer klopfte mein Herz wie wild. *Das war viel zu knapp,* dachte ich. Ich blieb unter Wasser und wartete darauf, dass sich mein Puls verlangsamte und hüllte mich reflexartig in die Schatten.

Du bist versteckt.

Die Schatten legten sich wie eine warme Decke um mich, und ich spürte, wie sich Ruhe in mir ausbreitete. Ich war alles andere als sicher, aber so wie die Hexen mit dem Wasser verbündet waren, war die Dunkelheit mein Freund, und in ihrer Umarmung spürte ich, wie meine Sorgen schwanden.

Meine Feinde würden mich nicht so leicht finden, egal wie viele es waren.

Immer noch untergetaucht, wechselte ich meine Position und schlüpfte vorsichtig durch das Schilf. Währenddessen machte ich mir ein Bild von der Situation.

Bevor ich unter Wasser getaucht war, hatte ich drei Seehexen entdeckt, die sich näherten, und es waren sicher noch mehr unterwegs. Mein Plan war es, mich leise an die Hexen heranzupirschen und sie eine nach der anderen zu erledigen. Aber dass sie zu mir kamen ... das könnte auch zu meinem Vorteil sein.

Sie verdienen einen angemessenen Empfang, dachte ich gierig.

Zuerst musste ich jedoch sicherstellen, dass ich bereit war, mich den Neuankömmlingen zu stellen. Ich richtete meine Konzentration nach innen, rief die blinkenden Spielnachrichten auf und überprüfte meinen Status.

Warnung! Deine Gesundheit liegt bei 30%.

Dein Ausweichen ist auf Stufe 109 gestiegen. Dein Schleichen ist auf Stufe 104 gestiegen. Kampf mit zwei Waffen ist auf Stufe 105 gestiegen.

Dein Chi ist auf Stufe 107 gestiegen. Deine Telekinese ist auf Stufe 112 gestiegen. Deine Einsicht ist auf Stufe 125 gestiegen.

Deine Elementarabsorption hat sich auf 17 erhöht.

Leere-Rüstung unbrauchbar. Aktuelle Ladung: 0%. Fülle dein Mana wieder auf, um sie zu reaktivieren!

Verflucht! Meine Leere-Rüstung war erschöpft, und meine Gesundheit niedrig. Ich war noch nicht bereit, den Kampf wieder aufzunehmen.

Ich beschloss, mich erst einmal zu erholen und neue Kraft zu sammeln.

Ich lenkte meine Gedanken auf das Trankarmband, das immer noch an meinem Arm befestigt war, und befahl ihm, einen Trank in meine Blutbahn zu injizieren. Das kostete mich einen wertvollen Verbrauchsgegenstand, aber die Chi-Heilung würde zu lange dauern.

Du hast dich mit einem vollen Heiltrank wiederhergestellt. Deine Gesundheit liegt bei 100%.

Ich hatte nur einen Manatrank an meinem Gürtel - einen vollen - und obwohl ich ihn nur ungern benutzte, kam es auch nicht in Frage, einen ruhigen Ort zu finden, um Mana zu kanalisieren. Ich setzte den Flachmann an meine Lippen und schluckte den Inhalt, immer noch unter Wasser.

Dein Mana ist jetzt bei 100%. Die Leere-Rüstung ist wiederhergestellt.

Nachdem das erledigt war, stahl ich mich in eine dichte Schilfansammlung. Es war Zeit, Luft zu holen. Vorsichtig streckte ich mich nach oben, bis meine Nase über die Wasseroberfläche ragte.

Mehrere feindliche Einheiten haben dich nicht entdeckt! Du bist versteckt.

Eine Seehexe glitt ein paar Meter rechts von mir über das Moor. Zu meiner Linken zog ein weiteres Paar vorbei, das alle paar Sekunden die Köpfe senkte, um die Wassertiefen zu untersuchen. Ein paar Meter vor mir war eine weitere Hexe. Sie stand bemerkenswerterweise *auf* dem Wasser.

Sie alle waren in meiner Gedankensicht nicht zu sehen.

Ich wagte es nicht, mich zu bewegen - oder auch nur tief einzuatmen - und hielt meinen Blick auf die auf dem Wasser laufende Hexe gerichtet. Ihre Augen waren zu Schlitzen verengt und die Hexe drehte sich langsam im Kreis.

Wie viele Feinde umgaben mich? Ich konnte es nicht sagen, aber ich war mir sicher, dass sich auch hinter mir noch weitere Hexen befanden. *Wie haben sie mich so schnell gefunden?* fragte ich mich.

Eine weitere Seehexe glitt über den Sumpf und blieb vor der anderen stehen.

"Hast du ihn schon gefunden?", zischte die Seehexe.

Die zweite Hexe verbeugte sich tief. "Nein, Mutter."

Ich wurde hellhörig. *Mutter?* War das die Anführerin der Seehexen, die, deren Skalp ich holen musste? Es schien wahrscheinlich. Da ich das Risiko für vertretbar hielt, griff ich mit meinem Willen nach ihr und untersuchte die Hexe.

Dein Ziel ist eine Hexenmutter der Stufe 140. Hexenmütter sind notorisch bösartig. Sie dulden keine Konkurrenten und verlangen von ihren Anhängern bedingungslose Loyalität. Daher ist es selten, dass es in einem Hexenzirkel mehr als eine Mutter gibt.

Die Antwort des Spiels war die Bestätigung, die ich brauchte. Ich wischte die Nachricht beiseite und widmete mich wieder dem Gespräch der beiden.

"... ist er das, Malina?", fragte die Mutter.

"Wir sind uns nicht ... sicher", antwortete Malina und duckte ihren Kopf, um dem durchdringenden Blick ihrer Anführerin zu entgehen.

Die Hexenmutter trat einen Schritt vor und fuchtelte mit den Krallen. "Sag mir nicht, dass ihr ihn entkommen lassen habt?"

Malina zuckte zurück. "Nein! Er muss noch im Hain sein. Die äußeren Wachzauber wurden aufgestellt, als er gesichtet wurde, und sie sind noch nicht ausgelöst worden."

Die Hexenmutter neigte ihren Kopf nachdenklich zur Seite. "Versteckt er sich in den Bäumen?"

Malina schüttelte den Kopf. "Daran haben wir schon gedacht. Caulis hat mit den Würmern kommuniziert. Sie spüren, dass niemand in der Nähe ist."

"Bist du sicher?", drängte die Mutter. "Die Gedanken der Maden sind nicht leicht zu deuten."

"*Caulis* ist sich sicher", sagte Malina und betonte den Namen der anderen Hexe, um die Verantwortung von sich zu weisen. "*Sie* ist die Wurmhalterin."

Ein Stirnrunzeln huschte über das Gesicht der Mutter, aber sie widersprach der Behauptung der anderen Hexe nicht. "Findet ihn", befahl sie und beendete damit eindeutig das Gespräch.

Die zweite Hexe neigte den Kopf, bewegte sich aber nicht.

"Gibt es sonst noch etwas?", fragte die Mutter und musterte ihre Untergebene verwundert.

Malina zögerte. "Caulis kann sich nicht sicher sein, aber sie denkt ... sie denkt ..."

"Spuck es aus", schnauzte die Mutter.

"Unser Eindringling könnte ein Wolf sein."

Die Umrisse der Hexenmutter verschwammen als sie nach vorne schnellte und die andere Hexe in einer beeindruckenden Machtdemonstration am Hals packte. "Was?", zischte sie.

"Einer der Würmer hat ihn gekostet", keuchte Malina, die im Würgegriff der Mutter nach Luft rang.

Die Mutter drückte weiter zu und grub ihre Krallen tiefer in ihre Gefangene. "Ein Wurm?", spottete sie. "Das ist keine zuverlässige Informationsquelle."

Malina wippte mit dem Kopf. "Ja, Mutter, aber Caulis hat darauf bestanden, dass ich es dir sage."

Einen langen Moment lang sagte die Anführerin der Hexen nichts. Dann öffnete sie mit einer plötzlichen Bewegung ihre Hand und drehte sich um, um den leeren Sumpf zu betrachten. "Ist er wegen des anderen hier?"

Malina richtete sich auf und massierte ihren blutigen Hals. "Das muss er sein."

"Ausgezeichnet", sagte die Mutter. "Das erhöht den Einsatz. Findet ihn und bringt ihn zu mir - lebend."

"Ja, Mutter", antwortete Malina. Mit einer tiefen Verbeugung machte sie sich von Dannen.

"Oh, und Malina", sagte die Mutter, ohne sich umzudrehen.

Ihre Untergebene hielt inne.

"Wenn er entkommt, werde ich *dich* dafür verantwortlich machen."

Malina versteifte sich und verzog ihr Gesicht zu einem Knurren, sagte aber nichts, als sie sich zurückzog. Einen Moment später ging die Hexenmutter in die andere Richtung.

Ich sah den beiden mit einem nachdenklichen Gesichtsausdruck nach. Der Ausflug in den Sumpf stellte sich als viel interessanter heraus, als ich erwartet hatte.

*   *   *

Mein erster Instinkt war, der Hexenmutter zu folgen, aber ich unterdrückte diesen Drang. So verlockend der Gedanke auch war, der Schlange den Kopf abzuschlagen, ich konnte mich nicht darauf verlassen, dass ich die Anführerin der Hexen schnell töten würde, und der Kampf würde mit Sicherheit den Rest der Seehexen anlocken.

Mein zweiter Gedanke war, mich auf die Suche nach dem anderen "Wolf" zu machen. Ob es ein *echter* Wolf, ein Werwolf oder ein anderer Spieler mit einem Wolfszeichen war, wusste ich nicht, aber alle drei Möglichkeiten waren gleichermaßen faszinierend. Aber auch diesem Drang folgte ich nicht.

Der geheimnisvolle Wolf würde warten müssen. Zuerst musste ich mich um die Hexen kümmern. Ich blieb, wo ich war, und legte meine erste Falle aus.

Du hast ein Fallenelement mit einem Schallglasauslöser verbunden. Eine Giftwolkenfalle wurde erfolgreich konfiguriert!

Leider waren weder die Stolperdrähte noch die Druckplatten für die Umgebung im Sumpf geeignet, und angesichts der unvorhersehbaren Bewegungen des Wassers hielt ich es auch nicht für klug, die Bewegungsstifte zu verwenden - so blieben nur die Schallgläser als Auslöser übrig.

Meine Auswahl an Fallenelementen war ähnlich eingeschränkt. Ich war jedoch der Meinung, dass die Giftwolken und Feuerzauber gute Arbeit machen würden. Ich schwamm unter Wasser weiter und kam ich in einem anderen Schilfbüschel wieder zum Atmen an die Oberfläche. Er war nur ein paar Meter von der ersten Falle entfernt.

Vorsichtig suchte ich das Gebiet ab. Die Hexen waren immer noch auf der Suche nach mir und untersuchten sowohl das Wasser unter als auch die Bäume über mir, aber ihr Suchgebiet hatte sich ausgedehnt, sodass ich mehr Bewegungsfreiheit hatte.

Ich drehte einen langsamen Kreis und zählte meine Feinde. Es waren zwölf Hexen, aber Malina und die Hexenmutter waren nicht darunter, also konnte ich nicht davon ausgehen, dass die, die ich sehen konnte, die gesamte Stärke des Hexenzirkels ausmachten.

Waren vierzehn Hexen zu viel? Das fand ich nicht.

Ich bückte mich und platzierte die nächsten beiden verzauberten Kristalle, die ich jeweils an einem Schilfhalm befestigte.

Eine Feuerbombenfalle wurde erfolgreich konfiguriert!

Ich hob den Kopf und suchte nach einem anderen geeigneten Ort. *Da*, dachte ich und entdeckte eine weitere vielversprechende Ansammlung von Rohrkolben.

Ich schlüpfte tiefer ins Wasser und schwamm weiter, um die nächste Falle aufzustellen.

✳ ✳ ✳

Verbleibende Fallensteller-Kristalle: 0 von 40.

Deine Diebeskunst ist auf Stufe 89 gestiegen.

Zehn Minuten später waren alle meine Fallen aufgestellt.

Ich hatte alle mir zur Verfügung stehenden Kristalle zur Fallenherstellung eingesetzt und ein großes Gebiet in ein Schlachtfeld verwandelt. Glücklicherweise waren die Kristalle im Armband des Fallenstellers nicht vorkonfiguriert, sondern wurden nach Bedarf erzeugt, sodass ich alle Kristalle des Armbands für die beiden gewünschten Fallenarten verwenden konnte.

Ich stieg weiter aus dem Wasser und betrachtete das harmlos aussehende Schilfgebiet. Anders als bei früheren Begegnungen hatte ich die Fallen nicht gebündelt. Ich hatte sie absichtlich so verteilt, dass ein sicherer - wenn auch verworrener - Weg durch das Gebiet blieb.

Ich duckte mich, öffnete meinen Rucksack, holte weitere Manatränke heraus und steckte sie in meinen Trankgürtel. Im kommenden Kampf würde ich keine Zeit zum Meditieren oder Manakanalisieren haben.

Ich war fast fertig. Ich castete meine Buffs und konzentrierte mich auf die nächstgelegenen Hexen - ein Paar etwa vierzig Meter links von mir.

Zeit, die Show zu starten, dachte ich und rief Psi.

Zwei psionische Dolche materialisierten sich, einer in meiner rechten Hand, der andere in der linken. Mit einer geschmeidigen, kalkulierten Bewegung warf ich beide Klingen.

Die ätherischen violetten Dolche flogen durch die Luft und trafen meine beiden Ziele genau ins Schwarze.

Der Zauber der Tidehexe: <u>Undurchdringliches Eis</u> wurde ausgelöst. Rückenstich fehlgeschlagen! Der Zauber deines Ziels hat deinen Angriff geblockt.

Der Zauber der Korallenhexe: <u>Wasserschild</u> wurde ausgelöst. Rückenstich fehlgeschlagen! Der Schild deines Ziels hat deinen Angriff blockiert und den Schaden absorbiert.

Mehrere feindliche Einheiten haben dich entdeckt! Du bist nicht länger versteckt.

Beide Hexen drehten sich um und schrien einen Warnruf als sie mich sahen. Der Schrei wurde schnell von den anderen Hexen im Hain aufgegriffen, und ich konnte fast spüren, wie Zaubersprüche in meine Richtung gelenkt wurden.

Ich blieb, wo ich war.

Um meine Täuschung noch zu verstärken, grinste ich und winkte den beiden, die ich angegriffen hatte, unbekümmert zu. Obwohl der Zauber der zweiten Hexe überraschend war, hatten die Astralklingen genau das bewirkt, was ich gehofft hatte: Sie hatten die Abwehrzauber meiner Ziele ausgelöst.

Die beiden Hexen hoben ihre vereisten Hände.

Jetzt, dachte ich und trat in den Äther.

Blendend weißes Eis schoss aus den erhobenen Handflächen der Hexen. Aber ich war nicht mehr dort, wohin sie zielten.

Du hast dich 41 Meter weit teleportiert.
Du bist dem Angriff einer Tidehexe ausgewichen.

Du bist dem Angriff einer Korallenhexe ausgewichen.

Ich tauchte hinter der ersten Hexe auf und stürzte mich mit Ebenherz auf sie, bevor die beiden Hexen meine Anwesenheit auch nur bemerken konnten. Dieses Mal stieß meine Klinge auf keinen Widerstand.

Du hast eine Tidehexe der Stufe 124 mit einem tödlichen Schlag getötet.

Die Korallenhexe drehte sich um. Ich machte mir aber nicht die Mühe, mich ihr zu stellen. Es würde zu lange dauern, ihren Schild zu durchbrechen, und ich war mir der anderen Hexen bewusst, die auf unsere Position zurasten.

Ich tauchte in den Sumpf ein und hüllte mich in Schatten.

Du bist versteckt.

Es war an der Zeit, die Jägerinnen auf eine fröhliche Jagd mitzunehmen.

Kapitel 260: Das Labyrinth der Fallen

Ich blieb nicht lange unter Wasser. Als ich mich in sicherer Entfernung von der Korallenhexe vermutete, tauchte ich wieder auf.

"Da ist er!"

Drei Seehexen waren direkt vor mir, von denen nur eine durch einen Eisschild geschützt war. Ohne mir die Mühe zu machen, meine Ziele zu analysieren, ließ ich meine Astraldolche fliegen.

Dein Angriff ist fehlgeschlagen! Der Zauber deines Ziels hat deinen Angriff geblockt.

Dein Angriff ist fehlgeschlagen! Der Zauber deines Ziels hat deinen Angriff abprallen lassen.

Es kam nicht unerwartet, dass beide ätherischen Klingen keine Treffer landeten. Überraschender jedoch war, dass einer meiner Dolche direkt auf mich zurückkam. Ich sprang nach links und warf mich aus dem Weg.

Leider geriet ich dadurch genau in die Schussbahn eines anderen Geschosses, das von einer unsichtbaren Hexe hinter mir abgefeuert wurde.

Du bist von einem Eispfeil getroffen worden.

Deine Leere-Rüstung hat den erlittenen Elementarschaden um 5% reduziert.

Du hast eine Prüfung auf magischen Widerstand nicht bestanden! Du bist <u>eingefroren</u>. Dauer: 3 Sekunden.

"Ich hab ihn!", krähte eine Hexe.

Im Handumdrehen umhüllte mich das Eis, fror meine Gliedmaßen ein und nahm mir den Schwung. Wie ein Stein fiel ich zurück in den Sumpf. Ich war zwar bewegungsunfähig, aber nicht betäubt, und das dunkle Wasser bot mir reichlich Deckung. Ich zog die Schatten um mich, und hüllte mich in sie ein.

Du bist versteckt.

Als Eisklotz auf dem Sumpfboden wartete ich. Die Hexen stürmten sicher herbei, um mich zu erledigen. Würden sie mich finden?

Es dauerte nicht lange, das herauszufinden.

Du wurdest von 4 Froststrahlen getroffen.

Du hast dich dem Angriff von 6 unbekannten Feinden entzogen.

Strahle aus Eis durchzogen das Wasser, während die Hexen blindlings in den Sumpf feuerten. Ich wurde dreimal getroffen, aber die Zauber erneuerten den Gefrierzauber nicht, und einen Moment später war ich frei. Sofort ließ ich das Psi los, das ich bereitgehalten hatte.

Du hast Windgetragen gecastet.

Ich schoss aus dem Wasser, angetrieben von einer fast senkrechten Rampe aus Luft. Erstaunt über mein plötzliches Auftauchen wichen die herannahenden Hexen zurück.

Ich ignorierte sie. Es war an der Zeit, mein Fallenlabyrinth zu betreten. Ich konzentrierte mich auf einen weiter entfernten Feind und teleportierte mich.

Du hast dich in den Schatten einer Korallenhexe teleportiert.

Die Seehexe, hinter der ich aufgetaucht war, drehte sich um, aber es war zu spät. Ich war bereits wieder in den Sumpf eingetaucht.

Du bist versteckt.

Magische Geschosse schlugen wütend auf das Wasser ein. Ich beachtete sie nicht. Es waren weniger als zehn Meter bis zum ersten Fallenauslöser. Unter Wasser schlüpfte ich am Schallschutzglas vorbei und tauchte wieder auf.

Als ich aus dem Wasser spähte, blickte ich zurück. Eine zweite Hexe hatte sich zu der Korallenhexe gesellt, und beide suchten den Sumpf nach mir ab. Ich verzog die Lippen. Ich hatte gehofft, noch mehr meiner Feinde zu erwischen.

Aber zwei würden reichen.

Ich löste die Schatten auf, die mich umgaben, und wartete darauf, dass die Hexen mich entdeckten. Das taten sie fast sofort und verfolgten mich, ohne zu zögern.

Trotzdem wartete ich weiter.

Einen Herzschlag später traten die beiden in den unsichtbaren Kreis, der den gefangenen Bereich markierte. Diesmal hatte ich darauf geachtet, dass zwischen Falle und Auslöser ein großer Abstand blieb, damit ich nicht selbst in Mitleidenschaft gezogen wurde.

"Kommt und holt mich!" brüllte ich.

Du hast eine Falle aktiviert!
Der Zauber der Tidehexe: <u>Undurchdringliches Eis</u> wurde ausgelöst.
Der Zauber der Korallenhexe: <u>Wasserschild</u> wurde ausgelöst.

Grüne Gaswolken stiegen auf und verschluckten meine Verfolgerinnen, aber sie liefen weiter, unbeeindruckt von dem Gift, das ihre Abwehr angriff. Ich drehte mich um, tarnte mich und setzte meine Flucht fort.

Ein Eispfeil flog über meine Schulter.

Ich drehte mich nicht um. Meine Tarnung war intakt, und die Hexen schossen blind nach mir. Die beiden holten jedoch auf.

Aber das störte mich nicht.

Als ich die Gegend absuchte, entdeckte ich die nächstgelegene Gruppe von Hexen. Sie befanden sich vierzig Meter rechts von mir. *Nicht nah genug, um eine Bedrohung darzustellen*, entschied ich. Mit einem Blick über die Schulter fixierte ich mein Ziel, teleportierte mich und schlug mit einer Bewegung zu.

Du hast dich in den Schatten einer Tidehexe teleportiert.

Du hast dein Ziel von hinten niedergestochen und damit 2,5x Schaden verursacht!
Du hast eine Tidehexe mit einem tödlichen Schlag getötet.

Eine weniger.
Ich riss Ebenherz von der Leiche los, spann wieder Ausdauer und Psi und wirkte einen zweiten Zauberspruch.

Du hast Wirbelwind, Durchbohrender Schlag und Windgetragen gewirkt.

Die zweite Hexe erkannte die Gefahr zu spät und war immer noch halb weggedreht. Ich materialisierte die Windrutsche in einem engen Bogen um sie herum und startete einen Totalangriff, bei dem ich die Hexe aus mehreren Richtungen angriff – scheinbar aus allen auf einmal.

Der Schild deines Ziels hat deine Angriffe blockiert.
Der Schild deines Ziels hat deine Angriffe blockiert.
Der Schild deines Ziels hat ...
...

Auf halbem Weg meiner Spirale brach die Verteidigung der Hexe und ich vergrub Ebenherz bis zum Griff in ihrer Brust.

Du hast eine Tidehexe mit einem tödlichen Schlag getötet.

Ein Frostdolch zischte vorbei.
Ich hob den Kopf und schaute in die Richtung, aus der er gekommen war. Die anderen Hexen kamen schnell näher. *Zeit, die Position zu wechseln.*
Ich tauchte in den Sumpf und steuerte auf meine nächste Falle zu.

* * *

Eine Minute später kauerte ich enttarnt im Schilf neben dem dritten Schalltrichter und wartete.

Zaubersprüche und wütende Schreie der Hexen erfüllten die Luft, aber bis jetzt hatten sie mich noch nicht gefunden, was aber nicht daran lag, dass sie es nicht versucht hätten. Das trübe Wasser machte es mir leicht, mich zu verstecken, und das nutzte ich aus, indem ich bei jeder Gelegenheit aus dem Sumpf auftauchte und kleinere Angriffe startete, die eher irritieren als verletzen sollten.

Jetzt hingen ein paar grüne Wolken tief über dem Sumpf – von dem sich ausbreitendem Gift der ersten beiden Fallen. Die zwanzig Hexen, die mir auf den Fersen waren, stürzten sich rücksichtslos durch sie hindurch. Sie hatten keine Angst vor dem Gift; ihre magischen Abwehrkräfte sorgten dafür, dass der Schaden minimiert oder ganz aufgehoben wurde.

Mehrere feindliche Einheiten haben dich entdeckt! Du bist nicht länger versteckt.

"Wir haben ihn gefunden!" rief Malina an der Spitze der Gruppe. Sie forderte die anderen zu mehr Tempo auf, hob die Hände und bereitete einen Zauber vor. Die Seehexe hatte sich vor einer Weile der Jagd angeschlossen, aber von der Hexenmutter gab es noch keine Spur.

Schade, dachte ich. Der nächste Teil versprach ... interessant zu werden.

Die Lautstärke der Zaubersprüche, die die Luft färbten, nahm zu. Ich beachtete sie jedoch nicht, sondern beobachtete meine Verfolgerinnen mit zusammengekniffenen Augen. Als sie eine unsichtbare Linie, die ich mir eingeprägt hatte, überquerten, betraten die Hexen das Schlachtfeld.

Das ist weit genug, entschied ich und zerdrückte das Schallglas in meiner Hand.

Der Auslöser wurde aktiviert.

Und ein Impuls raste durch das magische Geflecht, das den Auslöser mit dem zehn Meter entfernten Fallenelement verband. Der Feuerzauber entzündete sich und Flammen brachen hervor. Das Feuer war nicht groß. Es war klein und begrenzt und versengte die Hexen kaum, aber das war nicht der Zweck der Flammen.

Eine Flamme berührte die Giftwolke.

Meine Sicht strahlte orange auf.

Einen Sekundenbruchteil später überrollte mich eine Lawine aus Schall und Luft - die giftigen Gase hatten sich entzündet.

Hexen wurden durcheinandergewirbelt. Hier und da blinkte ein magischer Schild auf, und ich markierte sorgfältig jede Position. Einen Moment später verschluckten dicke schwarze Schwaden die Seehexen, und Stille senkte sich über das Moor. Ich erhob mich und schlüpfte in den Rauch.

Es war Zeit zu töten.

✵ ✵ ✵

Selbst geblendet vom Rauch und benommen von der Explosion, waren die Hexen keine leichte Beute. Ich konnte sie weder sehen noch mit meiner Gedankensicht orten, aber mein scharfes Gehör ließ mich nicht im Stich, und ich fand bald mein erstes Ziel.

Es war Malina.

"Caulis, mach diesen verdammten Rauch weg! Der Rest von euch, ruft nach euren ..."

Als ich hinter der Seehexe auftauchte, schlang ich meine linke Hand um ihren Mund und schlitzte ihr die Kehle auf.

Du hast Malina mit einem tödlichen Schlag getötet!

Ich ließ die Leiche sinken und duckte mich zurück ins Wasser.

"Malina?", rief jemand. "Was ist los?"

Natürlich gab es keine Antwort, und es folgten weitere Schreie, einige irritiert, einige verängstigt, aber die meisten wütend. Die Hexen waren verstreut und verwirrt, aber sie sammelten sich schnell wieder. Ich schätzte, dass ich gerade noch genug Zeit für zwei weitere Tötungen hatte.

"Antworte mir, Schwester! Wo bist du?"

Ich watete schweigend auf die Sprecherin zu. Wenn ich mich richtig erinnerte, war es eine Hexe, deren Schild versagt hatte.

Ein Tropfen berührte mein Gesicht. Dann noch einer. Ich sah auf.

Es regnete.

Ich runzelte die Stirn. *Regen von einem wolkenlosen Himmel?* Das war kein natürliches Wetterphänomen. *Das ist das Werk der Hexen.* Der schwarze Rauch verflüchtigte sich bereits, verdrängt von kühlenden Wasser- und Luftströmen.

Mir war klar, dass ich mein Ziel nicht mehr rechtzeitig erreichen würde.

Ein halbes Dutzend Bewusstseinsleuchten erschienen in meiner Gedankensicht. Das konnten aber nicht die Hexen sein. Ihre Geiste waren abgeschirmt. Mein Stirnrunzeln vertiefte sich. *Was dann?* Ich streckte meinen Willen aus und analysierte eine der unsichtbaren Gestalten.

Dein Ziel ist ein Wasserelementar der Stufe 109.

Ich grinste, die Sorge war vergessen.

Die Hexen hatten zusätzliche Unterstützung herbeigerufen, aber ihr Plan ging nach hinten los. Die Geiste der Kreaturen waren nicht abgeschirmt und boten mir praktische Anhaltspunkte, um ihre Herrinnen zu finden. Ich zog Psi herbei und teleportierte mich zu einem der Neuankömmlinge.

Du hast dich in den Schatten eines Eiselementars teleportiert.

Ich tauchte aus dem Äther auf, immer noch getarnt und weniger als zwei Meter von meinem Opfer entfernt. Ich ignorierte den Elementar und schlich mich hinter seine Herrin, die Hexe, und hielt Ebenherz bereit.

Vielleicht schaffe ich ja doch noch ein paar mehr Kills.

✳ ✳ ✳

Du hast eine Korallenhexe mit einem tödlichen Schlag getötet!
Du hast eine Tidehexe mit einem tödlichen Schlag getötet!
Du hast eine Sturmhexe mit einem tödlichen Schlag getötet!

Ich tötete drei weitere meiner Verfolgerinnen, bevor sich der Rauch vollständig verzogen hatte. Inzwischen hatten sich die Hexen zum gegenseitigen Schutz zusammengerottet, und ihre Schreie der Empörung waren durch entschlossene Blicke ersetzt worden.

Ich mochte meine Feinde verletzt haben, aber sie waren noch lange nicht erledigt.

Versteckt im Schilf nahe dem nächsten Fallenauslöser beobachtete ich die Hexen aus fünfzig Metern Entfernung. Würden sie so töricht sein, mich weiter zu verfolgen? fragte ich mich.

"Malina, wo bist du, du missratene Kröte? Wenn ich dich in die Finger kriege, ich schwöre, ich dreh dir den Hals um!"

Auf das gekreischte Kommando hin drehte ich mich in die Richtung der Sprecherin. Es war die Hexenmutter in Begleitung eines weiteren Seehexenpaars.

Die Anführerin des Hexenzirkels war endlich aufgetaucht.

"Sie ist tot, Mutter", sagte eine der Hexen aus der versammelten Gruppe. Die Hexenmutter schnaubte. "Gut, dass wir sie los sind. Sie hat schon genug verpfuscht. Bericht, Caulis."

"Acht Tote insgesamt. Zwölf bleiben übrig." Caulis' Blick glitt zu der Hexenmutter und ihren Gefährten. "Jetzt fünfzehn."

Die Hexenmutter schaute finster drein. "Was kauert ihr Narren denn noch so rum? Schwärmt aus und findet ihn!"

Caulis' Mund arbeitete lautlos, aber sie protestierte nicht gegen den Befehl. "Wie du willst, Mutter."

Ich lächelte und machte mich bereit. Das Spiel war noch nicht vorbei.

✳ ✳ ✳

Fünf Minuten später waren alle meine Fallen ausgelöst worden und verwandelten einen großen Teil des Hains in ein Smogfeld.

Die Hexen riefen weitere Regenschauer herbei, aber angesichts des zunehmenden Rauchs und der in Brand geratenen Schilfflächen hatten sie wenig Erfolg, die Luft zu reinigen.

Doch nicht alles lief nach meinen Vorstellungen. Mein vorheriger Hinterhalt hatte meine Feinde misstrauisch gemacht. Sie änderten ihre Taktik und hielten sich an den Rändern der Rauchschwaden auf, während sie versuchten, sie mit Wasser- und Eisstrahlen zu verflüchtigen. Aber sie hatten sich, nach Anweisung ihrer Anführerin, verteilt und mir ein paar gute Ziele geliefert.

Aber ich stand über der Jagd auf kleinere Beute. Es war an der Zeit, den großen Fisch an Land zu ziehen: die Hexenmutter selbst.

Die Anführerin des Hexenzirkels war immer noch auf dem Schlachtfeld. Begleitet von ihren beiden Leibwächterinnen stand sie unbekümmert in der Mitte des Smogfeldes – wieder *auf* dem Wasser – und studierte ihre Anhänger mit einem schiefen Blick. Alle drei Hexen waren von Eisschilden umgeben. Normalerweise würde das als Schutz gegen einen Angriff aus dem Hinterhalt ausreichen.

Aber ich hatte einen Plan.

Versteckt in einem nahen Schilfstrauch begann ich meinen Angriff. *Als erstes eine Ablenkung.* Ich rief meine Energievorräte, um einen Täuschungszauber zu wirken.

Du hast Ventro gecastet.

"Ein bisschen Hilfe gefällig?" flüsterte ich spöttisch. "Deine Anhänger scheinen Schwierigkeiten zu haben, mich zu finden."

Die Blicke des Trios peitschten in die Richtung, aus der meine Stimme gekommen war - und wendeten sich damit von meiner wahren Position ab.

Ich stieg aus dem Wasser. *Als zweites an sie herankommen.* Ohne abzuwarten, was die Anführerin des Hexenzirkels weiter unternehmen würde, sprach ich meinen nächsten Zauber.

Du hast Windgetragen gecastet.

In meinem Rücken bildeten sich Zauberwinde, die mich nach oben trieben. Ich war zu weit weg, um die Hexenmutter auf direktem Weg zu erreichen, aber das war auch nicht nötig. Ich ließ mich von den Luftströmen mitreißen und flog lautlos durch den rauchgefüllten Himmel.

Ich hatte meine Flugbahn perfekt geplant.

Durch fast zugekniffene Augen sah ich die Spitze des Schildes der Hexenmutter nach vorne rasen. Sie bemerkte meine herabsteigende Gestalt nicht.

Drittens, Zuschlagen. Ich hob meine Klingen und stärkte sie mit Ausdauer.

Du hast Wirbelwind gewirkt, was dein Angriffstempo 3 Sekunden lang um 100% erhöht.

Du hast Durchdringenden Schlag gewirkt, was den Schaden deines nächsten Angriffs verdoppelt.

Ich kam auf Höhe mit der Hexenmutter – nur wenige Zentimeter hinter dem hinteren Teil ihres Schildes – und schlug zu, schnell wie der Blitz.

Du hast eine Hexenmutter von hinten niedergestochen und damit fünffachen Schaden verursacht!

Der Schild deines Ziels hat deine Angriffe blockiert.

Ebenherz prallte auf den Schild der Hexe. Unerschrocken schlug ich erneut mit meinem zweiten Schwert zu.

Du hast eine Hexenmutter von hinten niedergestochen und damit 2,5-fachen Schaden verursacht!

Der Schild deines Ziels hat deine Angriffe blockiert.

Ein feindliches Wesen hat dich entdeckt! Du bist nicht mehr versteckt.

Einen Augenblick später stießen meine Füße auf die Oberfläche des Sumpfes. Als ich an meinem Ziel vorbeischoss, tauchte ich in das Wasser ein, schlug auf dem Schlammboden auf und zog die Schatten um mich.

Du bist versteckt. Mehrere feindliche Einheiten haben dich nicht entdeckt!

Viertens: Das Ganze noch mal von vorne.

Ich stieß mich vom Boden des Sumpfes ab und schwamm durch das Wasser nach oben, um die Hexenmutter von unten anzugreifen.

Du hast eine Hexenmutter von hinten niedergestochen und damit 2,5-fachen Schaden verursacht!

Der Schild deines Ziels hat deine Angriffe blockiert.

Du hast eine Hexenmutter von hinten niedergestochen und damit 2,5-fachen Schaden verursacht!

Der Schild deines Ziels wurde zerstört! Du bist nicht mehr versteckt.

Meine Lippen zuckten zu einem zufriedenen Grinsen nach oben. Ich hatte es geschafft. Ich hatte die Verteidigung der Hexenmutter durchbrochen. Jetzt kam der letzte Schritt. *Mach sie fertig.* Mit einem verächtlichen Blick auf die nach unten gerichteten Handflächen der drei Hexen und die Angriffe, die sie wahrscheinlich in meine Richtung lenkten, teleportierte ich mich mit Schattentransit.

Du hast dich in den Schatten einer Hexenmutter teleportiert.

Frost und Eis plätscherten harmlos an meiner verlassenen Position ins Wasser. Gleichzeitig schwang ich Ebenherz und das stygische Schwert in einem Bogen nach innen.

Beide Klingen trafen sich am Hals der Hexenmutter.

Der kalte Stahl schnitt mühelos durch Haut, Knochen und Fleisch, und einen Moment später lag der enthauptete Leichnam der Seehexe zu meinen Füßen.

Du hast eine Hexenmutter mit einem tödlichen Schlag getötet.

Und das ist wie man ...

Zwei Wasser- und Eisstrahlen trafen mich von beiden Seiten und unterbrachen meine Feierlichkeiten. Ich drehte mich um und wandte mich der näheren der beiden Leibwächterinnen zu.

Die Schlacht war noch lange nicht vorbei.

Ich packte meine Klingen und stürzte mich auf die Hexe.

Kapitel 261: Das Angebot einer Hexe

"Stopp!"
Der Befehl schallte durch den Hain, hart und fordernd, und als Antwort darauf senkte die Hexe, auf die ich gerade zustürmte, ihre Hände.
Für den Bruchteil einer Sekunde überlegte ich, ob ich meinen Angriff trotzdem fortsetzen sollte. Doch dann holten mich Neugier und gesunder Menschenverstand ein. Ich zog meine Schwerter zurück und änderte meine Flugbahn, um an der Hexe vorbei zurück in den Sumpf zu springen.
Als ich wieder aus dem Wasser auftauchte, wirbelte ich herum. Die beiden Leibwächterinnen beobachteten mich teilnahmslos. Ich beäugte sie misstrauisch, aber selbst als ich sie anstarrte, machte keine Anstalten, mich anzugreifen.
Ich neigte meinen Kopf zur Seite, da ich keine der beiden länger unbeobachtet lassen wollte, und beobachtete die anderen Hexen aus dem Augenwinkel. Es waren insgesamt vierzehn, die sich von allen Seiten näherten und betont ihre Hände gesenkt hielten.
War das eine Falle?
Wenn ich mich nicht bald bewegte, wäre ich umzingelt. Mein Instinkt drängte mich zur Flucht, aber ich spürte keine Falschheit an der plötzlichen Passivität der Seehexen. Sie schienen den Kampf wirklich aufgegeben zu haben.
Ich kann das Risiko nicht eingehen, entschied ich. Ich packte meine Klingen und machte mich bereit, zurück in den Sumpf zu tauchen.
"Warte, Wolf", rief eine Hexe. "Wir wollen verhandeln."
Ich drehte mich in die Richtung der Sprecherin und erkannte dieses Mal ihre Stimme. Es war die Hexe, die von der Hexenmutter Caulis genannt wurde.
"Dann fallt zurück!" knurrte ich und hob demonstrativ meine blutigen Klingen. "Oder ich setze mein Gemetzel fort."
Viele der Hexen zeigten wütende Gesichtsausdrücke, aber Caulis selbst schien sich von der Drohung nicht beeindrucken zu lassen. "Wie du willst." Sie hob ihre rechte Hand und rief: "Zieht euch zurück, Schwestern".
Gehorsam fielen die Seehexen zurück.
Ich drehte mich langsam im Kreis und beobachtete sie, die Augen zu Schlitzen verengt, aber ich vernahm auch diesmal keinerlei Täuschung in ihren Bewegungen.
"Wir wollen nur reden", wiederholte Caulis.
Mein Blick zuckte zurück zu der Hexe. "Das sagst du, aber ich glaube dir nicht. Warum solltet ihr das, nachdem ich eure Anführerin getötet habe?"
Zum ersten Mal flackerten Emotionen in Caulis' Gesicht auf. "Diese missratene Närrin?", spuckte sie. "Sie hat den Tod verdient. Du hast unserem Zirkel einen Dienst erwiesen, indem du uns von ihr befreit hast."

Die Hände der ehemaligen Leibwächterinnen zuckten, aber Caulis warf ihnen einen strengen Blick zu, und die beiden verstummten. Nachdem ich ihnen einen warnenden Blick zugeworfen hatte, wandte ich mich wieder an die neue Stellvertreterin der Hexen. "Und jetzt bist du was? Die neue Hexenmutter des Zirkels?"

"Ganz genau", bestätigt Caulis.

Niemand widersprach ihr.

"Was ist mit den anderen, die ich getötet habe?" fragte ich, um das Gespräch fortzusetzen. "Bedeutet dir deren Tod ebenfalls nichts?"

Einen Moment lang schwieg die neue Anführerin des Hexenzirkels. "Seit wir in diese verdorbene Stadt gekommen sind, sind wir alle dem Tod geweiht. Dass meine Schwestern gestorben sind, tut weh, aber dass vierzehn von uns noch leben? Das gibt mir Anlass zur Hoffnung."

Ich runzelte die Stirn. "Ich bin mir nicht sicher, ob ich das verstehe."

"Wir sind nicht der erste Hexenzirkel, der Nexus betreten hat", sagte Caulis. "Aber keiner von denen, die vor uns kamen, kehrte je ans Meer zurück, und meine Schwestern und ich rechneten längst fest damit, an dieser verfluchten Küste zu sterben. Gretna war arrogant zu glauben sie könnte hier, im Herzen der Domäne der Spieler, Wurzeln schlagen."

Gretna musste die ehemalige Hexenmutter gewesen sein. "Was wollt ihr also von mir?"

"Dass du die Feindseligkeiten einstellst, nichts weiter", antwortete Caulis.

"Ich dachte, deine Art hasst alle an Land Lebenden?" spottete ich.

"Das tun wir", antwortete Caulis gleichmütig. "Aber selbst zu leben ist wichtiger."

Ich grunzte, konnte dem jedoch nichts entgegensetzen. "Was bekomme ich im Gegenzug?"

"Dein Leben."

Ich schnaubte spöttisch. "Das gehört dir ohnehin nicht."

"Dann eben das Leben eines anderen."

Ich blinzelte. "Wessen?"

"Das von dem Wolf, den wir gefangen halten."

Ich zog eine fragende Augenbraue nach oben. "Wie kommst du darauf, dass ich ihn euch nicht einfach wegnehmen könnte, wenn ich es wollte?"

"Du hast zwar einige von uns getötet, aber der Ausgang eines solchen Kampfes ist keineswegs sicher."

"Bis jetzt geht es mir ganz gut", sagte ich milde.

Caulis schüttelte frustriert den Kopf und versuchte es mit einem anderen Ansatz. "Die Würmer haben deinen Gefährten. Ohne unsere Hilfe kannst du ihn nicht aus ihren Fängen befreien."

Die neue Hexenmutter schien den falschen Eindruck zu haben, dass ich ihren Gefangenen kannte, aber ich ließ sie in dem Glauben. Außerdem hatte Caulis Recht damit, dass der Ausgang der Schlacht ungewiss war, wenn auch nicht aus den Gründen, die sie vermutete.

Ich hatte alle Fallen und einen Großteil meines Vorrats an Manatränken verbraucht, um meine Leere-Rüstung zwischen den Kämpfen aufzufüllen. Noch wichtiger war jedoch, dass mir die Zeit davonlief und ich mir keinen

weiteren langwierigen Kampf leisten konnte. Der erste Seuchenschutzkristall war fast aufgebraucht, was bedeutete, dass ich weniger als vier Stunden Zeit hatte, meine Angelegenheiten hier zu erledigen und den Salzsumpf zu verlassen.
"Wie kann ich dir vertrauen?" fragte ich schließlich.
"Ihr Spieler könnt die wahre Natur von Objekten ausmachen, richtig?"
Ich nickte.
Caulis holte etwas aus ihrem Gewand und warf es mir zu. Ich machte keine Anstalten, den Gegenstand aufzufangen, und er plumpste in den Sumpf und schwamm dort an der Oberfläche. "Das ist alles, was du brauchst, um deinen Freund zu befreien."
Mit einem Blick nach unten analysierte ich den kleinen Gegenstand.

Dein Ziel ist ein einfacher Stab der Kommune. Dieser Gegenstand wurde aus der gleichen Koralle hergestellt, aus der die Seewurmkolonie 12.402 entstand. Die Hexen haben mentale Befehle darin eingraviert, mit der die Kolonie kontrolliert werden kann. Verfügbare Befehle: fressen, zurückziehen, schlafen. Für die Verwendung dieses Gegenstandes gibt es keine Voraussetzungen.

"Siehst du?" fragte Caulis.
Ich nickte. "Wo ist der Gefangene?"
"In einer ausgehöhlten Höhle im größten Baum des Hains." Sie musterte mich. "Haben wir eine Abmachung?"
Ich kaute noch eine Weile auf Caulis' Worten herum. "Ja, haben wir. Geht schon."
Schweigend drehte sich die neue Hexenmutter um und machte sich nach Süden auf. Die anderen Seehexen folgten ihr und glitten ihr nach über den Sumpf.

* * *

Nachdem ich mich vergewissert hatte, dass die Seehexen tatsächlich verschwunden waren, steckte ich den Stab der Kommune ein, kehrte zu der Stelle zurück, an der die Hexenmutter gestorben war, und tauchte auf den Sumpfboden.
Einen Moment später tauchte ich mit meinen Preisen wieder auf.
Ich hielt die Leiche in einer und ihren Kopf in der anderen Hand und schürzte die Lippen, während ich den Hain betrachtete. Ich brauchte einen sicheren Ort, um die Leiche zu durchsuchen. Im Wasser ging das nicht, also blieben nur die Bäume.
Ich ließ den Kopf kurz fallen und zog den Stab der Kommune hervor. *Mal sehen, ob er funktioniert.*
Ich schloss die Augen und konzentrierte mich auf die Seewürmer, die fleißig am nächsten Baum fraßen. *"Schlaft"*, hauchte ich und projizierte meine Gedanken durch den Kristall.

Auf wundersame Weise reagierten die Würmer auf meinen Befehl. Innerhalb weniger Augenblicke wurde ihr Bewusstseinsleuchten schwächer und ihre hektischen Bewegungen verlangsamten sich zu einem Kriechen.

Ich grunzte erstaunt. "Was sagt man dazu? Es funktioniert."

Ich hatte schon fast damit gerechnet, dass der Stab der Kommune nicht funktionieren würde, ein Trick von Caulis, um mir ihren Deal zu verkaufen. Aber es schien, als wollten die Seehexen die Stadt genauso gerne verlassen wie ich, und sie hatte ehrlich verhandelt.

Ich hob den Kopf der Hexe auf und schleppte ihn und die Leiche bis in die unteren Äste des Baumes. Die Würmer blieben die ganze Zeit über ruhig, und ich wandte meine Aufmerksamkeit den wartenden Spielnachrichten zu.

Wieder einmal hatten sich viele meiner Fertigkeiten verbessert. Ich ignorierte die üblichen Meldungen über den Levelanstieg von Fertigkeiten und konzentrierte mich nur auf die Fertigkeiten, die einen neuen Rang erreicht hatten.

Du hast Stufe 133 erreicht!
Dein Ausweichen ist auf Stufe 111 gestiegen und hat Rang 11 erreicht.
Deine Elementarabsorption ist auf Stufe 23 gestiegen und hat Rang 2 erreicht. Dadurch erhöht sich deine Chance, schädlichen Elementareffekten zu widerstehen um 5% und der Schaden, den du durch sie erleidest, verringert sich um 10%.

Ich lächelte, erfreut über den Fortschritt meines Spielerprofils. Ohne groß darüber nachzudenken, investierte ich meine neuen Attributspunkte.

Deine Geschicklichkeit ist auf Rang 38 gestiegen. Weitere Modifikatoren: +8 durch Gegenstände.

Als nächstes betrachtete ich den Körper der Hexenmutter. Sie trug keinen Schmuck und hatte nur zwei erwähnenswerte Gegenstände bei sich: ein Paar weich geschuppte Stiefel und ein Robbenfellgewand.

Ich zog ihr die Stiefel aus und inspizierte sie zuerst.

Du hast den Rang 3 Gegenstand: Stiefel des fliegenden Fisches erworben. Dieser Gegenstand ermöglicht es dem Träger, über Wasser zu gehen, als wäre es fester Boden. Um ihn auszurüsten, brauchst du mindestens eine Magie von 12.

Die Stiefel waren interessant, aber sie waren es nicht wert, meine Stiefel des Wanderers damit zu ersetzen. Ich verstaute sie in meinem Rucksack und betrachtete das Robbenfellgewand. Ich musste es mühselig von der Leiche abziehen und stellte zu meiner Überraschung fest, dass die Innenseite knochentrocken war.

Nachdenklich analysierte ich das Kleidungsstück.

Du hast ein Robbenfellgewand von Rang 2 erworben. Dieser Gegenstand wurde so verzaubert, dass er den Träger auch in den kältesten Meeren trocken und warm hält. Außerdem erhöht er deine Wassermagie um +10. Dieser Gegenstand erfordert eine Mindestmagie von 8, um ihn auszurüsten.

"Schade, dass ich das nicht früher gefunden habe", murmelte ich und blickte auf meine durchnässten Klamotten hinunter. Das hätte mir einiges erspart.

Als ich mir das Innere des Gewandes genauer ansah, stellte ich fest, dass es von Taschen gesäumt war. Alle Taschen, bis auf eine, waren leer. Als ich sie durchwühlte, brachte ich eine Handvoll Gegenstände hervor.

Du hast 3 x Korallenblumen, 1 x Krötenzunge, 4 x gelbgefleckte Froschfüße, 20 x Sumpfkraut und 1 x gelbgefleckte Froschzunge erworben.

"Das ist natürlich praktisch", bemerkte ich und betrachtete die Reagenzien, vor allem die Froschfüße und die Zunge. Das waren genau die Dinge, die ich brauchte, um den Kopfgeldauftrag zweihunderteinundsiebzig zu erfüllen.

Ich drehte mich um und starrte hinaus in den Hain. Mindestens acht weitere Hexenleichen lagen irgendwo auf dem Grund des Sumpfes, und ich wollte auch sie plündern.

Aber zuerst muss ich mich erholen.

* * *

Du hast 100% deines Psi und Manas durch Meditation und Kanalisieren wieder aufgefüllt.

Du hast einen Seuchenschutzkristall von Rang 6 aktiviert.

Du hast 8 x Robbenfellgewand, 27 x Korallenblüten, 4 x Krötenzungen, 8 x gelbgefleckte Froschfüße, 80 x Sumpfkraut und 6 x gelbgefleckte Froschzungen erworben.

Du hast den Skalp einer Hexenmutter erworben.

Job 1015 Update: Aufgabe abgeschlossen. Besuche Ritterkapitän Orlon, um deine Belohnung abzuholen.

Job 271 Update: Aufgabe abgeschlossen. Besuche das Gildenbüro, um deine Belohnung abzuholen.

Wenig später war ich endlich mit meiner Arbeit fertig und bereit, weiterzuziehen. Ich stand auf, rüstete meine Katzenkrallen aus und kletterte den breiten Stamm des Baumes hinauf, bis ich die obersten Äste erreicht hatte. Von dort aus überblickte ich den Hain.

Die meisten Bäume waren genauso hoch wie der, auf dem ich hockte, aber ein gewisser Baum überragte die anderen ein ganzes Stück.

Das muss der sein, von dem Caulis gesprochen hat.

Ich nahm den Stab der Kommune wieder in die Hand und befahl allen Seewürmern, die den Hain befallen hatten, zu schlummern. Ich hatte keine Ahnung, ob die Würmer jemals wieder von alleine aufwachen würden, aber ich hielt es für sicherer, die fiesen kleinen Kreaturen in den Schlaf zu versetzen, als ihnen zu befehlen, sich zurückzuziehen - dann würden die Würmer im Sumpf bleiben, und das wollte ich lieber nicht.

Als meine Gedankensicht bestätigte, dass die Luft rein war, sprang ich vom Ast und glitt über eine Windböe zum Nachbarbaum und von dort zum nächsten.

Als ich mein Ziel – den höchsten Baum des Hains – erreichte, ließ ich mich zurück in den Sumpf fallen. Ich sah sofort, dass Caulis mich nicht belogen hatte. Im Inneren des Baumes war ein großes, gedämpftes Bewusstseinsleuchten verborgen.

Das muss der geheimnisvolle Wolf sein.

Und wenn ich sein Gedankenglühen richtig deutete, rührte er sich.

Kapitel 262: Ein Wolf in Ketten

Wie der Baum selbst war auch der Gefangene mit Seewürmern übersät - Tausende von ihnen. Aber sie alle schliefen, was erklärte, warum der Wolf erst jetzt erwachte.

Wie ist er noch am Leben? fragte ich mich. Die Hexen hatten nicht erwähnt, wie lange sie ihren Gefangenen schon hier festhielten, aber ich hatte den Eindruck, dass es schon eine Weile her sein musste.

Metall klirrte. Holz knarrte. Stücke toter Rinde fielen ab.

Der Wolf kam nach draußen.

Ich wich von dem Baum zurück, um dem Neuankömmling Platz zu machen. Die Kreatur war wahrscheinlich halb wahnsinnig und nicht gerade in freundlicher Stimmung. Ich ließ meine Hände neben meinen Klingen schweben und wartete.

Eine Gestalt stolperte heraus.

Ich war mir nicht sicher, was ich erwartet hatte, aber ein nackter Mensch war es nicht. Fassungslos starrte ich den großen jungen Mann an. Er war komplett verdreckt. Schlamm bedeckte sein Haar, braune Schlieren tropften an seinen Armen herunter, um seine Füße waren Fesseln geschnallt und schlummernde Würmer bedeckten fast jeden Zentimeter seines Körpers. Aber trotz alledem war der "Wolf" eindeutig ein Mensch.

Außerdem ist er ein Spieler, stellte ich eine Sekunde später fest, als ich die Geistsignatur las, die um seine Gestalt schimmerte.

Dein Ziel heißt Anriq. Er trägt ein Zeichen der Geringen Dunkelheit, ein Zeichen der Geringen Schatten und das Wolfszeichen Rudelmitglied.

Der Werwolf-Verbrecher.

Ich schüttelte den Kopf und war erstaunt über diese Fügung. Ausnahmsweise schien mir das Glück hold zu sein. Ich war in den Hain gekommen, um ein Kopfgeld zu kassieren, und jetzt war ich kurz davor, *drei* zu erfüllen.

Anriq taumelte derweil grunzend im Kreis - er war an den Baum gekettet - und schlug verzweifelt nach den Würmern, die sich an ihm festhielten. Es gelang ihm allerdings nicht besonders gut.

"Brauchst du Hilfe?" bot ich an.

Der Wolfsmann warf seinen Kopf hoch und starrte mich mit einem hässlichen Blick an. Der junge Mann fletschte die Zähne und knurrte bedrohlich, wobei das Weiß seiner Augen hervortrat.

Hmm, sieht so aus, als hätte ich nicht weit daneben gelegen. Er scheint wirklich halb wild zu sein.

"Ganz ruhig", sagte ich beschwichtigend. "Ich werde dir nichts ..."

Krallen fuhren aus seinen Fingern aus, und in einem plötzlichen Bewegungsrausch schlug er auf die Stahlketten ein, die ihn gefangen hielten, und durchtrennte sie mit einem einzigen Schlag.

Meine Augen weiteten sich, beeindruckt von der Leichtigkeit, mit der sich der Gefangene von seinen Ketten befreit hatte. Trotzdem musste ich mir eingestehen, dass er meinetwegen gerne noch etwas länger gefesselt bleiben könnte. Er schien *mich* als Ziel seiner Feindseligkeit auserkoren zu haben. Ich wich weiter zurück und zeigte ihm meine leeren Handflächen.

Die Geste besänftigte Anriq nicht.

Er stürmte vor und griff mich an. Ich machte mich für einen Zusammenstoß bereit, machte aber keine Anstalten, meine Waffen zu ziehen - ich wollte den einzigen anderen Spieler mit Wolfszeichen, den ich bisher getroffen hatte, nicht töten, bevor wir überhaupt die Chance hatten, miteinander zu sprechen.

Nur eine Sekunde später gab mir der Jugendliche jedoch Anlass, die Weisheit meiner Taktik in Frage zu stellen. Noch während seine Füße über das Wasser jagten – wobei bewusstlose Würmer von ihm abfielen und durch die Luft flogen - veränderte sich Anriq.

Grobes braunes Fell schoss aus der rosafarbenen Haut, Krallen wuchsen aus den Zehen, seine Ohren wurden länger, die Eckzähne kamen zum Vorschein und eine knurrende Schnauze erschien, wo vorher keine gewesen war.

Schlimmer noch, der Junge wurde größer.

Verdammte Scheiße, dachte ich und beobachtete die heranstürmende Gestalt, die jetzt mehr Tier als Mensch war. Anriq war bereits so groß wie ein Schattenwolf und wuchs weiter.

Vielleicht war das nicht die ...

Du wurdest vom Angriff eines Werwolfs getroffen.

Es war aussichtslos zu versuchen meinen Gegner zu stoppen.

Ich hätte genauso gut versuchen können, die Flut aufzuhalten. Gegen Anriq, den halbtoten Gefangenen, schienen meine Chancen gar nicht so schlecht. Gegen Anriq, den Werwolf, hatte ich keine Chance.

Der junge Wolf stürzte auf mich zu und ich flog nach hinten, unfähig ihn abzuwehren oder seinen Angriff zu verlangsamen. Und zum zweiten Mal in meinem kurzen Aufenthalt im Hain wurde ich mit einem Schlag hilflos.

Du hast einen körperlichen Widerstandstest nicht bestanden! Du bist angeschlagen (Gliedmaßen unbeweglich, Fähigkeiten eingeschränkt). Dauer: 3 Sekunden.

Ich verfluchte mein Glück und sank mit dem Gewicht des Werwolfs auf dem Rücken auf den Sumpfboden. Anriqs Angriff hatte jedoch gerade erst begonnen. Scharfe Eckzähne bohrten sich in meine Schulter, und Klauenfüße zerkratzten meinen Unterleib.

Anriq hat dich lebensgefährlich verletzt!
Anriq hat dich lebensgefährlich verletzt!
Schnelle Genesung ausgelöst!
Warnung! Deine Gesundheit ist mit 40% gefährlich niedrig.

Ich merkte, dass er mir keine Chance geben würde, irgendetwas zu erklären, und mit dem stärkeren Werwolf unter Wasser zu kämpfen, war das Letzte, was ich wollte.

Ich muss Zeit gewinnen und dann etwas Abstand zwischen uns bringen.

Ich lenkte meine Gedanken auf das Trankarmband und ließ es ein stärkendes Gebräu in meine Blutbahn injizieren.

Du hast dich mit einem vollen Heiltrank wiederhergestellt. Dein Zaubertrank-Armband hat noch 1 von 3 Ladungen.

Die Flüssigkeit verteilte ihre beruhigende Wirkung in meinem Körper, schloss meine Wunden und heilte meine Verletzungen, aber ich war immer noch angeschlagen und unfähig, mich zu bewegen oder Fähigkeiten einzusetzen. Mein Feind ließ unterdessen nicht von seinem wilden Angriff ab.

Anriq hat dich verletzt!
Anriq hat dich verletzt!
...
Warnung! Deine Gesundheit ist mit 25% gefährlich niedrig.

In atemberaubend kurzer Zeit blinkte meine Gesundheit wieder rot auf. Unter Wasser gefangen und nicht in der Lage, irgendetwas anderes zu tun, verabreichte ich mir eine weitere Dosis.

Du hast dich mit einem vollen Heiltrank wiederhergestellt. Dein Zaubertrank-Armband hat noch 0 von 3 Ladungen.
Warnung: Du hast in den letzten 24 Stunden 8 alchemistische Tränke zu dir genommen! Der Konsum weiterer Gebräue in den nächsten 24 Stunden kann unerwünschte und unwiderrufliche Nebenwirkungen auslösen.

Die Warnung des Adjutanten war beunruhigend, aber nicht so sehr wie der große Schaden, den der Werwolf an meinem Körper anrichtete. Außerdem war mein Zaubertrank-Armband leer, also spielte das in meiner jetzigen Situation kaum eine Rolle.

Im Moment hatte ich keine andere Wahl, als zu beobachten und zu warten.

Anriq hat dich verletzt!
Anriq hat ...
...
Du bist nicht mehr <u>angeschlagen</u>.

Die Lethargie in meinen Gliedern und der Nebel in meinem Kopf verschwanden, und ich verschwendete keine Sekunde, bevor ich Psi wob, um zu entkommen.

Du hast Windgetragen gecastet.
Anriq hat dich verletzt!
Warnung! Deine Gesundheit ist mit 18% gefährlich niedrig.

Ich war zu mehr als dreiviertel tot und blutete aus mehreren Biss- und Kratzwunden, als ich von der Windböe, die unter mir auftauchte, aus dem Wasser geschleudert wurde.

Mein Trick führte jedoch nicht dazu, dass ich meinen Werwolf-Anhänger loswurde.

Anriq weigerte sich, loszulassen, und wurde mit mir hochgezogen. Doch unsere abrupte Aufwärtsbewegung erschreckte den Jugendlichen, und sein wildes Kratzen hörte für einen Moment auf. Ich nutzte die Ablenkung und sprach einen weiteren Zauberspruch.

Du hast Slayeraura gewirkt.
Anriq hat eine Prüfung auf geistige Widerstandskraft nicht bestanden!
Du hast dein Ziel 10 Sekunden lang in Angst und Schrecken versetzt.

Der Zauber wurde genau dann beendet, als der Windstrom zu Ende ging und mein Feind und ich, immer noch aneinanderhängend, abstürzten. Im freien Fall blickte ich auf meinen Eroberer hinunter.

Aber das war er nicht mehr.

Mein Zauber hatte unsere Rollen getauscht, und Anriqs Gesicht war durchdrungen von magischer Angst. Als der Werwolf meine Augen sah, wurde er bleich und lockerte seinen Griff. Grimmig stieß ich ihn weg und wir landeten im Wasser, nur ein paar Meter voneinander entfernt. Ich tauchte schnell wieder auf und drehte mich auf der Suche nach ihm um.

Aber ich hätte mir die Mühe nicht machen müssen.

Der Werwolf raste in panischer Flucht so schnell er konnte durch das Wasser. Erleichtert ließ ich die Schultern hängen, hüllte mich in die Schatten und machte mich daran, mein Leben wiederherzustellen.

✻ ✻ ✻

Was auch immer Anriq dazu gebracht hatte, mich anzugreifen, es trieb ihn immer noch an, und wenige Sekunden, nachdem der Schreckenszauber abgeklungen war, kehrte der Werwolf zurück. Aber so stark er auch war, seine Sinne waren nicht besonders scharf, und er kam bis auf wenige Schritte an mein Versteck heran, ohne mich zu finden.

Im Schilf versteckt studierte ich den Spieler. Anriqs frühere Verwandlung war abgeschlossen. In seiner vollen Wolfsgestalt war er mindestens doppelt so groß wie ich und wirkte wie ein furchterregender Feind. Aber jetzt, wo ich mehr Zeit hatte, ihn zu beobachten, sah ich, dass seine Tiergestalt genauso viele Zeichen seiner kürzlichen Gefangenschaft trug wie seine menschliche.

Anriqs Wolfsfell hing lose an seinem Körper und Fellbüschel standen seltsam ab. Weiße Narben überzogen seinen Oberkörper, aber sie schlossen sich, während ich ihn beobachtete, schon langsam wieder.

Die berühmte Regeneration der Werwölfe, dachte ich und erinnerte mich an Baracs beiläufige Bemerkung von vor einigen Monaten. Das musste dieselbe Regeneration sein, die es Anriq ermöglicht hatte, so lange in den Fängen der Würmer zu überleben.

Der Junge pirschte durch den Hain, schnüffelte und knurrte. *Er ist immer noch halb wild,* entschied ich. Ohne die Sicherheit der Schatten zu verlassen, griff ich mit meinem Willen nach ihm und verzauberte ihn erneut.

Du hast Anriq 10 Sekunden lang in Angst und Schrecken versetzt.

Erneut ergriff der Werwolf die Flucht, aber nur Sekunden später kehrte er wütend und mit den Zähnen knirschend zurück. *Hartnäckig*, dachte ich. Aber das war ich auch. Erbarmungslos jagte ich ihm erneut Angst ein.

Und noch einmal.

Und noch einmal.

Jedes Mal, wenn Anriq zurückkam, war seine Frustration deutlich zu spüren. Ich schenkte seiner Wut jedoch kaum Beachtung und verzauberte ihn jedes Mal aufs Neue.

Wir spielten dieses Spiel fast eine Stunde lang.

Schließlich gab er nach, und bei seiner x-ten Wiederkehr schrumpfte der Wolf zusammen und verwandelte sich in einen hageren und sehr nackten Menschen. "Zeig dich, du Feigling!", brüllte er mit heiserer Stimme.

"Warum sollte ich?" fragte ich und projizierte die Worte mit Ventro.

Blitzschnell tauchte Anriq an der Stelle auf, von der meine Stimme gekommen war. Siegessicher schlug er mit seinen krallenbewehrten Händen auf das Schilf ein.

Ich kicherte und beobachtete seine fast berserkerhafte Wut. "So leicht wirst du mich nicht finden."

Mit hievender Brust schwang der Jugendliche auf ein neues Stück Schilf zu, aus dem meine Stimme kam. Er realisierte jedoch, dass ich mit ihm spielte und griff nicht an. "Wo bist du?", fragte er.

"Irgendwo in der Nähe", antwortete ich ausweichend. "Bist du jetzt bereit zu reden, oder willst du noch ein paar Büsche köpfen?"

Anriqs Gesicht verzog sich zu Wut, aber er unterdrückte sie schnell. Der Werwolfspieler umarmte sich fest, um seinen Zorn zu zügeln, wie ich vermutete, und starrte in den Hain.

Er hofft immer noch, mich zu finden, dachte ich.

"Du kannst Dathe sagen, dass ich nicht zurückkomme", knurrte Anriq halb.

Ich runzelte die Stirn. "Wem?"

"Verkauf mich nicht für dumm", spuckte er. "Ich habe dein Wolfszeichen gesehen."

Ich kratzte mich am Kopf. "Vielleicht ergibt das aus deiner Sicht Sinn, aber ich fürchte, ich kann dir nicht folgen."

"Du gehörst zu ihm!" warf Anriq mir vor.

"Zu wem? Wenn du diesen Dathe meinst, dann sicher nicht."

"Lüg mich nicht an!" brüllte Anriq.

"Warum sollte ich mir die Mühe machen?" konterte ich. "Glaube mir, wenn ich dich einfangen oder tot sehen wollte, würdest du nicht immer noch frei herumlaufen."

"Du willst ihn haben!"

"Ihn?" fragte ich und schüttelte verwirrt den Kopf. "Du gehst schon wieder davon aus, dass ich weiß, wovon du redest. Warum tust du mir nicht den Gefallen, so zu tun, als wüsste ich gar nichts, und erklärst mir, wovon du sprichst?"

Anriq sagte kein Wort. Wütend schweigend suchte er den Sumpf ab.

Geduldig wartete ich ab. Im Moment hatte ich alle Trümpfe in der Hand, und der Werwolfspieler musste das ebenfalls wissen.

"Dathe ist der Rudelführer", sagte er schließlich.

"Ah, ich verstehe." Ich hielt inne. "Und von welchem Rudel, wenn ich fragen darf?"

Anriqs Augenbrauen zogen sich scharf zusammen. "Was soll das heißen?", knurrte er. "Es gibt nur ein Werwolfsrudel und Dathe ist sein Anführer."

Ich nickte langsam, als ich endlich begriff, worauf unser Gespräch hinauslaufen würde. "Dieses Rudel ... sie jagen dich?"

"Ja!"

"Und du denkst, ich gehöre dazu?"

Anriqs einzige Antwort war ein bedrohliches Knurren.

Ich nahm das als Zustimmung und schloss: "Deshalb hast du mich auch angegriffen, als du mein Wolfszeichen gesehen hast."

"Glückwunsch, du hast das Rätsel gelöst", spuckte Anriq höhnisch aus. "Wenn wir also mit dieser Scharade fertig sind, zeigst du dich dann endlich? Oder willst du dich weiterhin im Dunkeln verstecken wie ein Hund?"

"Es gibt da nur ein Problem", sagte ich und überging seine Beleidigung. "Du musst verstehen, ich kenne diesen Dathe nicht und gehöre auch nicht zu seinem Rudel." Anriq öffnete den Mund, um etwas zu erwidern, aber ich unterbrach ihn. "Das *wüsstest* du, wenn du meine Zeichen richtig gelesen hättest."

Der Jugendliche schloss seinen Mund mit einem Schnalzen. "Was soll das denn heißen?"

"Genau was ich gesagt habe." Ich erhob mich und ließ die Schatten um mich herum verschwinden.

Anriq wirbelte herum und sah mich an. Seine Hände ballten sich zu Fäusten und seine Muskeln spannten sich an, als er sich zum Angriff bereit machte.

"Lies meine Geistsignatur noch einmal", befahl ich, ohne seine drohende Haltung zu beachten.

Er lenkte nicht sofort ein und ich hatte mich schon fast mit einem zweiten Gerangel abgefunden. Dann spürte ich ein Kribbeln.

Anriq hat dein Wolfszeichen erkannt!

Anriqs Augen weiteten sich. "Du bist ein Alpha!", keuchte er.

Ich verschränkte meine Arme vor der Brust und grinste. "Ganz genau."

Kapitel 263: Blutsbund

"Du kannst nicht zu Dathe gehören!"
Ich nickte. "Das ist genau, was ich dir die ganze Zeit versuche zu sagen."
Anriq machte auf dem Absatz kehrt und trampelte durch den Sumpf, wobei das hüfthohe Wasser sein Vorankommen kaum behinderte. Ich sah ihm zu und war ein bisschen neidisch. *So viel Kraft zu haben, muss schön sein,* dachte ich.
"Kein Rudel kann zwei Alphas haben", sagte der Jugendliche laut.
Ich sagte nichts, weil ich wusste, dass er die Implikationen meines Zeichens nur laut durchdachte.
"Das bedeutet ..." Anriq drehte sich zu mir um, und so etwas wie Freude machte sich auf seinem Gesicht breit. "Dathe ist tot! Du hast ihn getötet! Das musst du getan haben, wenn du der Neue bist ..."
Ich schüttelte den Kopf und unterbrach ihn, bevor er sich zu sehr freuen konnte. "Ich fürchte nein. Ich habe dich vorhin nicht angelogen. Ich habe diesen Dathe noch nie gesehen."
Das Gesicht des Werwolfs verzog sich. "Dann ... wie?"
"Ich bin der Alpha eines anderen Rudels", sagte ich und stellte damit das Offensichtliche fest.
"Ein *anderes* Werwolfsrudel?" fragte Anriq eifrig.
Erneut musste ich ihn enttäuschen. "Ich bin kein Werwolf und habe bis heute auch noch keinen getroffen."
"Was dann?" Ein Schimmer von etwas Unerkennbarem - Ekel? - flackerte über Anriqs Gesicht. "Sag mir nicht, dass du dich einem Rudel *normaler* Wölfe aufgedrängt hast? Warum sollten sie dich akzeptieren? Und um der Mächte willen, wie hast du dadurch ein Wolfszeichen bekommen?"
Ich schnitt eine Grimasse. "Das ist ebenfalls nicht der Fall." Ich hob meine Hand, bevor er wieder das Wort ergreifen konnte. "Ich werde keine weiteren Details über mein Wolfszeichen preisgeben. Tut mir leid, aber dieses Recht hast du dir nicht verdient."
Der Werwolf nahm meine Abweisung gelassen hin und schwieg einen Moment lang. "Welche Klasse bist du?", fragte er schließlich.
Diese scheinbar zusammenhanglose Frage überraschte mich und ich zögerte eine Sekunde lang. Aber dann sah ich keinen Grund, es ihm nicht zu sagen - viele in der Stadt wussten bereits, was ich war - und antwortete. "Ich bin ein Gedankenstalker."
"Das ist keine Klasse einer Kraft", schimpfte Anriq und kniff die Augen zusammen. "Oder doch?"
"Ist es nicht", stimmte ich zu.
"Auf welche Macht bist du denn eingeschworen?"
"Auf keine."
"Keine?" fragte Anriq verblüfft.
"Ich bin weder auf eine Macht noch Kraft eingeschworen", erklärte ich weiter.
Anriqs Gesicht erblasste, bis er kreidebleich aussah.

"Alles okay bei dir?" fragte ich und trat einen Schritt näher an ihn heran. Anriq schüttelte den Kopf - ich war mir nicht ganz sicher, was er verneinte. "Das ... ist nicht ... möglich", sagte er. "Du musst eingeschworen werden. Du musst!"

"Warum?" fragte ich. Meine Antworten schienen in dem Jugendlichen eine tiefsitzende Angst ausgelöst zu haben, und er war kurz davor, in Panik zu geraten. Ich machte noch einen Schritt nach vorne, aber Anriqs Blick zuckte zu mir, und ich hielt inne.

Wird er abhauen?

Aber nein, er blieb ganz still und starrte mich mit wilden Augen an. "Keinem Werwolf ist es erlaubt, dem Schwur auf eine Kraft zu entgehen", sagte er schließlich. "Damit das passiert ..." Anriq leckte sich über die Lippen. "Dass du ..." Er schluckte. "Das ist einfach nicht möglich", beendete er lahm.

"Aber ich bin kein Werwolf", wiederholte ich. "Die Regeln, die für dein Rudel gelten, gelten nicht für mich.

Die Tatsache beruhigte den Jungen, aber nur für einen Moment. "Noch eine Unmöglichkeit", flüsterte er.

"Warum?" fragte ich neugierig.

"Nur Werwölfe können ein so von Wolf geprägtes Zeichen bekommen wie du", antwortete Anriq.

Das war nicht ganz richtig, aber ich ließ seine Aussage unwidersprochen so stehen.

"Nun, andere können das", ergänzte der Werwolf einen Moment später, "aber nicht, ohne ..." Erneut geriet er ins Stocken. Er holte tief Luft und fuhr fort: "Die einzige andere Möglichkeit ist, dass ..."

Er weiß es, dachte ich entsetzt. *Muss er einfach.*

"Du ein Nachkomme bist", beendete er.

Meine Gedanken überschlugen sich. Einfach so war mein Geheimnis an die Oberfläche geraten. Dieses Mal war ich mir allerdings nicht sicher, ob ich seine Verbreitung verhindern konnte.

Die Ältesten der Schattenwölfe hatten mir gesagt, dass mein Blut von selbst erwachen würde, wenn sich mein Zeichen vertiefte. Unerwarteterweise schien Anriq das ebenfalls zu wissen, und genau so musste er die Wahrheit herausgefunden haben.

Mir wurde klar, dass ich mich hier nicht herauslügen konnte. Da ich Anriqs Argumente nicht widerlegen konnte, sagte ich nichts.

Aber das reichte dem Jugendlichen. "Es ist also wahr", hauchte Anriq. "Du *bist* ein Nachkomme des Hauses Wolf."

Mit unbewegter Miene starrte ich ihn an.

Trotz meines eigenen Schocks hatte mein Verstand nicht aufgehört zu arbeiten. Anriqs Schlussfolgerung hatte neben den offensichtlichen auch noch weitere Konsequenzen. Die wichtigste war, dass die Werwölfe von den alten Blutlinien wissen mussten. Wie hätte Anriq sonst so schlussfolgern können? Und das wiederum bedeutete ...

Werde ich unter ihnen andere Nachkommen finden?

Der Gedanke löste eine komplexe Mischung von Gefühlen aus - Erleichterung darüber, dass ich nicht allein sein könnte, Freude darüber, dass ich potenzielle Rudelbrüder finden könnte, Misstrauen darüber, wie sie in Nexus überlebt hatten, und schließlich Unmut darüber, dass es andere wie mich geben könnte.

Dann regte sich der Wolf in mir, als eine andere, beunruhigendere Frage in meinem Kopf aufkeimte: Würde meine Kandidatur zum Prime angefochten werden?

Meine Lippen kräuselten sich zu einem unwillkürlichen Knurren. Ich würde keine Konkurrenten dulden. Keine.

Das ist nicht der richtige Zeitpunkt für solche Überlegungen, sagte ich mir fest. Ich unterdrückte meine abschweifenden Gedanken und konzentrierte mich wieder auf Anriq.

Er starrte mich immer noch an, sein Ausdruck eine Mischung aus Ehrfurcht und Bewunderung. Ich bemerkte, dass sich seine Haltung in der Zwischenzeit deutlich verändert hatte. Lag das an meinem Alphazeichen oder an der Tatsache, dass ich ein Nachkomme war?

Vielleicht ja an beidem.

"Du hast wirklich dein Blut erweckt?", fragte er.

Ich nickte wortlos. Leugnen würde jetzt nicht mehr funktionieren, aber vielleicht würde mir die Wahrheit genauso helfen.

"Wie hast du das gemacht?"

Ich winkte die Frage ab. "Das ist eine lange und düstere Geschichte. Und eines Tages werde ich sie vielleicht erzählen, aber nicht heute." Ich hielt seinen Blick fest. "Jetzt sag mir, woher du von den Blutlinien weißt. Die Mächte hüten alles Wissen über die Ahnen."

Anriq schwieg einen Moment lang. "Auch das ist eine lange Geschichte. Aber ich werde sie dir erzählen, wenn du es wünschst."

"Tue ich."

Anriq seufzte. "Mein Rudel - mein ehemaliges Rudel - ist im Besitz eines Gegenstandes namens Halsreif des Wolfes. Es ist ein Artefakt der Ahnen, und wenn man es analysiert, erzählt es einem von den Nachkommen und dem Blut."

"Ein Artefakt", murmelte ich, mein Interesse geweckt. "Wer hat es?"

"Der Rudelführer, Dathe."

"Natürlich." Das hätte ich mir denken können. Mir fiel noch etwas anderes ein. "Ist dieser Gegenstand der 'er', von dem du vorhin gesprochen hast?"

Anriq schüttelte den Kopf. "Nein."

"Oh", sagte ich und wandte mich wieder dem eigentlichen Thema zu. "Also, was macht der Halsreif?"

Anriq sah mich überrascht an. "Das weißt du nicht?"

"Nein."

"Du bist also nicht wegen des Halsreifs gekommen?", fragte er weiter.

"Das habe ich bereits bestätigt", sagte ich gereizt. "Und jetzt sag mir, was er kann."

Anriq legte den Kopf schief. "Der Halsreif verbindet die Wölfische Garde mit ihrem Kommandanten."

Die Antwort des Jugendlichen ergab noch weniger Sinn, als ich erwartet hatte. "Was soll *das* schon wieder heißen?" fragte ich mit einem Stirnrunzeln.

"Du weißt es wirklich nicht, oder?", fragte er verwundert, aber bevor ich meiner Ungeduld wieder Luft machen konnte, fuhr er fort: "Der Halsreif bindet Blut. Er schafft ein unlösbares Band zwischen dem wölfischen Kommandanten und der Garde. Damit kann der Kommandant seine Soldaten zwingen, seine Befehle auszuführen."

"Dieses Artefakt klingt ... faszinierend." *Und mächtig.* "Ich nehme an, die Werwölfe selbst sind die wölfische Garde?"

"Richtig", antwortete Anriq. "Und Dathe ist der Kommandant."

Ich rieb mir das Kinn. "Wie bist du dann aus seinen Fängen entkommen?"

"Der Halsreif erzwingt nicht direkt Gehorsam." Anriqs Lippen verzogen sich. "Er kann aber dazu benutzt werden, jemandem Schmerzen zuzufügen. Ich habe gesehen, wie Werwölfe, die sich Dathes Befehlen widersetzt haben, von innen heraus verbrannt wurden." Er erschauderte. "Aber um deine Frage zu beantworten: Ich bin geflohen, *bevor* Dathe mich binden konnte."

"Ich verstehe", sagte ich. "Aber das erklärt nicht, warum die Mächte dein Rudel in Ruhe lassen. Sicherlich wissen sie von dem Artefakt."

"Das tun sie", bestätigte Anriq. "Es war das Triumvirat selbst, das dem Rudel den Halsreif vermacht hat."

"Was?", fragte ich erschrocken. "Sie haben ihn den Werwölfen *gegeben*? Einfach so?"

Anriqs Lippen zuckten und er lächelte fast. "Nein, nicht 'einfach so'. Das Triumvirat hat Bedingungen gestellt, nämlich dass jeder Werwolf eine Kraftklasse annimmt. Anfangs wusste das Rudel nicht, warum, aber mit der Zeit haben wir es herausgefunden. Es sollte verhindern, dass unser Blut erwacht."

"Ah", sagte ich, als ich mir endlich einen Reim auf die Sache machen konnte. Sulan hatte vor all den Monaten etwas Ähnliches gesagt, was mir noch etwas anderes klar machte: Es konnte keine Nachkommen unter den Werwölfen geben. Nicht, wenn sie ihr Blut nicht erwecken konnten. Durch diese Erkenntnis besänftigt, beruhigte sich der Wolf in mir.

"Und wenn sich jemand nicht an die Bedingungen des Triumvirats hält?" fragte ich und kehrte zum eigentlichen Gespräch zurück.

"Dann haben sie versprochen, ein Rudel bis auf den letzten Spieler auszulöschen."

Meine Lippen verzogen sich. "Das klingt ganz und gar nach den Mächten", murmelte ich. "Aber abgesehen von der Drohung muss das Triumvirat etwas wollen. Was haben sie davon, Dathe den Halsreif zu geben?"

"Soldaten", antwortete Anriq prompt. "Wir patrouillieren in ihrem Auftrag durch den Salzsumpf und halten die Sumpfbewohner in Schach." Er richtete sich in einer unbewussten Geste des Stolzes ein wenig auf. "Niemand ist für diese Aufgabe besser geeignet als wir Werwölfe. Niemand außer uns kann hier leben und tun, was wir tun."

"Sumpfbewohner?" fragte ich und konzentrierte mich auf den wichtigsten Aspekt seiner Aussage. "Wer sind das?"

Zum ersten Mal schien sich Anriq bei meinen Fragen unwohl zu fühlen. "Primitive", sagte er, ohne meinen Blick zu erwidern. "Sie leben ebenfalls im Sumpf und betrachten ihn als ihr Recht."

"Ich habe bisher keine gesehen", sagte ich langsam.

"Das wirst du auch nicht", antwortete der Jugendliche abweisend. "Sie können sich noch besser verstecken als du."

"Aber ..."

"Ich habe alle deine Fragen beantwortet", unterbrach Anriq. "Beantwortest du jetzt auch meine?"

Ich zögerte, aber was er verlangte, war nur fair. "Nur zu."

"Was *bist* du?" fragte Anriq.

"Nur ein Spieler", antwortete ich.

Der Werwolf schnaubte.

"Nein, wirklich", sagte ich. "Ich bin ein ganz normaler Spieler, wenn auch ein bisschen anders als die meisten. Schon früh im Spiel hatte ich das Glück, ein Zeichen von Wolf zu erhalten, und seitdem habe ich einen anderen Weg eingeschlagen."

Ich konnte an Anriqs Gesichtsausdruck erkennen, dass er nicht überzeugt war, aber er ging nicht weiter auf das Thema ein. "Und wie ist das so?", flüsterte er.

"Wie ist was?" fragte ich verwirrt.

"Wenn dein Blut erweckt wird."

"Oh", sagte ich, ohne je groß darüber nachgedacht zu haben. "Es ist anders. Beängstigend. Aber in gewisser Weise auch so natürlich wie das Atmen."

Anriq nickte, als ob er verstand. "Warum bist du hier? Niemand wandert einfach so in den Salzsumpf."

Ich brachte den Skalp der Hexenmutter hervor und hielt ihn hoch. "Ich bin ihretwegen hier." Ich hielt inne. "Und deinetwegen."

Anriq stellte die Verbindung schnell her. "Du bist ein Kopfgeldjäger?", fragte er ungläubig.

Ich grinste verschmitzt. "In gewisser Weise."

"Und jetzt, wo du mich gefunden hast? Willst du auch meinen Kopf?"

Mein Lächeln erstarb und ich beäugte ihn einen Moment lang spekulativ. "Das gilt es noch herauszufinden", antwortete ich und hielt meine Antwort absichtlich vage. "Erst müssen wir ein längeres Gespräch führen." Ich ließ meinen Blick über das feuchte Stück Wald schweifen. "Aber nicht hier", entschied ich. Ich griff wieder in meinen Rucksack, holte einen weiteren Gegenstand heraus und warf ihn dem Werwolf zu.

Du hast ein Robbenfellgewand verloren.

Anriq fing das Kleidungsstück mit Leichtigkeit auf und neigte den Kopf, um es zu untersuchen.

"Zieh das an und folge mir", befahl ich. Ohne auf seine Antwort zu warten, drehte ich mich auf dem Absatz um und verließ den Hain in Richtung Norden.

Einen Moment lang waren die einzigen Geräusche, die die Stille des Sumpfes durchbrachen, meine eigenen Schritte. Doch dann drang ein zweites Geräusch an meine Ohren, als der Jugendliche mir nach durch das Wasser watete.

Ich lächelte. Anriq hatte meine Einladung angenommen.

Kapitel 264: Eine perverse Prüfung

Anriq so beiläufig einzuladen war natürlich ein Test gewesen.

Ich konnte ihn weder mit Lügen täuschen noch mit Magie binden, also blieb nur eine Möglichkeit: sein Vertrauen mit der Wahrheit zu gewinnen. Der wahre Grund für mein vorgetäuschtes Desinteresse war tatsächlich gewesen, herauszufinden, wie weit ich ihm vertrauen konnte. Bisher erwies sich der Werwolf als genau das, was er zu sein schien - ein aufrichtiger junger Mann, der mit seinem Rudel in Konflikt geraten war.

Trotzdem gab es eine Menge unbeantworteter Fragen.

Wie sehr standen die Werwölfe unter dem Bann des Triumvirats? Warum war Anriq weggelaufen? Was hatten die Hexen von ihm gewollt? Und vor allem: Was hielt er von den Ahnen?

Würde er mich bei der ersten Gelegenheit verraten?

Oder war er ein potenzieller Verbündeter?

All diese Gedanken und mehr gingen mir durch den Kopf, als wir durch den Salzsumpf nach Norden wateten. Ich konnte es mir nicht leisten, noch länger im Hain zu bleiben. Mein letzter Seuchenschutzkristall hatte nur noch etwas mehr als drei Stunden übrig - nicht, dass ich diese Information mit Anriq teilen wollte - und so machte ich mich trotz der vielen Rätsel, die es im Sumpf noch zu lösen gab, widerwillig auf den Weg.

Während der zweistündigen Wanderung löcherte ich Anriq mit Fragen, manche subtil, andere weniger. Er antwortete auf alles offener, als ich erwartet hatte, aber bei einigen Themen war er überraschend zurückhaltend.

✵ ✵ ✵

"Also, was *sind* Werwölfe?" fragte ich und beschloss, mein "Verhör" mit einer scheinbar harmlosen Frage zu beginnen, auf die ich zugegebenermaßen mehr als nur ein bisschen neugierig war. Und wen könnte ich besser fragen als einen Werwolf selbst? "Du scheinst ein Mensch zu sein - zumindest meistens."

Anriq neben mir gluckste. "Du glaubst gar nicht, wie oft ich das gefragt werde."

Ich warf meinem neuen Begleiter einen Blick von der Seite zu. Er schien sich im offenen Sumpf wohler zu fühlen als in dem kleinen Waldstück und hielt problemlos mit mir Schritt. Wenn überhaupt, war ich derjenige, der ihn zurückhielt. Bevor wir losgezogen waren, hatte ich ihm ein paar Rationen gegeben. Der Jugendliche hatte sie in kürzester Zeit verschlungen, was seine Regeneration beschleunigte, und jetzt waren alle Anzeichen der Wunden, die er in den Klauen der Hexen erlitten hatte, verschwunden.

"Ganz einfach, wir sind Spieler, die die Wer-Eigenschaft haben", fuhr Anriq fort. "Einige beginnen das Spiel mit dieser Eigenschaft, andere verdienen sie sich erst später." Er zuckte mit den Schultern. "Manchmal braucht es nur einen Biss von einem anderen Wer-Spieler. Manchmal sind die Anforderungen aber auch viel höher. Nur der Adjutant weiß, warum."

"Dann sind Werwölfe nicht die einzigen Werwesen. Es gibt auch andere Arten?"

"Oh ja."

"Hmm", überlegte ich und dachte über die Möglichkeiten nach. "Und ein Werwolf zu werden hat nichts mit deiner Klasse zu tun?"

"Ganz und gar nicht", sagte Anriq. "Obwohl es einige Klassen gibt, die werspezifisch sind - wie meine eigene."

Ich schaute ihn wieder an. Sein Kommentar erinnerte mich daran, dass ich ihn noch nicht vollständig analysiert hatte. "Darf ich dich analysieren?"

"Nur zu", antwortete Anriq, aber obwohl der Werwolf leicht einwilligte, wurde sein Blick misstrauisch.

Ich streckte meinen Geist aus und schickte dem Werwolf tastende Ranken des Willens entgegen.

Dein Ziel heißt Anriq, ein Wer-Randalierer und Mensch der Stufe 102. Er trägt ein Zeichen der Geringen Dunkelheit, ein Zeichen der Geringen Schattens und das Wolfszeichen Rudelmitglied.

Warnung: Dieser Spieler wurde von der herrschenden Fraktion des Sektors, dem Triumvirat, als Krimineller gebrandmarkt. Wenn du ihm in irgendeiner Weise hilfst, kann eine Anklage gegen dich erhoben werden.

Meine Augenbrauen hoben sich, weil ich sowohl von der vergleichsweise niedrigen Stufe des Jugendlichen als auch von der Warnung des Adjutanten überrascht war. Ich vermutete, dass es das kriminelle Brandzeichen war, das Anriq beunruhigte, aber ich beschloss, dieses völlig zu ignorieren. Das Triumvirat war nicht mein Feind, aber ich war auch nicht geneigt, ihre Pläne zu unterstützen.

"Du bist ein Dunkelgeschworener?" Das vermutete ich, nachdem ich die Stärke seines Dunklen Zeichens gesehen hatte.

Anriq nickte und seine Anspannung löste sich, als ich nicht sonderlich auf die Offenbarungen der Analyse reagierte. "Wer-Randalierer ist eine auf Nahkampf basierende Klasse und unter Werwölfen sehr beliebt. Sie verstärkt unsere ohnehin schon mächtige Bestienform noch mehr und macht Waffen und Rüstungen überflüssig."

Meine Augen verengten sich nachdenklich. "Der Großteil deines Rudels ist also auch Dunkelgeschworen?"

"Ja, aber das bedeutet nicht, dass wir eine Dunkle Fraktion sind. Die Werwölfe dienen dem Triumvirat. Niemandem sonst."

"Ist das so?" sagte ich und warf ihm einen scharfen Blick zu. "Bist du dadurch einem der Geschworenen des Triumvirats verpflichtet?" Die Analyse hatte nicht ergeben, dass Anriq von einer Macht gezeichnet war, aber ich vertrauter der Fähigkeit nicht mehr genauso wie früher. Sein Zeichen könnte versteckt sein.

"Das bin ich nicht", verneinte Anriq. "Das Triumvirat betrachtet jeden Werwolf als Anhänger." Seine Lippen verzogen sich. "Aber sie haben sich entschieden, niemanden außer Dathe mit der Bindung als Geschworenen zu 'ehren'. Ihre Kontrolle über das Rudel üben sie nur durch Dathe aus."

Ich hielt Anriqs Blick fest und wog seine Antwort sorgfältig ab. Ich spürte keine Unwahrheit in den Worten des Jungen, aber er konnte auch einfach ein besserer Lügner sein, als ich glaubte. Wenn er einer Macht diente, egal welcher Macht, konnte ich ihm auf keinen Fall vertrauen. Aber wenn er es nicht tat ...

"Auf wen vom Triumvirat ist Dathe denn eingeschworen?" fragte ich schließlich.

"Rampel."

Ich nickte, wenig überrascht. "Was kannst du mir sonst noch über Dathe erzählen?"

"Er ist grausam", antwortete Anriq prompt. "Sadistisch. Böse."

"Harte Worte", murmelte ich.

Er sträubte sich beleidigt. "Du kennst ihn nicht! Du würdest dasselbe denken, wenn du nur ein Zehntel von dem gesehen hättest, was Dathe getan hat."

"Na gut, ich nehme dich beim Wort", sagte ich, um ihn nicht weiter zu verärgern. "Wie lange hat Dathe den Halsreif schon?"

"Jahrzehnte, wenn man den Gerüchten Glauben schenkt. Er hat ihn vor über einem Jahrhundert vom vorherigen Rudelführer gewonnen."

Ich schürzte die Lippen. "Dathe ist also nicht der erste Werwolf Anführer, der ihn besitzt?" Wie lange hielt das Triumvirat die Werwölfe schon an der Leine?

Anriq schüttelte den Kopf. "Nein. Das Rudel gibt es schon seit Jahrhunderten, und seit Menschengedenken ist der Halsreif immer im Besitz des Rudelführers gewesen. Jeder Werwolf kann den Alpha herausfordern und um das Recht ihn zu besitzen kämpfen. Dathe selbst hat während seiner Herrschaft Dutzende von Anwärtern getötet." Sein Gesicht wurde mürrisch. "Aber es gab seit Jahren keine neuen Herausforderer mehr. Keiner kann Dathe besiegen."

"Was genau ist das für eine Herausforderung?" fragte ich beiläufig.

"Eine Art ritualisierter Kampf", antwortete Anriq. "Ich habe gehört, dass einige der Ältesten sie als "Kampfprüfung" bezeichnen."

Ich holte scharf Luft. "Bist du sicher?" flüsterte ich.

Er schaute mich seltsam an, als er meinen intensiven Blick bemerkte. "So nennen sie jedenfalls die Ältesten."

Der Name kann kein Zufall sein, dachte ich und hielt inne. *Das muss eine weitere von Atiras' Wolfsprüfungen sein.* "Diese Prüfung ... wo findet sie statt?"

"In der Höhle des Rudels, dem zerstörten Bergfried der Wölfische Garde. Im Keller des Bergfrieds gibt es einen Raum, der ausschließlich für diese Prüfung genutzt wird." Er hielt inne. "Die Kammer ist stark verzaubert. Das sorgt unter anderem dafür, dass der Raum immer in einem tadellosen Zustand ist."

"Wo ist dieser Bergfried?"

"Am südlichen Rand des Hains. Du kannst ihn nicht verfehlen."

Die Festung an der Küste, dachte ich und wusste, von welchem Gebäude er sprach. "Und der Preis für den Siegers ist der Halsreif?"

Anriq nickte stumm.

"Der Verlierer gibt ihn einfach freiwillig her?" fragte ich skeptisch.

Anriq schnaubte. "Nein, bei den Prüfungen kämpft man bis zum Tod - dem endgültigen Tod. Ich weiß nicht genau, wie die Verzauberungen der Prüfung funktionieren, aber sie verhindern, dass besiegte Anwärter jemals wieder auftauchen."

Die Strafe für das Versagen bei den Prüfungen des Geistes war ebenfalls der endgültige Tod gewesen. Jetzt war ich mir noch sicherer. Die Kampfprüfung war eine weitere von Atiras' Prüfungen.

Ich muss diese Kammer finden.

Am Ende des Gedankens kam mir eine Spielnachricht in den Sinn.

Im Auftrag von Wolf hat dir der Adjutant eine neue Aufgabe zugewiesen: Perverse Prüfung. Du hast Informationen über den Ort einer weiteren von Atiras Prüfungen erhalten. Wenn deine Quelle stimmt, hat das Triumvirat die Wolfsprüfungen manipuliert, um ihre eigenen Ziele zu erreichen. Wolf ist wütend über diesen Missbrauch der alten Bräuche und verlangt von dir, dass du ihre abscheulichen Praktiken beendest.

Ziel 1: Erkunde die Seefestung und bestätige den Standort der Kampfprüfung. Ziel 2: Entziehe dem Triumvirat die Kontrolle über das Werwolfsrudel. Ziel 3: Bestrafe alle Rudelführer, die an der Unterwerfung des Rudels beteiligt sind.

Ich ignorierte die Spielnachricht. Auch ohne die Aufforderung hatte ich genug eigene Gründe, die Prüfung aufzusuchen.

"Können nur Werwölfe an der Kampfprüfung teilnehmen?" fragte ich, während ich weiter durch den Sumpf watete.

"Natürlich", begann Anriq und brach dann ab. "Beziehungsweise, jetzt, wo du es sagst, bin ich mir nicht mehr sicher." Er schaute mich an. "Es kann sein, dass die Ältesten jeden, der von Wolf gezeichnet ist, als geeigneten Kandidaten ansehen."

Ich nickte und hoffte, dass das der Fall war.

"Allerdings solltest du dich nicht darauf versteifen, den Halsreif anzulegen", warnte er.

Ich schaute ihn an. "Warum nicht?"

"Zum einen ist der Halsreif seelengebunden. Nur wenn du Dathe den endgültigen Tod bringst, kannst du an ihn rankommen, und das ist noch niemandem gelungen. Zum anderen kann nicht einmal Dathe das verdammte Ding tragen."

Ich runzelte die Stirn. Dass der Halsreif seelengebunden war, war keine Überraschung. Für ein so mächtiges Artefakt war das nicht unerwartet. Aber dass der Rudelführer es nicht benutzen konnte, überraschte mich. "Warum kann er ihn nicht benutzen?"

"Oh, benutzen kann Dathe ihn. Man kann ihn nur nicht tragen." Anriq zappelte unruhig. "Kein Rudelführer hat den Halsreif *jemals* getragen. Im Rudel wird allgemein angenommen, dass das Triumvirat an dem Relikt herumgebastelt hat, um jeden Alpha davon abzuhalten, mit ihm wegzulaufen. Das verdammte Ding funktioniert, aber es kann nicht getragen oder bewegt werden."

Mein Stirnrunzeln vertiefte sich. "Also, wo bewahrt Dathe es auf?"

"In einer magischen Truhe, die vom Triumvirat hergestellt wurde." Er zog einen schlanken Schlüssel hervor. Wo er ihn versteckt hatte, wusste ich nicht. "Die Truhe selbst kann nicht bewegt werden und nur hiermit geöffnet werden."

Meine Augen weiteten sich. "Ist das der mysteriöse 'er'?"

Grinsend nickte der Werwolf.

"Du hast den Schlüssel von Dathe gestohlen?" vermutete ich.

Anriqs Grinsen wurde breiter.

Ich kicherte, dann lachte ich auf. "Anriq, ich glaube, ich fange an, dich zu mögen. Komm, erzähl mir alles, und lass nichts aus."

✳ ✳ ✳

Drei Stunden später standen Anriq und ich am Rande des Salzsumpfgebiets. Ich hatte meine Abreise aus der Region aufgeschoben, um meine Befragung abzuschließen. Angesichts von Anriqs Status als Krimineller schien mir das sicherer, als mich mit ihm in die bevölkerungsreicheren Gebiete des Pestviertels zu wagen.

Das meiste, was ich wissen wollte, hatte der Werwolf mir preisgegeben, außer wenn es um die Sumpfbewohner ging. Bei diesem Thema war Anriq überraschend wortkarg gewesen und hatte immer wieder erklärt, dass er ihre Geheimnisse nicht teilen könne. Schließlich ließ ich das Thema ganz fallen und befragte ihn zu anderen Dingen.

Es stellte sich heraus, dass Anriq seit Monaten ein Gefangener der Hexen gewesen war. Die Seehexen hatten an ihm Experimente durchgeführt, um die Geheimnisse seiner Regeneration zu ergründen. Er war ihnen bei einer Wanderung durch das Moor in die Quere gekommen. Auf der Flucht vor Dathe und seinen Kumpanen war der junge Werwolf allein, ohne Hilfe und eine leichte Beute für die Hexen gewesen.

Überraschenderweise hatte Anriq nicht damit gegeizt, Informationen über das Werwolfsrudel selbst preiszugeben. Angesichts all der Details, die er mir mitteilte, hegte ich keine Zweifel mehr an seiner Loyalität.

Anriq hasste Dathe und seine Herren. Er war aus dem Rudel geflohen, um der strengen Herrschaft des Alphas zu entkommen, aber Dathe war kein Narr und hatte die Ritter des Triumvirats davon überzeugt, Anriq zum Verbrecher zu erklären und den Jungen im Salzsumpf gefangen zu halten - dem einzigen Ort in der Stadt, an den sich andere Spieler selten wagten.

Aber das Leben allein im Salzsumpf war nicht einfach, und obwohl er es nicht verlangte, konnte ich an den flehenden Blicken des Werwolfs erkennen, dass er unbedingt raus wollte - was mich vor eine schwierige Entscheidung stellte. Mein Seuchenschutzzauber war fast abgelaufen, und es war Zeit zu gehen.

Die Frage war: Ging ich allein?

"Was jetzt?" fragte Anriq, der unbewusst meine eigenen Gedanken widerspiegelte.

Ich drehte mich um und sah ihn direkt an. "Ich habe eine letzte Frage an dich."

"Ja?", fragte er ungeduldig.

Ich zögerte, weil ich nicht sicher war, ob ich die Antwort wissen wollte. "Du hast meine Führung sehr schnell akzeptiert. Seit wir den Hain verlassen haben, hast du mich nicht ein einziges Mal in Frage gestellt; du bist mir ohne Zögern gefolgt und hast alle meine Fragen ausführlicher beantwortet, als ich es hätte erwarten können." Ich hielt inne. "Warum?"

Anriq zuckte mit den Schultern. "Du bist ein Alpha."

Ich starrte ihn an und wartete darauf, dass er weitersprach, aber als er das nicht tat, rief ich: "Das allein kann es doch nicht sein! Du musst noch mehr Gründe haben."

Anriq schwieg so lange, dass ich schon dachte, er würde nicht antworten. "Du bist ein Alpha", wiederholte er schließlich. "Aber ich habe den Eindruck, dass du noch nicht lange einer bist. Stimmt das?"

Ich runzelte die Stirn, unsicher, worauf er hinauswollte, aber ich war bereit, ihm zuzuhören. "Das ist wahr."

"Das erklärt deine Verwirrung. Du verstehst noch nicht, was es bedeutet, Teil eines Rudels zu sein", sagte Anriq.

Ich war fast beleidigt von seinen Worten, aber es lag kein Urteil in seinem Tonfall, sondern nur eine trockene Feststellung der Tatsachen.

"Teil eines Rudels zu sein ..." Anriqs Blick wurde distanziert. "... bedeutet, vollständig zu sein. Ein Rudel ist stark. Es bietet Trost. Aber auch Ordnung. Der Ruf des Rudels ist stark, manchmal fast unwiderstehlich. Es gab viele Nächte, in denen ich wach lag und meine Entscheidung, meine Rudelkameraden zu verlassen, bereut habe. Obwohl ich Dathe so sehr hasse und weiß, welche Strafe mich bei meiner Rückkehr erwartet, wäre ich fast zurückgekehrt - nur um wieder dazuzugehören."

Er begegnete meinem Blick. "Kein Wolf kann für immer allein sein. Du nicht. Und auch ich nicht. Du bist ein Alpha, und darin liegt Hoffnung für mich, wieder ein Rudel zu finden - eines, das nicht von Dathe befleckt ist. Verstehst du jetzt?"

Ich nickte langsam. Was Anriq beschrieb, hatte ich selbst gespürt. Nicht im selben Ausmaß wie der Jugendliche, aber genug, um die Verlockung zu verstehen, die er beschrieb.

Ich holte tief Luft und drehte mich um. "Dann komm schon. Es wird Zeit, dass wir gehen."

Anriq bewegte sich nicht.

Ich warf einen Blick über meine Schulter. Hoffnung, Verzweiflung und Angst wechselten sich auf dem Gesicht des Werwolfs ab. "Ich ... kann nicht gehen", sagte er. "Nexus ist zu gefährlich für mich. Wenn die Ritter mich finden, werden sie ..."

"Ich weiß", sagte ich. "Aber ich habe vor, dich aus der Stadt zu holen, und ich glaube, ich kenne jemanden, der dir dabei helfen kann. Wirst du mir vertrauen?"

Einen langen Moment lang sagte Anriq nichts. Dann kletterte er die Sandbank am Rande des Sumpfes hinauf. "Ja", flüsterte er.

Kapitel 265: Wölfe in Schach

Der Tag war noch jung, erst kurz nach Mittag, als Anriq und ich das Salzsumpfviertel verließen.

Es war jedoch ebenfalls die belebteste Zeit des Tages im Pestviertel, und es waren einige Leute unterwegs. Trotzdem glaubte ich nicht, dass das ein Problem darstellen würde.

Anriq und ich waren nur weitere zwei Spieler, die durch die Straßen liefen, und solange wir keine Aufmerksamkeit auf uns zogen, gab es keinen Grund für die Passanten uns Beachtung zu schenken. Zugegeben, Anriq gab in den Gewändern und Stiefeln der Hexenmutter - er konnte die Verzauberung der Stiefel zwar nicht nutzen, aber er fiel darin weniger auf als barfuß - ein seltsames Bild ab, aber auch nicht mehr als viele andere Spieler.

Zunächst lief alles genau so, wie ich es erwartet hatte, und niemandes Blick blieb an uns hängen. Wir schlichen uns in nordöstlicher Richtung durch das Viertel, vermieden die überfüllten Straßen rund um die öffentlichen Dungeons und machten einen großen Bogen um die Zitadelle der Ritter - dort wollten wir *auf keinen Fall* sein.

Es war mein Plan, Anriq in einem der verlassenen Häuser im Viertel zu verstecken und dann Kesh und Cyren zu besuchen. Wegen des Schildgenerators um Nexus konnte ich nicht einfach eine Portalschriftrolle kaufen und Anriq aus der Stadt teleportieren. Aber wenn jemand wusste, wie man jemanden aus dem Sektor schmuggelte, dann Kesh oder Cyren. Sie würden es mir auch verraten - gegen einen Preis natürlich.

Leider liefen die Dinge nicht so, wie ich gehofft hatte.

Auf halbem Weg durch das Viertel packte Anriq mich am Arm. "Was?" flüsterte ich und drehte mich zu ihm um. Der Plan war, dass der Werwolf mir stillschweigend folgte - was er offensichtlich nicht tat.

Anriq blickte jedoch starr die Straße hinunter und bemerkte meinen Zorn nicht. "Ich wurde entdeckt", zischte er.

Mein Kopf wirbelte herum. Etwa hundert Meter vor uns standen acht Spieler an einer Straßenecke. Einer von ihnen zeigte in unsere Richtung - genauer gesagt auf Anriq - und ein anderer flüsterte aufgeregt mit seinen Begleitern und warf uns verstohlene Blicke zu.

Du hast einen mentalen Widerstandstest bestanden! Mehrere neutrale Wesen konnten dich nicht analysieren.

Die Gruppe war uns auf jeden Fall auf der Spur. "Wie zum Teufel haben die dich entdeckt?" murmelte ich.

"Ich wurde analysiert", antwortete er.

"Aber warum sollten sie dich überhaupt analysieren?" fragte ich mich. "Hier sind hunderte von Spielern."

"Einer von ihnen muss ein Spotter sein", antwortete Anriq. Er ließ seinen Blick von links nach rechts schweifen und suchte die umliegenden Straßen ab. "Kämpfen oder fliehen wir?"

"Was sind Spotter?" fragte ich langsam und ignorierte seine eigentliche Frage.

"Spieler mit Wachzaubern", antwortete Anriq abwesend. "Die Wachzauber alarmieren die Spotter, wenn ein Verbrecher in der Nähe ist. Die Ritter benutzen sie überall in der Stadt."

Einen Moment lang war ich sprachlos. "Es wäre schön gewesen, wenn du mir davon erzählt hättest, *bevor* wir einem begegnet sind", sagte ich schließlich.

"Tut mir leid, ist mir entfallen", sagte Anriq und senkte den Kopf. "Ich bin schon zu lange im Sumpf gewesen."

Ich öffnete den Mund, um etwas zu erwidern, aber eine blitzartige Bewegung zu meiner Linken erregte meine Aufmerksamkeit. Ich blickte die Straße hinunter. Die Gruppe, die uns entdeckt hatte, war in Bewegung und kam mit gezückten Waffen auf uns zu.

"Wir kommen später darauf zurück", sagte ich. Ich riss Anriqs am Arm mit und zog ihn in eine Seitenstraße. "Jetzt verschwinden wir erst einmal."

* * *

Im Volltempo sprinteten Anriq und ich durch das Viertel nach Osten. Der Werwolf hatte keine Tarn- oder Täuschungsfertigkeiten, also blieben uns nur zwei Möglichkeiten: Kampf oder Flucht.

Kämpfen, so urteilte ich, war die schlechtere Wahl. Ein Kampf würde nur noch mehr Aufmerksamkeit erregen, und sobald mehr Spieler merkten, dass sie einen Kriminellen in ihrer Mitte hatten - auf den sogar ein Kopfgeld ausgesetzt war -, würde eine wahre Jagd beginnen.

Leider war unsere Flucht ebenfalls erfolglos.

Kaum waren wir in der Seitenstraße verschwunden, ertönte ein Horn, das eine Reihe von Warntönen in einem merkwürdigen, wenn auch wiedererkennbaren Muster abgab.

"Der Alarm ist ausgelöst worden", sagte Anriq, bevor ich fragen konnte, was das bedeutete. "Dieses Geräusch wird jeden wissen lassen, dass ein Verbrecher im Viertel unterwegs ist", sagte er und sah mich düster an. "Er wird die Ritter auf uns aufmerksam machen. Und alle, die sich die Gunst der Ritter verdienen wollen."

Tatsächlich drehte sich eine Gruppe von Spielern weiter unten auf der Straße auf den Ruf des Horns hin um und zeigte in unsere Richtung, als sie uns fliehen sahen.

Das wird ja immer besser, dachte ich säuerlich.

"Da ist er! Das ist der Kriminelle!"

"Schnappt ihn!"

Fluchend bog ich nach Norden ab.

Anriq rannte neben mir. "Sollten wir nicht lieber nach Süden? Zurück zum Salzsumpf?"

"Nein", sagte ich in einem knappen Ton. Ich hatte ein zweites, näher gelegenes Ziel im Sinn. Außerdem würde die Rückkehr zum Salzsumpf bedeuten, den Werwolf im Stich zu lassen, und dazu war ich noch nicht bereit.

"Wohin gehen wir dann?" keuchte Anriq.

Ich ging zu Plan B über. Ich hatte gehofft, diese Möglichkeit nicht nutzen zu müssen, aber es sah so aus, als hätten wir jetzt keine andere Wahl mehr. "Zum Wächterturm", sagte ich.

Anriq rümpfte die Nase. "Was ist das?"

"Ein öffentlicher Dungeon, in dem wir unsere Verfolger abhängen können", sagte ich. "Jetzt spar dir deinen Atem und lauf!"

Ich bog links in eine Straße ein, raste bis zum Ende und bog dann rechts in die nächste ein, wobei ich allein meinem Gedächtnis folgte. Wir konnten nicht mehr als fünf Minuten vom Dungeon entfernt sein. *Wir schaffen es*, dachte ich verbissen.

Hinter uns ertönten weitere Schreie und Rufe, und das Horn trällerte weiter, wobei die Abfolge der Töne immer komplexer wurde. Ich vermutete, dass es unseren Standort vermittelte, aber dagegen konnte ich nichts tun.

Als ich in eine weitere Straße einbog, hielt ich kurz inne.

Ein Dutzend Spieler warteten dort. Sie hielten ihre Waffen bereit und versperrten uns den Weg. "Greift an!", brüllte der Oger an der Spitze.

"Zurück" schrie ich. Ich drehte mich auf dem Absatz um und rannte in die nächste Gasse.

Anriq folgte wortlos, und hinter ihm hörte ich, wie die anderen Spieler die Verfolgung aufnahmen. Als ich das Ende der Gasse erreichte, kam ich schleudernd zum Stehen.

"Das ist eine Sackgasse", begann Anriq besorgt. "Wie sind ..."

"Pst", befahl ich. Ich warf den Kopf zurück und schätzte die Höhe der angrenzenden Gebäude ab.

Verdammnis. Sie waren allesamt zu hoch, um sie in der uns verbleibenden Zeit zu erklimmen, selbst mithilfe von Windgetragen. Ich holte meinen letzten Unsichtbarkeitstrank heraus und warf ihn Anriq zu. "Trink das."

Der Werwolf warf einen Blick auf die Flasche in seinen Händen und seine Augen weiteten sich, als er erkannte, was es war. "Aber was ist mit dir?"

"Mach dir um mich keine Sorgen. Ich komme schon klar. Jetzt schnell runter damit und versteck dich."

Der Werwolf tat, wie ihm geheißen. "Was ist, wenn wir gefunden werden?", fragte er, als er aus meinem Blickfeld verschwand.

"Dann kämpfen wir", flüsterte ich.

Ich zog die Schatten um mich herum und verbarg mich ebenfalls.

✳ ✳ ✳

Ein paar Sekunden später stürmten eine Handvoll Spieler in die Gasse.

Fünf feindliche Wesen haben dich nicht entdeckt! Du bist versteckt.

"Sie sind nicht hier!", rief einer.

"Sie müssen hier sein. Ich habe sie selbst hier reinlaufen sehen", antwortete ein Zweiter.

In der Dunkelheit getarnt und mit dem Rücken an die Gassenwand gelehnt, konzentrierte ich mich auf den zweiten Sprecher. Er war ein Dunkelelf und untersuchte die Gasse ganz genau – als ob er in den Schatten mehr sehen könnte als seine Kameraden. *Wenn es zu einem Kampf kommt,* dachte ich, *wird er zuerst sterben müssen.*

Mir wurde klar, dass ich besser wissen sollte, mit wem wir es zu tun hatten, und so untersuchte ich jedes Mitglied der feindlichen Gruppe der Reihe nach.

Dein Ziel heißt Augur, ein wilder Druide und Dunkelelf der Stufe 141.
Dein Ziel heißt Dreyn, ein Kreuzritter der Stufe 120 und ein Mensch.
Dein Ziel heißt Taufil, ein Magier und Gnom der Stufe 118.
Dein Ziel heißt Usmatrik, ein Jäger und Echsenmann der Stufe 131.
Dein Ziel heißt Mesina, eine Beschwörerin der Stufe 150 und ein Mensch.

Noch mehr Pech, schimpfte ich. Jeder der feindlichen Spieler war hoch genug, um eine ernstzunehmende Bedrohung darzustellen, aber ich hatte schon schlechtere Chancen gehabt, und dieses Mal hatte ich Hilfe. Ich warf einen Blick dorthin, wo ich Anriq vermutete.

Der Werwolf, der in meiner Gedankensicht hell leuchtete, saß still und unbeweglich. Obwohl er eine niedrigere Stufe als die feindlichen Spieler hatte und weder Waffen noch Rüstung trug, wusste ich aus eigener Erfahrung, dass Anriq sich in einem Kampf behaupten konnte.

Hoffen wir, dass es so weit nicht kommt.

Aber ich war nicht bereit, mich rein auf mein Glück zu verlassen. Mit langsamen und kontrollierten Bewegungen rüstete ich meine Katzenkrallen aus und machte mich ans Klettern.

Fünf feindliche Wesen haben dich nicht entdeckt! Du bist versteckt.

Zehn Sekunden später war die gegnerische Gruppe immer noch in der Gasse.

"Bist du sicher, dass sie hier sind?" fragte Dreyn.

"Bin ich", antwortete Augur.

"Denn wenn du dich irrst", begann Usmatrik, "verlieren wir ganz fette Beute. Die anderen werden nicht gerade ..."

"Ich habe mich nicht geirrt", beharrte Augur. "Jetzt quatscht nicht und verteilt euch."

An die Wand gelehnt seufzte ich. Die Gruppe ging nirgendwo hin. Anriqs Unsichtbarkeit dauerte noch etwa vierzig Sekunden an, und wenn diese Zeit abgelaufen war, wäre ein Kampf unvermeidlich.

Bis dahin muss ich bereit sein. Ich verankerte eine weitere krallenbewehrte Hand in einem Riss und kletterte weiter.

✳ ✳ ✳

Ich erreichte die Spitze des Gebäudes mit zehn Sekunden übrig. Unterwegs hatte ich meine Buffs gewirkt.

Deine Geschicklichkeit hat sich für 20 Minuten um +8 Ränge erhöht.

Du hast für 10 Minuten eine Belastungsaura erhalten.
Du hast den Auslösezauber Schnelle Genesung gewirkt.

Auf dem Dach sitzend holte ich mein Kletterseil heraus und befestigte es an einem Dachvorsprung. Dann zog ich meine Klingen und wartete.

Die fünf Spieler hatten sich aufgeteilt und durchsuchten die Gasse in Zweiergruppen, während die letzte - Mesina - mit einem beschworenen Geistertier am Eingang der Gasse Wache hielt. Andere Spieler eilten ohne anzuhalten am Eingang vorbei, oder sie wurden von der Beschwörerin verwarnt.

Die Gruppe schien darauf aus zu sein, niemand sonst den Skalp des Verbrechers beanspruchen zu lassen.

Das kam mir gerade recht.

Durch meine Gedankensicht sah ich, wie Anriq sich aus seiner hockenden Haltung erhob, welche er vorhin eingenommen hatte. Auch er musste gemerkt haben, dass der Trank bald nachlassen würde. Ich wünschte, ich könnte meinen Angriff mit dem Werwolf koordinieren, aber das war unmöglich, und ich konnte nur hoffen, dass er keine Dummheiten machen würde.

Ich zog Psi herbei und bereitete einen Zauber vor. Eine Sekunde später flackerte Anriq wieder in meinem Blickfeld auf.

"Da ist er!" rief Taufil aus. Der Magier, der in einen magischen Schild gehüllt war, richtete seinen Stab in Richtung des Randalierers.

Anriq war bereits in Bewegung. Er stürmte vorwärts und sprang auf seinen nächsten Feind, den Kreuzritter Dreyn, zu. Mitten in der Luft verwandelte sich der Werwolf und sein Gewand und seine Kleidung fielen weg, als er von einem Menschen zu einer Bestie wurde.

Die Warnung des Magiers kam jedoch rechtzeitig. Ruhig drehte sich der Kreuzritter um, hob seinen Schild und machte sich bereit. Gleichzeitig bereitete der Rest der Gruppe seine Angriffe vor.

Das war der Moment, auf den ich gewartet hatte.

Da sich der Feind auf Anriq konzentrierte, würde mein eigener Angriff unbemerkt bleiben, bis es zu spät war. Ich ließ das Seil auf den Boden der Gasse fallen - das war unser Fluchtweg - und löste den Zauber, den ich bereitgehalten hatte.

Du hast Massenverzauberung gewirkt.
Mesina hat eine Prüfung auf geistigen Widerstand nicht bestanden!
Ein Geistertier der Stufe 150 hat eine Prüfung auf geistigen Widerstand nicht bestanden!
Du hast 2 von 2 Zielen für 20 Sekunden verzaubert.

Meine Mundwinkel zuckten nach oben. Mein Zauber hatte besser gewirkt, als ich erwartet hatte, und sowohl die Beschwörerin als auch ihr Haustier waren unter meiner Kontrolle. *"Greift an!"* befahl ich und zerrte an den Leinen, die ich um ihren Verstand gewickelt hatte.

Ohne zu zögern, eilten der ätherische Geist und die menschliche Beschwörerin zum nächsten ihrer ehemaligen Kameraden - Usmatrik.

Der Jäger hatte gerade einen Pfeil losgelassen. Dieser traf Anriq genau in die Mitte, als der gerade gegen den Kreuzritter krachte, hatte aber keine erkennbare Wirkung. Der Werwolf ignorierte den mit Widerhaken versehenen Pfeil in seiner Seite und schlug mit Zähnen und Klauen auf sein Ziel ein.

Aber genau wie der Angriff des Jägers scheiterte auch der von Anriq.

Der Kreuzritter nutzte seinen Schild, um die geifernden Kiefer seines Feindes beiseitezuschieben, während allein seine dicke Stahlrüstung ausreichte, um die Klauen des Werwolfs abzuwehren.

Auch die beiden anderen Gruppenmitglieder blieben nicht lange untätig. Blitze zuckten durch die Gasse und schlugen in Anriqs Rücken ein. Das verlangsamte den Angriff des Werwolfs ein wenig, aber er griff weiter an.

Ein zweiter Pfeil sauste durch die Luft, dieser wurde von dem Druiden abgefeuert. Er traf ebenfalls sein Ziel, aber anstatt ein weiteres Loch in Anriqs Seite zu schlagen, löste das Geschoss eine Masse von Dornenranken aus, die sich um den Werwolf wickelten.

Der Druide würde mein nächstes Ziel sein. Ich schritt durch den Äther und tauchte unbemerkt hinter ihm auf.

Du hast Augur einen Rückstich versetzt, der 4x mehr Schaden verursacht!

Du hast dein Ziel mit einem tödlichen Schlag getötet.

Bei einem lauten Zischen warf ich mich zur Seite.

Du bist Usmatriks Angriff ausgewichen.

Ich rollte mich auf die Füße und riskierte einen Blick über meine Schulter. Der Jäger hob seinen Bogen, um erneut auf mich zu schießen, aber bevor er das Projektil loslassen konnte, war das untote Geistertier schon auf ihm und legte seine übergroßen Hände um den Hals des Echsenmenschen.

Der erschrockene Jäger drehte sich um – nur um von einem flammenden Blitz getroffen zu werden, den Mesina abgefeuert hatte. Grimmig lächelnd überließ ich Usmatrik seinem Schicksal und richtete meine Aufmerksamkeit auf den Magier. Er hatte das Gemetzel hinter ihm noch nicht bemerkt.

Ich zog Psi herbei, bildete eine Lufttrampe zwischen mir und Taufil und raste mit erhobenen Klingen daran entlang. Ich katapultierte mich vom Ende der Windrutsche und stürzte mich auf mein ahnungsloses Ziel.

Du hast Wirbelwind und Durchringender Schlag gewirkt.

Du hast Taufil von hinten niedergestochen und damit fünffachen Schaden verursacht!

Der Schild deines Ziels hat deine Angriffe blockiert.

Ebenherz prallte an dem Schild des Magiers ab, aber ich hatte meinen Angriff gerade erst begonnen. Mit der Kraft von Wirbelwind startete ich eine wütende Reihe von Angriffen.

Der Schild deines Ziels hat deine Angriffe blockiert.
Der Schild deines Ziels hat deine Angriffe blockiert.
...
Der Schild deines Ziels wurde zerstört! Du hast Taufil mit einem tödlichen Schlag getötet.

Als ich meine Klingen von der Leiche löste, blickte ich auf und sah, wie Anriq dem Kreuzritter den Kopf abriss.

Anriq hat Dreyn getötet.

Wo Zähne und Klauen versagt hatten, war rohe Kraft erfolgreich. Der Werwolf hatte seinen kleineren Feind buchstäblich in Stücke gerissen. Anriq blickte von der zerstückelten Leiche auf und sah mich an, während er auf Anweisungen wartete. Ich gab ihm ein Zeichen, mir zu folgen. Wir hatten noch zwei weitere Ziele zu töten.

Deine Schergen haben Usmatrik getötet.

Als ich die Nachricht las, drehte ich mich rechtzeitig um, um zu sehen, wie der verbrannte und blutüberströmte Körper des Jägers zwischen der Beschwörerin und ihrem Haustier zu Boden fiel. Der Kampf hatte gerade mal zwanzig Sekunden gedauert, und schon war er fast vorbei.

Nur noch eine übrig.

"Lass es uns beenden", rief ich Anriq über meine Schulter zu. Ohne seine Antwort abzuwarten, rannte ich auf die Beschwörerin zu.

Auf halbem Weg zu meinem Ziel verpuffte meine Verzauberung.

Davon ließ ich mich aber nicht entmutigen. Die einzige Überlebende der Gruppe, die immer noch benommen war und unter den Nachwirkungen ihrer Verzauberung litt, war eine leichte Beute. Ich ignorierte das Geistertier, das mich abfangen wollte, und flackerte durch den Äther.

Du hast dich in Mesinas Schatten teleportiert.
Du hast dein Ziel mit einem tödlichen Schlag getötet.

Das Geistertier heulte und verschwand einen Moment später, aufgelöst durch den Tod seines Meisters.

Ich schaute wieder zu Anriq. "Das war gute Arbeit", sagte ich müde. "Lass und endlich ..."

Du wurdest von einem Betäubungspfeil getroffen.
Du hast einen körperlichen Widerstandstest nicht bestanden! Die Lethargie hat begonnen, sich in deinem Körper auszubreiten. Verbleibende Zeit, bis du vollständig eingeschlafen bist: 3 Sekunden.

Du wurdest von einem Giftpfeil getroffen.
Du hast einen körperlichen Widerstandstest nicht bestanden! Du wurdest mit einem unbekannten Gift vergiftet. Deine Gesundheit sinkt um 1% pro Minute.

Ich taumelte vorwärts und meine Augen weiteten sich. Hinter mir tauchten neue Signaturen in meiner Gedankensicht auf. Ich erkannte, wie eine weitere feindliche Gruppe die Gasse betrat.

Verdammt, können die uns nicht einmal eine Pause gönnen?

Auf der anderen Seite der Gasse begegnete Anriq meinem Blick.

"Das Seil!" krächzte ich und kämpfte gegen den sich ausbreitenden Schlaf an. "Lauf zum ..."

Aber ich kam nicht weiter.

Als mich das Beruhigungsmittel schließlich überwältigte, glitt ich in die Dunkelheit.

Kapitel 266: Rudeltreue

Ich wachte langsam auf.

Mein Blick war getrübt, und alles war verschwommen. Ich blinzelte mehrmals schnell und wartete, bis sich meine Augen klärten, bevor ich meine Umgebung untersuchte.

Trübes Wasser, verrottendes Holz und der feuchte, überwältigende Geruch von Verwesung erfüllten meine Sinne. *Ich bin im Salzsumpf*, wurde mir klar. Genauer gesagt, war ich in einem der verfallenen Gebäude, die von Blutfliegen befallen waren. Trotz der unattraktiven Umgebung war ich angenehm überrascht, dass ich nicht tot war.

Wie habe ich überlebt?

Als ich meinen Kopf zur Seite drehte, bemerkte ich eine gewandte und barfüßige Gestalt.

Anriq.

Der Werwolf saß mit gesenktem Kopf und die Arme fest um seine Knie geschlungen da. *Er muss mich hierhergebracht haben,* dachte ich dankbar. Ich drückte meine Hände gegen den Boden und versuchte, mich aufzusetzen, aber es fühlte sich an, als ob ich mit glühenden Schürhaken angegriffen würde, und mit einem Keuchen fiel ich zurück.

Bei diesem Geräusch hob der Werwolf seinen Kopf und starrte mich aus roten, trüben Augen an. "Du lebst!"

Ich gluckste. "Ich bin härter, als ich aussehe", krächzte ich. Selbst das Sprechen tat weh. Meine Kehle war ausgedörrt und meine Lippen rissig. Ich zwang mich zum Sprechen. "Was ist passiert?"

"Eine zweite Gruppe hat uns überfallen", antwortete mein Begleiter. "Dich hat es zuerst erwischt, aber ich konnte dich mit dem Seil rausschaffen."

"Du bist das Seil hochgeklettert, *während* du mich getragen hast?" fragte ich erschrocken.

Anriqs Mundwinkel zuckten. "Werwölfe sind sehr stark", sagte er. "Außerdem wiegst du nicht viel."

"Aber wurdest du nicht selbst getroffen?"

Er zuckte mit den Schultern. "Doch, aber womit sie dich getroffen haben, hat mich nicht annähernd so schlimm umgehauen. Meine Ausdauer ist fast so hoch wie meine Stärke, und ich konnte die Angriffe abschütteln."

"Beeindruckend", murmelte ich und dachte, dass es, egal was Anriq sagte, nicht so einfach gewesen sein konnte, wie er es darstellte. "Was ist dann passiert?"

Der Werwolf seufzte. "Eine lange und langweilige Verfolgungsjagd, die Stunden gedauert hat. Diese Spieler waren hartnäckig."

Stunden? Stirnrunzelnd drehte ich meinen Kopf und starrte aus dem einzigen Fenster des Raumes. Meine Sinne hatten mich nicht getäuscht. Draußen war es immer noch hell. "Wie lange war ich weg?"

"Den größten Teil eines Tages." Anriq hielt inne. "Das Beruhigungsmittel war stark. Es war für jemanden meiner Größe gedacht, glaube ich."

Meine Augen weiteten sich alarmiert. "Fast einen ganzen Tag? Aber die Sonne ist doch noch draußen."

Anriq warf einen Blick aus dem Fenster und grunzte. "Hm, stimmt. Sieht aus, als wäre der Morgen angebrochen."

Verdammt noch mal. Das bedeutete, dass es bereits Zeit für mein Treffen mit Kesh war. Ich stemmte mich auf und versuchte erneut aufzustehen, diesmal mit mehr Dringlichkeit, aber mein Körper hörte wieder nicht auf mich. "Anriq, hilf mir hoch", flehte ich.

Der Werwolf stand auf und tat, was ich verlangte. Neue Wellen des Schmerzes durchströmten mich, aber ich biss die Zähne zusammen und unterdrückte die Schreie, die sich Gehör verschaffen wollten.

Anriq musterte mich besorgt. "Du solltest dich nicht bewegen."

"Ich muss", antwortete ich zähneknirschend.

Der Werwolf verstummte. "Hast du deine Spielnachrichten überprüft?", fragte er schließlich.

Ich schüttelte den Kopf. "Warum?"

"Das solltest du", forderte Anriq. "Ich konnte das zweite Gift in deinem Körper nicht identifizieren, aber es hat dich sehr mitgenommen. Ich habe versucht, den Schaden zu heilen, aber nichts, was ich dir gegeben habe, hat gewirkt."

"Du hast versucht ...?" fragte ich und wurde immer besorgter. "Was hast du mir gegeben?"

Stumm hielt Anriq eine Handvoll leerer Zaubertrankflaschen hoch. "Tut mir leid, ich hatte keine eigenen", sagte er und verstand den Grund für meine Besorgnis nicht. "Ich habe die hier aus deinem Rucksack." Stirnrunzelnd deutete er auf die leeren Fläschchen. "Die Heiltränke haben etwas geholfen, aber nicht lange. Was für Gift haben sie dir nur verabreicht?"

"Ich weiß es nicht", antwortete ich abwesend und machte mir weniger Sorgen um das Gift – es musste inzwischen aus meinem Körper herausgewaschen sein – als um die Wirkung der Tränke. Ich wandte meine Aufmerksamkeit nach innen und studierte die wartenden Spielnachrichten.

Du hast Stufe 135 erreicht!
Dein Chi ist auf Stufe 111 gestiegen und hat Rang 11 erreicht.
Dein Schleichen ist auf Stufe 110 gestiegen und hat Rang 11 erreicht.

Du hast in den letzten 24 Stunden 17 alchemistische Tränke zu dir genommen und eine unerwünschte Reaktion entwickelt! Du hast die Eigenschaft: <u>Zaubertrankresistenz</u> erhalten. Aufgrund deines übermäßigen Konsums von Tränken reagiert dein Körper nicht mehr so gut auf ihre erholsame Wirkung. Diese Eigenschaft verringert die wohltuende Wirkung aller getrunkenen Tränke um 1 Rang.

Es war schlimmer als ich dachte.

Ich hatte gehofft, dass die Strafe so etwas wie ein Fluch sein würde – ein Fluch, den man entfernen konnte – aber eine Eigenschaft ... die war dauerhaft.

Tja, das ist nicht gut. Das war eine weitere Komplikation, die ich nicht gebrauchen konnte. Mein Blick huschte zu Anriq, der mich besorgt musterte.

Es ist nicht seine Schuld, er hat es nicht gewusst.
Aber der Adjutant war noch nicht fertig mit dem Überbringen schlechter Nachrichten. Weitere Spielnachrichten rangen um meine Aufmerksamkeit. Aus Angst vor dem, was mich sonst noch erwartete, öffnete ich sie.

Deine Gesundheit ist mit 20% gefährlich niedrig.
Du hast dich mit Typhili infiziert, einer Krankheit der Stufe 5! Achtung, die Ansteckung in deinem Körper nähert sich der kritischen Masse und wird sich bald in eine tödlichere Version verwandeln.

"Verdammt", fluchte ich und begann zu bedauern, dass ich nicht gestorben war.
"Was ist los?" fragte Anriq.
"Hilf mir", röchelte ich. "Ich muss hier raus."
"Aber solltest du nicht zuerst heilen?" protestierte Anriq. "Deine Gesundheit ist nicht gerade in bester Verfassung. Was ist, wenn ..."
"Nein!" knurrte ich. "Ich muss den Sumpf sofort verlassen!" Vor lauter Rage raste mein Puls und mein Atem wurde immer schwächer.
Beruhige dich, Michael. Sonst wird dein Wunsch erfüllt und du stirbst hier vielleicht doch noch.
Ich holte tief Luft und beruhigte mich. "Bitte. Bring mich so schnell wie möglich hier raus."
Ohne ein weiteres Wort zu sagen, hob Anriq mich auf und warf sich meine Gestalt über den Rücken. "Wie du willst."

✳ ✳ ✳

Ein paar Minuten später hockten Anriq und ich auf der Bank, die zum Salzsumpf hinunterführte. Zum Glück war der Rand des Bezirks fast so unbeliebt wie der Sumpf selbst, und es waren keine anderen Spieler unterwegs. Mit zitternder Hand griff ich in meinen Rucksack und holte den Seuchentrank heraus, den Trexton vor so langer Zeit für mich gemischt hatte.
"Bist du sicher, dass du den nehmen solltest?" fragte Anriq ängstlich.
"Ich habe keine andere Wahl", sagte ich und starrte mürrisch auf das Fläschchen. "Einen Magier zu finden, der mich heilen kann dauert zu lange."
Während Anriq mich aus dem Sumpf getragen hatte, hatte ich ihm den Grund für meine Notlage erklärt. Natürlich war der Werwolf bestürzt gewesen, obwohl ich ihn von jeglicher Schuld an meiner neu erworbenen Eigenschaft freigesprochen hatte. Um ihn - und auch mich - abzulenken, ließ ich ihn die Geschichte unserer Flucht erzählen.
Es stellte sich heraus, dass Anriq einen ereignisreichen Tag und eine ereignisreiche Nacht gehabt hatte. Er war fast die ganze Zeit von mehreren Gruppen von Spielern verfolgt worden und hatte sie erst abgehängt, als er sich tief in den Sumpf hineingewagt hatte. Jetzt war er fast so erschöpft wie ich.
Trotz seines Fehltritts mit den Gesundheitstränken hatte Anriq viel mehr für mich getan, als ich erwartet hatte. Ich hatte fest damit gerechnet, dass

der Werwolf allein aus der Gasse fliehen und mich zum Sterben zurücklassen würde. Wenn er das getan hätte, hätte ich es ihm nicht einmal übelgenommen.

Dass er es nicht getan hatte ..., dass er mich unter großer Gefahr für sich selbst herausgeholt hatte, sprach für die Integrität des Jugendlichen. Aber mein Überleben hatte einen hohen Preis, und jetzt stand ich vor einer schwierigen Entscheidung. Ich konzentrierte mich wieder auf das Fläschchen in meiner Hand.

Wenn ich es nicht trank, war der Tod sicher.

Aber wenn ich es trank, riskierte ich weitere schwächende Statuseffekte.

Entweder ich machte große oder kleine Verluste. Ich hatte allerdings keine Leben zu verschenken, also war die Entscheidung am Ende einfach. *Na dann prost.* Ich öffnete die Flasche und schluckte den Inhalt in einem Zug hinunter.

Du hast dich mit einem Trank zur Heilung von Krankheiten der Stufe 6 von Typhus geheilt.

Du hast in den letzten 24 Stunden 18 alchemistische Tränke zu dir genommen! Deine Eigenschaft Zaubertrankresistenz hat sich zu <u>Zaubertrankresistenz II</u> entwickelt. Die zweite Stufe dieser Eigenschaft verringert die erholsamen Effekte aller getrunkenen Gebräue um 2 Ränge.

"Ah", atmete ich aus und spürte, wie der Trank die Ansteckung auf magische Weise aus meinem Körper vertrieb.

"Hat es funktioniert?" fragte Anriq besorgt.

Ich nickte und sagte nichts über die zusätzliche unerwünschte Wirkung. "Und jetzt kümmere ich mich um meine Heilung." Mit einem Blick nach unten betrachtete ich flüchtig meinen Körper, hielt dann aber inne, als ich frische Bisswunden an meinem Arm bemerkte.

"Oh, was das angeht", sagte Anriq und folgte meinem Blick. "Ich habe dich gebissen."

"Du hast mich *gebissen?*"

Anriq nickte verlegen. "Als die Tränke nicht funktionierten, habe ich versucht, dir die Werwolfseigenschaften zu geben. Ich hatte gehofft, dass es dieses Mal klappt." Er hielt inne. "Hat es wohl nicht."

"Oh", sagte ich. Da ich nicht wusste, was ich sonst sagen sollte, schloss ich die Augen und heilte mich. Dann investierte ich zur Sicherheit meine neuen Attributspunkte und stellte durch Meditation und Kanalisieren auch meine Psi- und Mana-Reserven wieder her.

Deine Geschicklichkeit hat sich auf Rang 40 erhöht. Andere Modifikatoren: +8 durch Gegenstände.

Ich fühlte mich wieder ganz, stand auf und überblickte die Gegend. Der Himmel hatte sich deutlich aufgehellt. *Kesh und Cara werden sicher schon ungeduldig.* "Komm schon", sagte ich. "Lass uns aufbrechen."

Der Werwolf rührte sich nicht.

Ich warf ihm einen fragenden Blick zu. "Worauf wartest du?"

"Ich komme nicht mit", sagte Anriq.

Meine Augenbrauen zogen sich zusammen. "Warum nicht?"

"Ohne mich bist du sicherer", antwortete er und senkte niedergeschlagen den Kopf.

Ich starrte ihn einen Moment lang schweigend an. "Keine Angst. Wir werden ..."

Anriqs Kopf ruckte hoch. "Ich habe keine Angst!"

Ich legte den Kopf schief. "Das war eine schlechte Wortwahl", entschuldigte ich mich. "Aber ich denke, nächstes Mal können wir besser planen. Wenn wir vorsichtig sind und Menschenmassen meiden, kann ich dich sicher durch das Pestviertel bringen."

Anriq schüttelte hartnäckig den Kopf.

"Wir haben das alles nicht umsonst gemacht!" sagte ich verärgert. "Ich habe versprochen, dich aus der Stadt zu bringen, und das werde ich auch."

"Aber du weißt doch noch gar nicht, wie du das machen willst", erwiderte Anriq.

"Das mag sein, aber ich habe Kontakte, die dir helfen werden."

"Bis dahin warte ich hier", sagte Anriq. "Das ist sicherer – für uns beide."

Ich starrte ihn forschend an. "Bist du sicher?"

Er nickte.

"In Ordnung", gab ich zögernd nach. Es war kein Misstrauen, das mich zögern ließ. Anriq hatte seine Loyalität zweifelsfrei bewiesen, und ich hatte jetzt keine Bedenken mehr, dass er meine Geheimnisse verraten würde. Er war Rudel, und damit basta. Nein, was mich beunruhigte, war, ihn wieder allein zu lassen.

Aber der Vorschlag des Werwolfs ergab Sinn. Er hatte lange Zeit allein im Salzsumpf überlebt, und es gab keinen Grund, warum er nicht noch ein paar Tage länger durchhalten könnte. "Ich werde zurückkommen. Verlass dich darauf."

Anriq sagte nichts und nickte nur.

Ich biss mir auf die Lippe. Irgendwie schien ich immer wieder mein Rudel zurückzulassen. Aber dieses Mal ging es nicht anders. Ich musste gehen. Es gab noch andere, die auf mich angewiesen waren. "Wo finde ich dich, wenn ich zurückkomme?" fragte ich schließlich.

"Hinterlasse eine Nachricht in dem Baumstamm, in dem du mich gefunden hast", sagte er und wandte sich in Richtung Sumpf ab.

Ich trat vor und hielt ihn auf. "Danke, dass du mich in Sicherheit gebracht hast."

Anriq zuckte unbehaglich mit den Schultern und mied meinen Blick. "Das war nicht mehr als meine Pflicht."

Ich lächelte. "Nichtsdestotrotz bin ich dankbar."

Er nickte wieder stumm und watete in den Sumpf. Schweigend sah ich ihm hinterher. Dann drehte ich mich um und ging in Richtung Norden.

Kapitel 267: Kriminelles Verhalten

Meine verabredete Zeit zum Treffen mit Kesh war bereits verstrichen, und so eilte ich, obwohl ich eigentlich lieber die Stygische Bruderschaft besuchen wollte, nach Norden zum Südtor der sicheren Zone.

Ich musste nur noch einen Zwischenstopp machen – einen Besuch bei der Kopfgeldjägergilde.

Auf meinem Weg durch das Pestviertel hielt ich ein wachsames Auge auf die vorbeigehenden Spieler, aber trotz der gestrigen Ereignisse wurde ich von niemandem misstrauisch angeschaut, und ich erreichte die Gilde ohne Zwischenfälle.

Ich stürmte die Treppe zu dem verteidigten Gebäude hinauf und schlug mit geschlossener Faust gegen die beschlagene Metalltür. Sie öffnete sich einen Spalt und zwei vertraute, sturmgraue Augen lugten hindurch. "Sieh an, sieh an, wer zu Besuch kommt."

"Hallo, Augen", sagte ich.

"Wenn das nicht der berüchtigte Kopfgeldjäger selbst ist", sagte der Türwächter. "Das Nummer eins Gesprächsthema der Stadt und gefeierter Gottesanbeter-Töter. Sag mir, Junge, wie viele Assassinen hast du heute getötet?"

"Hör auf damit und lass mich rein."

In einer Parodie einer Verbeugung wippte Augen in der Luft auf und ab, schwebte rückwärts und ließ die Tür auffallen. "Genießt du den Ruhm also nicht?", fragte er, diesmal ohne den spöttischen Tonfall.

"Nicht im Geringsten", murmelte ich und war nicht überrascht, dass die Gilde über die jüngsten Ereignisse Bescheid wusste.

"Also, was führt dich heute zu uns?"

"Ich habe ein paar Kopfgelder abzuliefern", antwortete ich und grinste dann. "Bald bin ich ein vollwertiges Gildenmitglied wie du."

Augen schnaubte. "Bestimmt nicht wie *ich*." Er hielt inne. "Hast du die Probeaufgaben also fertig?"

Ich nickte.

"Dann lass mich Han holen", sagte er und verschwand durch die Innentür.

* * *

"Willkommen zurück, Michael", sagte die Kundenbetreuerin der Gilde, als sie das Foyer betrat.

Ich drehte mich von dem Gemälde, das ich betrachtet hatte, weg und sah sie an. Sie trug einen auffälligen schwarz-goldenen Anzug und war genauso makellos gekleidet wie bei unserer ersten Begegnung. "Hallo, Hannah."

"Setz dich bitte", fügte sie hinzu und nahm selbst Platz.

Während ich es mir bequem machte, musterte mich die Gildenbeamtin mit unverhohlener Neugierde. Ich ertrug ihre Blicke teilnahmslos.

"Du hast ganz schön für Aufsehen gesorgt", sagte die dunkelhaarige Frau schließlich.

Ich schnitt eine Grimasse. "Es ließ sich nicht ändern."

"Das ist nicht, was ich gehört habe", sagte sie und ein Lächeln umspielte ihre Lippen. "Aber das ist jetzt nebensächlich. Du hast die Sache mit Menaq also geklärt?"

Ich warf ihr einen scharfen Blick zu. "Was weißt du darüber?"

"Oh", antwortete sie ausweichend. "Wir bekommen gewisse Dinge mit."

"Hm", grunzte ich und verstand, dass sie ihre Quellen nicht preisgeben wollte.

"Aber du bist wohl kaum den ganzen Weg hierhergekommen, um zu plaudern", sagte sie zügig. "Augen sagt mir, dass du einige Kopfgelder erledigt hast?"

Ich nickte.

"Die Karte, bitte", sagte die braunhaarige Frau, jetzt ganz geschäftsmäßig.

Ich händigte ihr meinen KGJ-Ausweis aus.

Hannah schloss die Augen, als sie das Objekt analysierte. "Hast du den Skalp und die Reagenzien?", fragte sie, nachdem sie die Karte gelesen hatte.

"Habe ich." Ich nahm die fraglichen Gegenstände aus meinem Rucksack und gab sie ihr.

Du hast den Skalp einer Hexenmutter, 5 x gelb gefleckte Zungen und 10 x gelb gefleckte Füße verloren.

"Danke", antwortete Hannah. "Ich werde dafür sorgen, dass die hier zu den Kunden finden." Sie berührte erneut meinen KGJ-Ausweis. "Und hier ist deine Belohnung."

Die Aufgaben 1015 und 271 wurden erledigt. Du hast 500 Gold gewonnen. Verbleibendes Geld auf deinem Bankkonto: 6.330 Gold.

"Was ist mit dem dritten Kopfgeld, das hier aufgelistet ist?" fragte Hannah, als sie fertig war. "Hast du den Werwolf schon gefunden?"

Mit teilnahmsloser Miene schüttelte ich den Kopf. "Noch nicht, aber das werde ich", sagte ich mit gespielter Entschlossenheit.

"Schade" sagte Hannah leichthin, "aber die beiden Kopfgelder, die du eingereicht hast, reichen aus." Sie steckte den Ausweis ein, zog einen weiteren heraus und überreichte ihn mir.

Wortlos nahm ich den Gegenstand an mich.

Du hast einen KGJ-Ausweis erhalten. Dies ist eine Urkunde, die dich als Juniormitglied der Kopfgeldjägergilde ausweist. Als Juniormitglied kannst du 10 Kopfgelder gleichzeitig aktiv verfolgen.

Dein KGJ-Ausweis wurde aktualisiert. Aktive Kopfgelder: 1 von 10.

Herzlichen Glückwunsch, Michael! Du hast den Status der Vollmitgliedschaft in der Kopfgeldjägergilde erreicht und die Aufgabe: Probi erfüllt! Diese Aufgabe hat keine Auswirkungen auf die Zeichen in deiner Geistsignatur, sie bleiben unverändert.

Meine Augen verengten sich, als ich die Spielnachrichten las. "Junior ... Mitglied?" sagte ich und ließ die Frage offen.

"Nicht was du erwartet hast?" fragte Hannah und zog eine Augenbraue hoch. "Als Juniormitglied bist du für Kopfgelder höherer Klassen qualifiziert." Sie beugte sich vor. "Aber das bedeutet auch, dass du deine jährliche Arbeitsquote erfüllen musst. Es darf kein Jahr vergehen, in dem du keine Kopfgelder kassierst. Verstanden?"

"Verstanden", sagte ich. "Wie hoch ist die Quote?"

"Fünf Jobs pro Jahr."

Das hörte sich gar nicht so schlecht an. "Heißt das, dass ich auch in den anderen Stadtvierteln Kopfgelder annehmen kann?" fragte ich und versuchte, nicht zu eifrig zu wirken.

"Nicht ganz", murmelte Hannah. "Diese Art von Jobs sind nur den Seniormitgliedern vorbehalten."

Es gibt jedes Mal mehr zu beachten, dachte ich und unterdrückte einen Seufzer. "Und wie viele Jobs muss ich erledigen, um mich als solches zu qualifizieren?"

Die Kundenbetreuerin warf mir einen amüsierten Blick zu. "Von jetzt an sind Beförderungen in der Gilde eine Frage der Qualität, nicht der Quantität. Erledige die Kopfgelder, die dir zusagen. Anhand deiner Leistungen im Job werden die Gildenmeister entscheiden, wann du befördert werden kannst."

Nun, das ist ... vage. Aber ich sagte bloß: "Ich verstehe." Ich erhob mich und nickte der Frau zu, die noch immer saß. "Dann sind wir hier wohl fertig. Auf Wiedersehen, Hannah."

"Eine Sekunde, Michael", sagte die Kundenbetreuerin und hielt mich auf, bevor ich gehen konnte.

Ich drehte mich um und sah sie fragend an.

"Was sind jetzt deine Pläne?"

Ich neigte meinen Kopf zur Seite. "Warum fragst du?"

Hannah zögerte. "Es könnte sein, dass wir dich in nächster Zeit für einen Job brauchen."

"Was für einen Job?"

Hannah schien zu zögern, weiterzusprechen, obwohl sie das Thema angesprochen hatte. "Du bekommst alle nötigen Details zu gegebener Zeit, sollten wir uns entscheiden, weiterzumachen. Bleib aber auf jeden Fall in Kontakt."

"Natürlich. Ich stehe der Gilde immer zu Diensten", sagte ich ohne jede Spur von Spott.

Ich drehte mich um und ging zum Ausgang, während ich Hannahs Blicke auf mir spürte.

✳ ✳ ✳

Ich schob meine Enttäuschung beiseite und verließ das Gildenhauptquartier mit schnellem Schritt. Abgesehen von dem Geld hatte ich gehofft, dass meine Mitgliedschaft in der Gilde mir erlauben würde, die anderen Stadtviertel zu betreten. Das war zwar nicht passiert, aber ich hatte keine Zeit, in Gedanken weiter dabei zu verweilen.

Es war an der Zeit, den Sektor zu verlassen.

Ich schlüpfte ohne anzuhalten durch das Südtor der sicheren Zone. Die diensthabenden Ritter des Triumvirats warfen mir strenge Blicke zu, machten aber keine Anstalten, mir den Weg zu versperren. *Seltsam,* dachte ich und fand, dass die Wachen konzentrierter wirkten als sonst.

Vom Tor aus war es nur ein kurzer Weg zum Emporium, und ich wurde hinein gewunken. Ich schritt zügig durch das Gelände und betrat das Büro der alten Kauffrau.

Kesh war nicht allein.

Eine rotgewandete Gestalt stand schweigend neben ihrem Stuhl. *Cara.* Ich lächelte und nickte der Agentin zu. Sie erwiderte meinen Gruß mit einem vorsichtigen Nicken.

"Du bist spät dran", sagte Kesh lakonisch.

Ich schaute die Händlerin an. "Tut mir leid, ich musste erst noch ein paar Besorgungen machen."

"Es ging nicht zufällig um einen Werwolf?", fragte sie ironisch.

Nur mit Mühe gelang es mir, meine Überraschung zu verbergen. "Nein. Aber das ist eine seltsame Frage. Warum fragst du?"

"Oh, kein Grund, *außer* dass die Büros der Ritter mit Berichten über die Sichtung eines Verbrechers überschwemmt werden", antwortete Kesh und warf mir einen missbilligenden Blick zu. "Der fragliche Verbrecher - ein Werwolf, falls du dich fragst - wurde gestern mehrmals im Pestviertel gesichtet." Sie lehnte sich in ihrem Stuhl zurück. "Interessanterweise war er nicht allein und wurde mehrmals mit einem Spieler gesehen, der dir verblüffend ähnlichsieht."

Trotz meiner wachsenden Beunruhigung blieb mein Gesichtsausdruck neutral. Das musste der Grund für die strengen Blicke der Torwächter und Hannahs Frage nach dem Werwolf-Kopfgeld gewesen sein.

"Allerdings", fuhr Kesh fort und ignorierte mein angespanntes Schweigen, "war trotz mehrerer Versuche niemand in der Lage, den zweiten Spieler zu analysieren." Der Blick der alten Frau wanderte zurück zu mir. "Das ist auch gut so, denn wenn der mysteriöse Spieler identifiziert worden wäre, wäre auch er als Krimineller gebrandmarkt worden."

Keshs Warnung war eindeutig, und ich neigte anerkennend den Kopf. Die Händlerin wusste oder ahnte, dass ich in die gestrigen Ereignisse verwickelt war, aber sie drückte aus irgendeinem Grund ein Auge zu.

Und interessanterweise hatte sie beschlossen, diese Botschaft im Beisein von Cara zu verkünden.

"Nur aus Interesse", fragte ich beiläufig, "wie *würde* ein Krimineller aus der Stadt fliehen?"

Kesh schnaubte und schien nicht im Geringsten von der Frage überrascht zu sein. "Er wird es nicht über die Teleportationspunkte in der sicheren Zone machen, falls du das glaubst. Die Wachzauber rund um die sichere Zone sind selbst für die meisten Mächte unüberwindbar."

Ich nickte, weil ich das schon wusste. "Gibt es noch andere Teleportationspunkte in der Stadt?"

Es war Cara, die antwortete. "Nein. Das Triumvirat kontrolliert alle Spieler und Mächte, die Nexus betreten und verlassen. Die einzige Möglichkeit, die Stadt unkontrolliert zu verlassen, ist die Benutzung eines Jenseitsportals in einem angeschlossenen Dungeon."

Kesh warf der Agentin einen Seitenblick zu, ermahnte sie aber nicht für ihre Äußerungen – eine weitere interessante Tatsache, die ich für spätere Überlegungen beiseiteschob.

"Aber du solltest vorsichtig sein, Michael", fuhr Cara fort und machte keine Anstalten, indirekt zu bleiben. "Das Triumvirat überwacht jeden Dungeon, der einen Ausgang hat, der aus der Stadt rausführt."

Ich nickte ihr zum Dank zu. Das bestätigte meine Befürchtungen; ich würde Anriq nur durch den Wächterturm hier rausbekommen. Die eigentliche Herausforderung war jedoch, ihn aus dem jenseitsverseuchten Sektor an einen sichereren Ort zu bringen.

Und wo wäre so ein Ort überhaupt?

Kapitel 268: Fehlende Wahrnehmung

"Genug über Kriminelle geredet", warf Kesh ein. "Zurück zum Geschäft." Sie schaute mich an. "Bist du bereit aufzubrechen?"

"Fast" versprach ich. "Ich muss erst ein paar meiner Vorräte auffüllen."

"Was brauchst du?"

Ich sagte es ihr, woraufhin Kesh erneut ihre Missbilligung ausdrückte - die Liste war lang. "Du behandelst deine Ausrüstung zu grob, Michael." Aber trotz der Ermahnung besorgte die Händlerin die gewünschten Artikel.

Dein Zaubertrank-Armband wurde mit 3 vollen Heilungsdosen aufgefüllt.

Dein Armband des Fallenstellers wurde mit 20 Fallen aufgefüllt.

Du hast 2 x volle Heiltränke, 2 x volle Manatränke, 3 x große Manatränke und 2 x Rang 4 Giftheiltränke erworben.

Du hast 4 x Kristalle des Krankheitsschutzes Rang 6 und 2 x Kristalle des Giftschutzes Rang 5 erworben.

Du hast 3.500 Gold verloren.

Trotz meiner neuen Eigenschaft der Trankresistenz deckte ich mich mit Tränken ein. Ich würde mich natürlich bemühen, sie nicht zu benutzen, aber in einem Notfall könnten sie entscheidend sein.

Es war ebenso unverzichtbar, mehr Verzauberungskristalle zu kaufen - ungeachtet der Kosten - und ich kaufte welche mit Schutz gegen Krankheiten und Gifte.

Gift wäre mir schon mehrmals fast zum Verhängnis geworden. Trotzdem kam ich nicht in Versuchung, die Fertigkeit Giftabsorption oder Krankheitsneutralisierung zu erwerben. Ich musste auf lange Sicht planen, was bedeutete, dass ich meinen letzten Fertigkeitsslot für die Fertigkeit Jenseitsabsorption freihalten musste. Das war zwar nicht ideal, aber ich würde alle Gifte und Seuchen, die ich mir einfing, mit Verbrauchsmaterialien bekämpfen.

Meine Fallen waren noch etwas, das Aufmerksamkeit brauchte. Ich sollte sie aufrüsten, aber bevor ich Fallen der Klasse zwei kaufte, musste ich erst meine Fallensteller-Fähigkeit verbessern. Ich war aber noch nicht bereit, die dafür notwendigen Geschicklichkeitspunkte auszugeben. Bessere Fallen würden noch warten müssen.

Nachdem ich mich um meine Ausrüstung gekümmert hatte, lud ich alle ungewollte Beute, die ich von den Hexen gesammelt hatte, auf dem Tisch der Händlerin ab. "Dieses Zeug muss ich auch loswerden."

Kesh betrachtete die Gegenstände stumm, bevor sie mit der Hand winkte und sie verschwinden ließ.

Du hast eine Menge verschiedener Ausrüstungsgegenstände für 300 Gold verkauft.

"Das war's?" fragte Kesh.
Ich schüttelte den Kopf. "Ich brauche auch ein paar Fähigkeitsbände."
"Welche?"
Ich nahm mir einen Moment Zeit, um meine Gedanken zu sammeln. Seit meinem letzten Besuch bei Kesh hatte ich mich intensiver mit meinen Eigenschaften und der Entwicklung meines Spielerprofils beschäftigt. Meine Wahrnehmungsfähigkeiten waren die einzigen, die ich in letzter Zeit nicht wieder verbessert hatte – aber nicht aus freier Entscheidung. Die unglückliche Wahrheit war, dass ich nicht genügend Fähigkeitsslots für dieses Attribut hatte.

Schlimmer noch: In absehbarer Zeit würde ich meine neuen Attributspunkte in Geschicklichkeit, Geist *und* Magie investieren. Geschicklichkeit und Verstand waren meine wichtigsten Fähigkeiten, und obwohl ich keine magischen Fähigkeiten besaß, war die Erhöhung dieses Attributs notwendig, um meine Leere-Rüstung zu verbessern.

All das bedeutete, dass meine Wahrnehmungsfähigkeiten weiter zurückfallen würden.

Im Moment hatte ich *sechs* Wahrnehmungsfähigkeiten - viel zu viele, um sie alle aufwerten zu können. *Ich werde auf mindestens drei von ihnen verzichten müssen,* entschied ich.

Aber welche?

Ich wandte meine Aufmerksamkeit nach innen und rief die notwendigen Spielerdaten auf.

Michaels Wahrnehmungsfähigkeiten (22 von 25 Slots belegt)

Verbesserte Analyse: Klasse 2, verwendete Slots: 5.
Verbesserte Fallenerkennung: Klasse 2, verwendete Slots: 5.
Kleine Waffe Verstecken: Klasse 1, verwendete Slots: 1.
Gesichtsverschleierung: Klasse 1, verwendete Slots: 1.
Überlegenes Ventro: Klasse 2, verwendete Slots: 5.
Geringere Imitation: Klasse 2, verwendete Slots: 5.

Analyse war unerlässlich. Diese Fähigkeit hatte mir in der Vergangenheit wichtige Informationen über meine Feinde geliefert und würde nur noch wertvoller werden, je weiter ich sie ausbaute. Das Gleiche galt für die Fähigkeit Fallenerkennung. Sie ermöglichte es mir, mich allein in Dungeons und ... andere Orte zu trauen - etwas, das die meisten Spieler nicht wagten. Beide Fähigkeiten waren wertvoll.

Das macht zwei.

Waffe verstecken hatte sich als wenig nützlich erwiesen, und ich verwarf diese Fähigkeit ohne weiteres Überlegen. Ventro hingegen hatte mir schon so manches Mal das Leben gerettet. Trotzdem hielt ich es nicht für sinnvoll, diese Fähigkeit weiter auszubauen. Meine Stimme bis zu einer Entfernung von zwanzig Metern zu projizieren, war für die meisten Zwecke ausreichend.

Blieben noch Gesichtsverschleierung und Imitation.

Da ich bei Mächten und Spielern immer bekannter wurde, war eine Art Verkleidung unerlässlich. Beide Fähigkeiten hatten aber auch ihre Schwächen.

Die Gesichtsverschleierung verdeckte zwar nur mein Gesicht, ermöglichte es mir aber, die Illusion im Kampf aufrechtzuerhalten. Die Imitation hingegen umhüllte zwar meinen ganzen Körper, beanspruchte aber mehr Wahrnehmungsslots und brach zusammen, sobald ich Schaden nahm.

Sich zwischen den beiden zu entscheiden, war nicht einfach.

Mein Blick flackerte zurück zu Kesh. Die Händlerin tippte ungeduldig mit den Fingern, aber ich brauchte mehr Informationen, bevor ich eine Entscheidung treffen konnte. "Kannst du mir die verfügbaren Fähigkeitsbücher für Gesichtsverschleierung und Imitation zeigen?"

Kesh rümpfte die Nase. "Wenn es dir hilft, dich schneller zu entscheiden, dann ja." Sie tippte in schneller Folge auf einen der Kataloge des Emporiums und legte ihn vor mir auf den Tisch.

Ich beugte mich vor und studierte den Inhalt der Tafel.

Gegenstand 10.301: <u>Verbesserte Gesichtsverschleierung</u>, Foliant. Diese Fähigkeit der Klasse 2 verbessert die Illusion, die sich um das Gesicht des Zaubernden legt, und verschleiert nicht nur seine Gesichtszüge, sondern auch seine Stimme. Außerdem werden die Analysedaten bis zu Klasse 1 verfälscht.

Gegenstand 10.302: <u>Überlegene Gesichtsverschleierung</u>, Foliant. Diese Fähigkeit der Klasse 3 erhöht die Widerstandsfähigkeit der Illusion und ermöglicht es, sie selbst in einer sicheren Zone aufrechtzuerhalten. Außerdem werden die Analysedaten bis zu Klasse 2 verfälscht.

Gegenstand 10.303: <u>Meister der Gesichtsverschleierung,</u> Foliant. Diese Fähigkeit der Klasse 4 erhöht die Widerstandsfähigkeit der Illusion und ermöglicht es, alle Analysedaten des Zaubernden zu fälschen.

Gegenstand 10.304: Foliant mit der Fähigkeit <u>Imitator</u>. Diese Fähigkeit der Klasse 5 verwandelt das Gesicht des Zaubernden auf physischer Ebene und macht seine Verkleidung für fast alle Arten der Entdeckung undurchdringlich. Außerdem können die Geistsignaturen gefälscht werden.

Gegenstand 4.121: <u>Verbesserte Imitation</u>, Foliant. Diese Fähigkeit der Klasse 3 erweitert die Vielseitigkeit des Zaubers und ermöglicht es dem Zaubernden, nicht nur seine Stimme, seine Kleidung und sein Aussehen zu verstellen, sondern auch seine Größe und seinen Geruch. Außerdem werden die Analysedaten bis zu Klasse 1 verfälscht.

Gegenstand 4.122: <u>Überlegene Imitation</u>, Foliant. Diese Fähigkeit der Klasse 4 verbessert die Dauerhaftigkeit des Zaubers und ermöglicht es dem Zaubernden, die Illusion um sich herum einen ganzen Tag lang und sogar im Kampf aufrechtzuerhalten. Außerdem werden die Analysedaten bis zu Klasse 2 verfälscht.

Gegenstand 4.123: <u>Meister der Imitation</u>, Foliant. Diese Fähigkeit der Klasse 5 erhöht die Widerstandsfähigkeit des Zaubers und ermöglicht es ihm, in einer sicheren Zone zu funktionieren und alle Analysedaten des Zaubernden zu verfälschen.

Gegenstand 4.124: <u>Doppelgänger</u>, Foliant. Diese Fähigkeit der Klasse 6 verwandelt den Zaubernden physisch und macht seine Verkleidung für fast alle Arten der Entdeckung undurchdringlich. Außerdem können die Geistsignaturen gefälscht werden.

"Wow", flüsterte ich und studierte den Upgrade-Pfad der beiden Fähigkeiten fasziniert. Sowohl die Imitation als auch die Gesichtsverschleierung wurden mit der Zeit außerordentlich mächtig, und obwohl die Imitation zweifellos die bessere von beiden war, erforderte sie auch mehr Fähigkeitsslots.

Ich schaute vom Katalog auf. "Nur so aus Interesse, wie viele Plätze belegt eine Fähigkeit der Klasse 5?"

"Ich habe dir bereits gesagt, dass ich mit Waren handle, nicht mit Informationen", sagte Kesh und klang verärgert. "Ich war bisher mehr als großzügig mit dem, was ich geteilt habe, aber wenn du auch noch ..."

"Die Attributkosten steigen von Klasse zwei bis vier um jeweils fünf", warf Cara ein. "Und verdoppelt sich von Klasse vier bis fünf."

Kesh warf ihrer Untergebenen einen eisigen Blick zu, den Cara ignorierte, aber da ich in die Worte der Agentin vertieft war, bemerkte ich es kaum. "Das würde bedeuten, dass eine Fähigkeit der Klasse fünf ... *dreißig* Fähigkeitsslots benötigt!" rief ich entgeistert aus.

"Richtig", bestätigte Cara.

"Tja, verdammt", murmelte ich. Ich hatte schon oft gehört, dass der Sprung zwischen Klasse vier und fünf für die meisten Spieler unüberwindbar war, aber es war mir nie so richtig klar geworden.

Bis jetzt.

Dreißig Attributspunkte waren mehr, als ich eingeplant hatte, und zwar nicht nur für *eine* Wahrnehmungsfähigkeit, sondern für *jede* von ihnen. Angesichts der exorbitanten Attributskosten war es unwahrscheinlich, dass ich mehr als eine Handvoll Fähigkeiten der Klasse fünf erwerben könnte.

Das erhöht die Gewichtung meiner Klassenfähigkeiten und meiner Bluterinnerungen, wurde mir klar. Keine der beiden benötigten Fähigkeitsslots. *Eine Tatsache, die ich mir zunutze machen muss.*

Ich würde später mehr darüber nachdenken müssen, aber im Moment war es klar, dass billiger besser war. "Ich nehme den Foliant mit der Fähigkeit Gesichtsverschleierung der Klasse 2." Ich hielt inne. "Du könntest auch noch Analyse Klasse drei, Fallenerkennung Klasse drei und Gesichtsverschleierung der Klasse drei dazu packen."

"Gut", sagte Kesh und ein Teil ihres Zorns verschwand. Sie holte die Bücher hervor und wir schlossen die Transaktion ab.

Du hast den Fähigkeitsband <u>Überragende Analyse</u> erworben. Maßgebliches Attribut: Wahrnehmung. Stufe: Experte. Kosten: 50 Gold. Voraussetzung: Rang 10 der Fertigkeit Einsicht.

Du hast den Fähigkeitsband <u>Verbesserte Fallenerkennung</u> erworben. Maßgebliches Attribut: Wahrnehmung. Stufe: Experte. Kosten: 50 Gold. Voraussetzung: Diebische Fertigkeit auf Rang 10.

Du hast den Fähigkeitsband <u>Verbesserte Gesichtsverschleierung</u> erworben. Maßgebliches Attribut: Wahrnehmung. Stufe: Fortgeschritten. Kosten: 25 Gold. Voraussetzung: Täuschungsfertigkeit auf Rang 5.

Du hast den Fähigkeitsband <u>Überlegene Gesichtsverschleierung</u> erworben. Maßgebliches Attribut: Wahrnehmung. Stufe: Experte. Kosten: 50 Gold. Voraussetzung: Rang 10 in der Fertigkeit Täuschung.

Ich hatte noch nicht die nötigen Slots, um die Bände zu benutzen, und ich hatte auch noch nicht entschieden, welche Vorrang hatten, aber bis dahin würde ich alle vier bereitbehalten.

"Sonst noch etwas?" fragte Kesh.

"Das war alles", sagte ich. Ich hatte vor, eine weitere Geschicklichkeits-Fähigkeit zu verbessern, aber ich beschloss, damit vorerst noch zu warten.

Kesh grunzte. "Hast du dich bezüglich der Handschuhe des Wanderers entschieden?"

Ich schüttelte den Kopf. "Noch nicht, aber ich sollte eine Antwort für dich haben, sobald ich aus Sektor 12.560 zurückkomme." Ich hielt inne. "Aber in der Zwischenzeit kannst du etwas anderes für mich tun."

Kesh wartete, dass ich weitersprach.

"Ich hatte gestern keine Gelegenheit, die Stygische Bruderschaft zu besuchen. Kannst du dich in meinem Namen an sie wenden? Du weißt bereits, was ich brauche."

Kesh schürzte ihre Lippen. "Wie viel soll ich ihnen sagen?"

Ich runzelte die Stirn. "Was meinst du?"

"Die Bruderschaft ist ein wissbegieriger Haufen. Sie werden wissen wollen, wer die Ausrüstung will und warum." Sie musterte mich leicht hochnäsig. "Vor allem der Fähigkeitsband wird eine Menge Fragen aufwerfen. Wenn ich ihre Neugierde nicht befriedige, werden sie das Buch nicht verkaufen, und selbst dann ist es nicht garantiert."

"Sag ihnen, was du für nötig hältst", sagte ich und vertraute auf ihr Urteil.

Kesh nickte. "Dann wird es wohl Zeit, dass ihr beide loszieht." Sie warf einen Blick auf Cara. "Bist du dir über deine Aufgaben im Klaren?"

"Das bin ich", antwortete die Agentin. Mit einer Geste wies sie mich an, ihr zu folgen, und glitt zur Tür.

Kapitel 269: Aufbruch

Cara und ich wechselten kein einziges Wort, bis wir den Laden verließen. Als wir das Tor passiert hatten, drehte ich mich zu ihr um. "Es tut mir leid. Mir ist gerade aufgefallen, dass ich dich vor meiner Bitte an Kesh nicht selbst gefragt habe. Ich hoffe, die Reise macht dir nichts aus?"

Cara gluckste. "Ganz und gar nicht. Es ist eine willkommene Abwechslung. Meine Zeit in der Zitadelle war ... naja, langweilig. Dort ist nie viel Interessantes passiert." Ihr Kapuzengesicht drehte sich in meine Richtung. "Abgesehen von dir, natürlich."

Ich nickte und war froh, dass sie nicht wütend war. "Was hat Kesh dir erzählt?"

"Darüber wohin wir gehen? Sie hat mir die wichtigsten Informationen über den Sektor gegeben. Ich weiß, dass das Tal in Aufruhr, von allen drei Kräften umkämpft und reif für eine Expansion ist." Cara neigte ihren Kopf zur Seite und musterte mich neugierig. "Kesh hat mir auch erzählt, dass du dich dort finanziell ganz gut geschlagen hast." Sie hielt inne. "Seltsam. Ich hätte dich nie für einen Händler gehalten."

Ich zuckte mit den Schultern. "Das liegt weniger an mir als an Saya."

"Saya? Das ist die Spielerin, mit der du per Brief korrespondierst?"

Ich nickte. "Sie leitet die Taverne seit ... fast zwei Jahren." *Ist es wirklich schon so lange her?* "Die meiste Zeit schien alles gut zu laufen, aber in letzter Zeit hatte Saya einige Schwierigkeiten, und jetzt haben wir den Kontakt zu ihr verloren."

"Machst du dir Sorgen?" fragte Cara in ernstem Ton.

"Das tue ich", gab ich zu. "Seit über einem Monat gab es keine Nachrichten aus der Taverne, und Saya ist zwar fähig, aber keine Kämpferin."

"Was auch immer in der Taverne los ist, es kann nicht allzu schlimm sein", sagte Cara beruhigend. "Sie ist schließlich in der sicheren Zone."

Ich seufzte. "Ich hoffe es." Ich verbannte meine düsteren Gedanken. "Aber genug von dem Sektor; wir werden schon bald herausfinden, wie es dort aussieht. Was ist in der Zitadelle passiert, nachdem ich geflohen bin?"

Cara zuckte mit den Schultern. "Da gibt es nicht viel zu erzählen. Die Gottesanbeter sind fast sofort verschwunden. Es war, als hätten sie gewusst, dass du weg bist."

Das hatten sie wahrscheinlich auch, nachdem Loken es ihnen gesagt hatte.

"Danach war das Pestviertel wieder ziemlich normal", fügte Cara hinzu. "Bis gestern." Sie lachte. "Du hast wirklich ein Talent dafür, für Aufsehen zu sorgen."

Ich seufzte wieder. "Apropos gestern ... weißt du, ob es eine Möglichkeit gibt, eine Eigenschaft loszuwerden?"

Trotz der Kapuze, die ihr Gesicht verdeckte, konnte ich Caras Überraschung spüren, als sie mich anstarrte. "Warum solltest du das wollen?"

"Ich scheine eine erworben zu haben, die mir nicht gefällt", antwortete ich zögernd.

"Eine, die dir nicht ...", begann Cara. "Oh. Du meinst eine negative Eigenschaft. Welche ist es?"

"Zaubertrankresistenz".

"Ah ... das ist wirklich Pech."

Ich ahnte schon das Schlimmste und fragte trotzdem: "Wie werde ich sie los?"

Cara schüttelte den Kopf. "Kannst du nicht. Eigenschaften sind permanent. Die einzige Möglichkeit ist, eine *zweite* Eigenschaft zu erwerben, um die Auswirkungen der ersten auszugleichen."

Ich hob den Kopf, Hoffnung blühte in mir auf. Eine weitere Eigenschaft? *Na, das ist doch mal ein Gedanke ...*

Cara zerstreute meine Zuversicht jedoch schnell. "Aber die Wahrscheinlichkeit, die *richtige* Eigenschaft zu finden, ist verschwindend gering, wenn du nicht die nötige Klasse hast. In diesem Fall bedeutet das eine alchemistische – und die hast du nicht."

"Verdammt", murmelte ich und stieß laut Luft aus. "Ich muss also damit leben?"

Cara nickte. "Ich fürchte ja", sagte sie mitfühlend.

Ich schwieg einen Moment und dachte darüber nach, was das für mich bedeutete. "Ist Zaubertrankresistenz häufig?" fragte ich schließlich.

"Normalerweise nicht", antwortete Cara. "Sie kommt normalerweise erst nach langem Kämpfen vor, und selbst dann betrifft sie nicht alle im selben Maße. Manche sind anfälliger als andere. Das Wichtigste ist jedoch, dass du die Eigenschaft nicht weiter fortschreiten lässt, wenn du sie erst einmal hast." Sie hielt inne. "Ich bin mir sicher, dass du es dir schon denken kannst, Michael, aber ich sage es trotzdem: Vermeide es, in Zukunft Tränke zu trinken. Du willst *nicht* süchtig werden."

Ich erschauderte. "Das ist ja mal ein fröhlicher Gedanke." Ich beschloss, nicht weiter nachzufragen, und richtete meine Aufmerksamkeit auf die Umgebung.

Die Straßen waren in der Zwischenzeit belebter geworden, und ich merkte, dass wir uns der Globalen Auktion näherten. Ich bog nach rechts in eine andere Straße ab und umging den Marktplatz, um die ständigen Menschenmassen zu vermeiden. "Wie kommen wir eigentlich ins Tal?", fragte ich plötzlich. "Kesh hat mir das nicht gesagt."

Cara kommentierte den Themenwechsel nicht weiter. "Kesh hat mir die Koordinaten des Sektors gegeben. Ich werde ein Portal zu seiner sicheren Zone öffnen."

Meine Augenbrauen hoben sich vor Überraschung. Cara brachte uns dorthin? Irgendwie hatte ich angenommen, dass Kesh den Transport mit den Rittern des Triumvirats organisiert hatte. "Ich wusste nicht, dass du Äthermagie hast."

"Es gibt vieles, was du nicht über mich weißt", sagte Cara und klang dabei amüsiert.

"Das stimmt schon", stimmte ich mit einem Lächeln zu. "Hmm ... wie viele Leute kannst du transportieren?"

"An sich gibt es keine Grenze. Solange ich Mana habe, kann ich das Portal offenhalten." Cara schaute mich an. "Warum fragst du?"

Nachdenklich verengte ich meine Augen und ließ meinen Blick über die Menschenmenge der Auktion schweifen. "Ich habe eine Idee." Mit einer Geste bedeutete ich Cara, mir zu folgen, und bog nach links auf den belebten Platz ab.

* * *

Als wir den Platz betraten, verstummte unser Gespräch wieder. Der ständige Lärm der Menge machte es unmöglich, sich zu unterhalten, ebenso wie der ständige Strom von Spielern, der an uns vorbeiströmte. Ich ging voran und bahnte Cara und mir einen Weg, aber wir kamen nur langsam voran.

Ich fühlte mich schuldig, dass ich die Agentin in diesen Schlamassel hineingezogen hatte, und blickte zurück. Zu meiner Überraschung erging es Cara besser als mir. Die umstehenden Spieler machten einen großen Bogen um sie und schienen mehr Angst davor zu haben, ihren roten Mantel auch nur zu berühren, als davor, mit mir zusammenzustoßen.

Das beruhigte mich etwas und ich ging weiter in die Mitte des Platzes. Als wir die Statue des Adjutanten erreichten, lösten wir uns aus der Menschenmenge. "Tut mir leid", entschuldigte ich mich bei Cara. "Ich hatte vergessen, wie es bei der Auktion so zugeht."

"Oh, keine Sorge", antwortete sie. "Ich kenne den Platz gut."

Ich zog eine Augenbraue hoch und bemerkte die Zuneigung in ihrem Tonfall. "Du hast also viel Zeit hier verbracht?"

"Als ich noch jünger war ..." Sie schüttelte den Kopf. "Aber das ist eine alte Geschichte, die dich sicher nicht interessiert."

Im Gegenteil, ich war äußerst neugierig, aber bevor ich das sagen konnte, fuhr Cara fort.

"Ich bin mehr daran interessiert herauszufinden, warum wir hier sind", beendete sie und sah mich erwartungsvoll an.

Ich antwortete nicht sofort. Ich hatte Cara den Grund für diesen Umweg nicht erläutert. Zum Teil lag das daran, dass ich mir nicht sicher war, wie sie reagieren würde, aber vor allem daran, dass ich nicht wusste, ob die Person, die ich suchte, auch hier sein würde.

Ich drehte mich um und suchte den Sockel der Statue des Adjutanten ab.

"Es hat doch nichts mit dem Adjutanten zu tun?" fragte Cara, und in ihrer Stimme schwang ein Hauch von Besorgnis mit.

"Definitiv nicht", antwortete ich mit Nachdruck. "Ich suche ..." Ich brach ab, als ich eine bekannte Gestalt entdeckte. "Warte, ich sehe ihn. Shael!" rief ich und winkte, um seine Aufmerksamkeit zu erregen.

Der Halbelf sah auf und erkannte mich sofort wieder.

"Michael", grüßte Shael herzlich, als er zu uns herüberkam. "Ich bin überrascht, dich so schnell wiederzusehen." Er musterte mich theatralisch von oben bis unten. "Und noch dazu in einem Stück. Ich nehme also an, du hast dein Date überlebt?"

Ich konnte Caras fragenden Blick spüren, aber ich lachte nur. "Das habe ich, und nicht nur das. Und du bist immer noch hier, wie ich sehe."

"Wie immer. Hast du einen neuen Job für mich?" Er schenkte mir ein verschmitztes Grinsen. "Ich hoffe, du nimmst es mir nicht übel, aber ich hoffe, er wird genauso gut bezahlt wie der letzte. Das war leicht verdientes Geld und das alles für fünf Minuten Arbeit!"

"Ich fürchte, ich habe diesmal etwas Langfristiges im Sinn", murmelte ich.

Shaels Brauen zogen sich zusammen. "Was willst du ..." Der Barde brach ab, als er endlich Cara bemerkte, die schweigend neben mir stand. "Und wer ist das? Eine Dame und noch dazu eine von Keshs berühmten Agenten, wenn ich mich nicht irre." Er verbeugte sich mit einer kunstvollen Geste. "Seid gegrüßt, edle Dame."

Caras Schultern bebten sichtlich amüsiert, sie antwortete dem Barden aber nicht. "Wer ist dein Freund, Michael?", fragte sie, und obwohl sie unausgesprochen blieb, hörte ich die eigentliche Frage dahinter: Ist er der Grund, warum wir hier sind?

Ich neigte den Kopf. "Shael ist einer meiner ersten Bekannten in Nexus, den ich durch eine zufällige Begegnung kennengelernt habe. Er sitzt schon sehr lange in der Stadt fest. Zu lange, wie ich meine. Jedenfalls hat er mich sehr gut beraten, und ich möchte mich dafür revanchieren." Ich warf ihr einen fragenden Blick zu. "Wenn ich kann."

Cara verstand sofort, was ich meinte, und nickte zustimmend.

Shael blickte unterdessen verwirrt zwischen uns hin und her. "Es gibt keinerlei Schulden zu begleichen, mein Freund", sagte er. "Du hast mich für die Antworten bezahlt, schon vergessen?"

"Das mag sein" gab ich zu. "Aber deine Informationen haben mich auf die richtige Spur gebracht, und das Mindeste, was ich im Gegenzug tun kann, ist, dir eine Chance zu bieten."

"Was für eine Chance?" fragte Shael, der jetzt weniger begeistert aussah.

"Eine Chance, Nexus zu verlassen", antwortete ich leise.

Shaels Gesicht verlor jeden Ausdruck. "Mir wäre es lieber, du würdest mich in Münzen bezahlen."

Ich schüttelte den Kopf. "Das ist nicht möglich, fürchte ich. Die betreffende Stelle ist in einem ganz anderen Sektor. Wir sind gerade auf dem Weg dorthin."

"Ich habe dir doch gesagt, dass ich mich hier wohlfühle", antwortete der Halbelf mit einem Hauch von Schärfe in der Stimme.

Das war, als du nicht wegkonntest, dachte ich. "Das hast du", stimmte ich zu und hielt seinen Blick fest. "Aber ich stelle dich dennoch vor die Wahl. Willst du bleiben? Oder kommst du mit uns mit?"

Einen langen Moment lang sagte Shael nichts, dann verengten sich seine Augen. "Und was bekommst du im Gegenzug?"

"Rückendeckung", antwortete ich kurz und bündig.

Der Barde runzelte die Stirn.

"Unser Zielsektor ist umkämpft", erklärte ich. "Mehrere Fraktionen sind dort vertreten, noch dazu in großer Zahl. Ich bin mir nicht sicher, in was für ein Chaos wir geraten werden, und ich würde mich wohler fühlen, wenn mir jemand den Rücken freihält."

"Der Konflikt selbst sollte sich als Vorteil für dich erweisen", warf Cara ein. "Vielleicht findest du sogar einen Gönner."

Ich warf ihr einen Seitenblick zu. Was wusste sie über den Barden, was ich nicht wusste? Aber jetzt war nicht der richtige Zeitpunkt, um darüber nachzudenken. Ich konzentrierte mich wieder auf Shael. Die fröhliche Miene, die er meist wie eine Maske trug, war verschwunden, während er über unsere Worte nachdachte.

Alles, was ich Shael gesagt hatte, war wahr, auch wenn ich vielleicht einiges ausgelassen hatte. Ich erwartete nicht, dass ich in einen Kampf verwickelt werden würde, und ich plante auch nicht, dass Shael mich im direkten Kampf unterstützen würde.

Ich plante weiter voraus - viel weiter - über die Probleme hinaus, die die Taverne plagten. Langfristig würde Saya einen kampforientierteren Spieler brauchen, der sie bei allen möglichen Problemen unterstützte, die auftauchen konnten. Und Shael hatte sich bereits als vertrauenswürdig erwiesen.

Außerdem, welche Taverne konnte keinen Barden gebrauchen?

Shaels Blick huschte zu Cara. "Warum stellt Kesh dir keine Wache?"

Ich schüttelte den Kopf. "Zu auffällig. Ich hoffe unbemerkt zu bleiben, soweit ich kann." Ich schaute Shael nachdrücklich an. Er war ein Täuschungsspieler, genau wie ich. "Und du, wie ich weiß, kannst dich besser einfügen als die meisten."

Shael zappelte unbehaglich. "Wird es gefährlich?"

"Zweifelsohne."

"Werde ich bezahlt?"

Meine Lippen zuckten, denn ich wusste, dass ich ihn bereits überzeugt hatte. "Großzügig."

Der Barde dachte noch einen Moment lang nach. Seine Entscheidung stand jedoch bereits fest. "Ich bin dabei", sagte er schwerfällig. "Aber ich habe das Gefühl, dass ich das noch bereuen werde."

Ich grinste, nicht im Geringsten eingeschüchtert von seinen Bedenken. "Ausgezeichnet. Dann lasst uns loslegen." Ich drehte mich um, um mich dem abgegrenzten Teleportationsbereich zuzuwenden, und ging voran zurück in die Menge.

✱ ✱ ✱

Der Bereich war genauso belebt wie in meiner Erinnerung.

Als wir den Fuß der Plattform erreichten, legte Cara ihre Hand auf meinen Arm. "Ihr zwei wartet hier", sagte sie leise und stieg die Treppe hinauf, um mit einem der diensthabenden Ritter zu sprechen.

Während die beiden sprachen, ließ ich meinen Blick über das Teleportationspodest schweifen. Ein nicht enden wollender Strom von Portalen öffnete und schloss sich, spülte weitere Spieler an oder verschluckte ebenso viele. Aber nicht alle benutzten die Portale, wie ich feststellte. Einige verschwanden oder erschienen ohne den obligatorischen schimmernden Vorhang aus Weiß.

Vor allem eine vernarbte Elfenfrau erregte mein Interesse. Sie stand allein auf dem Podium und murmelte keinen Zauberspruch, sondern spielte mit einem Armband, das sie um ihren linken Arm trug.

Als hätte sie meinen Blick gespürt, blickte die Spielerin auf und starrte mich direkt an. *Das ist die Kopfgeldjägerin, die ich neulich auf dem Platz gesehen habe,* wurde mir klar. Die Elfe nickte mir zu – als Anerkennung eines anderen Gildenmitglieds, dachte ich - und ich winkte zurück. Bevor ich auch nur daran denken konnte, zu ihr zu gehen und sie anzusprechen, drückte die Elfe auf einen Knopf an ihrem Armband und verschwand.

Hm, wie hat sie das gemacht?

"Nun, du scheinst auf deinen Füßen gelandet zu sein", meldete Shael sich zu Wort, bevor ich das Thema weiterverfolgen konnte.

Ich drehte mich zu ihm um. "Was meinst du?"

Der Barde grinste und drehte beiläufig die Flöte in seinen Händen. Auf dem Weg zur Plattform schien er seine Fassung wiedererlangt zu haben. "Oh, nur, dass du bei deiner Ankunft in Nexus noch ein Anfänger warst. Und jetzt sieh dich an", sagte er und gestikulierte in meine Richtung. "Du gibst dich mit den Mächten ab, trägst schicke Schwerter *und* hast eine Vertreterin des Emporiums als Begleitung." Er lächelte. "Nicht nur das, du bist auch reich genug, um einen Bettlerbarden aus dieser verdammten Stadt zu bringen."

"Oh, ich bezahle das Triumvirat für kein Portal", antwortete ich. "Cara wird selbst eins öffnen."

Shael gluckste. "Nein, mein Freund, da irrst du dich gewaltig. Du wirst so oder so für diese Reise bezahlen."

Bevor ich ihn fragen konnte, was er meinte, winkte Cara uns herüber, und wir betraten die Plattform.

"Wir haben die Erlaubnis bekommen, zu gehen", sagte sie. "Seid ihr bereit?"

Ich nickte und schaute Shael an.

"Längst überfällig", sagte er ohne seine früheren Bedenken.

"Dann sollten wir nicht länger zögern", sagte Cara. Die Agentin hob ihre Arme und materialisierte ein Portal. Die Geschwindigkeit, mit der der schimmernde Vorhang auftauchte, erstaunte mich und ich machte unwillkürlich einen Schritt zurück.

Als ich wieder zu mir kam, waren Shael und Cara bereits verschwunden. *Verdammt, sind die eifrig.*

Meine eigenen Gefühle waren ein Gemisch aus Freude, Aufregung und Bedenken. Endlich würde ich in den Sektor 12.560 zurückkehren. Und obwohl ich mich schon seit Monaten auf diesen Moment gefreut hatte, konnte ich nicht umhin, mich zu fragen, was das Tal für mich bereithielt.

Zeit, es herauszufinden, dachte ich und trat in das Portal ein.

Der Transfer über das Portal beginnt ...

...

...

Transfer abgeschlossen!

Verlassen von Sektor 1. Sektor 12.560 des Reichs der Ewigkeit wird betreten.

Kapitel 270: Altes Revier

Du hast Sektor 12.560 der Königreiche betreten.
Dieses Gebiet ist Teil des wilden Grenzgebietes des Reichs der Ewigkeit. Es ist derzeit neutrales Gebiet, das von keiner Fraktion oder Kraft beansprucht wird. Für diese Region gelten keine zusätzlichen Beschränkungen.
Du hast eine sichere Zone betreten.

Ich trat auf einen Platz hinaus, der gleichzeitig vertraut und nicht wiederzuerkennen war. Ich drehte mich langsam im Kreis und nahm meine Umgebung in Augenschein. Das Dorf hatte die gleiche Größe und Form wie immer, die Anordnung der Straßen und Gebäude war unverändert.

Aber alles andere war *anders*.

Die unbefestigten Straßen waren verschwunden und durch sauber gepflasterten Stein ersetzt worden. Und dann waren da noch die Gebäude. Jedes Gebäude sah aus, als wäre es von Grund auf neu errichtet worden, und zwar nicht aus einfachen Holzbrettern, sondern aus Ziegeln und Mörtel.

Auch waren die Gebäude gewachsen. Wo früher der größte Teil des Dorfes aus einfachen Blockhütten bestanden hatte, war ich jetzt von mehrstöckigen Gebäuden umgeben. Aber das war es nicht, was mich am meisten erschreckte.

Das waren die Verteidigungsanlagen. Beziehungsweise das Fehlen von ihnen.

Der Ring an doppelten Mauern, der die sichere Zone eingegrenzt hatte, war verschwunden, als hätte es ihn nie gegeben. Loken hatte mir erzählt, dass Mariga – Amgira, korrigierte ich mich - die Koboldfestung zerstört hatte, bevor sie den Sektor verließ, aber ich hatte nie darüber nachgedacht, was das für das Dorf bedeutete.

"Es ist wunderschön", murmelte Cara.

Sie hatte Recht, dachte ich und richtete meinen Blick auf den kahlen Berghang, der uns umgab.

Shael gluckste. "Es ist wohlhabend, das ist es. Dieser Ort schreit förmlich nach Geld." Der Barde kratzte sich am Kinn. "Wie kann ein Grenzlandsektor so reich werden und trotzdem neutrales Gebiet bleiben? Jede Fraktion in der Nähe müsste sich darum reißen, diesen Ort für sich zu beanspruchen!"

"Wer sagt, dass sie das nicht tun?" fragte ich.

Der Barde schaute mich scharf an.

"Seht mal da", sagte ich und deutete auf den Wald am Fuße des Berghangs, wo die sichere Zone lag. Durch die Veränderungen im Dorf hatte ich gar nicht bemerkt, dass das bewaldete Innere des Tals nicht mehr so unberührt war wie früher.

Große Teile der Bäume waren verschwunden, verwüstet durch Feuer und Magie, und graue Aschewolken hingen immer noch an mehreren Stellen in der Luft. *Dort unten tobt ein Kampf.*

Shael schirmte seine Augen vor der Sonne ab, kniff die Augen zusammen und schaute, wohin ich zeigte. "Ist das ... Rauch?"

Ich nickte.

"Du hast keine Witze gemacht", sagte der Barde. "Da unten sieht es aus wie in einem Kriegsgebiet."

"Und da treffen sich die Kämpfer", fügte Cara leise hinzu.

Als sie sich vom Wald abwandte, folgten Shael und ich ihrem Blick. Die Agentin betrachtete die vorbeiziehenden Spieler.

Es gab viel mehr von ihnen, als ich in Erinnerung hatte, und sie waren alle bis an die Zähne bewaffnet. *Fraktionssoldaten,* dachte ich. Die Gruppen von Spielern, die in verschiedene Richtungen hin und her eilten, starrten einander mit unverhohlenem Hass an, und wenn wir uns nicht in einer sicheren Zone befunden hätten, hätten viele von ihnen wohl gerne Blut vergossen.

Shael sog scharf die Luft ein. "Ich zähle mindestens acht verschiedene Fraktionen."

Der Barde, so bemerkte ich, untersuchte die Farben und Abzeichen der Soldaten.

"Von Dunkelheit, Schatten *und* Licht", beendete er mit halb erstickter Stimme. "Verdammt, Michael, was ist das für ein Ort?"

"Ich habe dir gesagt, dass der Sektor umkämpft ist", sagte ich.

"Aber nicht von *allen drei Kräften!*" schrie Shael schon fast.

Ich schaute den Barden neugierig an; so aufgeregt hatte ich ihn noch nie gesehen.

Köpfe drehten sich in unsere Richtung, und Shael senkte seine Stimme. "Ein Fraktionskrieg ist eine Sache, aber ein Krieg der Kräfte? Das wird wahrscheinlich die großen Mächte hervorbringen, und glaub mir, mein Freund, wenn sie aufeinandertreffen, willst du nicht dabei sein." Der Barde fuhr sich besorgt mit der Hand durch sein Haar. "Es würde mich nicht wundern, wenn bereits Gesandte in diesem Sektor sind."

Ich zuckte zusammen.

Der Barde bemerkte es. "Es gibt schon welche, nicht wahr? Gibs schon zu", forderte er. "Welche Abgesandten sind hier?"

"Tartar ist am wahrscheinlichsten", sagte ich.

Shaels Augen wurden rund.

"Wahrscheinlich auch einer von Loken." Ich rieb mir in Gedanken das Kinn. "Und ich schließe nicht aus, dass auch Amgira- Arinnas Abgesandter anwesend ist."

Der Barde wurde kreidebleich. "Das ist ... das ist ..." Er schien nicht mehr weitersprechen zu können und stützte den Kopf in die Hände. "Mächte, Michael", stöhnte er. "Warum hast du uns bloß hierhergebracht?"

Unerwartet lachte Cara und legte dem Barden eine Hand auf die Schulter. "Na, na. Es ist nicht alles verloren. Ich habe zuverlässige Informationen, dass Michael sowohl mit Tartar als auch mit Loken im Gespräch ist." Sie warf einen Blick in meine Richtung. "Und wenn es sein muss, wird er auch einen Weg finden, sich bei Arinna einzuschmeicheln."

Shael stöhnte noch lauter. Es war wenig überraschend, dass Caras Worte ihn kaum beruhigten.

✱ ✱ ✱

Leider war das noch nicht das Ende der Angelegenheit. Shael hatte noch mehr Fragen, aber ich weigerte mich sie zu beantworten. "Ich erkläre dir alles später, wenn wir in der Taverne sind."

"Aber ..." begann Shael.

"Ich stimme zu", unterbrach Cara. "Lasst uns gehen. Wir ziehen jetzt schon viel zu viel Aufmerksamkeit auf uns."

Ich warf ihr einen unverständlichen Blick zu. Aus ihren Worten hatte ich entnommen, dass Kesh die Agentin über mein Treffen mit Loken und Tartar informiert hatte, aber ich konnte nicht entscheiden, ob das gut oder schlecht war.

"Dann geh voran", gab Shael widerwillig nach.

Ich nickte knapp und bog nach links ab. "Hier entlang", sagte ich und ging in Richtung der Taverne. Cara schritt hinter mir her und einen Moment später folgte auch Shael.

Während wir uns zu dritt durch die Straßen schlängelten, schaute ich mir die vorbeiziehenden Gebäude genauer an. Mehr als die Hälfte waren mit Bannern und Fahnen der Fraktionen geschmückt.

Sie wurden in Kasernen umgewandelt, stellte ich fest, als ich beobachtete, wie ein Trupp verwundeter Soldaten die Stufen eines solchen Gebäudes hinaufbegleitet wurde. Das ergab Sinn. Nirgendwo sonst in diesem Sektor konnten verletzte Spieler sich sicher erholen.

Die übrigen Gebäude waren in Geschäfte umgewandelt worden. Zu meiner Linken entdeckte ich eine Apotheke, zu meiner Rechten eine Schmiede und eine Straße weiter eine Bank. Alle Häuser waren verschwunden. *Die ursprünglichen Besitzer müssen ein Vermögen gemacht haben,* sinnierte ich und betrachtete die vielen Händler.

Ich bemerkte, dass unsere Gruppe auch ihren eigenen Anteil an Aufmerksamkeit auf sich zog. Oder besser gesagt, Cara tat es. Jeder Händler, der sie entdeckte, richtete seine Aufmerksamkeit auf die rot gekleidete Agentin, bis sie aus dem Blickfeld verschwand.

"Wow, Cara", murmelte ich und betrachtete die Emotionen in den Gesichtern der Händler. "Sieht so aus, als wärst du noch berüchtigter als ich. Was hat Kesh getan, um eine solche ... Aufmerksamkeit für ihre Agenten zu rechtfertigen?"

"Oh, nur das, wovon jeder Händler träumt", antwortete sie leichthin. "Die Konkurrenz unterbieten und sich einen Platz auf dem Markt sichern."

Shael schnaubte. "Das ist eine Untertreibung. Die alte Dame hat einen guten Ruf in Nexus. Sie ist bekannt dafür, dass sie die größten Kunden und die seltensten Gegenstände hat." Er blickte in die Gesichter der Schaulustigen. "Deshalb haben sie Angst. Sie haben Angst, dass das Emporium ihnen das Geschäft zunichte machen will."

Cara lachte, widersprach den Worten des Barden aber nicht.

"Tatsächlich", fuhr Shael fort, "würde es mich nicht wundern, wenn wir einen plötzlichen Anstieg an Verkäufen in diesem Sektor erleben." Er grinste. "Das wäre ein guter Zeitpunkt, um ..."

Ich hörte auf, ihm zuzuhören, als wir um eine Ecke bogen und das Schläfrige Gasthaus in Sicht kam. Ich wusste, dass es die Taverne sein musste, weil sie sich an der gleichen Stelle befand, aber sonst war nichts an ihr wiederzuerkennen.

Das ist das Schläfrige Gasthaus? staunte ich.

Das Gebäude war sechs Stockwerke hoch – doppelt so hoch wie damals, als ich den Sektor verlassen hatte. Wie der Rest der Stadt hatte es sich in ein Backsteingebäude verwandelt, aber die Veränderungen waren noch weitreichender. Bunte Glasscheiben schmückten die Fenster, Steinstatuen säumten das Dach, die Wände waren bunt gestrichen und überall hingen Blumentöpfe.

Renovierungen, was, Saya? dachte ich und betrachtete das einladend aussehende Gebäude. Es sah nach ein bisschen mehr als nur Renovierungen aus. Den Blick auf die Taverne gerichtet, beschleunigte ich meine Schritte. Jetzt, wo mein Ziel in Sicht war, konnte ich es kaum abwarten, hineinzugehen.

Wodurch ich die Gruppe der sich nähernden Spieler übersah.

"Moment mal, Kumpel", sagte einer aus der Gruppe, kurz bevor ich ihn anrempelte.

Ich beachtete den Sprecher nicht, wich ihm aus und versuchte, an seinen Begleitern vorbeizukommen. Der Eingang der Taverne war nur ein paar Dutzend Meter entfernt und ich konnte sehen, wie die Türen zur Begrüßung aufschwangen.

Die Gruppe schloss ihre Reihen.

Dadurch zurückgewiesen blieb ich stehen, und hinter mir spürte ich, wie Shael und Cara dasselbe taten. *Was zum Teufel?* fluchte ich und richtete schließlich meinen Blick auf die Gruppe. Die Gesichter der Spieler waren starr und ihre Blicke kalt.

Sie versperren mir absichtlich den Weg, erkannte ich die Absicht der Gruppe zu spät.

Eine Hand klopfte mir auf die Schulter. Der Sprecher der Gruppe. "Entspann dich, Kumpel. Wo willst du denn so eilig hin?"

Ich schüttelte seine Hand ab und blickte meinen Fragesteller an.

Er warf die Hände in die Höhe und zeigte leere Handflächen. "Wir wollen dir nichts Böses. Wir wollen nur mit dir reden, bevor du dich wieder auf den Weg machst."

Mit zusammengepressten Lippen trat ich zurück und ließ meinen Blick über die Gruppe schweifen. Hatten sie mich erkannt? Hatten sie uns deshalb angehalten?

Aber keine der zwei Dutzend Spieler, die vor mir standen, sahen wie Erwachte Tote aus. Sicher, ihre Mienen waren unfreundlich, aber der nackte Hass, den Ishitas Anhänger für mich empfanden, fehlte. Aber ich wollte kein Risiko eingehen.

Mit meinem Willen analysierte ich den Gruppenführer.

Dein Ziel heißt Pitor, ein menschlicher Krieger der Stufe 141. Er trägt ein Zeichen der Geringen Dunkelheit, ein Zeichen der Geringen Schatten und ein Zeichen von Kalin.

Ich erkannte den Namen Kalin nicht wieder, aber er musste eine Macht sein, was bedeutete, dass der Spieler vor mir dessen Anhänger war. *Vielleicht ist er sogar ein Geschworener.* Ich schnitt eine Grimasse. Ich hatte schon genug mit Mächten zu tun, da brauchte ich nicht noch mehr Feinde.

"Was willst du?" fragte ich und bemühte mich, meinen Tonfall neutral zu halten.

Es gelang mir nicht ganz.

"Kein Grund zur Aufregung", sagte Pitor beschwichtigend. "Wir wollen nur reden."

Ich verschränkte meine Arme vor der Brust. "Dann rede."

"Du willst in die Taverne, nicht wahr?" fragte Pitor.

Mein Blick wurde schärfer. "Und?"

Pitor lächelte. "Das dachte ich mir schon. Aber bevor du weitergehst, solltest du noch ein paar Dinge wissen."

Jetzt hatte er meine volle Aufmerksamkeit. "Nur zu."

"Es ist ganz einfach", sagte Pitor in einem freundlichen Ton. "Dort zu bleiben -", er deutete mit dem Daumen auf die Taverne - "ist gefährlich."

Meine Arme verkrampften sich. "Gefährlich" flüsterte ich. "Inwiefern?"

"Das ist es ja", antwortete Pitor und lächelte immer noch. "Den ganzen Monat schon verschwinden Gäste - sie sterben, wie ich höre - und ihre Kehlen werden aufgeschlitzt, sobald sie die sichere Zone verlassen."

Ich wusste jetzt, worauf das hinauslaufen würde. Sayas Briefe hatten keine verschwundenen Gäste erwähnt, aber sie hatte von Einschüchterungsversuchen erzählt, und das war, da war ich mir sicher, der Grund, warum Pitor und seine Bande uns aufgelauert hatten.

Mein Blut kochte und die Wut pochte in meinen Adern, aber ich unterdrückte sie. "Ist das so?" fragte ich beiläufig. "Und wer tötet diese Gäste?"

Pitor zuckte unschuldig mit den Schultern. "Keine Ahnung. Natürlich haben wir unsere Hilfe angeboten, aber der zuständige Gnom ist zu stolz, um Hilfe von Leuten wie uns anzunehmen." Er grinste zähneknirschend. "Du siehst also, wenn du dortbleibst, nimmst du dein Leben selbst in die Hand." Er schritt vorwärts und legte eine Hand auf meinen Arm. "Ich persönlich würde das nicht riskieren."

Ich blieb still, gefährlich still. Pitor bemerkte nichts, aber Cara musste es gespürt haben, denn sie trat einen Schritt vor und streifte mich mit ihrem Gewand.

Pitors Blick flackerte zu ihr, bevor er zu mir zurückkehrte. "Du siehst aus, als könntest du auf dich selbst aufpassen, aber wer weiß, was mit deinen Gefährten passiert?"

Meine Nackenhaare stellten sich auf. Am liebsten hätte ich die Zähne gefletscht und Pitor die Kehle herausgerissen. Aber das hier war eine sichere Zone. *Entspann dich, Michael. Zeig ihm nicht den großen bösen Wolf - noch nicht. Du bist nur ein weiterer Spieler. Harmlos.*

Und außerdem wird es umso süßer, wenn er es nicht kommen sieht.

"Wir werden es riskieren", sagte Cara und unterbrach die Spannung.

Pitor runzelte die Stirn. "Willst du die Händlerin für dich sprechen lassen?", fragte er und hielt seinen Blick auf mich gerichtet.

Ich zuckte mit den Schultern, der Bandenchef wusste offensichtlich nicht, was Cara wirklich war. "Sie bezahlt die Rechnungen." Ich drängte mich an ihm vorbei und schritt auf die Spielerwand in seinem Rücken zu.

Die Gruppe rührte sich nicht.

Ich warf einen Blick über meine Schulter zu Pitor. "Kannst du deinen Leuten sagen, sie sollen mich durchlassen? Oder wollen wir herausfinden, was der Adjutant dazu zu sagen hat?"

Pitors Augen verengten sich. "Du bist ein Narr, wenn du unsere Warnung nicht beachtest, Freund."

Ohne etwas zu sagen, machte ich einen weiteren Schritt nach vorne.

Pitor winkte mit den Händen, und die Spieler zerstreuten sich. Mit Shael und Cara im Schlepptau schritt ich durch ihre Reihen. Ich war mir jetzt sicher, woher die Probleme in der Taverne rührten, und ich wollte ihnen ein Ende setzen.

Aber zuerst war es Zeit für ein schon viel zu lange aufgeschobenes Wiedersehen mit Saya.

Kapitel 271: Ein weiteres Wiedersehen

Die Straße hinter Pitor und seinen Männern war menschenleer. Das war kein Zufall, wie ich wusste. Die Absperrung, die wir gerade passiert hatten, war dafür verantwortlich. Mein Blick glitt zum gegenüberliegenden Ende der Straße und ich entdeckte eine zweite Absperrung.

Ich zog eine Grimasse. Pitors Operation war gut durchdacht. Er gab sich große Mühe, die Leute von der Taverne fernzuhalten. Aber warum? War es einfache Erpressung?

"Ich nehme an, du kennst den Besitzer", sagte Shael mit leiser Stimme, als er zu mir eilte.

Ich schaute über meine Schulter zu den Spielern hinter uns und antwortete nicht sofort. Sie beobachteten uns immer noch mit halb zusammengekniffenen Augen und mit den Händen an ihren Waffen. Unser Aufhalten hatte sich allerdings nicht gezielt angefühlt, und Pitor schien nicht zu wissen, dass ich der Besitzer der Taverne war.

Ich bezweifelte sogar, dass außer Kesh, Cara und dem Gnom noch jemand wusste, wem die Taverne gehörte, es sei denn, Saya hatte es irgendwem erzählt. Loken wusste es, aber der zählte nicht wirklich, und was auch immer Pitor für ein Spielchen trieb, es war zu plump, um von der Schattenmacht auszugehen.

Shael braucht nicht die ganze Wahrheit zu wissen, noch nicht. Es ist das Beste, das Wissen erst einmal für mich zu behalten.

Ich wandte mich wieder an den Barden. "In gewisser Weise", antwortete ich ausweichend.

"Das dachte ich mir schon", sagte er. "Deshalb sind wir also hier? Hast du einen Auftrag, die Taverne zu beschützen?"

"Ganz genau." Ich zögerte. "Aber es ist mehr als das. Die Tavernenbesitzerin ist eine Freundin."

Shael schaute mich an. "Das ist der Gnom, den der Idiot meinte?"

Ich nickte.

"Nun, dann bin ich gespannt, sie kennenzulernen."

Ich musterte den Barden neugierig. "Bist du sicher, dass du dich da hineinziehen lassen willst? Deine früheren, ähm ... Sorgen über den Sektor waren berechtigt. Es war kurzsichtig von mir, dich nicht aufzuklären, wie die Dinge im Tal stehen, bevor ich dich hierhergebracht habe. Und jetzt das." Ich starrte ihn nüchtern an. "Wenn du gehen willst, verstehe ich das."

"Nein, will ich nicht." Shael gluckste. "Und du musst nicht auf Zehenspitzen um meine Gefühle herumtanzen. Was ich vorhin gefühlt habe, war schlicht und einfach Panik. Zu meiner Verteidigung muss ich sagen, dass der Wechsel von der Sicherheit in Nexus in ein aktives Kriegsgebiet ein echter Schock für mich war, das ist alles." Er schüttelte sich. "Aber jetzt geht es mir gut und ich werde tun, was ich kann, um zu helfen."

Ich warf einen Blick auf Cara. Sie hatte während unseres Gesprächs geschwiegen.

Als sie meinen Blick auf sich spürte, sagte sie: "Diese Rüpel können mir kaum etwas anhaben; mein Schutz ist stärker, als sie in ihren kühnsten Träumen überwinden könnten." Sie hielt inne. "Außerdem ist es Teil meines Auftrags, dir zu helfen, die Dinge hier zu klären, so gut ich kann."

"Danke", sagte ich und nickte den beiden anerkennend zu. Ich hatte noch keinen Plan, wie ich mit Pitors Bande umgehen sollte, aber ich war mir sicher, dass es mit der Hilfe der beiden sehr viel einfacher werden würde.

Wir erreichten den Eingang der Taverne, und ohne weiter zu warten, eilte ich die Stufen hinauf und betrat das Lokal.

* * *

Als wir durch die Tür kamen, betraten Shael, Cara und ich einen fast menschenleeren Raum. Wie ich befürchtet hatte, war die Taverne genauso leer, wie es die Straßen draußen vermuten ließen.

Es waren zwar noch ein paar Gäste anwesend, aber es waren weniger als eine Handvoll. Die Spieler waren darauf bedacht, keine Aufmerksamkeit auf sich zu lenken, nippten an ihren Getränken und sahen bei unserem Erscheinen nicht auf. *Sie sind verängstigt,* dachte ich.

Unser Eintritt blieb jedoch nicht komplett unbemerkt. Zwei Kellner schwenkten in unsere Richtung, mit einem komischen Blick der Erleichterung auf ihren Gesichtern.

"Willkommen im Schläfrigen Gasthaus", grüßte die erste, ein großes blondes Mädchen, das nicht älter als zwanzig aussah. Ihr Gesicht war kantig, aber ihre grauen Augen waren voller Wärme.

Der zweite Kellner, ein dünner, schlaksiger Junge, schritt schweigend neben dem Mädchen her, während sie auf uns zueilte. Seine Gesichtszüge ähnelten denen des Mädchens auffallend, und ich vermutete, dass sie Geschwister waren.

Unpassenderweise waren beide Spieler bewaffnet. Unter den Schürzen, die um sie gewickelt waren, und den schmutzigen Lappen, die über ihre Schultern drapiert waren, trugen die Jugendlichen Kettenrüstungen und hatten Waffen um die Hüften geschnallt.

Seltsame Kellner, dachte ich und analysierte beide.

Dein Ziel heißt Teresa, eine menschliche Klingengeweihte der Stufe 25. Sie trägt ein Zeichen des Kleinen Lichts.

Dein Ziel heißt Terence, ein menschlicher Schwertkämpfer der Stufe 22. Er trägt ein Zeichen des Kleinen Lichts.

Meine Augenbrauen hoben sich. "Ihr zwei seid keine Zivilisten?"

Teresa lächelte. "Das sind wir nicht, aber diese Frage wird uns oft gestellt. Wir helfen nur aus. Die Besitzerin ist eine Freundin."

"Wo wir gerade von ihr sprechen ..." Terence warf einen Blick über seine Schulter. "Saya!", rief er. "Wir haben Gäste."

"Ich komme!", rief eine vertraute Stimme von irgendwo weiter oben.

"Bitte setzt euch", sagte Teresa und wies uns zu einem der leeren Tische in der Nähe. "Saya ist gleich bei euch."

Gehorsam folgten Cara und Shael dem Mädchen. Ich folgte langsamer und überblickte den Raum.

Der Gemeinschaftsraum der Taverne war gewachsen und hatte sich auf die Küche im hinteren Teil und die kleineren Nebenräume ausgedehnt, bis er, wie ich annahm, das gesamte Erdgeschoss ausfüllte. Das Innere war genauso farbenfroh geschmückt wie das Äußere. Überall hingen Blumentöpfe, Lichterketten und bunte Kugeln.

Doch trotz der fröhlichen Dekoration gab es viele Anzeichen dafür, dass die Taverne in schwierige Zeiten geraten war. Einige der Blumen waren verwelkt, zerbrochene Töpfe waren nicht repariert worden und die meisten Magierlichter waren unbeleuchtet - ganz zu schweigen von den vielen leeren Tischen.

Meine Hände schlossen sich zu Fäusten. Der Ärger, der die Taverne plagte, musste schon viel länger als ein paar Wochen andauern. *Wie lange musste Saya sich schon allein mit Pitor und seinesgleichen auseinandersetzen?*

Als ich leise Schritte auf der Treppe hörte, zuckte mein Blick nach oben. Einen Moment später erschien eine kleine Gestalt.

Es war Saya.

Der Gnom war gealtert. Falten zierten ihr Gesicht, ihr Haar war ausgefranst und ihre Augen waren von Tränensäcken umrandet. *Sie hat sich verändert,* dachte ich und fragte mich, wohin die abenteuerlustige junge Seele, die ich vor dem Wyvern gerettet hatte, verschwunden war.

Der Blick der Tavernenbesitzerin schweifte an mir vorbei zu Shael und Cara, und ein Teil der Sorge, die ihren Blick trübte, verschwand.

Ich schnitt innerlich eine Grimasse, weil es mir weh tat, die hungrige Hoffnung in ihren Augen zu sehen, da neue Gäste auftauchten. *Ich hätte früher kommen sollen,* dachte ich schuldbewusst, auch wenn das ohnehin nicht möglich gewesen war. Ich machte einen Schritt nach vorne, und der Blick des Gnoms zuckte zu mir zurück.

Einen Moment lang starrte Saya mich ausdruckslos an, dann traf sie die Realisation und sie schnappte nach Luft. Ich begegnete ihrem Blick und lächelte. "Hallo, Saya. Ich bin endlich ..."

Sie stürzte vor und warf sich auf mich. "Michael!", kreischte sie und zog damit die Aufmerksamkeit aller im Raum auf sich.

Ich taumelte nach hinten und wäre fast umgekippt. Gleichgültig gegenüber dem Spektakel, das wir veranstalteten, umarmte Saya meine Beine fest und vergrub ihr Gesicht in mir.

"Ich wusste, dass du kommen würdest", rief sie mit gedämpfter Stimme, so dass es niemand außer mir hören konnte. Nicht, dass es Saya in diesem Moment interessiert hätte. Sie zitterte und Schluchzer der Erleichterung - zumindest hoffte ich, dass es Erleichterung war - durchzuckten ihren Körper.

Ich klopfte ihr unbeholfen auf den Rücken. "Es tut mir leid, dass ich so lange gebraucht habe", antwortete ich leise. "Ich wäre schon früher gekommen, wenn es mir möglich gewesen wäre."

Wortlos drückte Saya mich fester an sich.

Schweigend hielt ich sie fest, bis sie sich wieder gefangen hatte. Schließlich trat Saya einen Schritt zurück und sah mich mit geröteten Augen an. "Woher wusstest du, dass wir dich brauchen?"

"Ich habe deine Briefe gestern erhalten."

Sayas Augenbrauen zogen sich zusammen. "Aber ich habe gestern nichts geschickt."

Ich nickte. "Es war ein Stapel alter Briefe. Der letzte erwähnte die Probleme, die du mit ..."

"Zeig her", unterbrach Saya mich.

Schweigend reichte ich ihr das besagte Schreiben.

Sayas Stirnrunzeln vertiefte sich, als sie den Brief las. "Aber den habe ich schon vor Wochen abgeschickt! Woher hast du ihn?"

"Kesh hat ihn mir gegeben", antwortete ich.

"Aber ... Aber was ist mit den anderen Briefen, die ich seitdem geschickt habe? Hat sie die nicht bekommen?"

Ich schüttelte den Kopf. "Das war die letzte Korrespondenz, die Kesh erhalten hat. Dein Schweigen hat sie so beunruhigt, dass sie mich auf die Sache aufmerksam gemacht hat." Ich ließ den Kopf hängen. "Leider hatte ich in den letzten Monaten selbst keinen Kontakt mehr zu Kesh. Erst vor zwei Tagen habe ich sie wiedergesehen."

Saya drückte meinen Arm. "Was zählt, ist, dass du jetzt hier bist." Ihr Gesicht verhärtete sich. "Aber dieser Händler ... Ich werde etwas gegen ihn unternehmen müssen", flüsterte sie.

Meine Augen verengten sich, als ich die grimmig dreinblickende Tavernenbesitzerin anstarrte. Sayas Gesichtsausdruck war mir fremd und es schien fast so, als würde sie über Mord nachdenken. Was war in der Zwischenzeit mit ihr geschehen, dass sie so ... blutrünstig war?

"Saya", sagte ich leise.

In ihre Gedanken versunken, sah der Gnom nicht auf.

"Saya", wiederholte ich lauter.

Endlich begegnete sie meinem Blick.

"Sag mir, was passiert ist", sagte ich sanft.

Saya starrte mich einen Moment lang wortlos an, dann entspannte sich ihre Miene und die Trostlosigkeit verschwand aus ihrem Gesicht. "Es ist eine lange Geschichte, Michael." Sie zog mich zu dem Tisch, an dem die anderen saßen. "Komm, du solltest dich setzen."

✱ ✱ ✱

Saya bestand darauf, uns selbst zu bedienen.

Sie scheuchte ihre jungen Kellner weg, brachte das Essen und die Getränke und weigerte sich, irgendwelche Fragen zu beantworten, bevor wir uns satt gegessen hatten. Allmählich ließ die Aufmerksamkeit der anderen Gäste nach und wir konnten uns offen unterhalten.

Nachdem sie das Geschirr abgeräumt hatte, kam Saya aus dem ersten Stock zurück, wo die Küche und die Büros der Taverne untergebracht waren. Sie setzte sich zu uns an den Tisch und stellte sich vor.

"Und wer sind deine Freunde, Michael?", fragte sie.

Ich deutete auf den Halbelfen. "Shael hier ist ein roter Barde aus Nexus. Er hat mir vor zwei Jahren einen Gefallen getan, und heute habe ich mich revanchiert, indem ich ihn aus der Stadt gebracht habe."

Saya wippte zur Begrüßung mit dem Kopf, aber mir entging das wissende Funkeln in ihren Augen nicht, als sie den Barden und vor allem seine Flöte musterte.

Shael verbeugte sich im Sitzen. "Schön, dich kennenzulernen, gute Frau. Ich gebe zu, als Michael mir sagte, dass er einen Job für mich hat, habe ich etwas anderes erwartet, aber du hast hier ein wunderschönes Lokal, das jeden Abend bis zum Bersten gefüllt sein sollte! Und ich versichere dir, dass wir das auch schaffen werden. Vor allem aber hoffe ich, dass wir Freunde werden."

Ich ignorierte das ausladende Versprechen des Barden und wandte mich Cara zu. "Und das ist Cara, Keshs Agentin. Sie ist hier, um eine Verkaufsstelle einzurichten und bei Bedarf zu helfen."

Cara neigte ihren Kopf. "Es ist mir ein Vergnügen, Saya."

"Mir auch", antwortete der Gnom. "Ich bin deiner Chefin zwar noch nicht persönlich begegnet, aber es fühlt sich an, als kenne ich sie. Durch unsere Korrespondenz habe ich viel gelernt, so viel sogar, dass ich mich auf ihren Rat verlasse." Sie seufzte. "Deshalb fand ich ihr Schweigen im letzten Monat auch so schwierig."

"Kesh ist die weiseste aller Händlerinnen", stimmte Cara zu. "Und ich glaube, sie hat ebenfalls Gefallen an dir gefunden." Amüsiert fügte sie hinzu: "Ich habe die strikte Anweisung erhalten, für deine Sicherheit zu sorgen." Sie hielt inne. "Aber was noch wichtiger ist: Jetzt, wo ich hier bin, kann eure Kommunikation wieder aufgenommen werden. Ich werde als Vermittlerin für deine Nachrichten fungieren."

Saya setzte sich auf und ihr Gesicht leuchtete. "Danke", sagte sie inbrünstig.

Bevor Cara antworten konnte, beugte ich mich über den Tisch. "Gut, jetzt, wo die Vorstellungsrunde vorbei ist, erzähl mir, was passiert ist."

Sayas Gesicht verfinsterte sich, und ich konnte fast sehen, wie sich die Sorge wieder auf ihre Schultern legte.

Ich biss mir auf die Lippe und wünschte, ich könnte meine Worte zurücknehmen. Warum konnte ich das Thema nicht auf eine taktvollere Weise ansprechen?

Sayas Blick wanderte zu der offenen Tür. "Ich nehme an ihr seid unseren Verfolgern auf dem Weg hierher begegnet...?"

Ich nickte grimmig. "Ein Spieler namens Pitor hat uns angehalten, um zu *reden*."

"Ich kenne ihn nur zu gut", sagte Saya verhalten. "Er ist einer von Yzarks Untergebenen."

Ich runzelte die Stirn. "Yzark?"

Saya nickte. "Er ist der Chef der Marodeure, der für ihre Operationen in diesem Sektor verantwortlich ist." Ihr Kiefer spannte sich an. "*Er* ist derjenige, der beschlossen hat, die Taverne ins Visier zu nehmen."

Ich lehnte mich in meinem Stuhl zurück. Sayas Worte deuteten darauf hin, dass die Bemühungen die Taverne anzufeinden umfassender waren, als ich zunächst angenommen hatte. *Hier ist mehr im Gange, als ich dachte. Meine ursprünglichen Annahmen könnten falsch sein.* "Diese ... Plünderer erpressen dich um Geld?"

Saya schnaubte. "Schön wär's. Sie wollen kein Geld, sie wollen die Taverne."

"Was?" fragte ich schroff.

Saya gestikulierte nach draußen auf die Straße. "Der ganze Sinn ihrer Schikanen ist es, mich dazu zu bringen sie zu verkaufen."

Der Gnom betonte das Wort "mich" kaum merklich. Ich glaubte nicht, dass die anderen es bemerkt hatten, aber ich verstand, worauf sie hinauswollte: Die Plünderer hielten Saya für die Tavernenbesitzerin.

Ich nickte kurz, um ihre versteckte Nachricht zu bestätigen, und Saya fuhr fort: "Die Marodeure wollen die Taverne, aber nicht aus den Gründen, die du vermutest." Sie hielt inne. "Sie sind nicht an dem Geld interessiert, das sie verdienen könnten, sondern an dem Gebäude selbst. Die Taverne ist das größte Gebäude in der sicheren Zone, zentral gelegen und würde sich ideal als Basis eignen."

Meine Augen verengten sich. "Als Basis für was?"

"Um den Sektor zu kontrollieren".

Ich blieb ruhig. "Die Marodeure sind eine *Fraktion*?"

Saya nickte stumm.

Ich kniff meine Augen für einen Moment zu, als mir die Bedeutung dessen klar wurde. "Eine, die groß genug ist, um Tartar herauszufordern?"

Ich hatte noch keine Hinweise auf die Leute der Legion in diesem Sektor gesehen. Trotzdem konnte ich nicht glauben, dass Tartar oder Hauptmann Talon das Tal verlassen hatten, nicht nach all den Mühen, die sie bereits auf sich genommen hatten, um den Erwachten Toten die Kontrolle zu entreißen.

Zu meiner Überraschung schüttelte Saya den Kopf. "Weit davon entfernt. Alles, was ich über sie herausgefunden habe, deutet darauf hin, dass sie eine der kleineren Fraktionen im Spiel sind."

Mein Gesicht verzog sich vor Verwirrung. "Wie kommen sie dann darauf, dass sie ..."

"Ich glaube, ich weiß, was hier los ist", warf Shael ein.

Ich wandte mich zu dem Barden um. Ich hatte meine beiden Begleiter fast vergessen, so sehr war ich in Sayas Erklärung vertieft. "Wirklich?"

Er nickte. "Ich habe von den Marodeuren gehört. Sie sind eine Schattenfraktion, die von der Macht Kalin angeführt wird. Es stimmt, dass sie eine kleine Fraktion sind, aber sie haben den Ruf, über sich hinauszuwachsen." Er begegnete meinem Blick. "Sie sind Machtmakler."

Ich starrte ihn ausdruckslos an.

"Was der Barde meint", sagte Cara, "ist, dass Fraktionen wie die Marodeure – und sie sind nicht die einzigen – vom Krieg geplagte Sektoren aufsuchen, in denen die größeren Fraktionen keinen entscheidenden Sieg errungen haben, und sich als Mittelmänner einsetzen."

Shael nickte. "Wenn eine Ressource – sei es eine Mine, ein Dungeon oder sogar ein Sektor – für eine der Großen zu wichtig wird, um sie einem anderen zu überlassen, kommen die Marodeure ins Spiel. Sie stürmen rein, übernehmen den Besitz und verkaufen den Zugang an jeden, der ihn haben will." Seine Lippen verzogen sich vor Abscheu. "Es ist ihnen egal, wem sie Zugang gewähren – solange sie bezahlen."

Ich verdaute seine Worte. *Machtmakler, in der Tat.* "Und die anderen Fraktionen lassen das zu?"

Shael zuckte mit den Schultern. "Welche Wahl haben sie schon? Die Marodeure mögen zwar Geier sein, aber sie erfüllen immer noch eine wertvolle Funktion. Entweder sie lassen zu, dass jemand Unwichtiges wie die Marodeure diesen Sektor kontrollieren, oder ..."

"Es bricht ein totaler Krieg aus", beendete ich grimmig seinen Satz.

"Genau", antwortete Shael. "Wenn die großen Fraktionen ihre ganze Macht in diesem Sektor ausspielen, wird er schnell in ein Ödland verwandelt."

"Sie zerstörten damit genau das, was sie zu besitzen versuchen", murmelte ich. "Das bedeutet, dass ..." Ich schaute Saya an. "Ist der Krieg in diesem Sektor zum Stillstand gekommen?"

Sie verzog die Lippen. "Das ist vielleicht eine Übertreibung. Es gibt täglich Scharmützel zwischen den Fraktionen." Sie hielt inne. "Aber in letzter Zeit gab es keine großen Schlachten, und keine der Fraktionen scheint kurz davor zu sein, die Kontrolle über den Sektor zu erlangen. Seit die Verteidigungsanlagen der Heuler zerstört wurden, ist es niemandem gelungen, das Dorf wieder zu befestigen."

Ich nickte abwesend und erinnerte mich daran, dass die Kontrolle des Zugangs zur sicheren Zone eine der wichtigsten Voraussetzungen für die Übernahme des Sektors war.

"Von welchen Fraktionen reden wir eigentlich?" fragte Shael neugierig. "Ich habe gehört, dass Tartar erwähnt wurde, aber nicht, wer die anderen sind."

"Drei Mächte haben Armeen in diesem Sektor", antwortete Saya. Sie hob ihre Hand und zählte sie an ihren Fingern ab. "Tartar. Loken. Muriel."

Ich runzelte die Stirn. Dass Tartar noch hier war, überraschte mich nicht. Aber dass Loken eine Kriegsbande ins Tal gebracht hatte, schon. Es war untypisch für den Betrüger, so direkt zu handeln. "Loken hat eine Armee hier? Und wer ist Muriel?"

"Hat er", sagte Saya. "Seine Kräfte werden von einer Abgesandten angeführt. Ich habe sie nie persönlich gesehen, aber die Gerüchte über sie sind zu verbreitet, um sie zu ignorieren. Muriel ist eine der wichtigsten Mächte des Lichts und diejenige, die den Krieg im Namen des Lichtes weiterführt."

"Muriel?" Ich überlegte. "Nicht Arinna?"

Saya starrte mich ausdruckslos an. "Arinna? Warum sollte sie Interesse an diesem Sektor haben?"

Ich winke eine Frage ab. "Nicht wichtig. Was ist mit Ishita und Erebus passiert? Haben sie das Tal verlassen?"

"Nicht ganz", antwortete Saya. "Die Erwachten Toten haben sich in den Dungeon zurückgezogen. Im Moment scheinen sie nur daran interessiert zu sein, den Zugang zu sichern."

Das war immerhin eine gute Nachricht und bedeutete, dass ich mir keine Sorgen machen musste, über Ishitas Anhänger zu stolpern. "Mir ist aufgefallen, dass du Kalin nicht als eine der teilnehmenden Mächte erwähnt hast", sagte ich nach einem Moment.

"Ist er auch nicht", sagte Saya. "Die Marodeure haben zwar eine Kraft in diesem Sektor, aber sie sind nicht so stark wie die großen Drei. Kalin hat es vermieden, mit den anderen in Konflikt zu geraten, und sie sind ebenso zufrieden damit, ihn zu ignorieren." Sie zog eine Grimasse. "Trotz meines Flehens sind weder Loken, Tartar noch Muriels Leute bereit, die Taverne zu beschützen."

"Ich verstehe", sagte ich und neigte den Kopf, um nachzudenken. In gewisser Weise ähnelte die Situation im Tal der von vor zwei Jahren. Damals hatten die Koboldstämme um die Kontrolle des Sektors gerungen, jetzt waren es die Mächte selbst. Irgendwie glaubte ich aber nicht, dass meine bisherige Taktik funktionieren würde.

Trotzdem muss es einen Weg geben, Saya und die Taverne zu retten. Ganz zu schweigen von den Schattenwölfen. Die Gedanken an sie hatte ich absichtlich bisher verdrängt. Das Überleben in einem vom Krieg zerrissenen und von Spielern übersäten Tal konnte für das Rudel nicht einfach gewesen sein.

Ich hob meinen Kopf. "Du hast eine düstere Situation beschrieben, Saya, aber ich bin sicher, dass es einen Weg gibt, die Taverne aus diesem Schlamassel zu befreien. Aber zuerst musst du versuchen, dich an jedes Detail über alle *fünf* Kräfte im Tal zu erinnern." Ich hielt ihren Blick fest, um sicherzugehen, dass sie mich verstanden hatte. "Erzähl mir alles und lass nichts aus."

Der Gnom holte tief Luft. "Also gut. Dann wirst du zunächst einmal wissen wollen, dass ..."

Kapitel 272: Ein Tal in Not

Saya erzählte stundenlang und erwähnte alles, was sie über die Armeen im Tal wusste.

Es stellte sich heraus, dass Hauptmann Talon immer noch in der Region war. Er und seine Legion hatten sich in der Mitte des Tals verschanzt, so dass die Tartaner auf Bedrohungen des Dorfes im Süden reagieren und den Dungeon im Norden angreifen konnten.

Im Moment waren die Erwachten Toten noch stark genug, um alle anderen Mächte im Tal daran zu hindern, das Jenseitsportal zu betreten, obwohl es Gerüchte gab, dass Tartar zudem einen zweiten Angriff gegen Erebus aus der Sphäre des Jenseits selbst gestartet hatte. Die Nachricht brachte mich zum Lächeln. Die Erwachten Toten schienen in allerlei Schwierigkeiten zu stecken, und ich hoffte inständig, dass sie daran untergingen.

Der Hauptgegner der Dunklen in diesem Sektor war Muriel. Cara und Shael beschrieben sie als eine der größten Spielerinnen im Spiel. Aus mir unverständlichen Gründen hatte der Rat der Einheit - das Führungsgremium des Lichts - ihr die Verantwortung für die Eroberung von Sektor 12.560 übertragen.

Obwohl sie der jüngste Neuzugang ins Tal war, hatte Muriel die größte Streitkraft zur Schlacht mitgebracht. Ihre Armee wuchs täglich und war bereits stärker als die der Tartarner und Loken zusammen. Auch sie hatte ihre Leute in der Mitte des Tals gelagert und schien - abgesehen von gelegentlichen Streifzügen nach Norden oder Süden - zufrieden damit abzuwarten, bis sie stark genug war, ihre Feinde allein durch ihre Überzahl zu überwältigen.

Lokens Armee war die kleinste des Trios und bestand, soweit man das beurteilen konnte, ausschließlich aus Bogenschützen und leichter Infanterie. Die Schatten griffen die Armeen der Dunklen und des Lichts häufiger an, aber die Angriffe waren kaum mehr als kleinere Vorstöße oder Scheinangriffe. Loken selbst schien zumindest im Moment nicht gewillt zu sein, sich auf einen Kampf einzulassen.

Angesichts der Größe von Lokens Armee war es nicht überraschend, dass seine Gesandte das Zentrum des Tals zugunsten der westlichen Berghänge gemieden hatte. Mein erster Gedanke, als ich davon hörte, war, dass sie das Höhlennetz der toten Wyvern-Mutter als Versteck nutzte.

Die interessanteste Information, die Saya uns mitteilte, betraf jedoch Lokens Abgesandte. Im Gegensatz zu ihren Licht- und Dunklen Kollegen lief die Kommandantin des Trickbetrügers nicht offen umher, und niemand kannte ihre wahre Identität. Irreführung, Täuschung und Illusionen schienen ihre gewählte Taktik zu sein.

Die Abgesandte schien zudem nicht abgeneigt zu sein, selbst das Feld zu übernehmen. Sie schlug oft ohne Vorwarnung zu und verschwand, bevor Verstärkung eintreffen konnte. Und obwohl ihre Angriffe kaum mehr als Nadelstiche waren, waren sie dem Licht und der Dunkelheit definitiv ein

Dorn im Auge. Neugierig geworden versprach ich mir, mehr über die geheimnisvolle Abgesandte zu erfahren, wenn ich konnte.

Es mochte zwar seltsam erscheinen, dass sich keine der drei Armeen um das Dorf herum verschanzt hatte - schließlich war es der Schlüssel zum Besitz des Sektors -, aber solange der Sektor nicht erobert war, war das Dorf für eine Besatzungsmacht gleichzeitig eine Bedrohung sowie ein sicheres Versteck.

Das bedeutete, dass eine Armee, die in der Nähe des Dorfes lagerte, Angriffen von hinten - aus der sicheren Zone - und denen anderer Streitkräfte, die sich bereits im Tal befanden, ausgesetzt war. Das machte die Einnahme des Sektors zu einem strategischen Albtraum.

Irgendwann würde natürlich jemand vorrücken und das Dorf einnehmen, aber das würde wahrscheinlich erst passieren, *nachdem* die anderen Bedrohungen im Tal beseitigt wurden.

Die drei Armeen - vier, wenn man die Erwachten Toten im Dungeon mitzählte - machten die Sache im Tal schon kompliziert genug, aber leider gab es auch noch andere Kräfte, mit denen gerechnet werden musste.

Gerüchte über den angeblichen Reichtum des Sektors und seiner Dungeons hatten sich weit verbreitet und die Schlimmsten des Spiels angelockt, und eine Vielzahl kleinerer Fraktionen - darunter auch die Marodeure - waren in das Tal gekommen, um sich einen Vorteil zu verschaffen.

Während Saya ihre Geschichte erzählte, wuchs meine Sorge um ein Vielfaches. So hässlich das Bild auch war, das der Gnom zeichnete, so war sie in der sicheren Zone doch von einem Großteil des Chaos abgeschirmt. Es waren die Wölfe, die die Hauptlast der Gefahr trugen.

Verdammt, ich muss nach ihnen sehen - und zwar bald.

Ich war mir sicher, dass Duggar das Rudel wieder in ein Versteck gebracht hätte, aber das Risiko, entdeckt zu werden, war bei so vielen Spielern im Tal hoch. *Ein Problem folgt aufs nächste.*

"Was ist mit den Koboldstämmen?" fragte ich, als Saya endlich zum Ende kam.

"Die Roten Ratten haben sich mit Erebus' Leuten in den Dungeon zurückgezogen. Die Heuler sind weiterhin bei Talon, um seine Legion zu verstärken. Das letzte, was ich gehört habe, ist, dass sie ihre Zahlen im Tal erhöht haben, indem sie mehr Truppen aus ihrem Heimatsektor herbeigeschafft haben."

Ich fragte mich, ob Hyek noch am Leben war und was er jetzt von mir halten würde, aber das waren nur müßige Spekulationen; ich hatte nicht vor, mich noch einmal mit den Kobolden oder Talons Legion anzulegen.

"Du sagtest, das Lager der Marodere sei in der Nähe", wandte ich mich dem nächsten Thema zu. Laut Sayas Quellen zeigten die Marodere kein Interesse an dem Dungeon im Norden und entfernten sich nie weit vom Dorf. "Warum lassen die anderen Fraktionen zu, dass sie so nah sind?"

"Ich glaube einfach, dass sie die Marodeure nicht als Bedrohung ansehen", sagte Saya. "Ich glaube, das liegt vor allem daran, dass die Marodeure zu wenige sind, um die Kontrolle über die sichere Zone zu halten."

"Wie viele Spieler haben die Marodeure in den Sektor gebracht?" fragte Cara, die sich sonst kaum zu Wort meldete.

Saya zuckte mit den Schultern. "Ich bin mir nicht sicher. Aber ich schätze vielleicht fünfhundert."

Cara schaute mich an. "Das wird nicht ausreichen. Um einen Sektor für sich zu beanspruchen, braucht man mindestens eintausend Streitkräfte."

Ich nickte. Hauptmann Talon hatte mir bei meinem letzten Besuch in diesem Sektor genau dasselbe gesagt. "Dann wird es eine unserer Prioritäten sein, die Zahl der Marodeure zu ermitteln." Bevor jemand fragen konnte, wie ich das anstellen wollte, sprach ich bereits weiter. "In deinem letzten Brief an Kesh", sagte ich und wandte mich Saya zu, "hast du erwähnt, dass du 'Schritte' unternommen hast, um die Taverne zu schützen. Welche waren das?"

"Ich habe Söldner angeheuert, die die Kunden in die sichere Zone hinein- und herausbegleiten." Sie zog eine Grimasse. "Das hat sich nicht so gut entwickelt."

"Was ist passiert?" fragte ich.

"Die Marodeure haben sie bestochen", sagte sie. "Und alle, die sich nicht bestechen ließen, haben sie getötet."

"Ich verstehe", murmelte ich. "Und der Händler, den du vorhin erwähnt hast, ist das derjenige, den Kesh mit der Übermittlung deiner Nachrichten beauftragt hat?"

Nach einem Seitenblick auf Cara nickte Saya.

"Wann hast du zuletzt mit ihm gesprochen?" fragte ich.

"Vor drei Tagen", antwortete Saya in einem knappen Ton. "Er versicherte mir, dass Kesh meine Nachrichten erhält und behauptete, keine Ahnung zu haben, warum sie nicht antwortet." Sie knurrte unglücklich. "Offensichtlich hat er in beiden Fällen gelogen. Ich werde ihm heute Abend einen Besuch abstatten."

Ich hielt das für keine gute Idee und wandte mich an Cara, weil ich sie für die bessere Wahl hielt, aber Shael ergriff das Wort, bevor ich es tun konnte.

"Lass mich mit ihm reden", sagte er.

Saya und ich warfen dem Barden neugierige Blicke zu.

Als Shael unsere Blicke sah, grinste er. "Ihr wollt wissen, warum der Händler Kesh verraten hat, wer ihn bezahlt hat und wie viel, richtig?"

Ich rieb mir die Lippen. "Hmm ... schon."

"Dann überlasst es mir, das herauszufinden", antwortete er. "Nichts gegen die Damen, aber das Sammeln von Informationen gehört zu meinen Stärken." Sein Grinsen wurde noch breiter. "Außerdem habe ich ein paar Tricks auf Lager, um das Vertrauen eines Ziels zu gewinnen."

Mir wurde klar, dass er von seinen Täuschungsfähigkeiten sprach. Hatte er die jemals auch bei mir eingesetzt?

"Na gut", sagte ich, bevor ich zu sehr über die Frage nachdenken konnte - ich wollte es ohnehin nicht wissen. "Der Händler gehört ganz dir."

Saya öffnete ihren Mund, aber ich winkte ihren vorstehenden Einwand ab. "Du hast hier schon genug Sorgen. Lass Shael sich um den Händler kümmern."

Sie schloss den Mund und nickte zögernd. "Hast du einen Plan?"

"Vielleicht" sagte ich. "Die Kunden der Taverne zurückzubekommen ist eine andere Priorität." Ich neigte den Kopf, um einen Moment nachzudenken. "Ich möchte, dass du mehr Söldner anheuerst."

Saya starrte mich an. "Warum? Weil das beim letzten Mal so gut funktioniert hat?"

Ich schüttelte den Kopf und ignorierte ihren Sarkasmus. "Nein, dieses Mal bleiben sie in der sicheren Zone. Die Marodeure nutzen die Blockaden als Machtdemonstration. Nichts hindert uns daran, das Gleiche zu tun. Lass die Söldner Abzeichen mit den Insignien des Schläfrigen Gasthauses tragen und weise sie an, sich überall im Dorf zu versammeln, wo Marodeure sind. Das wird den Leuten von Yzark zumindest zeigen, dass wir uns nicht einschüchtern lassen. Und wenn wir Glück haben, wird die Anwesenheit der Söldner die Gäste der Taverne genug beruhigen, dass sie die Drohungen ignorieren."

"Das macht Sinn", gab Saya zu. "Aber was ist mit den Überfällen außerhalb des Dorfes?"

"Denen werde *ich* ein Ende setzen", antwortete ich grimmig.

Klugerweise fragte sie nicht, wie.

"Noch etwas", sagte ich, nachdem ich weiter darüber nachgedacht hatte, "achte darauf, dass du Söldner von der Kopfgeldjägergilde einstellst."

"Von der Gilde?" fragte Saya skeptisch. "Ich glaube nicht, dass die viele Mitglieder in diesem Sektor hat. Es wäre vielleicht besser, eine der kleineren Fraktionen zu nutzen."

"Nein, nimm unbedingt die Gilde", sagte ich, und je länger ich darüber nachdachte, desto angetaner war ich von der Idee. Das wäre ein idealer Test ihrer Vertrauenswürdigkeit. "Wende dich an den Hauptsitz der Gilde in Nexus, wenn du musst. Kesh kann dir dabei helfen." Ich schaute Cara an, und sie nickte bestätigend. "Setz dich direkt mit einer Spielerin namens Hannah in Verbindung. Sie ist die Kundenbetreuerin der Gilde und wird dir bei den nötigen Vorbereitungen helfen."

"Verstanden", sagte Saya, "aber eine Machtdemonstration allein wird nicht ausreichen, um unsere Kunden zurückzubringen." Sie starrte Shael direkt an. "Wir brauchen etwas mehr."

Der Barde verstand den Hinweis. "Ich stehe Euch zu Diensten, gute Frau", sagte er und schwenkte seine Flöte. "Zum Glück ist die Musik mein zweites großes Talent."

"Danke, Shael", sagte Saya herzlich.

"Perfekt" sagte ich. Damit war eine meiner Gefährten fürs erste versorgt. Ich wandte mich an Cara, aber sie schien meine Gedanken zu erraten, bevor ich etwas sagen konnte.

"Ich kann es ein paar Tage aufschieben, ein Gebäude für das Emporium zu finden", sagte sie. "Vorausgesetzt, ich finde überhaupt eins." Sie warf einen Blick auf Saya. "Habe ich in der Zwischenzeit deine Erlaubnis, in der Taverne mit dem Handel zu beginnen?"

Sayas Gesicht hellte sich deutlich auf, als sie realisierte, was Cara vorschlug. "Natürlich! Und ich werde dafür sorgen, dass alle wissen, dass das Schläfrige Gasthaus nicht nur wieder einen Barden hat, sondern auch die berühmteste Händlerin von Nexus beherbergt." Sie grinste. "Wenn das die Gäste nicht zur Taverne zurückbringt, dann weiß ich auch nicht!"

✳ ✳ ✳

Nachdem Cara und Shaels Pläne feststanden, winkte Saya Terence und Teresa herüber, um die beiden zu ihren Zimmern zu führen. Nachdem die vier gegangen waren, saßen Saya und ich in geselligem Schweigen allein am Tisch.
"Danke", sagte der Gnom leise.
Ich sah überrascht zu ihr auf. "Wofür?"
"Das hier", sagte sie und breitete ihre Hände aus, um mich, die Taverne und die bereits verschwundenen Shael und Cara zu umfassen. "Ich wusste wirklich nicht, was ich noch tun sollte. Ich hatte niemanden, an den ich mich wenden konnte. Teresa und Terence haben mir zwar geholfen, so gut sie konnten, aber die beiden sind jung und brauchen selbst dringend Hilfe. Außerdem hat Kesh meine Briefe nicht beantwortet, die Söldner, die ich angeworben hatte, haben mich verraten, und meine Kunden starben." Sie seufzte. "Es fühlte sich an, als ob alles außer Kontrolle geriet." Sie sah mich mit leuchtenden Augen an. "Aber jetzt habe ich das Gefühl, dass es wieder Hoffnung für die Taverne gibt."
"Nichts davon ist deine Schuld, ich hoffe das weißt du", sagte ich leise und antwortete auf den Unterton in ihren Worten. "Du warst allein und mittellos."
"Ich hätte mich besser schlagen können", antwortete Saya und ließ den Kopf hängen.
Ich zuckte mit den Schultern. "Das gilt auch für mich."
Sie hob ihren Kopf und starrte mich stumm an.
"Ich habe dich hier allein gelassen." *Und die Wölfe.* "Ich hätte besser planen sollen, hätte das hier ahnen müssen. Oder zumindest etwas Ähnliches." Ich schüttelte den Kopf. "Krieg war unausweichlich. Ich hätte die Konsequenzen vorhersehen müssen."
"Es ist nicht ...", begann Saya.
"Meine Schuld", beendete ich für sie. Ich hielt ihren Blick fest. "Deine aber auch nicht."
Saya lächelte zaghaft, als sie verstand, worauf ich hinauswollte, und wir verfielen wieder in Schweigen, jeder in seine eigenen Gedanken versunken.
"Du weißt schon, dass du noch nicht gesagt hast, was deine eigenen Pläne sind, oder?", sagte sie schließlich.
Ich sah zu ihr auf. "Ich habe vor, den Marodeuren einen Besuch abzustatten", sagte ich, ohne weiter darauf einzugehen.
"Das habe ich mir schon gedacht", sagte Saya, bevor sie durch die offene Tür blickte. Der Tag war noch jung. "Wirst du auf die Nacht warten?"
Ich nickte.
"Sei vorsichtig, Michael. Die Marodeure mögen brutal sein, aber sie sind nicht dumm. Ihr Lager wird gut bewacht sein."

"Ich werde sie nicht unterschätzen", versprach ich. Eine Bewegung an der Treppe ließ mich aufhorchen: Die jungen Kellner kamen zurück. Auf der Suche nach einer Gelegenheit, das Thema zu wechseln, drehte ich meinen Kopf zu den beiden. "Was ist deren Geschichte?"

Saya folgte meinem Blick. "Teresa und Terence sind Zwillinge. Sie kamen als Teil einer größeren Gruppe ins Tal. Schatzsucher, um genau zu sein. Irgendwie haben die beiden den Anführer der Gruppe davon überzeugt, sie als Lehrlinge einzustellen. Leider wurde die gesamte Gruppe getötet." Sie lächelte grimmig. "Nicht nur einmal, sondern gleich mehrmals. Zu niemandes Überraschung löste sich die Gruppe danach auf, und die, die konnten, flohen aus dem Sektor. Die Zwillinge gehörten nicht dazu."

Ich schnitt eine Grimasse. "Sie kamen nicht hier weg?"

"Sie hatten kein Geld und konnten nirgendwo hin." Saya seufzte. "Ihre Geschichte, die meiner so ähnlich ist, hat mich berührt, also habe ich ihnen eine Unterkunft gegeben. Sie waren dankbar für die Arbeit - und das Geld - und obwohl sie keine Zivilisten sind, haben sie ihr Bestes getan, um zu helfen."

"Du vertraust ihnen?" fragte ich.

"Ganz und gar", antwortete sie.

"Das ist gut", sagte ich und betrachtete die Zwillinge nachdenklich, während sie zwischen den Tischen umhergingen und die anderen Gäste bewirteten. Die Ausrüstung der beiden war einfach, und sie hatten keine nennenswerten Level. Aber das war nicht unbedingt etwas Schlechtes.

Sie haben wahrscheinlich noch nicht einmal ihre zweite, geschweige denn dritte Klasse erworben.

Das war ein Denkanstoß, aber ich hatte im Moment wichtigere Dinge im Kopf.

Ich stand auf. "Du zeigst mir am besten mein Zimmer, Saya. Ich habe eine lange Nacht vor mir und sollte mich vorher so gut wie möglich ausruhen."

KAPITEL 273: JÄGER

Ich wachte ein paar Stunden später auf.

Ich stand von meinem Bett auf, ging zum Fenster und spähte durch die Vorhänge hinaus. Wie ich es mir gedacht hatte, war die Nacht hereingebrochen und ich verbrachte einen Moment damit, das Dorf unter mir zu beobachten. Auf meine Bitte hin hatte Saya mir ein Zimmer im obersten Stockwerk der Taverne gegeben, von wo aus ich einen freien Blick auf das Dorf hatte.

Überall, wo ich hinsah, waren die Gebäude beleuchtet und zahlreiche Spieler eilten umher. Das erinnerte mich daran, dass das Tal der Wölfe nicht mehr das Rückzugsgebiet war, das es bei meinem letzten Aufenthalt gewesen war.

Ich schnappte mir meinen Rucksack und meine Waffen und machte mich auf den Weg ins Erdgeschoss der Taverne. Es versprach eine lange Nacht zu werden, und eine herzhafte Mahlzeit würde nicht schaden.

Sanfte Musik ertönte, als ich den Gemeinschaftsraum betrat. *Shael*, dachte ich. Eine schnelle Zählung der Gäste ergab, dass sie sich seit heute Morgen verdoppelt hatten. Die Taverne war noch lange nicht voll, aber es wurde schon besser.

Ich schaute auf die kleine Bühne im hinteren Teil des Raumes und winkte dem Barden zu. Er saß auf einem Hocker und spielte mit zufriedener Miene auf seiner Flöte, ohne den Fluss der Musik zu unterbrechen. Ich lächelte. Es war die richtige Entscheidung gewesen, ihn mitzunehmen.

Ich drehte mich um und sah mich im Raum um. Die Zwillinge standen hinter der Bar, aber von Saya und Cara gab es keine Spur. Die Gäste selbst waren von der Musik gefesselt und schenkten Shael ihre volle Aufmerksamkeit.

Jedenfalls fast alle.

Vier Männer saßen an einem Ecktisch und ignorierten die Musik völlig. Mein Lächeln verblasste. Das war auch nicht das Einzige, was sie von den anderen Gästen unterschied. Alle vier trugen Waffen bei sich. Sie gaben sich auch keine Mühe, nicht aufzufallen. Vielmehr starrten sie mich direkt an.

Noch mehr Ärger? fragte ich mich und hielt inne.

Der älteste der vier, ein griesgrämiger Zwerg mit vernarbten Armen und grauem Bart, stand auf und sah mich an. "Bist du Michael?", rief er über die Musik hinweg.

Mit finsterer Miene drehten sich einige der Gäste um, um ihn zum Schweigen zu bringen, aber als sie den Gesichtsausdruck des Zwerges sahen, drehten sie sich schnell wieder weg. Sie waren nicht die Einzigen, die reagierten. Zu meiner Linken spürte ich, wie die Zwillinge die Bar verließen. Wie ich vermuteten sie Ärger, aber im Gegensatz zu mir zogen sie ihre Waffen.

Idioten! Was denken die sich?

Heftig schüttelte ich den Kopf in ihre Richtung. Dies war eine sichere Zone. Einen anderen Spieler zu bedrohen, war ein sicherer Weg, getötet zu werden, und außerdem sahen die vier am Tisch aus, als könnten sie die beiden bei lebendigem Leib verspeisen.

Widerwillig steckten die Geschwister ihre Waffen wieder weg, aber sie weigerten sich, ihre Blicke von den Neuankömmlingen abzuwenden.

Der Austausch blieb von dem Zwerg nicht unbemerkt. "Verzieht euch, Kinder", knurrte er, ohne sich daran zu stören, wer mithörte. "Das ist ein Gespräch für Erwachsene." Er zog einen leeren Stuhl hervor, stellte ihn geräuschvoll hin und sah mich finster an. "Brauchst du eine Einladung mit Gravur, oder was?"

Auf der Bühne wurde die Musik etwas leiser und als ich mich in diese Richtung wandte, sah ich, wie Shael mich fragend ansah. "Spiel weiter", erwiderte ich. Was auch immer das Problem war, es war besser, wenn ich es allein erledigte.

Ich ignorierte die Blicke der Gäste und warf einen zweiten warnenden Blick auf die Zwillinge, dann schritt ich durch den Raum und setzte mich mit nicht komplett gespielter Lässigkeit auf den Stuhl, den der Zwerg vorgezogen hatte.

Alle vier Neuankömmlinge starrten mich an. Ich wich ihren harten Blicken aus und studierte sie der Reihe nach. *Neuankömmlinge*, überlegte ich, *ist eine treffende Bezeichnung. Irgendetwas an ihrem Verhalten ließ mich glauben, dass sie gerade erst in diesem Sektor angekommen waren.*

Woher wissen sie also schon, wer ich bin?

Der Zwerg zu meiner Rechten war in eine schuppige Lederrüstung gekleidet, die seinen kräftigen Bizeps freiließ. Zwei lange Kriegshämmer waren über seinen Rücken geschnallt, und seinen Armen nach zu urteilen, führte der Zwerg sie jeweils mit einer Hand.

Zu meiner Linken saß eine Gestalt, die von Kopf bis Fuß in Stoff gehüllt war, so dass nur ihre Augen zu sehen waren. Wäre sein Gewand nicht tiefschwarz statt leuchtend grün, hätte ich ihn für einen Gottesanbeter gehalten.

Zwei gepanzerte Gestalten saßen mir gegenüber. Einer war ein Ork, der andere ein Mensch, aber das war der einzige Unterschied zwischen den beiden. Ihre Ausrüstung war identisch. Ihre Rüstungen hatten denselben Grauton, sie trugen dieselbe Auswahl an Waffen, und selbst die Inschriften auf den Griffen ihrer Breitschwerter waren nicht voneinander zu unterscheiden.

Hm. Seltsame Truppe.

"Du redest nicht viel, oder?", murmelte der Zwerg.

Ich ließ meinen Blick zu ihm schweifen. "Ich warte immer noch darauf, dass ihr euch vorstellt."

Ein Mundwinkel des Zwerges zuckte. *War das ein Lächeln?*

"Ich bin Beorin." Er zeigte mit einem dicken Finger zu meiner Linken. "Das ist Snake." Er winkte in Richtung der anderen beiden auf der gegenüberliegenden Seite des Tisches. "Und diese beiden Clowns sind Moarg und Mauser." Er klatschte mit beiden Händen so fest auf den Tisch, dass dieser leicht in die Luft sprang. "So. Jetzt sind wir alle auf dem Laufenden. Fühlst du dich jetzt besser?"

Ich ignorierte seinen Ton und fragte: "Wer hat euch geschickt?" Es war klar, dass das der Fall sein musste. Was ich bloß noch nicht wusste, war, warum.

Beorin zog einen schlanken rechteckigen Gegenstand hervor und legte ihn auf den Tisch. Er nickte den anderen zu, und sie taten es ihm nach. Ich schaute nach unten und erkannte die vier Karten sofort.

Es waren KGJ-Ausweise.

"Ich bin ein ranghohes Mitglied der Gilde", fügte Beorin hinzu, "und diese Nachzügler gehören zu meiner Gruppe."

Snake schnaubte, widersprach den Worten des Zwerges aber nicht.

"Ich verstehe", sagte ich und spürte, wie meine Anspannung nachließ. Die vier waren keine Assassinen, wie ich zuerst angenommen hatte. Ich wusste, dass die Ausweise nicht gefälscht sein konnten, aber es gab keinen Grund, unvorsichtig zu sein. Mit meinem Willen analysierte ich sie.

Dein Ziel heißt Beorin, ein Hammermönch und Zwerg der Stufe 181.
Dein Ziel heißt Snake, ein Teufelstöter und Dunkelelf der Stufe 172.
Dein Ziel heißt Moarg, ein Waffenmeister und Ork der Stufe 155.
Dein Ziel heißt Mauser, ein Waffenmeister der Stufe 155 und ein Mensch.

"Zufrieden?" fragte Beorin, der meine Analyse scheinbar gespürt hatte.

Ich nickte. "Ihr scheint zu sein, was ihr vorgebt. Warum seid ihr hier?"

Er lachte. "Das weißt du nicht? Hannah hat uns natürlich geschickt."

Ich blinzelte überrascht. Es konnte nicht mehr als ein paar Stunden her sein, dass sie meine Anfrage erhalten hatte. "Das ging aber schnell."

"Das Mädchen war schon immer sehr begierig", antwortete der Zwerg und nahm einen Schluck aus seinem Krug. "Außerdem hat sie mir erzählt, dass die Gilde vielleicht bald deine Dienste benötigt." Er rülpste laut. "Bis dahin werde ich tun, was ich kann, um dich am Leben zu erhalten."

Ich hob eine Augenbraue. "Ihr seid Leibwächter?"

"Nichts dergleichen!" erwiderte Beorin. "Wir machen den Job, für den uns deine Vertreterin", er meinte Kesh, "bezahlt hat, aber nichts hält uns davon ab, in unserer Freizeit einem anderen Gildenmitglied zu helfen, oder?"

Ich beäugte die vier skeptisch und kaufte ihnen das Ganze nicht ab. Die anderen drei sagten nichts und starrten mich teilnahmslos an. Ich konnte sie nicht einschätzen, aber sie schienen kaum Interesse an dem Gespräch zu haben und überließen das Reden ganz ihrem Gruppenführer.

Beorin nahm einen weiteren langen Zug aus seinem Krug. "Apropos Job - ist es wahr, dass wir nur in der Stadt herumstehen und bedrohlich aussehen sollen?"

"Grundsätzlich ja."

Beorin starrte mich einen Moment lang an und zuckte dann mit den Schultern. "Sind ja deine Münzen." Er nippte wieder an seinem Getränk. "Aber bei dem Betrag musst du ein reicher Narr sein, wenn das alles ist, was du willst", murmelte er vor sich hin.

Ich war mir sicher, dass der Zwerg nicht beabsichtigt hatte, dass ich ihn hörte, aber er konnte nicht mit meinem wolfsähnlichen Gehör rechnen. "Seid ihr nur zu viert?"

Beorin schüttelte den Kopf. "Wir sind nur der Vortrupp. Der Rest kommt morgen."

"Wie viele?"

"Zwei, vielleicht drei Truppen à zwanzig."

Ich pfiff leise und war erneut erstaunt über Hannahs Effizienz. Sechzig Söldner waren mehr, als ich erwartet hatte, dass sie die Gilde sie so kurzfristig liefern konnte. "Ausgezeichnet. Ihr kennt Saya schon?"

"Den kleinen Gnom? Ja."

"Ihr seid ihr direkt unterstellt und werdet ihre Anweisungen befolgen. Und zwar aufs Wort genau", sagte ich und betonte den letzten Teil.

"No problemo", antwortete Beorin lässig. "Gibt's noch weitere Anweisungen?"

"Ja", murmelte ich und dachte an die Worte des Zwerges von vorhin. "Reich mag ich sein, aber vielleicht nicht so dumm, wie du glaubst. Es gibt noch etwas, das du für mich tun kannst."

Mitten im Trinken hielt Beorin inne. Er stellte seinen Krug ab und sah mich mit mehr Gerissenheit an, als sein sonst so raues Äußeres vermuten ließ. "Sprich weiter", sagte er langsam.

Ich lächelte. Der Zwerg war nicht ganz so einfältig, wie er tat. "Es geht um die Marodeure. Vielleicht brauche ich deine Truppe, um heute Nacht ein paar von ihnen festzunehmen."

Er beäugte mich misstrauisch. "Inwiefern festnehmen?"

"Sie davon abhalten, die sichere Zone zu verlassen."

Beorin schnaubte. "Junge, ich weiß nicht, ob du es bemerkt hast, aber wir sind nur zu viert, und nach dem, was ich gehört habe, gibt es sehr viel mehr Marodeure. Wie willst du da ..."

Ich unterbrach ihn. "Sie werden nur Neulingskleidung haben. Unbewaffnet und ohne Rüstung."

"So so." Die Augen des Zwerges verengten sich, und ich spürte fast, wie er seinen ersten Eindruck von mir noch mal überdachte. "Hast du vor, heute Nacht ein paar Leute zu töten?"

Ich zuckte mit den Schultern. "Vielleicht."

Beorin grinste. "Du gehst zum Lager der Marodeure, nicht wahr?"

Er ist ein gerissener Kerl. Und gefährlich. "Vielleicht" antwortete ich beiläufig.

"Willst du etwas Gesellschaft?" fragte Beorin. "Wir vier haben selbst schon ein oder zwei nächtliche Raubzüge unternommen. Wir könnten ..."

"Nein, danke", lehnte ich sein Angebot höflich, aber bestimmt ab. Beorins Truppe mochte zwar praktisch sein, um sie bei einem Kampf dabeizuhaben, aber ich kannte sie nicht.

Beorin lachte, nicht beleidigt von meinem Ablehnen. "Na gut, wie du willst."

"Gut, dann wäre das geklärt", sagte ich und stand auf.

"Mir wurde von dir erzählt, weißt du", sagte er abrupt. "Es wird gesagt, du hättest einen ganzen Haufen Gottesanbeter getötet."

Ich setzte mich wieder hin. "Wer sagt das? Hannah?"

Beorin schnaubte. "Nicht Han, sie verpetzt keine Kunden. Augen war es. Weißt du, was er noch gesagt hat?"

Ich wartete.

"Dass du verdammt stur, arrogant und rücksichtslos bist."

Ich rollte mit den Augen. "Wenn du nicht tun willst, was ich verlange, ist das in Ordnung, aber ich kann auf die ..."

"Augen hat *auch* gesagt, dass du verdammt gefährlich bist und dazu noch gerissen. Stimmt das?"

Ich seufzte, weil ich dieses Gespräch langsam leid war. "Wer kann das schon sagen?"

Beorin grinste. "Gegen so eine Antwort kann man nichts sagen. Gut, dann machen wir es."

Ich blinzelte. "Was?"

"Geh raus und hab Spaß, Kleiner. Und mach dir keine Sorgen, dass eines deiner geschlachteten Schafe in ihr Lager zurückkehrt. Wir werden sie schön hierbehalten und auf dich warten."

"Äh ... danke", sagte ich und zog mich eilig zurück, bevor der Zwerg das Gespräch wieder aufnehmen konnte.

❋   ❋   ❋

Leider waren die Kopfgeldjäger nicht die einzigen, die mich aufsuchten. Kaum hatte ich mich an einen Tisch in der Nähe gesetzt und auf ein ruhiges Essen gehofft, wurde ich schon wieder unterbrochen.

Diesmal von den Zwillingen.

"Was wollten die?" flüsterte Teresa, als die beiden sich unaufgefordert auf die Stühle gegenüber von mir gesetzt hatten.

Ich verschränkte die Arme und starrte sie an. "*Ich* will zu Abend essen."

Teresa winkte lässig mit einer Hand. "Ist schon auf dem Weg." Sie warf einen Blick über ihre Schulter auf den Tisch der Kopfgeldjäger. Die vier labten sich an ihren Getränken und sahen nicht zu uns.

"Saya sagte, dass sie Kopfgeldjäger sind", sagte Teresa. "Stimmt das?"

Bevor ich antworten konnte, mischte Terence sich ein. "Glaubst du, sie würden uns ausbilden?"

"Nein", antwortete ich knapp.

Die beiden tauschten Blicke aus, zweifellos verwirrt darüber, wem ich geantwortet hatte. Fast hätte ich gelächelt, aber ich konnte meinen finsteren Blick aufrechterhalten. Ich wollte sie nicht zum Bleiben ermutigen.

Leider ließen sich die beiden nicht so leicht einschüchtern. "Saya hat uns viel über dich erzählt", sagte Teresa und wechselte ohne Umschweife das Thema.

Ich sagte nichts.

"Wir wollen mit dir mitkommen", fügte Terence hinzu.

Das erregte meine Aufmerksamkeit. Wusste jeder, wo ich hinwollte? "Ich gehe nirgendwo hin", sagte ich milde.

"Dein Rucksack lässt etwas anderes vermuten", antwortete er prompt. "Den würdest du nicht dabeihaben, wenn du nicht vorhättest, dich auf den Weg zu machen. Uns ist es egal, wohin du gehst, wir wollen mitkommen."

Ich schnaubte. "Ihr zwei habt nicht genug Level. Es ist zu ..."

"Nach dem, was Saya uns erzählt hat", mischte sich Teresa ein, "warst du ungefähr auf demselben Level, als du diesen Sektor zum ersten Mal betreten hast."

Ich schaute sie an. "Damals war das Tal ein völlig anderer Ort. Jetzt ist es ein Kriegsgebiet. Ihr werdet ..."

"Wir wissen alle, wie gefährlich das Tal ist", sagte Terence und rollte mit den Augen. "Wir sind schon zweimal dort gestorben."

Ich starrte ihn an. "Zweimal? Wie viele Leben habt ihr noch?"

"Idiot", zischte Teresa ihren Zwilling an. "Warum musstest du ihm das sagen?"

Das beantwortete meine Frage. "Ihr zwei seid am Ende eurer Leben", warf ich ein, "und ihr wollt trotzdem das Dorf verlassen – bei Nacht?"

Wie leichtsinnig konnten sie sein?

Teresa runzelte die Stirn. "Wir sind beide mehr als dankbar für Sayas Hilfe, aber wenn wir hier festsitzen, kommen wir nicht weiter. Es wird immer zu gefährlich für uns sein, uns nach draußen zu wagen. Egal ob Tag oder Nacht." Sie biss sich auf die Lippe. "Aber wenn du uns hilfst – nur für ein paar Level, wohlgemerkt –, dann werden wir es schon schaffen. "

Ich schüttelte den Kopf. "Ich werde nicht dafür verantwortlich sein, dass ihr beide da draußen sterbt. Was ich vorhabe, ist zu –"

"Nur einmal", sagte Terence und schaute mich flehend an. "Wir werden dich dann nicht mehr belästigen. Versprochen."

Ich war es leid, unterbrochen zu werden, aber ich ließ seinen Einwurf unkommentiert.

"Nimm uns mit", flehte Teresa.

"Nein."

Das Mädchen ballte ihre Hände zu Fäusten. "Warum nicht?"

Ich unterdrückte einen Seufzer. Die Zwillinge sahen nicht so aus, als würden sie aufgeben, und erneut erinnerte ich mich daran, wie sehr ich Verbündete brauchte, um Haus Wolf wieder aufzubauen. Aber die heutige Arbeit war zu hart für die beiden. Allerdings verdienten sie eine Chance und meine Hilfe, schon allein, um meine Schuld für ihre Hilfe für Saya zu begleichen.

"Was wäre, wenn wir ...", begann Terence.

Ich hielt eine Hand hoch. "Ihr zwei könnt mich nicht begleiten, nicht heute Abend. Aber morgen gehe ich mit euch auf die Jagd."

Die Augen der Zwillinge leuchteten. "Wir haben dein Wort darauf?" fragte Teresa.

"Das tut ihr", sagte ich und fragte mich, worauf ich mich da gerade eingelassen hatte. "Und jetzt verzieht euch und lasst mich in Ruhe essen", fügte ich hinzu, als ich mein Essen kommen sah.

Kapitel 274: Wolf auf Beutezug

Nach einer zufriedenstellenden, wenn auch eiligen Mahlzeit ging ich zurück auf mein Zimmer. Es gab einen Grund, warum ich um ein Zimmer im obersten Stockwerk gebeten hatte. So hatte ich einfachen Zugang zum Dach, falls ich schnell verschwinden musste.

Ich löschte das einzige magische Licht in der Kammer, öffnete die Fensterläden und spähte hinaus. Mein Zimmer blickte auf den Haupteingang der Taverne. Ursprünglich hatte ich vorgehabt, die Taverne durch die Vordertür zu verlassen, aber ich hatte schon zu viel Aufmerksamkeit erregt.

Am besten vermeide ich weitere Blicke.

Mit einem Blick nach links und rechts studierte ich die Straße und entdeckte Pitor. Dieselben zwei Gruppen von Schlägern bewachten die Taverne, aber ich war mir sicher, dass sie sie bald verlassen würden. Nach dem, was Saya mir erzählt hatte, wusste ich, dass die Marodeure, die die Blockade bewachten, zweimal täglich die Schicht wechselten.

Sobald sie gingen, würde ich ihnen folgen.

Ich rüstete meine Katzenkrallen aus, duckte mich aus dem Fenster und kletterte auf das Dach, nicht mehr als ein weiterer dunkler Fleck in der Nacht. Die Ausgänge der Taverne im Erdgeschoss wurden überwacht, aber ich war mir sicher, dass niemand auf die Idee kommen würde, das Dach selbst zu überwachen.

Ich zog mich nach oben, lief lautlos über die Ziegel und spähte zum Nachbargebäude. Es war kleiner, nur drei Stockwerke hoch und durch eine Straße von der Taverne getrennt, aber der Abstand war mit Windgetragen leicht zu überwinden. Ich berechnete meine Flugbahn, materialisierte eine solide Rampe aus Luft und glitt zum Nachbargebäude hinunter.

Ich landete sanft und ohne ein Geräusch.

In der Hocke erweiterte ich meine Sinne und wartete ab, ob jemand etwas bemerkt hatte. Es wurde kein Alarm ausgelöst. Mit einem breiten Lächeln machte ich mich auf den Weg zum gegenüberliegenden Ende des Gebäudes und kletterte mithilfe meiner Krallenhandschuhe zur Straße hinunter.

✳ ✳ ✳

Aus der sicheren Zone zu schlüpfen war ein Kinderspiel.

Die Mauern um das Dorf waren zerstört worden, und niemand machte sich mehr die Mühe, die ein- und ausströmenden Spieler zu untersuchen. Als ich die Baumgrenze erreichte, hüllte ich mich in die Schatten und nahm durch Gesichtsverschleierung das Aussehen eines unscheinbaren menschlichen Kämpfers an.

Selbst zu dieser Stunde bewegten sich noch Spieler durch den Wald. Die meisten gehörten zu Kompanien von Soldaten, die in die sichere Zone zurückkehrten, um für die Nacht Schutz zu suchen. Trotz der Veränderungen im Tal hatten die Spieler immer noch Angst vor der Dunkelheit, auch wenn die Monster, die sie fürchteten, diesmal andere Spieler waren.

Ich kletterte auf einen hohen Baum am nordwestlichen Rand des Dorfes und drehte mich um, um die Spieler zu beobachten, die die sichere Zone verließen. Saya hatte nicht herausfinden können, wo genau sich das Lager der Marodeure befand. Wenn ich selbst danach suchen müsste, würde ich den größten Teil der Nacht brauchen. Ich beschloss, dass es viel einfacher sein würde, anderen zu meinem Ziel zu folgen.

Eine Stunde später, als der Strom der ankommenden Spieler zu einem Rinnsal abflaute, erschienen meine Opfer - zwei Dutzend, um genau zu sein. Ich rüttelte mich wach und betrachtete die Gesichter der ankommenden Marodeure genau. Leider war Pitor nicht unter ihnen.

Das ist die Gruppe der anderen Blockade, dachte ich.

Pitors Team konnte nicht weit weg sein, aber während ich mich auf die Gelegenheit gefreut hatte, den menschlichen Krieger zum Schweigen zu bringen, war eine Gruppe von Marodeuren genauso gut wie jede andere.

Ich erhob mich in eine halbe Hocke und schlich auf Zehenspitzen über die Äste, um mich von oben an meine Beute heranzupirschen.

✻ ✻ ✻

Das Marodeur-Team bewegte sich parallel zu den Berghängen in Richtung Westen. Ich verfolgte sie von hoch oben in den Bäumen und blieb dabei unbemerkt.

Dreißig Minuten lang tat ich nichts anderes, als meine Feinde zu beobachten und zu analysieren. Die Gruppe bestand aus einer Mischung aus Zauberern, Kämpfern und Jägern - einer *beträchtlichen* Anzahl von Jägern, was angesichts der Umgebung, in welcher die Marodeure sich aufhielten, vielleicht nicht überraschend war. Das Beste war jedoch, dass die Level aller Spieler unter meinem lagen - eine willkommene Abwechslung zu meinen üblichen Begegnungen.

Der Hauptteil aus fünfzehn Personen reiste in einer engen Gruppe unter einem halben Dutzend schwebender Magierlichtern, während die neun Jäger einen großen Kreis um sie bildeten. Aber überraschenderweise nahm keiner der Späher die Bäume in Augenschein. *Das macht es einfacher.*

Ich entfaltete meine Gedankensicht und suchte die Umgebung erneut ab. Dieses Mal konnte ich außer den Marodeuren keine anderen Spieler in der Nähe entdecken. Da ich mir sicher war, dass wir uns weit genug vom Dorf entfernt hatten, um niemandem mehr zu begegnen, setzte ich meine Stärkungszauber ein.

Deine Geschicklichkeit hat sich für 20 Minuten um +8 Ränge erhöht.
Du hast für 10 Minuten eine Belastungsaura erhalten.
Du hast den Auslösezauber Schnelle Genesung gewirkt.
Du hast Gesichtsverschleierung gewirkt. Dauer: 1 Stunde.

Ich spähte ein letztes Mal durch die Äste nach unten. Die Kolonne von Kriegern und Zauberern lachte und scherzte miteinander und bemerkte meine Anwesenheit immer noch nicht. *Zeit zu handeln,* beschloss ich und ließ mich zurückfallen, um auf die letzten Späher zu warten.

Die Jäger waren in Paaren unterwegs, zwei auf jeder Flanke, außer an der Front, wo sie zu dritt waren. Mit offener Gedankensicht spürte ich das Geistesleuchten der Späher, die den hinteren Teil der Gruppe bewachten, bevor ich sie sah. *Ihre Tarnung ist ziemlich gut,* dachte ich zähneknirschend, als ich darauf wartete, dass die beiden näherkamen.

Du hast 2 feindliche Einheiten entdeckt.
Sonnenkind ist nicht mehr versteckt! Krato ist nicht länger versteckt!
Zwei feindliche Wesen haben dich nicht entdeckt!

Die Späher waren jetzt fast direkt unter mir, und der Hauptteil der Truppe war außer Sichtweite. Ich wob Psi und ließ Ranken des Willens in die Köpfe der beiden Spieler eindringen.

Du hast Slayeraura gewirkt. Du hast deine Anwesenheit vor 2 von 2 Zielen für 10 Sekunden verborgen.

Perfekt, dachte ich, als der Zauber ohne Probleme halt nahm. Ich ließ mich vom Ast fallen und landete mit einem leisen Aufprall auf dem Waldboden.

Der erste Späher erstarrte. "Hast du das gehört?" flüsterte Sonnenkind.

Krato hörte auf, die Umgebung abzusuchen und sah seinen Partner stirnrunzelnd an. "Was gehört?"

Ich war direkt vor den beiden - weniger als zwei Meter von ihnen entfernt -, aber durch Slayeraura geblendet sahen sie mich nicht. Lautlos zog ich meine Klingen und erhob mich auf die Füße.

"Ich schwöre, ich habe etwas gehört", begann Sonnenkind.

Ich stürzte nach vorne und rammte ihm Ebenherz in die Kehle, wodurch er verstummte.

Du hast Sonnenkind mit einem tödlichen Schlag getötet.

Krato staunte über das plötzliche Auftauchen des blutigen Lochs in seinem Begleiter. Sein Schock dauerte jedoch nur einen Herzschlag lang an. Als er wieder zu Sinnen kam, riss der Jäger seinen Kopf herum und griff nach der Waffe an seiner Hüfte.

Er hatte keine Chance.

Ich schlängelte mich geschickt um den Späher herum und rammte ihm beide Klingen in den Rücken, um sein Leben genauso abrupt zu beenden wie das seines Partners.

Du hast Krato mit einem tödlichen Schlag getötet.

Ich ließ die Leiche zu meinen Füßen fallen und lauschte aufmerksam. Die Hauptkolonne der Marodeure hatte ihren Vormarsch nicht abgebrochen, und ich hörte auch keine anderen Späher sich nähern.

Meine Tötungen waren unbemerkt geblieben.

Ich zog meine Klingen, plünderte die Leichen und rannte dann in einem Bogen nach Süden davon.

Es war an der Zeit, die anderen Späher auszuschalten.

* * *

Du hast Heron getötet.
Du hast Lilith getötet.
Du hast ...

Du hast 7 Sammlungen verschiedener Gegenstände erworben.
Du hast Stufe 136 erreicht.
Kurzschwerter ist auf Stufe 121 gestiegen und hat Rang 12 erreicht.
Dein Kampf mit zwei Waffen ist auf Stufe 112 gestiegen und hat Rang 11 erreicht.
Deine Telepathie ist auf Stufe 111 gestiegen und hat Rang 11 erreicht.

Die anderen Jäger auszuschalten war fast ein Kinderspiel. Mit einer Kombination aus Verzauberung, Slayeraura und Schattentransit schlug ich einen tödlichen Bogen um die Gruppe und schaltete ihre Späher einen nach dem anderen aus.

Jetzt war es endlich an der Zeit, mich mit dem Rest der Marodeure zu befassen. Ich hockte auf einem Baum, direkt in ihrer Marschrichtung, und wartete darauf, dass die Hauptkolonne auf der Lichtung unter mir auftauchte.

"... ob ich eine Chance habe?"

"Sei nicht dumm! Geta wird dich bei lebendigem Leib verschlingen."

"Ja man, hör auf Mel. Diese Frau mag Männer mit ein bisschen mehr Fleisch auf den Knochen."

"Frag Turton. Er weiß *genau*, was ich ..."

Meine Mundwinkel zuckten nach oben. Die Zauberer und Kämpfer schienen nichts vom Schicksal ihrer Kameraden zu wissen. *Dumm und glücklich.* Und sie kamen zu mir wie Lämmer zur Schlachtbank.

Genauso wie ich es geplant hatte.

Mit Hilfe meines Psi schickte ich Ranken meines Willens in die Mitte der feindlichen Kolonne und durchbrach gleichzeitig die mentale Verteidigung von acht Spielern.

Du hast Massenverzauberung gewirkt. Du hast 8 von 10 Zielen für 20 Sekunden verzaubert. Zwei Spieler haben eine Prüfung auf geistigen Widerstand bestanden.
Hoben hat dein geistiges Eindringen entdeckt!

Na ja, dachte ich, als zwei Marodeure meinem Versuch der Verzauberung widerstanden. Ich nahm an, dass ein weiteres perfektes Ergebnis zu viel erhofft war, aber acht Lakaien konnten die Aufgabe genauso gut erledigen wie zehn.

Selbst wenn einer der Marodeure gewarnt worden war.

Der Kopf von Hoben schwang hin und her. Er hatte mich nicht bemerkt, aber er spürte deutlich, dass etwas nicht stimmte. "Hinterhalt!", brüllte der Priester. "Zieht eure Waffen!"

Der Ork an der Spitze der Kolonne drehte sich um und runzelte die Stirn. "Was redest du da, Hoben? Es gibt keinen ..."

Ich wählte immer noch einzelne Ziele für die Angriffe meiner verzauberten Diener aus, aber nach der Warnung des Priesters wurde mir klar, dass ich es mir nicht leisten konnte, wählerisch zu sein.

"Greift an", flüsterte ich.

Acht Spieler zogen ihre Waffen und stürzten sich auf ihre ehemaligen Gefährten, schlugen mit Klingen zu, hackten mit Äxten auf sie ein oder entfesselten mit Zauberstäben ihre Magie.

Es war ein glorreiches Chaos.

Blut spritzte. Gliedmaßen wurden abgehackt. Eingeweide quollen hervor. Feuerbälle schossen ins Leben. Eis dehnte sich unter ihren Füßen aus. Wurzeln schossen aus dem Boden.

Und die ganze Zeit über starben Spieler.

Deine Lakaien haben Turton getötet.
Deine Lakaien haben Melancholie verletzt.
Deine Lakaien haben ...

...

"Was macht ihr Narren da!", brüllte der Ork. Er hatte immer noch nicht begriffen, was passiert war. "Hört sofort damit auf!"

"Ich sagte doch, wir werden angegriffen", rief Hoben vom Inneren einer matten Ascheblase aus. "Ein Psioniker lauert hier irgendwo in der Nähe."

Meine Augen verengten sich und ich hatte keine Mühe, die beiden über das Klingen- und Zaubergeklirr hinweg zu hören. Der Priester war aufmerksamer, als ich erwartet hatte. *Ich muss etwas gegen ihn unternehmen.*

Das war allerdings leichter gesagt als getan. Hoben war bereits abgeschirmt und von fünf anderen ungeschützten und wütenden Spielern umgeben - einer war bereits gestorben. Aber es gab keinen Grund für mich, mich in den Nahkampf zu stürzen. In den Bäumen verborgen, hatte ich die Oberhand.

Ich werde es aus der Ferne angehen, beschloss ich und formte zwei Astraldolche in meinen Händen.

"Na, dann such ihn!", brüllte der Ork.

"Bin schon dabei", schnappte Hoben zurück. Einen Moment später explodierte ein weißer Stern auf der Lichtung. Ich duckte meinen Kopf und schützte meine Augen vor dem grellen Licht.

Leider war der Zauber des Priesters mehr als nur ein einfacher Lichtzauber.

Hoben hat Findender Stern der Schatten gecastet.
Du hast einen magischen Widerstandstest nicht bestanden! Du bist Schattenberührt. Dauer: 60 Sekunden. Für die Dauer des Schwächungszaubers kannst du dich vor keinem Spieler verstecken, der ein Zeichen der Schatten trägt.
Du bist nicht länger versteckt.

Hoben hob die Hand und zeigte zielsicher auf mich. "Da ist er!"

"Verdammt", murmelte ich und ließ die halb beschworenen Astralklingen verschwinden. Das war *nicht* Teil des Plans. Ich hatte nicht vor, mich von den Marodeuren sehen zu lassen, nicht, wenn ich sie mit einem

Massenzauber aus den Schatten heraus zur Strecke bringen konnte. Ein gesichtsloser Dämon in den Wäldern war viel furchteinflößender als ein Feind, den man sehen konnte.

Aber jetzt hatte ich die Wahl: weglaufen oder kämpfen.

"Gut gemacht", krähte der Ork und drehte sich um, um mich anzustarren. "Jetzt verbanne seinen Zauber, und lass uns den Wurm töten!"

Ich kämpfe, entschied ich und mein Gesicht verhärtet sich.

Mein übergeordneter Plan für den Umgang mit den Marodeuren sah vor, dass sie mich fürchten sollten, und das würde nicht passieren, wenn ich beim ersten Anzeichen von Ärger mit eingezogenem Schwanz floh.

Ich zog Psi herbei und schritt durch den Äther in das Chaos, das auf der Lichtung tobte.

Kapitel 275: In die Irre geführt

Mein erstes Ziel war natürlich Hoben.

Ohne auf die sich einander bekämpfenden Spieler um mich herum zu achten, materialisierte ich mich hinter dem wolkengrauen Schild des Priesters.

Du hast dich 25 Meter weit teleportiert.

Meine Klingen verschwammen und ich schlug übernatürlich schnell auf ihn ein.

Du hast Wirbelwind und Durchdringender Schlag gewirkt.
Der Schild deines Ziels hat deine Angriffe blockiert.

Ich kam mit meinem ersten Angriff nicht durch, aber der Schild des Priesters gab letztendlich nach. Ich schlug erneut zu und brachte Ebenherz in einem Schlag nach unten, der Hoben in zwei Teile gespalten hätte, wenn er getroffen hätte.

Der Schild deines Ziels hat deinen Angriff blockiert.

Der Priester drehte sich um, die Hände gespreizt und die Handflächen ausgestreckt, aber in seinen Augen lag keine Angst, nur ... Wut. Aus Hobens Fingern sickerten unheilvolle Schattenranken und drangen durch den grauen Schild auf mich zu.

Meine Augen verengten sich zu Schlitzen. Welchen Zauber der Priester auch immer gesprochen hatte, ich wollte ihn nicht zu spüren kriegen. Am sichersten wäre es gewesen, mich aus seiner Reichweite zurückzuziehen, aber ich wollte meinen Angriff nicht abbrechen. Noch nicht.

Ich behielt das Tempo meines Angriffs bei und beobachtete, wie die sehnigen Schattenstränge näherkamen. Der erste kam in Schlagdistanz.

Ich wich seiner Berührung aus und traf den Schild des Priesters von links. Eine weitere Ranke näherte sich.

Ich duckte mich darunter hinweg und stieß mit beiden Klingen gegen die graue Blase, die Hoben schützte. Die dritte Ranke kam immer näher.

Ich bog meinen Körper aus dem Weg und fegte Ebenherz erneut über den Schild des Priesters hinweg. Dann war die vierte Ranke bei mir.

Durch mein letztes Manöver noch immer aus dem Gleichgewicht, konnte ich nicht entkommen. Der magische Schatten biss in meine Hand, und ich riss meinen Arm zurück und zischte vor Schmerz.

Du hast eine Prüfung auf magischen Widerstand nicht bestanden!
Du bist für 10 Sekunden vom Tod berührt. Hoben hat begonnen, dein Leben mit einer Rate von 1 % pro Sekunde auszusaugen.

Weitere Ranken bedrängten mich – viel zu viele, um gleichzeitig auszuweichen und anzugreifen. *Zeit, mich neu zu formieren*, beschloss ich. Ich sprang zurück und starrte den Priester zornig an, während ich über meinen nächsten Schritt nachdachte.

Von der Sicherheit seines noch nicht zusammenzubrechen drohenden Schildes aus lächelte Hoben mich spöttisch einladend an.

Ich ließ mich nicht ködern.

Ein weiterer Frontalangriff würde nicht funktionieren. Aber ein schneller Angriff vielleicht schon. In Windeseile rannte ich in engen Kreisen um den Priester. Ich drehte Psi und begann, eine Windrutsche zu materialisieren. *Mal sehen, wie es ihm gefällt, wenn ...*

Eine verschwommene Bewegung aus den Augenwinkeln war meine einzige Warnung. Ohne den Instinkt zu hinterfragen, der mich dazu veranlasste, ließ ich mich auf alle Viere fallen.

Eine Halbriesin polterte an mir vorbei.

Sie hinterließ aufgewühlte Erde, abgebrochene Zweige und verstreute Blätter. Meine Reflexe hatten mich gerettet, aber nicht vollkommen, denn ihr Fuß hatte mich im Vorbeigehen gestreift.

Loritas Angriff hat dich gestreift. Du hast eine Prüfung auf körperlichen Widerstand nicht bestanden!

Dein Zaubern wurde unterbrochen!

Du bist <u>benommen</u> (Reaktionszeit verlangsamt). Dauer: 3 Sekunden.

So flüchtig der Aufprall auch gewesen war, er schleuderte mich dennoch mit fuchtelnden Gliedmaßen durch die Lichtung. Aber Loritas Angriff brachte mich auch aus ihrer und Hobens unmittelbarer Reichweite.

Ich schlug mit einem dumpfen Aufprall auf dem Boden auf, und mir entwich die Luft. Stöhnend setzte ich mich auf. *Ich muss in Bewegung bleiben.*

Ein Schatten fiel auf mich.

Verdammt, nicht schon wieder. Da ich wusste, dass Ausweichen im Moment keine gute Idee war, tat ich das Einzige, was mir einfiel: Ich griff in den Geist des Gegners, der über mir schwebte, und riss daran.

Du hast Turin 10 Sekunden lang in Angst und Schrecken versetzt.

Slayeraura ließ mich nicht im Stich; innerhalb eines Herzschlags überkam meinen Feind eine betäubende Angst. Ich kroch zurück und starrte auf den Ork, den ich an der Spitze der Marodeur-Kolonne entdeckt hatte. Turin war blass und zitterte, sein Hammer hing nutzlos über seinem Kopf und er stand reglos da.

Als ich mich bewegte, blickte der Ork nach unten und wurde noch blasser. Er ließ seinen Hammer fallen, drehte sich um und floh - direkt in die Klinge eines der verzauberten Kämpfer.

Dein Lakai hat Turin mit einem tödlichen Schlag getötet.

Nun ... das war mal eine glückliche Fügung.

Turins Tod erinnerte mich daran, dass ich genauso gut durch ein Unglück sterben konnte wie durch irgendetwas anderes. *Deshalb sollte ich auch lieber nicht hier sein.*

Aber es war zu spät, um jetzt noch einen Rückzieher zu machen, und es gab einen Kampf zu gewinnen. Ich kam schwerfällig auf die Beine und machte mir ein Bild vom Kampf.

Ungefähr zehn andere Spieler standen noch auf der Lichtung, die Hälfte von ihnen waren verzaubert und taten ihr Bestes, um die nicht verzauberten Marodeure in Schach zu halten. Lorita und zwei weitere Krieger waren meinen Schergen jedoch entkommen und kamen von rechts auf mich zu. Aber sie hatten den Abstand noch nicht überwunden, also suchte ich nach Hoben.

Der Priester senkte seinen Stab in meine Richtung.

Zeit für Runde zwei, dachte ich und tauchte durch den Äther, als Lorita Turins Mörder niedermachte.

Du hast dich in Hobens Schatten teleportiert.

Ich tauchte auf und schlug zuerst mit Ebenherz und dann mit meiner stygischen Klinge zu. Beide Schläge trafen direkt auf den Schild des Priesters.

Hoben wirbelte herum, ein Zauberspruch auf den Lippen.

Ich wartete nicht ab, um zu sehen, was für ein Unheil er dieses Mal heraufbeschwor. Während ich meinen misslungenen Wurf von vorhin wiederholte, schuf ich eine Rampe aus Luft und sprang auf sie.

Das Gesicht des Priesters verzerrte sich vor Verwirrung, als ich um ihn herumschwebte. Ich sauste auf der Windrutsche entlang und schlug auf seinen Schild ein, erst von rechts, dann von hinten und schließlich von links.

Hobens Gesichtsausdruck änderte sich wieder, Besorgnis wich Verwirrung. Ich drehte mich weiter um meinen Feind und setzte meinen Angriff fort.

Er versuchte natürlich, mich zu verfolgen, aber ich bewegte mich zu schnell, als dass er mich anvisieren konnte, und bei meiner dritten Runde zerbrach Hobens Schild schließlich. Ich ließ dem Priester keine Zeit, diese glückliche Tatsache zu bemerken, und stieß Ebenherz tief in seinen Rumpf.

Du hast Hoben mit einem tödlichen Schlag getötet.

Sieht so aus, als ginge Runde zwei an mich.

Ich sprang mit einem Salto von der Windrutsche und landete neben der Leiche. Lorita und ihre zwei Gefährten - menschliche Ritter - warteten auf mich. Aber ich war auch auf sie vorbereitet.

Als das Trio aufeinandertraf, wich ich dem ersten Schlag der Halbriesin aus, parierte das Schwert des ersten Ritters und schlug nach dem zweiten, so dass er seinen Angriff abbrechen musste.

Tevin ist deinem Angriff ausgewichen.

Obwohl der erste Schlagabtausch in einer Pattsituation endete, wichen die drei Kämpfer zurück und tauschten besorgte Blicke aus. Vielleicht waren sie von der Geschwindigkeit meiner Konter verblüfft, oder sie überdachten ihre Strategie.

Mir konnte es egal sein.

Ich ließ die Gelegenheit nicht ungenutzt verstreichen und ließ meinen Blick über die Lichtung schweifen. Soweit ich sehen konnte, war nur noch ein einziger unbewaffneter Marodeur am Leben, und der wurde bereits von meinen verbliebenen fünf Schergen bedrängt. Sie würden aber nicht mehr lange meine Lakaien bleiben.

Vielleicht sollte ich ...

Mit einem plötzlichen Brüllen stürmte Lorita nach vorne, und meine Aufmerksamkeit wurde wieder auf sie gelenkt. Als ich merkte, dass sie ihren Angriff von vorhin wiederholte, schleuderte ich mich aus dem Weg.

Diesmal gelang es mir, dem Angriff auszuweichen, aber die beiden Menschen hatten das vorhergesehen und gingen sofort auf mich los.

Der erste Ritter schlug mit seinem Breitschwert zu. Es blieb keine Zeit zum Ausweichen. Ich kreuzte meine Kurzschwerter vor mir und blockte den Schlag ab – knapp –, aber die Kraft des Aufpralls ließ mich zurücktaumeln.

In diesem Moment handelte der zweite Ritter.

In einem fast perfekt ausgeführten Manöver stürzte er sich auf mich, die Spitze seines glitzernden Schwertes auf mein Herz gerichtet. Ich wusste, dass ich der heranstürmenden Klinge nicht ausweichen konnte und warf mich dem Angriff entgegen.

Meine unerwartete Taktik vereitelte sein Zielen, und statt mich direkt zu durchbohren, wie er es vorhatte, biss seine Klinge in meine Schulter.

Luri hat dich verletzt.

Die Wunde tat höllisch weh, aber ich ignorierte den Schmerz. Ich ließ meine stygische Klinge fallen, griff nach dem Griff des Breitschwerts und zog daran, um es noch tiefer in meine Schulter zu treiben.

Luri hat dich lebensgefährlich verletzt!

Mein Handeln zerstörte meine Schulter weiter, aber was noch wichtiger war; es brachte meinen Feind in Reichweite.

Luris Augen weiteten sich, als er zu spät erkannte, was ich vorhatte. Mit einem blutigen Grinsen stieß ich Ebenherz, das ich die ganze Zeit versteckt gehalten hatte, unter den Brustpanzer des Ritters.

Du hast Luri mit einem tödlichen Schlag getötet.

Schritte polterten hinter mir über den Boden. Da ich immer noch durch das Schwert des Ritters festsaß, konnte ich nicht ausweichen. Aber das brauchte ich auch nicht. Ich kniff die Augen zusammen, suchte nach dem nächstbesten Bewusstseinsleuchten und teleportierte mich weg.

Du hast dich in Tevins Schatten teleportiert.

Der zweite Ritter spürte meine Anwesenheit in seinem Rücken und warf sich zur Seite, bevor ich ihn angreifen konnte. *Verdammt*, fluchte ich und bedauerte die verpasste Gelegenheit.

Ich schlich ihm nach.

Ein Sonnenstrahl hat dich verletzt!
Deine Leere-Rüstung hat den erlittenen Lichtschaden um 5% reduziert.
Ein magischer Stein hat dich verletzt!
Deine Leere-Rüstung hat den erlittenen Elementarschaden um 10% reduziert.
Schnelle Genesung ausgelöst! Deine Gesundheit liegt bei 45%.

Magie explodierte in meinen Schulterblättern und warf mich fast zu Boden. Ich konnte mich rechtzeitig fangen, wählte eine zufällige Richtung und duckte mich in eine Rolle, um weitere Angriffe zu vermeiden.

Ein Feuerball raste vorbei.

Ich kletterte wieder auf die Beine und drehte mich auf der Suche nach meinen letzten Angreifern um. Aber schon während ich das tat, wurde mir klar, was passiert war. Mein Zauber war erloschen und hatte die Zauberer unter meiner mentalen Kontrolle befreit. Tatsächlich sah ich alle fünf meiner ehemaligen Lakaien vor mir, ihre Gesichter von Wut und Hass zerfressen.

Die Zahl meiner Feinde auf der Lichtung war gerade von zwei auf sieben angestiegen.

Kämpfen oder fliehen? fragte ich mich und hatte ein Gefühl von Déjà-vu, da ich mir diese Frage erneut stellte.

Einer der fünf Zauberer hatte sich bereits in ein magisches Schild gehüllt, und ein anderer – der schnelle Worte murmelte – war im Begriff, dasselbe zu tun.

Doch bei den anderen drei Magiern schien die Wut über ihren gesunden Menschenverstand zu siegen.

Die drei waren direkt zum Angriff übergegangen, ohne sich die Zeit zu nehmen, sich um ihre Verteidigung zu kümmern. Es war das Trio, das die erste Salve magischer Geschosse abgefeuert hatte, und selbst jetzt richteten sie ihre Zauberstäbe in meine Richtung und bereiteten einen zweiten Angriff vor.

Ich kann mir diese Chance nicht entgehen lassen, dachte ich und war dank der drei überzeugt, im Kampf zu bleiben.

Wenn ich den Magiern genug Zeit gab, würden sie ihre Verteidigung letztendlich verstärken. Fünf Zauberer mit Schutzschild wären nicht leicht zu besiegen. Drei Magier *ohne* Schutzschild hingegen ...

Ich zog Psi herbei und formte einen verschlungenen Pfad zu meinen Zielen – ich wollte mich nicht zu einem leichten Ziel machen – und zauberte Windgetragen.

Die Magier starteten ihre zweite Angriffswelle eine halbe Sekunde bevor ich meinen eigenen Zauber beendete. Ich sprang auf die Windrutsche und schoss nach oben und *über* die ankommenden Geschosse hinweg.

Du bist 3 magischen Geschossen ausgewichen.

Die Köpfe der Magier zuckten nach oben, und auf allen drei Gesichtern spiegelte sich derselbe verwirrte Ausdruck wider. Ein amüsiertes Kichern entrang sich mir. Das klägliche Scheitern ihres Angriffs hatte meine Feinde verwirrt – genauso wie mein Anflug aus der Luft.

Von der linken Flanke stürmten Lorita und Tevin heran, um mich abzufangen, aber ich war zu schnell, als dass sie mich hätten einholen können. Außerdem hielt mich der Windstoß außerhalb der Reichweite der Feinde am Boden – zumindest vorübergehend.

Ich kam näher an mein erstes Ziel heran und hielt Ebenherz bereit. Der Magier hob abwehrend seine Zauberstäbe. Es machte keinen Unterschied.

Als ich an ihm vorbeirauschte, schlug ich mit der schwarzen Klinge zu und durchtrennte die Zauberstäbe *und* den Hals des Marodeurs.

Du hast Xerces geköpft.

Die Windböe bog nach links ab und trug mich zu meinem zweiten Ziel. Mit Verspätung erkannte der Magier, dass er fliehen sollte, aber auch ihm gelang es nicht, zu entkommen, bevor ich ihm Ebenherz tief in den Rücken rammte.

Du hast Hoffman mit einem tödlichen Schlag getötet.
Du bist nicht mehr Schattenberührt.

Leider war meine Windrutsche zu Ende, und ich sprang ab. Der dritte Magier war zu weit weg, um ihn zu erreichen. In der Zwischenzeit sah ich, wie die beiden Magier mit Schilden ihre Stäbe senkten. Sie gingen endlich von Verteidigung auf Angriff über.

Aber ich hatte nicht vor zu bleiben, wo ich war. Ich wob Psi und teleportierte mich fort. Und wieder zurück. Als ich hinter der letzten ungeschützten Magierin auftauchte, riss ich ihren Kopf zurück und schlitzte ihr die Kehle auf.

Du hast Soraya mit einem tödlichen Schlag getötet.

Die übrigen vier Marodeure drehten sich zu mir um, ihre Gesichter wirkten wie aus Stein gemeißelt und strotzten nur so vor Hass. Aber in ihren Gesichtern war auch ein Hauch von Angst zu erkennen. Ich hatte in weniger als sechzig Sekunden mehr als zehn von ihnen getötet.

Zeit, zu verschwinden. Mit meinem unverschämten Winken machte ich einen Salto rückwärts und hüllte mich in die Dunkelheit.

Du bist versteckt.

Kapitel 276: Gemeiner Schrecken

"Wo ist er hin?" flüsterte Tevin.

Du hast dich selbst geheilt. Deine Gesundheit liegt bei 65%.

"Er versteckt sich", antwortete der erste Magier. "Sei vorsichtig. Er ist noch in der Nähe."

"*Was* ist er?", fragte der Ritter und blickte nervös in die Dunkelheit.

Der Magier zuckte mit den Schultern. "Wahrscheinlich ein Assassine."

"Wer würde Assassinen auf uns hetzen?" fragte sich Tevin.

"Wen interessiert das?" kreischte Lorita. "Findet ihn einfach!" Mit ihrer Axt in der Hand eilte sie zu der Stelle, an der ich verschwunden war.

Der zweite Magier unterbrach sein Singen. "Sei nicht dumm, Lorita", rief er schroff. "Wenn du da rausgehst, bist du tot. Er wartet nur darauf, dass wir in Panik geraten. Gib ihm nicht, was er will."

Du hast dich selbst geheilt. Deine Gesundheit liegt bei 85%.

Die Halbriesin zögerte einen Moment, dann zog sie sich zum Magier zurück.

"Gut" verkündete der Magier. "Und jetzt lasst uns zusammenbleiben. Dann kann er nicht an uns herankommen. Ihr beide müsst uns bloß beschützen", er zeigte auf Lorita und Tevin, "und überlasst die Suche nach ihm Inga und mir." Ohne auf eine Antwort zu warten, setzte der Magier seinen Gesang fort.

Du hast dich selbst geheilt. Deine Gesundheit liegt bei 100%.

Nur zehn Meter entfernt saß ich in der Hocke und öffnete die Augen. Ich hatte die kurze Pause genutzt, um mich zu heilen, während ich den Marodeuren mit einem halben Ohr zuhörte. Als ich den vollen Sinn der Worte des Magiers verstand, lächelte ich selbstgefällig.

Es war ein guter Plan, aber nicht gut genug.

Der Magier hatte Recht: Ich wollte sie trennen. Aber wenn sie sich nicht von allein fügten, hatte ich andere Möglichkeiten, mein Ziel zu erreichen. Ich öffnete meinen Rucksack und holte eine Steinflasche heraus. Ich hielt sie bereit und griff mental nach den Gedanken der Kämpfer.

Du hast Slayeraura gewirkt. Du hast 2 von 2 Zielen für 10 Sekunden in Angst und Schrecken versetzt.

Ich katapultierte mich nach oben und schleuderte die Flasche auf die vier zusammengekauerten Marodeure.

Du hast eine Rauchbombe gezündet und damit eine Rauchwolke erzeugt.

Die Reaktion folgte augenblicklich. Tevin und Lorita rannten unter polternden Schritten los und stürmten aus den grauen Wolken hinaus in den Wald.

"Dummköpfe!", schrie der besserwisserische Magier ihnen nach. "Kommt zurück! Und zwar sofort!"

Natürlich reagierten die beiden Kämpfer nicht, und ich vergaß sie vorerst; ich würde sie bald genug wiederfinden. Ich konzentrierte mich stattdessen auf das Geistesleuchten des Magiers und schritt durch den Äther.

Du hast dich in Greaves' Schatten teleportiert. Du bleibst verborgen.

Eingehüllt in Schatten und Rauch war ich für meine Ziele unsichtbar. Ich nahm Ebenherz in einen beidhändigen Griff und schlug auf Greaves' Schild ein.

Du hast Greaves von hinten niedergestochen und damit fünffachen Schaden verursacht!
Der Schild deines Ziels hat deine Angriffe blockiert.

Der Magier wirbelte herum und seine raschelnden Gewänder verrieten seine Bewegungen. "Er ist hier!" rief Greaves. "Hilf mir, Inga!"

Ich spürte, wie der andere Magier sich zu mir umdrehte, aber ich unterbrach meinen Angriff nicht. Die beiden Zauberer konnten mich in dem wabernden Rauch genauso wenig sehen wie ich sie. Ich verstärkte meine Arme und schlug noch zwei Mal auf Greaves' Schild ein, wobei ich jedes Mal mithilfe von Rückenstich großen Schaden anrichtete.

Es schien zu reichen.

Der Schild deines Ziels wurde zerstört!

"Inga, tu etwas!" schrie Greaves. "Mein Schild ist ..."

Ebenherz flog nach vorne, in die Richtung, in die ich den Magier vermutete, und glitt mühelos durch Stoff und Haut, bevor es sich im Rumpf meines Feindes vergrub.

Du hast Greaves lebensgefährlich verletzt.

"Aua! Das tut weh!"

Ich hatte es nicht geschafft, einen tödlichen Schlag zu landen, aber das machte nichts. Ich zog die schwarze Klinge zurück, zielte erneut und schlug wieder zu.

Du hast Greaves getötet.

Einer weniger. Ich drehte mich um und pirschte mich durch den Rauch an mein zweites Ziel heran. Aber ich kam nicht weit.

Inga hat Selbstverbrennung gewirkt.

Flammen schlugen aus dem Magier hervor und verzehrten sowohl ihn, mich, als auch die verbleibende Rauchwolke.

Du hast eine Prüfung auf magischen Widerstand nicht bestanden! Du brennst. Dauer: unendlich. Der Schwächungszauber bleibt so lange in Kraft, wie der Zauber kanalisiert wird.
Deine Leere-Rüstung hat den erlittenen Elementarschaden um 10% reduziert.

Magisches Feuer umhüllte mich von Kopf bis Fuß. Ich kniff meine Augen zu und schrie. Ich konnte nicht anders, der Schmerz war überwältigend. Meine glühende Haut verkohlte, und fiel in Schuppen von mir ab. Selbst das Denken fiel mir schwer.

Aber ein Gedanke hielt mich aufrecht: Inga musste genau die gleichen Qualen durchleben wie ich, zumindest annähernd.

Der Zauber, den er gewirkt hatte, war ein Wagnis, das ihm genauso viel schadete wie mir. In dem Bruchteil einer Sekunde bevor das Feuer mich erfasst hatte, hatte ich gesehen, wie der Schild des Magiers aufflackerte und von seinen eigenen Flammen verzehrt wurde.

Ich ... muss ... einfach ... zu ... ihm ... gelangen ...

Ich machte einen wackeligen Schritt nach vorne. Weitere Stücke meiner Haut lösten sich ab. An Schattentransit war nicht zu denken. Vor lauter Schmerz konnte ich keine meiner Fähigkeiten einsetzen.

Ich machte einen weiteren Schritt.

Der Gesundheitstrank an meinem Armband schrie förmlich danach, benutzt zu werden, aber ich ignorierte die Verlockung der schnellen Erleichterung. Ich musste lernen, ohne sie auszukommen. *Es ist nur Schmerz*, sagte ich mir.

Ich machte einen weiteren Schritt.

Vage drang ein weiterer Schrei zu mir durch, einer der meinen eigenen widerspiegelte. Es war Inga. Ich zwang meine von Brandblasen geplagten Augen auf. Eine verschwommene Gestalt schwankte vor mir.

Fast ... geschafft.

Ich zog Ebenherz zurück und stieß zu. Der Schlag war nur ein Schatten meiner vorherigen Hiebe und die Spitze schwankte merklich, als sie in mein Ziel eindrang.

Trotzdem reichte der Schlag aus.

Du hast Inga getötet.
Die Flammen sind erloschen. Du <u>brennst</u> nicht mehr.

Mit einem erleichterten Keuchen sackte ich auf den noch rauchenden Boden. *N... nicht ... außer ... Gefahr ... noch nicht.*

Ich nahm die letzten Kräfte meines Willens zusammen, und bevor die Bewusstlosigkeit mich ganz einnehmen konnte, hüllte ich mich in Dunkelheit.

Du bist versteckt.

✳ ✳ ✳

Zwei feindliche Wesen haben dich nicht entdeckt!

Ich stöhnte leise auf, als ich durch die Nachricht des Spiels wieder halbwegs zu Bewusstsein kam.

"... sie sind tot", sagte eine Stimme düster.

Ich erkannte den Sprecher wieder. Es war Tevin. Ich beruhigte meine Atmung, denn ich war noch lange nicht in der Lage zu kämpfen.

"Und der Assassine?", fragte jemand anders. *Lorita.*
"Ich sehe seine Leiche nicht. Er muss geflohen sein."
"Such weiter", befahl die Halbriesin.
"Wir sollten nicht hier sein", argumentierte Tevin. "Lasst uns zurück zum Lager gehen. Yzark sollte informiert werden."
"Halt dein Maul", knurrte Lorita. "Und tu, was man dir sagt."
Der Ritter widersprach nicht weiter, aber seine Schritte waren schwer, als er tiefer in die Lichtung stapfte.

Ein feindliches Wesen hat dich nicht entdeckt!

Ich wagte nicht, mich zu bewegen. Der Schmerz vernebelte noch immer meinen Verstand, sodass meine Sinne beeinträchtigt waren und ich die beiden Kämpfer nicht ganz ausmachen konnte, aber ich wusste, dass sie in der Nähe waren.

Ich wandte meine Aufmerksamkeit nach innen und wirbelte Psi. Bevor ich etwas anderes tun konnte, musste ich mich erst um meine Wunden kümmern. Mit einem Kettenzauber schnellerer Genesung begann ich, mich selbst wieder gesund zu pflegen.

Weniger als eine Minute später warf Tevin erneut die Hände in die Höhe. "Ich kann ihn nicht finden. Ich sagte doch: Er ist nicht hier!"

"Er muss hier sein", beharrte die Halbriesin, obwohl sie sich jetzt nicht mehr so sicher anhörte. "Ich konnte keine Fußspuren finden, die von hier wegführen."

"Fußspuren?", echote der Ritter ungläubig. "Hast du nicht bemerkt, dass der Assassine *geflogen* ist?", fragte er in bissigem Ton.

Lorita schnaubte. "Er kann nicht fliegen."

"Wie nennst du es dann ..."

Eine weitere Spielnachricht ging mir durch den Kopf und ich achtete nicht weiter auf das Gezänk der beiden.

Deine Gesundheit liegt bei 100%.

Schweigend erhob ich mich in die Hocke. *Es ist Zeit, das zu beenden.*

* * *

Zehn Minuten später war ich immer noch auf der Lichtung. Und ich war nicht allein. Anstatt Tevin und Lorita zu töten, hatte ich sie gefangen genommen.

Die Entwaffnung und Gefangennahme der beiden Marodeure war problemlos verlaufen, und jetzt waren die beiden sicher gefesselt und beobachteten mich mit brennender Intensität.

Ich ließ sie noch ein wenig schmoren, während ihre Ängste freie Bahn hatten, und plünderte die Leichen ihrer Gefährten. Die toten Marodeure waren regelrecht vollgestopft mit Gegenständen, zu viele, um sie jetzt schon zu sortieren, also warf ich ohne zu zögern einfach alles in meinen Beutel des Haltens.

Du hast 15 Sammlungen verschiedener Gegenstände erworben.

Nachdem ich mit dem Plündern fertig war, überprüfte ich die Ergebnisse des Kampfes.

Du hast Stufe 138 erreicht.
Deine leichte Rüstung ist auf Stufe 113 gestiegen und hat Rang 11 erreicht.
Deine Telekinese ist auf Stufe 120 gestiegen und hat Rang 12 erreicht.
Null Tod ist auf Stufe 11 gestiegen und hat Rang 1 erreicht.

Nicht schlecht, dachte ich. Ich war zwei Level aufgestiegen und hatte eine Reihe von Fertigkeiten verbessert, von denen drei ebenfalls aufgestiegen waren. Ich schritt auf meine Gefangenen zu. Jetzt war es an der Zeit zu entscheiden, was ich mit ihnen machen wollte.

Ich hatte zwei Möglichkeiten: beide töten oder einen töten und den anderen gehen lassen.

Ich schürzte meine Lippen. Die erste Option würde bedeuten, dass ich meinen bisherigen Plan für die Marodeure aufgeben müsste - etwas, was ich vorher nicht einmal in Erwägung gezogen hätte, das aber nach der schwierigen Schlacht eine Überlegung wert war -, während die zweite Option notwendig war, um den Standort ihres Lagers herauszufinden. Ich ging im Kreis um die Gefangenen und dachte angestrengt nach.

"Wer bist du?", fragte Lorita plötzlich.

"*Was* bist du?", erkundigte sich Tevin etwas gedämpfter.

Ich ignorierte beide Fragen. *Der menschliche Ritter ist es, den ich brauche,* beschloss ich. Lorita war zu temperamentvoll. Wenn ich sie gehen ließe, würde sie wahrscheinlich zurückkehren und mich jagen - egal wie aussichtslos das wäre.

Ich hielt kurz inne, als mir klar wurde, dass ich meine Entscheidung bereits getroffen hatte.

Der Kampf mit dem Marodeur-Team war öfter brenzlig geworden, als mir lieb war. Aber am Ende hatte ich gesiegt, und das war das Wichtigste.

Na dann. Setzen wir den Plan in die Tat um. Ich nahm mir einen Moment Zeit, um darüber nachzudenken, was das bedeutete.

Der Überfall auf das Marodeur-Team war nicht aus einer Laune heraus geschehen. Ich hatte ihn extra gestartet, damit ich hinterher einige von ihnen freilassen konnte - natürlich *nachdem* ich sie ordentlich terrorisiert hatte. Die befreiten Gefangenen würden mich nicht nur zu ihrem Lager führen, sie würden auch Alarm schlagen.

Beides diente meinen Zwecken.

Es war zu riskant zu versuchen, fünfhundert Marodeure in einem gut verteidigten Lager auszuschalten. Das wusste sogar ich. Ich schnaubte. Egal, was Augen Beorin erzählt hatte, ganz so dumm oder leichtsinnig war ich nicht.

Aber ... fünfhundert Marodeure, die auf der Suche nach einem einsamen Assassinen waren? Noch dazu im Wald *und* in der Dunkelheit? Da rechnete ich mir schon eher Chancen aus.

Natürlich konnte ich nicht erwarten, dass alle Marodeure ihr Lager verließen und nach mir suchten, aber jeder, den ich im Wald töten konnte, war einer weniger, mit dem ich mich später im Lager auseinandersetzen musste.

Das brachte mich zurück zu meinen Gefangenen.

Ich stürzte mich auf die beiden und vergrub Ebenherz ohne Vorwarnung in der Kehle der Halbriesin.

Du hast Lorita mit einem tödlichen Schlag getötet.

Tevin starrte mich fassungslos an. "Warum hast du das getan?"

"Du verstehst jetzt, mit wem du es zu tun hast", antwortete ich milde. Ich hockte mich vor den Ritter und hielt seinem Blick stand. "Ich möchte, dass du eine Nachricht für mich überbringst."

"Eine Nachricht?", stotterte er. "Warum sollte ich ... Warte. Du lässt mich gehen?"

"Dieses Mal", sagte ich mit einem bösen Lächeln. "Du wirst Yzark erzählen, was hier passiert ist und dafür sorgen, dass er weiß, dass er als nächstes dran ist. Hast du verstanden?"

Da er sein Glück nicht riskieren wollte, nickte Tevin energisch. Er blinzelte mich einen Moment länger als nötig an, und ich spürte, wie mich ein misslungener Analyseversuch kitzelte.

"Hör auf damit", befahl ich scharf.

"Tut mir leid", schluckte Tevin, als er merkte, dass er ertappt worden war. "Aber welchen Namen soll ich ihm geben?"

"Du wirst ihm sagen", fuhr ich fort und ignorierte seine Frage, "dass jeder Marodeur im Tal tot sein wird, wenn ich fertig bin. Wenn es sein muss, werde ich jeden zehnmal umbringen. Wenn er diesem Schicksal entgehen will, packt er seine Sachen und verschwindet sofort."

"Er wird nicht darauf hören", wandte Tevin ein.

"Bring ihn dazu." Ich erhob mich und schnitt den Ritter los. "Geh schon."

Der fast nackte Mensch - ich hatte ihm seine Rüstung und Waffen abgenommen - machte keine Anstalten zu gehen und starrte mich an.

"Geh!" schnauzte ich.

Tevin rappelte sich auf und floh.

Ich lächelte vor mich hin, gab ihm eine Minute Vorsprung und nahm dann die Verfolgung auf.

Kapitel 277: Ein wenig Einsamkeit

Der Marodeur hatte es nicht weit.
Nach dreißig Minuten kam Tevin vor einer hohen Palisade stolpernd zum Stehen. Zwanzig Meter hinter ihm, auf einem dicken Ast sitzend, hielt ich ebenfalls inne und betrachtete die Szenerie unter mir.
Die Bäume auf der anderen Seite der Holzwand waren genauso dicht wie auf dieser Seite. Ich runzelte die Stirn. Das bedeutete entweder, dass wir das Lager der Marodeure doch noch nicht erreicht hatten, oder ... dass die Marodeure die Bäume als Deckung nutzten.
Ich schaute nach links und rechts und entdeckte, dass die Palisade sich in beide Richtungen nach innen wölbte. *Das muss ihr Lager sein,* dachte ich. *Niemand baut mitten im Nirgendwo eine Holzmauer.*
Ich griff nach einem anderen Ast und zog mich höher hinauf, um einen besseren Blick zu bekommen. Aber ich wagte mich noch nicht näher an das Lager heran - wer wusste schon, welche Wachzauber die Marodeure aufgestellt hatten.
In wenigen Augenblicken erreichte ich die obersten Äste des Baumes und spähte durch das Laub hinunter. Fast sofort entdeckte ich fünf schwache Lichtpunkte innerhalb der umgrenzenden Mauern.
Das sind Lagerfeuer - verhüllte Lagerfeuer.
Obwohl wir nicht auf einer Lichtung waren, war ich mir sicher, dass ich das Lager der Marodeure gefunden hatte. Aber es war kleiner als ich erwartet hatte. *Diese Basis kann keine fünfhundert Leute beherbergen. Vielleicht die Hälfte davon.*
Ich blickte zu Tevin hinunter. Der Ritter stand vor der Palisade und fuchtelte hektisch mit den Händen herum - *wollte er die Aufmerksamkeit von jemandem im Inneren erregen?*
Ein Tor schob sich auf.
Hätte ich nicht selbst gesehen, wie das Tor geöffnet wurde, hätte ich die Mauernähte selbst mit meinen scharfen Augen nicht bemerkt. Zwei Spieler eilten heraus und gingen auf den fast nackten Ritter zu.
Ich ermahnte mich selbst zur Stille und spitzte die Ohren.
"... Tevin, bist du das?"
"Bei den Mächten, Kenneth, natürlich bin ich es. Kalin sei Dank, ich habe es geschafft!"
"Was ist mit dir passiert?" fragte Kenneth.
Die zweite Wache gluckste. "Hat eine Serline dich getötet?"
Tevin schaute finster drein. "Das ist nicht witzig, Jorge."
"Ach, komm schon. Gib es zu, es war ein bisschen ..."
"Wo ist der Rest deines Teams?" unterbrach Kenneth.
"Tot", antwortete Tevin und senkte beschämt den Kopf.
Einen Moment lang sagten die Torwachen nichts und starrten den Ritter schockiert an. Als er sich endlich gefangen hatte, legte Kenneth eine Hand auf Tevins Schulter und schüttelte ihn. "*Alle* von ihnen?"
Tevin nickte stumm.

"Was, haben Serlinen auch sie erwischt?" fragte Jorge halb im Scherz.
Sowohl Tevin als auch Kenneth ignorierten ihn.
"Ein Assassine hat uns aufgelauert", erklärte der Ritter zögernd. Er schaute sich mit einem verspäteten Impuls der Vorsicht um. "Lasst uns reingehen. Ich erzähle euch alles, nachdem ich Yzark Bericht erstattet habe."
Die drei eilten davon, und mit einem nachdenklichen Stirnrunzeln sah ich ihnen nach.

* * *

Nachdem Tevin und die Wachen verschwunden waren, richtete ich meine Aufmerksamkeit auf das Lager selbst.
Der Marodeur-Stützpunkt lag nur ein paar Kilometer westlich des Dorfes, aber er war gut versteckt, und ich bezweifelte, dass ich ihn ohne stundenlange Suche gefunden hätte.
Im Geiste markierte ich die Position des Tors und drehte eine langsame Runde um das Lager entlang meiner Baumkronen-Strecke. Die Palisade war rundherum einheitlich sechs Meter hoch. Es gab keine anderen Tore - jedenfalls keine, die ich entdecken konnte -, keine Wege und keine Türme. Abgesehen von den hölzernen Mauern hatte das Lager keine weiteren Verteidigungsanlagen.
Es gab Wachen, das wusste ich.
Aber ich wusste nur von ihnen, weil ich die beiden gesehen hatte, die Tevin reingelassen hatten. Als ich näherkam und das Lager mit meiner Gedankensicht untersuchte, fand ich ...
... nichts.
Ich rieb mir nachdenklich das Kinn. Ich saß in einer alten Eiche, zehn Meter vom verborgenen Tor entfernt, und konnte von dort aus direkt ins Lager sehen.
Aber ich fand keine Spieler.
Entweder war das Lager leer ... oder sein Inneres war sowohl vor physischen als auch vor mentalen Augen verborgen. *Der Stützpunkt muss abgeschirmt sein, aber in welchem Ausmaß?*
Ich griff in meinen Rucksack, holte eine schwarze Brille heraus und setzte sie auf.

Du hast die Brille der Wachzaubererkennung ausgerüstet.

Mit neuen Augen betrachtete ich das Lager erneut - und pfiff in stiller Anerkennung.
In meinem Blickfeld tanzten schillernde Fäden der Magie. Was dem Stützpunkt der Marodeure an physischem Schutz fehlte, machte er durch magische Verteidigungsmaßnahmen mehr als wett. Ein Netz von Wachzaubern durchzog die Palisade, den Boden darunter und sogar die Luft über dem Lager.
Es wird nicht einfach werden, dieses Chaos zu überwinden.
Aber es *war* möglich.

Ich dachte an das letzte Mal, als ich es mit einer Mauer aus Wachzaubern aufgenommen hatte. Die Begegnung war nicht gut ausgegangen. *Na gut,* gab ich zu, *es ist nur möglich, wenn es zusätzlich keine unsichtbaren Wachzauber gibt.* Mit gesenktem Kopf überlegte ich, wie wahrscheinlich es war, dass das Lager von Zaubern der Klasse fünf geschützt wurde.

Alle Marodeure, denen ich begegnet war, waren Spieler der Klasse drei gewesen. Das hieß nicht, dass es in der Basis nicht auch Spieler von Rang zwanzig geben könnte, aber die Vorstellung schien mir weit hergeholt.

Das hier war schließlich nicht Nexus.

Ich muss darauf vertrauen, dass was ich mit der Brille sehe, das ganze Bild ist, entschied ich. Das war ein Risiko, aber ein kleines. Ich hob meinen Kopf wieder und analysierte die magischen Linien, die die Basis durchzogen, und suchte nach einem Weg hindurch.

✻ ✻ ✻

Fünfzehn Minuten später hatte ich einen möglichen Weg durch die Verteidigung der Marodeure ausgemacht, aber ich machte noch keine Anstalten, ihn anzugehen. Es waren schon dreißig Minuten vergangen, seit Tevin im Lager verschwunden war.

Was dauert so lange?

Wenn der Marodeur-Boss den Köder schluckte und seine Männer auf die Suche nach mir schickte, sollte das bald passieren, aber die Nacht ging vorüber, und ich konnte nicht ewig warten.

Ich warte noch dreißig Minuten, beschloss ich. Ich machte es mir in meiner Baumkrone bequem und rief mein Spielerprofil auf. Es war schon eine Weile her, dass ich es im Detail überprüft hatte.

Spielerprofil (kompakt): Michael

Stufe: 138. **Rang:** 13. **Aktuelle Gesundheit:** 100%.
Ausdauer: 70%. **Mana:** 100%. **Psi:** 100%.
Verbleibende Leben: 2.

Attribute

Verfügbar: 3 Punkte.
Stärke: 17 (13)*. **Ausdauer:** 19. **Geschicklichkeit:** 48 (40)*. **Wahrnehmung:** 25. **Verstand:** 71. **Magie:** 23 (21)*. **Glaube:** 0.
* kennzeichnet Attribute, die von Gegenständen betroffen sind.

Aktive Buffs

Schadensreduzierung: Leben: 0%. Tod: 5%. Luft: 10%. Erde: 10%. Feuer: 10%. Wasser: 10%. Schatten: 5%. Licht: 5%. Dunkelheit: 5%. Physisch: 26%*.

Zusätzlicher Widerstand (ohne Attribute bestehender Widerstandsfähigkeit): Leben: 0%. Tod: 2,5%. Luft: 5%. Erde: 5%. Feuer: 5%. Wasser: 5%. Schatten: 2,5%. Licht: 2,5%. Dunkelheit: 2,5%. Physisch: 0%.

Immunitäten: Verstrickungszauber: Zauber Klasse 2*. Verstandszauber: Zauber Klasse 2*.
kennzeichnet Verstärkungen, die von Gegenständen beeinflusst werden.

Fertigkeiten
Ausweichen: 114. Schleichen: 115. Kurzschwerter: 124. Kampf mit zwei Waffen: 115. Leichte Rüstung: 113. Diebstahl: 89. Chi: 113. Meditation: 137. Telekinese: 120. Telepathie: 113. Einsicht: 133. Täuschung: 109. Kanalisieren: 25. Elementarabsorption: 25. Nullkraft: 15. Null Leben: 4. Null Tod: 11.

Ich lächelte zufrieden. Meine Fertigkeiten verbesserten sich weiter; einige waren sogar kurz davor, Klasse vier zu erreichen.

Meine Fertigkeiten der Leere waren jedoch noch lange nicht ausgereift. Der Kampf mit den Hexen und dem Marodeur-Team hatte sie zwar etwas verbessert, aber wie ich merkte, müsste ich mich anstrengen, um sie auf den gleichen Stand wie meine anderen Fertigkeiten zu bringen.

Wenn es nur nicht so viel zu tun gäbe.

Vielleicht würde ich morgen, nachdem ich die Schattenwölfe gefunden hatte, meine Leere-Fertigkeiten trainieren. Bei meinem letzten Besuch war ich im Tal auf viele niedere Kreaturen gestoßen, und wenn ich mich auf die Suche machte, würde ich sicher auch dieses Mal geeignete Monster finden. Die Kämpfe müssten allerdings "echte" Kämpfe sein. Sonst würde das Spiel mir keine Level-ups gewähren.

Ich wandte mich wieder dem Lager der Marodeure zu. Meine Pläne funktionierten natürlich nur unter der Voraussetzung, dass heute Abend alles wie geplant ablief - was zu diesem Zeitpunkt alles andere als sicher schien.

In der Zwischenzeit ist es an der Zeit, meine drei Attributspunkte auszugeben.

Ich könnte sie wieder in Geschicklichkeit stecken ... oder aber in Wahrnehmung investieren. Dann könnte ich einen der Fähigkeitsbände lesen, die derzeit meinen Rucksack beschweren.

Wahrnehmung also, beschloss ich und übermittelte meinen Wunsch dem Adjutanten.

Deine Wahrnehmungsfähigkeit ist auf Rang 28 gestiegen.

"Ausgezeichnet", murmelte ich. Ich hatte jetzt sechs Slots für Wahrnehmung zur Verfügung. Das würde ausreichen, um eine meiner bestehenden Fähigkeiten zu verbessern.

Welche sollte ich wählen? Analysieren, Gesichtsverschleierung oder Fallenerkennung? Analyse aufzuwerten, würde den größten unmittelbaren Nutzen bringen, aber ich bevorzuge eine längerfristige Strategie.

Auf eine umfassendere Gesichtsverschleierung hinzuarbeiten war dafür genau richtig. Die Möglichkeit, mein Gesicht selbst in einer sicheren Zone zu verbergen, würde die Wirksamkeit meiner Verkleidungen erhöhen - etwas, das ich mir sehnlichst wünschte.

Ich holte den besagten Fähigkeitsband aus meinem Rucksack und begann zu lesen.

Du hast deine Fähigkeit zur Gesichtsverschleierung auf <u>Verbesserte Gesichtsverschleierung</u> verbessert. Diese Fähigkeit der Klasse 2 verbessert die Illusion, die dich umgibt, und verschleiert nicht nur deine Gesichtszüge, sondern auch deine Stimme. Außerdem sehen Spieler mit Analyse Klasse 1 einen falschen Namen, eine falsche Stufe und eine falsche Spezies.

Du hast noch 2 von 28 freie Slots für Wahrnehmung.

Ich schloss die Augen und ließ das neue Wissen in meinem Kopf sacken. Die Verbesserung durch die Variante der Gesichtsverschleierung der Klasse zwei war vernachlässigbar und vielleicht keine vier ganzen Fähigkeitsslots wert, aber ich war hinter der Klasse drei Variante her.

Damit würde sich die Investition am Ende lohnen.

Ein leises Knarren ertönte von unten, und ich riss die Augen auf. Als ich nach unten blickte, sah ich, dass sich das Tor zum Lager der Marodeure öffnete.

Endlich, dachte ich und erhob mich.

✳ ✳ ✳

Eine Doppelkolonne von Spielern strömte heraus. Ihre Mienen waren allesamt grimmig, und alle hielten ihre Waffen bereit. Mit den Augen zu Schlitzen verengt zählte ich sie. Als sich das Tor schließlich schloss, war ich bei fünfzig angekommen.

Ich pfiff lautlos in stiller Anerkennung.

Nach normalen Maßstäben waren fünfzig Spieler zu viel für eine Jagd auf einen einzigen Assassinen. Noch beeindruckender war, dass jeder Marodeur in der Truppe gebufft und bereit für den Krieg war. Das konnte ich allein an den leuchtenden Blasen erkennen, die jeden Magier umgaben.

Man musste dem Marodeur-Boss lassen, dass er ein umsichtiger und kluger Kommandant war. *Fünfzig Spieler. Alle in einer großen Gruppe. Und ihre Verteidigung ist bereits aufgebaut.*

Sie aus dem Hinterhalt zu überfallen, wird ein bisschen schwieriger sein, als ich erwartet hatte, gab ich mit trockener Untertreibung zu.

Was würde ich also tun?

Mein Blick fiel auf den vorderen Teil der Kolonne, die unter mir vorbeizog. Dort fand ich Tevin - in neuer Ausrüstung - und einen weiteren Spieler, den ich nicht erkannte. Beide unterhielten sich angeregt. Ich spitzte die Ohren und lauschte.

"... sag es dir, Myka", sagte Tevin. "Wer auch immer dieser Typ ist, es ist unmöglich ihn zu finden!"

Myka, ein schlaksiger Elf mit einem vielfarbigen Kopfschmuck, schnaubte. "Und ich sage dir, dass du dir keine Sorgen machen sollst. Unser Jagdhund ist ein Profi. Sobald sie seine Spur aufgenommen hat, kann sie ihn überall hin verfolgen - egal, wie gut du seine Tarnung einschätzt." Er warf einen Blick auf die Spielerin, die direkt hinter ihm marschierte. "Stimmt's, Hund?"

"Nenn mich nicht so", knurrte die angesprochene Frau. "Ich habe einen Namen. Benutze ihn."

Myka grinste. "Ah, aber ich mag Spürhund viel lieber. Klingt so schön passend. Meinst du nicht auch, Tevin?"

Der Ritter hielt sich klugerweise aus der Diskussion raus. "Was, wenn er sie tötet?", fragte er mit einem entschuldigenden Blick in Richtung der kleinen Frau.

Myka verdrehte die Augen. "Dafür ist ihr Schutzschild da. Den hast du wohl kaum übersehen."

"Nicht so, als hätte der Schild Greaves viel genutzt", murmelte Tevin.

"Ich bin aber nicht Greaves", sagte Myka gereizt. "Ich schwöre, wenn man dich so reden hört, könnte man meinen, dieser Assassine sei ein Schreckgespenst."

"Du hast nicht gesehen, wie er die anderen verzaubert hat. Es war ..."

"Genug, Tevin", sagte Myka müde. "Wir haben unsere eigenen Psioniker, um uns zu schützen." Er hielt den Blick des Ritters fest. "Er ist nur ein Spieler. Wir werden ihn früh genug finden und töten."

"Auch wenn er ein Elitespieler ist?" beharrte Tevin.

"Er ist keine Elite", schnauzte Myka, dessen Geduld am Ende zu sein schien. "Unsere Spione im Dorf haben jeden, der den Sektor betreten hat, genauestens verfolgt. Wir wissen von allen, wo sie sind. Dieser Spieler, was auch immer er ist, ist keine Elite."

"Ich hoffe, du hast recht", murmelte Tevin, bevor er verstummte.

Ich ließ die beiden außer Reichweite kommen, während der Rest der Kolonne vorbeimarschierte. Ihr Gespräch war - gelinde gesagt - aufschlussreich gewesen und hatte mich zum Nachdenken gebracht.

Dieser sogenannte Spürhund war besonders beunruhigend.

Die kleine Frau war nichts Besonderes, und abgesehen von dem magischen Schild, der sie umgab, erregte sie keine besondere Aufmerksamkeit.

Ich zögerte jedoch, sie zu analysieren.

Wenn sie wirklich eine Fährtenleserin war, lag es nahe, dass ihre Wahrnehmung hoch war, was die Wahrscheinlichkeit erhöhte, dass sie sich meinem Analyseversuch widersetzen oder ihn sogar entdecken würde - und das wollte ich nicht riskieren.

Ich fragte mich, wie sie ihre Ziele aufspürte. Durch Sicht, Geräusche, Geruch oder Bewusstseinsleuchten? Oder durch noch eine andere Methode, die ich nicht kannte?

Aber der Spürhund hatte mich nicht entdeckt, als ich mich hoch oben im Baum versteckt hatte. Entweder war ihre Wahrnehmung nicht gut genug, um meine Tarnung zu durchbrechen, oder sie hatte einfach nicht in meine Richtung geschaut.

Dasselbe galt auch für mentale Verfolgung. In dem Moment, in dem Myka von Psionikern gesprochen hatte, hatte ich einen Schutzschild um mein Bewusstsein gewoben, aber das hätte mir nicht geholfen, wenn die Marodeure bereits nach meinem Bewusstseinsleuchten gesucht hätten.

Ich muss wissen, wie stark ihre Psioniker sind, beschloss ich. Ich senkte meinen Gedankenschild und öffnete meine Gedankensicht.

Sie war beunruhigend leer.

Kein einziges Bewusstseinsleuchten erschien, obwohl fünfzig Spieler unter mir entlangmarschierten. *Aargh,* fluchte ich und stellte meinen Geistesschild wieder her. Wenn die Psioniker der Marodeure stark genug waren, um die ganze Truppe abzuschirmen, würden sie vermutlich auch meine Fähigkeiten schnell zunichte machen.

War es ein Fehler gewesen, Tevin gehen zu lassen?

Vielleicht. Aber jetzt war es zu spät, das zu ändern. Ich warf einen Blick auf meinen Chamäleongürtel und die dort befestigten Verzauberungskristalle. Die gute Nachricht war, dass ich die nötigen Mittel hatte, um mich vor dem Spürhund zu verstecken und, falls es dazu kommen sollte, auch vor den Psionikern.

Mit dieser feindlichen Kolonne kann ich es allerdings nicht aufnehmen.

Sie waren zu gut auf meine Tricks vorbereitet. Mein Blick wanderte zurück zum Lager der Marodeure. Aber vielleicht traf das auf sie nicht zu.

Kapitel 278: Einbruch

Ich drang nicht sofort ins Lager der Marodeure vor.

Wenn der Spürhund mich vom Hinterhalt bis hierher verfolgen konnte – und davon musste ich ausgehen –, dann musste ich sie erst einmal in die Irre führen.

Das beinhaltete eine falsche Spur zu legen.

Ich versuchte gar nicht erst, meinen Geruch oder meinen Geist zu verbergen, und ging nach Süden, bis ich die südliche Grenze des Tals erreichte. *Gut genug,* dachte ich und schaute mich um. *Soll der Hund mich doch bis hierher und nicht weiter verfolgen.*

Ich holte ein Paar Verzauberungskristalle heraus und zerschlug beide.

Du hast einen Duft-Tarnkristall aktiviert, der deinen Geruch für 4 Stunden verdeckt.

Du hast einen Kristall zur mentalen Verschleierung aktiviert, der dein Bewusstsein für 8 Stunden verbirgt.

Mit meinem Schutz aktiviert – und hoffentlich unsichtbar für die Sinne des Spürhundes – verfolgte ich meinen Weg nach Norden zurück, bis ich die Bäume erreichte, die den Stützpunkt der Marodeure umgaben. Dort hielt ich inne und betrachtete die sich kreuzenden Magiegeflechte, die das Lager umgaben.

Die Zauberer hatten sie in Form einer Kuppel aufgeschichtet – eine Kuppel, die nicht über die Baumkronen hinausreichte. Natürlich waren die Stränge, die die Kuppel bildeten, am Boden und um die Palisade herum am dichtesten, aber oben, an den oberen Ästen der Bäume, gab es ... Lücken.

Sie waren nicht groß, aber groß genug für eine flinke Person, die genau den richtigen Winkel kannte, in dem sie ihren Körper verformen musste, um hindurchzuschlüpfen.

Zuerst musste ich aber überhaupt nach dort oben kommen.

Ich stützte meine Hände gegen den Stamm der alten Eiche, die mir bis jetzt Schutz geboten hatte, und begann zu klettern. Ich hörte nicht auf, bis ich die obersten Äste erreicht hatte. Ich setzte mich auf einen schlanken Ast und hüpfte leicht. Er trug mein Gewicht ohne Protest.

Perfekt.

Ich rannte über den Ast und stürzte mich in den Nachthimmel, überquerte die Weite aus leerer Luft und landete auf einem Baum innerhalb des Lagers. Ich hockte auf dem zitternden Ast und blickte nach unten.

Die Wachzauber des Lagers lagen nun unter mir. So nah an der Mauer waren sie ein dichtes Durcheinander, aber ich hatte nicht vor, mich von hier aus in die Basis fallen zu lassen. Ich schlüpfte durch das Geäst und bahnte mir meinen Weg zum anderen Ende des Baumes.

Dann sprang ich erneut.

Als ich landete, knarrte der Ast bedenklich, aber er gab nicht nach. Mit einem Seufzer der Erleichterung bewegte ich mich auf den Hauptstamm des

Baumes zu, bevor ich wieder nach unten blickte. Die Wachzauber waren hier weniger dicht.

Aber immer noch zu dicht.

Ich richtete meinen Blick auf den nächsten Baum und wiederholte mein Manöver dreimal, wobei ich jedes Mal lautlos von Baum zu Baum hüpfte, bis ich in der Krone eines Mammutbaums in der Nähe des Zentrums des Lagers hockte.

Erneut schaute ich nach unten.

Hier fand ich endlich ein Loch in der Kuppel, das groß genug war, um hindurchzuschlüpfen. Langsam ließ ich mich den Baum hinunter, bis ich auf einem Ast landete, der nur dreißig Zentimeter über dem Wachzauber schwebte. Ich hatte meine Einstiegsstelle gefunden.

Ich starrte auf das Gitter der Magie und prägte mir den Weg ein, den ich nehmen musste. Es gab fünf Schichten von Zaubern zu umgehen, aber sie waren so dicht aneinander, dass ein einziger Windstoß mich hindurchtragen würde.

Ich hielt inne, angespannt vor Erwartung. Der Moment der Wahrheit war gekommen. Entweder würde ich durch die Verteidigung der Marodeure segeln oder ... ich würde wie eine Fliege in der Falle sitzen.

Ich atmete langsam aus und zeichnete den Weg der Windrutsche sorgfältiger, als ich es sonst gewohnt war. Dann zog ich all meine Gliedmaßen ein und trat auf die Rampe.

Ich war auf dem Weg.

✱ ✱ ✱

Ich sauste wie der Wind durch die Wachzauber und landete ehe ich mich versah auf einem dicken Ast.

Mehrere feindliche Einheiten haben dich nicht entdeckt! Du bist versteckt.

Ein Überfluss von Anblicken, Geräuschen und Lärm kam über mich. Der Übergang war so plötzlich, dass ich einen Moment benommen war und mich fragte, ob ich die Wachzauber nicht doch ausgelöst hatte. Dann setzte sich die Vernunft durch und ich erkannte, dass die Wachzauber mehr taten als nur das Lager zu schützen.

Sie versteckten es auch vor Beobachtern von außen.

Sicher in einem Mammutbaum versteckt drehte ich meinen Kopf von links nach rechts und ließ die Informationen auf mich wirken.

Magierlichter waren um die unteren Stämme der Bäume gewickelt und an der Innenseite der Palisade befestigt, was den Stützpunkt der Marodeure hell erleuchtete. Das Tor, durch das Tevin gekommen war, war von meinem Aussichtspunkt aus ebenfalls gut zu sehen, und ich stellte fest, dass es der einzige Eingang zum Lager war.

Überall schlenderten Spieler umher, lachten oder feierten. Die meisten versammelten sich um lodernde Lagerfeuer, die aus irgendeinem Grund nicht gänzlich von den Wachzaubern verdeckt worden waren. Vom Inneren des Lagers aus betrachtet sahen sie jedoch mehr wie Lagerfeuer aus.

Es gab insgesamt zehn solcher Feuerstellen, aber nur die Hälfte war angezündet. Jedes Lagerfeuer stand vor einem großen, rechteckigen Zelt, und durch die offenen Klappen einiger Zelte konnte ich Reihen von Etagenbetten sehen.

Sayas Schätzungen waren falsch, schoss mir der Gedanke unaufgefordert durch den Kopf. Als ich darüber nachdachte, wurde mir auch klar, warum. Im Lager waren etwa zehn Dutzend Marodeure zu sehen, und wenn man davon ausging, dass keiner von ihnen bereits in den khakifarbenen Zelten schlief, war die Zahl der Feinde weit unter fünfhundert.

Einhundertzwanzig Marodeure im Lager. Dreiundzwanzig tot. Fünfzig suchen im Wald nach mir. Und weitere fünfzig sind im Dorf und blockieren die Taverne.

Damit verfügten die Marodeure in diesem Sektor über fast zweihundertfünfzig Soldaten.

Immer noch eine Menge, dachte ich trocken, als ich die zehn rechteckigen Zelte betrachtete. Es waren Kasernen, und ich schätzte, dass jede von ihnen groß genug war, um etwa zwei Dutzend Spieler zu beherbergen – was mit meiner Schätzung der Zahl der Marodeure übereinstimmte.

Aber es gab noch ein elftes Zelt. Es war schmutzig braun, kreisförmig und deutlich kleiner als die anderen und stand direkt unter mir.

Ein Kommandozelt? Für den Marodeur-Boss?

Es schien wahrscheinlich. Das Innere des Zelts war von meinem Standort aus nicht zu sehen, aber ich hatte andere Möglichkeiten. Ich entfaltete meine Gedankensicht und suchte das Innere ab.

Ein einzelnes Bewusstseinsleuchten leuchtete darin auf.

Hmm ... Ich ließ meinen Blick vom Zelt abschweifen. Keiner der Spieler im Lager war abgeschirmt, und außer den beiden am Tor – dieselben beiden, die Tevin begrüßt hatten – gab es keine Wachen. Niemand schaute auf oder schien sich Sorgen über einen lauernden Assassinen zu machen.

Das hier war kein Lager in höchster Alarmbereitschaft.

Wahrscheinlich kann ich es riskieren, die Spieler zu analysieren, beschloss ich. Selbst wenn ich entdeckt wurde, würden sie sich vielleicht nichts dabei denken. Ich konzentrierte mich wieder auf das Bewusstsein im runden Zelt und castete Analyse.

Dein Ziel heißt Yzark, ein Ork-Bluttrinker der Stufe 148. Er trägt ein Zeichen der Geringen Dunkelheit, ein Zeichen der Größeren Schatten und ein Zeichen von Kalin.

Ich lächelte siegreich. *Hab' ich dich.*

✳ ✳ ✳

Ich verbrachte weitere zwanzig Minuten damit, die Marodeure genau zu beobachten und jeden einzelnen zu analysieren. Ich hatte recht gehabt, keiner von ihnen, nicht einmal Yzark, war Klasse vier. Damit waren meine

Feinde und ich vom Level her gleichauf. Wenn ich meine Nachkommen-Eigenschaften, ungewöhnlichen Klassen und seltenen Eigenschaften mit einberechnete ... dann war ich klar im Vorteil.

Zumindest eins gegen eins.

Meine größte Herausforderung war die Anzahl der Marodeure, aber das hatte ich schon vorher gewusst und hatte ein paar Ideen, wie ich meine Chancen verbessern konnte.

Meine Beobachtungen zeigten noch etwas anderes. Die Anzahl und Größe der Zeltkasernen war kein Zufall. Jedes Zelt beherbergte ein einzelnes Team von Marodeuren - nach meiner Schätzung vierundzwanzig - und ihren Kommandanten.

Im Großen und Ganzen blieb jede Gruppe eine geschlossene Einheit, die an ihrem eigenen Lagerfeuer aß und sich vergnügte. Gelegentlich wanderten einzelne Marodeure zu einer anderen Gruppe ab, aber sie kehrten stets zu ihren Kameraden zurück.

Die Kommandanten waren immer die Spieler mit dem höchsten Level in jedem Team und waren durch die Ehrerbietung erkennbar, die die anderen Marodeure ihnen entgegenbrachten. Ich zählte fünf Kommandeure im Lager, darunter Pitor. Er und sein Team mussten aus dem Dorf zurückgekehrt sein, während ich mich um Turins Gruppe gekümmert hatte.

Seltsamerweise waren Pitor und Yzark die einzigen beiden Marodeure, die ein Zeichen von Kalin trugen. Pitor war außerdem der zweithöchste Spieler im Lager. Machte ihn das zu Yzarks zweitem Befehlshaber?

Wahrscheinlich, beschloss ich und überlegte, wie ich am besten mit den Marodeuren umgehen sollte.

Meine erste Idee war, ihr Essen zu vergiften. Ich hatte immer noch die drei Phiolen mit Viperngift, die ich von Wengulax erbeutet hatte, und Gift hatte sich gegen die Fangzähne im Dungeon von Erebus bereits als Strategie bewährt.

Aber die Marodeure hatten im Moment fünf kochende Töpfe, einen an jedem Lagerfeuer. Die anderen fünf Lagerfeuer waren nicht entzündet – die der Truppen auf dem Feld. Trotzdem waren fünf Töpfe viel zu viele.

Anders als die Kobolde waren die Marodeure Spieler und würden sofort vom Spiel alarmiert werden, wenn ich sie vergiftete. Das bedeutete, dass ich entweder alle auf einmal vergiften musste - was unter den gegebenen Umständen unmöglich war - oder niemanden. Ich konnte es nicht riskieren, den Überraschungseffekt zu verlieren, während einige meiner Feinde noch nicht ausgeschaltet waren.

Das gleiche Argument galt für den Einsatz meiner Fallen. Ganz zu schweigen davon, dass ich nicht genug hatte, um sie gegen zehn Dutzend Spieler einzusetzen.

Da blieb nur noch ...

... die Marodeure im Schlaf zu erledigen.

Das war eine Strategie, die nicht ohne ihre Probleme war. Ich musste mich verstecken, bis sich das Lager für die Nacht eingerichtet hatte - und dann hoffen, dass niemand zu einem unpassenden Zeitpunkt erwachte.

Ganz zu schweigen davon, dass ich das Risiko einging, dass der Spürhund zurückkam, bevor ich fertig war. Ja, mein Geruch war verschleiert, und ja, mein Geist war verborgen, aber ich war mir nicht sicher, ob diese Maßnahmen gegen die Fährtenleserin ausreichen würden.

Aber je länger ich wartete, desto betrunkener wurden meine Feinde. Die Marodeure sahen nicht aus, als ob sie ihre Getränke rationierten.

Meine Feinde im Schlaf zu töten ist die beste Strategie, die mir zur Verfügung steht.

Ich lehnte mich mit dem Rücken an den dicken Stamm des Mammutbaums, schloss die Augen und stellte mich auf eine lange Wartezeit ein.

Kapitel 279: Killer auf der Jagd

Zwei Stunden später öffnete ich meine Augen.

Das schallende Gelächter und der laute Gesang der Marodeure waren verstummt und nur noch das Klirren von Gläsern und leises Gemurmel waren zu hören, aber fast das halbe Lager war noch wach. Es war jedoch nicht der fehlende Lärm, der mich aus meiner Trance gerüttelt hatte.

Es war das Geräusch des sich öffnenden Tores.

Ich rollte mich in die Hocke und sah mir die Palisade genau an. Die beiden Marodeur-Teams, die Myka und den Hund begleitet hatten, waren zurückgekehrt.

Verdammt, fluchte ich und überprüfte meine Schutzmaßnahmen. Alles war so, wie es sein sollte. Als ich durch die Äste auf die Wachzauber dahinter blickte, überlegte ich, ob ich mich zurückziehen sollte.

Aber nein, sobald ich hinter den Wachzaubern war, würde ich nicht mehr wissen, was im Lager vor sich ging, und der Spürhund war bereits hier. Es hatte keinen Sinn, jetzt schon zu gehen.

Es ist besser, ruhig zu bleiben und auf meine Verteidigung zu vertrauen.

Ich blieb, wo ich war, und beobachtete die ankommenden Marodeure. Die beiden Teams trennten sich und gingen zu jeweils einer anderen erloschenen Feuerstelle. Außer Myka und dem Jagdhund.

Beide machten sich direkt auf den Weg zum Kommandozelt - und zu mir.

Ein feindliches Wesen hat dich nicht entdeckt! Du bist versteckt.

Ich umklammerte meine Klingen und machte Psi bereit. Wenn der Spürhund auch nur das geringste Anzeichen von Misstrauen zeigte, würde ich mit Windgetragen aus dem Lager fliehen. Das würde die heutige Nacht zu einem Kampf durch den Wald verwandeln - was vielleicht gar nicht so schlecht wäre. So hatte ich mir den Kampf gegen die Marodeure ursprünglich vorgestellt.

Ein feindliches Wesen hat dich nicht entdeckt!

Der Spürhund und Myka kamen näher, Tevin war jetzt nicht mehr bei ihnen. Keiner von beiden schaute auf. Ich wagte nicht zu atmen und wartete. Die beiden hielten vor der geschlossenen Zeltklappe inne.

Ein feindliches Wesen hat dich nicht entdeckt!

"Komm", rief eine raue Stimme.

Myka duckte sich hinein, dann der Spürhund.

Ich atmete langsam aus. Ich war unentdeckt geblieben. Entweder war die Spurenleserin nicht so gut, wie Myka dachte, oder mein Schutz war besser.

"Was habt ihr zu berichten?" knurrte Yzark aus dem Inneren des Zeltes.

Ich vertrieb meine Gedanken und lauschte. Obwohl die Stimme des Orks durch das Zelt gedämpft war, konnte ich seine Worte deutlich hören.

"Nichts", antwortete Myka sorglos.

"Nichts?", fragte Yzark, der Zorn in seiner Stimme unverhohlen.

Bevor der Elf mit einer weiteren schnippischen Bemerkung antworten konnte, meldete sich der Spürhund zu Wort. "Ich habe die Spur unserer Beute auf der Lichtung aufgenommen, die Tevin uns gezeigt hat, und sie dann an den südlichen Berghängen verloren."

Es folgte eine lange Pause.

"Du hast sie verloren", wiederholte der Marodeur-Boss. "Ich hätte mehr von dir erwartet, Mischa."

So heißt der Spürhund also.

"Ich hatte Glück, dass ich ihn überhaupt so weit verfolgen konnte", sagte sie.

"Warum?" fragte Yzark scharf. "Ist er so gut?"

"Wohl kaum", schnaubte Mischa, dann lachte sie humorlos. "Aber es ist schwer, Spuren, die auf Baumrinde hinterlassen wurden zu finden."

Mehr Stille.

"Sag das nochmal", befahl Yzark. "Willst du damit sagen, dass der Assassine *durch die Baumkronen* reist?"

"Ja", kam die knappe Antwort.

"Was ist er? Ein verdammter Elf?" murmelte Yzark.

"Hey, was soll das", warf Myka ein. "Nicht alle Elfen sind Baumvernarrt. Meine eigene ..."

"Halt die Klappe, Myka", brüllte der Ork.

Die Elfe gehorchte sofort.

"Besser", sagte Yzark in einem milderen Ton. "Sprich weiter, Mischa. Was hattest du gesagt?"

"Es gibt dem nicht viel hinzuzufügen", sagte sie. "Hätte ich seine Fährte nicht auf der Lichtung aufgenommen, hätte ich ihm gar nicht folgen können."

Na also, dachte ich. *Das sagt mir alles, was ich über die Fähigkeiten des Spürhundes wissen muss.*

"Wo ist der Assassine hin, nachdem er Turins Team überfallen hat?" fragte Yzark.

"Er ist hierhergekommen", antwortete die kleine Frau.

"Hierher?" Yzark klang erschrocken. "Und du hast nicht daran gedacht, das vorhin zu erwähnen?"

Ich konnte Mischas Achselzucken fast spüren. "Er hat nichts weiter getan, außer vielleicht das Lager zu untersuchen und dessen Standort zu markieren, bevor er nach Süden ging."

"Wo du ihn dann verloren hast?", fragte der Ork.

"Richtig" antwortete sie und klang dabei nicht gerade glücklich über diese Tatsache.

Yzark begann auf und abzugehen, seine Schritte hallten laut wider. "Ein interessanter Gegner", überlegte er. "Er taucht aus dem Nichts auf, tötet ein ganzes Team, spricht sinnlose Drohungen aus, findet unser Lager und verschwindet dann wieder. Ergibt das für einen von euch einen Sinn?"

Weder Myka noch Mischa antworteten, soweit ich es hören konnte, aber ich stellte mir vor, dass sie den Kopf schüttelten.

"Hast du sonst noch etwas über ihn erfahren?" fragte Yzark.

"Nichts, was Tevin uns nicht schon verraten hat", sagte Mischa. "Er ist klein. Schnell. Er führt zwei Klingen, eine davon ist eine Ebenklinge, die andere eine ..."

"Stopp!" schnauzte Yzark. "Sagtest du eine Ebenklinge?"

"Das stimmt", antwortete Myka, bevor Misha es tun konnte. "Als Tevin die Waffe beschrieb, habe ich sie sofort als ein Ebenholz-Kurzschwert erkannt." Er hielt inne. "Aber es kann keine *echte* Ebenklinge sein, oder? Wenn Hauptmann Talon wollte, dass wir verschwinden, hätte er doch keinen einzigen Assassinen geschickt."

"Bist du sicher, dass es eine Ebenklinge war?" drängte Yzark und ignorierte die Frage seines Untergebenen.

"Entweder das oder eine sehr gute Fälschung", antwortete die Elfe.

Ein Stuhl knarrte, als der Ork sich setzte. "Holt Tevin her. Und Pitor auch", zischte er. "Sofort!"

✳ ✳ ✳

Im Zelt herrschte wieder Stille, als Mischa und Myka hinausliefen, um Yzarks Auftrag zu erfüllen. Während sie weg waren, grübelte ich, warum sich der Ork auf das Detail mit der Ebenklinge fixiert hatte.

Was wusste oder vermutete er?

Ich war der Antwort aber noch nicht nähergekommen, als Myka und Misha mit Tevin und Pitor im Schlepptau zurückkamen.

"Pitor, beschreibe den Spieler, den du heute Morgen bei der Ankunft im Sektor beobachtet hast", befahl Yzark ohne Vorrede.

Eine Pause. "Welchen?", erkundigte sich der menschliche Kämpfer.

"Der Leibwächter von Keshs Agentin, dem du dummerweise erlaubt hast, die Taverne zu betreten!" brüllte Yzark zurück.

"Oh. Der." Pitor zappelte. "Ich nehme an, du meinst nicht den Barden?"

"Natürlich nicht, du Schwachkopf!" spottete Yzark.

"Richtig. Verstanden", antwortete Pitor schwach. Selbst von außerhalb des Zelts war deutlich, dass er nervös war, aber das Gedächtnis des Marodeurs war intakt. Er holte tief Luft und beschrieb mich in allen Einzelheiten.

Yzark wandte sich an Tevin. "Ist das der Assassine, der dein Team angegriffen hat?"

"Hört sich nach ihm an", antwortete der Ritter behutsam. "Aber sein Gesicht war ... anders."

"Gesichter lassen sich leichter tarnen als Ausrüstung", erwiderte Yzark. "Er ist es. Ich bin mir sicher."

Einen Moment lang sagte niemand etwas.

"Aber warum ist das wichtig?" wagte Myka schließlich zu fragen.

"Weil er mit Keshs Agentin zusammen war. Das macht ihn zu einem *ihrer* Untergebenen." Yzark begann wieder auf und abzugehen. "Auch wenn sie eine Zivilistin ist, ist Kesh eine mächtige Spielerin. Mit ihr ist nicht zu spaßen, genauso wenig wie mit den Mächten, mit denen sie sich verbündet hat. Entweder hat das Triumvirat ein Interesse an diesem Sektor." Er hielt kurz inne. "Oder Kesh tut es."

Yzark schnippte mit den Fingern. "Pitor, der Händler, den wir bestochen haben, die Nachrichten der Tavernenbesitzerin weiterzugeben, hat der uns gesagt, an wen sie adressiert waren?"

"Nein, Boss."

"Könnte es Kesh gewesen sein?" murmelte Yzark. "Hat der Gnom die ganze Zeit versucht, das Emporium um Hilfe zu bitten?"

Schweigen.

"Das muss es sein", sagte Yzark und beantwortete seine eigene Frage, bevor es jemand anders tun konnte. "Und jetzt hat Kesh beschlossen, direkt in das Geschehen einzugreifen. Daher die Agentin und der Assassine." Er setzte sich hin. "Das ist schlecht. Kalin muss informiert werden."

Pitor machte einen Schritt auf die Zeltklappe zu. "Schon dabei. Ich schicke sofort einen Boten ..."

Yzark unterbrach ihn. "Nein. Ich werde nicht mit leeren Händen vor unseren Herrn treten. Wir werden Kalin benachrichtigen, *nachdem* wir den Mörder gefangen genommen und verhört haben."

"Wie sollen wir das machen?" fragte Tevin fröhlich.

Yzark ignorierte ihn. "Mischa, Myka, rückt erneut mit euren Truppen aus und sucht die Stelle ab, an der ihr seine Spur verloren habt."

"Aber wir waren doch schon ...", begann der Spürhund.

"Sofort!" bellte Yzark. "Ihr brecht unverzüglich auf." Der Ork senkte drohend seine Stimme. "Und kommt ja nicht zurück, ohne etwas zu berichten zu haben."

Wortlos flohen die beiden aus dem Zelt, um den Auftrag des Marodeur-Bosses zu erfüllen.

"Warum bist du noch hier, Tevin?" erkundigte Yzark sich milde.

Stumm stürmte der Ritter den anderen hinterher.

"Mensch, Yzark", gluckste Pitor nervös, als die beiden allein waren. "Du hast heute Abend wirklich schlechte Laune. Was ist ..."

"Du wirst Mischa und Myka begleiten."

"Was!" rief Pitor aus. "Warum ich?", jammerte er.

"Eine interessante Frage", sagte Yzark leise. "Vielleicht, um deine Fehler wiedergutzumachen? Wenn du nicht den ganzen Tag damit gewartet hättest, die Ankunft von Keshs Agentin zu melden, wären wir nicht in diesem Schlamassel."

"Woher sollte ich denn wissen ..."

"Oder vielleicht", sagte Yzark und seine Stimme erhob sich, "solltest du gehen, weil du mein Stellvertreter bist? Kalin wird jemanden brauchen, dem er die Schuld geben kann, wenn alles schief geht, und das werde *nicht* ich sein."

"Mächte, Yzark. Willst du wirklich ..."

"Oder vielleicht", brüllte Yzark, "solltest du einfach gehen, weil ich es dir *befohlen habe?*"

Klugerweise schluckte Pitor weiteren Protest herunter. "Wie du willst", sagte er steif und stapfte aus dem Zelt.

* * *

Das Gespräch im Zelt ließ mich dümmlich grinsen.

Myka und Misha waren erneut auf dem Weg nach außerhalb des Lagers. Unwissentlich hatte Yzark die größten Bedrohungen für meinen Plan beseitigt - den Spürhund, die Psioniker und die aufmerksamen Marodeure. Die anderen Spieler hatten die ganze Nacht gefeiert und waren zu betrunken, um eine große Gefahr darzustellen.

Vielleicht klappt es ja doch noch.

Ich lehnte mich zurück an den Stamm des Mammutbaums und sah zu, wie die beiden Gruppen das Lager verließen. Die Tore fielen hinter ihnen zu und im Lager kehrte Ruhe ein.

Die Minuten verstrichen, und nach und nach zogen sich weitere Marodeure in ihre Zelte zurück. Unter mir hörte ich ein schweres Seufzen und das Knarren eines Bettes. Auch Yzark ging zu Bett.

Ich nahm meine Wache wieder auf und die Zeit verstrich. Mit jeder Stunde, die verging, wurde die Stille tiefer, bis ich eine Stunde nach Mitternacht feststellte, dass das gesamte Lager - außer den beiden Torwächtern - schlief.

Ich stand auf. Das Lager war ein einziges Chaos, überall lagen weggeworfene Teller und Tassen herum. Auch die Schatten waren dichter, da die Magierlichter schwächer wurden, wenn ihre Ladung nachließ.

Ich ließ mich auf den Boden fallen, den Blick auf das Tor gerichtet. Ich hatte Stunden des Planen hinter mir und wusste genau, in welcher Reihenfolge ich meinen Plan ausführen würde.

Die beiden Wachposten würden als erste sterben.

Halb gebückt schlich ich näher. Keine der beiden Wachen bemerkte mich, sie waren zu sehr mit der Flasche beschäftigt, die sie untereinander austauschten.

Zwei feindliche Wesen haben dich nicht entdeckt.

Ich verringerte den Abstand auf fünf Meter. Drei. Einen. Und immer noch entdeckte mich keiner der Marodeure. Ich schüttelte den Kopf. *Das sind mal tolle Wächter.*

Ich richtete mich zu meiner vollen Größe auf, riss den Kopf des näheren Soldaten zurück und stieß ihm Ebenherz in den Rücken. Ein leises Stöhnen entwich meinem Opfer, als die Flasche, die er umklammerte, aus seinen plötzlich leblosen Fingern fiel.

Du hast Justin mit einem tödlichen Schlag getötet.

Der Blick der zweiten Wache zuckte nach unten und folgte der zerbrochenen Flasche. "Ju-sh-tin, allesch gut? Das ist guter Sch..Stoff, den du da verschüttest. Gib her!"

Angewidert seufzend schritt ich über die Leiche hinweg und auf seinen halb besinnungslosen Partner zu. *Kein Grund, Psi zu verschwenden, um mich hinter ihn zu teleportieren.*

Die Wache schaute mich mit großen Augen an. "Hey, wer bist du?"

Mit mehr Kraft als unbedingt notwendig rammte ich ihm mein stygisches Schwert in die Kehle.

Du hast Hakien mit einem tödlichen Schlag getötet.

Ich ließ den Körper fallen und drehte mich zurück zum Lager um.

Kein einziges Geistesleuchten flammte auf – alle behielten den gedämpften Farbton schlafender Bewusstseine.

Ich schüttelte wieder den Kopf. Ich hatte den leisen Verdacht, dass die Arbeit heute Abend sowohl blutiger als auch einfacher werden würde, als ich erwartet hatte.

KAPITEL 280: DÜSTERE ARBEIT

Ich behielt Recht.

Keine Menschenseele regte sich, als ich von Koje zu Koje schlich und die Marodeure im Schlaf ermordete. Nach dem ersten Dutzend Opfer hatte ich das Töten perfektioniert.

Ich schlug meine linke Hand über den Mund meines Ziels und platzierte Ebenherz unter dem Ohr direkt hinter dem Kiefer, dann stieß ich zu - ohne Hast - und durchtrennte den Hirnstamm in einer einzigen Bewegung. Nur wenige wachten auf, um ihr Schicksal zu realisieren, und auch sie waren betäubt und getötet, bevor sie aufschreien konnten.

Ich behielt meine Gedankensicht die ganze Zeit über offen und beobachtete so die wenigen Nachzügler aus anderen Zelten, die auf der Suche nach mehr zu trinken oder um sich zu erleichtern herumirrten. Ein kurzer Teleport, ein schneller Hieb, und auch sie wurden zur Ruhe gelegt.

Im Handumdrehen war meine düstere Arbeit erledigt.

Jeder Marodeur der fünf Zelte war tot. Einhundertzwanzig Seelen waren innerhalb eines Wimpernschlages ausgelöscht worden.

Als ich vor dem Kommandozelt ankam, zitterte ich unwillkürlich. Auch wenn ich die Morde geplant und auf diesen Ausgang gehofft hatte, wurde mir bei all dem Blut an meinen Händen ganz flau im Magen.

Aber ich war noch nicht fertig.

Eine Person im Lager war noch am Leben - Yzark. Ich hatte ihn bis zum Schluss aufgehoben.

Mit einer Gesichtsverschleierung verbarg ich meine Identität, schob die Klappe des Ork Zeltes auf und schlich mich hinein. Er schlief noch immer, sein Mund war halb geöffnet und seine Nasenlöcher blähten sich im Takt seines Schnarchens auf.

Ich rückte näher, bis ich neben dem Bett stand und nur noch wenige Zentimeter von der entblößten Kehle des Marodeur-Bosses entfernt war. Der Adjutant hatte seine Klasse als Bluttrinker bezeichnet. Ich wusste nicht, was das war, aber es hörte sich nicht angenehm an.

Langsam zog ich Ebenherz aus der Scheide. Anders als seine Gefährten würde Yzark keinen leichten Tod sterben.

Der Marodeur war vollständig bekleidet. Er trug ein verziertes weißes Gewand und hatte ein Paar gebogene Dolche, ein halbes Dutzend Tränke und ein paar Verzauberungskristalle an seinem Gürtel. Seine Arme waren mit winzigen Narben übersät, die aussahen, als hätte er sie sich selbst zugefügt, und selbst im Schlaf war sein Gesicht von Zornesfalten gezeichnet.

Mit akribischer Vorsicht entledigte ich den Ork seiner Waffen.

Du hast 3 x Rang 4 Opferdolche erworben. Die Eigenschaften dieser Gegenstände wurden vor direkter Untersuchung abgeschirmt.

Interessant, dachte ich abwesend, während ich die Dolche beiseitelegte. Normalerweise plünderte ich meine Ziele erst, *nachdem* sie tot waren, aber ich hatte vor, mich mit dem Marodeur-Boss zu unterhalten und wollte ihm dabei keine Waffen überlassen – für den Fall, dass er es irgendwie schaffte, mich zu übermannen.

Nachdem ich mich um die Messer gekümmert hatte, befreite ich den Ork auch von seinen Tränken.

Du hast 6 x kleine Gesundheitsregenerationstränke erworben. Jeder Trank stellt die Gesundheit eines Spielers schrittweise mit einer Rate von 0,2 % pro Sekunde über 2 Minuten wieder her.

Die Tränke waren ebenfalls faszinierend und waren vermutlich speziell für Yzark hergestellt worden.

Als Nächstes rollte ich etwas Seil ab. Ich schob ein Ende unter das Bett und spannte es vorsichtig über Yzarks Arme und Oberkörper, bevor ich es wieder unter dem Bett hindurch zog.

Die Hände des Orks zuckten.

Ich hielt in meiner Arbeit inne und warf einen Blick auf das Gesicht des Marodeurs, aber er zeigte keine weiteren Anzeichen von Unruhe. Ich nahm meine Arbeit wieder auf und umwickelte den Ork ein paar weitere Male.

Schließlich kehrte ich zum Kopfende des Bettes zurück.

Yzarks Schnarchen hatte nicht nachgelassen. Ich holte die drei Fläschchen mit Viperngift aus meinem Rucksack, entfernte die Korken und hielt sie bereit.

Also los.

In einer einzigen plötzlichen Bewegung kippte ich die Fläschchen in den offenen Mund des Orks, drückte seinen Kiefer zu, zwang ihn zu schlucken und zog dann das Seil fest um seinen Körper.

Du hast 3 Fläschchen mit Viperngift verloren.
Du hast Yzark vergiftet!

Die Augen des Marodeur-Bosses rissen auf und sein Mund verzog sich vor wortlosem Schock. Instinktiv versuchte er, sich aufzurichten. Aber mit seinen Armen an seine Seiten und seinem Oberkörper ans Bett gefesselt kam er nicht weit.

Als er merkte, dass er in der Falle saß, aber nicht wusste, wie oder warum, wurde Yzarks Strampeln immer heftiger. Ich zog Ebenherz aus der Scheide und legte die Spitze an seine Kehle. "Hör auf", befahl ich.

Der Ork erstarrte.

In einem Augenblick klärte sich Yzarks Gesicht und war plötzlich von jeder Emotion befreit. Dann drehte er seinen Kopf mit nachdrücklicher Vorsicht in meine Richtung. "Wer bist du?"

Ich starrte den Ork in stiller Bewunderung an. Hätte ich nicht vor einer Sekunde sein verzweifeltes Ringen gesehen, konnte ich fast glauben, dass er kein bisschen beunruhigt war. "Wer ich bin, ist weniger entscheidend als der Grund, warum ich hier bin", antwortete ich milde.

Du hast einen mentalen Widerstandstest bestanden! Ein Analyseversuch eines feindlichen Wesens ist fehlgeschlagen.

Yzark hat es nicht geschafft, deine Tarnung zu durchdringen.

"Was hast du mit mir gemacht?" fragte Yzark, seine Stimme war immer noch ruhig und verriet nichts von seinem gescheiterten Versuch, mich zu analysieren.

Ich neigte meinen Kopf zur Seite. "Was? Hast du deine Spielnachrichten noch nicht überprüft? Das ist schlampig."

Die Augen des Marodeurs verengten sich ein wenig, bevor sie wieder leer wurden – er schätzte meine Ermahnung nicht. Eine Sekunde später wurden seine Augen noch starrer. *Sieht aus, als hätte er endlich begriffen, dass er vergiftet ist,* dachte ich ironisch.

Der Ork streckte seine Zunge aus und berührte damit seine Lippen. "Dieser Geschmack. Den kenne ich. Das ist ..."

"Vipernblut", beendete ich. "Ich nehme an, dass du innerhalb von einer Minute tot sein wirst."

Yzark zeigte keine Reaktion auf die Nachricht seines bevorstehenden Untergangs. "Vipernblut", wiederholte er. "Gottesanbeter benutzen das."

Ich lächelte, ohne seine Vermutung zu widerlegen oder zu bestätigen.

Der Blick des Marodeurs wanderte zur Zeltklappe. Als er merkte, was er tat, schnellte sein Blick wieder zu mir.

"Es kommt niemand", sagte ich leichthin.

Yzark sagte nichts, aber sein Gesicht verzog sich ein wenig.

Mein Lächeln vertiefte sich. Die ruhige Maske des Orks zeigte Risse. "Dein Volk ist tot. Alle einhundertzwanzig von ihnen im Schlaf getötet. Ich gehe davon aus, dass sie morgen ihre Entscheidung verfluchen werden, sich besinnungslos zu betrinken." Ich wedelte mit einem Finger vor seinem Gesicht. "Es war nicht klug von dir, ihnen solch einen Überfluss zu erlauben."

Yzarks Lippen verzogen sich. "Ich glaube dir nicht."

Ich zuckte mit den Schultern. "Das spielt keine Rolle. Du wirst die Wahrheit noch früh genug selbst herausfinden."

Yzarks Blick wurde schärfer – *versucht er, meine Lügen aufzudecken? Wahrscheinlich.* Ich verriet allerdings nichts weiter und seine Augen wanderten von meinem Gesicht nach unten, um meine Ausrüstung zu untersuchen.

Einen Moment später blähten sich die Nasenflügel des Orks auf. Er starrte auf die entblößte Klinge an seiner Kehle, wie ich bemerkte.

"Du bist kein Gottesanbeter", sagte er.

"Bist du sicher?" fragte ich kühl.

"Ebenso wenig arbeitest du für Tartar", fuhr Yzark fort und ignorierte meinen Einwurf, "trotz der Ebenklinge, die du trägst."

"Hmm ..." Ich verzog mein Gesicht in gespielter Verwirrung. "Ist das, woher ich das Schwert habe?"

Wut flammte in den Augen des Orks auf. "Spiel nicht mit mir, Mensch. Sag mir, wer du bist."

Ich rollte mit den Augen. "Jetzt geht das schon wieder los, hm? Ich werde es dir nicht sagen, egal wie oft du fragst."

"Warum bist du dann hier?", bellte er.

Ich lächelte nachsichtig. "Eine *viel* bessere Frage. Eigentlich aus zwei Gründen." Ich hob eine Augenbraue und wartete erwartungsvoll.

Doch Yzark ignorierte meine Aufforderung und sagte nichts.

Ich seufzte. "Oh, na gut, dann sei eben so." Ich beugte mich nach vorne und flüsterte ihm ins Ohr: "Zum einen bin ich hier, um dir zu sagen, dass du dich geirrt hast." Ich hielt wieder inne.

Dieses Mal konnte Yzark nicht widerstehen. "In Bezug auf was?", stieß er hervor.

Ich lehnte mich zurück. "Es stimmt nicht, dass ich für Kesh arbeite. Es ist genau andersherum."

Yzarks Augen verengten sich, und ich konnte fast sehen, wie die Sorge darin wuchs, als er die Implikationen durchdachte.

"Ja", sagte ich. "Ich war vorhin schon hier. Die ganze Zeit. Und ich habe *alles* gehört. Jetzt weißt du, wie wenig dir deine Wachzauber dienen. Ich kann dich erreichen, wann immer ich will."

Yzark hatte Mühe, seinen Gesichtsausdruck unter Kontrolle zu halten, aber er behielt genug Fassung, um nicht auf die angedeutete Drohung zu reagieren. "Und die zweite Sache?", knurrte er.

Ich lächelte zustimmend. "Ich bin hier, um eine Nachricht zu überbringen. Dieser Sektor gehört uns. Sag Kalin, wenn er weiterhin versucht, ihn für sich zu beanspruchen, wird das nicht gut für ihn ausgehen –" Ich starrte den Ork hart an – "und für dich auch nicht."

Die Lippen des Marodeurs bebten. "Du sagst 'uns'. Wen meinst du damit?"

"Oh, habe ich 'uns' gesagt? Du musst dich verhört haben." Natürlich hatte er sich nicht geirrt. Die Irreleitung war volle Absicht gewesen.

Dem Ork traten Schweißperlen auf die Stirn, aber ich machte mir nicht vor, dass meine Worte sie ausgelöst hatten.

Es war das Gift.

Ich war allerdings überrascht, dass das Vipernblut so lange gebraucht hatte, um Wirkung zu zeigen. Hatte Yzark eine Art Resistenz gegen das Gift? Würde er dessen Wirkung überleben?

Vorsichtshalber drückte ich die Spitze von Ebenherz tiefer in die nackte Haut des Orks. *Vielleicht muss ich es doch auf die übliche Art machen.*

"Du gehörst zu *ihm*, nicht wahr?"

Ich blinzelte und konzentrierte mich wieder auf Yzark. "Wie bitte?"

"Du gehörst zu ihm. Das musst du", spuckte er. "Diese *Spielchen*, die du spielst, riechen nach ihm. Du redest sogar wie er."

Irgendwie schaffte ich es zu verhindern, dass meine Augen sich weiteten. *Er denkt, ich arbeite für Loken. Wie ... ironisch.* Aber jetzt, wo Yzark die Anschuldigung ausgesprochen hatte, wurde mir klar, dass ich, wenn auch unbewusst, Loken nachgeahmt hatte.

Der einzige Grund für mein Gespräch mit Yzark war, ihn einzuschüchtern. Ich war nicht so naiv zu glauben, dass das Töten der Marodeure ausreichen würde, damit die Macht, die hinter ihnen stand, einlenkte.

Kalin würde beim nächsten Mal einfach mehr seiner Leute schicken. Leider fehlte es mir an Stärke, um ihn direkt zu bedrohen. Keine Macht – selbst eine kleine – würde einen Spieler der dritten Klasse fürchten.

Deshalb hatte ich zu Lügen und Andeutungen gegriffen und versucht, Yzark – der selbst kein Narr war – vorzugaukeln, dass eine dunkle Kraft hinter mir stand.

Es schien aber, als hätte ich mich dabei selbst getäuscht.

Ich hatte meine neu geschaffene, geheimnisvolle Persönlichkeit unwissentlich an Loken angelehnt. Das war zunächst eine beunruhigende Erkenntnis. Aber je mehr ich darüber nachdachte, desto mehr wurde mir klar, wie treffend er als Vorbild war.

Wen war es passender zu imitieren als den Trickbetrüger selbst?

Wenn Yzark am Ende glaubte, dass ich für Loken arbeitete, dann war das umso großartiger. Der Betrüger war schließlich eine der berüchtigtsten Mächte im Spiel. Allein der Verdacht, dass ich auf sein Geheiß handelte, sollte Kalin zum Zittern bringen.

Und wenn es mir dabei gelang, Loken selbst in Schwierigkeiten zu bringen, wäre das umso besser.

Yzarks Gedanken kreisten in der Zwischenzeit wie wild, während er Verbindungen herstellte, die nicht existierten. "Hat dich seine Gesandte geschickt? Das hat sie, nicht wahr? Dieses Frauenzimmer ist seit dem Tag unserer Ankunft unglücklich. Aber wir werden uns ihren Drohungen nicht beugen! Und der Schattenkoalition auch nicht! Sie hat diesem Vorhaben zugestimmt. Wenn Kalin sich beschwert, wird das Konsequenzen haben. Nicht einmal Loken wird in der Lage sein ..."

"Du fängst an, mich zu langweilen, Yzark", sagte ich milde. Ich stützte mich mit meinem Gewicht auf den Griff von Ebenherz und ließ die schwarze Klinge durch die Kehle des Orks gleiten.

Du hast Yzark mit einem tödlichen Schlag getötet.

Du hast einen Soldaten von Kalin getötet und damit seinen Zorn auf dich gezogen!

Seufzend trat ich einen Schritt zurück. Das Geschwafel des Orks hatte gerade angefangen, interessant zu werden, aber es hatte mir auch klar gemacht, dass ich unser Gespräch kurzfassen musste.

So faszinierend Yzarks Erwähnung von Lokens Gesandter und der Schattenkoalition auch war, ich wusste über beide nur wenig. Ich hatte mein Ziel bereits erreicht: Ich hatte den Marodeur zum Zweifeln gebracht und ihm vielleicht auch ein wenig Angst eingejagt. Aber wenn ich das Gespräch weiterlaufen ließ, befürchtete ich, dass der Ork meine Unwissenheit bemerken würde und meine Täuschung fiel.

Es war klüger aufzuhören, solange ich noch im Vorteil war.

Ich hoffte nur, dass ich genug getan hatte.

Ich duckte mich aus dem Zelt und überblickte das Lager. Meine Arbeit in dieser Nacht war noch lange nicht geleistet. Es gab immer noch einen Berg von Beute einzusammeln – und zu sortieren – und mehr Marodeure zu erschlagen. Ich hatte weder die Gruppen vom Spürhund und Myka noch die beiden anderen, die die Taverne blockierten, vergessen.

Ich töte auch sie und kehre dann ins Dorf zurück.

Ich schritt los und machte mich an die Arbeit. Ich hatte noch eine Menge zu tun, um mich auf die Ankunft der restlichen Marodeure vorzubereiten.

Kapitel 281: Ein Berg an Beute

Bevor ich das Lager durchsuchte, meine Spielnachrichten überprüfte oder mich um die Toten kümmerte, sicherte ich vorerst das Tor.

Ich rechnete nicht damit, dass die Marodeur-Teams vor dem Morgengrauen eintreffen würden - wenn überhaupt - aber sollten sie früher zurückkehren, konnte ich es mir nicht leisten, unvorbereitet zu sein. Die Wachzauber rund um das Lager würden verhindern, dass die Spieler während ihrer Annäherung schon etwas bemerkten, aber sobald sie das Tor passierten, würden es nicht lange dauern, bis sie herausfanden, dass etwas nicht stimmte.

Deshalb stellte ich rund um das Tor - oder besser gesagt, den Sammelplatz – Fallen auf.

Du hast erfolgreich 20 Fallen konfiguriert.

Nachdem ich meine Fallen aufgestellt hatte und hoffentlich für wen auch immer als Nächstes das Lager betrat eine böse Überraschung bereithielt, schleppte ich die Leichen der Torwächter in das nächstgelegene Zelt.

Die Hände in die Hüften gestemmt, musterte ich die beiden Toten. Beide stanken nach Alkohol, Erbrochenem und ... anderen Dingen. Trotzdem brauchte ich von mindestens einem von ihnen die Kleidung. *Justins dann eben.* Ich hielt mir die Nase zu und zog dem toten Marodeur die oberste Schicht Kleidung aus - Mantel, Hut, Hemd und Hose - und zog sie über meine Rüstung.

Von den vier Marodeur-Teams machten mir die Gruppen von Myka und Misha am meisten Sorgen. Sie waren zusammen losgezogen, und ich erwartete, dass sie auch als Einheit zurückkehren würden. Schlimmer noch: Sie wussten genug, um sich vor einigen meiner Tricks zu schützen - deshalb wollte ich dieses Mal *andere* Tricks anwenden.

Die beiden Teams aus dem Dorf waren weniger besorgniserregend. Sie könnten womöglich vorzeitig zurückkehren – wenn sie von den wiederbelebten Toten gewarnt wurden - oder sie könnten überhaupt nicht zurückkehren, wenn sie auf Ablösung warteten. So oder so, nach meinen Erfolgen heute Abend war ich mir sicher, dass ich mit einem einzigen Marodeur-Team allein fertig werden würde.

Wo wir gerade bei Erfolgen sind ...

Ich konzentrierte mich nach innen und öffnete endlich die Spielnachrichten, die so hartnäckig um meine Aufmerksamkeit rangen.

Du hast Stufe 150 erreicht!
Herzlichen Glückwunsch, Michael! Du bist jetzt ein Spieler der Klasse 4. Deine Erfahrungsgewinne sind weiter gesunken. Für das Erreichen von Rang 15 hast du 1 zusätzlichen Attributspunkt erhalten.

Deine Schleichfähigkeit ist auf Stufe 124 gestiegen und hat Rang 12 erreicht.

Deine Einsicht ist auf Stufe 143 gestiegen und hat Rang 14 erreicht.
Deine Diebeskunst ist auf Stufe 102 gestiegen und hat Rang 10 erreicht, wodurch du Fähigkeiten der Klasse 3 erlernen kannst.

Die Taten der Nacht hatten meinen Fertigkeiten vergleichsweise wenige Fortschritte eingebracht, aber das Ermorden von über hundert Spielern war nicht ohne Nutzen geblieben – in diesem Fall waren es zwölf Spielerlevel, vierzehn Attributspunkte und ein Klassenpunkt.

In jeder Hinsicht ein bedeutender Sprung meiner Stärke.

Doch leider hatten es meine Fertigkeiten noch nicht weit gebracht, obwohl ich endlich zu den Spielern der Klasse vier gehörte und nun mit den meisten Spielern im Spiel gleichauf war.

Aber das wird schon noch, schwor ich mir.

Aber das war eine Aufgabe für einen anderen Tag. Jetzt war es erst einmal Zeit Attributspunkte auszugeben. *Als Erstes muss ich meine Wahrnehmung aufbessern.*

Mein Plan für die verbleibenden Marodeur-Teams beinhaltete einen Hauch von Täuschung, und wenn ich die Sinne des Spürhundes täuschen wollte, wäre ein bisschen mehr Wahrnehmung vielleicht nicht verkehrt.

Deine Wahrnehmung hat sich auf Rang 31 erhöht.
Du hast noch 11 Attributspunkte übrig.

Ich gab drei Attributspunkte für Wahrnehmung aus, gerade genug, um Gesichtsverschleierung zu verbessern. Ich schlug den Fähigkeitsband auf und begann zu lesen.

Du hast deine Fähigkeit zur Gesichtsverschleierung auf <u>Überlegene Gesichtsverschleierung</u> verbessert. Diese Fähigkeit der Klasse 3 verbessert die Widerstandsfähigkeit der Illusion, die dich umgibt, so dass sie in einer sicheren Zone und über längere Zeiträume hinweg funktioniert. Außerdem sehen Spieler mit einer Analyse der Klasse 2 gefälschte Informationen zu Namen, Stufe, Spezies, Klasse und Gesundheitszustand.
Du hast noch 0 von 31 freie Slots für Fähigkeiten der Wahrnehmung.

Eine Illusion der Klasse drei und über dreißig Ränge in Wahrnehmung sollten ausreichen, um die Sinne des Spürhundes zu besiegen, sagte ich mir, ohne sicher zu sein, ob ich davon überzeugt war.

Ich zuckte mit den Schultern. Wenn es nicht funktionierte, dann eben nicht. Ich konnte es mir nicht leisten, zu viel in Wahrnehmung zu investieren. Aber ich hatte noch mehr Attributspunkte, die ich ausgeben konnte, und ich konzentrierte mich wieder nach innen und investierte alle in Geschicklichkeit.

Deine Geschicklichkeit hat sich auf Rang 51 erhöht. Andere Modifikatoren: +8 durch Gegenstände.

Ich lächelte, erfreut über die Veränderungen.

Die zusätzlichen elf Attributspunkte hatten einen spürbaren Unterschied gemacht und ich war jetzt merklich schneller. Egal, wie viele Marodeure sich auf mich stürzten, sie hätten es jetzt schwer, mich zu kriegen. Ganz zu schweigen davon, dass ich genug Fähigkeitsslots gewonnen hatte, um weitere Geschicklichkeitsfähigkeiten zu erwerben, sobald ich wieder im Dorf war.

Mein Grinsen wurde breiter. Die Aufgaben, die vor mir lagen, erschienen schon gar nicht mehr so beängstigend. Ich drehte mich um und blickte auf die stillen Zelte.

Es gab nur noch eine Sache zu tun: die Toten zu plündern.

✳ ✳ ✳

Ich hatte die Menge an Ausrüstung, die es zu plündern gab, nicht überschätzt.

Hundertzwanzig tote Marodeure entsprachen einem wahren Berg an Ausrüstung – weit mehr, als ich selbst mit meinem Beutel des Haltens tragen konnte. Und dann waren da noch die Verbrauchsgüter, die im Lager herumlagen – Getränke, Rationen, Tierhäute, Alchemiezutaten und so weiter. Einige von ihnen waren an sich schon wertvoll.

Allein das Entkleiden der Leichen und das Sortieren der Gegenstände dauerte Stunden.

Ich achtete darauf, außer Sichtweite des Tors zu bleiben und sammelte die gesamte Ausrüstung in einem leeren Zelt, wo ich drei Stapel anlegte: Gegenstände, die nicht genug wert waren, um sie mitzunehmen, Ausrüstung, die ich verkaufen wollte, und Ausrüstung, die ich für mich behalten wollte.

Natürlich war der letzte Haufen der kleinste.

Auf einer umgedrehten Kiste sitzend, beugte ich mich vor, um meine Beute genauer zu untersuchen. *Da sind einige interessante Stücke dabei.*

Ein dumpfes Klopfen unterbrach mich.

Ich lehnte mich zurück und runzelte die Stirn. Woher kam dieses Geräusch? Ich war mir sicher, dass niemand sonst im Lager war.

Das Geräusch ertönte erneut, dieses Mal lauter.

Das ist das Tor! wurde mir klar. Wer auch immer gekommen war, war früh dran; der Sonnenaufgang war noch mindestens eine Stunde entfernt. Ich stürzte aus dem Zelt und rannte auf die Palisade zu, wobei ich Psi wob.

Du hast eine Gesichtsverschleierung gewirkt und nimmst die Gestalt von Justin an. Dauer: 3 Stunden.

Keuchend kam ich schleudernd vor dem Tor zum Stehen.

Das Hämmern ging weiter. "Macht auf, ihr Narren! Wir sind müde, wund und hungrig!"

Ich erkannte die Stimme: Es war Pitor.

"Verdammt noch mal, wenn ihr beide schlaft, werde ich ..."

Ich schob das Tor einen Spalt weit auf. "Ich bin wach", lallte ich mit Justins Stimme. Die Gesichtsverschleierung sorgte dafür, dass ich den Tonfall des toten Wächters genau nachahmte. "Jetzt hör auf mit dem verdammten Lärm. Du machst mir Kopfschmerzen."

Du hast einen mentalen Widerstandstest bestanden! Pitor hat es nicht geschafft, deine Tarnung zu durchdringen.

Pitor stieß das Tor weiter auf und schob sich an mir vorbei. Hinter dem verärgerten Marodeur sah ich die Teams von Myka und Mischa, die genauso erschöpft und ausgezehrt aussahen, wie er berichtet hatte.

"Warum hast du so lange gebraucht?" fragte Pitor missmutig.

"Boss", antwortete ich kurz und bündig.

"Yzark ist noch wach?" fragte Pitor erstaunt, während ich das Tor ganz aufschob und die müden Spieler hereinließ.

Mit gesenkten Köpfen und staubiger Kleidung schlurften sie an mir vorbei. Hatten sie in der Suche nach mir wirklich den Berg erklommen? Es sah ganz danach aus.

Noch wichtiger war, dass das Bewusstseinsleuchten aller fünfzig Marodeure klar sichtbar war und keiner der Magier einen Schild aktiviert hatte - *warum auch? Immerhin kehren sie zu ihrer Heimatbasis zurück.*

Alles in allem gaben die zurückkehrenden Marodeure ein so trauriges Bild ab, dass ich fast ein schlechtes Gewissen hatte, was als nächstes mit ihnen passieren würde.

Aber nur fast.

Pitor winkte mit den Armen. "Hey Justin, hörst du mir zu? Ich habe dich etwas gefragt."

"Ja, ja, ich habe dich gehört", schimpfte ich. "Der Boss ist wach und hat gute Laune. Er will euch alle sehen."

Pitor seufzte. "Gut, dann gehe ich jetzt zu seinem Zelt."

"Nicht nur du", sagte ich und hielt ihn auf.

Er schwenkte zurück und sah finster drein.

Ich breitete meine Arme aus und wies auf die ganze Truppe. "Er möchte euch *alle* sehen. Ihr sollt hier warten", sagte ich.

Pitor öffnete seinen Mund, um zu protestieren.

"Befehl vom Boss", beendete ich.

Der Marodeur warf mir einen scharfen Blick zu, protestierte aber nicht. "Myka, Misha", schnauzte er. "Stellt eure Teams zusammen. Der Boss kommt und wird nicht erfreut sein, wenn er sieht, in welchem Zustand ihr seid."

Mir fiel auf, dass Pitors Kleidung kein einziges Staubkorn abbekommen hatte. *Er hatte sich offensichtlich nicht die Mühe gemacht, den Berg zu besteigen.*

Myka und Mischa waren von dem Befehl irritiert, aber sie gehorchten. Als sie ihre Leute aufreihte, streifte der müde Blick der Fährtenleserin mich im Vorbeigehen.

Du hast eine Prüfung auf geistigen Widerstand bestanden! Mischa hat es nicht geschafft, deine Tarnung zu durchdringen.

Ein triumphierendes Lächeln glitt flüchtig über mein Gesicht, aber ich verbarg es, bevor es jemand bemerkte.

"Wo ist Hakien?" fragte Pitor und bemerkte erst jetzt, dass der andere Wächter fehlte.

Der letzte der Marodeur-Kompanie betrat den Stützpunkt, und ich schob das Tor hinter ihnen zu. "Holt den Boss", antwortete ich plausibel.

"Aber ..."

"Pitor", rief Mischa plötzlich, und ihre Stimme klang seltsam, "seit wann stellen wir Fallen um das Tor herum auf?"

"Was?", fragte er und marschierte auf sie zu. "Was hast du gefunden?"

Ich blieb geduckt und tat mein Bestes, um nicht den Eindruck zu erwecken, dass ich in Eile war, und ging auf die Druckplatten zu, die ich an einer abgelegenen Stelle angebracht hatte.

Mischa zeigte auf etwas, das weniger als zwei Meter entfernt im Boden vergraben war. "Da ist eine." Sie drehte sich leicht und wies auf eine zweite Stelle. "Und dort noch eine."

"Das kann nicht stimmen", sagte Pitor verwirrt. "Wir lagern hier gar keine Fallen." Er schaute über seine Schulter zu mir. "Justin, was zum Teufel ist hier los?"

Ich begegnete seinem Blick über die offene Fläche hinweg, die uns trennte. "Der Boss wird dir alles erklären", versicherte ich ihm und trat auf die zwanzig Auslöser, die ich übereinandergestapelt hatte.

Du hast eine Falle ausgelöst!
Du hast eine Falle ausgelöst!
Du hast ...
...

In einem einigen glorreichen Augenblick wurden alle zwanzig Fallen aktiviert - die Hälfte Giftwolken, die andere Hälfte Feuerbomben.

Die daraus resultierende Explosion war katastrophal.

Die Flammen schossen nach oben, durchbrachen die Baumkronen und ragten in den Himmel. Ein weißer Blitz blendete mich, und selbst auf eine Entfernung, die ich für sicher gehalten hatte, wurde ich von den Füßen gerissen.

Ich wurde gegen die Palisade geschmettert, was mir die Nase brach, und ein paar Rippen knacksten. Aber das war mir egal. Schadensmeldungen scrollten durch meine Sicht.

Pitor ist gestorben. Du hast einen Soldaten von Kalin getötet und damit seinen Zorn auf dich gezogen!
Inzamin ist gestorben.
Misha ist gestorben.
Myka ist gestorben.
...

Die Liste ging weiter und weiter. Verglichen mit dem, was den Spielern im Epizentrum der Explosion widerfahren war, waren meine Verletzungen nichts.

Meine Güte. Ich rappelte mich auf und klopfte mir den Staub ab. Alle fünfzig Marodeure waren umgekommen, und kein einziges Bewusstsein leuchtete noch. Das übertraf meine kühnsten Erwartungen.

Ich legte meinen Kopf zurück und starrte gen Himmel. Die Flammen lichteten sich bereits. "Das muss vom Dorf aus zu sehen gewesen sein", murmelte ich und fragte mich, ob die anderen beiden Marodeur-Teams jetzt nach Hause geeilt kommen würden.

Ich wedelte den verbleibenden Rauch aus meiner Sicht und machte mich auf den Weg zum mir nächsten Körperteil. Mir blieb nicht mehr viel Zeit, und ich hatte einiges zu plündern.

Kapitel 282: Ein ungewisses Ende der Probleme

Du hast Stufe 152 erreicht!
Deine Täuschung ist auf Stufe 111 gestiegen und hat Rang 11 erreicht.

Ich seufzte, als ich die Spielnachrichten schloss.

Obwohl ich fünfzig Spieler getötet hatte, war ich nur zwei Level aufgestiegen - nicht unerwartet, wenn man den neuen Klassen- und Rangunterschied zwischen den Marodeuren und mir betrachtete - aber entmutigend war es trotzdem.

Noch enttäuschender war, dass Täuschung die einzige Fertigkeit war, die während der Begegnung aufgestiegen war. Meine Reaktion auf die Spielwarnungen war jedoch nichts im Vergleich zu meiner Reaktion auf die Beute der Truppen - oder das Fehlen derselben.

Ein deprimierender Nebeneffekt der katastrophalen Explosion war, dass sie alles außer der robustesten Ausrüstung zerstört hatte. Daher brachte das Durchsuchen der Überreste nicht so viele wertvolle Gegenstände ein, wie ich gehofft hatte.

Aber es ist ja nicht so, dass du nicht schon eine beeindruckende Ausbeute gesammelt hättest, dachte ich mir.

Ich räumte den Sammelplatz so gut wie möglich wieder auf - ich musste noch zwei weitere Teams begrüßen - und eilte in das Zelt, in dem meine Beute wartete.

Gut, Zeit, meine neue Ausrüstung zu untersuchen. Ich nahm jedes Teil in die Hand und untersuchte es genau.

Du hast 73 Goldmünzen erworben.

Du hast einen <u>Großen Beutel des Haltens</u> erworben. Dieser Gegenstand besitzt eine Verzauberung, die es dir ermöglicht, jeden Gegenstand, den du mit zwei Händen anheben kannst aufzubewahren. Dank der Verzauberung sind der Beutel und sein Inhalt gewichtslos. Nur Gegenstände können in dem Beutel aufbewahrt werden. Derzeit gelagerte Gegenstände: 0 / 200.

Du hast einen Ring des Goliaths erworben, +8 Stärke.
Du hast einen Ring des Akrobaten erworben, +8 Geschicklichkeit.
Du hast einen Ring des Adepten erworben, +6 Magie.
Du hast das Band des Scharfschützen erworben, +4 Wahrnehmung.
Du hast einen Heiligen Stein erworben, +8 Ausdauer.
Du hast einen Ring des Gelehrten erworben, +4 Verstand.

Du hast das Kurzschwert <u>Treue Klinge</u>, Rang 4 erworben. Dieser Gegenstand erhöht den von dir verursachten Schaden um 40% und trägt die Verzauberung Rückruf. Rückruf ist eine aktive Fähigkeit, die bewirkt, dass das Schwert in die Hand des Zaubernden zurückkehrt, wenn dieser sich innerhalb von 10 Metern befindet. Dieser Gegenstand erfordert eine Geschicklichkeit von 16, um ihn zu führen.

Du hast ein leichtes Rüstungsset von Rang 4 erworben: Ausrüstung des Jägers.
Dieser Gegenstand verringert erlittenen Schaden um 40% und erhöht die Fertigkeit Schleichen um +4 Ränge. Dieser Gegenstand erfordert eine Mindestausdauer von 16, um ihn anzulegen.

Du hast 2 x Rang 4 Kristalle zur Verbesserung von Stärke, 2 x Rang 4 Kristalle zur Verbesserung von Geschicklichkeit und 3 x Rang 4 Kristalle zur Verbesserung von Magie erhalten.
Du hast 20 x Säurebomben, 15 x Rauchbomben, 15 x Eisbomben und 20 x Feuerbomben erworben.
Du hast den Gürtel des Bombenlegers erworben. Dieser Gegenstand kann bis zu 20 Bomben aufnehmen und wurde verzaubert, um die versehentliche Detonation deiner gelagerten Sprengsätze zu verhindern.

Du hast den Umhang des Magisters erworben. Dieser Gegenstand ist unzerstörbar und Teil eines legendären Sets. Finde weitere Teile des Sets, um die erhaltenen Vorteile zu erhöhen. Der Umhang des Magisters erhöht deine Magie um +4 Ränge und reduziert physischen Schaden wie eine Rüstung um +8%.

Du hast ein Ätherstein-Armband erworben. Es ist ein Artefakt der Klasse 5, mit dem du den Äther durchqueren und dich von einem Sektor zum anderen teleportieren kannst, indem du die Koordinaten in einem der fünf Äthersteine nutzt. Bevor das Armband benutzt werden kann, müssen die entsprechenden Koordinaten eingraviert werden. Dieser Gegenstand erfordert einen Mindestwert von 20 in Magie oder Glaube, um ihn zu benutzen.
Äthersteine sind seltene Edelsteine, die durch den Einsatz von Mana vorübergehende Verbindungen mit dem Ley-Linien-Netzwerk des Reichs der Ewigkeit herstellen können. Das Ätherstein-Armband kann nur begrenzt mit dem Netzwerk verbunden werden und erlaubt nur Teleportationen aus einer sicheren Zone des Königreichs. Das Ziel kann jedoch jeder bekannte Schlüsselpunkt des Königreichs sein. Das Armband kann nicht in einem Dungeon eingesetzt werden und es umgeht auch keine magischen Barrieren wie Sektor-Schildgeneratoren.
Derzeit gespeicherte Orte: 3 / 5. Verfügbare Orte: Sektor 24.401 sichere Zone, Sektor 12.560 sichere Zone und Sektor 1 sichere Zone.

Ich seufzte zufrieden; die neue Ausrüstung war in fast jeder Hinsicht besser als meine alte. Erfreut über meine Beute, begann ich, die Gegenstände auszurüsten.

Du hast 6 Ringe ausgerüstet. Nettoeffekt: +8 Stärke, + 8 Geschicklichkeit, +6 Magie, +4 Wahrnehmung, +8 Ausdauer und +4 Verstand.

Die toten Marodeure hatten eine Vielzahl von Ringen und anderen Schmuckstücken zur Auswahl bei sich gehabt, aber leider ließen sich die Effekte der statuserhöhenden Gegenstände nicht kombinieren – natürlich konnte das nur legendäre Ausrüstung. Trotzdem konnte ich sowohl alle meine alten Ringe ersetzen als auch neue Ringe für Attribute hinzufügen, die ich noch nicht aufgebessert hatte.

Die Bomben und Kristalle waren eine weitere willkommene Überraschung und stellten mir eine Menge neuer Buffs und Flächeneffekte zur Verfügung. Nach der Begegnung mit den Blutfliegen hatte ich mir vorgenommen, etwas gegen meinen Mangel an Flächenschaden zu tun, war aber noch nicht dazu gekommen. Ohne zu zögern, tauschte ich also meinen Gürtel für Tränke gegen die Variante des Bombenlegers aus.

Du hast einen Zaubertrankgürtel abgelegt.
Du hast den Gürtel des Bombenlegers ausgerüstet. Gespeicherte Geräte: 20 / 20.

Das Kurzschwert Treue Klinge war ... nett. Es war ein Upgrade gegenüber meiner Rang drei Stygischen Klinge und die Fähigkeit des Rückrufs würde sich im Kampf definitiv als nützlich erweisen, aber es war nicht die Superwaffe, die ich mir erhofft hatte.

Du hast das Schwert Treue Klinge ausgerüstet und damit die Fähigkeit Rückruf erhalten und den Schaden, den du mit deiner Zweitwaffe verursachst, um +40% erhöht.

Das Gleiche galt für die Ausrüstung des Jägers. Auch sie war ein Upgrade meiner bestehenden Rüstung – was schon lange überfällig war - aber das war auch schon alles, was sie ausmachte.

Du hast die Ausrüstung des Jägers ausgerüstet und erhältst damit +40% physische Schadensreduzierung und +4 Ränge in Schleichen.

Der Umhang des Magisters weckte mein Interesse.

Er hatte Yzark gehört und war aus einem einzigen Stück geschmeidigen schwarzen Stoffs gefertigt. Wie die Stiefel des Wanderers war auch der Umhang ein legendärer Gegenstand, der allein schon wegen des zusätzlichen Magie-Boosts sein Gewicht in Gold wert war.

Überraschenderweise schützte der Umhang seinen Träger auch vor physischen Angriffen - etwas, das Kleidungsstücke normalerweise nicht taten - und wurde offensichtlich mit Magiern im Sinn entworfen. Aber da die Schadensreduzierung des Gegenstands mit Rüstung kombiniert werden konnte, war er auch für Kämpfer wie mich nützlich.

Da sowohl das Wanderer- als auch das Magisterset zusammengehörige Kollektionen waren, vermutete ich leider, dass ich mich auf lange Sicht zwischen beiden entscheiden müsste. Aber im Moment gab es keinen Grund, den Umhang nicht zu benutzen.

Du hast den Umhang des Magisters ausgerüstet und erhältst +8% physische Schadensreduktion und +4 Magie.

Das mit Abstand faszinierendste Beutestück war das Ätherstein-Armband. Es bestand aus einem dünnen Metallband - Kupfer, dachte ich - und war mit fünf farblosen Edelsteinen besetzt, von denen drei mit einem inneren Licht zu brennen schienen. Auch das Armband hatte Yzark gehört und war wahrscheinlich genauso wertvoll wie die beiden legendären Gegenstände, die ich besaß - wenn nicht sogar noch wertvoller.

Der Gegenstand war Klasse fünf, und aus meinen früheren Gesprächen mit Kesh wusste ich bereits, wie teuer diese Gegenstände waren. Aber noch wichtiger war, dass das Armband mir Mobilität verlieh. Damit konnte ich mich allein von Sektor zu Sektor teleportieren.

Natürlich konnte ich das nur von einer sicheren Zone aus tun und selbst dann nur zu bekannten Schlüsselpunkten - und jetzt wusste ich, warum mein Spielerprofil diese festhielt - aber mit dieser Einschränkung konnte ich leben. Außerdem musste ich herausfinden, wie ich Koordinaten in Äthersteine eingravieren konnte. Ich wusste aber, wen ich danach fragen konnte.

Fast so interessant wie das Armband selbst waren die Koordinaten, die bereits eingraviert waren. Zwei davon erkannte ich als die sicheren Zonen von Nexus und dem Tal. Die dritten jedoch ...

"Sektor 24.401", murmelte ich. "Was könnte dort sein?"

Der Heimatsektor der Marodeure war meine Vermutung. Ich würde es herausfinden, aber nicht heute und auch nicht diesen Monat. Ich schnaubte. Ich hatte so schon viel zu viel zu tun. Ich legte das Ätherstein-Armband an und wandte mich dem nächsten Stapel zu: der Ausrüstung, die ich zu Verkaufen gedachte.

Sie bestand aus einer Mischung aus Crafting Gegenständen, Spielerkits und Alchemiereagenzien. Alles in allem war es ein ganz schöner Haufen, der mir eine ordentliche Summe einbringen würde. Ich öffnete meine Taschen des Haltens und warf die Ausrüstung Set für Set hinein.

Du hast 170 Sammlungen verschiedener Gegenstände erworben.
Du hast 500 alchemistische Zutaten erworben.
Du hast 32 Sets an Crafting Gegenständen erworben.

Nachdem ich fertig geplündert hatte, stand ich auf.

Meine Taschen waren bis zum Bersten vollgestopft, aber zum Glück waren sie dank ihrer Verzauberungen gewichtslos. Vergeblich blickte ich auf den letzten Stapel - einen riesigen Berg an Ausrüstung, den ich nicht mitnehmen konnte.

Das alles ist wahrscheinlich noch ein paar tausend Goldstücke wert.

Ich seufzte. So verlockend es auch war, mehr mitzunehmen, ich konnte es mir einfach nicht leisten, mich zu beschweren. *Obwohl ...* Ich hielt inne, als mir etwas einfiel.

Nachdem ich noch ein bisschen darüber nachgedacht hatte, durchwühlte ich den ausrangierten Stapel und kramte zwei weitere Ausrüstungsgegenstände hervor. Sie würden sich gut für ein gewisses Zwillingspaar eignen, das ich kannte.

Du hast 2 Sammlungen Basisgegenstände erworben.

Ich verstaute die Ausrüstung und richtete mich auf. *Das war's. Ich bin fertig – mehr geht nicht.* Ich schritt zurück zum Tor und wartete auf die Ankunft der letzten Marodeure.

* * *

Die Morgendämmerung kam und ging, und die Sonne neigte sich dem Mittag zu, aber die beiden verbliebenen Teams kehrten immer noch nicht zurück.

Als ich anfing, die Weisheit des Wartens in Frage zu stellen, dachte ich über die bereits toten Marodeure nach. Es war mir nicht entgangen, dass keiner der wiederbelebten Spieler zu ihrer Basis zurückgekehrt war. Mehr als zwölf Stunden waren vergangen, seit ich meine ersten Opfer getötet hatte - genug Zeit, um wieder aufzuerstehen und zum Lager zurückzueilen.

Entweder waren sie zu ängstlich, das zu tun - ich schnaubte, weil ich das für unwahrscheinlich hielt - oder Beorin hatte tatsächlich getan, was ich verlangt hatte.

Ich hatte mit einem solchen Erfolg nicht gerechnet, als ich den Zwerg um Hilfe gebeten hatte, und ich konnte mir nicht vorstellen, wie die Kopfgeldjäger über hundert Marodeure unter Verschluss halten konnten, aber welche andere Erklärung gab es?

Das werde ich schon bald herausfinden, denke ich. Die Dinge im Dorf sollten ...
Jemand klopfte an das Tor.

Ich trat einen Schritt näher. "Wer ist da?" fragte ich mit der Stimme des toten Wachmanns durch das geschlossene Tor.

"Justin, den Mächten sei Dank, du lebst!", kam die Antwort. "Wir haben alle möglichen Gerüchte gehört. Ich wusste aber, dass sie nicht wahr sein konnten. Aber dann ... ist unsere Ablösung nicht aufgetaucht. Ist alles in Ordnung?"

"Natürlich ist es das", sagte ich heiter und schob das Tor zurück. "Kommt rein."

Es war wieder Zeit zu töten.

* * *

Du hast Stufe 154 erreicht!
Deine Geschicklichkeit hat sich auf Rang 55 erhöht. Andere Modifikatoren: +12 durch Gegenstände.

Ich schaltete das Marodeur-Team geschickt aus - und dann das darauffolgende. Beide Gruppen waren getrennt gekommen, und obwohl sie wussten, dass etwas nicht stimmte, fanden ihre Befehlshaber die Gerüchte zu ungeheuerlich, um sie zu glauben.

Am Ende konnten sich beide Teams kaum gegen mich wehren, und nachdem ich meine Gewinne gezählt und meine neuen Attributspunkte investiert hatte, machte ich mich an meine letzte Aufgabe: das Lager niederzubrennen.

Mit meinen neuen Feuer- und Säurebomben war das ein Kinderspiel. Nachdem ich die Zelte, Vorräte und die zurückgelassene Ausrüstung in Säure getränkt hatte, setzte ich sie mit den Brandbomben in Flammen.

Du hast 5 Säurebomben und 5 Feuerbomben gezündet!

Das war eine produktive Nacht, dachte ich, als ich meinen Blick über das brennende Lager schweifen ließ. Das Feuer würde noch früh genug ausbrennen, aber bis dahin würde von der Basis der Marodeure nichts als Schutt und Asche übrigbleiben.

Ich hatte mein Blatt gespielt und war vielleicht ein bisschen zu weit gegangen, aber ich hatte dafür gesorgt, dass die Marodeure keinen Zweifel daran haben würden, dass ihre Anwesenheit in diesem Sektor unerwünscht war und angefochten werden würde, auch wenn ich nicht klargemacht hatte, von wem oder warum.

Jetzt war Kalin an der Reihe, zu handeln.

Wie wird er reagieren? fragte ich mich. Würde er seine Verluste eingrenzen und sich zurückziehen, oder würde er den Kampf um den Sektor nur verstärken? Wie auch immer die Marodeure reagieren würden, ich war vorbereitet.

Pfeifend schlenderte ich durch das offene Tor und machte mich auf den Weg zurück in die sichere Zone.

Kapitel 283: Das Schicksal der Besiegten

Die Reise zurück in die sichere Zone verlief größtenteils ungestört und überraschend angenehm. Die Wälder in der Nähe des Marodeur-Stützpunktes waren ruhig und ich begegnete keinen Gegnern - weder Spielern noch Monstern.

Doch je näher ich dem Dorf kam, desto belebter wurde der Wald. Als ich in der Ferne einen Trupp Soldaten entdeckte, wurde ich unliebsam daran erinnert, dass das Tal immer noch ein Kriegsgebiet war und die drei größeren Fraktionen in diesem Sektor nicht zögern würden, mich zu vernichten, egal wie erfolgreich ich gegen die Marodeure war.

Angestachelt zu größerer Vorsicht, kletterte ich in die Baumkronen und versteckte mich vorsichtshalber in den Schatten. Drei weitere Kompanien einer Kraft kreuzten meinen Weg und eine davon zog in unmittelbarer Nähe vorbei. Ich hockte auf einem Baum und wartete, bis sie vorbei waren.

"... warum haben wir nicht angegriffen?" hörte ich einen Soldaten fragen. "Das war keine Licht-Kompanie."

"Hast du ihre Fahne nicht erkannt?", antwortete der Soldat, der neben ihm marschierte.

"Ich weiß, dass das keine Fraktion des Lichts war", sagte die erste Stimme.

Der zweite Spieler seufzte. "Muss ich dir alles beibringen? Das sind Kopfgeldjäger."

"Oh." Der verwirrte Soldat kratzte sich am Kinn. "Und die bringen wir nicht um?"

Sein Begleiter gluckste. "Nein, das tun wir nicht, du Idiot. Die Gilde ist neutral. Söldner werden angeheuert und arbeiten genauso gerne für uns wie für ..."

"Ruhe auf den Rängen!", rief eine Stimme von weiter oben.

Die beiden Spieler verstummten sofort, aber ich hatte genug gehört. So wie es sich anhörte, waren die Soldaten des Lichts auf die Kopfgeldjäger gestoßen. Als ich die Marschroute der Kompanie zurückverfolgte, stellte ich fest, dass sie am nördlichen Ende des Dorfes aufgetaucht waren.

Ich ließ die Soldaten passieren und änderte meinen eigenen Kurs, um mich dem Dorf von Norden zu nähern.

✳ ✳ ✳

Ein paar Minuten später stieß ich auf eine seltsame Szenerie.

Fünfzig Kopfgeldjäger standen auf der Lichtung unter mir Spalier, und vor ihnen reihten sich mehr als ein Dutzend Spieler in den allbekannten Hemden und Shorts für Anfänger auf.

Meine Mordopfer.

Ein unbekanntes Wesen hat dich entdeckt! Du bist nicht länger versteckt.

"Beorin!", rief jemand aus zehn Metern Entfernung. "Wir haben Besuch."

Mein Kopf ruckte in die Richtung, aus der der Ruf gekommen war. Es sah so aus, als hätte man mich schon entdeckt. *Beorins Leute sind gut,* dachte ich voller Bewunderung und erhob mich.

"Keine Bewegung", zischte eine Stimme in mein Ohr.

Ich erstarrte.

In einem Umkreis von zehn Metern um mich herum gab es kein Bewusstseinsleuchten, aber die Stimme ... sie kam aus weniger als zwei Metern Entfernung. Ich drehte meinen Kopf unmerklich und lugte über meine Schulter.

Mein Puls beruhigte sich, als ich den Spieler erkannte. Es war Snake, Beorins seltsam gekleideter Mannschaftskamerad.

"Erkennst du mich nicht?" flüsterte ich.

"Das tue ich", antwortete er gleichmütig. "Das ist der einzige Grund, warum du noch am Leben bist."

Hm. Darauf hatte ich keine Antwort.

"Was schleichst du hier herum?" fragte Snake.

"Ich schleiche nicht", antwortete ich. "Ich *kundschafte* und wusste nicht, wer die Leute da unten sind - bis jetzt."

"Nun, jetzt weißt du es. Runter", befahl er.

Mein Blick wanderte zu den Gefangenen der Marodeure. Sie waren in ordentlichen kleinen Reihen aufgereiht und gezwungen worden sich hinzuknien. Wie hatte Beorin es geschafft, so viele von ihnen zu fangen?

"Beweg dich", wiederholte Snake.

"Ähm, mir ist es lieber, wenn sie mein Gesicht nicht sehen."

Der Kopfgeldjäger sah mich ausdruckslos an. "Wer?"

Leise gestikulierte ich zu den knienden Gefangenen.

Snakes Augenbrauen zogen sich konsterniert zusammen. "Warst du es nicht, der den Haufen getötet hat?"

Ich nickte. "Das habe ich, aber das wissen sie nicht, und das soll auch so bleiben. Gib mir nur eine Sekunde, um meine Verkleidung anzulegen, dann gehe ich runter."

"In Ordnung", stimmte Snake mürrisch zu.

"Danke", antwortete ich. "Oh, und sorg dafür, dass Beorin weiß, dass ich es bin."

✳ ✳ ✳

Du hast Gesichtsverschleierung gewirkt. Dauer: 3 Stunden.

Mit einem unauffälligen, leicht zu vergessenden Gesicht schritt ich aus den Bäumen. Beorin stand mit verschränkten Armen in der Mitte der Lichtung und beobachtete meine Annäherung. Erst vor ein paar Sekunden hatte Snake ihn über meine wahre Identität informiert, und das Gesicht des Zwerges war voller Spekulationen.

Du hast einen mentalen Widerstandstest bestanden! Mehrere unbekannte Wesen haben es nicht geschafft, deine Tarnung zu durchdringen.

Ich bemerkte, dass die meisten Gefangenen mich ebenfalls neugierig musterten, aber ohne auch nur einen Funken des Erkennens. Das Gesicht, das ich jetzt trug, hatte keiner von ihnen je gesehen. Eine kniende Gestalt starrte mich jedoch wütend an.

Yzark.

Er hatte zumindest einen Verdacht.

Ich winkte dem Ork fröhlich zu, bevor ich ihm den Rücken zudrehte und auf Beorin zuging.

Der Zwerg hob eine buschige Augenbraue, als ich zum Stehen kam. "Ich weiß nicht, ob ich über deinen Wagemut staunen oder mich über deine Dummheit wundern soll."

"Was? Weil ich ihm gewunken habe?" fragte ich unschuldig.

Er starrte mich unbeeindruckt an. "Dafür" sagte er und deutete auf die ordentlichen Reihen von Gefangenen. "Willst du einen Krieg anzetteln, Junge?"

Der Kopfgeldjäger hatte seine Stimme nicht gesenkt, und seine Worte zogen die Aufmerksamkeit aller Marodeure auf der Lichtung auf sich. Die Hände der Gefangenen waren gefesselt, wie ich feststellte. Nicht mit gewöhnlichen Handschellen, sondern mit etwas, das den Glanz von Magie trug. *Interessant.*

"Nein", sagte ich leichthin und spürte die vielen Blicke auf mir. "Ich überbringe nur eine Nachricht." Ich ließ meinen Blick absichtlich über die knienden Gefangenen gleiten. "Ich hoffe, sie ist angekommen."

Yzark starrte mich mit einem rebellischen Gesichtsausdruck an, der versprach, dass Gewalt folgen würde.

"Wenn nicht", sagte ich und hielt dem Blick des Marodeur-Bosses stand, "ist vielleicht eine zweite Lektion angebracht."

Der Ork starrte mich noch einen Moment lang böse an, dann schaute er weg.

Beorin schnaubte, zweifellos amüsiert über meine Anstalten. Ich drehte mich wieder zu ihm um. "Gute Arbeit, Kopfgeldjäger", sagte ich in einem Tonfall, den ich von einem Kunden erwarten würde. "Du hast deinen Teil des Auftrags erfüllt und dir dein Honorar verdient."

"Habe ich das, ja?", spielte er mit. "Dann ist ja gut."

Ich legte eine Hand auf die Schulter des Zwerges und zog ihn von den lauschenden Ohren weg. "Komm, lass uns unter vier Augen weiterreden."

✳ ✳ ✳

"Ich sag's dir, Junge", sagte der Zwerg, als wir außer Hörweite waren, "du machst keine halben Sachen. Wie viele hast du am Leben gelassen?"

"Nicht viele", antwortete ich ausweichend.

"Ist das so? Aber weißt du, es hätte besser laufen können, wenn du mir gesagt hättest, dass du ein zweites Team hast."

Ich warf ihm einen verwirrten Blick zu. "Was?"

"Na die, die dir bei der ganzen Sache geholfen haben", sagte Beorin und zeigte irritiert auf die Marodeure. "Ziemlich beeindruckend für ein paar Stunden Arbeit. Die Jungs und ich haben versucht, sie zu überreden, uns zu erzählen, wie sie gestorben sind, aber keiner will reden."

"Ah", sagte ich unverbindlich.

"Also, wo sind sie?", wollte der Zwerg wissen.

Ich schaute ihn an und fragte mich, wie viel ich von der Wahrheit preisgeben sollte. "Es gibt kein zweites Team."

"Klar, richtig", erwiderte er. "Ich bin nicht dumm, aber behalte deine Geheimnisse für dich, wenn du musst."

Ich zuckte mit den Schultern, ohne mich darum zu kümmern, ob er mir glaubte oder nicht und drehte mich zu den Gefangenen um. "Ich bin ebenfalls auf deine Seite der Geschichte neugierig. Du hast mehr Marodeure gefangen genommen, als ich erwartet hatte. Wie hast du das gemacht?" Ich gestikulierte zu den fünfzig Kopfgeldjägern. "Und wann sind sie hierhergekommen?"

"Die eine Frage beantwortet die andere", antwortete Beorin und warf mir immer noch einen Seitenblick zu. Fragte er sich immer noch nach dem "zweiten Team"?

"Oh?" fragte ich.

"Nach unserem Gespräch gestern Abend habe ich einen meiner Männer am Wiedergeburtsbrunnen postiert. Wir waren also bereit, als die erste Gruppe von neun Leuten hindurchkam." Er blickte mich aus buschigen Augenbrauen an. "Allerdings waren wir nicht so bereit, wie wir es hätten sein können, wenn wir gewusst hätten, wie viele wir zu erwarten hatten."

Ich zuckte entschuldigend mit den Schultern. "Tut mir leid, die Sache hat sich irgendwie verselbstständigt."

"Aha", sagte Beorin. "Jedenfalls war die Gefangennahme der neun Späher eine kleine Herausforderung für uns vier. Sie haben *nicht* kooperiert. Aber mit Snake an unserer Seite konnten sie sich nicht lange verstecken, und wir haben es geschafft." Er hielt inne. "Allerdings mussten wir dabei wieder einige töten."

"Verständlich" murmelte ich.

"Danach wurde mir klar, dass wir Verstärkung brauchten, also bat ich Hannah, die Dinge weiter zu beschleunigen - was sie auch tat - und als die größere Gruppe eintraf, war die Stadt von Kopfgeldjägern umstellt." Er gluckste. "Danach ist kaum noch einer von ihnen entkommen."

"Wie hältst du sie unter Kontrolle?" fragte ich.

Er hielt eine Handschelle hoch. "Hiermit."

Blinzelnd inspizierte ich den Gegenstand, den er in der Hand hielt.

Dein Ziel ist der Gegenstand der Stufe 3: <u>Null Fesseln</u>. Dieser Gegenstand trägt eine Verzauberung, die alle Fähigkeiten der Klasse 3 und darunter unterdrückt.

"Ich verstehe", sagte ich und zog meine Hand zurück. "Und keiner der Marodeure hat daran gedacht, Verstärkung von den Teams zu holen, die die Tavernen blockieren?"

Beorin zupfte an seinem Bart. "Nicht, dass einer meiner Männer es gesehen hätte. Vielleicht dachten sie, dass sie die Hilfe nicht brauchen." Er kicherte plötzlich. "Vielleicht hatten sie es aber auch zu eilig, ihre Sachen zurückzubekommen." Er schaute auf meinen Rucksack. "Wo wir schon dabei sind, wo ist ihre ganze Ausrüstung?"

Ich ignorierte die Frage. "Danke, Beorin. Du hast hervorragende Arbeit geleistet." Ich hielt inne. "Wie viel kostet mich das eigentlich alles?"

"Fünftausend Gold", antwortete der Zwerg und seine Augen leuchteten. "Einhundert pro Kopfgeldjäger."

Ich zuckte bei den Kosten zusammen, beschwerte mich aber nicht.

"Also, was jetzt?" fragte Beorin nach einem Moment.

"Lass sie gehen, denke ich."

Der Zwerg blinzelte. "Einfach so? Willst du nicht, dass wir sie länger festhalten? Wenigstens für ein paar Wochen?"

Ich starrte den Zwerg an. "Das kann man machen?"

Beorin nickte. "Ja. Die Gilde betreibt eine Gefängniskolonie in einem der Dungeons, die wir besitzen. Die Insassen werden für die Dauer ihrer Strafe in einem Nullfeld gehalten." Er wies mit dem Daumen auf die Marodeure. "Dieser Haufen braucht nur eine Eindämmung der Klasse drei. Nichts, womit wir nicht umgehen können."

"Eine Gefangenenkolonie", murmelte ich und musste an meine Zeit in den Fängen von Erebus denken.

Dungeons, so wurde mir klar, eigneten sich ideal, um Spieler einzusperren. Wenn man die Ausgangsportale kontrollierte, brauchte man nicht einmal das von Beorin beschriebene Nullfeld, um sie festzuhalten. Aber der Gedanke, die Marodeure gefangen zu nehmen, war mir bisher noch nicht gekommen und ich wollte die Idee genauer überdenken, bevor ich sie umsetzte.

"Wie viel kostet mich das?" fragte ich und glaubte keine Sekunde lang, dass es gratis sein würde.

"Nichts", sagte Beorin und lächelte ausgiebig. "Sieh es als Gefallen an ... als Gegenleistung für eine zukünftige Mission, um die dich die Gilde *vielleicht* bitten wird."

Ich verengte meine Augen. "Du meinst Hannahs geheimnisvolle Aufgabe?"

Er grinste. "Vielleicht."

Ich runzelte die Stirn. Sich zu verpflichten, bevor ich überhaupt wusste, was die Gilde von mir wollte, war nicht klug, und ich machte mir keine Illusionen. Wenn ich Beorins *Gefallen* annahm, würde ich genau das tun - es sei denn, ich wollte mir die Gilde zum Feind machen, was ich auf keinen Fall wollte.

Aber was war die Alternative?

Mein Blick glitt zu Yzark, der mich immer noch feindselig anfunkelte. Die Marodeure zu töten hatte ihnen eine Lektion erteilt - so hoffte ich -, aber auf lange Sicht löste das die Probleme der Taverne nicht. "Dieses Gefängnis, ist das ein Ort mit einem schlechten Ruf?"

Beorin kicherte düster. "Oh, auf jeden Fall. Da will niemand hin."

"Wie heißt er?" fragte ich.

"Atem der Hölle", antwortete er.

"Hm, interessanter Name."

"Du nimmst also an?" fragte Beorin und machte keine Anstalten mehr, so zu tun, als sei was er anbot ein Gefallen und keine Bestechung.

"Nein."

"Was!" rief Beorin aus, sein Gesicht verwirrt.

"Halte sie noch ein paar Stunden fest und lass sie dann gehen." Ich warf ihm einen milden Blick zu. "Ich gehe davon aus, dass das Honorar, das du bereits erhalten hast, das abdecken wird."

Beorins Augen verengten sich zu Schlitzen. "Kannst du mir sagen, warum in den sieben Höllen du das tun willst? Nach all der Mühe, die wir uns gemacht haben, um sie zu fangen, warum ..."

"Du hattest Recht."

Der Zwerg runzelte die Stirn. "Hatte ich?"

Ich nickte. "Es ist töricht, einen Krieg mit den Marodeuren anzufangen, und über zweihundert von Kalins Leuten einzusperren, würde sicher genau das bewirken."

"Aber sie getötet zu haben, nicht?" fragte Beorin sarkastisch.

"Könnte schon sein", gab ich zu. "Aber so ist das Spiel und Sterben ist ... nicht ungewöhnlich. Der Tod der Marodeure wird Kalin wehtun, ihn sogar wütend machen, aber er wird die Sache nicht so eskalieren lassen, wie die Gefangenschaft seiner Anhänger es tun würde." Was ich nicht sagte, aber dachte, war, dass die Inhaftierung der Marodeure in einem Gildengefängnis Kalin auf einen Weg bringen könnte, von dem ich nicht wollte, dass er ihn einschlug.

Im Moment wusste die Macht nicht, wer ich war, und wenn er die gleichen Schlüsse zog wie Yzark, würde er glauben, dass ich für Loken arbeitete. Wenn Kalin meine wahre Identität herausfand - was er tun könnte, wenn er meiner Verbindung zur Gilde nachging - würde das alles gefährden und alles zunichte machen, was ich bisher mit den Marodeuren erreicht hatte.

"Hmm", sagte der Zwerg, nicht ablehnend, aber auch nicht zustimmend. "Deine Entscheidung steht also fest?"

"Das tut sie."

"Und du bist sicher, dass du sie gehen lassen willst?"

"Das bin ich."

Beorin seufzte. "Dann auf deine Verantwortung." Er drehte sich um und setzte zum Gehen an.

"Eine Sache noch, Beorin", hielt ich ihn auf.

Er warf einen Blick über seine Schulter.

"Ich weiß, dass die Gilde ihre eigenen Sektoren kontrolliert. Aber ich frage mich wie das sein kann?"

Der Zwerg blinzelte, verwirrt von der scheinbar zusammenhanglosen Frage. "Wovon sprichst du, Junge?"

"Die Kopfgeldjägergilde ist keine Spielfraktion, richtig?"
Er nickte.
"Wie kann sie dann einen Sektor besitzen? Ich dachte, das können nur Fraktionen."
"Ah, jetzt verstehe ich den Grund für deine Verwirrung." Beorin drehte sich um und sah mich direkt an. "Du hast Recht: Nur Mächte können Fraktionen gründen und nur Fraktionen können Sektoren besitzen. Aber es gibt Mächte, und dann gibt es *Mächte*."
Ich runzelte die Stirn. "Was soll das denn heißen?"
Er grinste und schien sich über meine Verwirrung zu amüsieren. "Oh, nur, dass manche Mächte genauso geldgierig sind wie die Gilde. Noch mehr sogar."
Ich starrte ihn ausdruckslos an, dann begriff ich. "Die Gilde hat einen Deal mit einer der Mächte gemacht", hauchte ich.
Er nickte. "Kluger Junge."
"Ein Pakt", sagte ich. "Es muss ein Pakt sein, den du geschlossen hast. Die Gilde bekommt alle Rechte einer Fraktion, ohne ihre Autonomie zu verlieren, und im Gegenzug bekommt die Macht ..." Ich runzelte die Stirn. "Was bekommt die Macht?"
"Geld", fügte Beorin kurz und knapp hinzu. "Geld und Artefakte."
Ich nickte langsam. "Mit welcher Macht hat die Gilde ihren Pakt geschlossen?"
Beorin zuckte mit den Schultern. "Keine Ahnung. Wenn du das wissen willst, musst du mit Hannah sprechen. Oder vielleicht mit dem Gildenmeister." Er hielt inne. "Also, sind wir hier fertig?"
Ich nickte abwesend. "Danke für alles, Beorin."
"Ich würde nicht sagen, dass es ein Vergnügen war", antwortete er. "Aber es war ... interessant. Mach's gut, Junge."

Kapitel 284: Wyverns Rast

In Gedanken versunken verließ ich die Lichtung der Kopfgeldjäger.

Die Sache mit den Marodeuren war noch lange nicht geklärt und ich war mir sicher, dass mein Handeln Auswirkungen haben würde. Aber die Situation hatte mir auch eine unvorhergesehene Möglichkeit eröffnet.

Ich hatte die meiste Zeit der letzten Nacht damit verbracht, darüber nachzudenken, was die Marodeure in diesem Sektor taten, welche Ziele sie verfolgten und wie sie diese zu erreichen gedachten.

Cara und Shael hatten die Marodeure als Machtmakler bezeichnet, und ich wusste, dass darin die Antwort lag. Die Taverne war nur der Anfang. Ein Mittel zum Zweck für Kalin und seine Leute. Die Macht hatte es auf den *ganzen* Sektor abgesehen.

Er wollte ihn besitzen.

Kalin musste daran glauben, dass er die Kontrolle über das Tal erlangen konnte, und wie auch immer seine Strategie aussah, sie konnte nicht von Kriegsgewalt abhängen - wie auch, wenn die drei großen Mächte in diesem Sektor ihm zahlenmäßig weit überlegen waren?

Nein, Kalin musste sich auf etwas anderes verlassen: sei es Raffinesse, Doppelzüngigkeit oder einfach nur die gute alte Diplomatie. Diese Erkenntnis warf eine interessante Frage auf: *Wenn die Marodeure das können, warum nicht ich?*

Auf den ersten Blick schien die Idee lächerlich.

Es gab eine sehr große und offensichtliche Hürde, die mich daran hinderte, einen Sektor zu besitzen: Ich hatte keine Fraktion. Der Gedanke an Sektoren und Fraktionen war der Auslöser für die Fragen gewesen, die ich an Beorin gestellt hatte.

Ich wusste zwar, dass die Gilde Dungeons besaß - Hannah hatte es mir vor langer Zeit erzählt -, aber bis heute hatte ich mich nie gefragt, wie sie das geschafft hatten.

Jetzt wusste ich es.

Und das brachte meine Gedanken auf Hochtouren.

Kann ich das auch? fragte ich mich. Könnte *ich* den Sektor kontrollieren? *Vielleicht.* Aber es würde nicht einfach sein. Ich lachte auf. Das war eine Untertreibung. Aber die Spielsteine waren alle an ihrem Platz, oder zumindest fast.

Es würde nur ein wenig ... Finesse erfordern.

Und Zeit. Sehr viel Zeit. Ich lächelte und träumte davon, was es bedeuten würde, das Tal zu beherrschen.

* * *

Ich war immer noch in meine Pläne vertieft, als ich die sichere Zone betrat.

Als ich die Straße der Taverne hinunterschlenderte, bemerkte ich, dass die Blockaden der Marodeure verschwunden waren. Stattdessen standen zwei Kopfgeldjäger aufmerksam Wache.

Ich nickte ihnen zur Begrüßung zu und betrat die Taverne.

Es war Mittagszeit, und der Gemeinschaftsraum war voll. Die Spieler waren hauptsächlich von den kleineren Fraktionen im Tal, und ich sah niemanden, der Muriels, Tartars oder Lokens Zeichen trug. Nach dem, was Saya mir erzählt hatte, kamen die Soldaten der größeren Fraktionen nicht oft in die Taverne, da sie ihre eigenen privaten Trinkräume hatten.

Trotzdem konnte man nicht leugnen, dass das Lokal *voll* war. Ich lächelte erfreut. Das, so dachte ich mit Blick auf die ausgelassene Menge, war das direkte Ergebnis meiner Bemühungen vom gestrigen Abend.

Als ich den Raum durchsuchte, entdeckte ich Saya, die mit Cara an einem der Tische saß. Shael war auf der Bühne und unterhielt die Menge. Die Zwillinge waren auch anwesend und sahen gestresst aus, während sie sich um die Gäste kümmerten. Fast gleichzeitig drehten sich beide in Richtung der offenen Tür um - und schauten mich finster an, als sie mich erblickten.

Meine Augenbrauen zogen sich zusammen. *Was ist nur in sie gefahren?*

"Du hast es versprochen", sagte Teresa vom anderen Ende des Raumes.

Ach ja, richtig. Ich wollte heute Morgen mit den beiden auf die Jagd gehen. *Ups.*

Aber ich war mit Geschenken gekommen, vielleicht würde sie das aufheitern. Allerdings sahen sie im Moment zu beschäftigt aus. *Ich werde später mit ihnen reden*, beschloss ich. Ich schritt durch den Raum und machte mich auf den Weg zum Tisch von Cara und Saya.

"Morgen" sagte ich fröhlich. Ich warf einen Blick durch die offene Tür. "Oder ist es schon Nachmittag?"

Die beiden sahen auf, und Cara neigte ihr verhülltes Haupt. "Willkommen zurück", sagte sie.

Sayas Begrüßung war etwas überschwänglicher. "Michael! Den Mächten sei Dank. Ich dachte schon, es wäre etwas passiert. Ich warte schon den ganzen Morgen darauf, von dir zu hören." Sie senkte ihre Stimme. "Es ist gut gelaufen, nehme ich an?"

Als ich mich setzte, hielt ich inne. "Was ist passiert?"

"Du weißt schon", sagte der Gnom und gestikulierte ungeduldig in den überfüllten Raum. "Was auch immer du getan hast, um das hier zu verursachen."

Ich setzte mich. "Ah. Ja, das stimmt. Obwohl ich nicht versprechen kann, dass meine ... Lösung hält."

Saya winkte meine Warnung ab. "Erzähl mir alles", forderte sie und hüpfte vor Aufregung fast in ihrem Stuhl.

"Vielleicht sollten wir erst etwas essen und trinken?" warf Cara amüsiert ein. Sie drehte sich zu mir um und ließ ihren Blick über mich schweifen. "Lange Nacht?"

"Sehr" sagte ich und ließ mich in meinem Stuhl zurücksinken.

"Oh, das tut mir leid", entschuldigte sich Saya, die endlich meinen zerzausten Zustand bemerkte. "Das habe ich gar nicht bemerkt. Ich bringe dir etwas." Bevor ich etwas sagen konnte, stand sie auf und rannte davon.

Cara folgte dem gehenden Gnom mit ihrem Blick. "Wir haben geplaudert."

"Hmm? Worüber?"

"Du hast eine weise Entscheidung getroffen, als du sie für diese Aufgabe ausgewählt hast. Saya liebt die Taverne und hat ein natürliches Händchen für das Geschäft." Sie lachte plötzlich. "Dafür habe selbst ich kein Gespür."

Ich legte den Kopf schief und fand die Bemerkung seltsam. "Ach? Ich dachte, das wäre eine Voraussetzung für den Job", scherzte ich. "Lieben nicht *alle* Kaufleute das Geschäft?"

Als sie nach ihrer Tasse greifen wollte, erstarrte Cara.

"Tut mir leid", sagte ich und spürte, dass etwas nicht stimmte. "Habe ich dich beleidigt?"

"Nein ..."

"Was auch immer es ist, ich entschuldige mich."

"Das ist es nicht", sagte Cara und nahm einen langen Schluck aus ihrem Becher. "Du hast mich nicht beleidigt. Deine Worte erinnerten mich an ... Dinge, an die ich mich lieber nicht erinnern möchte." Sie wurde wieder still.

"Ich wollte nicht neugierig sein", versicherte ich ihr. "Was auch immer es ist, du musst dich nicht erklären."

"Es ist kein Geheimnis." Sie seufzte. "Es ist nur so, dass ich so lange versucht habe, es zu vergessen, dass es schwer ist, darüber zu reden."

Ich sagte nichts und wartete ab. Wenn Cara mir sagen wollte, was sie bedrückte, würde sie es tun.

"Ich bin keine Händlerin", sagte sie schließlich.

Ich runzelte die Stirn. "Natürlich bist du das."

Cara schüttelte den Kopf. "Nein. Ich habe Äthermagie. Aber ich bin keine Zivilistin. Und ich gehöre auch nicht zur Händlerklasse."

Ich wusste nicht, was ich dazu sagen sollte. Cara war keine Händlerin? Das ergab keinen Sinn.

Cara bemerkte meine Verwirrung. "Vor langer Zeit habe ich etwas getan ... Etwas, das dazu geführt hat, dass ich zu einer Abgeschworenen wurde." Ich spürte wieder ihren Blick auf mir. "Weißt du, was das bedeutet?"

Ich schüttelte stumm den Kopf.

"Kein Wunder", flüsterte sie. "Das tun nur wenige. Ich bin eine Geschworene, die ihre Göttin verraten hat."

Ich starrte sie an und konnte kaum begreifen, was sie meinte. Caras Vergangenheit und die geheimnisvolle Ausstrahlung, die ihre Agentenrobe ihr verlieh, hatten mich schon immer fasziniert, aber *das* hatte ich nicht erwartet. "Ich wusste nicht einmal, dass so etwas möglich ist", sagte ich pathetisch.

Cara lachte hohl. "Oh, es ist möglich, wenn auch äußerst selten." Sie hielt inne. "Noch seltener ist es, einen solchen Verrat zu überleben."

"Was hast du getan?" fragte ich leise.

Cara seufzte. "Vielleicht erzähle ich es dir eines Tages. Aber nicht heute."

Da ich ihre Antwort respektierte, ging ich dem Thema nicht weiter nach. "Aber ... wie bist du von einer Abgeschworenen zu Keshs Agentin geworden?"

"Kesh hat meine Schulden gekauft."

"Gekauft?" fragte ich schroff.

Cara nickte abwesend, in Gedanken scheinbar weit weg. "Ich bin ihr bis ans Ende meiner Tage zu Dank verpflichtet."

Ein Schock durchfuhr mich. "Kesh hat dich *versklavt?*"

Cara konzentrierte sich wieder auf mich. "Nein, sie hat mich gerettet."

Ihre Worte verwirrten mich erneut. "Was?"

"Weißt du, was es bedeutet, abgeschworen zu sein?", fragte sie rhetorisch. "Es ist wie bei Kriminellen, nur dass die Schande deiner Missetaten nicht nur in einem Sektor gilt. Sie folgt dir, wohin du auch gehst. Ohne meine Robe würde ich als Abgeschworene entlarvt werden." Sie zitterte. "Wir werden gejagt, wohin wir auch gehen, und von allen als Freiwild betrachtet. Das ist ein weiterer Grund, warum nur wenige von uns überleben."

"Außer denen, die Keshs Agenten werden?" fragte ich.

Sie nickte. "Genau."

"Sind die anderen von Keshs Agenten auch Abgeschworene?"

"Die meisten schon", antwortete Cara.

"Was ist mit den sicheren Zonen? Kannst du dort nicht Zuflucht suchen?"

"Die sicheren Zonen bieten keine Zuflucht für Leute wie uns. Auch der Adjutant nicht. Das Spiel betrachtet uns als Eidbrecher und schützt uns nicht mehr. Wir haben unsere Pakte gebrochen, und die Mächte können ihren Zorn an uns auslassen, wie sie wollen."

Meine Lippen zogen sich zu einer grimmigen Linie zusammen, als ich endlich das Ausmaß von Caras misslicher Lage begriff. "Das letzte Mal, als wir miteinander gesprochen haben, erwähnte Kesh, dass deine Amtszeit zu Ende ist. Was hat sie damit gemeint?"

Cara lachte düster und deutete auf ihr rotes Gewand. "Das Triumvirat beschützt uns. Diese Robe ist ebenso ein Symbol ihres Schutzes wie die Zaubersprüche, die in sie eingewebt sind. Aber beides ist nicht billig. Und sie halten auch nicht ewig. Am Ende unserer Dienstzeit muss Kesh das Wohlwollen des Triumvirats zurückkaufen."

"Ich verstehe. Du bist also ein Flüchtling." Ich hielt inne. "Genau wie ich."

Cara neigte ihren Kopf zur Seite und musterte mich. "Du magst mehr als genug Feinde haben, Michael, aber du bist nicht auf der Flucht."

"Oh, aber das bin ich. Auch ich habe etwas getan, das die Mächte verachten. Nur kennen sie in meinem Fall noch nicht die Wahrheit. Wenn sie es wüssten, würde ich vermutlich genauso fanatisch gejagt werden wie die Abgeschworenen."

"Du?" fragte Cara zweifelnd. "Was könntest du getan haben, dass die Mächte dich hassen?"

Ich lächelte ironisch. "Vielleicht erzähle ich es dir eines Tages", antwortete ich und wiederholte absichtlich ihre Worte von vorhin.

Bevor Cara antworten konnte, kam Saya mit einem Tablett zurück, das mit Essen und Getränken überladen war.

✻ ✻ ✻

Als Saya sich setzte, lenkte Cara das Gespräch auf unwichtigere Dinge. Während ich unter Sayas wachsamen Augen mein Essen verschlang, hatte ich nichts gegen den Themenwechsel einzuwenden, aber ich versprach mir im Stillen, Cara zu helfen, wenn ich könnte.

"So" sagte Saya und beugte sich vor, als ich mit dem Essen fertig war. "Jetzt erzähl schon. Wie ist es mit den Marodeuren gelaufen?"

"Ich habe es geschafft, sie eine Zeit lang abzuschrecken", antwortete ich. "Die Kopfgeldjäger haben geholfen. Du solltest ein paar von ihnen in deiner Nähe behalten, auch wenn der Ärger mit den Marodeuren erst einmal vorbei ist."

Der Gnom nickte und erkannte meinen Vorschlag an. "Wie hast du sie abgeschreckt?"

Ich schnitt eine Grimasse. "Es ist besser, wenn du die Details nicht kennst. Aber Yzarks Leute werden mindestens ein paar Tage brauchen, um sich wieder zu etablieren."

Saya lehnte sich zurück und kaute auf einem Fingernagel. "Ein paar Tage ... das ist gut." Sie warf mir einen Blick zu. "Ich frage nur ungern, aber hast du eine dauerhafte Lösung im Sinn?"

Ich nickte. "Das tue ich, aber es könnte eine Weile dauern, bis es klappt. Vielleicht sogar ein paar Monate."

Sayas Lippen verzogen sich, aber sie protestierte nicht. "Bis dahin schaffen wir das schon." Sie griff über den Tisch und ergriff meine Hände zum wortlosen Dank.

Ich erwiderte den Druck und schaute mich im Raum um. "Es scheint ziemlich schnell wieder beim alten zu sein. Du hattest letzte Nacht keine Probleme?"

"Nein", antwortete Saya.

"Das ist gut." Ich wandte mich an Cara. "Wie ist die Suche nach neuen Räumlichkeiten gelaufen?"

Cara seufzte. "Schlecht."

"Oh?"

"Wie du dir vorstellen kannst, sind die besten Läden schon vergeben. Aber niemand will auch nur die Randlagen verkaufen, egal zu welchem Preis." Sie schüttelte den Kopf. "Ich fürchte, sie haben beschlossen, sich gegen die Konkurrenz zusammenzutun."

"Was ist mit der verlassenen Hütte, von der du mir erzählt hast?" fragte Saya. "Habt ihr die Besitzerin schon gefunden?"

Ich schaute zu Saya. "Hm?"

Es war Cara, die antwortete. "Es gibt eine unbewohnte Hütte am südlichen Rand der sicheren Zone. Sie ist zwar ungünstig gelegen, aber im Moment ist alles besser als nichts. Leider hat niemand die Besitzerin ausfindig machen können."

Ich schürzte die Lippen, denn ich hatte einen Verdacht, welches Gebäude sie meinte. "Wie heißt die Besitzerin?"

"Mariga", antwortete Cara. "Ein einzelner Name ist nicht viel, aber Kesh hat ihre Leute darauf angesetzt." Sie zuckte mit den Schultern. "Sie werden den Aufenthaltsort der Spielerin sicherlich herausfinden. Es wird aber einige Zeit dauern."

Ich lehnte mich in meinem Stuhl zurück. Ich wusste natürlich, wer Mariga war und warum Cara sie nicht finden konnte, aber solange mein Pakt mit Arinnas Abgesandter noch nicht beendet war, hielt ich es nicht für klug, die Identität der Lichtspielerin preiszugeben. "Ich glaube, ich weiß, wie ich sie erreichen kann."

Cara und Saya sahen mich neugierig an, aber sie fragten nicht, wie, und für eine Weile verstummte das Gespräch.

"Was hast du als Nächstes vor?" fragte Saya.

"Ich muss mich noch um ein paar andere Dinge im Tal kümmern", antwortete ich und dachte an die Wölfe, "dann werde ich mich um den zweiten Teil meines Plans für die Marodeure kümmern ..." Ich holte meinen Alchemiestein und die Beutel aus meinem Rucksack und legte sie vor Cara ab. "Da fällt mir ein, was glaubst du, wie viel all das hier wert ist?"

"Wirklich, Michael? Konntest du nicht einmal bis nach dem Mittagessen warten?" fragte Saya mit einem Augenzwinkern.

Ich erkannte schuldbewusst, dass jetzt vielleicht nicht der beste Moment war, um Geschäfte zu machen. "Tut mir leid", sagte ich und griff wieder nach den Beuteln, "wir können später ...

Cara unterbrach mich. "Nein, alles in Ordnung." Sie legte ihre Hände auf die Beutel und analysierte deren Inhalt. "Da ist eine Menge drin", murmelte Cara.

Ich nickte.

"Es wird eine Weile dauern, das alles abzuladen", fuhr Cara fort, "aber ich glaube, Kesh wird dir fünfundzwanzigtausend für alles geben können."

Saya keuchte.

Meine Lippen verzogen sich. "Das ist alles?"

Fünfundzwanzigtausend entsprachen etwa einhundert Gold für die Ausrüstung eines Marodeurs. Zugegeben, ich hatte die besten Stücke für mich selbst behalten und war gezwungen gewesen, eine ganze Menge zurückzulassen, aber ich hatte eine bessere Ausbeute erwartet.

"A-alles?" flüsterte Saya, ihre Stimme klang erstickt. "Du hattest ... mehr erwartet?"

"Du kennst Keshs Regeln für hochrangige Gegenstände", tadelte Cara. "Ein Teil dieser Ausrüstung wird mit einem Preisnachlass an die ursprünglichen Besitzer weiterverkauft." Sie hielt inne. "Aber du könntest diese Stücke jederzeit beiseitelegen und sie über einen anderen Händler verkaufen, wenn du das möchtest?"

Seufzend winkte ich ihren Vorschlag ab. Dafür hatte ich weder die Zeit noch wollte ich die Aufmerksamkeit auf mich ziehen, die der Verkauf der Marodeur-Ausrüstung mit sich bringen würde. "Fünfundzwanzigtausend werden reichen. Teil das Geld zwischen meinem Konto und dem der Taverne auf."

Ich warf Saya einen entschuldigenden Blick zu. "Ich war gezwungen, das Geld der Taverne zu verbrauchen, um mich auszustatten. Wirst du mit dem jetzt, auch wenn wir annehmen, dass die Marodeure ihre Possen fortsetzen, die Taverne die nächsten Monate am Laufen halten können?"

Saya nickte schwach, ihre Augen waren immer noch rund.

"Gut." Ich schob Cara die Beutel zu und sie schloss die Transaktion ab.

Du hast 240 Sammlungen verschiedener Gegenstände und 32 Sets mit Crafting Gegenständen verloren.
Du hast 12.500 Goldstücke gewonnen. Verbleibendes Geld auf deinem Bankkonto: 15.455 Goldmünzen.
Die Taverne hat 12.500 Goldstücke gewonnen. Verbleibendes Geld auf dem Bankkonto des Schläfrigen Gasthauses: 14.850 Goldmünzen.

Als ich die letzte Spielnachricht sah, rieb ich mir das Kinn und erinnerte etwas. "Weißt du, Saya ... wir sind immer noch nicht dazu gekommen, den Namen der Taverne zu ändern. Hast du schon eine Idee?"

Sie zögerte, dann nickte sie. "Was hältst du von Wyverns Rast? Ich fand den Namen passend, weil wir dort, du weißt schon ..."

"Da haben wir uns getroffen", beendete ich. "Das gefällt mir." Das Beste daran war, dass es keine Andeutung auf Wolf enthielt. "Abgemacht, Wyverns Rast also."

Kapitel 285: Äthersteine

Aufgrund deiner Besitzurkunde hast du das Schläfrige Gasthaus in der sicheren Zone von Sektor 12.560 in "Wyverns Rast" umbenannt.

Nachdem ich das Gasthaus umbenannt hatte, eilte Saya davon, um die Schilder der Taverne zu ändern, und ließ mich und Cara wieder allein.
"Hast du noch etwas zum Handeln?", fragte sie neutral.

Anhand ihres Tonfalls und ihrer Frage schloss ich, dass sie nicht auf unser letztes Gespräch zurückkommen wollte, und ich nickte leicht. "Ja, tue ich sogar."

Es war an der Zeit, die Früchte meiner verbesserten Diebeskunst zu ernten. Meine Fallen hatten mir sowohl bei Gegnern, die mir überlegen waren, als auch in Situationen, in denen ich in der Unterzahl war, gute Dienste geleistet. Sie hatten sich vor allem gegen unvorsichtige Gegner und in Situationen, in denen ich Zeit für Vorbereitung hatte als besonders verheerend erwiesen.

Ich nahm mein Armband ab und schob es über den Tisch. "Ich brauche hierfür einen Ersatz der Klasse vier und die Fallenstellen-Fähigkeitsbände der Klasse zwei und drei."

"Hmm", sagte Cara. "Gib mir einen Moment." Ein paar Sekunden später materialisierte sie die von mir gewünschten Gegenstände.

Du hast den Fähigkeitsband <u>Verbessertes Fallenstellen</u> erworben. Maßgebliches Attribut: Geschicklichkeit. Stufe: Fortgeschritten. Kosten: 25 Gold. Voraussetzung: Diebische Fertigkeit auf Rang 5.

Du hast den Fähigkeitsband <u>Überlegenes Fallenstellen</u> erworben. Maßgebliches Attribut: Geschicklichkeit. Stufe: Experte. Kosten: 50 Gold. Voraussetzung: Diebische Fertigkeit auf Rang 10.

Du hast ein einfaches Armband des Fallenstellers verloren.

Du hast den Gegenstand von Rang 4: <u>Armband des Fallensteller-Veteranen</u> erworben. Kosten: 800 Gold. Mit diesem Gegenstand kannst du Fallen der Expertenstufe und darunter konfigurieren. Jede Falle kann aus maximal 4 Komponenten bestehen, die eine beliebige Kombination aus Auslösern, Leitern und Elementen enthalten.

Wie seine einfacheren Varianten enthält auch das Armband des Fallensteller-Veteranen keine Bauteile, sondern Fallenbaukristalle. Jeder Kristall kann bei Bedarf in das gewünschte Teil verwandelt werden.

Derzeit gelagerte Fallenstellkristalle: 200 / 200.

Verfügbare <u>Auslöser</u>: Druckplatten (für den Einsatz auf Böden), Schallgläser (omnidirektional), Stolperdrähte (zwischen zwei Punkten), Bewegungsstifte (Kegel) und Fernauslöser (manuelle Aktivierung).

Verfügbare <u>Elemente</u>: Blitze, Giftwolken, Feuer, fliegende Dolche, Bärenfallen, kleine Sprengstoffe, Flecken der Dunkelheit und Eis.

Verfügbare <u>Leiter</u>: Reflektoren (lenkt ein Element in die gewünschte Richtung), Teilen (teilt und reflektiert ein Element) und Trichter (bündelt

und lenkt ein Element in die gewünschte Richtung). Beachte, dass Hilfsmittel nur 5 Sekunden lang materialisiert bleiben.
Verbleibendes Geld auf deinem Bankkonto: 14.655 Goldmünzen.

Mir fiel vor Schock die Kinnlade herunter. Das Armband war eine *deutliche* Verbesserung gegenüber dem, das ich bisher benutzt hatte.

Zum einen hatte sich die Anzahl der gespeicherten Fallenkristalle verfünffacht. Zum anderen hatte es zwei weitere Element-Effekte, die ich einsetzen konnte - Flecke der Dunkelheit und Eis -, die mich beide faszinierten.

Die größten Unterschiede waren jedoch die zusätzlichen Fallenleiter und die Fähigkeit, *vier* Fallenkomponenten pro Falle zu kombinieren. Das alles würde es mir erlauben, komplexere Fallen zu erstellen.

Damit kann ich Blitze um die Ecke schießen, dachte ich vergnügt. *Oder eine Explosion auf ein einziges Opfer lenken.*

"Praktisch, nicht wahr?" sagte Cara und kicherte über meinen Gesichtsausdruck.

"Oh, weit mehr als das", murmelte ich. Ich nahm die beiden Bücher in die Hand und machte mich sofort daran zu lernen, was sie zu bieten hatten, bevor ich mein neues Armband anlegte.

Du hast deine Fähigkeit Fallenstellen auf <u>Überlegenes Fallenstellen</u> verbessert. Diese Fähigkeit der Klasse 3 erhöht die Effektivität jeder Falle, die du aufstellst, indem sie ihre Reichweite und Stärke erhöht und sie schwieriger zu entdecken macht.

Du hast noch 14 von 55 freie Fähigkeitsslots für Geschicklichkeit.

Du hast ein Armband des Fallensteller-Veteranen ausgerüstet. Gespeicherte Fallenbaukristalle: 200 / 200.

"Das war's?" fragte Cara. "Brauchst du sonst nichts?"

Ich schüttelte abwesend den Kopf und inspizierte immer noch mein neues Spielzeug.

"Dein Einkauf ist diesmal kleiner ausgefallen, als ich erwartet habe", bemerkte sie.

"Ich habe gemerkt, dass ich mit meinen Fähigkeiten vorsichtiger umgehen muss."

Cara nickte verständnisvoll.

Ich krempelte meinen Ärmel runter, um das Armband zu verstecken, und schaute sie an. "Ich habe eigentlich zwei andere Dinge mit dir zu besprechen."

"Oh?" fragte Cara und klang misstrauisch.

Ich lächelte, um sie zu beruhigen. "Erstens die Handschuhe des Wanderers. Kesh hatte schon einen Käufer gefunden. Kannst du ihr sagen, dass sie den Kauf abschließen soll?"

"Natürlich. Was ist die andere Sache?"

"Die zweite ist eher eine Frage." Ich machte eine Pause, um meine Gedanken zu sammeln. "Was weißt du über Äthersteine?"

"Äthersteine?" fragte Cara und lehnte sich überrascht zurück. "Das sind farblose Edelsteine, nicht besonders hübsch anzusehen, aber sie haben die seltsame Fähigkeit, Ätherkoordinaten zu speichern. Das macht sie sehr wertvoll." Sie schaute mich an. "Wo hast du von ihnen gehört?"

"Beim Verlassen von Nexus habe ich eine Spielerin gehen sehen, ohne ein Portal zu benutzen." Ich zuckte mit den Schultern. "In der einen Sekunde hat sie noch mit etwas an ihrem Arm herumhantiert, in der nächsten war sie weg. Ich konnte weder eine Schriftrolle noch einen Zauberspruch sehen."

"Ah, und du fragst dich, wie sie das gemacht hat", sagte Cara. "Die Spielerin, die du beobachtet hast, hat wahrscheinlich ein Ätherstein-Artefakt benutzt. Mit den richtigen Verzauberungen können die Edelsteine jemanden zwischen den Sektoren teleportieren."

"Das dachte ich mir." Ich nahm das Armband, das ich von Yzark erbeutet hatte, und legte es vor Cara ab. "Ich habe es geschafft, selbst eines zu ergattern."

Cara holte scharf Luft. "Woher hast du das?"

Ich lächelte ironisch. "Ich bin sicher, dass du das lieber nicht wissen willst."

Ohne mich weiter über die Herkunft des Armbands zu befragen, hob Cara es auf und untersuchte es genau. "Du willst es doch nicht etwa verkaufen?"

Ich blinzelte sie an. "Nein, natürlich nicht!"

"Gut, denn solche Gegenstände sind sehr begehrt. Nur wenige haben welche, und noch weniger sind bereit, sich von ihnen zu trennen. Sie wechseln normalerweise erst nach dem Tod den Besitzer."

Sie starrte mich einen Moment lang an. *Fragte sie sich, wen ich getötet hatte, um daranzukommen?*

"Tatsächlich" fuhr Cara fort, "habe ich nur selten ein Ätherstein-Artefakt in den Händen von jemand anderem als einer Elite gesehen." Sie schob das Armband zurück in meine Richtung. "Die meisten Spieler der Klasse fünf würden dich töten, nur um das hier zu plündern. Halte es versteckt."

Ich nickte und bedeckte das Armband mit einer Hand. "Was macht diese Gegenstände so selten?"

"Zum einen die Äthersteine selbst. Sie sind schwer zu finden, und dieses hat fünf. Aber der Wert des Armbands kommt nicht nur von den Edelsteinen. Die Verzauberungen, die zur Herstellung eines solchen Artefakts nötig sind, sind komplex, und nur wenige haben die nötige Geduld oder Fertigkeit."

"Wie benutze ich es?"

Die Frage schien Cara zu verwirren. "So wie du es mit jedem anderen verzauberten Gegenstand auch machen würdest, natürlich."

Ich winkte ihre Antwort ab. "Nicht um mich zu teleportieren - das dürfte einfach sein -, nein, ich will wissen, wie ich einen Ort in einen Ätherstein einspeichern kann."

"Ah. Das ist auch ganz einfach. Du musst nur Mana in einen Edelstein kanalisieren. Der Vorgang kann zwischen einer Stunde und einem Tag dauern, je nachdem, wie viel Magie du kontrollieren kannst. Sobald der Ätherstein vollständig aufgeladen ist, kannst du darin jeden deiner bekannten Schlüsselpunkte einprägen."

Ich runzelte die Stirn. "Woher weiß ich, wann der Stein aufgeladen ist?"

Cara tippte auf meine Hand, die das Armband bedeckte. "Hast du einen Unterschied zwischen den Äthersteinen im Artefakt bemerkt?"

Ich nickte. "Das habe ich. Drei scheinen vor Leben nur so zu strahlen. Die anderen beiden wirken stumpf."

"Ganz genau. Wenn du einen der leeren Steine auflädst, wird er mit demselben inneren Feuer brennen wie die anderen drei. Dann kannst du ihn prägen."

"Das ist alles?"

"Das ist alles", bestätigte Cara. "Aber ein Wort der Warnung. Nachdem du dich an einen Ort teleportiert hast, werden die gespeicherten Koordinaten des Äthersteins gelöscht und müssen neu eingegeben werden."

"Verstehe", murmelte ich und hielt das eher für einen Vorteil als für einen Grund zur Sorge. So musste ich mir keine Gedanken machen, dass jemand das Armband stehlen und die Koordinaten des jenseitsverseuchten Sektors herausfinden könnte, nachdem ich sie eingraviert hatte. "Danke, Cara. Das war sehr aufschlussreich."

"Gern geschehen. Ist das alles?"

Ich zögerte und sprach dann das Thema an, das sie anscheinend unbedingt vermeiden wollte. "Ich habe unser Gespräch von vorhin nicht vergessen, weißt du. Wir werden wieder darüber sprechen – aber nicht jetzt."

Cara seufzte. "Das ist eine alte Geschichte und ich hätte sie gar nicht erst ausgraben sollen. Am besten vergisst du, was ich gesagt habe."

"Das werde ich nicht." Ich hielt mich zurück, mehr zu sagen. Es hatte keinen Sinn, Versprechungen zu machen, von denen ich nicht wusste, ob ich sie halten konnte - noch nicht. "Wir sehen uns morgen", sagte ich und erhob mich.

"Tschüss, Michael", antwortete Cara mit einem Hauch von Traurigkeit in der Stimme, als sie mich gehen sah.

✳ ✳ ✳

Ich ging die Treppe hinauf und in mein Zimmer. Ich schlüpfte hinein und schloss die Tür hinter mir ab. Es war ein langer Tag gewesen, und ich wollte nur noch ins Bett sinken und schlafen.

Aber Zeit war ein knapperes Gut als Gold.

Zum einen musste ich immer noch die Schattenwölfe finden, und zum anderen musste ich meine Pläne für das Tal ausarbeiten. Im Moment hatte ich nur eine grobe Idee. Wenn ich die Idee weiterverfolgen wollte, musste ich erst herausfinden, wie durchführbar sie war. Das bedeutete, dass ich lernen musste, wie man eine Fraktion gründete und mit den Vertretern der drei großen Mächte in diesem Sektor sprach. Wenn sie nicht zustimmten, war mein Plan bereits gescheitert.

Ich muss Loken und Muriels Abgesandte finden und ein Treffen vereinbaren.

Ich kannte Tartars Abgesandten bereits, aber Talon anzusprechen war problematischer als die anderen beiden zu finden - schließlich hatte er gedroht, mich zu töten. Ich seufzte und mir wurde klar, dass ich ein Treffen mit dem guten Hauptmann so oder so riskieren musste.

Also, setze Prioritäten, Michael. Ich setzte mich auf das Bett und ging durch, was ich wann zu tun hatte.

Morgen besuche ich Hauptmann Talon. Heute Nacht finde ich die Wölfe. Den Rest des Tages schlafe ich aus. Ich schloss meine Faust um das Ätherstein-Armband. *Aber zuerst muss ich lernen, wie man das hier benutzt.*

Das Artefakt war mein Weg zu den Arktischen Wölfen. Natürlich konnte ich mich nicht direkt in den Wächterturm teleportieren, aber das Armband würde mich in den Jenseitsverseuchten Sektor bringen, und von dort aus waren Schnee und die anderen nur einen kurzen Portalsprung entfernt.

Für einen kurzen Moment war ich versucht, sofort zu ihnen zu gehen. Aber zuerst musste ich nach den Schattenwölfen sehen, schon allein deshalb, weil ihre Lage weniger sicher war. Es war fast zwei Jahre her, dass ich Duggars Rudel gesehen hatte, und der Anstieg der Spielerzahlen im Tal musste ihnen zugesetzt haben.

Ich beugte mich über das Armband, konzentrierte mich auf einen der leeren Äthersteine und ließ Mana in ihn fließen. Der Stein saugte die Magie gierig auf und verlangte nach mehr. Ich gab sie ihm, und im Handumdrehen strömte ein Strom von Mana aus mir heraus und in den Edelstein hinein.

Dein Mana ist erschöpft.
Leere-Rüstung unbrauchbar. Aktuelle Ladung: 0%.

Nun, das war einfach. Ich warf einen Blick auf den Stein und erwartete eine Veränderung, aber er sah genauso stumpf aus wie vorher. Ich runzelte die Stirn. *Vielleicht braucht er einfach Zeit,* dachte ich und wartete gespannt darauf, dass der Stein aufleuchtete.

Das tat er aber nicht.

Urgh. Was jetzt? Ich trommelte mit den Fingern auf das Bett. Cara hatte gesagt, ich solle Mana kanalisieren. *Na gut, dann versuche ich das.*

Ich schloss meine Augen und weitete mein Bewusstsein. Die Fertigkeit des Kanalisierens ähnelte der Meditation, aber während ich mich zur Wiederherstellung von Psi nach innen richten musste, wurde Mana aus der Umgebung wiedergewonnen. Die Welt des Reichs der Ewigkeit war von Magie durchtränkt, und um mein Mana aufzuladen, musste ich nur etwas von diesem Mana in mich hineinfließen lassen.

Das tat ich also.

Du hast 1% deines Manas wieder aufgefüllt.
Du hast es nicht geschafft, dein Kanalisieren aufzuwerten: Fertigkeiten können nicht in einer sicheren Zone erworben werden.

Ich ignorierte die Spielnachricht und lenkte den Strom der Magie in den Ätherstein. Er saugte ihn genauso leicht auf wie mein Körper.

Ich kanalisierte weiter und speiste mehr Mana aus der Umgebung in den stumpfen Edelstein. Cara hatte Recht gehabt. Der Prozess war einfach.

Aber wie lange würde es dauern?

✳ ✳ ✳

Es war kurz vor Mitternacht, bevor der Ätherstein gesättigt war.

In der Zwischenzeit waren meine Glieder zittrig und meine Augen schwer. Tatsächlich war ich im Laufe des Nachmittags mehrmals eingenickt und hatte mehrmals überlegt, aufzuhören, aber jedes Mal hatte ich mich aus meiner Lethargie geschüttelt und weitergemacht.

Und jetzt war ich endlich fertig.

Blinzelnd starrte ich auf den Edelstein hinunter, auf den ich mich in den letzten zwölf Stunden konzentriert hatte. Er leuchtete genauso hell wie die anderen drei am Armband und hatte in den letzten Sekunden weiteres Mana abgelehnt.

Huch, dachte ich, meine Gedanken langsam vor Müdigkeit. *Ich schätze, er ist aufgeladen.* Zu müde, um mich weiter zu bewegen, ließ ich mich aufs Bett fallen. *Ich ruhe mich nur ein oder zwei Stunden aus, dann mache ich mich auf den Weg,* dachte ich schläfrig. *Die Wölfe sollten nicht allzu schwer zu finden sein.*

Ich schloss meine Augen und ließ mich vom Schlaf übermannen.

Kapitel 286: Die Macht eines Versprechens

Eine gepanzerte Faust schlug an meine Tür und ich riss die Augen auf. Wie spät war es? Es konnten doch nicht schon zwei Stunden vergangen sein, oder? Es fühlte sich an, als wäre es erst wenige Augenblicke her, dass mein Kopf das Kissen berührt hatte.

"Michael! Bist du da?"

Ich stöhnte. Es war Terence. "Geh weg und komm morgen früh wieder", rief ich zurück.

Es folgte eine Pause. "Es *ist* Morgen", sagte Teresa. "Die Sonne ist schon lange aufgegangen!"

Ich gab keine Antwort. Sie musste lügen. Auf keinen Fall hatte ich schon so lange geschlafen.

Die beiden fingen wieder an gegen die Tür zu schlagen. Ich vergrub meinen Kopf in einem Kissen und versuchte, das Geräusch auszublenden. Es gelang mir nicht. In Zeiten wie diesen bereute ich mein scharfes Gehör.

"Du hast uns gestern versprochen, mit uns auf die Jagd zu gehen", rief Teresa vorwurfsvoll.

Das hatte ich wohl. Was hatte mich dazu gebracht, eine solche Dummheit zu begehen? Jetzt musste ich für diesen Moment der Unachtsamkeit bezahlen.

"Ja, wir lassen nicht zu, dass du dein Wort brichst und dich wieder wegschleichst", fügte Terence hinzu.

Verdammt ... diese beiden waren hartnäckig. "Kommt später wieder, dann können wir ..."

"Nein", sagte Teresa fest. "Du hast uns einen ganzen Tag versprochen!"

Ich hatte nichts dergleichen getan, aber ich stellte mich dem Unvermeidlichen und setzte ich mich trotzdem auf. Ich bezweifelte ohnehin, dass ich wieder einschlafen konnte. Als ich zu den geschlossenen Fensterläden blickte, sah ich zu meiner Überraschung, dass sanftes Licht hindurchfiel. Teresa hatte also nicht ganz gelogen. Es *war* Morgen - wenn auch noch in aller Herrgottsfrühe.

Die Zwillinge hämmerten wieder im Tandem an die Tür.

"In Ordnung", brummte ich. "Ich komme ja schon."

Ich marschierte zur Tür und riss sie auf, um ihre grinsenden Gesichter zornig anzustarren. "Erst Frühstück", verkündete ich.

* * *

Der Gemeinschaftsraum war fast leer, was angesichts der frühen Stunde nicht überraschte. Shael saß allein an dem einzigen besetzten Tisch. Während die Zwillinge davonhuschten, um Frühstück zu holen, setzte ich mich dem Barden gegenüber.

"Morgen" sagte ich. "Du bist früh wach."

Der Halbelf schaute von der Tasse auf, an der er nippte. "Spät wach ehrlichgesagt", korrigierte er mich mit müden Augen. Er legte den Kopf schief, als er mein Aussehen aufnahm. "Du siehst aus, als hätte man dich aus dem Bett gezerrt."

"Das liegt daran, dass genau das passiert ist", erwiderte ich mürrisch und ließ meinen Blick zu den Zwillingen schweifen, die bereits mit einem Teller voller Essen zurückeilten.

Der Barde grinste, als er meinem Blick folgte. "Von denen?"

Ich nickte, als die Zwillinge mit dem Essen kamen. "Danke", sagte ich. Ich holte einen meiner Beutel des Haltens aus meinem Rucksack und stellte ihn auf den Tisch. "Ihr zwei solltet auch essen. Und wenn ihr schon dabei seid, seht euch an, was hier drin ist."

Natürlich verstanden die beiden nicht. "Was da drin ist?" fragte Teresa und machte keine Anstalten, zu gehen oder den Beutel zu nehmen.

Ich rollte mit den Augen. "Das ist Ausrüstung, die ich für dich und Terence beschafft habe. Wenn wir die sichere Zone verlassen wollen, solltet ihr gut ausgerüstet sein. Anders als ihr glaubt, habe ich mein Versprechen nicht vergessen. Ich bin nur ein bisschen in Verzug geraten, das ist alles." Ich zeigte auf den Beutel, den noch keiner von beiden auch nur angefasst hatte. "Kommt schon" sagte ich energischer, "rüstet euch damit aus und lasst mich kurz mit Shael sprechen."

Wortlos schnappte Terence sich den Beutel und zerrte Teresa weg. Sie ging mit, aber nur widerwillig.

Shael gluckste, als die Zwillinge wieder verschwanden. "Du willst wirklich mit ihnen auf die Jagd gehen?"

Ich schaute ihn an. "Du hast davon gehört?"

Er lächelte. "Sie haben schon versucht, *mich* zu überreden, sie mitzunehmen." Er hielt eine Hand auf seine Brust. "Ich habe auf Müdigkeit plädiert."

Ich grunzte. "Du kannst wohl besser mit Worten umgehen als ich. Meine eigenen Ausreden fielen alle flach."

Shael lachte und nippte wieder an seinem Becher.

Seufzend stürzte ich mich auf mein Essen. Ich war nicht so wütend auf die Zwillinge, wie ich es vorgab. Ich hatte ihnen mein Wort gegeben, und es war sowieso an der Zeit, dass ich den Tag begann.

Aber mit den beiden auf die Jagd zu gehen, machte die Sache komplizierter. Wie sollte ich mit ihnen im Schlepptau nach den Schattenwölfen suchen? Ich hatte meinen Besuch beim Rudel lange genug hinausgezögert, und jetzt sah es so aus, als müsste ich ihn wieder verschieben. Ich stieß einen besorgten Atemzug aus.

"Probleme?" erkundigte sich Shael.

"Nichts Ungewöhnliches", antwortete ich und schaute ihn dann an. "Wie findest du die Taverne?"

"Eine angenehme Abwechslung von Nexus", gab er zu. "Ich habe ein Bett, in dem ich schlafen kann, und gestern habe ich sogar etwas Geld verdient."

Ich schluckte einen weiteren Bissen hinunter. "Hast du schon irgendwelche Pläne für die Zukunft?"

Shaels Gesicht wurde ernst. "Warum? Brauchst du mich für etwas?"

Ich nickte. "Ich möchte, dass du noch eine Weile in der Taverne bleibst. Ich bin mir nicht sicher, wie lange ich im Tal bleiben kann und die Sache mit den Marodeuren ist noch lange nicht geklärt. Ich würde mich wohler fühlen, wenn Saya jemanden hätte, an den sie sich wenden könnte, falls die Dinge wieder unangenehm werden."

"Was immer du brauchst", sagte Shael. "Ich bleibe so lange wie nötig."

"Ich werde dich natürlich für deine Mühen bezahlen."

Der Barde schüttelte den Kopf. "Nicht nötig. Saya bezahlt mich bereits und stellt mir noch dazu eine kostenlose Unterkunft zur Verfügung. Mehr ist nicht nötig."

Ich studierte ihn einen Moment lang. "Bist du sicher?"

Er nickte.

"Danke, Shael", sagte ich mit ernster Miene.

"Gern geschehen, mein Freund."

Ich starrte den Barden nachdenklich an. War Shael das - ein Freund? Mein Instinkt sagte ja, aber ich musste vorsichtig sein, wem ich vertraute und wie weit.

"Oh, ich habe mit dem Händler gesprochen", sagte Shael und unterbrach meine Überlegungen. "Der, über den Saya wütend war."

"Ah, und was hast du herausgefunden?" fragte ich, denn ich ahnte schon, was er sagen würde, nachdem ich das Gespräch der Marodeure mitgehört hatte.

"Er wurde bestochen, aber interessanterweise von zwei verschiedenen Parteien."

"Oh?" fragte ich und setzte mich plötzlich interessiert auf.

Shael nickte. "Wie wir vermutet haben, waren es die Marodeure. Sie wollten die Taverne von der Hilfe von außen abschneiden und haben den Händler dafür bezahlt, den Nachrichtenfluss zu stoppen. Die zweite Partei war interessanter. Sie wollte, dass eine Kopie der Nachrichten an sie weitergeleitet wird, ohne dass Kesh oder Saya davon erfahren. Die Händlerin hat das Geld beider Parteien angenommen, aber beide Aufträge nur teilweise erfüllt."

"Sie?" fragte ich schroff.

Der Barde nickte feierlich. "Die Dame hat weder ihr Gesicht gezeigt noch ihren Namen genannt, aber der Händler vermutet, dass sie Lokens Gesandte ist."

"Natürlich." Ich neigte den Kopf und rieb mir die Schläfen, als ich spürte, wie sich erneut Kopfschmerzen ankündigten.

Das ergab Sinn. Loken hatte von der Taverne und Saya gewusst und mich ganz offen gewarnt, dass er mich beobachten würde. Die Frage war nur: Hatte er etwas gelernt?

Unwahrscheinlich.

Weder Kesh noch Saya wussten von meiner Blutlinie oder den Wölfen. Loken hatte bestenfalls erfahren, wie wohlhabend ich geworden war, was vielleicht auch nicht schlecht war. Bei unserem letzten Treffen schien der

Betrüger davon überzeugt zu sein, dass mich eine geheimnisvolle Gruppe rekrutiert hatte. Vielleicht würde das, was seine Abgesandte in den Briefen sah, seine Befürchtungen zerstreuen.

Meine Anspannung legte sich. Ich hatte durch die Briefe, die Loken und seine Gefolgsleute abgefangen hatten nichts zu befürchten. Aber die Tatsache, dass sie sich die Mühe gemacht hatten, das zu tun, bestärkte mich darin, vorsichtig zu sein.

"In was bist du nur verwickelt?" fragte Shael plötzlich. "Gehörst du zu Loken? Hast du mich deshalb gebeten, die Nachricht an die Schattenburg zu überbringen?"

"Tue ich nicht." Ich zögerte, dann fügte ich widerwillig hinzu: "Aber Loken hat Interesse an mir gefunden."

Shael atmete scharf ein. "Der Trickbetrüger ist gefährlich. Du solltest dich weit von ihm fernhalten."

Ich schnitt eine Grimasse. "Ich weiß, aber ich habe kaum eine Wahl." Ich musterte ihn erneut. "Willst du dein Angebot, zu bleiben, noch einmal überdenken? Ich verstehe, wenn du nicht mehr mitmachen willst."

"Nein", sagte er fest. "Ich werde nicht weglaufen."

Ich nickte und sah davon ab, ihn noch einmal zu fragen, ob er sich wirklich sicher war. "Wie hast du das alles überhaupt aus dem Händler rausbekommen?"

Shael lächelte. "Ich habe eine Täuschungsfähigkeit benutzt, die man Arglist nennt. Bei jemandem wie dir würde sie nicht funktionieren, aber gegen einen Spieler mit geringer Wahrnehmung wirkt sie Wunder."

"Interessant" überlegte ich. Es war wirklich schade, dass ich selbst nicht mehr Wahrnehmungsslots zur Verfügung hatte. Die Fähigkeit hörte sich nützlich an, aber bevor ich Shael fragen konnte, was genau es damit auf sich hatte, kamen die Zwillinge in ihrer neuen Ausrüstung zurück in den Raum.

Ich erhob mich. "Wir sehen uns später", sagte ich zum Abschied zu dem Barden und führte die beiden nach draußen.

✳ ✳ ✳

"Woher hast du all diese Sachen?" fragte Teresa, als wir die Taverne verließen.

Ohne langsamer zu werden, um ihr zu antworten, bog ich auf der Straße nach Norden ab. Ein Blick über die Schulter zeigte mir, dass die Zwillinge mir folgten, wenn auch langsamer als mir lieb war. Teresa sah wie die unglücklichere der beiden aus und beäugte mich misstrauisch.

"Warum? Willst du sie nicht haben?" fragte ich milde.

"Versteh uns nicht falsch", sagte Terence und legte eine Hand auf Teresas Schulter, bevor sie sprechen konnte. "Das Zeug ist toll, aber wir fragen uns, was du im Gegenzug erwartest. Wir haben schon öfter 'Geschenke' bekommen, die sich als gar nicht so umsonst erwiesen haben."

Ich nickte, da ich seine Erklärung verstand, und nahm die beiden erneut in Augenschein.

Da ich nicht genau wusste, welche Fähigkeiten die beiden hatten, hatte ich verschiedene Rüstungen und Schwerter in den Beutel gepackt. Außerdem hatte ich eine ordentliche Anzahl von Gegenständen zur Erhöhung von Statuswerten hineingeworfen. Terence, so stellte ich fest, hatte sich eine Plattenrüstung angezogen und ein Breitschwert und einen Schild auf den Rücken geschnallt.

Teresa hatte sich für ein Kettenhemd entschieden und trug ein Paar Langschwerter an ihren Hüften. Ich hob eine Augenbraue beim Anblick der Klingen, sagte aber nichts dazu. Zwei Langschwerter zu führen, war unendlich viel schwieriger als das Gleiche mit kleineren Klingen wie meinen zu tun. Aber beide Jugendlichen waren größer als ich, und Teresa sah aus, als hätte sie die Größe und die Reichweite, um die von ihr gewählten Waffen zu führen.

"Ich erwarte nichts im Gegenzug", sagte ich schließlich. "Ich wollte die Sachen, die ihr jetzt tragt, eigentlich wegwerfen, bevor mir aufgefallen ist, dass ihr sie nützlich finden könntet. Ich versichere euch, dass es mich nichts gekostet hat, die Sachen an euch weiterzugeben." Das stimmte zwar nicht ganz, aber es kam der Wahrheit sehr nahe.

"Zum Wegwerfen? Das bedeutet also, dass du die Ausrüstung nicht gekauft hast", sagte Teresa und ließ die Sache nicht auf sich beruhen. "Woher hast du sie?"

Ich schaute sie an. "Von den Marodeuren, wenn du es wissen musst."

Fast gleichzeitig schweiften die Blicke der beiden Zwillinge zu den verlassenen Blockaden auf der Straße. Die Marodeure waren immer noch nicht zurückgekehrt.

"Ist das, wo du gestern warst?", fragte das Mädchen. "Marodeure töten?" Ich nickte.

"Das erklärt nicht die leeren Barrikaden", betonte sie. "Egal, wie viele du getötet hast, sie wären zurückgekommen." Ihre Augen verengten sich. "Hast du eine Art Deal mit ihnen gemacht?"

Ich lachte. "Wohl kaum. Aber im Moment überdenken sie wahrscheinlich ihre Strategie."

"Wie viele hast du getötet?" fragte Terence neugierig.

"Alle von ihnen."

Er starrte mich ausdruckslos an und dachte, ich würde einen Scherz machen. Aber als ich nichts weiter sagte, platzte er heraus: "Das kann nicht dein Ernst sein."

"Mein voller Ernst."

"Aber-aber ...", begann er, bevor er ins Stocken geriet.

"Wie hast du das gemacht?" fragte Teresa. Sie schien weniger fassungslos als ihr Zwilling.

"Ich habe sie im Schlaf erschlagen", antwortete ich und sah keinen Grund, die Wahrheit zu verbergen. Die Marodeure hatten es bestimmt schon selbst herausgefunden, und so dreist wie die Jugendlichen waren, würde es nicht schaden, ihnen ein bisschen Angst einzujagen.

Vielleicht reicht das sogar aus, damit sie aufhören, Fragen zu stellen.

Aber wenn überhaupt, weckte meine Antwort Teresas Interesse nur noch mehr. "Wie hast du sie so unvorbereitet erwischt?", fragte sie. "Sie wären doch nicht ungeschützt geblieben, wenn ..." Sie brach ab. "Du hast dich in ihr Lager geschlichen", schloss sie.

Das Mädchen war schlauer, als sie aussah. "Das habe ich."

"Wie hast du das geschafft?" fragte Terence. "Hatten sie keine Wachzauber?"

Ich lächelte. "Hatten sie."

Das schien ihn einen Moment lang zu verblüffen, aber nicht lange. Er wandte sich an seinen Zwilling und flüsterte: "Ich habe dir doch gesagt, dass er ein Mörder ist."

"Wenn's das nur wäre", zischte Teresa zurück. "Pssst. Er schaut in unsere Richtung."

Zufrieden lächelnd sagte ich nichts weiter, als wir das Dorf verließen.

Kapitel 287: Ein Tag im Leben eines Mentors

Du hast eine sichere Zone verlassen.

"Also gut", sagte ich und brachte die Zwillinge am Rande des Dorfes zum Stehen. "Zeit zu entscheiden, wohin wir gehen."

Ich sah die beiden fragend an.

"Du brauchst uns nicht anzusehen", sagte Terence. "Wir sind bis jetzt jedes Mal gestorben, wenn wir das Dorf verlassen haben."

"Ich war seit über einem Jahr nicht mehr in diesem Sektor", sagte ich geduldig. "Ihr beide müsst das Tal inzwischen besser kennen als ich."

Die beiden tauschten Blicke aus. "Wir wissen von ein paar Verstecken", begann Teresa zögernd, "aber von keinen Monstern, mit denen wir es aufnehmen könnten." Sie blickte auf ihre neue Ausrüstung hinunter. "Selbst hiermit."

"Macht euch keine Sorgen welches Level die Kreaturen haben", sagte ich. "Ich übernehme das Tanken."

Das brachte mir skeptische Blicke ein.

Ich lachte. "Keine Sorge, ihr werdet schon sehen. Und jetzt erzählt schon."

Die beiden fingen an zu erzählen, erst vorsichtig, dann selbstbewusster, und berichteten von all den Monsterhöhlen und -verstecken, in denen sie schon gewesen waren oder von denen die Gäste der Taverne erzählt hatten.

Die Liste war lang, aber nach nicht einmal einer Minute wusste ich, wohin wir gehen würden. Ich hielt sie aber nicht auf. Ich hörte die ganze Zeit aufmerksam zu, aber von Schattenwölfen war keine Rede. Das war ein gutes Zeichen und ließ mich die Chancen des Rudels etwas besser einschätzen.

"Wohin sollen wir?" fragte Terence, als die beiden die Liste beendeten.

"Osten", antwortete ich lakonisch. Ich drehte mich in diese Richtung und ging auf die Baumgrenze zu.

"*Wo* im Osten?" fragte Teresa, während die Zwillinge sich beeilten, aufzuholen.

"Östlicher Osten", sagte ich. Ich war mir nicht zu schade mich ein wenig für die frühmorgendliche Sturheit der beiden zu rächen.

"Das ist keine Antwort", schnauzte Teresa.

Ich ignorierte den finsteren Blick des Mädchens und ließ mir meine Belustigung nicht anmerken, sondern ging weiter. Ich bemerkte jedoch, dass Terence das Interesse an dem Gespräch verloren hatte und die sich nähernde Baumgrenze mit sichtbarer Sorge betrachtete. Beiläufig ließ ich meinen Blick zu Teresa gleiten. Auch sie warf dem sich nähernden Wald unzufriedene Blicke zu.

Sie haben Angst, wurde mir klar.

"Wir gehen zu den östlichen Berghängen des Tals", sagte ich, da ich Mitleid mit ihnen hatte.

Die Blicke der Zwillinge zuckten zu mir zurück.

"Aber da gibt es doch nichts außer ..." Terence' Augenbrauen zogen sich zusammen.

"... die Höhle der Feuereidechsen", beendete Teresa und ihre Augen wurden rund. "Wir können diese Viecher nicht bekämpfen!"

"Könnt ihr wohl", sagte ich entschlossen. "Und das werdet ihr auch."

Ich hatte zwei Gründe für die Wahl meines Jagdgebiets. Das östliche Gebirge war der Ort, an dem das Rudel das letzte Mal vor der Wyvern-Mutter Zuflucht gesucht hatte, und ich ging davon aus, dass die Schattenwölfe, wenn sie irgendwo im Tal waren, vermutlich dort zu finden waren. *Es kann nicht schaden, ein bisschen auszukundschaften, während ich den beiden helfe.*

Der zweite Grund war natürlich, dass ich, wenn ich schon den Tag damit verbringen würde, die beiden zu beschützen, auch selbst etwas trainieren konnte. Und die Feuerechsen klangen wie die idealen Kreaturen, mit denen ich meine Elementarresistenz aufbauen konnte.

Teresa öffnete den Mund, um erneut zu protestieren, wie ich erwartete, aber sie verstummte, als eine Gruppe von Spielern die Baumgrenze verließ. Ich spannte mich an, bevor ich merkte, dass es keine Marodeure waren.

Die schwarz gekleideten Soldaten gingen - nein, marschierten - in einer disziplinierten Kolonne und trugen ein bekanntes Abzeichen am Arm: den wütenden Stier der Tataren.

Legionäre, dachte ich.

An der Spitze der Kolonne von fast einhundert Soldaten stand ein Halbork, der mir ebenfalls bekannt war. *Ultack.* Bedeutete das, dass Cecilia auch in der Nähe war? Ich konnte jedoch keine Spur von ihr entdecken und richtete meine Aufmerksamkeit wieder auf den Kompaniechef. So wie es aussah, war es Ultack gut ergangen. Er war nicht nur ein vollwertiges Mitglied der Legion, sondern allem Anschein nach auch ein Offizier.

Ich frage mich, ob er sich noch an mich erinnert.

Ich senkte den Kopf und beobachtete, wie die Soldaten näherkamen. Auf ihrem jetzigen Weg würden sie nicht nahe genug herankommen, um mich zu erkennen. Trotzdem war ich nicht beruhigt.

"Kennst du die?" fragte Teresa in einem besorgten Flüsterton.

"Ruhe", befahl ich mit leiser Stimme, und zu meinem Erstaunen verstummte sie, als wir unseren Kurs beibehielten.

Ich hätte mir aber keine Sorgen machen müssen, erkannt zu werden. Niemand in der Legionärsgruppe schenkte uns einen Blick, und im Nachhinein verstand ich auch, warum. Drei Einzelkämpfer stellten keine Bedrohung für eine hundertköpfige Gruppe dar - zumindest nicht auf den ersten Blick.

Die Tartaner zogen an uns vorbei, und ich entspannte mich. "Ich kannte mal einige von ihnen", sagte ich und beantwortete endlich Teresas Frage, "als ich letztes Mal im Tal war."

"Glaubst du, sie würden uns rekrutieren?" fragte Terence hoffnungsvoll.

Ich verdrehte die Augen über die Besessenheit des Jungen, einer Fraktion beizutreten. "Nein, und bevor du fragst: Ich werde auch kein gutes Wort für euch einlegen."

Bevor einer der beiden Zwillinge etwas erwidern konnte, beschleunigte ich meine Schritte und schlüpfte hinter die Baumgrenze.

* * *

Die unmittelbare Umgebung des Dorfes war ruhiger als erwartet, und obwohl sich mehr als eine Gruppe von Soldaten unserer kleinen Gruppe näherte, gelang es mir, uns unbemerkt an ihnen vorbeizulotsen.

Nachdem wir ein paar Kilometer zwischen uns und die sichere Zone gebracht hatten, trafen wir auf keine weiteren Gruppen mehr und ich begann mich zu entspannen. Die südöstliche Seite des Tals schien genauso verlassen zu sein wie die südwestliche.

"Bist du sicher, dass wir in die richtige Richtung gehen?" fragte mich Terence zum gefühlt hundertsten Mal.

Ich nickte leicht.

Beide Jugendlichen waren ungewöhnlich wortkarg geworden, seitdem wir die Bäume erreicht hatten – nicht, dass mich die Stille gestört hätte – und ich konnte sehen, dass sie angespannt waren. Das dichte Unterholz, die drohenden Bäume und die ständigen Schreie von Raubtieren und Beutetieren machten sie nervös.

"Wonach suchst du?" fragte ich, nachdem Terence zu lange auf ein harmloses Stück Gestrüpp gestarrt hatte.

"Bedrohungen", sagte er, ohne den Blick von dem Busch abzuwenden.

"Da ist nichts", versicherte ich milde.

"Da kannst du dir nicht sicher sein", erwiderte er.

"Doch, das kann ich", sagte ich und tippte mir an den Kopf. "Mein Gehör ist besser als deines, und außerdem habe ich andere Fähigkeiten, um die Annäherung von Feinden zu erkennen. Wir sind sicher."

Trotz meiner Worte sah Terence nicht beruhigt aus.

"Vertrau mir", sagte ich sanft. "Es gab einen Grund, warum ihr *mich* gebeten habt, euch auf diese Reise zu begleiten. Ich weiß, was ich tue."

Widerwillig gab Terence seine Auseinandersetzung mit dem Busch auf, und wir setzten unseren Weg fort. Der Austausch löste ein weiteres Geflüster zwischen den Zwillingen aus, und dieses Mal sah ich davon ab mitzuhören.

Nach einem Moment meldete sich Teresa zu Wort. "Es tut mir leid, Michael, normalerweise sind wir nicht so schreckhaft. Es ist nur ..." Sie atmete heftig aus. "Der Wald war nicht gut zu uns."

"Ich verstehe schon. Wenn die ganze Kompanie ausgelöscht wird, würde das jeden nervös machen." Ich lächelte beschwichtigend. "Reißt euch einfach noch ein bisschen zusammen, und gleich sind wir aus dem Wald raus."

"Das hoffe ich", sagte Terence sehnsuchtsvoll.

Wir brachen die Unterhaltung ab und setzten unsere Wanderung nach Osten fort.

* * *

Fast eine Stunde später erreichten wir unser Ziel. Beide Zwillinge atmeten hörbar aus, als wir die Baumgrenze durchbrachen.
"Wir sind da", sagte ich.
"Wirklich?" fragte Terence und betrachtete den leeren Berghang.
"Die Höhle ist etwa einen Kilometer nördlich, aber ja." Ich zeigte auf eine schattige Vertiefung am Berghang. "Da. Das sieht genauso aus wie der Höhleneingang, den euer Tavernen Kunde beschrieben hat."
Die Zwillinge schielten in die Richtung, in die ich zeigte. "Ich sehe nichts ", beschwerte sich Teresa.
"Sie ist da", versicherte ich ihnen.
"Bist du dir sicher?" fragte Terence. "Es heißt, die Feuerechsen seien Kreaturen von Rang sechs. Wir sind noch lange nicht bereit, uns ihnen zu stellen."
"Mach dir keine Sorgen. Dafür bin ich ja da."
"Hast du immer noch vor, sie zu töten?", fragte er verdutzt.
Ich nickte.
"Aber wie?" fragte Teresa. "Sie machen genauso viel Feuerschaden wie physischen Schaden, und du bist kein Magier." Sie blickte theatralisch hinter mich. "Es sei denn, du versteckst irgendwo einen magischen Schild, den ich nicht sehe."
Ich gluckste. Aber trotz meiner Belustigung wurde mir klar, dass ich die beiden beruhigen musste. Andernfalls wären sie bei dem bevorstehenden Gefecht zu nervös und würden sich, anstatt sich auf ihre eigene Rolle zu konzentrieren, Sorgen machen, ob ich meinen Teil tat.
"Ich habe eine Art Feuerresistenz-Fertigkeit, die ich trainieren will. Ich werde die Angriffe der Echsen ablenken und ihre Aufmerksamkeit auf mich lenken, während ihr zwei von den Flanken angreift und sie tötet. Wie hört sich das an?"
"Leichter gesagt als getan", murmelte Terence. Teresa nickte zustimmend.
Ich ignorierte ihre Unentschlossenheit und führte die beiden den Berghang hinauf. "Es wird schon gut gehen", versicherte ich ihnen erneut.
Ich hatte den Eindruck, dass ich das heute sehr viel tat.

✳ ✳ ✳

Es war nur ein kurzer Weg zum Höhleneingang, obwohl es eigentlich ein Tunneleingang war. Die Feuereidechsen nisteten im Berg selbst und die Höhle, die wir entdeckt hatten, war nur der Eingang eines langen, dunklen, gewundenen Tunnels, um dorthin zu gelangen.
Natürlich waren die Zwillinge nicht begeistert von der Idee, das Innere zu erkunden.
"Wäre es nicht besser, die Kreaturen herauszulocken?" fragte Teresa. "Das hat Hengis' Gruppe auch so gemacht." Hengis war ein ehemaliger Tavernengast und die Informationsquelle der Zwillinge. Durch ihn hatten sie überhaupt erst von der Höhle erfahren.

Ich schüttelte den Kopf. "Das wird nicht funktionieren." Ich deutete auf den weiten Berghang. "Hier draußen können die Kreaturen aus verschiedenen Richtungen angreifen. Dann werden wir in kürzester Zeit überrannt und ich kann euch nicht mehr beschützen."

"Aber da drin ist es dunkel", protestierte Terence. "Wie sollen wir überhaupt etwas sehen?"

"Ich kann im Dunkeln gut sehen, und hier liegt genug Gestrüpp und Brennholz herum. Bastelt euch ein paar Fackeln, wenn es sein muss", sagte ich und bemühte mich, geduldig zu bleiben. Die beiden waren jung und hatten schon mehr Tod gesehen, als ihnen lieb war. Verständlicherweise waren sie ängstlich und sie wussten nur wenig über meine Fähigkeiten. "Außerdem" sagte ich und grinste, "Wird es genug Licht geben, wenn die Feuerechsen angreifen."

Das brachte mir kein Lächeln als Antwort ein. Ich seufzte. *Ich glaube nicht, dass ich als Mentor geeignet bin.*

"Hengis sagte, es sei zu gefährlich, die Höhle zu betreten", sagte Teresa. "Bist du dir bei dieser Strategie sicher?"

Ich rollte nicht mit den Augen, aber ich hätte es gerne getan. Hengis und seine Gruppe waren aus dem Tal geflohen, bevor sie in die Höhle zurückgekehrt waren, weshalb niemand außer den Zwillingen von den Feuerechsen wusste. Doch nach allem, was ich über den "großen" Hengis gehört hatte, bezweifelte ich, dass seine Gruppe der Aufgabe die Höhle zu räumen gewachsen war. Aber das behielt ich für mich.

Als ich beschloss, dass die Zeit zum Plaudern vorbei war, zog ich Ebenherz und Treue Klinge. "Ich gehe jetzt rein. Folgt mir oder nicht."

Ich trat in den Tunnel ein. Nach nur wenigen Metern machte er eine scharfe Biegung und schnitt das Licht vom Eingang ab. Ich hielt inne und lauschte. Die Zwillinge unterhielten sich immer noch und ihr hitziges Geflüster am Höhleneingang drang deutlich an meine Ohren. Ich überließ sie ihrem Gespräch und ging weiter.

Schließlich hörte ich hinter mir ein Streichholz, das zwei Fackeln anzündete. Ich schnaubte leise. Die beiden hatten sich zwar beschwert, aber sie waren gut vorbereitet. Ich blieb stehen und wartete, bis sie mich eingeholt hatten.

Die Zwillinge ließen sich Zeit und suchten aufmerksam ihre Umgebung ab, bevor sie einen weiteren Schritt machten. Ich ermahnte sie nicht für ihre Langsamkeit. Da die Gefahr so nah war, war ihre Vorsicht gerechtfertigt.

Beide bewegten sich im Gleichschritt miteinander. Terence hielt seinen Schild in seiner zweiten Hand und Teresa eine ihrer Klingen. *Sie funktionieren gut als Einheit,* dachte ich.

"Gut. Ihr seid gekommen", sagte ich, als sie vor mir zum Stehen kamen. "Ihr zwei bleibt zurück. Ich will nicht, dass die Echsen unsere Anwesenheit bemerken, bevor wir bereit sind, sie zu begrüßen. Verstanden?"

Knappes Nicken war meine einzige Antwort.

Umso besser, dachte ich. Jetzt, wo der Kampf bevorstand, hatten die beiden ihre ständigen Fragen und Streitereien aufgegeben. *Vielleicht wird das ja doch was.*

Ich öffnete meine Gedankensicht und hüllte mich in Schatten, bevor ich meinen vorsichtigen Vormarsch fortsetzte.

Kapitel 288: Widerstand aufbauen

Ein paar Minuten später mündete der Tunnel in eine große Höhle, die an die erste Ebene des Wächterturms erinnerte.

Mehrere feindliche Einheiten haben dich nicht entdeckt! Du bist versteckt.

Ich ließ mich in die Hocke fallen und suchte die Kammer ab. Die Höhle beherbergte zwar keine Lava, aber der Felsboden glühte in einem matten Rot, das von der Hitze der dutzenden Feuerechsen herrührte, die in den Tiefen der Höhle hausten.

Die Kreaturen selbst waren so groß wie ein Mensch, aber niedrig gebaut. Ihre Körper waren von einer rauen Haut mit grausamen, spitzen Stacheln bedeckt, die trotz ihrer scheinbaren Dicke das schimmernde Rot der Innereien der Echsen nicht verbergen konnte. Die meisten der Kreaturen schienen zu schlafen, aber ab und zu stieß eine von ihnen eine kleine Feuerfahne aus ihrer länglichen Schnauze aus.

Feuriges Schnarchen? fragte ich mich belustigt.

Ich ließ meinen Blick über die Höhle schweifen und zählte die Kreaturen. *Hundert,* stellte ich fest. Es war eine große Höhle. Die nächstgelegenen Echsen waren mehr als zehn Meter entfernt, aber selbst im schwachen roten Licht der Höhle entdeckten sie mich nicht.

Mit meinem Willen analysierte ich alle Kreaturen in Reichweite.

Dein Ziel ist eine Feuerechse der Stufe 61.
Dein Ziel ist eine Feuerechse der Stufe 63.
Dein Ziel ist ...
...

Die Level der Feuerechsen waren genau wie die Zwillinge sie beschrieben hatten, und die Taktik, die ich mir ausgedacht hatte, sollte aufgehen. *Aber verdammt, es ist hier heißer, als ich erwartet hatte,* dachte ich, während ich mir den Schweiß vom Gesicht wischte.

Hinter mir hörte ich, wie sich die Zwillinge näherten. Ich zog mich aus der Kammer zurück und ging zurück, um ihnen mitzuteilen, was ich gefunden hatte.

✳ ✳ ✳

"Der Moment der Wahrheit", sagte ich zu den Jugendlichen, nachdem ich ihnen beschrieben hatte, was uns bevorstand. "Seid ihr bereit?"

Angespanntes Nicken.

Welche Zweifel die Zwillinge auch immer hatten - und ich war mir sicher, dass sie nach wie vor viele hatten - sie versteckten sie gut, jetzt, da unser Kurs feststand. "Gut. Castet alle Buffs, die ihr habt, während ich das Gleiche tue."

Deine Geschicklichkeit hat sich für 20 Minuten um +8 Ränge erhöht.
Du hast für 10 Minuten eine Belastungsaura erhalten.
Du hast den Auslösezauber Schnelle Genesung gewirkt.

Ich holte vier Heiltränke aus meinem Rucksack und reichte sie den Zwillingen. "Benutzt sie und heilt euch, wenn nötig. Erinnert ihr euch noch an den Plan?"

"Das tun wir", antwortete Teresa. "Wir schlagen von den Seiten aus zu und kommen dir nicht in die Quere."

Ich nickte. Wir drei hatten uns in den engsten Teil des Tunnels zurückgezogen. Er war kaum breit genug, als dass ich meine Schwerter schwingen konnte, und ich schätzte, dass mich nicht mehr als eine der Feuerechsen auf einmal angreifen konnte.

Terence stand einen Schritt hinter mir und hielt seinen Schild und sein Breitschwert bereit. Teresa stand zu meiner Linken, ebenfalls einen Schritt hinter mir und mit gezogenen Langschwertern.

"Dann ist nur noch eine Sache zu tun." Ich ging ein paar Schritte vorwärts, hockte mich hin und rieb mit dem Daumen über die blaue Rune auf dem Armband des Fallenstellers, um den Gegenstand zu aktivieren.

Du hast eine Fertigkeitsprüfung in Diebstahl bestanden!
Du hast 2 Fallenbaukristalle aus dem Armband des Fallenstellers entfernt.
Verbleibende Fallensteller-Kristalle: 198 von 200.

Das Schöne an meinem neuen Fallensteller-Armband war, dass ich nicht für jede Falle vier Teile verwenden musste. Für weniger komplizierte Fallen oder wenn ich einen weniger starken Effekt brauchte, konnte ich auch nur zwei Teile verwenden und so meine Fallenbaukristalle rationieren.

Als die verzauberten Kristalle in meine wartenden Hände fielen, zauberte ich Fallenstellen und konfigurierte das Gerät, das ich im Sinn hatte.

Du hast ein Eisfallenelement versteckt.
Du hast ein Fallenelement mit einem Fernauslöser verbunden.
Eine Eisfalle wurde erfolgreich konfiguriert!

Ich erhob mich und steckte den Auslöser ein.

"Was war das?" fragte Teresa und betrachtete verwirrt den leeren Boden. Die Eisfalle war natürlich vor ihren Augen verborgen.

"Ich habe eine Falle aufgestellt."

"Eine Falle? Warum das?" fragte Terence.

"Als Absicherung." Ich lächelte und klopfte auf meine Tasche. "Ich glaube nicht, dass wir sie brauchen werden, aber falls etwas schief geht, aktiviere ich die Falle und wir verschwinden von hier, solange die Echsen noch gefroren sind."

Die Zwillinge strahlten sofort. "Ein Plan B", staunte Teresa. "Clever."

Ich grinste. "Finde ich auch." Ich drehte mich um und schaute den Tunnel hinunter. "Also gut, los gehts."

Ich holte tief Luft, hob meinen Kopf und heulte.

Hinter mir hörte ich, wie die beiden Jugendlichen bei dem Geräusch aufschreckten, und zudem spürte ich auch meine eigene Überraschung. Was ich als allgemeinen Kriegsschrei gedacht hatte, klang unheimlich wie das Heulen eines Wolfes.

Ich hatte geschrien, um die Echsen auf mich aufmerksam zu machen, und ich hätte natürlich jedes beliebige Geräusch wählen können. Im Nachhinein betrachtet war das Geräusch, für das ich mich entschieden hatte, vielleicht nicht die klügste Wahl, aber es war der Schlachtruf, der mir am natürlichsten vorkam.

"Werden sie kommen?" fragte Terence und hielt seine Waffen fest umklammert.

Ich hielt eine Hand hoch, um ihn zur Geduld zu ermahnen, legte den Kopf schief und lauschte. Der Boden bebte leicht und es hörte sich an, als kämen mehrere schwimmhäutige Füße näher. "Ja", antwortete ich unnötigerweise, als der vorderste Teil der Welle an Echsen eine Biegung im Tunnel einschlug.

Als die flammenden Gestalten uns erblickten, zischten sie verärgert und schlängelten sich schneller vorwärts.

"Es sind so viele", flüsterte Teresa bestürzt.

Ich ignorierte sie, beugte meine Knie und machte mich bereit. In diesem Kampf würde es keine ausgeklügelte Fußarbeit und kaum Ausweichmanöver geben. Ich würde mich allein auf meine Schwertkunst verlassen müssen, um die schnappenden Kiefer in Schach zu halten, auf meine Leere-Fertigkeiten, um den Feuerschaden zu minimieren, und auf meine Chi-Heilung, um meine Gesundheit wiederherzustellen.

Keine große Sache, dachte ich, aber ich konnte nicht anders, als mich zu fragen, ob ich meine Fähigkeit, die Kreaturen zurückzuhalten, überschätzt hatte. *Ein guter Zeitpunkt für Zweifel, Michael,* dachte ich trocken.

Ich kniff die Augen zusammen und konzentrierte mich auf die Eidechse an der Spitze. Sie war breiter als ich und länger als ich groß war - was gut war, denn so blieben die anderen außer Reichweite - und stieß bereits kurze Flammenstöße aus - was nicht so gut war.

Die Flammen breiteten sich jedoch nicht aus. Die Zwillinge waren weit genug hinter mir, um das Feuer nicht zu spüren, selbst wenn es zweifellos über mich hinwegfegen würde. Die andere gute Nachricht war, dass die Echsen durch ihre gepanzerte Haut langsam waren, was meine Chancen erhöhte, ihren Angriffen auszuweichen.

Die vorderste Echse kam in Schlagdistanz.

Die Kreatur schlug wütend mit dem Schwanz auf den Boden und öffnete ihr Maul, aus dem eine kleine Flamme entwich.

Ich sah den Angriff kommen, blieb aber, wo ich war. *Das wird ...*

Du hast eine Prüfung auf magischen Widerstand nicht bestanden! Feueratem hat dich verletzt!

Heiße Flammen umhüllten mich, versengten mein Haar, verbrannten meine Haut und verkohlten meine Rüstung. Ich biss die Zähne zusammen und unterdrückte den Schrei, der mir zu entgleiten drohte, aber so sehr die Flammen auch schmerzten, der Schmerz war nicht vergleichbar mit dem, was ich durch Ingas Selbstverbrennungszauber erlebt hatte.

Ich war mir auch der eifrigen Beobachter voll bewusst. Dies war der kritischste Moment. Wenn ich jetzt schrie oder das kleinste Anzeichen von Angst zeigte, würden die beiden abhauen.

Ich schluckte den Schmerz hinunter, hielt meine Augen offen und konzentrierte mich auf meinen Feind. Die Kiefer der Eidechse schnellten nach vorne und schnappten nach dem Fleisch meines Oberschenkels. Ich schwang Ebenherz nach unten und stieß die Schnauze der Kreatur weg.

Du hast den Angriff einer Feuerechse geblockt.

Ich warf einen Blick hinter mich.

Die Zwillinge starrten entsetzt auf mein entstelltes Gesicht. "Greift an", krächzte ich aus einer zugleich verbrannten, geschwärzten, rauen und ausgedörrten Kehle.

"Er ist verrückt", flüsterte Terence voller Ehrfurcht.

"Aber er hat recht", flüsterte Teresa zurück.

Die beiden setzten sich ruckartig in Bewegung und schlugen im Tandem von meinen Flanken aus zu, wobei sie der Echse kaum Schaden zufügten. Aber das spielte keine Rolle. Die beiden waren jetzt dabei. Der Kampf hatte begonnen, und alles verlief nach Plan – bis jetzt zumindest. Ich lächelte grimmig.

Jetzt muss ich den Kampf nur noch aufrechterhalten.

Das Maul der Eidechse öffnete sich wieder. Ich machte mich auf einen weiteren Flammenstoß gefasst und beschwor Psi.

✳ ✳ ✳

Du hast dich mit schneller Genesung wiederhergestellt. Deine Gesundheit liegt bei 100%.

Im Bruchteil einer Sekunde wuchsen meine Haare nach und meine Haut bekam ihren gesunden Schimmer zurück.

Natürlich wurde ich in der *nächsten* Sekunde wieder von Flammen verschlungen, und der Kreislauf begann von neuem. Ich blieb davon jedoch unbeeindruckt. Nachdem wir den ersten Kontakt hinter uns hatten, ging der Kampf in einen stetigen Schlagabtausch über.

Ich hatte die Breite des Tunnels richtig eingeschätzt, und trotz der verzweifelten Versuche der Echsen hinter meinem Feind war keine von ihnen in der Lage, mich zeitgleich mit ihrem Artgenossen anzugreifen, so dass sie nutzlos vor sich hin wüteten.

Teresa und Terence waren in ihren eigenen Rhythmus gefallen. Ihre Schwerter hoben und senkten sich, während die Zwillinge auf meinen Feind einschlugen und langsam, aber sicher Teile seiner Hautpanzerung abhackten.

Ich für meinen Teil blieb defensiv und wehrte jeden Versuch der Feuerechse ab, ihre Kiefer um meine Knöchel, Schienbeine und Oberschenkel zu schließen. Die Flammen, die sie ausstieß, ignorierte ich.

Der Großteil meiner Aufmerksamkeit galt jedoch nicht dem physischen Kampf. Ich konzentrierte mich vor allem auf die Spielnachrichten, die mir durch den Kopf gingen.

Du hast eine Prüfung auf magischen Widerstand nicht bestanden!
Feueratem hat dich verletzt! Deine Gesundheit ist auf 96% gesunken.
Deine Leere-Rüstung hat den erlittenen Elementarschaden um 10% reduziert. Verbleibende Ladung: 98%.
Deine Elementarabsorption ist auf Stufe 26 gestiegen.

Anders als in den vorherigen Kämpfen behielt ich die Leistung meiner Leere-Rüstung diesmal genau im Auge. Meine Fertigkeit in Elementarabsorption war immer noch zu gering, um den Atemangriffen der Feuerechse vollständig widerstehen zu können. Aber die Manahülle, die mich umgab, absorbierte immer noch einen ordentlichen Teil des Schadens, den ich erlitt, und meine Fertigkeit machte langsam Fortschritte.

Deine Elementarabsorption ist auf Stufe 30 gestiegen und hat Rang 3 erreicht. Dadurch erhöht sich deine Chance, schädlichen Elementareffekten zu widerstehen, um 7,5 % und der Schaden, den du durch sie erleidest, verringert sich um 15 %.

Da der physische Kampf relativ einfach war, konnte ich meinen Fokus aufteilen, wie ich es im Wächterturm gelernt hatte, und schnelle Genesung wirken, wenn meine Gesundheit zu niedrig wurde. Ich ging diesmal noch einen Schritt weiter und meditierte und kanalisierte mitten im Kampf Mana.

Du hast dein Psi wieder auf 100% gebracht.
Du hast 1% deines Manas wieder aufgefüllt. Verbleibende Ladung der Leere-Rüstung: 99%.
Dein Kanalisieren ist auf Stufe 27 gestiegen.

Mein Multitasking blieb nicht ohne Folgen, und ich verpasste es mehr als nur ein paar Mal Schläge zu parieren, aber selbst als die Feuerechse mein Bein in ihrem Biss festhielt, konnte sie mir keinen allzu großen Schaden zufügen, bevor ich mich erholte und sie zurückschlug, damit der Zyklus von neuem begann.

✻ ✻ ✻

Dreißig Minuten vergingen, dann eine Stunde, bis die Zwillinge endlich ihre erste Feuerechse töteten.

Eine Feuerechse der Stufe 65 ist gestorben.

Terence brüllte und Teresa lachte. Ich konzentrierte mich auf den Rest der Feuerechsen, die immer noch hinter dem toten Tier schwärmten, und drehte mich nicht zu ihnen um.

"Glückwunsch", rief ich über meine Schulter. "Wie viele Level habt ihr beide gewonnen?" Es war nicht unerwartet, dass ich nicht aufgestiegen war.

"Jeder eins!" rief Terence aufgeregt.

Ich runzelte die Stirn. "Nur ein Level?"

"Das ist, weil du uns hilfst", sagte Teresa. "Dem Adjutanten kann man nichts vormachen."

Ich nickte und sah ein, dass sie Recht hatte. Ich warf einen Blick auf die verbliebenen Feuerechsen. Sie standen immer noch hinter der toten Kreatur und machten keine Anstalten, vorzurücken. Mein Stirnrunzeln vertiefte sich. "Warum greifen sie nicht an?" fragte ich mich laut.

"Das liegt daran, dass ihr Unterleib sehr weich ist", erklärt Terence.

Ich warf ihm einen verwirrten Blick zu. "Was soll das heißen?"

"Feuerechsen wissen, dass sie nicht versuchen sollten, über Artgenossen zu klettern", sagte Teresa. "Der Stachelpanzer, der den Rücken der toten Bestie bedeckt, würde ihnen den Bauch aufreißen."

"Ah", murmelte ich verständnisvoll und gestikulierte dann auf die Leiche. "Worauf wartet ihr zwei dann noch? Schafft sie weg und lasst es uns mit der nächsten aufnehmen."

✳ ✳ ✳

Sechs Stunden später waren wir immer noch bei der Arbeit.

Die Zwillinge wurden beim Töten der Feuerechsen immer effizienter und gewannen mit jeder Tötung an Stufen und Fertigkeiten. Meine Fertigkeiten in der Elementarabsorption und im Kanalisieren wurden immer besser, aber nach sechs Stunden war ich von meiner Routine so gelangweilt, dass ich beschloss, einen weiteren Schritt zu tun: den verbleibenden Ätherstein an meinem Armband aufzuladen.

Wie erwartet, saugte der Stein eifrig das ihm zur Verfügung gestellte Mana auf, und ich kam an meine Grenzen, als ich gleichzeitig versuchte die Feuerechsen zu tanken, mein Psi wiederherzustellen, meine Leere-Rüstung funktionsfähig zu halten, mich zu heilen *und* den Edelstein aufzuladen.

Es war ein interessanter Nachmittag.

Als die Nacht hereinbrach, war unsere kleine Gruppe nach fast dreizehn Stunden Kampf erschöpft. Hinter uns lag ein Haufen von fünfzehn Leichen. Wir hatten fast ein Fünftel der Feuerechsen erlegt, und obwohl das kein Grund zum Jubeln war, hatten die Zwillinge fünfzehn Stufen und mehrere Ränge in ihren Waffenfertigkeiten gewonnen.

Mein eigenes Level war überhaupt nicht gestiegen, und obwohl meine Fertigkeitsverbesserungen nicht mit denen der Zwillinge mithalten konnten, waren sie dennoch ansehnlich.

Deine Elementarabsorption ist auf Stufe 81 gestiegen und hat Rang 8 erreicht. Dadurch erhöht sich deine Chance, schädlichen Elementareffekten zu widerstehen, um 20% und der Schaden, den du durch sie erleidest, verringert sich um 40%.

Dein Ausweichen ist auf Stufe 119 gestiegen. Kurzschwerter ist auf Stufe 137 gestiegen. Dein Kampf mit zwei Waffen ist auf Stufe 119 gestiegen. Deine leichte Rüstung ist auf Stufe 126 gestiegen.

Dein Chi ist auf Stufe 121 gestiegen. Deine Meditation ist auf Stufe 143 gestiegen. Dein Kanalisieren ist auf Stufe 101 gestiegen.

Ich warf einen Blick auf meine Gefährten. Ihre Gesichter waren konzentriert, und von der Furcht, die sie früher am Tag gezeigt hatten, war nichts mehr zu sehen. *Sie haben richtig Spaß,* dachte ich und freute mich für die beiden.

Trotzdem war es an der Zeit, die Sache abzukürzen.

Ich hatte eine lange Nacht vor mir. Zuerst musste ich die beiden zurück ins Dorf begleiten, und dann musste ich in die Berge zurückkehren. Ich hatte nicht, wie ich gehofft hatte, die Gegend nach dem Rudel auskundschaften können, während ich die Zwillinge trainierte, aber das würde ich tun, wenn sie wieder in der sicheren Zone waren.

"Das ist die letzte", sagte ich. "Dann ziehen wir uns zurück."

Eine schwitzende Teresa nickte müde. Wir waren dank der Hitze der Feuereidechsen alle drei durchnässt.

"Kommen wir morgen zurück?" fragte Terence.

Ich zögerte. Ich hatte mich zwar nur zu einem einzigen Jagdausflug mit den Zwillingen verpflichtet, aber nachdem ich meine Fertigkeiten im Laufe des Tages verbessert hatte, wusste ich, dass auch ich von einem weiteren Tag profitieren würde. "Vielleicht" erlaubte ich schließlich. Es würde davon abhängen, was ich heute Abend entdecken würde. "Ich werde es euch wissen lassen ..."

"GGGRRRR..."

Ich erstarrte, als ein Knurren meine Gedanken unterbrach. Laut. Aggressiv. Wütend.

"Was ist los?" fragte Teresa, die meine Sorge spürte. Sie hörte aber nicht auf, auf die Feuerechse einzuhacken, die mich angriff, und Terence auch nicht. Sie hatten es nicht gehört.

Das Knurren war nur in meinem Kopf. Aber echt. Sehr echt.

Ich ignorierte ihre Frage und konzentrierte mich auf die Quelle des Geräusches. Es kam von einem Schattenwolf - einem sehr unzufriedenen Schattenwolf, der sich in diesem Moment an uns heranpirschte.

Kapitel 289: Besucher

"Geh weg."

Die Worte wurden mit solcher Kraft in meinen Kopf geschleudert, dass ich fast nach vorne und in meinen Feind gestoßen wurde – die Feuerechse hatte nicht aufgehört anzugreifen.

"Ganz ruhig", sagte ich zu dem Fremden. *"Ich bin ein Freund des Rudels."*

Ich hatte die Stimme des Sprechers nicht erkannt, und meine Gedankensicht war leer. Wer auch immer der Wolf war, er war darauf bedacht, versteckt zu bleiben. Zur Vorsicht angehalten, errichtete ich einen Halbschild aus Psi um meinen Geist. Zumindest würde er meine Gedanken verbergen.

Auf meine Worte reagierte der Wolf nicht, aber ich spürte, wie er näherkam. *Warum die Wut und warum diese Spielchen?* fragte ich mich.

Du hast es nicht geschafft, ein verborgenes Wesen zu entdecken!

"Verschwinde, Beute!", schnappte der unbekannte Wolf erneut.

Meine Augenbrauen zogen sich zusammen. *Was hat das nun wieder zu bedeuten?*

"Michael?" rief Terence. Es hörte sich an, als hätte er mich schon eine Weile gerufen.

Ich riss meine Aufmerksamkeit von dem seltsamen Wolf los, konzentrierte mich auf die Zwillinge und wies mit einer Geste auf die halbtote Feuerechse, die mich noch immer angriff. "Kümmert euch kurz darum. Etwas anderes verlangt meine Aufmerksamkeit."

"Schon dabei", antworteten die Zwillinge wie aus einem Munde und fragten mich zum Glück nicht weiter aus.

Ich warf einen Blick über meine Schulter und rief: *"Identifiziere dich!"* Ich hatte kein Ziel für meinen mentalen Ruf, sondern verbreitete meine Botschaft einfach weit genug, dass mein Besucher sie hören konnte, und dieses Mal war mein Ton weniger höflich. Ich hatte dem Wolf meine Worte genauso energisch entgegengeschleudert, wie er mir seine eigenen.

Der Befehlston in meiner Stimme ließ den Eindringling innehalten und ich spürte, wie er einen Moment zurückwich. *"Ich ... bin ... Rudel"*, wimmerte er halb.

"Nein, bist du nicht", erwiderte ich.

Die Gedanken des Wolfes waren abgeschirmt und verbargen so viel von seinem Wesen – aber nicht alles. Sein Geist fühlte sich fast ... wild an und unterschied sich auf eigentümliche Weise von den Schattenwölfen, an die ich mich erinnerte.

"BIN ICH", behauptete der Wolf.

"Bist du nicht."

Du hast ein verstecktes Wesen entdeckt!

Ein Knurren ertönte fast genau vor mir, dieses Mal in der Realität.

"GEH. JETZT", forderte mein wütender Besucher.

Mein Blick schweifte nach unten und ich sah, wie zwei gelbe Augen aus der Dunkelheit auftauchten, als der Wolf sich anschlich.

Die Zwillinge schnappten nach Luft. Auch sie hatten unseren Besucher bemerkt.

"Schattenwolf!" keuchte Terence und begann, sein Breitschwert herumzuschwingen. Auch Teresa änderte ihre Haltung und versuchte, sowohl die Eidechse als auch den Wolf im Blickfeld zu behalten.

Ich erkannte die Bestie nicht. Sein Fell war zerrissen, Narben durchzogen seine Schnauze und drei tiefe Krallenspuren zogen sich über seinen Oberkörper. Seine Augen beunruhigten mich am meisten. In ihnen spiegelten sich Hass und Wut. Er fletschte seine gelben Zähne und ging in die Hocke.

Er machte sich bereit zum Springen.

Verflucht. Die Dinge gerieten außer Kontrolle. "STOPP!" brüllte ich.

Der Wolf und die Zwillinge erstarrten.

Ich ignorierte das Trio für eine Sekunde, drehte mich wieder um und stieß meine Kurzschwerter nach unten.

Du hast eine Feuerechse der Stufe 61 getötet.

Ich zog die blutigen Klingen zurück und schlug auf den Auslöser in meiner Tasche.

Du hast eine Falle aktiviert. Zwölf Feuereidechsen wurden für 5 Sekunden eingefroren.

"Senkt eure Schwerter", befahl ich den Zwillingen. "Er ist keine Bedrohung." Ich steckte meine eigenen Klingen weg und ging auf den Eindringling zu. Der Wolf fletschte wieder die Zähne, aber ich konnte sehen, dass er sich bemühte, nicht zurückzuweichen.

Meine eigene Wut wuchs. Ich war unzufrieden mit dem unbekannten Biest, nicht nur wegen seiner lächerlichen Forderungen, sondern auch, weil er sich mir offenbarte. Wie sollte ich den Zwillingen sein Erscheinen erklären?

"Folgt mir", forderte ich alle drei auf, während ich an dem Wolf vorbeiging. Meine Falle würde die Feuereidechsen nicht lange aufhalten.

"Ich gehorche dir nicht", sagte er trotzig und klang dabei ausnahmsweise vernünftig. Wir waren ungefähr gleich groß, aber die Größe meines Besuchers schüchterte mich nicht ein. Obwohl er es leugnete, wusste ich, dass er mich erkannte und vor allem das Wolfszeichen, das ich trug.

"Ich werde es nicht noch einmal sagen", knurrte ich. *"Folge mir."*

Der seltsame Wolf reagierte nicht, aber ich spürte, wie er sich, wenn auch unwillig, umdrehte und hinter mir her pirschte. Die Zwillinge gingen hinter ihm, ihr Unbehagen über den drohenden Wolf zwischen uns war deutlich zu spüren.

Ich hatte aber keine Zeit, sie zu beruhigen. Es gab noch Feuerechsen, um die ich mich kümmern musste. Ich wirbelte Psi auf und schleuderte einen Zauber auf die Kreaturen, die gerade aufzutauen begannen.

Du hast 10 von 10 Zielen für 20 Sekunden verzaubert.

Ich griff nach dem Bewusstsein meiner Untergebenen und schickte sie gegen den Rest ihrer Artgenossen in den Kampf. Ich hätte mir eigentlich nicht die Mühe gemacht, aber wir brauchten mehr Zeit, um den Tunnel zu verlassen und der Aufmerksamkeit des Nestes zu entkommen.

Chaos brach aus, als die Feuerechsen aufeinander losgingen, Kiefer schnappten und Schwänze zischten. Beide Zwillinge fuhren bei diesem Geräusch herum.

"Gar nicht beachten", befahl ich. "Ich habe uns mehr Zeit verschafft. Jetzt lass uns hier verschwinden."

Ohne ein weiteres Wort zu sagen, führte ich unsere seltsame Gruppe aus dem Versteck.

✳ ✳ ✳

In dem Moment, in dem ich zurück auf den Berghang trat, drehte ich mich um und stellte mich dem Wolf. *"Dein Name"*, verlangte ich.

"Cantur", antwortete er zögernd.

Ich nickte. Endlich kamen wir weiter. *"Wo ist Duggar?"*

Bei der Erwähnung des Namens des Schattenwolf-Alphas entwich dem Tier ein unruhiges Heulen. Er sagte nichts und kauerte sich unterwürfig hin.

Als stumme Zeugen sahen die Zwillinge zu. Sie fanden das alles sicher mehr als merkwürdig, aber ich hatte wenig Zeit, mich um sie zu kümmern und würde später mit den Folgen klarkommen müssen.

"Erkennst du mich nicht?" fragte ich, während ich mich über den Wolf beugte. *"Erkennst du mein Zeichen nicht?"*

"D...doch", flüsterte er.

"Warum dann?" knurrte ich barsch. *"Warum die Drohungen und kryptischen Forderungen?"*

Die Bestie ließ den Kopf hängen, und ich spürte Scham und Angst, aber nur einen Herzschlag später wurde beides von der Wut weggespült.

"Du Mensch. Spieler. Kein echter Wolf. Spieler verletzt Wölfe." Der Hass blühte so stark in Canturs Geist auf, dass ich ihn schmecken konnte. *"Ich töte Spieler. Du Gefahr."*

Ich starrte den Wolf schockiert an. *"Ich bin keine ..."*

Weitere Geistessignaturen leuchteten in meinem Bewusstsein auf. Ich brach ab und wirbelte herum. Wir bekamen gleich noch mehr Besuch.

Ein zweiter Wolf kam in Sicht. Dann ein dritter und ein vierter.

Nervös wichen die Zwillinge in Richtung des Verstecks zurück. Als ich ihren Blick einfing, schüttelte ich den Kopf, woraufhin sie ihren Rückzug stoppten. Zwei der Neuankömmlinge erkannte ich nicht. Aber den letzten kannte ich.

Es war Oursk.

✳ ✳ ✳

Stumm beobachtete ich, wie sich Airas Gefährte näherte.

Er sah fast so schlecht aus wie Cantur, und ich musste an die Zeit zurückdenken, als ich ihn und seine Familie in den Klauen der Fangzähne gefunden hatte.

Irgendeine Katastrophe hat das Rudel heimgesucht, dachte ich.

Das war die einzige Erklärung, die Sinn ergab. Mein Blick wanderte zu den beiden anderen Wölfen. Sie waren kleiner als Oursk und Cantur, aber sie waren genauso dünn, und ihre Rippen waren unter dem lose herabhängenden Fell sichtbar.

Sie hungern.

Oursk schwieg, während er näherkam, und meine Befürchtung wuchs, dass auch er von demselben Hass erfüllt sein würde, den ich in Cantur spürte.

"Oursk ...?" begann ich, hielt dann aber inne und konnte nicht weitersprechen, als er vor mir stehen blieb.

"Michael", grüßte der Schattenwolf, dessen Stimme müde war, der sich aber ansonsten nicht von dem Wolf unterschied, den ich in Erinnerung hatte.

Ich atmete erleichtert aus. Was auch immer los war, ich hatte immer noch Freunde im Rudel. *"Es ist schön, dich zu sehen."*

"Ich wünschte, ich könnte das Gleiche sagen", antwortete Oursk traurig.

Seine Antwort machte mich wieder nervös. *"Was ist passiert?"*

"Zu viel", sagte Oursk und ließ den Kopf hängen. *"Ich werde dir später alles erzählen, aber erst muss ich ..."*

"Essen", warf einer von Oursks Begleitern ein. Mit erhobener Schnauze schmeckte der Wolf die Luft, die aus dem Tunnel wehte.

Oursks Nase rümpfte sich, und ich konnte sehen, dass er ebenfalls das vergossene Blut der Echsen roch, aber trotz seines offensichtlichen Hungers wandte sich der große Schattenwolf vom Höhleneingang ab. *"Nicht jetzt"*, sagte er und wandte sich an den Sprecher. *"Später. Erst müssen wir ihn ausliefern."*

Ausliefern?

Der andere Wolf leckte sich die Schnauze. *"Essen. Jetzt"*, forderte er.

"Das ist nicht der richtige Zeitpunkt, Kleiner", knurrte Oursk. *"Wir sind doch keine Aasfresser. Die Beute gehört dem Nachkommen."*

"Ist schon in Ordnung", sagte ich und trat vor. *"Geh schon. Iss dich satt. Dann reden wir."*

Oursk schaute mich an, sichtlich hin- und hergerissen. Nicht so die beiden unbekannten Wölfe. Die beiden stürmten nur so in die Höhle.

Cantur tappte nach vorne und stupste mich an. *"Geh"*, knurrte er eindringlich. *"Du, geh weg. Sofort."*

Ich warf einen Blick auf den vernarbten Wolf und merkte, dass mit ihm etwas nicht stimmte. *"Was ist mit ihm passiert?"*

"Er ist verrückt", sagte Oursk unverblümt. *"Sein Verstand konnte das Leid nicht ertragen und ist daran zerbrochen."*

"Warum ist er dann hier draußen? Sollte er nicht beim Rest des Rudels in Sicherheit sein?"

"Sicher?" wiederholte Oursk hohl. *"Es ist nirgendwo mehr sicher."* Bevor ich fragen konnte, was er meinte, drehte sich Oursk zum Höhleneingang. *"Wartest du?"*

Ich nickte. *"Natürlich. Geh."*

"Komm, Cantur. Wir essen", sagte Oursk, und die beiden Wölfe liefen ihren Rudelkameraden hinterher und ließen mich mit den Zwillingen allein, die mich beide erwartungsvoll anstarrten.

Ich seufzte. "Ich denke, es ist Zeit, dass wir miteinander reden."

Sie nickten energisch. "Das ist schon seltsam", murmelte Terence und starrte fasziniert auf den Höhleneingang, in dem die Wölfe verschwunden waren.

"Wirklich seltsam. Du hast mit ihnen gesprochen, oder?" Obwohl Teresa ihre Schlussfolgerung als Frage formuliert hatte, war in ihrem Tonfall keine Spur von Zweifel zu erkennen.

"Das habe ich", sagte ich und machte keinen Hehl daraus. Die Zwillinge hatten schon zu viel gesehen, als dass ich die Wahrheit ganz verbergen konnte. "Was wisst ihr über Schattenwölfe?"

"Nicht viel", sagte Terence. "Nur, dass sie groß sind." Er hielt inne. "Und beängstigend."

Meine Lippen zuckten. "Das sind sie. Sie sind auch empfindungsfähig und natürliche Telepathen."

"Und du bist ein Psioniker, deshalb kannst du mit ihnen sprechen", schloss Teresa. "Von Geist zu Geist."

"Nicht ganz. Zu Beginn des Spiels, nachdem ich einer Familie von Schattenwölfen geholfen habe, habe ich die Eigenschaft Tiersprache erhalten. Das ist die Eigenschaft, durch die ich mich mit ihnen unterhalten kann, nicht meine Fertigkeit Telepathie."

Die beiden tauschten Blicke aus.

"Was ist?" fragte ich da ich ihre seltsamen Blicke sah.

Terence bewegte sich unruhig. "Es ist nur ... wir haben eine Aufgabe, dem Rudel zu helfen."

"Dem Rudel? Du meinst den Schattenwölfen?"

Er nickte.

"Wann habt ihr die erhalten?" fragte ich schroff. "Und von wem?"

Teresa runzelte die Stirn. "Was meinst du, von wem? Vom Adjutanten natürlich. Und wann: gerade eben."

Ich entspannte mich, aber nur leicht. Warum hatten die beiden die Aufgabe erhalten und ich nicht? "Wie heißt die Aufgabe? Und was sind die Ziele?"

"Der Titel lautet: Helft dem Rudel", sagte Terence, während er laut aus der Nachricht des Adjutanten vorlas. "Wir sollen dabei helfen, den Schattenwölfe Nahrung zu suchen."

"Ich verstehe", sagte ich. Hilf dem Rudel war genau der Name der Aufgabe gewesen, die ich nach dem Treffen mit Duggar erhalten hatte, auch wenn meine Ziele andere waren.

"Heißt das, dass wir auch die Eigenschaft der Tiersprache erhalten, wenn wir unsere Aufgabe erfüllen?" fragte Teresa und schien von der Idee begeistert.

Ich schüttelte den Kopf und zuckte dann mit den Schultern. "Wer weiß? Das muss der Adjutant entscheiden."

Terence starrte wieder in die Richtung der Höhle. "Wo sind die Wölfe hin?"

Ich sah ihn an. "Fressen."

Er runzelte die Stirn, dann hellte sich sein Gesicht auf, als es ihm dämmerte. "Heißt das, dass unsere Aufgabe gleich erledigt ist?"

Ich lächelte. "Wahrscheinlich nicht. Das Rudel besteht aus mehr als nur diesen Wölfen. Wenn ihr die Aufgabe erfüllen wollte, müsst ihr euch wohl noch mehr anstrengen."

"Oh", sagte Terence und atmete tief aus. "Also, was jetzt?"

Ich zuckte wieder mit den Schultern. "Die vier sind aus einem bestimmten Grund hierhergekommen, und sie werden uns davon erzählen, wenn sie fertig sind. In der Zwischenzeit warten wir." Ich holte eine Tasche aus meinem Rucksack und warf sie Terence zu. "Zumindest tue *ich* das."

Du hast eine kleine Tasche des Haltens verloren.

Teresa betrachtete den Gegenstand in den Händen ihres Bruders. "Wofür ist das?"

"Nun, wenn ihr beide eure Aufgabe erfüllen wollt, solltet ihr am besten gleich loslegen."

Sie starrten mich ausdruckslos an.

Ich rollte mit den Augen. "Es ist unmöglich, dass sich vier Wölfe, egal wie hungrig sie sind, durch fünfzehn tote Eidechsen fressen. Nehmt eure Messer mit zu den Kadavern, bergt alles Essbare und verstaut es in der Tasche. Ich bin sicher, dass der Rest des Rudels eure Bemühungen zu schätzen wissen wird."

"Du willst, dass wir *da* reingehen?" fragte Terence. "Alleine?"

"Es ist eure Aufgabe", betonte ich. Ich setzte mich hin, tat ruhiger als ich war, und schloss meine Augen.

Eine Minute lang rührten sich die Zwillinge nicht, dann überwand der Wunsch ihre Aufgabe zu erfüllen ihre Angst vor den Wölfen und sie stürmten in den Tunnel.

Ich lächelte. Oursk wusste, dass die Zwillinge zu mir gehörten, und er würde dafür sorgen, dass ihnen nichts zustieß. Doch nur einen Moment später verstummte mein Lächeln, als ich mich an die Worte erinnerte, die mich beunruhigt hatten, seit Oursk sie ausgesprochen hatte.

Der Schattenwolf hatte gesagt: "wir müssen ihn ausliefern", und mit "ihn" hatte er sicher mich gemeint. Das war eine seltsame Wortwahl und beunruhigte mich in mehr als einer Hinsicht.

Ich war mir sicher, dass Oursk und seine Leute nicht zufällig auf die Echsenhöhle gestoßen waren. Sie waren *geschickt* worden, um mich zu finden. Aber es war nicht, *wie* sie mich gefunden hatten, was mich beunruhigte. Vielmehr fragte ich mich, *wer* sie geschickt hatte.

Die Umstände erschienen mir ... verdächtig.

Ich seufzte. Aber egal, wie fragwürdig die Dinge erschienen, Oursk war Rudel, und ich vertraute dem Rudel. Ich zügelte meine Bedenken und beschloss, mir anzuhören, was der Schattenwolf zu sagen hatte.

Kapitel 290: Auslieferung

Die Wölfe und die Zwillinge kamen eine Stunde später aus der Höhle.

Die Wölfe sahen gesättigt aus, und die Zwillinge waren mit Blut, Dreck und Innereien befleckt. Ich verbarg ein Lächeln. Manchmal war es schön, Lakaien zu haben, die die Drecksarbeit erledigten. *Vor allem zwei motivierte Lakaien.*

Ich stand auf und klopfte mir den Staub ab. "Seid ihr fertig?" fragte ich und wandte mich an die Zwillinge.

Sie nickten beide stumm, zu müde, um zu sprechen.

Ich wandte mich an Oursk. *"Ich danke dir für dein großzügiges Geschenk"*, sagte er.

Ich nickte. "Gern geschehen." Ich warf einen Blick auf die Zwillinge. *"Sie haben keinen Ärger gemacht?"*

"Ganz und gar nicht." Er starrte mich an, seine Augen undurchsichtig. *"Sind sie dein Rudel?"*

Ich schüttelte den Kopf. *"Nein. Aber sie wollen dem Rudel helfen, wenn du es erlaubst."*

Der Schattenwolf schien mit den Schultern zu zucken. *"Das wird Duggar entscheiden müssen."*

"Er ist also am Leben? Wo kann ich ihn und die anderen finden?"

"Dazu kommen wir noch", sagte Oursk, ohne meinen Blick zu erwidern. *"Zuerst möchte ich dir meine Welpen vorstellen."*

Meine Augenbrauen hoben sich. Vorhin war Oursk fest entschlossen gewesen, die ihm aufgetragene Aufgabe zu erledigen. Jetzt schien es fast so, als würde er die Sache hinauszögern. *"Du hast sie mitgebracht? Wo sind ..."*

Als mir klar wurde, wen er meinen musste, wanderte mein Blick zu den beiden noch namenlosen Wölfen.

"Das ist Sturmfinster", sagte Oursk und deutete auf den dunkleren Wolf, *"und das ist Schattenzahn."*

Meine Augen weiteten sich. Natürlich kannte ich die Namen. Ich hatte nur nicht erwartet, dass die beiden so groß sein würden, aber es waren ja auch schon zwei Jahre vergangen. Ein Welpe fehlte allerdings. *"Wo ist Mondstalker?"*

"Tot", antwortete Schattenzahn knapp, seine Gedankenstimme vollkommen freudlos. Der verspielte Welpe, den ich in Erinnerung hatte, war verschwunden. Mein Blick glitt zu seinem Geschwisterchen. Auch seine Augen waren trüb.

"Es tut mir leid", sagte ich hilflos. Ich spürte ihren Kummer sehr, wusste aber nicht, wie ich sie trösten sollte. *"Was ist passiert?"* fragte ich Oursk.

Der ältere Wolf senkte den Kopf. *"Eine traurige Geschichte für einen anderen Tag. Es genügt zu sagen, dass er fort ist."* Er seufzte. *"Aber wir sind nicht wegen der Vergangenheit hier, sondern wegen der Zukunft."*

"Was meinst du?" fragte ich langsam.

"Das Rudel steht wieder einmal an einem Scheideweg, und ich muss dich um einen Gefallen bitten", sagte er.

"Nur zu."
"Es gibt einen Ort, an den ich dich bringen muss. Ich möchte, dass du freiwillig und ohne Fragen mitkommst. Ich habe den Befehl, nichts zu verraten."
"Befehl?" fragte ich scharf. *"Warum sollte Duggar ..."*
"Es war nicht Duggar."
"Sulan, also. Wie hat ..."
"Es war auch nicht die Älteste."

Ich starrte den Schattenwolf an; er schien mir nicht antworten zu wollen. Er und Aira gehörten zu meinen ältesten Gefährten im Spiel. Wem könnte ich vertrauen, wenn nicht ihnen? Aber er verlangte zu viel. "Sag es mir", sagte ich leise.

Oursk begegnete schließlich meinem Blick, seine Gedanken waren voller Kummer und Scham. *"Wie du willst. Es war ..."*

Das Bewusstseinsleuchten des Schattenwolfs flackerte.

Die Veränderung war so abrupt, dass sie mich vollkommen unvorbereitet traf. In einem Moment hatte Oursks Geist das helle Glühen eines gesunden Geistes, im nächsten war er dumpf und schwach. Es war fast so, als ob ...

... er angegriffen worden war.

Das war das Einzige, was einen Sinn ergab. Was auch immer dem Schattenwolf zugestoßen war, es war zu plötzlich geschehen, um natürlich zu sein. Aus Angst vor einem weiteren Angriff erweiterte ich meine Gedankensicht und suchte die Umgebung nach Feinden ab. Aber abgesehen von unserer kleinen Gruppe war der Berghang leer.

Ein Wolf heulte.

Meine Augen flackerten zurück zu Oursk. Der Körper des Schattenwolfs bebte, Blut floss aus seiner Nase und noch mehr aus seinen Augen. Sturmfinster und Schattenzahn eilten an die Seite ihres Vaters und stützten den geschwächten älteren Wolf.

"Kämpf nicht dagegen an", jammerte Sturmfinster.

"Stopp." Flehte Schattenzahn. *"Lass los."*

Zitternd sackte Oursk zu Boden, seine Lungen bebten. *"Du musst gehen"*, sagte Cantur und stupste mich erneut an.

Ich schob den halb wahnsinnigen Wolf beiseite und kniete mich neben Oursk. Selbst wenn ich gehen wollte, würde ich Oursk auf keinen Fall im Stich lassen.

"Was ist los, Michael?" fragte Teresa besorgt.

"Bleibt wachsam und haltet Wache", befahl ich. Ich holte einen Lebenstrank aus meinem Rucksack und träufelte ihn in das Maul des zitternden Wolfes.

Nichts passierte.

Ich konnte es kaum fassen. Der Gesundheitstrank hatte nicht gewirkt.

Verwirrt lehnte ich mich zurück. Oursks Zustand blieb unverändert. Meine Besorgnis wuchs, und ich untersuchte ihn mit meinem Willen.

Dein Ziel ist Oursk. Seine Gesundheit liegt bei 100%.

Die Antwort des Adjutanten vertiefte meine Verwirrung. Spielnachrichten lagen nie falsch. Was also plagte Oursk, wenn es seine Gesundheit nicht beeinträchtigte?

"Das ist deine Schuld." Die Worte von Sturmfinster durchbrachen meine Gedanken.
"Er hat dir doch gesagt keine Fragen", knurrte Schattenzahn. *"Aber du musstest trotzdem fragen."*
Ich starrte die beiden an. Sie hatten Recht; ich hätte dem Schattenwolf vertrauen sollen. Wenn Oursk nicht versucht hätte, mir zu antworten, hätte er ...
Das musste es sein.
Der Angriff auf den Schattenwolf war erst erfolgt, *nachdem* er versucht hatte, auf meine Frage zu antworten. In Anbetracht seiner früheren kryptischen Bemerkungen war es wahrscheinlich der bloße Versuch, mir zu antworten, der Oursks Krämpfe ausgelöst hatte.
Er steht unter einer Art Zwang.
Ich beugte mich nach unten und presste meinen Mund an Oursks Ohr. "Du musst es mir nicht sagen", sagte ich eindringlich und hoffte, dass er mich noch hören konnte. "Ich verstehe jetzt den Grund für dein Schweigen."
Die Krämpfe des Schattenwolfs hörten auf.
Ich atmete erleichtert aus. Sturmfinster und Schattenzahn stupsten ihren Vater an, und Oursk kam zitternd wieder auf die Beine. Aber er hielt den Kopf gesenkt und weigerte sich, mich anzusehen, so sehr schämte er sich.
Ich griff nach Oursks Schnauze und zwang ihn, mich anzustarren. "Es ist in Ordnung, mein Freund. Ich verstehe dich. Ich werde mitkommen. Keine Fragen mehr, versprochen."
"Danke", flüsterte er.
Mit grimmiger Miene richtete ich mich wieder auf.
Ein Knurren ertönte hinter mir, und ich drehte mich um. Es war Cantur. *"Spieler tut das. Spieler tut auch dir weh."*
Ich starrte ihn an und verstand endlich, was er vorhin gemurmelt hatte. Cantur hatte die ganze Zeit versucht, mich zu warnen.
"Danke", sagte ich ernsthaft zu dem großen Wolf und projizierte meine Worte fest in seinen Geist. *"Aber ich kann nicht gehen, auch wenn ich in eine Falle laufe. Ich werde mich um den Spieler kümmern, das verspreche ich."*
Er musterte mich noch eine Sekunde länger, dann drehte er sich um und legte sich ein paar Meter entfernt hin. *"Alpha"*, verkündete er.
Ich richtete meine Aufmerksamkeit wieder auf Oursk. Bemerkenswerterweise schien er sich bereits vollständig erholt zu haben. "Geh voran", befahl ich.
Wie ich Cantur schon gesagt hatte, konnte ich mich von dieser Situation nicht abwenden. Jemand hatte Oursk gezwungen, was bedeutete, dass die Schattenwölfe mich wahrscheinlich in einen Hinterhalt locken würden.
Aber das spielte keine Rolle. Das Rudel war in Gefahr, und ich würde es nicht im Stich lassen.

✳ ✳ ✳

Bevor wir aufbrachen, rief ich die Zwillinge zu mir. "Ihr zwei solltet zurück ins Dorf gehen", sagte ich.

"Was ist mit dir?" fragte Terence.

"Ich muss mit ihnen mitgehen", sagte ich und gestikulierte zu den Wölfen. "Ich weiß, dass ich versprochen habe, euch zurück in die sichere Zone zu begleiten, aber das kann ich nicht mehr. Ich habe mit Oursk gesprochen und er hat zugestimmt, dass Schattenzahn und Sturmfinster euch bis an die Grenze des Dorfes begleiten."

"Warum musst du mit ihnen mit?" fragte Teresa und ignorierte alles andere, was ich gerade gesagt hatte.

Ich musterte das Mädchen einen Moment lang. *Sie verdienen die Wahrheit*, dachte ich. "Spieler bedrohen das Rudel", sagte ich leise. "Irgendwie haben sie von meinen Verbindungen zu den Wölfen erfahren und benutzen sie, um mich irgendwohin zu locken."

"Du läufst *wissentlich* in eine Falle?" fragte Terence.

Ich nickte.

"Warum?", fragte er entgeistert.

"Weil er sich um sie sorgt", sagte Teresa, bevor ich antworten konnte. Sie starrte mich durchdringend an. "Habe ich recht?"

Ich seufzte. "Ja. Und jetzt geht zurück ins Dorf. Das ist mein Kampf, und ihr beide habt euch schon mehr in die Sache verstrickt, als es für euch sicher ist." Ich wandte mich ab. "Wir treffen uns in der Taverne."

"Nein", sagten sie wie aus einem Munde.

Ich drehte mich wieder um. "Wie bitte?"

"Wir gehen nicht weg", sagte Teresa. "Wir helfen, wo wir können."

Terence grinste. "Und außerdem, wenn wir nicht mit dir gehen, wie sollen wir dann unsere Aufgabe erfüllen?"

"Es ist gefährlich", begann ich.

"Das wissen wir", sagte Terence und sprach für das Duo. "Aber Saya hatte recht mit dir. Sie sagte, wenn wir uns an dich halten, werden wir nicht vom rechten Pfad abkommen."

Ich sah die Zwillinge eindringlich an. "Da bin ich mir nicht so sicher, aber wenn ihr uns wirklich begleiten wollt, werde ich euch nicht aufhalten." Ich schritt in Richtung der wartenden Wölfe. "Willkommen im Rudel."

Und im Haus Wolf.

Kapitel 291: Spieler

Oursk trieb unsere kleine Truppe an und führte uns immer weiter nach Osten und höher in die Berge. Ich versuchte weder ihn noch einen der anderen Wölfe erneut auszufragen, sondern hielt meine Sinne auf potenzielle Gefahr geschärft und forderte die Zwillinge auf, es mir gleichzutun.

Als wir tiefer in die Berge eindrangen, überquerten wir die Schneegrenze und die Temperatur sank. Während meiner Zeit in der Tundra hatte ich viel Schlimmeres ertragen und spürte die Kälte kaum. Das konnte man von den Zwillingen nicht behaupten. Doch trotz klappernder Zähne und zitternder Gliedmaßen weigerten sie sich, umzukehren.

Mehrmals trabte Oursk zurück, um mir zu sagen, dass ich gehen konnte, wann immer ich es wollte. Er sagte es so oft, dass ich anfing zu glauben, er wolle, dass ich ging, aber auch ich weigerte mich standhaft, mich zurückzuziehen, und schließlich erreichten wir eine eisige Lichtung auf einem windgepeitschten Plateau.

Ich kam langsam zum Stehen. Die Lichtung war nicht verlassen.

In der Mitte des Schneefeldes stand eine verhüllte Gestalt, die den fallenden Schneeregen und den heulenden Wind zu ignorieren schien. Ich ließ meinen Blick nach links und rechts schweifen, entdeckte aber sonst niemanden. Meine Gedankensicht meldete nichts. Ebenso wenig die Wachzauber-Brille.

Der Fremde war allein.

Zumindest, soweit ich es beurteilen konnte. Alle meine Stärkungszauber waren aktiv, und ich war so gut auf einen Kampf vorbereitet, wie ich es sein konnte. Aber ... wer plante einen Hinterhalt auf einer offenen Lichtung und bot mir ein so klares Ziel?

"W-was ist los?" stotterte Teresa. "Sind w-wir schon da?"

Ich warf einen Blick über meine Schulter und sah die Zwillinge an. Die beiden hatten die Arme fest um ihre Oberkörper geschlungen und versuchten vergeblich, sich warm zu halten. Sie würden mit ziemlicher Sicherheit Erfrierungen erleiden.

"Wir sind angekommen", verkündete Oursk.

Ich nickte, weil ich das schon vermutet hatte. *"Gibt es in der Nähe einen Unterschlupf?"*

Oursk wippte mit dem Kopf zu einem entfernten Steinhaufen am Nordrand des Plateaus. *"Das Rudel hat dort Zuflucht gefunden."*

"Gut. Ich werde von hier aus allein weitergehen", sagte ich zu Teresa und Terence' Gunsten laut. "Oursk, bring die Zwillinge zum Rudel und sorge dafür, dass sie warm bleiben." Ich hielt inne und fügte dann hinzu: *"Und sicher."*

Terence warf einen Blick auf die schweigend wartende Gestalt. "W-wer ist d-das?"

"Ich weiß es nicht, aber ich vermute, dass wer auch immer es ist, er das alles hier inszeniert hat."

"Wir kommen mit", sagte Teresa hartnäckig.

"Du kannst dich kaum bewegen", sagte ich schroff. "Geht mit Oursk und wärmt euch auf. Das Rudel wird euch Bescheid geben, sollte ich Hilfe brauchen."

"Das werden wir", bekräftigte Oursk und gab seinen Begleitern ein Zeichen, die Jugendlichen mitzunehmen. Die Zwillinge argumentieren nicht weiter und gingen bereitwillig mit, was viel über ihren Zustand aussagte.

Oursk wich zurück, sein Blick pendelte zwischen mir und der wartenden Gestalt hin und her. *"Es tut mir leid, Michael. Dem ganzen Rudel tut es leid. Wenn wir es gekonnt hätten, hätten wir ..."*

"Hör auf, Oursk", sagte ich und hob meine Hand. *"Was auch immer hier vor sich geht, es ist weder dein Werk noch das des Rudels."* Ich wies mit einer Geste auf die gehenden Wölfe. *"Geh mit den anderen mit."*

"Bist du sicher?"

"Das bin ich. Ich komme später nach", sagte ich, auch wenn ich mir dessen nicht sicher war.

"Viel Glück, Alpha", sagte er und tappte davon.

Ich stieß einen eisigen Atemzug aus und wirke einen Geistesschild, wodurch der gesamte Psi-Pool in der Tiefe meines Unterbewusstseins aufstieg und sich zu stahlähnlichen Bändern um meinen Geist legte.

Dein Psi-Pool wurde in einen Geistesschild verwandelt. Psi-Fähigkeiten sind nicht mehr verfügbar.

Wie der Bann, unter dem litt gezeigt hatte, war mein Gegner ein Meister der Psi-Zauber. Ich wusste nicht, ob mein Psi-Schild mich schützen würde, aber er war die einzige Verteidigung, die ich gegen jemanden hatte, der ähnliche - aber bessere - geistige Fähigkeiten hatte als ich.

Mit abgeschirmtem Geist drehte ich mich wieder zu dem wartenden Fremden um. Die Gestalt hatte weder auf meine Ankunft auf dem Plateau noch auf den Aufbruch der Zwillinge und der Wölfe reagiert - obwohl wir die ganze Zeit in Sichtweite waren.

Ich streckte meinen Willen aus und analysierte ihn.

Du hast eine Wahrnehmungsprüfung nicht bestanden und kannst dein Ziel nicht analysieren. Dieses Wesen ist eine Spielerin, und ihre Zeichen sind verborgen.

Ich runzelte die Stirn. Mein Versagen verhieß nichts Gutes, genauso wenig wie die Tatsache, dass die Zeichen meiner Gegnerin verborgen waren. Ich hatte nicht einmal gewusst, dass so etwas möglich war. Aber wenigstens hatte ich jetzt die Bestätigung, dass diejenige, der auf mich wartete, eine Spielerin war. Da ich keine andere Wahl hatte, stapfte ich durch den Schnee, um sie zu treffen.

Regungslos beobachtete die Fremde meine Annäherung.

Als ich näherkam, versuchte ich, sie einzuschätzen, aber um sie herum wirbelten dichte Schatten - magische Schatten, kein Trick des Lichts - die ihr Gesicht und ihre Kleidung verdeckten. Nur ihre Gestalt war sichtbar, und ich konnte erkennen, dass sie eine schlanke Frau war, die ungefähr so groß war wie ich.

Es sei denn, auch das war eine Illusion.

Ich blieb zehn Meter vor der Gestalt stehen.

"Du kommst gut mit dem Schnee zurecht", sagte die Fremde, ihre Stimme war melodisch und deutlich über den Wind hinweg zu hören. "Es ist fast so, als wärst du dafür geboren worden."

"Wer bist du?" fragte ich und ignorierte ihren Kommentar.

Sie neigte ihren Kopf zur Seite. "Du enttäuschst mich. Ich dachte, du wärst scharfsinniger."

Ich ging die Möglichkeiten in meinem Kopf durch. Ich hatte bisher nur eine Spielerin getroffen, die so gut in Täuschung war wie meine Gegnerin - zwei, wenn man Loken mitzählte. Aber obwohl ich nicht bezweifelte, dass der Trickbetrüger problemlos eine weibliche Spielerin imitieren konnte, roch nichts an der Gestalt mir gegenüber nach seinen einzigartigen ... Eigenheiten.

Ich glaubte auch nicht, dass es Mariga war - oder Amgira, wie ihr richtiger Name lautete. Ich konnte mir nicht vorstellen, dass die so genannte dunkle Druidin die Wölfe manipulierte. Zum einen wusste sie nichts von den Wölfen und zum anderen hatte ich Mariga für eine Magieanwenderin gehalten, nicht für eine Psi-Wirkerin.

Es blieb also nur ...

"Du bist Lokens Gesandte."

Die Fremde klatschte in die Hände. "Bravo. So langsam bist du also doch nicht."

Die Dinge begannen einen Sinn zu ergeben. Mein Blick glitt in die Richtung der sich zurückziehenden Wölfe. "Was hast du mit ihnen gemacht?"

"Wirklich? Das ist deine erste Frage? Nicht, warum ich hier bin?"

"Sag es mir", knurrte ich und machte einen Schritt nach vorne.

Jetzt, da ich die Identität der geheimnisvollen Spielerin kannte, war ein Großteil meiner Angst verflogen. Stattdessen nahm die Wut überhand. Loken mischte sich ein ... schon wieder.

"Sei vorsichtig", sagte die Gesandte beiläufig. "Sonst sehe ich mich vielleicht gezwungen, dich zu töten."

Mit einem höhnischen Lachen machte ich einen weiteren Schritt. "Das würdest du nicht wagen."

"Oh? Und warum das?"

"Dein Herr braucht mich."

Die Abgesandte warf den Kopf zurück und lachte. "Glaubst du das wirklich? Loken braucht niemanden, Junge. Schon gar nicht einen niederen Spieler der Klasse vier."

Vielleicht bildete ich es mir nur ein, aber ihre Worte klangen in meinen Ohren falsch, und ich glaubte, einen Hauch von Eifersucht in ihrem Tonfall zu erkennen. Ich schritt wieder vorwärts und ließ meine Hände zu meinen Schwertern sinken.

"Bleib zurück", befahl die Abgesandte in scharfem Ton.

"Nein." Ich machte noch einen Schritt.

"Oh, na gut. Ich werde es dir sagen." Die Worte waren leicht dahingesagt, aber ich bemerkte, dass sich die Schatten um die Abgesandte immer wütender drehten.

Ich zügelte meine Wut und blieb stehen. Ich musste verhindern, dass die Begegnung in Gewalt ausartete, wenn ich konnte.

"Ich habe keinem deiner wertvollen Wölfe etwas getan - noch nicht", fuhr die Abgesandte fort. Ihre Stimme wurde kalt. "Aber mach keinen Fehler, ich werde es tun, wenn ich muss, Wolfsjunge."

Wolfsjunge? War das eine zufällige Beleidigung, oder wusste sie mehr über meine Herkunft, als sie sollte? War Loken jemand der solche Informationen mit seinen Abgesandten teilte? Ich glaubte es nicht.

"Ein Zwangsbann ist nicht gerade harmlos", knurrte ich.

"So nennst du ihn also? Die Bezeichnung passt genau so gut wie jede andere, also meinetwegen. Aber mein Zauber hat keinen bleibenden Schaden angerichtet, wofür du dankbar sein solltest. Schlimmstenfalls haben die Biester etwas Schmerz erlitten. Nichts Unumkehrbares." Sie drückte einen Finger an ihr Kinn. "Es sei denn, einer von ihnen war dumm genug, sich gegen den Zwang zu wehren." Sie zuckte mit den Schultern. "Dann wäre der Schaden viel ... tiefgreifender."

Ich knirschte mit den Zähnen über ihre unbekümmerte Haltung. "Hat dein Herr dich dazu angestiftet?" verlangte ich. Würde Loken es wagen, die Wölfe gegen mich einzusetzen?

Das würde er.

Loken sah meine Verbindung zum Rudel zweifellos als Schwäche an, und wenn ich eines über den Betrüger gelernt hatte, dann, dass er Schwächen gnadenlos ausnutzte.

"Ob er das getan hat oder nicht, geht dich nichts an", schnauzte die Abgesandte. "Wenn wir mit diesem sinnlosen Geschwätz fertig sind, können wir dann zur Sache kommen, *warum* ich hier bin? Du magst diese trostlosen Bedingungen gemütlich finden, aber ich versichere dir, ich tue es nicht."

Ich verschränkte meine Arme und wartete darauf, dass sie weitersprach. Warum *war* sie hier?

"Loken ist nicht zufrieden mit dir", begann die Abgesandte.

"Oh? Wer hätte das gedacht."

Die Abgesandte ignorierte meine Unterbrechung. "Du mischst dich in seine Pläne für diesen Sektor ein, was Loken nicht auf die leichte Schulter nehmen kann."

Ich täuschte ein Gähnen vor. "Ich habe keine Ahnung, wovon du sprichst."

"Wirklich? Ich weiß, dass du es warst, der die Marodeure abgeschlachtet hat, egal, was du diesen Idioten Yzark und Kalin eingeredet hast."

Ich grinste, aber mein Lächeln hatte nichts Freundliches an sich. *Die Marodeure. Darum ging es* also. "Ich kann dir immer noch nicht folgen."

"Hör auf zu schauspielern, Junge. Du hältst niemanden zum Narren. Du wirst deinen Rachefeldzug gegen Kalins Leute aufgeben. Unverzüglich."

"Das werde ich nicht", erwiderte ich.

Die Abgesandte drehte sich um und schaute in die Richtung, in die die Wölfe verschwunden waren. Sie sagte nichts, aber die Drohung war deutlich.

Mein Grinsen verblasste. "Ich fange an zu glauben, dass dein Herr nichts von dem weiß, was du hier tust."

Sie drehte sich wieder zu mir um. "Und was bringt dich zu dieser Ansicht?"

"Weil Loken nie so dumm sein würde, mir so offensichtlich zu drohen. Er weiß, wie ich auf Drohungen reagiere." Ich verengte meine Augen. "Er weiß nichts von dieser kleinen Unterhaltung, oder?"

"Du wirst deine Angriffe gegen die Marodeure abbrechen", sagte die Gesandte und ignorierte meine Frage völlig.

Aber ihr Ausweichen war ein Fehler und bestärkte meinen Verdacht nur.

"Wenn du nicht auf mich hörst", fuhr sie fort, "werde ich jeden Lebenden Wolf aus diesem Tal ausradieren."

Am Ende der Worte der Abgesandten spürte ich einen Ruck in meinem Kopf. Es war, als hätte eine klamme Hand nach mir gegriffen und versucht, meinen Widerstand zunichtezumachen.

Du hast eine mentale Widerstandsprüfung bestanden! Dein Geistesschild hat den eindringenden Einfluss eines unbekannten Wesens abgewehrt.

Ich unterdrückte den Drang zu zittern und sagte mit gespielter Ruhe: "Deine mentalen Tricks werden bei mir nicht funktionieren. Und wenn du noch einmal etwas gegen die Wölfe unternimmst, werde ich mich nicht an den Marodeuren rächen, sondern an Loken. An dem Tag, an dem auch nur ein einziger Schattenwolf in diesem Tal durch eine Hand der Schatten stirbt, werde ich es zu meiner einzigen Aufgabe machen, die Pläne des Betrügers zu vereiteln und seine Anhänger zu töten, wo immer ich sie finde."

Einen Moment lang war die Abgesandte sprachlos. "Für wen hältst du dich, dass du glaubst, du könntest einer Macht - oder gar seiner Abgesandten - drohen und damit durchkommen?"

Die Frage war rhetorisch, aber ich antwortete trotzdem. "Warum fragst du deinen Meister nicht selbst? Vielleicht wird er es dir sagen. Und wenn du schon dabei bist, solltest du auch herausfinden, wie er darüber denkt, dass du ihn den Kelch gekostet hast, den ich unbedingt stehlen soll."

Es gab einen weiteren langen Moment der Stille.

Meine Antwort schien die Abgesandte erneut zu verwirren. Ich wusste nicht, wie viele Informationen Loken mit seinen Geschworenen teilte, aber ich hielt es für sicher, dass die Abgesandte nicht die ganze Wahrheit darüber wusste, wie die Dinge zwischen mir und dem Betrüger standen, und anhand ihres Schweigens vermutete ich, dass sie gerade zur gleichen Erkenntnis kam.

Die Stille zog sich in die Länge.

Ich spürte die Augen der Abgesandten auf mir ruhen und blieb stumm, während sie meine Worte abwägte. Instinktiv spürte ich, dass es ein Fehler wäre, mehr zu sagen.

"Vielleicht werde ich das", sagte sie schließlich und drehte sich um. "Aber wir sind noch nicht fertig. Ich werde zurückkommen. Und wenn ich das tue, hoffe ich um deinetwillen, dass ich die gleichen Antworten habe, die du scheinbar erwartest."

Die Schatten um sie herum zogen sich zusammen, und ich merkte, dass sie sich weg teleportieren wollte.

"Warte!" rief ich.

Die Abgesandte hielt inne und drehte sich zu mir um.

"Ich habe einen Vorschlag für dich."

Die Stille war greifbar.

"Einen ... Vorschlag? Nach all dem?"

Ich nickte.

Die Abgesandte kicherte, ein Geräusch, das nicht zu ihrem restlichen Verhalten passte, und ich vermutete, dass es ihre erste echte Reaktion war. "Du bist wahrlich dreist, Wolfsjunge. Sprich weiter. Ich kann es kaum erwarten, ihn zu hören."

Kapitel 292: Ein gewagter Vorschlag

"Welche Abmachung hat Loken mit den Marodeuren?" fragte ich.

"Wie kommst du darauf, dass er eine hat?", fragte die Abgesandte, die sich mittlerweile wieder gefasst hatte.

Ich schnaubte. "Ich *kenne* Loken. Was auch immer er vorhat, um die Kontrolle über diesen Sektor - und vor allem über die Dungeons von Erebus - zu erlangen, es wird nicht seine einzige Strategie sein. Er wird einen Ersatzplan haben, und ich vermute, dass der mit der Strategie der Marodeure zur Übernahme des Tals zusammenhängt."

Ich gestikulierte in ihre Richtung. "Du hast selbst zugegeben, dass du deshalb hier bist. Deshalb hast du die Wölfe bedroht. Um mich davon abzuhalten, Lokens Deal mit den Marodeuren zu ruinieren." Ich hielt inne. "Aber wenn du meinen Vorschlag annimmst, ist eine solche Abmachung nicht mehr nötig."

Die Abgesandte legte den Kopf schief. "Angenommen, es stimmt, was du sagst, was schlägst du vor?"

"Ganz einfach: Egal, was Loken mit den Marodeuren aushandelt, ich bin bereit, die gleichen Bedingungen in Betracht zu ziehen, wenn er die Marodeure dazu bringt, sich zurückzuziehen und wenn er mein Angebot unterstützt, das Tal zu kontrollieren."

"*Dein Angebot?*" Die Abgesandte lachte. "Du glaubst, du kannst den Sektor übernehmen?"

"Warum nicht?" forderte ich. Ich hob meine linke Hand und hakte Punkte an meinen Fingern ab. "Ich bin definitiv neutraler als die Marodeure - schließlich sind sie eine Schattenfraktion, der Licht und Dunkelheit nicht ohne weiteres trauen können."

Ich hob meinen zweiten Finger. "Ich habe bereits eine Beziehung zu Tartar und seinem Abgesandten - wie Loken sehr wohl weiß." Ich ging nicht näher darauf ein, was genau meine Beziehung zu Hauptmann Talon war; das würde meiner Sache nicht helfen.

Ich hob einen weiteren Finger. "Ich habe mir Arinnas Gunst verdient." Auch wenn die Macht des Lichts das vielleicht nicht so sah. "Das öffnet mir auch bei Muriel eine Tür."

Ich hielt den letzten Finger hoch. "Und zum Schluss: Loken schuldet mir was."

Die Abgesandte strich sich über das Kinn. "So ... interessant das alles auch ist, es ändert nichts an der Tatsache, dass du keine Fraktion hast."

"Ich arbeite daran", antwortete ich.

"Du hast also eintausend Soldaten, die sich auf deine Sache eingeschworen haben und bereit sind, die sichere Zone zu erobern?", fragte sie skeptisch.

"Das werde ich", sagte ich.

"Woher willst du die haben?", fragte die Abgesandte neugierig.

"Dafür habe ich einen Plan", log ich, "aber ich verrate ihn nicht."

"Ich verstehe", sagte die Abgesandte. "Und wie genau erwartest du, dass ich die Marodeure dazu bringe, - wie hast du dich ausgedrückt? – sich zurückzuziehen?"

"Kalin glaubt bereits, dass Loken die Angriffe auf sein Volk befohlen hat. Ich möchte, dass du diese Täuschung aufrechterhältst und die Marodeure daran hinderst, sich wieder in diesem Sektor niederzulassen."

"Die Marodeure auf unbestimmte Zeit fernzuhalten, ist zu viel verlangt", antwortete die Gesandte automatisch. Trotzdem schien sie über meine Worte nachzudenken. "Ich kann dir einen Monat geben."

Ich schüttelte den Kopf. "Das ist nicht genug Zeit. Ich muss noch eine Fraktion bilden und Tartar und Muriel kontaktieren. Sechs Monate."

"Drei."

"Vier. Und nicht einen Tag weniger." Ich hielt inne. "Ich nehme auch keinen Pakt an. Loken muss auf mein Wort vertrauen oder die Konsequenzen meines Rachefeldzugs tragen."

Die Abgesandte musterte mich noch eine Sekunde lang. "Was ist mit unserer Abmachung mit den Marodeuren? Wirst du sie einhalten?"

"Du musst mir erst die Bedingungen nennen", betonte ich. "Ich werde mich kaum unwissentlich verpflichten."

Die Abgesandte senkte nachdenklich den Kopf. "Die Marodeure bieten jeden Monat zehn Tage Zugang zum Dungeon."

"Ich kann jeweils eine von vier Wochen versprechen", antwortete ich schnell, und bevor sie etwas anderes sagen konnte, fügte ich hinzu: "Was du verlangst, erfordert, dass ich mehr tue, als die Kontrolle über den Sektor zu übernehmen. Du willst auch die Erwachten Toten aus dem Dungeon verdrängt haben. Richtig?"

Sie nickte. "Wie würdest du das machen?", fragte sie neugierig. "Du hast nicht die Kraft, es mit Erebus und Ishita aufzunehmen."

"Die Marodeure auch nicht", sagte ich, was eine reine Vermutung meinerseits war. "Aber Tartar schon."

"Du willst die Legion dazu bringen, deine Drecksarbeit zu erledigen?"

"Warum nicht? Hauptmann Talon hat mit den Erwachten Toten noch ein Hühnchen zu rupfen. Er wird sich freuen, das zu tun." Ich war dabei mehr als nur ein paar pauschale Versprechen zu geben, von denen ich nicht sicher war, ob ich sie einhalten konnte, aber ich konnte es mir nicht leisten, vor der Abgesandten unsicher zu erscheinen. "Aber", räumte ich ein, "ich muss ihm etwas im Gegenzug bieten."

"Wie zum Beispiel Zeit im Dungeon?"

Ich nickte.

"Und du traust Hauptmann Talon zu, dass er die Kontrolle über den Dungeon abgibt, nachdem er die Erwachten Toten für dich vertrieben hat?"

"Er ist ein ehrenhafter Mensch. Er wird sein Wort halten." Vorausgesetzt, er wird jemals eine weitere Abmachung mit mir eingehen.

Die Abgesandte musterte mich neugierig. "Dir ist klar, dass du ein Kartenhaus errichtest. Wenn es einstürzt, bist *du es*, der mit Versprechen zurückbleibt, die du nicht erfüllen kannst. Egal, welche Abmachung du mit Muriel und Tartar triffst, keiner von beiden wird Ausreden akzeptieren, wenn du deinen Teil nicht einhalten kannst." Sie hielt inne. "Loken auch nicht."

"Lass das meine Sorge sein", sagte ich fade. Als ich sah, dass sich die Stimmung der Abgesandten etwas entspannt hatte, wagte ich eine Frage. "Nur so aus Interesse: Wie wollten die Marodeure Tartar und Muriels Zusammenarbeit sichern?"

"Muriel war kein Problem. Die Marodeure haben in der Vergangenheit bereits erfolgreich mit ihr gehandelt." Sie seufzte. "Tartar war schon immer das schwache Glied in ihren Plänen. Der Bulle hält es für unter seiner Würde, sich mit Leuten wie den Marodeuren anzulegen."

Meine Augen verengten sich. "Das Angebot der Marodeure für den Sektor war also ein Reinfall?"

"Es war vielleicht etwas weit hergeholt", gab sie zu.

"Dann ... verlierst du nichts, wenn du diesen Deal annimmst."

Die Abgesandte kicherte. "Das würde ich nicht sagen. Es wird nach dieser Sache viele wütende Mächte in der Schattenkoalition geben." Sie beäugte mich misstrauisch. "Aber Loken weiß, wie man mit ihnen umgeht, und so seltsam es klingt, deine Chancen, einen Waffenstillstand in diesem Sektor auszuhandeln, sind besser als die von Kalin. Vielleicht gelingt dir, woran er gescheitert ist. Tartar ist die größte Hürde, die es zu überwinden gilt, und aus irgendeinem Grund scheint der Bulle dich zu mögen."

Ich zwang mir ein Lächeln ins Gesicht. "So bin ich eben. Verdammt liebenswert."

Das kommentierte sie mit einem überraschten Schnauben. "Nun gut. Wir haben eine Abmachung. Ich werde die Marodeure in Schach halten, und im Gegenzug übernimmst du diesen Sektor in vier Monaten. Bis dahin erwarte ich, dass du unseren Leuten alle vier Woche eine Woche lang Zugang zum Dungeon gewährst."

Loken hat dir eine neue Aufgabe zugeteilt: <u>Friedensvermittlung</u>! Die Abgesandte der Macht hat dich damit beauftragt, innerhalb von 4 Monaten Frieden im Tal der Wölfe zu schaffen. Ziel 1: Verhandle einen Waffenstillstand zwischen Muriel, Tartar und Loken im Sektor 12.560. Ziel 2: Übernimm die Kontrolle über den Sektor. Ziel 3: Kontrolliere den Zugang zum Dungeon des Sektors. Beachte, dass diese Aufgabe zeitkritisch ist und scheitert, wenn du sie nicht in der vorgegebenen Zeit erledigst.

Ich hob eine Augenbraue. "Musst du die Sache nicht erst deinem Herrn vortragen?"

"Ich bin seine Abgesandte", antwortete sie mit einem Hauch von Spott in der Stimme. "Loken vertraut mir diesen Sektor so zu führen, wie ich es für richtig halte."

Ich nickte nachdenklich. War die List mit den Marodeuren also ihre Idee gewesen? War sie deshalb so verärgert über mein Einmischen?

"Aber wenn du mir etwas vormachst", fuhr die Gesandte fort, "kannst du sicher sein, dass auch mit Lokens Namen umherzuwerfen dich nicht retten wird. Ich werde dich *und* deine Verbündeten vernichten. Haben wir uns verstanden?"

Ich nickte grimmig. "Glasklar."

"Gut", sagte sie, "dann freue ich mich darauf, in vier Monaten von dir zu hören."

"Warte!" sagte ich, bevor sie sich umdrehen konnte.

"Was ist jetzt schon wieder?", fragte sie verärgert.

"Der Bann auf den Schattenwölfen, wann endet der?"

"Ich habe den Bann bereits gelöst", sagte sie. "Ihr Wille ist wieder ihr eigener." Ohne auf meine Antwort zu warten, zog die Abgesandte die Schatten um sich zusammen und verschwand aus dem Blickfeld.

* * *

Erst als ich mir sicher war, dass die Abgesandte weg war - ich hatte noch nicht einmal ihren Namen erfahren -, ließ ich mir meine wahren Gefühle anmerken.

Die Abmachung mit Lokens Untergebenen hatte mir ein ungutes Gefühl gegeben. Nachdem sie so mit den Gedanken des Rudels gespielt hatte, schrie der Wolf in mir nach Rache. Ich wollte ihr das Fleisch vom Leib reißen, aber das wäre nicht nur kurzsichtig gewesen, ich bezweifelte auch, dass ich es hätte schaffen können.

Was rohe Macht anging, war die Abgesandte so weit über mir wie ich über den Zwillingen.

Die unglückliche Wahrheit war, dass ich die Untaten der Abgesandten an ihnen verzeihen musste, wenn ich das Rudel schützen wollte. Aber ich würde sie nicht vergessen, und eines Tages würde es eine Abrechnung geben.

Seufzend drehte ich mich um und wanderte über das Plateau zu dem Felsenhaufen, unter dem das Rudel Zuflucht suchte. Eine Spielnachricht rief meine Aufmerksamkeit auf sich, und da ich schon ahnte, was es war, rief ich sie auf.

Herzlichen Glückwunsch, Michael! Du hast die Aufgabe: <u>Ärger in der Taverne</u> erfüllt! Mit Waffengewalt und List hast du den Ärger in der Taverne beseitigt. Wolf ist zufrieden, und dein Zeichen hat sich vertieft. Aber sei vorsichtig, Nachkomme, der Weg, den du beschreitest, ist ein schwieriger. Mit Lügen und Manipulation kommst du nicht weit.

Ich schnaubte missmutig.

Selbst der Adjutant schien meinen Plänen misstrauisch gegenüberzustehen. Es war nicht zu übersehen: Ich spielte ein gefährliches Spiel. Zum Teil tat ich das, um die Schattenwölfe zu beschützen und zum Teil, um die Taverne zu retten, aber ein großer Teil rührte auch von dem Wunsch nach Macht.

Ohne Macht gäbe es kein Haus Wolf, und ohne Haus Wolf gäbe es keinen Schutz für die, die von mir abhingen, selbst über meinen eigenen Tod hinaus.

Wenn ich im Königreich ein dauerhaftes Erbe hinterlassen wollte, musste ich die Chancen ergreifen, die sich mir boten. Die Aussicht, einen so reichen Sektor wie das Tal zu kontrollieren, war zu verlockend, um sie zu ignorieren.

Ja, die Ereignisse überstürzten sich, und ja, ich war noch nicht so weit, wie ich es mir wünschte, aber wenn ich diese Chance verstreichen ließ, würde die nächste vielleicht erst nach Jahren wiederkommen. Ganz zu schweigen davon, dass ich meine Verbündeten dann Leuten überlassen würde, die sie ausbeuten wollten.

Um die Schattenwölfe zu schützen und die Taverne zu erhalten, hatte ich mich verpflichtet, einen heiklen Kurs zwischen den drei Molochen des Spiels - Loken, Tartar und Muriel - einzuschlagen. Ich musste nicht nur dauerhaften Frieden zwischen dem Trio im Sektor schmieden, sondern auch die Erwachten Toten aus dem Dungeon vertreiben, in dem sie sich verschanzt hatten, und das in vier kurzen Monaten.

All das ist mal wieder in einem einzigen Tag passiert. Stimmt's, Michael?

Ich lachte leise über meine eigenen Ambitionen. Eines Tages würde ich in eine Zwickmühle geraten, aus der ich nicht mehr herauskam, aber bis dahin würde ich das Spiel kühn und furchtlos weiterspielen.

Als ich den Kopf hob, sah ich eine kleine Gruppe von Wölfen auf mich zukommen. Es waren Duggar, Sulan, Aira und Leta. Meine Laune besserte sich beim Anblick der vier und freudig winkend eilte ich ihnen entgegen, um sie zu begrüßen.

Kapitel 293: Zurück zu Hause

Die vier Wölfe blieben in einem Halbkreis um mich herum stehen, ihre Gedanken waren abgeschirmt und ihre Blicke unergründlich.

Mit plötzlich zittrigen Beinen kam ich zum Stehen und kniete mich in den Schnee. "Es ist schön, euch wiederzusehen", sagte ich und konnte mir das breite Grinsen nicht verkneifen, das mir nun ins Gesicht geschrieben stand. "Ich hatte schon befürchtet, dass ..." Die Emotionen schnürten mir die Kehle zu, und ich fing noch einmal an. "Ich dachte, ich würde nie mehr zurückkehren, dass das Rudel für immer verloren wäre."

Aira trat vor, während die anderen zurückblieben.

Sie senkte ihren Kopf und strich mit ihrer Schnauze über mein Gesicht. *"Michael"*, begrüßte sie mich und ihre Gedankenstimme klang warm: *"Ich habe nie an deiner Rückkehr gezweifelt. Aber steh auf. Es ist nicht richtig, dass du vor uns kniest."*

Ich stand auf und rieb das Fell des Schattenwolfs. *"Oursk hat mir von Mondstalker erzählt"*, sagte ich und richtete meine Worte nur an sie. *"Es tut mir leid."*

"Danke", sagte sie, und in ihrer Stimme schwang die Erinnerung an den Kummer mit. *"Er starb, während er sein Rudel verteidigt hat, so tapfer, wie es sich eine Mutter nur wünschen kann."* Aira warf einen Blick über ihre Schulter, und Sulan tappte nach vorne.

"Willkommen zu Hause, Kleiner", sagte sie, ihre Stimme so streng wie immer.

"Es ist auch schön, dich zu sehen, Sulan." Ich lächelte. "Du hast dich kein bisschen verändert."

Schnaubend stupste mich der weiße Wolf so fest an, dass ich umkippte. *"Du dich auch nicht. Immer noch derselbe freche Welpe, wie ich sehe."* Sie senkte den Kopf und hielt meinen Blick eine Sekunde lang fest. *"Aber du enttäuschst nicht."*

Das war ein großes Lob von der alten weißen Wölfin. Ich erinnerte mich an ihre Abschiedsworte in Besinas Höhle.

Sulan drehte sich um, trat zurück und Leta nahm stattdessen ihren Platz ein. Endlich erkannte ich den ritualisierten Charakter ihrer Begrüßung und blieb steif stehen, während die braune Wölfin mich musterte. Sie inspizierte mich noch einen Moment länger, dann verbeugte sie sich. *"Sei gegrüßt, Nachkomme."*

Ich neigte meinen Kopf. "Und du auch, Rudelälteste."

Leta humpelte zurück, ihr verletztes Bein zeugte von den harten Zeiten, die das Rudel durchgemacht hatte. Und wo war der Rest des Rudelrats?

Bei meinem ersten Besuch waren es sechs gewesen. Mein Blick glitt zu Aira. Ich glaubte nicht, dass es ein Zufall war, dass sie heute mit dabei war. *"Bist du jetzt eine Älteste?"* schickte ich ihr auf einem hauchdünnen Faden zu.

"Ja", antwortete sie ebenso leise.

Bevor ich ihr gratulieren konnte, trat Duggar vor. Der Rudelführer ließ sich Zeit und musterte mich mit seinen wintergrauen Augen, die so unergründlich wie bei unserem ersten Treffen waren. "*Alpha*", grüßte er schließlich und erkannte meinen neuen Status an.

"Duggar", antwortete ich.

Die Kiefer des schwarzen Wolfes öffneten sich zu einem Lächeln, wie ich es interpretierte. "*Du bist erwachsen geworden, wie ich sehe. Willkommen zurück.*" Er drehte sich um und stapfte auf den Steinhaufen zu. "*Komm. Der Rest des Rudels freut sich schon, dich zu begrüßen.*"

* * *

Wir fünf machten uns schweigend auf den Weg zur Höhle des Rudels. Während ich hinter den Wölfen her schritt, studierte ich die vier Ältesten.

Wie Oursk und die Jagdtruppe war ihr Fell zerlumpt und ihre Körper abgemagert. Angesichts der Kargheit der Umgebung war das kein Wunder. Nahrung musste in den Bergen schwer zu finden sein. Ich biss mir auf die Lippe. Es war klar, dass die Jahre dem Rudel nicht gutgetan hatten, aber wie schlimm war es gewesen?

Wartete ein weiterer Schock auf mich?

Bevor ich den Mut aufbringen konnte, nachzufragen, strömten die Wölfe aus ihren Verstecken und auf das Plateau. Gleichzeitig wurde ich von überschwänglichen und ausgelassenen Worten der Begrüßung bombardiert, sowohl in der Realität als auch in meinem Kopf. Ihre Begrüßungen dröhnten in meinen Ohren und ich blieb in fassungslosem Staunen stehen.

Duggar warf einen Blick über seine Schulter und schien zu lächeln. "*Ich habe dich gewarnt. Das Rudel hat sich darauf gefreut, dich zu begrüßen.*"

"Warum?" fragte ich, da ich nicht verstand, warum sie mich so willkommen hießen.

Meiner Meinung nach hatte ich nichts getan, um das zu verdienen, und ehrlich gesagt hatte ich erwartet, dass das Rudel mir meine Rückkehr übelnehmen würde, da sie die Aufmerksamkeit von Lokens Gesandter auf sie gezogen hatte.

"*Er fragt sich warum*", sagte Sulan amüsiert. "*Vielleicht erinnern sie sich daran, wer sie vor den Kobolden gerettet hat und wer seinen Kopf für sie hingehalten hat – dummerweise, wie ich hinzufügen möchte – indem er gegen die Wyvern-Mutter angetreten ist.*"

"*Oder vielleicht*", fügte Leta feierlicher hinzu, "*erkennen sie den Wolf in dir und zollen ihm genauso viel Respekt wie dir.*"

"*Oder es könnte sein*", sagte Aira und rollte mit den Augen über die andere Älteste, "*dass sie einfach einen verlorenen Bruder zu Hause willkommen heißen.*"

Ich konnte ihre Antworten kaum zur Kenntnis nehmen und sank auf die Knie, um die Wölfe zu begrüßen, die durch den Schnee strömten. Ihre Freude war hemmungslos und ungehalten. Ich ließ meinen Schutzschild fallen und ließ sie meine eigene Freude sehen. Die Schattenwölfe gehörten genauso zu meinem Rudel wie die arktischen Wölfe und lagen mir genauso am Herzen wie Schnee und seine Brüder.

Während ich mich von den großen Wölfen feiern ließ, schoss mir ein Gedanke durch den Kopf.
Ich bin zu Hause.

* * *

Das Rudel war in meiner Abwesenheit gewachsen.

Nicht viel, aber genug, um sicher zu sein, dass die Schattenwölfe ihren langsamen Rückgang wett gemacht hatten. Ich saß im Schneidersitz in einer der flachen Höhlen, in denen sie Zuflucht gefunden hatten, und zählte die Wölfe, die sich dort tummelten.

Nach meiner Schätzung zählte das Rudel Hundertzwanzig Wölfe. Zwar zeigten alle Wölfe verräterische Anzeichen von Hunger, und einige, wie Cantur, schienen unzurechnungsfähig zu sein, aber ich hatte das Gefühl, dass sie die Kurve bekommen hatten. Meine Gedanken schweiften zu Lokens Gesandter und ihren Drohungen.

Ich kann nicht zulassen, dass sie wieder gefährdet werden.

"Woran denkst du?" fragte Sulan, die mit den anderen Ältesten gegenüber von mir saß.

Hinter ihnen ruhte ein Teil des Rudels sich ebenfalls aus oder fraß von dem Haufen Echsenfleisch, das die Zwillinge gesammelt hatten. Es war beileibe kein Festmahl, aber ich vermutete, dass es mehr Nahrung war, als das Rudel seit Monaten gesehen hatte.

"Weißt du das nicht selbst?" scherzte ich.

"Deine mentalen Mauern sind stärker geworden", sagte Aira anerkennend. "Niemand von uns kann mehr in deine Gedanken eindringen."

Ich nickte. "Ich habe darüber nachgedacht, was das Rudel während meiner Abwesenheit durchgemacht haben muss." Ich deutete auf die kalten Steinfelsen, der uns umgaben. "Das ist kein besonders schöner Ort. Warum sucht ihr hier Schutz?"

"Das Tal ist nicht mehr sicher", sagte Duggar und bestätigte meine Befürchtungen. "*Selbst die Tunnel, in denen wir uns normalerweise verstecken, werden oft von Spielern aufgesucht.*"

"*Sie sind wie eine Seuche*", knurrte Leta. "*Sie verbreiten sich schnell und überall.*"

"*Nur hier, in die kältesten Gipfel des Berges, machen sich nur wenige Spieler die Mühe zu kommen*", fügte Aira hinzu.

"Wenige, aber nicht keine", murmelte ich. "Wie hat euch Lokens Gesandte gefunden?"

Duggar atmete geräuschvoll aus. "*Ich weiß es nicht.*"

Ich begegnete seinem Blick. "Das Rudel kann nicht hierbleiben."

Der Alpha antwortete nicht, aber ich konnte sehen, dass das für ihn keine Neuigkeit war. Duggar war selbst zu demselben Schluss gekommen.

"Und wohin sollen wir gehen?" verlangte Leta. "*Im Tal gibt es keinen Platz mehr für uns.*"

Ich wandte mich an die Älteste, ohne ihr ihre Wut vorzuwerfen. "Dann ist es Zeit, das Tal zu verlassen", sagte ich gleichmütig.

Sie schnaubte. *"Wir sind keine Spieler. Wir können nicht gehen, wie ihr es tut."*

"Ihr könnt keine Portale erschaffen", korrigierte ich, "aber ihr könnt sie benutzen." Ich wandte mich an Duggar. "Ich habe einen Sektor im Sinn, der dem Rudel als neue Heimat dienen könnte."

"Das ist absurd!" spottete Leta. *"Das Rudel kann nicht ..."*

"Wo?" schnitt Duggar den anderen Wolf ab.

"Es ist einfacher, wenn ich es dir zeige", murmelte ich und senkte meinen Psi-Schild.

Vier Geister vertieften sich in dem meinen und probten die Gedanken, die ich ihnen darbot. Ich versuchte nicht, ihr Denken zu beeinflussen und ließ sie meine wahren, ungeschmückten Erinnerungen und Pläne sehen. Die Umsiedlung des Rudels wäre hart und nicht ohne Risiko, aber es war ein Schritt, den ich für notwendig hielt.

Lokens Gesandte hatte mich davon überzeugt.

Die Gesandte hatte ihre Scharade um die Schattenwölfe nur zu einem einzigen Zweck inszeniert: um mich mit Gewalt dazu zu bringen zu tun, was sie wollte. Sie hatte geglaubt - und das zu Recht -, dass sie im Rudel ein Mittel gefunden hatte, mich zu zwingen, ihren Willen zu erfüllen. Ich hatte sie vom Gegenteil überzeugt - gerade so - und für den Moment war alles gut gelaufen.

Aber was war mit dem nächsten Mal?

Und es würde ein nächstes Mal geben, da war ich mir sicher.

Ob es nun wieder die Abgesandte war – beim nächsten Mal mit Lokens Segen - oder Loken selbst, irgendjemand würde versuchen, das Rudel gegen mich einzusetzen, und deshalb musste ich sie so schnell wie möglich in Sicherheit bringen.

Ungeachtet meiner Pläne für den Sektor war das Tal kein sicherer Zufluchtsort mehr für die Schattenwölfe. Selbst wenn ich die Kontrolle über den Sektor gewinnen sollte, waren vier Monate zu lang, um das Rudel ungeschützt zu lassen. Außerdem wussten Loken und möglicherweise auch andere jetzt, dass die Wölfe im Tal waren, und konnten jederzeit zu ihnen gelangen. Den Sektor zu besitzen würde daran nichts ändern.

Nein, das Rudel musste ein neues Versteck finden, und es gab nur einen möglichen Ort, an den sie gehen konnten: die arktische Tundra.

Und der Schlüssel, um sie dorthin zu bringen, war Sektor 18.240.

Ich würde meine Pläne für die jenseitsverseuchte Region beschleunigen müssen. Seit ich ihn entdeckt hatte, war der verborgene Sektor ein zentraler Punkt in meinen Plänen für den Aufstieg von Haus Wolf. Ich hatte vor, den Sektor vom Jenseits zu säubern, seine Lage mit einem Schildgenerator zu verdecken - ähnlich wie Ishita es im Tal getan hatte - und erst dann meine Verbündeten dort zu versammeln.

Aber all das war jetzt nicht mehr möglich.

Jetzt müsste ich sie umsiedeln, bevor ich wirklich bereit dazu war, und die arktische Tundra anstelle von Sektor 18.240 als Unterschlupf für das Rudel nutzen. Es war immer noch machbar. Aber nicht ohne Risiko.

"Ein notwendiges Risiko", dachte ich und projizierte den Gedanken auf die zuhörenden Ältesten.

"Arktische Wölfe", hauchte Aira, als sie meine Erinnerungen zu Ende las. *"Ich habe noch nie von ihnen gehört."* Ihre Gedanken schwammen vor Aufregung. *"Ich würde sie liebend gerne treffen."*

"Du hast dir ein solides Rudel aufgebaut", sagte Sulan anerkennend. *"Deinen Schnee mag ich jetzt schon. Ich stimme zu, wir gehen."*

"Da sieht es kalt aus", brummte Leta. Aber trotz der Beschwerde spürte ich keinen Widerspruch der Ältesten.

Ich drehte mich zu Duggar um, um seine Meinung zu hören.

"Ich stimme zu", sagte der Alpha. *"Aber kalt ist besser als tot. Das Rudel soll umziehen."* Er neigte seinen Kopf in meine Richtung. *"Danke, Nachkomme."*

Im Namen von Wolf hat dir der Adjutant eine neue Aufgabe zugewiesen: Umsiedlung! Lokens Gesandte hat den Unterschlupf des Rudels im Tal entdeckt. Da du weißt, wie sehr sie dadurch gefährdet sind, hast du Duggar überzeugt, das Rudel in einen anderen Sektor umzusiedeln. Ziel: Bringe die Schattenwölfe sicher in die neue Heimat, die du für sie ausgesucht hast.

Ich schluckte erleichtert.

Ich war unsicher gewesen, ob das Rudel bereit sein würde, das einzige Zuhause zu verlassen, das sie seit Jahrhunderten kannten, aber Duggar und die Ältesten hatten mich wieder einmal überrascht. "Gut", sagte ich, "dann lasst uns feste Pläne schmieden." Ich warf einen Blick auf Duggar. "Wie schnell kann das Rudel aufbrechen?"

Doch bevor der Alpha sprechen konnte, tat es ein anderer.

"Wolfs...mensch?"

Ich erkannte den Sprecher nicht. Mit einem Ruck richtete ich mich auf, schloss meinen Verstand und ließ meinen Blick durch die Höhle schweifen. Wo war der Eindringling?

Die Ältesten bemerkten meine plötzliche Wachsamkeit und erhoben sich geschmeidig auf ihre Füße, das Nackenhaar gesträubt. Ich suchte weiter die Dunkelheit ab und versuchte, den Eindringling ausfindig zu machen, der sich sicher in der Nähe versteckt hielt. Die fremde Gedankenstimme war hoch und süß gewesen, ganz anders als alle anderen Wölfe, denen ich je begegnet war.

Jemand anderes ist hier – jemand, der nicht zum Rudel gehört.

War es die Abgesandte?

Kapitel 294: Gespenster

Duggar knurrte und ich schaute in seine Richtung, nur um festzustellen, dass alle vier Ältesten mich anstarrten. Es dauerte einen Moment, bis ich begriff, warum. Da ich meinen Verstand völlig abgeschirmt hatte, konnte ich sie nicht hören.

Ich senkte meinen Gedankenschild halb.

"Endlich!" knurrte Sulan. *"Du hast lange genug gebraucht!"*

"Es ist ein Eindringling in der Nähe", antwortete ich, ohne ihren Tonfall zu beachten.

"Bist du sicher?" fragte Duggar. Der große Wolf suchte selbst die Höhle ab. *"Ich spüre niemanden."*

Ich nickte. *"Das bin ich. Er – sie? – hat in meinem Kopf gesprochen."*

Seltsamerweise entspannten sich die Wölfe durch meine Worte. Leta schnaubte sogar amüsiert.

"Was? Wer auch immer es war, er war in meinem Kopf!"

"Und ich dachte, du wärst ein Alpha", sagte Sulan, als sie sich wieder hinlegte. *"Reif und ausgewachsen, aber du hast noch immer Angst vor Gespenstern."*

Meine Augen verengten sich, als ich die weiße Wölfin anstarrte. Das konnte nicht ihr Ernst sein, und nach dem Unterton des Lachens in ihrer Stimme zu urteilen, war es das auch nicht.

Macht sich Sulan ... über mich lustig?

"Hör auf, mit ihm zu spielen", schimpfte Aira. *"Es gibt nur eines."* Sie drehte ihren Kopf herum, um mich anzustarren. *"Nur ein Gespenst meine ich."*

Ich blinzelte. *Aira auch?*

"So etwas wie Gespenster gibt es nicht", widersprach ich, aber selbst für meine Ohren klang meine Leugnung schwach.

"Vielleicht keine Gespenster. Aber Geist." sagte Duggar. Auch er klang amüsiert.

"Setz dich wieder hin", befahl Leta. *"Deinetwegen verrenke ich mir noch den Hals."*

Ich setzte mich. Ich konnte mir immer noch keinen Reim darauf machen, worüber sie sprachen, aber es konnte nichts Bedrohliches sein, wenn es die Ältesten so sehr amüsierte.

"Menschenwolf?"

Da war wieder diese seltsame Stimme. Diesmal wurde sie von einem Bild von Anriq und ausgeprägtem Interesse begleitet.

Meine Beunruhigung wuchs, als mir klar wurde, dass, wer auch immer die Sprecherin war, sie in Erinnerungen gewühlt hatte, die ich den Ältesten nicht gezeigt hatte. *"Wer oder was ist Geist?"* fragte ich und bemühte mich, nicht auf die Erinnerungen zu reagieren.

"Geist ist ein Welpe", sagte Aira.

"Nicht mehr", erwiderte Sulan. *"Das Mädchen muss jetzt fast zwei Jahre alt sein."*

"Ich mag Sulan nicht", flüsterte die Stimme. *"Sie ist böse."*

"Das habe ich gehört, du elendes Mädchen!", sagte die weiße Wölfin hochnäsig.

Ich ignorierte das Gespräch und ließ meinen Blick zu den spielenden Jungen des Rudels schweifen. Die Truppe tobte um die Zwillinge herum, und keiner schien sich auch nur im Entferntesten für die Ältesten oder mich zu interessieren. Dieser geheimnisvolle Geist gehörte nicht zu ihnen, da war ich mir sicher.

"Du wirst sie nicht unter den Jünglingen finden", sagte Aira leise und ihre Stimme wurde wieder ernst.

Meine Verwirrung wuchs. "Was bedeutet das?"

"Das Mädchen hat keinen Körper", antwortete Sulan.

Ich schaute sie an. Diesmal spürte ich, dass sich hinter ihren Worten Trauer verbarg, die sie gnadenlos unterdrückte. "Wie ist das passiert?" fragte ich leise.

"Es waren die Ringe", antwortete Leta. Sie sah mich an. *"Du erinnerst dich an die Ringe?"*

"Die Ringe der Astralwanderung?" fragte ich behutsam. Das war das Artefakt, mit dem mich die Ältesten zur ersten Wolfsprüfung geschickt hatten.

"Genau die." Leta seufzte schwer. *"Wir wussten es damals nicht, aber während wir das Geisterportal für deine Prüfung offenhielten, verirrte sich ein Welpe in den ersten Ring. Damals war sie drei Monate alt."*

Ich schauderte. Der erste Ring, so erinnerte ich mich, war für die körperliche Trennung verantwortlich. Er trennte die Verbindung zwischen Geist und Körper. "Was ist mit ihrem Körper passiert?"

"Er ist gestorben", sagte Sulan missmutig.

"Verloren ..." echote das Gespenst.

Ich erschauderte, als ich mich an meine eigene Zeit als reiner Geist in der Wolfsprüfung erinnerte. Es war gelinde gesagt eine seltsame Erfahrung gewesen. Schlimmer noch: Ein unbekleideter Geist war verletzlich, und soweit ich wusste, gab es keine Möglichkeit, den Schaden zu beheben, den ein Geist ohne den sicheren Hafen eines Körpers erlitt. "Wie hat der Welpe den Verlust ihres Körpers überlebt?"

"Das wissen wir nicht", sagte Aira. *"Es dürfte eigentlich nicht möglich sein."*

"Aber Geist war schon immer ein seltsames Kind", fügte Sulan hinzu. *"Ungewöhnlich stark für ein so junges Mädchen und mit einer ungesunden Portion Neugier. Die seltsamsten Dinge weckten ihr Interesse."* Die Augen des weißen Wolfs richteten sich auf eine Stelle ein paar Meter von mir entfernt. *"Und das tun sie immer noch."*

Ich folgte ihrem Blick, sah aber nichts.

"Schau mit deinem Verstand", wies Duggar an.

Ich tat, wie mir geheißen, und öffnete meine Gedankensicht, wodurch ich die Gedanken der vier Ältesten und eines weiteren Wesens sehen konnte. Sulan hatte Recht. Der Verstand der Kleinen brannte heller als die Sonne. Mit meinem Willen analysierte ich sie.

Dein Ziel heißt Geist, ein Wolfsgeist der Stufe 1.

Der Tod wird oft als der größte Gleichmacher angesehen. Nach dem Tod ziehen wir alle weiter. Aber manche Geister sind zu stark, um zu gehen, und

bleiben im Reich der Ewigkeit, auch über den endgültigen Tod hinaus. Normalerweise werden diese Wesen zu Gespenstern und Phantomen - halb verrückte ätherische Wesen, die nur noch ein Schatten ihrer früheren Selbst sind. Aber einige wenige, die über einen außergewöhnlichen Geist und Willen verfügen, behalten ihre Erinnerungen und ihre Intelligenz und werden zu vollwertigen Geistwesen.

Ich schürzte bei der Erklärung des Adjutanten nachdenklich die Lippen und verstand nun zumindest teilweise, wie es zu dem seltsamen Zustand des unglücklichen Welpen gekommen war.

"Wolf-wird-Mensch?" fragte Geist, als sie meine Aufmerksamkeit spürte und mir ein weiteres gestohlenes Bild von Anriq zeigte. *"Oder Mensch-wird-Wolf?"*

"Werwolf", antwortete ich.

"Oooh", rief sie aus und ihre Gedankenstimme bebte vor Aufregung.

"Was ist ein Werwolf?" fragte Duggar neugierig.

Ich wandte mich an den Alpha. Ich hatte die Existenz der Werwölfe nicht absichtlich vor den Ältesten verheimlicht. Um sie nicht mit unnötigen Informationen zu belasten, hatte ich ihnen nur das gezeigt, was sie sehen mussten, um ihre Entscheidung zu treffen.

"Sieh selbst", sagte ich und senkte meinen Gedankenschild wieder.

Fünf Gedankenleuchten kamen näher.

"Nicht du", schimpfte ich mit Geist. Sie hatte sich schon genug Freiheiten herausgenommen.

Die Geisterwölfin wich zurück und konnte ihren Schmerz nicht verbergen.

Sofort hatte ich ein schlechtes Gewissen.

Obwohl Geist genau genommen erwachsen war, war sie in vielerlei Hinsicht immer noch ein drei Monate alter Welpe. Wie musste es gewesen sein, zwei ganze Jahre in der Geisterform zu verbringen, ohne den normalen Körperkontakt, den andere Wölfe so genossen?

Es konnte nicht einfach für Geist gewesen sein, und ihre Andersartigkeit hatte sie wahrscheinlich vom Rest des Rudels isoliert, auch wenn sie als Telepathen immer noch mit ihr kommunizieren konnten.

Sie muss einsam sein.

"Es tut mir leid", sagte ich und sprach mit Geist allein. *"Das war unhöflich von mir. Du kannst auch einen Blick darauf werfen."*

Wie ein ängstlicher Vogel zögerte sie. *"Du wirst mir doch nicht böse sein, wenn ich auch nachsehe? Ich will mehr von dem Schattenmann sehen. Er ist lustig."*

Ich verbiss mir einen Seufzer. Sie sprach von Loken. Wie viel hatte Geist bei ihrem ersten Streifzug durch meinen Geist von meinen Erinnerungen sehen können? Zu viel, wie es sich anhörte.

Sie wartete aber immer noch auf meine Antwort. *"Nein, das werde ich nicht"*, versprach ich. *"Aber was auch immer du siehst, du darfst es niemandem erzählen. Verstanden?"*

Ihr Bewusstseinsleuchten pulsierte fröhlich, und ohne, dass ich es ihr noch einmal sagen musste, tauchte sie in meinen Geist ein. *"Natürlich, Prime!"*, rief sie beiläufig. *"Es wird unser Geheimnis sein!"*

Dieses Mal seufzte ich tatsächlich.

* * *

Ein paar Minuten später zogen sich die fünf Besucher aus meinem Kopf zurück.

"Werwölfe", murmelte Sulan. "Also, jetzt habe ich alles gesehen."

"Ein Wolf, der sich in einen Menschen verwandelt?" wunderte sich Leta. "Warum sollte ein Wolf das wollen?"

Meine Lippen zuckten. "Oder welcher vernünftige Mensch verwandelt sich freiwillig in einen Wolf?"

Die Älteste sah mich böse an, und ich kicherte. "War nur ein Scherz."

"Diese Werwölfe, bewachen sie eine weitere Wolfsprüfung?" fragte Duggar.

Ich nickte. "Da bin ich mir sicher."

"Dann hast du vor, sie zu finden?", fragte der Alpha.

"Ich muss."

"Ich traue ihnen nicht", knurrte der Alpha. "Sei vorsichtig."

"Das werde ich", versicherte ich ihm. "Aber die Werwölfe zu finden, ist eine Aufgabe für einen anderen Tag. Heute müssen wir uns um die Sicherheit des Rudels kümmern." Mein Blick schweifte zu dem Ort, an dem die Zwillinge immer noch unter Oursks wachsamem Auge mit den Welpen des Rudels spielten. "Bevor wir uns damit befassen, müssen wir allerdings noch eine andere Sache besprechen."

Aira folgte meinem Blick. *"Wer sind sie?"*

"Das sind meine ... Schüler."

Duggar neigte seinen Kopf zur Seite, um die Jugendlichen zu studieren. *"Sie sind nicht Wolf."*

"Das sind sie nicht", stimmte ich zu. "Aber vielleicht, wenn sie ihr Blut erwecken, könnten sie ..."

Der Alpha schüttelte den Kopf. *"Du verstehst mich falsch. Ihre Blutlinien sind anders. Sie sind nicht von Wolf."* Dieses Mal verstand ich, was er meinte.

"Oh", murmelte ich. Angesichts der Aufgabe, die sie erhalten hatten, hatte ich gehofft, dass die Zwillinge Wolfsblut in sich trugen. Das hätte die Sache einfacher gemacht.

Duggar warf einen Blick auf Sulan und die weiße Wölfin erhob sich auf ihre Füße. Sie trottete zu Teresa, senkte den Kopf und schnupperte.

Erschrocken blickte das Mädchen über ihre Schulter zu dem weißen Wolf, der sich über ihr aufbaute. "Michael!", rief sie besorgt.

"Du brauchst keine Angst zu haben", versicherte ich ihr. "Sulan will nur ..."

Ich hielt inne. Was *hatte* Sulan vor?

"Beruhige das Mädchen", sagte der weiße Wolf mit einem Augenzwinkern. *"Ich versuche nicht, sie zu fressen, sondern nur ihre Blutlinie festzustellen."*

"... sie will dich inspizieren", beendete ich.

"Katze", verkündete Sulan. *"Diese beiden sind von Katze. Aber ihr Blut ist schwach."* Sie drehte sich um und gesellte sich wieder zu mir und den anderen Ältesten.

Terence und Teresa starrten mich immer noch an. "Ist schon in Ordnung. Ich erkläre es euch später", sagte ich, obwohl ich mir nicht sicher war, ob ich das tun würde.

Widerwillig wandten sich die beiden wieder den Welpen zu, die um ihre Aufmerksamkeit rangen.

"Warum hast du sie hierhergebracht?" fragte Duggar.

Ich zuckte mit den Schultern. "Verschiedene Umstände. War nicht geplant." Ich begegnete seinem Blick. "Aber zwei weitere freundliche Spieler um sich zu haben, kann für das Rudel trotzdem von Vorteil sein."

Duggar starrte mich unverwandt an. *"Was deutest du an?"*

Ich schaute wieder zu den Zwillingen. Sie hatten ihr kurzes Unbehagen bereits vergessen und sahen selbst wie Welpen aus, wie sie mit den Jungen des Rudels spielten.

Ich schloss meine Augen. War es fair, die beiden weiter in meine Probleme zu verwickeln? Sie waren bereit, ja sogar begierig, mehr über das Rudel zu erfahren. Es bestand aber immer noch die Möglichkeit, dass sie sich von mir lösen und einen sichereren Weg einschlagen konnten.

Ich werde ihnen noch nichts von den Primes oder den Ahnen erzählen, beschloss ich. Aber ich konnte die Zwillinge auch nicht ihren eigenen Weg gehen lassen, nicht bevor ich das Rudel umgesiedelt hatte. Es war zu gefährlich - sowohl für sie als auch für die Wölfe.

Ich öffnete meine Augen und antwortete dem geduldig wartenden Alpha: "Kannst du die beiden hier unterbringen? Sie können dem Rudel bei der Jagd helfen und eure Nahrungsreserven aufstocken."

"Wir werden tun, worum du bittest", sagte Duggar.

"Danke."

"Hast du ihnen gesagt, dass sie hierbleiben werden?" fragte Aira.

Ich schüttelte den Kopf. "Noch nicht, aber das werde ich, bevor ich gehe. Jetzt lasst uns besprechen, was noch zu tun ist, bevor das Rudel das Tal verlassen kann.

Kapitel 295: Abreise

Stunden später hatten der Rudelrat und ich unsere Planung abgeschlossen. Es gab zwei große Herausforderungen: das Rudel zu seinem Ziel zu bringen und dann das Ziel zu *überleben*.

Ich hatte die meiste Zeit damit verbracht, den Ältesten klarzumachen, was sie zu erwarten hatten. Die Tundra war nicht nur kalt, die Schneestürme dort konnten auch tödlich sein, und die Schattenwölfe waren auf solches Wetter weniger vorbereitet als die arktischen Wölfe.

Außerdem machte ich mir Sorgen darüber, wie Schnee und die anderen auf unsere Ankunft reagieren würden, da sie es als Eindringen in ihr Territorium empfinden könnten. Die Ältesten versuchten, mich zu beruhigen. Sulan, Duggar und die anderen waren sich sicher, dass sie in der Lage sein würden, mit allen auftretenden Meinungsverschiedenheiten umzugehen.

Als alles geklärt war, erhob ich mich und machte mich in Begleitung von Aira und Sulan auf die Suche nach den Zwillingen. Ich fand sie, wie sie aufgeregt miteinander flüsterten. "Worüber seid ihr so glücklich?"

Teresa drehte sich um, ein fröhliches Grinsen im Gesicht. "Ach, nichts Wichtiges", sagte sie leichthin.

"Abgesehen davon, wie gut es sich anfühlt, unsere erste Aufgabe erfüllt zu haben", mischte sich Terence ein. "Das erinnert mich an etwas." Er griff in seine Weste, zog einen Gegenstand heraus und warf ihn mir zu.

Du hast eine kleine Tasche des Haltens erworben.

"Danke", sagte ich und fing die Tasche auf. "Und herzlichen Glückwunsch. Habt ihr die Eigenschaft Tiersprache bekommen?"

Terence' Lippen wurden schmal. "Leider nein."

"Aber wir lassen uns davon nicht unterkriegen", fügte Teresa hinzu. "Wir haben gerade überlegt, welche weiterführenden Klassen wir wählen sollen."

"Oh?" fragte ich. Teresas Worte bestätigten, was ich schon vermutet hatte: Die beiden waren bisher nicht über die Primäre Klasse hinausgekommen.

"Wir werden Druiden", verkündete Terence.

Meine Augenbrauen hoben sich und ich spürte Airas und Sulans Belustigung von neben mir.

"Wirklich?" bemerkte ich. "Damit ihr beide die Eigenschaft Tiersprache bekommt?"

"Unter anderem", sagte Teresa abwehrend. Ihre Belustigung verblasste. "Den Schattenwölfen zu helfen hat uns gezeigt, dass es vielleicht noch mehr Kreaturen gibt, die Hilfe brauchen. Was gibt es Besseres, als unsere Zeit damit zu verbringen, anderen zu helfen?"

"Eine edle Einstellung", stimmte ich feierlich zu.

Teresas Blick flackerte zu den schweigenden Wölfen. "Ihr seid doch nicht nur zum Plaudern hergekommen, oder?", fragte sie frech.

Ich schüttelte den Kopf. "Ich gehe jetzt." Die beiden standen auf. "Alleine."

"Was?" fragte Terence und setzte sich wieder hin. "Wohin?"

"Zurück in die sichere Zone", antwortete ich.

Teresas Augenbrauen zogen sich zusammen. "Du lässt uns hier zurück? Warum?"

Ich seufzte. "Inzwischen müsst ihr beide wissen, dass die Anwesenheit des Rudels im Tal nicht sehr bekannt ist. Ich möchte, dass das auch so bleibt."

"Du vertraust uns nicht?" fragte Terence und sah enttäuscht aus.

"Das ist es nicht", versicherte ich ihm. "Aber es gibt Möglichkeiten, Informationen aus unwilligen Personen herauszubekommen, gegen die ihr beide nicht gewappnet seid", sagte ich und dachte an Shaels Fähigkeiten. "Es tut mir leid, ich kann die Sicherheit des Rudels nicht riskieren."

"Das verstehen wir", sagte Teresa.

Terence sah sie an. "Tun wir das?"

"Ja", sagte sie, ohne den Blick von mir abzuwenden. "Dann sollen wir also beim Rudel bleiben?"

"Genau." Ich gestikulierte zu meinen Begleitern. "Das sind Sulan und Aira. Beide sind Teil der Ältesten der Schattenwölfe. Sie werden euch lehren zu jagen und mit dem Rudel zu kommunizieren." Ich zuckte mit den Schultern. "Es wird nicht dasselbe sein wie Tiersprache zu beherrschen, aber es wird euch helfen, zurechtzukommen."

"Oh", sagte Terence und strahlte. "Das klingt doch gut."

"Wie lange bleibst du weg?" fragte Teresa.

"Hoffentlich bin ich in ein paar Tagen wieder da", antwortete ich. "Und wenn ich zurückkomme, könnt ihr euren eigenen Weg gehen." Ich betrachtete sie nachdenklich. "Oder ihr entscheidet euch dafür, beim Rudel zu bleiben."

Die beiden tauschten Blicke aus, von dieser Möglichkeit ganz fasziniert.

Nachdem sie mir zum Abschied die Hände gaben, drehte ich mich um und verließ die Höhle. Ich hatte mich bereits von den Wölfen verabschiedet und hatte eine lange Nachtreise vor mir. *"Passt auf sie auf"*, sagte ich.

"Keine Sorge, das werden wir", antwortete Aira.

✳ ✳ ✳

Ich war auf halbem Weg über das eisige Plateau, als ich eine Anomalie spürte.

Es waren keine Wölfe in Sicht, aber in meiner Gedankensicht brannte ein Bewusstsein hell auf, und ich blieb stehen. *"Was tust du, Geist?"*

"Ich begleite dich", antwortete der Geisterwolf.

Das war, was ich befürchtet hatte. *"Das kannst du nicht."*

Ich war mir sicher, dass die meisten Spieler den Geisterwolf nicht wahrnehmen könnten. Ich selbst konnte sie nur mit meiner Gedankensicht sehen. Aber die Kreaturen in der Geistesprüfung hatten meine Geistform leicht erkannt, und es wäre töricht anzunehmen, dass es keine Spieler mit ähnlichen Fähigkeiten gab.

Und das würde Geist gefährden.

Diese Art von Kuriosität würde sofort angegriffen werden, entweder aus Gier nach Erfahrung oder einzigartiger Beute. "*Beim Rudel ist es sicherer für dich*", fügte ich hinzu.

"*Aber ich will den Wolfsmenschen sehen*", beschwerte sie sich.

Ihre Antwort ließ mich innehalten. "*Woher weißt du, dass ich ihn besuchen werde?*"

"*Aus deinem Kopf natürlich.*"

Ich rieb mir die Schläfen. Der Geisterwolf schien meine Gedanken und Erinnerungen viel zu gut lesen zu können. *Vielleicht war es nicht klug, ihr zu erlauben, ein zweites Mal in meine Gedanken einzutauchen.*

"*Das kannst du nicht*", sagte ich. "*Nexus ist nicht nur zu gefährlich für dich, wenn du so tief in meine Gedanken geschaut hast, weißt du auch, dass du nicht in eine sichere Zone eindringen kannst.*"

Geist schwieg einen Moment lang. "*Kommst du zurück?*", fragte sie verzweifelt.

"*Ich habe es vor*", versicherte ich ihr.

Sie strahlte. "*Mit dem Wolfsmenschen?*"

"*Nenn ihn Anriq*", sagte ich. "*Und ja, ich werde mein Bestes tun, ihn mitzubringen.*"

"*Oh. Also gut.*"

Ich spürte, wie sie sich in das Versteck der Wölfe zurückzog.

"*Leb wohl, Prime*", sagte der Geisterwolf.

"*Nenn mich nicht so!*" rief ich zurück.

Ein verschmitztes Kichern war meine einzige Antwort.

Ich seufzte verzweifelt. Trotzdem spürte ich, wie meine Mundwinkel zu einem Lächeln nach oben zuckten. Geist, so vermutete ich, würde Ärger machen. Ich wartete eine ganze Minute und erst als ich mir sicher war, dass sie weg war, drehte ich mich um und machte mich auf den langen Weg den Berg hinunter.

Es gab eine bestimmte Spielerin in roter Robe, mit der ich noch einmal sprechen musste.

✳ ✳ ✳

Ich schlich mich ins Dorf, als die Dämmerung anbrach.

Meine unmittelbaren Pläne für die Zukunft fügten sich zusammen, und trotz der langen Nacht fühlte ich mich voller Energie. Es gab nur noch ein paar Hürden zu überwinden, bevor ich das Rudel in Sicherheit bringen konnte, und bis dahin konnte ich mich nicht ausruhen.

Es war still in der Taverne, als ich eintrat. Ein Barkeeper, den ich nicht kannte, hatte Dienst, aber weder Shael, Cara noch Saya waren zu sehen. Sie mussten schon schlafen, aber ich konnte nicht warten. Ich eilte die Treppe hinauf und ging nicht in mein Zimmer, wie es vernünftig wäre, sondern zu Cara. Worüber ich mit ihr reden musste, konnte nicht warten.

Ich zögerte vor ihrer Tür, die Hand zum Klopfen erhoben.
Bist du sicher, dass das der beste Zeitpunkt ist, um mit ihr zu sprechen, Michael? Ausgerechnet über dieses Thema? Ich war nicht sicher, aber es gab ohnehin keinen 'richtigen' Zeitpunkt.

Es wäre besser, jetzt mit ihr zu sprechen. Wenn Cara sich weigerte, würde ich zu meinem zweiten Plan übergehen müssen, der unendlich viel schwieriger war. Ich nahm meinen Mut zusammen und klopfte an.

Es kam keine Antwort.

Ich schlug fester zu.

"Wer ist da?", rief eine verschlafene Stimme.

"Michael", antwortete ich.

Eine Pause. Dann: "Gib mir einen Moment."

Mehr als ein Moment verging. Ganze fünf Minuten später öffnete sich die Tür und Caras gesichtslose Kapuze kam zum Vorschein.

"Können wir reden?" fragte ich, zu aufgeregt, um die Verzögerung zu kommentieren. "Es ist dringend."

"Das dachte ich mir", antwortete Cara trocken. Sie öffnete die Tür weiter. "Komm rein."

Ich trat langsam ein und fühlte mich unwohl dabei, in ihre Privatsphäre einzudringen. Das Zimmer war spärlich möbliert und hatte keinerlei persönliche Gegenstände, aber Cara war ja auch erst seit ein paar Tagen hier. Ich zog den einzigen Stuhl im Zimmer vor und bot ihn ihr an.

Sie schüttelte den Kopf und setzte sich auf das Bett. "Weißt du, in Nexus hatte ich mich damit abgefunden, zu den seltsamsten Zeiten geweckt zu werden, aber hier hatte ich erwartet, mehr Schlaf zu bekommen." Ihre Kapuze drehte sich in meine Richtung, und ich konnte ihr Lächeln fast spüren. "Ich hätte es besser wissen müssen."

Ich neigte meinen Kopf. "Tut mir leid, aber das kann nicht warten."

Cara lachte. "Das tut das Geschäft nie. Was willst du verkaufen?" Sie legte den Kopf schief. "Oder bist du dieses Mal gekommen, um zu kaufen?"

"Weder noch. Es geht auch nicht ums Geschäft", sagte ich unbehaglich. "Ich muss dich um einen Gefallen bitten. Und biete dir selbst einen an."

Cara wurde still. "Michael, wenn es um das geht, worüber wir neulich gesprochen haben, habe ich dir ja gesagt, dass du es am besten vergisst. Diese Tage sind ..."

"Lass es mich erklären. Bitte."

Cara musterte mich eine Sekunde lang und wies dann auf den leeren Stuhl. "Setz dich."

Ich setzte mich.

"Wenn ich dir erlaube, zu sagen, was du für nötig hältst", fuhr Cara fort, "versprichst du mir, dass es das letzte Mal sein wird, dass wir darüber sprechen?"

Ich zwang mich zu einer Ruhe, die ich nicht ganz verspürte, und faltete meine Hände in meinem Schoß. "Nur wenn du mein Angebot annimmst."

Cara seufzte. "Du bist unerbittlich, weißt du das?"

"Man hat es mich wissen lassen", murmelte ich und die Anspannung im Raum ließ nach.

Sie schnaubte. "Das war nicht als Kompliment gemeint. Ich hätte ein passenderes Wort wählen können, aber ich wollte nett sein."

Meine Lippen zuckten. "Danke."

Cara schüttelte den Kopf – verzweifelt, amüsiert oder beides? Ohne ihr Gesicht zu sehen, konnte ich nicht sicher sein, aber ich dachte, dass unser Herumalbern ihre eigene Steifheit etwas gelockert hatte.

"Dann leg los", sagte sie. "Was brauchst du?"

Ich rieb meine Handflächen an meiner Hose. Jetzt, wo der Moment gekommen war, fiel es mir schwerer, das Thema anzusprechen, als ich dachte. Cara zu sagen, was ich vorhatte, wäre ein weiterer unumkehrbarer Schritt auf einem Weg, der mich in direkten Konflikt mit den neuen Mächten bringen würde.

Und es könnte alles furchtbar schief gehen, wenn ich Cara falsch eingeschätzt hatte.

Ich vertraue ihr, sagte ich mir zum hundertsten Mal. *Sie wird mich nicht verraten.* Aber es gab keine Möglichkeit, sich dessen im Voraus sicher zu sein.

Mein Ringen mit mir selbst blieb nicht unbemerkt. "Mach dir keine Sorgen", sagte Cara leichthin, und ihr Humor schien wieder vollkommen hergestellt zu sein. "Ich beiße nicht."

"Sehr witzig", gab ich zurück und holte tief Luft. "Zuerst ein paar Fragen."

Sie schwieg erwartungsvoll.

"Kennst du den Zauberspruch Reinigende Kuppel?"

Ich spürte ihren Blick auf mir.

Wie auch immer sie erwartet hatte, dass ich das Gespräch beginnen würde, das war es nicht. "Tue ich", sagte sie, als ich nichts mehr sagte. "Es ist ein Zauber, der oft von Magiern in gefährlichen Umgebungen benutzt wird, um ihre Gruppen in Sicherheit zu bringen. Das Emporium hat immer ein paar Dutzend Schriftrollen davon auf Lager." Sie hielt inne. "Bist du sicher, dass du nicht doch hier bist, um einzukaufen?"

Ich schüttelte den Kopf. "Ich bin mir sicher. Kannst du den Zauberspruch casten? Mit oder ohne Hilfe einer Schriftrolle?"

"Nein. Reinigende Kuppel gilt als Kampfzauber, und mein Gewand verhindert, dass ich die benutzen kann", antwortete Cara und klang leicht verwirrt.

Ich runzelte die Stirn. Das hatte ich nicht gewusst. Es war eine interessante Wendung, aber sie hatte keinen Einfluss auf meine Pläne.

"Worum geht es hier?" fragte Cara. "Als du mit diesem Gespräch angefangen hast, dachte ich ..."

"Und ohne deine Robe?" unterbrach ich sie. "Könntest du den Zauberspruch dann casten?"

Die Diskussion hatte sich auf gefährliches Terrain begeben, und verständlicherweise antwortete Cara nicht sofort. "Kann ich", antwortete sie leise. "Aber das könnten auch tausende andere Magier. Dafür brauchst du mich nicht."

Ich hielt eine Hand zur Geduld hoch. "Du wirst es noch früh genug verstehen. Funktioniert der Zauber in einem jenseitsverseuchten Sektor?"

"Natürlich." Sie hielt inne. "Aber nur, wenn das Jenseits-Gift in der Region unter Klasse fünf ist. Reinigende Kuppel bietet nur Schutz vor Gefahren der Klasse vier und darunter."

Ich nickte. Cara hatte nur bestätigt, was ich schon wusste. Ich hatte gesehen, wie Mondschatten den Zauber in dem Spalt, in den wir eingedrungen waren, angewendet hatte und wusste, dass er gegen das Jenseits wirkte, aber ich musste sicher gehen. Das Leben der Schattenwölfe hing davon ab.

"Kannst du Reinigende Kuppel wirken, *während* du ein Portal offenhältst?"

"Hmm, das ist unendlich viel schwieriger, aber nicht nötig. Die Kuppel ist kein Kanalisierungs-Zauber. Es wäre einfacher, die Kuppel zu errichten und *dann* das Portal zu öffnen."

"Ich verstehe", sagte ich. "Und könntest du ein Portal zu einem Ort öffnen, an dem du noch nie warst?"

"Nein, jedenfalls normalerweise."

"Oh", sagte ich enttäuscht. Das machte die Sache komplizierter. Es bedeutete, dass ich Cara sowohl zum Ausgang als auch zum Eingang des Portals begleiten musste, bevor sie tun konnte, was ich brauchte. Und wie lange würde das dauern?

Unerwartet lachte Cara. "Hörst du zu, Michael? Ich sagte, *normalerweise* nicht. Ich lese hier zwischen den Zeilen, aber ich vermute, du willst, dass ich ein Portal zu einem Ort öffne, an dem du schon einmal warst?"

Ich nickte. "Im Wesentlichen, ja."

"In diesem Fall ist es für jeden Magier einfach, dir zu helfen. Du hast die Lösung schon parat."

Ich blinzelte. "Wirklich?"

"Natürlich. Oder hast du das Ätherstein-Armband schon vergessen? Die Edelsteine werden auch verwendet, um Ätherkoordinaten zwischen Spielern zu tauschen. Wenn du einem der Äthersteine den Ort einprägst, den du im Sinn hast, kann ein Magier den Stein benutzen, um das andere Ende des Portals dort zu verankern."

"Das sind ... tolle Neuigkeiten", sagte ich und grinste.

"Sagst du mir jetzt, worum es geht?"

Mein Lächeln verblasste. "Ja. Aber vorher noch eine Frage."

"Nur zu."

Ich lehnte mich in meinem Stuhl vor. "Was weißt du über die Primes?"

Kapitel 296: Eine angeregte Diskussion

"Primes? Nie gehört", antwortete Cara beiläufig.

Ich nickte. "Das wundert mich nicht. Das haben nur wenige."

Ich war hauptsächlich auf Cara zugekommen, weil ich einen Magier brauchte – jemanden, der ein Portal zum verborgenen Sektor öffnete und das Jenseits in Schach hielt, während die Wölfe in die Tundra des Wächterturms reisten.

Neben Cara gab es noch andere Möglichkeiten – Mondschatten oder einen KGJ-Magier – aber auch diese Möglichkeiten waren mit Gefahren verbunden, und obwohl ich im Spiel schon viele Spieler getroffen hatte, gab es nur wenige, denen ich ein so gefährliches Geheimnis anvertrauen konnte.

Ich musste Cara natürlich nicht von den Ahnen oder meiner Blutlinie erzählen. Aber ich konnte nicht erwarten, dass sie Kesh und den Schutz des Triumvirats aufgab, ohne die Konsequenzen ihrer Entscheidung zu verstehen.

Ja, sie war geschützt, also hatte sie wahrscheinlich weniger Konsequenzen zu befürchten als die meisten. Aber das bedeutete nicht, dass sie sich für die Primes oder eine Rückkehr zu den alten Sitten interessierte. Sie war abgeschworen und hatte genug an die neuen Mächte geglaubt, um sich an eine zu binden, und vielleicht tat sie das auch immer noch. Im Gegensatz zu Anriq hatte Cara weitaus weniger Grund, dem Haus Wolf wohlwollend gegenüberzustehen.

Aber das war nicht wichtig.

Es war einfach richtig, Cara die Wahrheit zu sagen.

Es wäre vielleicht einfacher, ein Märchen zu spinnen und sie mit Lügen zu überzeugen, sich meiner Sache anzuschließen, aber während ich keine Skrupel hatte, meine Feinde anzulügen, würde ich das bei meinen Verbündeten nicht tun.

Ich atmete tief ein, bevor ich begann. "Ich hatte gehofft, dieses Gespräch erst viel später mit dir zu führen, aber jetzt habe ich keine Zeit mehr. Die Primes - manche nennen sie die Ahnen – kamen vor uns. Sie waren die ursprünglichen Herrscher des Reichs der Ewigkeit und hatten jeweils ihr eigenes Haus, das von Spielern bevölkert wurde - nur nannten sie sie Nachkommen."

Ich hielt inne und schaute Cara an. Aus ihrer Stille schloss ich, dass sie aufmerksam zuhörte. "Die neuen Mächte haben die Primes gestürzt, aber trotz ihres Sieges fürchten die Mächte die Rückkehr der Ahnen immer noch - so sehr, dass sie jede Spur der Existenz der Primes aus der Geschichte getilgt haben. Es gibt jedoch noch immer versteckte Teile alter Überlieferungen, die über die ganze Welt verstreut sind. Ich ... bin auf eine gestoßen und sie hat mich auf einen anderen Weg gebracht."

"Was für einen Weg?" fragte Cara.

Ich schaute sie an. "Du musst wissen, dass ich weder Licht-, Dunkel- noch Schattengeschworen bin."

Sie nickte. "Das ist ungewöhnlich, aber kaum kriminell."

"Stimmt", räumte ich ein. "Aber es verbirgt eine tiefere Wahrheit. Ich bin ... man könnte sagen, ich bin Wolf geschworen."

"Wolf? Wie das Tier?"

Ich schürzte die Lippen. "Ich weiß nicht, warum, aber die Primes ahmen Bestien nach. Ich bin ein Nachkomme des Hauses Wolf, und wenn meine Evolution sich weiterentwickelt, werde ich irgendwann Wolf Prime sein. Das ist aber keineswegs garantiert."

Cara legte ihren Kopf schief. "Hast du gerade Evolution gesagt?"

"Habe ich, und ich nehme an, du weißt, was das bedeutet. Ich habe schon ein paar Evolutionen hinter mir. Jedes Mal sind meine Klassen stärker geworden, oder ich habe mächtige neue Eigenschaften bekommen."

"Die Evolution ist das gleiche Mittel, mit dem sich Spieler in Mächte verwandeln", sagte Cara.

Ich nickte. Sulan hatte mir genau dasselbe gesagt, bevor ich mein Blut erweckt hatte.

"Darüber wird unter den Geschworenen viel diskutiert", fügte Cara hinzu. "Denen, die eine Evolution erlebt haben, wird wahre Größe prophezeit und sie werden stets sorgfältig – und voller Eifersucht - beobachtet. Nur sie haben das Potenzial, zu Mächten zu werden."

"Was ist mit denen, die sich nicht weiterentwickeln?"

Sie zuckte mit den Schultern. "Das Beste, was sie sich erhoffen können, ist, Abgesandte zu werden." Sie sah mich an. "Bist du sicher, dass du zum Prime wirst und nicht zu einer anderen Macht?"

"Das bin ich", antwortete ich und erzählte ihr von meiner erweckten Blutlinie, den Bluterinnerungen, den Wolfsprüfungen und den gefallenen Nachkommen. Ich erzählte sogar von meinen Plänen für die Zukunft und was ich aus Haus Wolf zu machen hoffte. Ich erwähnte jedoch keine Einzelheiten und auch weder Anriq noch die Schattenwölfe oder Ceruvax.

Die Wahrheit war, dass hinter meiner Ehrlichkeit ein zweiter, berechnenderer Beweggrund steckte. Cara von den Primes und meinem Weg zu erzählen, war ein Test. Wenn sie mich verraten wollte, waren allein die Informationen, die ich ihr gerade gegeben hatte Grund genug, es jetzt zu tun. Und ich hatte den Gedanken im Hinterkopf, dass ein baldiger Verrat besser wäre, wenn sie überhaupt dazu geneigt war.

Noch wären die Auswirkungen geringer.

Wenn Cara mit dem, was ich ihr heute erzählt hatte, zum Triumvirat lief, würden die neuen Mächte zwar erfahren, dass ich ein Nachkomme war, aber sie würden den Standort des verborgenen Sektors nicht entdecken. Und gerade jetzt, wo ich ihn für Haus Wolf auserwählt hatte, war der Ort das wichtigere Geheimnis, das es zu schützen galt.

"Danke, dass du mir davon erzählt hast", sagte Cara, als ich fertig war. "Jetzt verstehe ich endlich, was du damit meintest, ein Flüchtling zu sein." Sie hielt inne. "Trotzdem bin ich mir nicht sicher, warum du mir das alles erzählt hast."

Ich beugte mich wieder vor. "Ich möchte, dass du dich mir anschließt."

Cara wirkte erschrocken. "Dir anschließen? Ich bin mir nicht sicher, ob ich dich verstehe. Nach allem, was du gesagt hast, ist mein eigener Weg versiegelt. Ich bin immer noch an das Licht gebunden, auch wenn ich nicht mehr auf ihre Göttin geschworen bin. Wie kann ich ein Nachkomme des Hauses Wolf werden?"

"Das kannst du nicht", gab ich zu. "Aber das heißt nicht, dass es keinen Platz für dich geben kann. Einen Ort, an dem du weder als abgeschworen giltst noch gejagt wirst."

"Was genau implizierst du?" fragte Cara vorsichtig.

"Ich möchte, dass du den Schutz des Triumvirats aufgibst. Ich möchte, dass du dich mir als die Kämpferin anschließt, die du ursprünglich warst, und mir hilfst, Haus Wolf zu einem Zufluchtsort zu machen. Nicht nur für die Nachkommen der alten Wege, sondern für *alle*, die vor der sogenannten Gerechtigkeit der neuen Mächte fliehen."

Cara schwieg so lange, dass ich anfing, mir Sorgen zu machen. "Das ist eine große Bitte", sagte sie schließlich.

Ich öffnete meinen Mund und hatte noch mehr Argumente parat.

"Aber ein nobles Ziel", beendete sie, bevor ich etwas anderes sagen konnte. Sie hob ihren Kopf und sah mich an. "Ich glaube ... ich glaube, ich werde mich dir anschließen."

✳ ✳ ✳

"Bist du sicher?" fragte ich, nachdem ich meinen Schock überwunden hatte. "Das scheint mir furchtbar ..."

"... schnell?" beendete Cara den Satz für mich, wobei ihre Stimme amüsiert klang.

Ich nickte. "Darf ich fragen, warum du so bereitwillig zustimmst?"

Cara stand auf und begann auf und abzugehen. "Um ehrlich zu sein? Seit ich dich getroffen habe, fühle ich mich rastlos. Versteh mich nicht falsch. Als Keshs Agentin hatte ich ein schönes, ruhiges Leben. Ich war zufrieden. Aber als ich beobachtete, wie du dich weiterentwickelst und jedes Mal, wenn du in den Laden kamst, enorm gewachsen warst, erinnerte mich das an ... die alten Zeiten. Als *ich* es war, die auflevelte."

Sie lachte. "Im Nachhinein betrachtet, ist das wahrscheinlich der Grund, warum ich neulich einen Fehler gemacht habe - ich habe zu viel Zeit damit verbracht, von meinen alten Tagen im Dungeon zu träumen." Ihre Schritte wurden schneller. "Als ich zum ersten Mal zur Abgeschworenen erklärt wurde, hatte ich Angst. Ich war verloren. Verängstigt. Mein Schicksal schien in Stein gemeißelt und ohne Hoffnung auf Entkommen. Also ergriff ich die helfende Hand, die mich vor dem Ertrinken rettete." Sie drehte sich um und sah mich an. "Jetzt, nach Jahren des Nachdenkens, erscheint mir der Tod - sogar der endgültige Tod - nicht mehr so schlimm."

"Ich schlage hier keine Selbstmordmission vor!" wandte ich ein.

Cara lachte wieder und klang glücklicher, als ich sie je gehört hatte. "Das dachte ich auch nicht. Aber was ich damit sagen will, ist, dass es keine Rolle spielen würde. Ein nicht gelebtes Leben ist kein lebenswertes Leben."

Ich nickte langsam und verstand sie.

"Ich habe aber eine Bitte", sagte Cara und ging wieder auf und ab.

Ich beäugte sie genau. Das war eine andere Cara als die, die ich kannte. Früher hatte sie immer so ... beherrscht gewirkt. Jetzt schien sie wie neugeboren und von grenzenloser Energie besessen. "Sprich weiter. Ich bin ganz Ohr."

"Wir müssen es Kesh sagen", sagte sie und kam vor mir zum Stehen.

"Auf keinen Fall", antwortete ich sofort. "Je mehr Leute es wissen, desto größer ..."

"Nichts über dich", hielt sie meinen Redefluss auf. "Aber von mir. Dass ich das Emporium verlasse."

"Ah." Ich rieb mir die Lippen und dachte über ihre Bitte nach. "Bist du sicher, dass das klug ist?"

"Ich möchte mein Gewand nur ungern ohne Keshs Zusage ablegen", sagte Cara. "Das würde sich wie ein Verrat anfühlen. Sie hat mich gerettet, als niemand anderes dazu bereit war, und ich werde ihre Güte nicht zurückzahlen, indem ich nicht einmal Lebewohl sage."

Ich seufzte. Cara schien sich von diesem Punkt nicht abbringen zu lassen. "Na gut, ich muss sowieso zurück nach Nexus. Wie schnell kannst du los?"

Ein flüchtiger Gedanke drängte sich mir auf. Wenn Cara mich wirklich verraten wollte, wäre Nexus der beste Ort dafür. Ich verdrängte den Verdacht. Sie verdiente ihn nicht.

"Ich bin sofort bereit", überraschte sie mich.

"Dann lass uns gehen", sagte ich und drehte mich zur Tür.

KAPITEL 297: PREISVERHANDLUNG

Du hast Sektor 1 des Reichs der Ewigkeit betreten.
Um die Stadt herum ist ein Schildgenerator installiert, der verhindert, dass sich Portale überall außer in den dafür vorgesehenen Teleportationszonen öffnen.
Du hast eine sichere Zone betreten.

Ich ging weiter, nachdem ich Caras Portal verließ, schlängelte mich geschickt durch die Spieler, die sich vor dem Teleportationspodest drängten, und stieg hinunter, bevor der diensthabende Ritter mich anfahren konnte.

Cara und ich hatten die Taverne doch nicht sofort verlassen.

Ich hatte ihr ein bisschen mehr von meinen Plänen erzählt, aber nicht alles. Dafür wäre genug Zeit, sobald wir sicher in der Tundra waren.

Ein Blick über meine Schulter zeigte mir, dass sie direkt hinter mir war. Ich bedeutete ihr, mir zu folgen, und bahnte mir einen Weg zum Emporium. In der sicheren Zone war wie immer viel los, und ich fühlte mich diesmal wie ein Einheimischer, der die Straßen navigierte.

Wir erreichten das ummauerte Gelände des Emporiums ohne Zwischenfälle und die diensthabenden Riesen winkten uns durch, sobald sie Caras rote Robe erblickten. Wenig später wurden wir in das Büro der alten Kauffrau geführt.

Kesh sah auf und hob die Brauen, als sie meine Begleiterin sah. "Agentin, was machst du hier?"

"Wir müssen reden", sagte Cara nüchtern.

Keshs Augenbrauen hoben sich, als sie etwas in Caras Tonfall wahrnahm. "Unter vier Augen?"

Cara zögerte, dann schaute sie mich an und ich nickte. "Ja", antwortete sie.

Keshs Augen verengten sich ein wenig, als sie den Austausch mitbekam. "Ich verstehe. Kann es bis nach dem Geschäft warten?"

Cara zuckte mit den Schultern, und die Händlerin drehte sich zu mir um, ihre Gesichtszüge waren glatt und gelassen. "Du bist ebenfalls wieder da. Ich nehme an, das verheißt nichts Gutes für die Taverne?"

Ich lächelte. "Im Gegenteil, die Sache ist geklärt."

"Für immer?", fragte sie scharf.

"Noch nicht, aber ich habe einen Plan. Im Moment sollte alles wieder normal laufen, und du kannst die Kommunikation mit Saya wieder aufnehmen, wenn du einen anderen Agenten hinschickst."

Keshs Augen verengten sich wieder, da ihr die Implikation nicht entging. Sie kommentierte es jedoch nicht. "Was ist mit dem Händler, der bisher als Vermittler fungiert hat?"

"Er hat sich bestechen lassen", sagte ich und erzählte ihr von den Marodeuren.

"Marodeure", murmelte Kesh, als ich fertig war. "Die habe ich noch nie leiden können." Sie sah mich stirnrunzelnd an. "Aber ich weiß nicht, wie du sie davon abhalten willst, ihre Blockaden wieder aufzubauen. Kalin wird nicht so leicht aufgeben."

"Ich arbeite daran", sagte ich, noch nicht bereit, meine Pläne zu offenbaren.

Sie fragte nicht weiter nach. "Es ist deine Taverne." Sie griff unter ihren Schreibtisch. "Ich habe etwas für dich. Eigentlich sogar zwei Dinge."

"Die Handschuhe des Wanderers?" fragte ich und trat einen Schritt vor.

"Und etwas anderes, das fast genauso gut ist", sagte sie mit einem halben Lächeln.

Ich beugte mich über den Tisch und inspizierte beide Gegenstände.

Dein Ziel ist der legendäre Gegenstand: die <u>Handschuhe des Wanderers</u>. Dieser Gegenstand ist unzerstörbar. Finde weitere Teile des Sets, um die erhaltenen Vorteile zu erhöhen. Die Handschuhe erhöhen die Geschicklichkeit des Trägers um +4 Ränge und ermöglichen es ihm, selbst mit den giftigsten und gefährlichsten Materialien umzugehen, ohne Schaden zu nehmen. Kosten: 12.000 Gold.

Dein Ziel ist der Fähigkeitsband Jenseitsabsorption. Maßgebliches Attribut: Magie. Stufe: Meister. Kosten: 1.000 Gold.

Meine Augen weiteten sich. "Du hast es geschafft!" rief ich und mein Blick wanderte zurück zu Kesh. "Wie hast du das gemacht?"

"Die Bruderschaft brauchte etwas Überredung", gab Kesh zu und lächelte. "Aber am Ende habe ich sie davon überzeugt, dass es klug ist, dir das Buch zu verkaufen."

"Wie?", fragte ich und konnte immer noch nicht glauben, dass sie dieses Kunststück vollbracht hatte.

"Deine Berühmtheit hat geholfen."

Es dauerte einen Moment, bis ich begriff, was sie meinte. "Du hast der Stygischen Bruderschaft von der Gottesanbeter-Jagd erzählt?"

"Ja, das habe ich", sagte Kesh. "Ich habe sie auch davon überzeugt, dass sie davon profitieren würden, einen Spieler wie dich an ihrer Seite zu haben, wenn sie sich ins Jenseits wagen."

"Nun, ich bin froh, dass mein Ruhm für etwas gut war." Ich streckte meine Hand aus und griff nach dem Fähigkeitsband.

Kesh kam mir zuvor. "Nicht so schnell", sagte sie und legte ihre Hand auf das Buch.

"Die Kosten machen mir nichts aus", sagte ich und dachte, dass sie mich deshalb aufgehalten hatte. "Es ist zwar teuer, aber ich denke, es wird sich lohnen."

Kesh schüttelte den Kopf. "Du solltest dir vielleicht erst die Bedingungen der Bruderschaft anhören."

Ich schaute sie scharf an. "Bedingungen? Welche Bedingungen? Ich dachte, das wäre ein reines Geldgeschäft?"

"Das ist es nicht", antwortete sie. "Die Bruderschaft will mehr als Geld. Sie wollen *dich*."

Ich starrte sie an. "Mich?"

"Vielleicht habe ich deinen Wert als Spieler während der Verhandlungen überschätzt", gab sie zu. "Jetzt scheinen sie darauf fixiert zu sein, dass du an ihren Jagden teilnimmst. Die Jagdmeisterin Kartara, die Anführerin der Bruderschaft, möchte, dass du sie auf drei Expeditionen ins Jenseits begleitest, zu einem Zeitpunkt, der für beide Seiten akzeptabel ist."

Ich trat einen Schritt zurück und verschränkte die Arme vor der Brust. "Verlange andere Bedingungen. Wenn's sein muss zahle ich auch mehr."

Kesh schüttelte reumütig den Kopf. "Ich habe es versucht. Es ist mir in allen anderen Punkten gelungen, die Jagdmeisterin umzustimmen, aber bei den Expeditionen ist sie standhaft geblieben. Ich fürchte, das sind die besten Bedingungen, die du bekommen wirst."

Bevor ich etwas anderes sagen konnte, zeigte Kesh auf das Buch. "Als Geste des guten Willens ist Kartara bereit, dir den Folianten zu verkaufen, *bevor* du deinen Teil der Abmachung erfüllt hast, damit du deine Klassenkonfiguration abschließen kannst, aber sie hat allen Händlern, mit denen die Bruderschaft Geschäfte macht, strikte Anweisungen gegeben, dir keine anderen stygischen Ausrüstungsgegenstände zu verkaufen, bevor sie es freigibt."

Ich kniff mir in den Nasenrücken und dachte angestrengt nach. Das hörte sich alles gar nicht gut an. "Was hält mich davon ab, das Buch zu kaufen und den Rest ihrer 'Forderungen' nicht zu erfüllen?"

"Davon würde ich abraten", sagte Cara, die endlich das Wort ergriff.

Ich schaute sie an.

"Die Bruderschaft hat Verbindungen zu allen großen Handelshäusern im Spiel, und wenn sie dich auf die schwarze Liste setzen, wird es problematisch."

Kesh nickte. "Außerdem habe ich der Jagdmeisterin mein Wort gegeben."

Ich verstand sofort, was sie meinte. Kesh bürgte für den Deal. Wenn ich ihre Abmachung mit der Bruderschaft nicht einhielt, würde sie mich selbst auf die schwarze Liste des Emporiums setzen. Die Frage war nur, wie dringend ich den Fähigkeitsband haben wollte.

Ich seufzte. Zu sehr, um diese Gelegenheit verstreichen zu lassen.

"Na gut, ich werde ihre Bedingungen akzeptieren. Aber ich kann der Bruderschaft nicht sofort helfen. Ich muss mich zuerst um andere, wichtigere Angelegenheiten kümmern. Die Jagdmeisterin wird warten müssen."

Kesh beäugte mich streng. "Wie lange?"

"Vier Monate", sagte ich, ohne lange darüber nachzudenken. Bis ich den Frieden im Tal hergestellt hatte, wollte ich mich nicht an die Bruderschaft binden.

"Das kann ich aushandeln", sagte Kesh und hob ihre Hand. "Nur zu. Es gehört ganz dir."

"Danke", sagte ich und nahm beide Gegenstände entgegen.

Du hast einen Jenseitsabsorptions-Fähigkeitsband erworben.
Du hast die Handschuhe des Wanderers erworben.
Du hast 13.000 Gold verloren. Verbleibendes Geld auf deinem Bankkonto: 1.655 Goldmünzen.

Der Adjutant hat dir eine neue Aufgabe zugewiesen: Verpflichtungen der Bruderschaft. Du hast die Bedingungen der Jagdmeisterin Kartara für den

Verkauf des Fähigkeitsbands zur Jenseitsabsorption akzeptiert und bist verpflichtet, die Bruderschaft auf 3 Expeditionen ins Jenseits zu begleiten.
Ziel: Melde dich nach 4 Monaten bei der Jagdmeisterin Kartara zum Dienst bereit.

"Ausgezeichnet", sagte Kesh und lehnte sich zurück. "Kann ich sonst noch etwas für dich tun?"

"Ja", sagte ich und legte ein Blatt Papier mit gekritzelten Notizen auf den Tisch. "Ich brauche diese Ausrüstung."

Keshs Augenbrauen hoben sich, als sie das Blatt begutachtete. "Das ist eine lange Liste - und eine seltsame dazu."

"Das stimmt wohl", sagte ich. "Cara hat die Sachen schon vorbereitet, aber sie wollte, dass du die Transaktion genehmigst. Das Geld soll vom Konto der Taverne abgebucht werden." Wie aufs Stichwort stellte Cara eine Tasche und ein paar andere Dinge auf den Tisch.

Keshs Augen huschten von der Liste zur Tasche und einen Moment später grunzte sie: "Genehmigt".

"Danke", sagte ich und nahm die Tasche und die Gegenstände.

Du hast einen großen Beutel des Haltens mit 29 Winterausrüstungen, 470 Sammlungen Kaltwettervorräte und 1 Sammlung fortgeschrittene Gegenstände erworben.

Du hast 5 x Jenseits-Schutzkristalle von Rang 4, 5 x Seuchenschutzkristalle von Rang 4, 5 x Kristalle zur Verschleierung von Gerüchen und 5 x Kristalle zur mentalen Verschleierung erworben.

Verbleibendes Geld auf dem Bankkonto von Wyverns Rast: 9.850 Goldmünzen.

Jetzt, da Lokens Gesandte zugestimmt hatte, die Marodeure fernzuhalten, glaubte ich nicht, dass Saya einen allzu großen Geldüberschuss brauchen würde, und ich hatte kein schlechtes Gewissen, erneut vom Konto der Taverne abzuheben.

Kesh beäugte mich misstrauisch. "Ich nehme nicht an, dass du mir sagen willst, wofür das alles ist?"

"Es ist besser du weißt es nicht", sagte ich mit einem Lächeln.

Sie würdigte das keiner Antwort.

Ich warf einen Blick auf Cara. "Wir treffen uns im Freuden des Wanderers, wie vereinbart?"

Sie nickte.

Ich neigte den Kopf und ging aus dem Zimmer. "Es ist an der Zeit, dass ich euch zwei Damen plaudern lasse."

* * *

Nachdem ich den Laden verlassen hatte, ging ich direkt zum einzigen Hotel der sicheren Zone und nahm mir ein Zimmer. Nachdem ich mich in der Kammer eingeschlossen hatte, packte ich meine neuen Einkäufe aus und legte sie auf den Schreibtisch. Es war an der Zeit zu sehen, ob alles so war wie erwartet.

Ich setzte mich hin, stützte meine Ellbogen auf den Tisch und betrachtete die beiden Gegenstände. Das Geschicklichkeitsbuch unterschied sich nicht von anderen Wälzern, denen ich bisher begegnet war, und auch die Handschuhe des Wanderers sahen auf den ersten Blick nicht weiter bemerkenswert aus.

Wie die Stiefel des Wanderers waren sie aus geschmeidigem schwarzem Leder, das bei weitem nicht so unzerstörbar aussah, wie das Spiel behauptete. Trotzdem zweifelte ich nicht an dem Adjutanten und zog sie kurzerhand an.

Du hast die Handschuhe des Wanderers ausgerüstet und damit +4 Geschicklichkeit erhalten.

Ich lächelte, erfreut über die zusätzliche Geschicklichkeit. *Zwölftausend Gold sind eine Menge Geld für nur vier Geschicklichkeitsstufen, aber ...*

Ich brach ab. Eine andere Spielnachricht entfaltete sich in meinem Kopf.

Herzlichen Glückwunsch, Michael! Du hast einen zweiten Gegenstand aus dem legendären Set: Anzug des Wanderers ausgerüstet, und hast die Synergien zwischen den beiden Teilen freigeschaltet. Klasse 1-Bonus aktiviert.

Klasse 1-Bonus des Anzugs des Wanderers: Der Geschicklichkeitsbonus, den jedes Teil des legendären Sets bietet, wird verdoppelt.

Gesamte Geschicklichkeit durch ausgerüstete Set-Teile des Wanderers: +16.

"Wow", rief ich aus und fiel fast vom Stuhl.

Sechzehn Ränge in Geschicklichkeit. *Das* war sicherlich 12.000 Gold wert. Natürlich überlegte ich sofort, was die nächste Stufe der Boni bringen würde, geschweige denn das komplette legendäre Set zu tragen. Ich würde auf jeden Fall weiter nach den anderen Teilen suchen müssen, egal wie teuer oder schwer sie zu bekommen waren. Aber der Anzug des Wanderers und seine versprochenen Vorteile hielten meine Aufmerksamkeit nicht mehr länger auf sich.

Etwas viel Verlockenderes rief nach mir.

Ich dehnte meine Finger und wandte mich dem zweiten Gegenstand auf dem Schreibtisch zu. Es hatte mich viel Willenskraft gekostet, den Fähigkeitsband nicht direkt in Keshs Büro zu öffnen, und selbst jetzt konnte ich meine Aufregung kaum zügeln. Auf diesen Moment hatte ich monatelang hingearbeitet, und ich wollte ihn auskosten.

Ruhig, Michael.

Ich klappte den Einband des Buches auf und begann zu lesen.

Du hast die Meisterfertigkeit Jenseitsabsorption erlangt.

Die Jenseitsabsorption stimmt deine Rüstung auf das schwarze Jenseits ein und ermöglicht es dir, die schädlichen Auswirkungen des Jenseits abzuwehren oder zu absorbieren. Beachte, dass die Vorteile dieser Fertigkeit nur so lange aktiv sind, wie du noch Mana hast.

Du hast 0 von 6 freie Fertigkeitsslots der Klasse Leeremagier.

Neues Wissen sickerte in meinen Kopf und ich schloss die Augen, um es zu verarbeiten. Meine Klassenkonfiguration war endlich komplett. Da ich wusste, was als Nächstes kam, lehnte ich mich in meinem Stuhl zurück und wartete, fast zitternd vor Vorfreude.

Eine Spielnachricht ertönte.

Dann wollen wir doch mal sehen, was wir bekommen haben, dachte ich und öffnete die Nachricht des Adjutanten.

Du hast deine dritte Klasse vollständig konfiguriert. Glückwunsch, Michael! Zwischen deinen Klassen Gedankenslayer und Leeremagier gibt es mehrere Synergien. Du hast jetzt die Möglichkeit, deine Basisklassen zu einer Tri-Mischung zu kombinieren.

Ich riss die Augen auf. *Optionen?* Mir wurden Optionen gegeben?

Mir wurde fast schwindelig vor Freude bei dem Gedanken, aber die Spielnachrichten liefen immer noch durch meinen Kopf und ich schenkte ihnen begierig meine volle Aufmerksamkeit.

Drei neue Wege liegen vor dir.

Jeder konzentriert sich auf einen anderen Aspekt der einzelnen Klassen und wird sich im Laufe der Zeit weiterentwickeln, um dir noch bessere Vorteile zu bieten. Keine deiner bestehenden Fertigkeiten oder Eigenschaften gehen durch einen der angebotenen Pfade verloren.

Der erste Pfad ist der des Spektralen Assassinen. Dieser Pfad ändert deine Klassenfähigkeit von Leere-Rüstung in Leereverschiebung. Die Leereverschiebung erfüllt dieselben grundlegenden Funktionen wie die Leere-Rüstung, nutzt aber zusätzlich das Mana, das von eingehenden Angriffen absorbiert wird, um deinen Körper aus der physischen Ebene herauszuziehen und dich vorübergehend in ein Geistwesen zu verwandeln. Die Leereverschiebung ist eine aktive Fähigkeit, und hindert dich nicht daran, in der Geisterform anzugreifen.

Der zweite Weg ist der des Leereräubers. Dieser Pfad ändert deine Klassenfähigkeit von der Leere-Rüstung zum Leeredieb. Leeredieb entschlüsselt die Signaturen von Zaubern, die von deiner Leere-Rüstung absorbiert wurden, und speichert sie vorübergehend, so dass du die Zaubersprüche selbst nutzen kannst. Dem Diebstahl kann nicht widerstanden werden, und es können Zaubersprüche jeder Klasse gestohlen werden.

Der dritte Pfad ist der des Hexenjägers. Dieser Pfad ändert deine Klassenfähigkeit von der Leere-Rüstung zur Leere-Klinge. Die Leere-Klinge leitet das Mana, das deine Leere-Rüstung absorbiert hat, in deine Waffen um und verleiht ihnen vorübergehend magischen Schaden. Du kannst jede der Schadensarten, die du am vergangenen Tag absorbiert hast, auf deine Waffen anwenden.

Zu welcher Tri-Mischung möchtest du deine ursprünglichen Klassen verschmelzen: Spektraler Assassine, Leeremäuber oder Hexenjäger?

Kapitel 298: Einen Weg wählen

Einen langen Moment lang starrte ich ins Leere und war sprachlos über die Optionen, die mir der Adjutant dargeboten hatte. Dann begannen meine Gedanken zu kreisen und ich analysierte die Möglichkeiten vor mir anhand der - wenn auch spärlichen - Informationen des Spiels.

Die Ähnlichkeiten zwischen den Wegen waren offensichtlich. Alle drei modifizierten meine Fähigkeit Leere-Rüstung und konnten den Schaden, den sie von eingehenden Angriffen absorbierte, nutzen. Somit erhielt die Leere-Rüstung ein offensives Element, nachdem sie mir bisher nur zur Verteidigung gedient hatte.

Aber die neuen Fähigkeiten würden erst zum Tragen kommen, *nachdem* ich angegriffen wurde. Gegen Feinde, die mir physischen oder Psi-Schaden zufügten, würden sie mir nichts nützen - meine Leere-Rüstung war nicht auf diese Art Schaden ausgerichtet.

Die Einschränkungen waren besorgniserregend und machten die neuen Klassen reaktiver als mir lieb war. Wie sehr sich das als Problem herausstellten würde hing davon ab, was das Spiel mit "vorübergehend" meinte. Alle drei Klassen waren mit diesem Wort beschrieben worden.

Wenn "vorübergehend" etwas in der Größenordnung von Sekunden bedeutete, musste ich die erhaltenen Buffs sofort einsetzen, aber wenn es Minuten oder sogar Stunden bedeutete ... dann konnte ich sie in der *nächsten* Begegnung aggressiv einsetzen - vorausgesetzt, es gab eine.

Ich biss mir auf die Lippe. Aber welche Klasse passte am besten zu mir?

Der Hexenjäger war am einfachsten. Es sah so aus, als würde die Klasse meinen Klingen einen direkten Schadensbuff geben und meinen Kampfstil kaum beeinflussen - egal, ob der Stärkungseffekt Sekunden oder Stunden anhielt.

Leeredieb schien ungemein komplex zu sein. Das Stehlen und Anwenden eines unbekannten Zaubers während eines Kampfes klang sehr gefährlich. Außerdem würde der Nutzen, den ich aus der Klasse ziehen konnte, weniger von mir als vielmehr vom Kaliber meiner Gegner abhängen. Meine Lippen zuckten. *Dann ist es ja gut, dass ich im Kampf meist weit unterlegen bin.*

Der Spektralassassine war faszinierend. Wenn ich die Klasse richtig interpretierte, konnte ich damit astral wandeln und meine Feinde angreifen, während ich körperlos war. Dieses Mal musste ich grinsen. *Ich frage mich, was Geist davon halten würde, wenn ich ein unbekleideter Geist wie sie wäre?*

Es war keine Überraschung, dass mich der Spektralassassine von den drei angebotenen Optionen am meisten anzog. Ich hatte bereits eine Reihe von Fähigkeiten - Astralklingen, Slayeraura, Verzauberung und so weiter - um meine Feinde selbst in Geisterform angreifen zu können.

Leereverschiebung hörte sich auch nach einer hervorragenden Fähigkeit zur Flucht an. Mit ihr konnte ich mich nach Belieben ausklinken und neu positionieren. Es bestand kein Zweifel daran, dass ich gut für die Rolle des spektralen Assassinen geeignet war.

Aber ...

Aus irgendeinem Grund wanderte mein Blick immer wieder zu der Klasse des Leereräubers, und ich brauchte einen Moment, um zu realisieren, warum.

Was mich störte, waren die wiederholten Warnungen, die ich über das Erreichen von Klasse fünf erhalten hatte. Morin hatte so etwas erwähnt, und Mondschatten auch. Sogar Kesh hatte es angedeutet. Und dann waren da noch meine eigenen Erlebnisse. Trotz der mittlerweile geraumen Zeit, die ich in Nexus verbracht hatte, war ich nur wenigen Spielern über Rang zwanzig begegnet.

Alles deutete darauf hin, dass das Erreichen von Level zweihundert ... schwierig und, schlimmer noch, zeitaufwendig sein würde. Es würde jahrelanges kämpfen gegen Gegner der Klasse vier brauchen, bevor ich Fähigkeiten der Klasse fünf erlangte und für größere Herausforderungen bereit war.

Aber als Leereräuber ... konnte ich die Lücke sofort schließen.

Als Leereräuber könnte ich *heute* gegen einen Feind der Klasse fünf antreten und gewinnen.

Zweifellos waren die Chancen auf einen solchen Sieg gering, und natürlich war Leereräuber eine stark situationsabhängige Klasse - sie würde mir nur gegen bestimmte Gegner Vorteile einbringen -, aber das änderte nichts an der Tatsache, dass von allen drei Klassenfähigkeiten Leeredieb das größte Potenzial hatte, Begegnungen grundlegend zu verändern.

Wenn ich die Zauber eines Monsters der Klasse fünf stahl, hätte ich vielleicht eine größere Chance, es zu besiegen, als mit meinen eigenen Fähigkeiten niedrigerer Klassen. Ich rieb mir nachdenklich das Kinn. Wenn ich den Weg des Leereräubers wählte und er sich im Kampf als unbrauchbar erwies, hätte ich ... wenig verloren. Meine Leere-Rüstung würde immer noch Schaden abwehren, und anstatt meine Klassenpunkte in sie zu investieren, würde ich meine andere Klassenfähigkeit weiterentwickeln - Slayeraura.

Aber wenn ich Leeredieb richtig einzusetzen lernte, könnte ich trotz des großen Abstands zwischen Klasse vier und fünf schnell weiterleveln.

Leereräuber ist die richtige Wahl.

Natürlich hatte die Klasse mehr als nur ein paar Nachteile. Einer davon war, dass ich, bevor ich einen Zauber stehlen konnte, Schaden nehmen musste, und ein einziger Angriff eines Gegners der Klasse fünf konnte schon tödlich sein.

Ich werde aber einen Weg finden.

Als ich meine Entscheidung getroffen hatte, schloss ich die Augen und übermittelte dem Adjutanten meine Wahl. Wie ein Blitzschlag wurde das Wissen in meinen Kopf heruntergeladen und meine Sicht explodierte mit Spielnachrichten.

Deine Klassen sind verschmolzen!
Du hast deinen bisherigen Rang, deine Fähigkeiten und Eigenschaften beibehalten und bist jetzt ein Leereräuber von Rang 6.

Im Spiel existieren Heere von Spielern und unzählige Wege zur Macht. Manche Wege sind sicher und viel bestritten, andere gewagt und heikel,

und wieder andere verstecken sich hinter verworrenen Entscheidungen, ihr Ausgang verschleiert. Du hast einen solchen Weg eingeschlagen.

Die Rolle des Leereräubers ist ein einzigartiger Weg, den noch niemand zuvor gewagt hat, und ihn aufzunehmen wird eine Reise der Entdeckung und des Wachstums sein. Die Klasse steht nur denjenigen zur Verfügung, die erwecktes Wolfsblut haben, und verbindet das Talent des Wolfes für Telepathie mit der Fähigkeit der Leereabsorbtion, was dir eine Reihe von mächtigen, wenn auch speziellen Fähigkeiten verleiht.

Die Basiseigenschaften deiner Klasse, Slayererbe und Leereberührt, haben sich zu der neuen Eigenschaft Leere-Erbe verschmolzen. Sie erhöht deine Geschicklichkeit um +2, deine Stärke um +2, deinen Verstand um +4, deine Wahrnehmung um +4 und deine Magie um +6.

Deine Klassenfähigkeit hat sich von Grundlegender Leere-Rüstung zu Grundlegender Leeredieb geändert.

Der Manapool eines Leereräubers ist nicht nur darauf trainiert, die Angriffe seiner Feinde zu absorbieren, sondern auch ihre Zaubersignaturen zu entschlüsseln und zu speichern, so dass der Leeräuber die Zaubersprüche seines Feindes als seine eigenen verwenden kann. Da das gestohlene Wissen jedoch nicht erlernt, sondern im Mana des Leereräubers gespeichert wird, verblasst es mit der Zeit.

Die Fähigkeit Leeredieb ist in jeder Hinsicht eine Verbesserung der Fähigkeit Leere-Rüstung. Während alle Stufen der Fähigkeit Leere-Rüstung nur defensive Vorteile bieten, kann der Zaubernde mit der Fähigkeit Leeredieb mit jeder Stufe immer mächtigere Diebstähle gegen seine Feinde durchführen.

Als einfacher Leeredieb kannst du einen einzigen feindlichen Zauber mit direktem Schaden in deinen Manapool aufnehmen; ausgenommen sind Zauber mit Schaden über Zeit, kanalisierte Zauber und Flächenzauber. Der Zauber wird automatisch erlernt, sobald ein Feind Schaden in Höhe von 50% deiner Leere-Rüstung verursacht. Dem Diebstahl kann nicht widerstanden werden. Der gestohlene Zauber ist eine Spiegelung des spezifischen Zaubers deines Ziels und basiert auf seiner Mischung aus Fertigkeiten und Attributen.

Wenn du den gestohlenen Zauber einsetzt, manifestiert er sich mit der gleichen Macht wie der Zauber deines Gegners. Dein Mana behält die Erinnerung an das gestohlene Wissen für 4 Stunden. Diese Fähigkeit kann mit Klassenpunkten aufgewertet werden.

Deine geheime Bluteigenschaft wurde ausgelöst!
Um deine Blutlinie zu verbergen, wird deine Klasse anderen Spielern und Mächten als Leerestalker angezeigt.

Lange Zeit bewegte ich mich nicht, als ich die Beschreibung meiner neuen Klasse wieder und wieder durchlas.

"Einzigartig" murmelte ich. Meine Klasse war einzigartig. Ich war der allererste Leereräuber im Spiel. Das machte die Wahl meiner Klasse entweder besonders wertvoll oder ... besonders dumm. *Das wird sich zeigen*, dachte ich und wandte meine Aufmerksamkeit der neuen Fähigkeit zu.

Sie war sowohl weniger als auch mehr, als ich erwartet hatte.

Zum einen war sie nicht von meinen eigenen Fertigkeiten und Eigenschaften abhängig. Ich grinste. Theoretisch könnte ich sogar die Fähigkeiten einer Macht stehlen und sie mit demselben Effekt einsetzen wie sie. Andererseits war die Anforderung von fünfzig Prozent Schaden an meiner Leere-Rüstung ... hart.

Ich nahm an das zeigte wie lange mein Manapool brauchte, um den feindlichen Zauber zu entschlüsseln. Das bedeutete allerdings, dass ich erst einmal einen Haufen Schaden einstecken musste - nicht gerade meine Stärke. Andererseits war es das wert, wenn ich das Wissen über den gestohlenen Zauberspruch *vier Stunden* lang behalten konnte.

Richtig angewandt war Leeredieb das ideale Werkzeug für einen Dungeon.

Ich unterbrach meine Tagträume und stand auf. Ich hatte erledigt, wofür ich ins Hotelzimmer gekommen war, und so erfreulich meine neue Klasse auch war, sie war nicht der Grund, warum ich nach Nexus zurückgekehrt war.

Doch bevor ich einen Schritt zur Tür machen konnte, gähnte ich. Dann gähnte ich noch einmal.

Ich seufzte und merkte, wie die Strapazen der letzten Nacht mich endlich einholten. Ich warf einen Blick auf das Bett - es sah zu einladend aus, um zu widerstehen. *Ein kurzes Nickerchen kann nicht schaden,* dachte ich. *Danach gehe ich nach Süden ins Pestviertel.*

Ich legte mich auf das Bett, schloss die Augen und war sofort eingeschlafen.

✳ ✳ ✳

Mitten in der Nacht wachte ich auf.

"Verdammt", murmelte ich und blickte auf die Sterne, die durch das Fenster zu sehen waren. Ich hatte nicht vorgehabt, so lange zu schlafen, aber vielleicht war es besser so.

Ich hatte geplant, Anriq gegen Mittag zu besuchen und dann den Rest des Tages in einem der Dungeons zu verbringen, bevor ich zu ihm zurückkehrte. Auf diese Weise brauchte ich den Salzsumpf immerhin nur einmal zu betreten. Und was noch besser war: Ich war gut ausgeruht für das, was morgen folgen würde.

Ich stand auf und verließ das Zimmer, um durch das Foyer des Hotels aus der sicheren Zone zu eilen. Doch zu meiner Überraschung entdeckte ich zwei auffällige rot gekleidete Gestalten in der Nähe.

Ich machte mich auf den Weg zu den beiden und sie drehten sich in meine Richtung.

"Ah, ich hatte schon befürchtet, wir hätten dich verpasst", sagte eine.

"Cara", grüßte ich, als ich ihre Stimme erkannte. "Ist alles in Ordnung?" Sie war früh dran. Wir hatten geplant, uns am Morgen zu treffen. Warum war sie schon hier?

"Alles ist in Ordnung", versicherte sie mir. "Kesh war für die Idee aufgeschlossener, als ich erwartet hatte."

"Wirklich?" fragte ich und zog die Augenbrauen hoch.

"Wirklich", bestätigte Cara. Sie gestikulierte zu der anderen Gestalt neben ihr. "Diese Agentin wird meinen Platz im Tal einnehmen." Sie hielt inne. "Sie ist bereit zur Abreise. Wenn du nichts dagegen hast, würde ich gerne früher aufbrechen."

Ich schürzte meine Lippen. Cara hatte mir gesagt, dass die Robe des Triumvirats in der sicheren Zone abgelegt werden musste. Sie selbst kannte nicht das ganze Ausmaß der Verzauberung des Gewandes - niemand tat das - und es war gut möglich, dass das Triumvirat sie dadurch aufspüren konnte.

Ich hatte ihr natürlich zugestimmt. Unabhängig davon, ob das Triumvirat Keshs Agenten anhand ihrer Roben aufspüren konnte oder nicht, war es keine gute Idee, ein Artefakt irgendeiner Macht in unsere hoffentlich zukünftige geheime Basis zu bringen.

Aber das bedeutete, dass Cara mit ihrem Abgeschworenen-Zeichen durch den Sektor reisen musste, und obwohl die Nacht sicherlich die ruhigste Zeit war, um das Tal zu durchqueren, hatte ich Cara noch nicht gesagt, wo sie die Wölfe finden würde. Auch war mir nicht wohl dabei, dass sie die Reise allein antreten würde, wenn sie jetzt schon aufbrach.

Mein Blick wanderte zu der zweiten Agentin, bevor er zu Cara zurückkehrte. "Hmm, können wir uns unter vier Augen unterhalten?"

Die unbekannte Agentin sagte nichts, aber Cara nickte, und ich drehte mich um und führte sie ein paar Schritte weg. "Bist du sicher, dass alles in Ordnung ist?" fragte ich im Flüsterton. "Kesh hat *nichts* gesagt?"

"Im Gegenteil, sie hatte viele Fragen, aber es scheint, dass ich nicht die erste Agentin bin, die den Dienst des Imperiums verlässt." Cara schüttelte traurig den Kopf. "Es gab andere, die nach Jahrzehnten des Versteckens ruhelos wurden und ihre Roben abgelegt haben. Kesh wollte nur sicher sein, dass ich mir die Sache gut überlegt habe."

Ich runzelte die Stirn.

"Sie hatte auch viele ... praktische Ratschläge", fügte Cara hinzu, während sich ihre Hände um den Rucksack, den sie in den Händen hielt, zusammenzogen.

"Was ist das?"

"Meine alte Ausrüstung", sagte Cara mit Verwunderung in ihrer Stimme. "Kesh hat sie die ganze Zeit über sicher aufbewahrt." Sie lachte ironisch. "Es scheint, die alte Dame war besser auf diesen Moment vorbereitet als ich."

Ich nickte langsam. In Kesh steckte mehr, als ich vermutet hatte. Nach allem, was sie für Cara und andere Abgeschworene wie sie getan hatte, war die alte Frau vielleicht doch nicht so eng mit dem Triumvirat verbunden, wie ich angenommen hatte. Eines Tages würden Kesh und ich eine offenere Diskussion führen müssen. Aber nicht heute. "Du hast ihr nicht gesagt ...?"

"Ich habe ihr nichts von deiner Rolle im Ganzen erzählt", sagte Cara, um meine Sorgen zu zerstreuen. "Kesh war sogar achtsam, nicht zu fragen, wohin ich gehe oder mit wem." Sie zuckte mit den Schultern. "Wie ich schon sagte, bin ich nicht der erste zukünftige Flüchtling, der ihren Dienst verlässt."

Ich nickte wieder. Das wurde immer deutlicher.

"Sagst du mir jetzt endlich, wen genau ich mitnehmen soll und wohin?" fragte Cara spitz.

Ich studierte ihre gesichtslose Kapuze und wünschte, ich könnte ihr Gesicht sehen. "Das Wo ist im Moment nicht wichtig. Das Wer –" Ich beugte mich näher heran, "es ist ein Rudel Schattenwölfe."

"Wölfe! Wie haben ..." fing Cara an und stoppte sich dann selbst. "Vergiss es, dumme Frage. Sie sind im Sektor 12.560?"

"Sie verstecken sich in den Bergen am Rande des Tals. Wenn du von der sicheren Zone aus nach Osten gehst, wirst du sie finden - oder besser gesagt, sie werden dich finden." Ich schaute sie an. "Aber ich bin mir nicht sicher, ob du allein durch das Tal reisen solltest, vor allem, wenn man bedenkt ..."

"Ich bin nicht mittellos", sagte sie affektiert. "Ich habe meine Ausrüstung und die Fertigkeiten, die ich mir im Laufe meines Lebens angeeignet habe. Es mag lange her sein, aber ich habe nicht vergessen, wie man sie einsetzt." Sie tätschelte ihren Rucksack. "Außerdem hat Kesh mich mit ein paar Zaubern ausgestattet, die dafür sorgen, dass mich niemand finden kann, der keine Macht ist. Mach dir keine Sorgen. Ich werde die Berge schon ungesehen erreichen."

"Bist du dir sicher?"

Cara nickte. "Ich mache mir mehr Sorgen um die Wölfe. Woher sollen sie wissen, dass ich ein Freund bin?"

Ich grinste. "Oh, ich habe ihnen alles über dich erzählt, keine Sorge." Mein Lächeln wurde schwächer. "Aber sie werden ihre eigenen Fragen an dich haben und von dir verlangen, dass du deine Gedanken mit ihnen teilst."

Sulan und Duggar hatten darauf bestanden, Caras Verstand zu überprüfen, bevor sie die Sicherheit des Rudels in ihre Hände legten. Sie würde von einer Delegation abgeholt und gründlich befragt werden, bevor sie in die Nähe des Rudels gelassen würde. Und obwohl ich mir Caras Loyalität sicher war, fand ich die Vorsichtsmaßnahmen des Rudels beruhigend.

"Schattenwölfe sind Telepathen, richtig?", fragte sie.

"Das sind sie."

"Gut. Das macht die Sache einfacher", sagte Cara, die sich von der versprochenen Befragung nicht beirren ließ. Sie drehte sich um, um wieder zu ihrer Begleiterin zu gehen. "Sehen wir uns in den Bergen?", fragte sie über ihre Schulter.

Ich nickte. "Wenn ich hier fertig bin, komme ich sofort dort hin."

Ohne ein weiteres Wort zu sagen, schritt Cara davon, und ich wandte mich dem Ausgang des Hotels zu.

Es war Zeit, Anriq zu besuchen.

Kapitel 299: Die Verantwortung eines Alphas

Mit gesenktem Kopf und den Händen in meinen Taschen vergraben verließ ich die sichere Zone in schnellem Schritt. Anriq war meine letzte unerledigte Aufgabe in der Stadt, und sobald ich mit ihm fertig war, konnte ich ins Tal zurückkehren und die Schattenwölfe in Sicherheit bringen.

Die Straßen des Pestviertels waren wie erwartet menschenleer und niemand sprach mich an, als ich mich auf den Weg zum Salzsumpfviertel machte. Am Ufer hielt ich inne und zerbrach einen Verzauberungskristall.

Du hast eine einmalige Verzauberung aktiviert, die dich vor Krankheiten schützt. In den nächsten 4 Stunden bist du vor Infektionen bis zu Klasse 6 geschützt.

So, dachte ich und watete in den Sumpf. *Hoffentlich läuft dieser Besuch besser als der letzte.*

* * *

Ich fand Anriq an genau dem Treffpunkt, den er versprochen hatte. Er schlief in der Kuhle unter dem Baum, und als ich mich ihm näherte, spürte ich, wie er erwachte.

"Hier schläfst du?" fragte ich überrascht, als er aus seinem Versteck auftauchte.

Der Werwolf rieb sich die Augen, die vom Schlaf noch träge waren. "Du bist zurückgekommen", sagte er mit dumpfer Stimme.

"Natürlich bin ich das", sagte ich. "Warum? Dachtest du, das würde ich nicht?"

Anriq ignorierte die Frage. "Ich nehme an, du bist wegen Dathe hier?"

Ich starrte ihn an, verblüfft von seiner Reaktion. Der Junge war ein Wrack. Er trug immer noch das Robbenfellgewand, das ich ihm geschenkt hatte - jetzt war es zerrissen -, aber seine Stiefel fehlten, sein Haar war ungepflegt und er hatte sich seit langem nicht rasiert.

"Wie geht es dir?" fragte ich und beschloss, das Gespräch etwas sanfter zu beginnen.

"Schrecklich" antwortete er teilnahmslos. Seine Augen bohrten sich in meine, und obwohl er sie nicht aussprach, glaubte ich, die Frage in seinen Augen lesen zu können: *Wie könnte es anders sein, nachdem du mich hier zum Verrotten zurückgelassen hast?*

Ich verzog das Gesicht. Ich hatte Anriq im Sumpf zurückgelassen, auch wenn es in bester Absicht und auf seinen Wunsch hin geschehen war. Und obwohl es erst vier Tage her war, dass ich gegangen war, konnten sich vier Tage im Salzsumpf wie ein ganzes Leben anfühlen. "Es tut mir leid", sagte ich leise.

Der Werwolf kratzte sich unter einer Achselhöhle und starrte in den Himmel. "Wie spät ist es eigentlich?"

"Kurz vor Mitternacht", antwortete ich.

"Du bist wegen Dathe hier?", fragte er erneut.

"Nein."

Der Werwolf sagte nichts, er stand nur mit herabhängenden Armen da und starrte mich aus leblosen Augen an.

Ich seufzte. "Ich bin für *dich* hier."

"Oh?"

"Es ist Zeit, dich hier rauszuholen."

In Anriqs Augen leuchtete ein Funke auf, aber ich konnte nicht sagen, ob er Wut oder Hoffnung entsprang.

"Wie letztes Mal?"

Wut also. Ich schüttelte den Kopf. "Ich habe einen Plan."

Wieder sagte Anriq nichts, aber diesmal wartete ich ab.

"Also dann", sagte er schließlich. "Erzähl mal."

Ich schüttelte den Kopf. "Erst, wenn du dich gewaschen und etwas gegessen hast." Ich warf ihm den Beutel zu, den ich mitgebracht hatte.

Du hast 1 Sammlung fortgeschrittene Gegenstände verloren.

"Was ist das?" fragte Anriq, der ihn aus Reflex auffing.

"Deine neue Ausrüstung. Und jetzt geh. Zieh dich an und iss."

✱ ✱ ✱

Der Werwolf brauchte eine Stunde.

Ich wartete die ganze Zeit geduldig und in Gedanken versunken. Mehr und mehr bekam ich zu spüren, dass die Führungsrolle nicht ohne ihre Bürden war. Mein erster Instinkt war es, Anriq anzuschreien und ihn zu fragen, was sein Problem war, und wenn es jemand anderes gewesen wäre, hätte ich das wahrscheinlich auch getan.

Aber ich hatte die Aufgabe, den jungen Werwolf zu beschützen.

Es war meine Pflicht als Alpha und Nachkomme des Hauses Wolf, eine Pflicht, die ich akzeptiert hatte, als ich ihm erlaubte, mir zu folgen. Ich seufzte. Und es war eine Pflicht, bei der ich wieder versagen würde - wie bei Saya und den Schattenwölfen -, wenn ich ihm keinen sicheren Unterschlupf bieten konnte.

Wieder einmal spürte ich, wie sich meine Ziele verschoben.

Die Säuberung des versteckten Sektors und dessen Befestigung hatten Priorität. Er würde nicht nur Anriqs Heimat werden, sondern auch das der Wölfe und Caras. Und meins.

Aber ich konnte es mir auch nicht leisten, mein Versprechen an Lokens Gesandte zu ignorieren. Wenn ich eine Fraktion gründen würde, könnte ich nicht nur das Tal für mich beanspruchen - vorausgesetzt, ich erfüllte alle nötigen Schritte -, sondern auch den versteckten Sektor, sobald ich ihn vom Jenseits befreite.

Es gibt noch so viel zu tun, dachte ich. Wenn ich so weitermachte, würde ich nie dazu kommen, nach Ceruvax zu suchen.

"Ich bin bereit", sagte Anriq und unterbrach meine Gedanken, als er wieder zu mir stieß.

Ich warf einen langen Blick auf den Werwolf. Anriq hatte sich gewaschen und die Rüstung und andere Ausrüstung, die ich mitgebracht hatte, angelegt, obwohl er sich nicht wohl dabei zu fühlen schien.

"Viel besser", sagte ich. "Passt alles?"

Bei den Worten zerrte Anriq an seiner Kettenhemdweste. Das feinmaschige Stahlgeflecht bedeckte ihn von Kopf bis Fuß und ließ nur seine krallenbewehrten Fingerspitzen und sein Gesicht frei.

Das Kettenhemd war natürlich keine normale Rüstung, sondern wurde speziell für Gestaltwandler entworfen. Es dehnte sich aus und zog sich zusammen, wenn Anriq sich verwandelte, ohne dabei seine Wirkung zu verlieren.

"Es ist zu eng", beschwerte er sich. "Und warum brauche ich es überhaupt?"

Ich rollte nicht mit den Augen. "Das haben wir doch besprochen, oder nicht? Ich weiß, dass dein Rudel - dein ehemaliges Rudel - es nicht mochte, Rüstungen und Waffen zu benutzen, aber deine Randalierer-Klasse hat die Fertigkeiten für beides." Ich starrte ihn an. "Und es wäre dumm, sie unentwickelt zu lassen."

"Du erwartest von mir, dass ich so durch den Salzsumpf laufe?", protestierte er. "Das wird mich nur unnötig verlangsamen und außerdem gibt es ..."

"Nein", sagte ich geduldig. "Wie ich schon gesagt habe, wir gehen jetzt."

"Schon klar."

Er glaubte mir immer noch nicht. "Schwing die Axt", sagte ich und ignorierte seine Skepsis. "Mal sehen, wie gut du damit umgehen kannst."

"Auf was?", fragte er und blickte zu einem nahen Baum. "Soll ich den umhauen?"

Ich riss ein Büschel Schilf aus dem Wasser, rollte es zu einem Ball zusammen und schleuderte ihn in die Luft. "Schlag lieber hiernach."

Anriq schwang die große zweihändige Axt, die ich ihm gekauft hatte. Einmal. Zweimal. Dreimal. Jeder Schlag war blitzschnell, aber jeder Schlag verfehlte den Schilfball um Meilen.

Ich seufzte. "Nun, es sieht so aus, als hättest du eine Menge Arbeit vor dir."

Er sah mich finster an. "Und? Willst du mich jetzt auch noch trainieren?"

Ich schüttelte den Kopf. "Ich wünschte, ich könnte das, aber ich kann nicht. Du musst den Dungeon allein bewältigen."

"Du lässt mich also im Stich", warf er mir vor. "Warum überrascht mich das nicht? Genau wie beim letzten Mal ... Warte. Welcher Dungeon?"

"Der Wächterturm", antwortete ich milde.

"Das ist der öffentliche Dungeon im Pestviertel, den du beim letzten Mal erwähnt hast, oder? Warum sollte ich jemals da hingehen?"

"Weil du nur so zu den arktischen Wölfen kommst."

"Arktische Wölfe?", wiederholte der Jugendliche, und zum ersten Mal klang in seiner Stimme etwas anderes als Wut und Verachtung mit. "Sind sie dein Rudel?", flüsterte er.

"Das sind sie."

Ein Stirnrunzeln huschte über sein Gesicht, als er eins und eins zusammenzählte. "Und du steckst sie in einen Dungeon?"

"Nur weil es keine andere Wahl gibt", sagte ich steif. "Der Wächterturm ist ungewöhnlich. Die dritte Ebene, wohin du gehen wirst, ist riesig. Man könnte jahrelang dort umherwandern, ohne alles zu erkunden."

"Du schickst mich also zu deinem Rudel?" fragte Anriq, immer noch voller Unglauben.

Ich nickte.

"Aber du kommst selbst nicht mit?"

"Ich kann nicht."

"Warum nicht?", fragte er.

"Es wird Wochen dauern, bis du die arktischen Wölfe erreichst."

"Na und? Hast du Wichtigeres zu tun als dich um dein Rudel zu kümmern?", fragte er, sein Sarkasmus wieder voll präsent.

"Ja, leider", antwortete ich mit fader Stimme. "Es gibt noch ein anderes Rudel, das ich in Sicherheit bringen muss."

Erneut flackerte Bestürzung in Anriqs Gesicht auf.

Ich lächelte über seine Verwirrung. "Mach es dir bequem. Ich habe dir viel zu erzählen, und wir haben wenig Zeit ..."

* * *

Eine Stunde hatte ich Anriq alles erzählt.

Ich hatte ihm von Schnee, den Schattenwölfen und den Problemen im Tal erzählt und nur wenig über die Existenz des verborgenen Sektors verraten. Niemand brauchte jetzt schon davon wissen.

"Du hast also die Wahl, Anriq", sagte ich, als ich fertig war. "Du kannst im Salzsumpf warten, bis ich von meinen Besorgungen zurück bin, oder du kannst den Wächterturm selbst in Angriff nehmen und aus Nexus fliehen."

Ich hatte den größten Teil der letzten Stunde damit verbracht, den Aufbau des Dungeons zu beschreiben und Anriq mögliche Strategien aufzuzeigen, wie er die ersten beiden Sektoren durchqueren und die arktischen Wölfe erreichen konnte.

"Du hast ein ganzes Jahr in der Tundra verbracht?" fragte Anriq, immer noch verblüfft über diesen Aspekt meiner Geschichte. "So bist du zum Alpha der arktischen Wölfe geworden?"

"Im Wesentlichen ja", sagte ich, ohne näher darauf einzugehen.

"Und du bist dir sicher, dass ich das Rudel in - wie sagtest du? - ein paar Wochen finden kann?"

"Nein, bin ich nicht. Deshalb habe ich dich ja mit einer Winterausrüstung und genug Essen ausgestattet, um monatelang in der Tundra zu überleben. Ich bin mir aber sicher, dass Schnee und die anderen dich finden werden. Wenn ich selbst ankomme, werde ich das Rudel anweisen, nach dir zu suchen. Wenn du dich an die Markierungen hältst, die ich erwähnt habe, werden wir dich leicht finden."

"Du hast mir immer noch nicht gesagt, wie du vor mir dort ankommen willst", meinte er.

"Das werde ich auch nicht", antwortete ich ruhig. "Dass wir ein Rudel sind, bedeutet nicht, dass ich alles mit dir teilen muss. Es gibt viele Dinge, die ich dir nicht erzählen kann, sowohl zu deinem eigenen Wohl als auch zur Sicherheit der anderen, die auf mich angewiesen sind. Verstehst du?"

Überraschenderweise nickte er.

"Gut. Also, was darf es sein?"

Anriq hob seine Axt und stand auf. "Ich bleibe nicht hier, so viel ist sicher."

* * *

Diesmal erreichten Anriq und ich den Eingang des Wächterturms im Schutz der Dunkelheit und dank meiner Späher-Künste ohne Zwischenfälle.

Der Werwolf war so gut auf sein Abenteuer im Dungeon vorbereitet, wie ich es bieten konnte. Ich hatte ihn mit einem kleinen Vorrat an Verzauberungskristallen und anderen Vorräten ausgestattet - alles, was ich für nötig hielt, um ihn an den Savants und den Rattenmenschen vorbeizubringen und der Tundra zu widerstehen.

Aber am Ende würde es von Anriq selbst abhängen.

"Bist du bereit?" fragte ich, als wir vor dem Portal standen.

Den Blick auf das leuchtende Tor gerichtet, nickte Anriq. "Ich glaube, das bin ich."

"Ich hoffe, du glaubst nicht, dass ich dich wieder im Stich lasse", sagte ich leise.

Er schaute mich an. "Das hätte ich nicht sagen sollen."

Ich neigte angesichts seiner Entschuldigung den Kopf und drückte seine Hand. "Viel Glück. Wir sehen uns auf der anderen Seite."

"Warte", sagte Anriq, bevor ich mich umdrehen und gehen konnte. Er griff in seine Tasche und hielt mir etwas hin. "Hier."

Ich untersuchte den Gegenstand in seiner Hand. Es war ein Schlüssel - Dathes Schlüssel.

"Warum?"

"Nur für den Fall, dass ich es nicht schaffe."

Ich schüttelte den Kopf. "Du schaffst das schon. Behalte den Schlüssel, und wenn du ihn mir immer noch geben willst, wenn wir uns in der Tundra treffen, dann nehme ich ihn gerne an."

Anriq richtete sich auf, meine Ablehnung stärkte sein Selbstvertrauen und seine Entschlossenheit, genau wie ich gehofft hatte. "Wir sehen uns dann in der Tundra." Er drehte sich um und verschwand durch das Portal.

* * *

Nachdem ich mich von Anriq verabschiedet hatte, eilte ich zurück zu Nexus' Teleportationsplattform und stellte fest, dass sie trotz der späten Stunde immer noch belebt war.

Ich eilte auf das Podium und schloss meine rechte Hand um meine linke, ohne den Ärmel hochzuziehen, um das Ätherstein-Armband freizulegen. Meine Aufgaben waren erledigt, und es war Zeit zu gehen.

Als ich den richtigen Edelstein gefunden hatte, wünschte ich mich in Gedanken zum dort eingespeicherten Standort.

Ätherstein-Armband aktiviert. Verbindung mit dem Ley-Linien-Netzwerk hergestellt. Ausgewählter Ausgang: sichere Zone im Sektor 12.560.

Transfer beginnt ...

...

...

Transfer abgeschlossen!

Verlassen von Sektor 1. Sektor 12.560 des Reichs der Ewigkeit wird betreten.

Kapitel 300: Die Brücke ins Nirgendwo

Du hast eine sichere Zone betreten.
Ätherstein-Armband deaktiviert. Verbleibende gespeicherte Orte: 2. Aufgeladene Edelsteine ohne eingravierte Orte: 2. Ungeladene Edelsteine: 1.

Ich kam nicht in der Mitte des Dorfes heraus, wie ich erwartet hatte, sondern am nördlichen Rand. *Hmm*, dachte ich und betrachtete interessiert meine Umgebung. Niemand beobachtete meine Ankunft.

Der Ätherstein war schon bevor ich ihn erworben hatte graviert gewesen – vermutlich von Yzark. Ich hatte vorher nicht darüber nachgedacht, aber ich nahm an, dass es keinen Grund gab, immer die Mitte einer sicheren Zone als Ausgang für ein Portal zu nutzen. In diesem Sektor gab es keine Einschränkungen, anders als in Nexus. Eine Magierin wie Cara konnte sich sogar direkt teleportieren, wohin sie wollte, aber leider waren die Äthersteine in ihrer Funktionalität stärker eingeschränkt.

Ich drehte mich nach Osten und verließ die sichere Zone, ohne in der Taverne zu halten. Shael und Saya schliefen wahrscheinlich schon, und es hatte keinen Sinn, sie zu beunruhigen. Ich rechnete sowieso nicht damit, lange weg zu sein.

Ich erreichte die Bäume ohne Zwischenfälle und sprang in den Wipfeln von Ast zu Ast. Die Reise verging schnell, und der Himmel begann sich erst aufzuhellen, als ich das Bergplateau mit dem Wolfsbau erreichte.

Als ich die eisige Lichtung betrat, wartete eine ganze Delegation auf mich: ein Dutzend Schattenwölfe und drei Menschen. Mein Blick sprang sofort zu der "Fremden".

Das musste Cara sein.

Cara stellte sich als eine schwarzhaarige und braunäugige Frau heraus, die, wenn man dem äußeren Anschein trauen konnte - was im Spiel nicht der Fall war - nicht älter als fünfundzwanzig war.

Sie trug ein silbernes Hemd, eine enge weiße Hose, kniehohe Stiefel und einen schweren goldenen Mantel. Ihr Haar war hochgesteckt und mit einem Paar goldener Spangen befestigt, die genauso von Verzauberungen glitzerten wie der Rest ihrer Ausrüstung. An ihrer Hüfte trug sie ein Paar Zauberstäbe und ihre Hände waren mit weichen weißen Handschuhen bedeckt.

So gerne ich sie auch anstarren wollte, ich hielt meinen Gesichtsausdruck eisern, während ich näherkam. Wer oder was auch immer Cara in ihrem früheren Leben gewesen war, sie war eindeutig eine reiche Spielerin.

Kein Wunder, dass sie über meine Sorge, wie sie das Tal durchqueren sollte, amüsiert war.

Ich bezweifelte, dass irgendjemand außer den Gesandten im Tal eine Bedrohung für sie darstellen konnte – eins gegen eins zumindest. Ich blieb vor der großen Begrüßungstruppe stehen. Bevor ich etwas sagen konnte, kamen mir unaufgefordert Worte in den Sinn.

"Ich mag sie."

Mein Blick wanderte nach rechts, wo ich Geist lauern spürte. Cara, so bemerkte ich, schaute bereits in diese Richtung.

"Wen?" fragte ich unnötigerweise.

"Die nette Dame. Sie leuchtet hübsch. Und sie hat die faszinierendsten Geschichten zu erzählen."

"Du kannst mit ihr sprechen?" fragte ich erstaunt.

"Nein, aber sie kann mich sehen und sie hat mich in ihre Gedanken schauen lassen", sagte Geist und klang sehr zufrieden mit sich. *"Willst du wissen, was sie von dir denkt?"*

"Nein!" sagte ich schnell.

"Oh." Sie hielt inne. *"Kann ich ihr dann zeigen, was du von ihr hältst?"*

"Ebenfalls ein klares Nein!"

"Ach, mit dir ist nicht zu spaßen."

Alle starrten mich an, und ich merkte, dass ich laut gesprochen hatte.

"Probleme?" fragte Aira.

"Nur ein Gespenst, das sich einmischt", sandte ich ihr zu.

"Ah. Ich werde mit ihr reden."

"Danke", flüsterte ich zurück und ließ meinen Blick über die Versammlung schweifen. Dass Cara hier war, bedeutete, dass sie die Untersuchung der Ältesten bestanden hatte, was mich freute, aber ich war überrascht von der Anwesenheit der Zwillinge. *"Was machen sie hier?"* fragte ich Sulan. *"Ich dachte, wir hätten vereinbart, sie noch nicht einzubeziehen.*

"Stellst du mich immer noch in Frage, Kleiner?", erwiderte sie. *"Ich habe meine Meinung geändert. Sie sind vertrauenswürdig und wollen im Rudel bleiben."*

"Aber das ist zu ris..."

"Sie verstehen die Risiken."

Ich hielt inne. "Hast du ihnen gesagt, wo wir hingehen?" fragte ich, wobei ich diesmal bewusst laut sprach.

"Safyre hat es ihnen gesagt. Ich habe sie darum gebeten", antwortete Sulan.

"Safyre?" fragte ich mich laut.

"Das bin ich", sagte Cara und lächelte mich an.

Ja, natürlich. Ich hatte vergessen, dass Cara nicht ihr richtiger Name war. *Idiot!*

"Kannst du das glauben?" fragte Terence voller Ehrfurcht. "Als sie uns erzählt hat, dass sie Cara ist - *dieselbe* Cara, die du in die Taverne gebracht hast - bin ich fast umgefallen."

Teresa stupste ihren Bruder an. "Das war nicht aus Ungläubigkeit. Du warst von ihrer Schönheit überwältigt. Gib es zu, du findest sie hübsch."

Terence wurde knallrot. "Das tue ich nicht!" Als er merkte, was er gesagt hatte, drehte er sich hastig um und wandte sich an Cara. "Ich meinte nicht ..."

Cara - jetzt anscheinend Safyre - lachte. "Ich bin nicht beleidigt." Ihr Blick wanderte zu mir. "Ich denke, ich sollte mich richtig vorstellen." Ihr

Tonfall, der so vertraut und besänftigend war wie immer, beruhigte mich sofort.

Ich nickte. "Das wäre schön", murmelte ich.

"Ich bin Safyre, eine Äthermagierin der Stufe zweihunderteins." Ihr Lächeln verblasste. "Und abgeschworen."

Die Zwillinge zuckten nicht einmal mit der Wimper, woraus ich schloss, dass Cara - Safyre - ihnen bereits erklärt hatte, was das bedeutete. Ihr Level überraschte mich nicht, nicht nachdem ich ihre Ausrüstung gesehen hatte, aber ihre Klasse schon. "Was ist ein Äthermagier?"

"Genau das, wonach es klingt", antwortete sie. "Ich bin darauf spezialisiert, den Äther und Beschwörungen aus der grauen Leere zu manipulieren."

"Im Äther gibt es Kreaturen?"

Safyre lächelte - an den neuen Namen musste ich mich noch gewöhnen. "Nicht so viele wie im Jenseits, aber immerhin. In erster Linie sind es verlorene Geister." Ihr Blick wanderte zu Geist. "Wie eure Freundin hier, wenn auch mit weniger gesundem Verstand."

Das erklärte, wie sie Geist sehen konnte. Ich nickte. "Haben die Wölfe dich aufgeklärt?"

Safyres Lippen verzogen sich für einen Moment. "Mit einigen Schwierigkeiten, ja. Es war nicht leicht, ohne Worte zu kommunizieren. Ich nehme an, wir gehen in einen jenseitsverseuchten Sektor, dessen Standort ... versteckt ist?"

"Richtig." Ich wandte mich an die Zwillinge. "Seid ihr sicher, dass ihr mitkommen wollt?"

"Das sind wir", antworteten sie wie aus einem Munde.

"Wenn ihr einmal das Tal verlassen habt, gibt es kein Zurück mehr", warnte ich.

"Dessen sind wir uns bewusst", versicherte mir Teresa.

Ich seufzte. Die beiden waren zwei weitere Personen, für deren Wohlergehen ich verantwortlich war. Ich schaute Duggar an, und er beantwortete meine unausgesprochene Frage. *"Das Rudel ist bereit zum Aufbruch und wartet, wie vereinbart, in der Höhle. Sobald das Portal offen ist und du es für sicher erklärst, gehen wir hindurch."*

Ich nickte. "Perfekt. Dann lass uns anfangen."

* * *

Der Plan war einfach.

Safyre würde das Portal zum versteckten Sektor öffnen, indem sie meinen Schlüsselpunkt für das Jenseitsportal der Tundra benutzte. Ich würde hindurchgehen, das Gebiet auskundschaften und sicherstellen, dass keine Stygier in der Nähe waren. Cara würde mir folgen, Reinigende Kuppel wirken und dann erneut ein Portal für die Wölfe öffnen.

Wenn alles gut ging, würden die Schattenwölfe nicht mehr als ein paar Sekunden in dem jenseitsverseuchten Sektor verbringen, während sie aus einem Portal in das nächste liefen.

Wenn alles gut ging.

"Bleibt zurück", sagte ich zu den anderen. Nur von Safyre begleitet, schritt ich in die Mitte der eisigen Lichtung und ging zu der Stelle, an der ich Lokens Gesandte getroffen hatte.

"Letzte Chance, auszusteigen", sagte ich zu Safyre, nur halb im Scherz.

Sie warf mir einen trockenen Blick zu. "Die Würfel sind bereits gefallen, für mich gibt es kein Zurück mehr. Und ich muss zugeben, dass ich neugierig auf diesen versteckten Sektor bin, den du gefunden hast. Wie hast du ihn überhaupt aufgespürt?"

"Das ist eine lange Geschichte. Ich werde sie dir erzählen, sobald wir die Tundra erreicht haben."

"Ich hoffe doch", sagte sie und blieb stehen. "Ist das weit genug?"

Ich warf einen Blick zurück auf die wartenden Wölfe und die Zwillinge. Sie waren ein paar Dutzend Meter entfernt, weit genug weg, um nicht gefährdet zu sein. "Ich denke schon."

Ich konzentrierte mich auf einen der aufgeladenen, aber nicht gravierten Steine im Ätherstein-Armband und wies ihm den Ort des Jenseitsportals in der Tundra zu.

Du hast einen Ätherstein mit den Ätherkoordinaten des Jenseitsportals 1 im Königreichsektor 18.240 eingraviert.

Derzeit gespeicherte Orte: 3. Aufgeladene Edelsteine ohne eingravierte Orte: 1. Ungeladene Edelsteine: 1.

Ich nahm das Armband ab und reichte es Safyre. "Hier, bitte. Es ist bereit."

"Danke." Sie reichte mir etwas im Gegenzug.

"Was ist das?" fragte ich und betrachtete das dünne Goldband in meiner Hand.

"Kommunikationsgerät", antwortete sie.

Dies ist ein Fernsprecher-Armband. Dieser Gegenstand ist einer von 4 in einem Set von zueinander gehörenden Geräten und ermöglicht es dir, über den Äther mit den anderen Trägern zu kommunizieren, während ihr euch im selben Sektor befindet.

"So etwas habe ich schon mal benutzt", sagte ich und zog es über meinen rechten Arm.

"Super, dann weißt du ja, wie es funktioniert", antwortete Safyre. "Soll ich jetzt meine Buffs casten?"

Ich nickte. "Das mache ich auch." Ich schloss meine Augen und konzentrierte mich.

Deine Geschicklichkeit hat sich für 20 Minuten um +8 Ränge erhöht.
Du hast für 10 Minuten eine Belastungsaura erhalten.
Du hast den Auslösezauber Schnelle Genesung gewirkt.

Als ich die Augen öffnete, sah ich, dass Safyre von einer silbern schimmernden Blase umgeben war – einem Magierschild. Sie sang aber immer noch. Nachdem ich eine Weile mit mir haderte, zog ich einen verzauberten Kristall hervor und zerbrach ihn.

Du hast einen Jenseitsschutzkristall aktiviert. Für die nächste Stunde bist du vor den schädlichen Auswirkungen des Jenseits der Klasse 4 und darunter geschützt.

Ich wollte unbedingt meine Fertigkeit zur Jenseitsabsorption trainieren, aber da ich einen ganzen verseuchten Sektor zur Verfügung hatte, gab es keinen Grund zur Eile, und ich wollte wirklich nicht riskieren, dass bei diesem Unterfangen etwas schiefging.

Safyre hat Gunst des Äthers auf dich gewirkt und dir den Buff: <u>Phantom</u> (50% Chance, dass alle physischen Angriffe durch deinen Körper gehen) verliehen. Dauer: 5 Minuten.

"Wow!" rief ich aus und drehte mich zu ihr um. "Das ist mal ein ..."

Ich brach ab und starrte auf die fünf identischen Kopien von Safyre, die mich anlächelten. "Spiegelbilder?" vermutete ich.

"Ätherprojektionen", korrigierte eine der Safyres. "Sie haben eine begrenzte Autonomie, richten aber großen Schaden an."

Ich pfiff anerkennend. "Beeindruckend."

Sie beäugte mich kritisch. "Ich habe noch mehr Buffs, die ich einsetzen kann. Soll ich?"

"Bitte", sagte ich, mehr als nur ein bisschen neugierig darauf, was sie zu bieten katte.

Safyre hat Ätherschutz auf dich gewirkt (+50% reduzierter Schaden im Jenseits). Dauer: 5 Minuten.
Safyre hat den Segen des Kriegers auf dich gewirkt (+10 für alle körperlichen Eigenschaften). Dauer: 5 Minuten.
Safyre hat ein Drow-Phantom der Stufe 188 beschworen.
Safyre hat 3 wilde Phantome der Stufe 150 beschworen.
Safyre hat einen Ätherheiligen der Stufe 199 beschworen.

"Uuuuuh", bemerkte Geist und schlich um die fünf Geister herum, die Safyre beschworen hatte. *"Die sind schon ein bisschen furchterregend."*

Ich stimmte zu. Safyre selbst war mehr als nur ein bisschen furchterregend. Ihren Buffs und Beschwörungen nach zu urteilen, wäre es, ähm, ... *schwierig*, sie im Kampf zu besiegen. Waren alle Eliten so stark? *Da habe ich wohl noch einiges vor mir.*

Ich wandte mich an den Geisterwolf. *"Du solltest nicht hier sein"*, schimpfte ich. *"Geh zu den anderen."*

"Aber wie soll ich denn von da hinten sehen, was hier passiert?", beschwerte sie sich.

Bevor ich antworten konnte, öffnete Safyre ihre Augen. "Alles erledigt", sagte sie und betrachtete zufrieden das Ergebnis ihrer Arbeit.

Ich schüttelte reumütig den Kopf, als ich die Äthermagierin noch einmal studierte. Sie leuchtete von den Verzauberungen, die sie umgaben, so hell, dass ich die Augen zusammenkneifen musste, wenn ich sie ansah. "Ich fühle mich irgendwie ... überflüssig."

Safyre lachte. "Ich habe es vielleicht ein bisschen übertrieben", gab sie zu. "Aber du hast gesagt, dass du so gut wie möglich vorbereitet sein willst, und es ist schon so lange her, dass ich auch nur einen dieser Zauber gesprochen habe, dass ich nicht widerstehen konnte." Sie zeigte mit dem Finger auf mich. "Aber verkaufe dich nicht unter Wert. Ich weiß, wozu du fähig bist."

Ich hob abwehrend die Hände. "Schon gut, ich sage schon nichts mehr. Bist du bereit, loszulegen?"

Sie nickte. "Ich öffne jetzt das Portal."

Ich ging ein Dutzend Schritte zurück, hockte mich in den Schnee und ließ mich mit dem Hintergrund verschmelzen, dann überprüfte ich meine Klingen. Für die bevorstehende Begegnung hatte ich Treue Klinge gegen mein altes stygisches Kurzschwert ausgetauscht.

Die Gefahr war zumindest auf dieser Seite des Portals gering, aber ich hatte meinen letzten, kurzen Besuch in dem jenseitsverseuchten Reich nicht vergessen. Ich erwartete, dass es im selben Moment, in dem ich das Tor durchschritt, brenzlig werden würde.

Safyre hat ein größeres Portal gecastet. Eine Ley-Linie zum Sektor 18.240 hat begonnen, sich zu bilden ...
...
...

Kapitel 301: Ein tödlicher Impuls

Ein Portal hat sich geöffnet.

Ich stand auf. *"Ich gehe durch"*, sagte ich durch das Fernsprecher-Armband. Ich schritt vorwärts, die Augen auf den leuchtenden Vorhang vor mir gerichtet, aber aus dem Augenwinkel bemerkte ich, wie Safyres Beschwörungen sich versteiften.

Ich hielt inne und drehte mich in Richtung der Casterin. *"Was ist ..."*

"Etwas kommt durch!" schrie Safyre. *"Geh zurück!"*

Mein Kopf schnellte zurück zum Portal. Sie hatte Recht. Ein dunkles Miasma strömte hindurch.

Ein Stygier.

Ich zog blitzschnell meine Schwerter, aber einen Herzschlag lang war ich hin- und hergerissen, ob ich auf den auftauchenden Feind losgehen oder mich zurückziehen sollte. In der Zwischenzeit entfaltete ich meine Gedankensicht.

"Was ist los?" fragte Duggar knapp.

"Gefahr", sagte ich. *"Zieht euch in die Höhle zurück und seht zu, dass die Zwillinge mit euch mitkommen. Safyre und ich kümmern uns darum."*

"Verstanden", antwortete der Alpha, ohne zu argumentieren.

Nachdem ich es Duggar überließ, für die Sicherheit des Rudels zu sorgen, richtete ich meinen Willen in Richtung des Stygiers. Er war immer noch nicht vollständig durch das Tor gekommen. Was auch immer er war, er war groß.

Dein Ziel ist ein stygischer torkelnder Schrecken der Stufe 158.

Die Anspannung fiel von mir ab. Trotz seiner Größe war der herannahende Feind keine große Bedrohung, und auch ohne Safyres Hilfe war ich sicher, dass ich mit ihm fertig werden würde. Mit ihren Buffs und Beschwörungen würde es kein schwerer Kampf werden.

"Es ist nur ein torkelnder Schrecken von Rang fünfzehn", rief ich Safyre zu. *"Ich greife an."*

"Warte!", rief sie. *"Ich spüre, wie sich noch mehr Feinde hinter ihm durchdrängen. Der Schrecken blockiert das Portal, aber die anderen scheinen ihm zu folgen."*

Mehr? *"Wie viele?"* forderte ich.

"Das kann ich nicht sagen", antwortete sie frustriert. *"Kannst du mit deiner Gedankensicht nicht durch das Portal schauen?"*

Konnte ich das? Der Gedanke war mir noch nie gekommen.

"Schick deine Beschwörungen nach vorne", wies ich an, *"und halte den am Tor auf. Ich werde es versuchen."*

Sie nickte knapp.

Im Vertrauen darauf, dass sie mich beschützen würde, schloss ich meine Augen und konzentrierte mich ausschließlich auf meine Gedankensicht. Nur neun Gedankenleuchten waren in Reichweite.

Safyre und ihre fünf Lakaien. Der Stygier. Ich. Und Geist – *was macht sie noch hier?*

"Geh zurück, Geist!" schnauzte ich.

Der Geisterwolf antwortete nicht, aber ich hatte keine Zeit, ihr Aufmerksamkeit zu schenken. Safyres Beschwörungen hatten den torkelnden Schrecken angegriffen, und ich erwartete nicht, dass der Kampf lange dauern würde. Ich konnte nicht durch das Portal sehen, aber ich wusste, wo es endete. Ich konzentrierte mich und versuchte, mein Bewusstsein durch das Portal hindurchzuzwängen und dahinter zu sehen.

Vergeblich.

Ich stieß laut Luft aus. "Ich schaffe es nicht ", schrie ich. "Ich kann mein Bewusstsein nicht über den Rand des Portals hinaus ausdehnen."

"Verdammt. Dann müssen wir das Tor schließen", sagte Safyre.

"Einverstanden. Mach schon."

"Ich gehe nachsehen!"

Mein Kopf ruckte nach links und ich bemerkte erst jetzt das helle Geistesleuchten, das auf den Riss in der Luft zuraste. "Geist, nein!" rief ich.

"Keine Sorge, es wird nicht lange dauern", antwortete sie fröhlich. Dann war sie weg.

"Michael, was ist passiert?"

"Geist – der Wolfsgeist, meine ich – ist durchgegangen. Halte das Tor offen." Ich machte einen Schritt nach vorne.

"Igitt, hier gibt es hunderte von fiesen Kreaturen, Prime", sagte Geist mit gedämpfter Stimme. *"Ich mag sie nicht."*

Ich erstarrte. Der Geisterwolf sprach von jenseits des Portals mit mir. *"Komm sofort zurück!"* befahl ich.

"In einer Sekunde. Der hier ist noch größer als die anderen. Er ist riesig."

Ich knirschte vor Frustration mit den Zähnen. *"Geist, komm zurück. Bitte!"*

Ein stygischer torkelnder Schrecken ist gestorben.

"Michael!"

Bei Safyres Schrei fiel mein Blick wieder auf das Tor. Drei andere Stygier flogen durch das Tor. Sie waren kleiner als der torkelnde Schrecken und passten problemlos hindurch.

Ein weiterer kam durch. Dann noch einer.

Geist hatte gesagt, dass Hunderte auf der anderen Seite warteten. In meinem Magen kribbelte es, als mir klar wurde, was zu tun war. "Schließ das Tor", befahl ich.

"Bist du ..."

"Jetzt!" rief ich barsch und verfolgte die sieben anderen Stygier, die in der Zwischenzeit durchgekommen waren.

Safyre hat das große Portal aufgelöst. Eine Ley-Linie zum Sektor 18.240 hat begonnen, sich zu schließen ...

...

"Prime?" rief Geist, ihre Stimme leise. *"Mir gefällt es hier nicht. Kann ich jetzt zurückkommen?"*

"Ja! Schnell, bevor ..."

Ein Portal hat sich geschlossen.

Meine mentale Projektion brach mitten im Wort ab. Das Tor war geschlossen, und Geist saß auf der anderen Seite fest und war unerreichbar.
Halt durch, Geist, dachte ich.
Ich komme - ich wandte mich an den nächsten Stygier - *sobald wir mit denen hier fertig sind.*

* * *

Selbst die zwanzig Stygier, die es durchgeschafft hatten, waren Safyre nicht gewachsen. Das lag zum Teil daran, dass die meisten unter Rang fünfzehn waren. Sie waren kleiner als der torkelnde Schrecken und wirbelten umher und sprangen in die Luft, um uns von oben anzugreifen.
Keiner kam auch nur annähernd in Schlagdistanz.
Safyre und ihre Kopien - jede von ihnen mit zwei Zauberstäben - schossen allein fünfzehn Stygier aus dem Himmel. Da sie der geballten Feuerkraft nicht standhalten konnten, gaben die Kreaturen schnell auf.
Ich kümmerte mich um den Rest, wenn auch auf weniger extravagante Weise. Mit Schattentransit von Stygier zu Stygier brachte ich ihnen mitten in der Luft den Tod. Keinem der Jenseits-Bestien gelang es, einen Schlag zu landen, und meine neue Klasse kam überhaupt nicht zum Einsatz.
Als der letzte Stygier starb, landete ich sanft auf dem Boden, meine Gedanken von Zorn erfüllt. Ich war wütend, aber ich war mir nicht sicher, auf wen.
Auf mich selbst. Auf Geist. Sogar auf Duggar.
Der Wolfsgeist hätte nicht in der Nähe des Portals sein dürfen, und das war Duggars und meine Schuld. Aber sie hätte auch auf mich hören sollen, als ich sie zurückgerufen hatte. Ich steckte meine Schwerter zurück in ihre Scheiden. Es gab genug Schuldige.
"Was ist passiert?" fragte Safyre leise von hinten.
Ich drehte mich um. "Geist hat gesehen, dass auf der anderen Seite des Portals noch ein paar hundert Stygier warten. Deshalb habe ich dich gezwungen, es zu schließen."
"Geist ... das ist der Wolfsgeist?"
"Genau, sie ist ein Mitglied des Rudels." Ich hielt inne. "Ich muss ihr nachgehen."
Safyre nickte und sagte nichts über das bevorstehende Risiko. Wenn ich in dem jenseitsverseuchten Sektor starb, gab es kein Zurück. "Wenn sich so viele Stygier in der Nähe der Koordinaten des Portals befinden, können wir kein weiteres Tor öffnen. Darauf werden sie nur warten. Du wirst entdeckt und überrannt, sobald du hindurchgehst."
Ich nickte. "Ich werde das Armband benutzen müssen." Anders als ein traditioneller Magierzauber schuf der Ätherstein kein leuchtendes Tor.
"Das könnte funktionieren", sagte Safyre und reichte mir das Artefakt.
"Was ist passiert?" fragte Aira.
Ich warf einen Blick über meine Schulter. Die Wölfe waren wieder aus der Höhle gekommen, und dieses Mal waren es nicht nur die Ältesten, sondern

alle Erwachsenen des Rudels, soweit ich sehen konnte. Die Zwillinge waren zum Glück nicht darunter.

Ich atmete schwer aus. *"Ich kann es nicht mit Sicherheit sagen, aber ich glaube, wir hatten einfach Pech. Eine Horde Stygier war nahe genug am Portal, um zu spüren, dass es sich öffnet, und sie haben versucht, hindurchzustürmen."*

Ich erinnerte mich an den stygischen Schrecken von meiner letzten Reise in den verborgenen Sektor. War es nur ein einfaches Missgeschick, wie ich Aira erzählt hatte? Oder hatten die Bestie und ihre Gefährten die ganze Zeit auf meine Rückkehr gewartet? Ich erschauderte. Wenn Letzteres der Fall war, dann war das mehr als nur ein bisschen beunruhigend.

Die Ältesten schauten mich immer noch an und schienen zu ahnen, dass ich noch mehr verschwieg.

Seufzend überbrachte ich die schlechte Nachricht. *"Geist ist durch das Portal gegangen. Ich habe ihr gesagt, sie soll nicht ..."* Ich zuckte mit den Schultern. *"Aber sie wollte nicht hören"*, beendete ich lahm.

Die Wölfe tauschten Blicke aus, und ich war mir sicher, dass sie sich hinter ihren verschleierten Gedanken angeregt unterhielten.

"Ist sie tot?" fragte Duggar schließlich.

Ich schüttelte den Kopf. *"Das glaube ich nicht. Geist hat keine körperliche Form, also wird das Jenseits ihr nichts anhaben können. Es gibt auch keinen Grund, warum die Stygier in der Lage sein sollten, sie aufzuspüren, geschweige denn ihr zu schaden. Aber sie ist allein, wahrscheinlich verängstigt und hat keinen Weg zurück."*

"Wird sie in den Dungeon gehen?" fragte Oursk. *"Der Eingang ist nur ein paar Schritte entfernt."*

Ich zuckte mit den Schultern. *"Ich weiß es nicht. Du kennst die Antwort darauf wahrscheinlich besser als ich. Würde sie das?"*

Er schaute weg. *"Ich bin mir nicht ... sicher."*

"Was hast du vor?" fragte Aira.

Das Rudel war Tod und Verlust gegenüber philosophischer Eingestellt als ich, und ich war mir sicher, dass die Ältesten mein Vorhaben nicht gutheißen würden, aber ich wich Airas Blick nicht aus. *"Ich werde ihr nachgehen."*

Sulan trat einen Schritt vor. Ich rechnete mit einer heftigen Standpauke für meine Dreistigkeit, aber sie überraschte mich. *"Das ist meine Schuld"*, sagte sie und kauerte sich auf den Boden. *"Ich hätte den Welpen in der Höhle halten sollen. Es tut mir leid, Nachkomme."*

Ich starrte die weiße Wölfin an. Scham und Schuldgefühle rollten in Wellen von ihr ab. Sulan, so wurde mir klar, sorgte sich mehr um Geist, als sie zugeben wollte. *"Es ist genauso meine Schuld wie deine"*, versicherte ich ihr. *"Ich habe sie am Portal rumhängen sehen. Ich hätte so etwas ahnen müssen ..."*

Leta schnaubte. *"Ihr benehmt euch beide wie Narren. Ich weiß nicht, was in Sulan gefahren ist, aber sie hat Unrecht."* Die Älteste starrte ihre Gefährtin an. *"Du hast diesen Wolf zu lange verhätschelt, Sulan, und das hast du dir jetzt eingebrockt. Geist ist kein Welpe mehr. Sie sollte es besser wissen, als einem Anführer mitten im Kampf nicht zu gehorchen."* Sie drehte sich zu mir um. *"Das Rudel kommt zuerst. Geist ist verloren. Akzeptiere es."*

Sulan knurrte Leta an, widersprach ihr aber nicht, und alle Augen richteten sich auf Duggar, dessen unergründlicher Blick auf mir ruhte.

"*Sag mir, Alpha*", sagte er und betonte den Titel. "*Ganz ehrlich. Wenn du Geist folgst, glaubst du, dass du sie zurückholen kannst, ohne zu sterben?*"

Ich zögerte. Es gab keine Möglichkeit, das mit Sicherheit zu sagen, und ich wollte Duggar nicht anlügen, aber ich konnte den Ältesten nicht noch mehr Grund zum Streiten geben. Und Leta hatte Unrecht. Trotz ihres "Alters" war Geist in jeder Hinsicht ein Welpe.

"*Ja*", sagte ich fest.

"*Dann musst du gehen*", sagte er und setzte sich auf den Höhlenboden.

Leta knurrte als Widerspruch, aber der Alpha sah sie nicht an.

Ich neigte meinen Kopf zu Duggar und schätzte seine Unterstützung. "Ich habe einen Plan, nicht nur um Geist zurückzuholen, sondern auch um das zu beenden, wofür wir hergekommen sind. Das Rudel *wird* heute in die Tundra reisen." Ich begegnete Letas wütenden Augen. "Und wenn es nach mir geht, wird heute niemand sterben."

* * *

Es blieb keine Zeit für weitere Diskussionen.

Wir hatten schon genug Zeit vergeudet, und mit jeder Sekunde, die ich länger zögerte, stieg die Wahrscheinlichkeit, dass Geist außer Reichweite geriet.

Ich nahm Safyre zur Seite. Mein Plan hatte einen Haken und ich musste erst mit ihr sprechen. "Brauchst du das Ätherstein-Armband, um das Portal wieder zu öffnen?"

"Nein." Sie tippte an ihre Schläfe. "Da ich bereits ein Portal geöffnet habe, habe ich den Ort gespeichert."

Meine Schultern entspannten sich. Das war die Antwort, auf die ich gehofft hatte. "Nimm das", sagte ich und reichte ihr ein Päckchen.

Sie nahm es ohne Fragen an.

Du hast eine große Tasche des Haltens verloren, die 29 Winterausrüstungen und 470 Vorräte für kaltes Wetter enthält.

"Wenn mir etwas zustößt, ist es deine Aufgabe, das Rudel in Sicherheit zu bringen." Ich deutete auf die Tasche, die sie in der Hand hielt. "Und damit eine Zukunft für sie, die Zwillinge und dich in der Tundra aufbauen. Kann ich auf dich zählen?"

Sie nickte feierlich.

"Danke." Ich schloss meine Augen und holte tief Luft. Ich hatte mich in Cara – in Safyre – nicht getäuscht. Sie hatte sich in jeder Hinsicht als vertrauenswürdig erwiesen, und ich wusste, dass ich mich darauf verlassen konnte, dass sie die Dinge zu Ende bringen würde.

Ich sah sie an und sagte ihr, was ich vorhatte. "Ich werde mich allein in den Sektor teleportieren." Ich hob meine Hand, um die Fragen zu unterdrücken, die ich hinter ihren Augen aufbrodeln sah. "Dort gegen die Stygier zu kämpfen, ist Selbstmord, ich weiß. Aber ich habe nicht vor, zu kämpfen. Ich habe vor zu tun, was ich am besten kann - weglaufen und mich verstecken."

Ich grinste, und was war schon dabei, wenn mein Gesichtsausdruck ein bisschen wahnsinniger war, als es mir lieb war? "Ich werde die Stygier weglocken. *Sie alle.* Gib mir fünf Minuten, dann kannst du ein Portal öffnen und die Wölfe durchlassen."

Safyre drückte meinen Arm, verzichtete aber darauf, auf die vielen Fehler in meinem Plan hinzuweisen, wofür ich dankbar war. "Ich muss dich natürlich zuerst in die sichere Zone des Tals schicken, damit du das Ätherstein-Armband benutzen kannst. Aber wenn du den versteckten Sektor erreicht hast, wie willst du Geist dann finden?"

"Ich werde telepathisch nach ihr rufen, während ich die Stygier weglocke. Ich glaube nicht, dass die Biester sie hören können. Hoffentlich antwortet sie." Ich tippte auf das Fernsprecher-Armband. "Melde dich, sobald du das Portal öffnest und der letzte Wolf die Tundra erreicht hat." Ich hielt ihren Blick fest. "Zögere nicht und bleibe auf *keinen Fall* in dem Sektor. Sobald ich Geist habe, werde ich die Stygier wegführen und zu euch in die Tundra zurückkehren."

Safyre nickte. "Tu, was du tun musst. Ich werde dafür sorgen, dass das Rudel die Tundra sicher erreicht."

Sie hatte meinen Arm noch nicht losgelassen, und ich drückte ihren im Gegenzug. "Viel Glück, Cara."

Sie lächelte, vergnügt darüber, dass ich ihren alten Namen benutzte. "Stirb nicht", antwortete sie. "Das würde mich ... verärgern."

Erleichtert durch ihre Worte und entspannter, als ich es sein sollte, trat ich ein paar Schritte zurück und wartete, während Safyre ihre Augen schloss und ein Portal ins Leben rief.

Safyre hat ein kleineres Portal gecastet.

Der Lichtvorhang materialisierte sich, und ich duckte mich ohne zu zögern hindurch, wobei die Landschaft von einer Sekunde auf die andere von Berg zu Dorf wechselte.

✳ ✳ ✳

Du hast eine sichere Zone betreten.

Der Riss in der Luft löste sich hinter mir auf und ich schaute mich um. Safyre hatte mich in einen abgelegenen Teil des Dorfes gebracht, den ich sofort erkannte. Ich stand vor Marigas Hütte, und das Beste war, dass mich niemand entdeckt hatte.

Perfekt.

Ich ging in die Hocke, hüllte mich in Schatten und griff mit meinem Willen nach dem Armband an meinem Handgelenk.

Ätherstein-Armband aktiviert. Verbindung mit dem Ley-Linien-Netzwerk hergestellt. Ausgewählter Ausgang: Jenseitsportal 1 in Sektor 18.240.

Ich war unterwegs. *Ich komme, Geist.*

Transfer beginnt ...
...
...
Transfer abgeschlossen!
Du verlässt den Sektor 12.560. Du betrittst den Sektor 18.240 des Reichs der Ewigkeit.

Kapitel 302: Erfolg und Misserfolg

Du hast Sektor 18.240 des Reichs der Ewigkeit betreten. Zur Erinnerung: Diese Region wird von einem jungen Baum der Leere angegriffen, der im Herzen des Sektors Wurzeln geschlagen hat. Verbleibende Zeit, bis der Sektor in die Sphäre des Jenseits gezogen wird: unbekannt.
Warnung! Du hast das Jenseits betreten! Das Gift des Jenseits an deinem aktuellen Standort hat die Klasse 2. Das dunkle Miasma, das die Region infiziert, ist lebensfeindlich und führt dazu, dass deine Gesundheit, Psi, Ausdauer und Mana pro Minute um 15% sinken. Aktueller Status: Geschützt. Verbleibende Dauer: 45 Minuten.
Dein Fernsprecher-Armband wurde deaktiviert. Das verbundene Gerät befindet sich außerhalb dieses Sektors.

Ich tauchte in der gleichen Haltung wieder auf - geduckt, versteckt und mit entfalteter Gedankensicht.

Wie erwartet zogen schwere Smogwolken um mich herum auf und verwandelten alles im Umkreis von wenigen Metern in eine graue Wand. Aber ich beschwerte mich nicht. Das freischwebende Jenseits mochte zwar die Sicht einschränken, aber es verbarg mich auch.

Mehrere feindliche Einheiten haben dich nicht entdeckt! Du bist versteckt.

Die Nachricht des Spiels kam nicht überraschend.

Meine Gedankensicht meldete, dass die Gegend voller Feinde war. Dutzende von ihnen, dicht aufeinander gedrängt. Ich warf einen Blick nach oben. Auch wenn ich sie nicht sehen konnte, wusste ich, dass die meisten Stygier über mir fliegen mussten. Ähnelten sie denen, die durch das Portal gekommen waren; ebenfalls Kreaturen von Rang fünfzehn?

Ich vermutete es, wagte aber keine Analyse, um es zu bestätigen. Bei meinem letzten Analyseversuch in diesem Sektor hatte mein Ziel mich entdeckt, und dieses Mal war ein Rückzug in die Tundra keine Option.

Ich senkte den Kopf und war mir bewusst, dass die Zeit drängte, aber ich wusste auch, dass ich nicht überstürzt handeln konnte. Um mich herum waren vielleicht zwei Dutzend Land-Stygier, aber sehen konnte ich sie nicht. Ab und zu kam einer nahe genug heran, um die graue Wand zu durchdringen, und ich erhaschte einen Blick auf ein Körperteil - einen geschuppten Schwanz, einen glitzernden Stoßzahn oder einen gepanzerten Torso.

Aber auch dann widerstand ich der Versuchung, die Biester zu analysieren.

Langsam bückte ich mich und machte mich bereit zu fliehen, falls es nötig wurde, und rief leise in Gedanken: *"Geist?"*

Es kam keine Antwort, weder vom Wolfsgeist noch von den umherwuselnden Stygiern. Ermutigt projizierte ich meine Gedankenstimme etwas weiter. *"Geist, wo bist du?"*

Immer noch keine Antwort.

Ich versuchte es erneut und sendete meine Gedankenstimme so weit wie möglich. *"GEIST! ANTWORTET MIR!"*

"Prime?", kam eine schwache Antwort. *"Bist du das?"*

Stechende Erleichterung durchströmte mich. *"Ja! Komm zu mir."*

"Wo bist du?"

"An der gleichen Stelle, an der sich das Portal geöffnet hat."

"Ich weiß nicht, wo das ist", antwortete Geist mit leiser Stimme. *"Ich habe mich verirrt, als ich ein Schnecken-Ding verfolgt habe, und jetzt weiß ich nicht mehr, wo ich bin. Es tut mir leid. Ich hätte auf dich hören sollen ..."*

"Ruhig, dafür haben wir jetzt keine Zeit", befahl ich. *"Folge dem Klang meiner Stimme."* Ich hob meinen Kopf und heulte. Nicht in echt, sondern mit meiner Gedankenstimme.

AhhhwwuuuUUUuuuuu ... AhhhwuuuUUuuuu ...

Ich heulte wieder und wieder, ein langer, wogender Ruf, der nicht nachließ. Geist antwortete nicht mehr, aber ich wusste, dass sie mich auf jeden Fall hören konnte, wo immer sie auch war.

Eine Minute verging und ich wurde langsam nervös, aber ich hörte nicht auf. Eine weitere Minute verging und ich wusste, dass ich fast keine Zeit mehr hatte. Trotzdem ließ ich nicht locker.

Sekunden später erschien ein blendender Stern am Rande meiner Gedankensicht. Geist. Ich brach mein Heulen ab, außer Atem von der mentalen Anstrengung.

"Prime! Ich habe dich gefunden!", rief der Geisterwolf und tanzte vor Freude um mich herum.

Ich lächelte und zeigte ihr meine Freude darüber, dass sie in Sicherheit war, indem ich meinen Gedankenschild fallen ließ.

"Was ist los?" fragte Geist, plötzlich besorgt.

Mir wurde klar, dass sie mehr als nur meine oberflächlichen Gedanken wahrgenommen hatte. Sie hatte auch meine gemischten Gefühle unter der Oberfläche gespürt.

"Die anderen kommen bald durch das Portal", sagte ich und versuchte nicht, die Wahrheit - oder meine eigene Sorge - vor ihr zu verbergen. *"Ich muss die Stygier weglocken, bevor das passiert."* Ich richtete meinen Blick auf das Bewusstseinsleuchten des Geisterwolfes. *"Geist, die Sache ist ernst. Kann ich dir vertrauen? Kannst du meiner Führung und meinen Anweisungen aufs Wort genau folgen?"*

"Es tut mir leid", sagte sie reumütig. *"Ich hätte nicht so ungehorsam sein dürfen. Ich werde tun, was du verlangst. Versprochen."*

"Gut. Dann bleib dicht bei mir und lauf nicht weg. Die Lage wird gleich komplizierter."

Ich hob meinen Kopf und heulte erneut. Diesmal in echt.

✱ ✱ ✱

Die Reaktion kam sofort.

Mehrere feindliche Einheiten haben dich entdeckt! Du bist nicht länger versteckt.

Ich zögerte nicht. Ich bog nach links ab und raste in die fast undurchdringliche graue Wolkenwand, wobei ich meine Schritte anpasste, wenn sich das Gelände offenbarte. Die Stygier verfolgten mich.

Meine Beine brannten und meine Füße polterten über den Boden, beide drohten jedes Mal nachzugeben, wenn der Boden sich auf unerwartete Weise hob oder senkte. Aber durch meine Wendigkeit war ich der Herausforderung gewachsen und ich fing mich jedes Mal auf und verhinderte eine Katastrophe.

Eine Gestalt stürmte durch den Nebel.

Ich warf mich aus dem Weg und wob Psi.

Du bist dem Angriff eines unbekannten Feindes ausgewichen.

Ich prallte auf den harten Boden, mein Sturz bei weitem nicht so kontrolliert, wie ich es gerne gehabt hätte, und schürfte mir dabei Hände und Knie auf. Zwei dunkle Geiste stürmten von hinten auf mich zu.

Aber mein Zauber war vollendet, und ich war für sie bereit.

Du hast Windgetragen gecastet.

In meinem Rücken bildete sich ein magischer Wind, und im nächsten Augenblick flog ich eine Rampe hinauf und aus der Reichweite der schnappenden Kiefer meiner Verfolger.

Du bist den Angriffen von 2 unbekannten Feinden ausgewichen.

Ich flog von der Windrutsche und war nun im freien Fall. Mitten in der Luft und ohne klare Sicht auf den Boden, tat ich das Einzige, was ich konnte. Ich teleportierte mich hinter einen einsamen Stygier zwanzig Meter vor mir.

Du hast dich in den Schatten eines unbekannten Feindes teleportiert.

Taumelnd fand ich unebenen Boden unter meinen Füßen, aber es gelang mir erneut, das Gleichgewicht zu halten und dem peitschenden Schwanz meines Feindes auszuweichen. Mit gesenktem Kopf nahm ich meine Flucht wieder auf und heulte von neuem.

Meine geschickten Ausweichmanöver hatten meine landgebundenen Feinde überrumpelt, und der Abstand zwischen mir und dem mir nächsten Feind wurde immer größer. Leider galt das nicht für meine Feinde in der Luft, und ein paar Sekunden später färbte sich der Himmel schwarz vor dunklen Bewusstseinen.

Die fliegende Horde aus dem Jenseitsportal hatte aufgeholt.

Mein Kiefer spannte sich an. So vielen zu entkommen, würde nicht einfach sein. Ich wob Psi in Erwartung.

"Nach links, nach links", sang Geist.

Ich stolperte und verlor bei ihrem unerwarteten Schrei fast die Fäden meines Zaubers. "Geist", röchelte ich vorwurfsvoll. "*Du hast mir gesagt, du würdest ...*"

"*Da vorne ist ein Fluss. Siehst du ihn nicht? Du rennst direkt hinein, wenn du nicht die Richtung änderst.*" Sie kicherte. "*Oder willst du nass werden?*"

Ich blinzelte. Hatte sie recht? Aber das war egal, ihre Richtung war so gut wie jede andere. Ich wich nach links aus und rannte weiter.

Fünf Gestalten stürzten vom Himmel herab, aber bevor sie mich angreifen konnten, schleuderte ich den Zauber, den ich bereithielt.

Du hast Massenverzauberung gewirkt. Du hast 5 von 5 Zielen für 20 Sekunden verzaubert.

"Oh, der Spruch gefällt mir", sagte Geist.

Ein Grinsen schlich sich auf mein Gesicht. Der Wolfsgeist klang wieder wie ihr altes Ich, und selbst inmitten der tödlichen Verfolgungsjagd fand ich ihre gute Laune ansteckend. Meine Gedanken kreisten zurück zu ihrer Warnung. Geist mochte manchmal wie ein naives Kind wirken, aber sie war nicht dumm. *War da ein Fluss?*

Ich beschloss, ihre Worte auf die Probe zu stellen, und schickte einen meiner neuen Untergebenen nach rechts zu Boden; den anderen vier befahl ich, ihre früheren Kameraden anzugreifen.

Ich setzte meine Flucht fort und lauschte auf den Moment des Aufpralls.

Das Platschen war sogar noch lauter zu hören als das Aufschlagen meiner Füße auf dem Boden, und mir fiel der Mund auf. Der Wolfsgeist hatte recht gehabt. *"Geist, kannst du durch das Jenseits sehen?"*

"Jenseits?", fragte sie. *"Welches Jenseits?"*

Ich lächelte, ihre Überraschung war Antwort genug. *"Hör gut zu. Ich möchte, dass du das umliegende Gelände so detailliert wie möglich beschreibst. Lass nichts aus."*

"Den Boden, meinst du?"

"Ja."

"Na gut ... kannst du selbst nichts sehen?"

Ich schüttelte den Kopf. *"Meine Sicht ist durch einen grauen Nebel getrübt – wir nennen ihn Jenseits."*

"Oh. Bist du deshalb fast von der Klippe gerannt?"

Mein Grinsen wurde schwächer. *"Wahrscheinlich. Und jetzt mach schon. Sag mir, was du siehst."*

Ich hörte aufmerksam zu, als der Wolfsgeist berichtete, was sie sah. Ihre detaillierte Beschreibung bestätigte meinen Verdacht: Geist wusste überhaupt nicht vom Jenseits. Es war für ihre Geistersicht völlig unsichtbar.

Das warf eine interessante Frage auf: Wenn der Geist das freischwebende Jenseits nicht sehen konnte, bedeutete das dann, dass sie nicht zur physischen Welt gehörte? Nicht real war? *Ist sie rein magisch?*

Ein Gedanke, über den es sich lohnt nachzudenken – aber später.

Ich joggte weiter und hielt meine Sinne für Gefahren offen, während ich die Stygier auf eine fröhliche Verfolgungsjagd schickte.

✳ ✳ ✳

Fünf Minuten später, und nach meiner Einschätzung nur ein paar Minuten zu spät, blinkte eine Spielnachricht auf.

Dein Fernsprecher-Armband wurde aktiviert. Das verbundene Gerät hat den Sektor erreicht.

Einen Herzschlag später ertönte Safyres Stimme scharf und klar in meinem Kopf. *"Michael, das Portal ist offen."*

"Sind Stygier in der Nähe?" fragte ich und fürchtete ihre Antwort.

"Eine Handvoll waren noch hier", antwortete sie knapp, *"aber um die wurde sich schon gekümmert."*

"Das ist die beste Nachricht, die ich heute gehört habe", keuchte ich und duckte mich, um einem Stygier auszuweichen. "Und das Rudel?"

"Sind jetzt gerade auf der Durchreise. Ein Dutzend Erwachsene sind bereits durch das Dungeonportal gegangen und sind in der Tundra. Zwei – der große Schwarze und die alte Weiße – sind bei mir geblieben."

"Das sind Duggar und Sulan", keuchte ich. "Es läuft also alles reibungslos?"

"Das tut es." Eine Pause. *"Und bei dir?"*

"Alles bestens. Ich habe Geist gefunden. Wir haben mit den Stygiern alle Hände voll zu tun, aber wir schaffen das schon", antwortete ich.

Die klare Sicht des Wolfsgeistes erwies sich als unerwarteter Segen. Ihre Führung beschleunigte meine Flucht und sorgte dafür, dass ich mich am Fluss orientieren konnte, was wiederum meine rechte Flanke vor den landgebundenen Stygiern schützte. Und bis jetzt war es mir gelungen, auch denen zu meiner Linken zu entgehen.

Die fliegenden Biester hingegen waren ein ständiges Problem. Ich hatte es bislang vermieden, von ihnen geortet zu werden, aber es war nur eine Frage der Zeit.

"Sag mir Bescheid, wenn sich bei dir etwas ändert", sagte ich zu Safyre.

"Das werde ich", antwortete sie und verstummte.

"Neun fliegende Bestien nähern sich übers Wasser", sang Geist.

Ich merkte, dass der Wolfsgeist die Situation genoss. *"Wie viel Zeit habe ich noch?"* Geist hielt außerdem für mich nach Gefahren Ausschau und warnte mich, bevor sie in den Bereich meiner Gedankensicht kamen. Manchmal musste ich sie aber erinnern, welche Informationen wichtig waren.

"Fünfzehn Sekunden", sagte sie fröhlich.

Ich grunzte und hielt den Zauber zurück, den ich gegen die beiden Stygier einsetzen wollte, die gerade von oben kamen. Ich hielt abrupt an und ließ sie über mich hinwegsegeln.

Du bist den Angriffen von 2 fliegenden Schlangen ausgewichen.

Mein Manöver verlangsamte mich, aber das ließ sich nicht ändern. Mit einem wachsamen Auge auf die immer näherkommenden Stygier hinter mir, setzte ich meinen Lauf fort.

Wenige Sekunden später tauchten, wie von Geist vorhergesagt, neun sich schnell bewegende Gestalten in meiner Gedankensicht auf, und ich verschwendete keine Zeit, bevor ich meinen vorbereiteten Zauber losließ.

Du hast Massenverzauberung gewirkt. Du hast 9 von 9 Zielen für 20 Sekunden verzaubert.

Zu meiner großen Erleichterung hatte mich mein Zauberspruch seit dem Betreten des Sektors noch nicht im Stich gelassen. Nachdem die Horde auf meine Anwesenheit aufmerksam geworden war, hatte ich keine Angst mehr, meine Feinde zu inspizieren, und hatte mehrere von ihnen analysiert.

Ich hatte gelernt, dass die meisten Stygier in der Region Schlangen waren, ähnlich wie die denen ich mit Simones Gruppe im Spalt begegnet war, und dass sie in der Regel unter Rang fünfzehn waren. Deshalb hatte ich viel auf meine Verzauberung zurückgegriffen. Ich konzentrierte mich auf meine neuen Untergebenen und befahl ihnen, die Stygier in meinem Rücken anzugreifen.

"Oh-oh."

"Was ist?" keuchte ich.

"Der Große ist zurück", antwortete Geist.

Als "Große" bezeichnete Geist die mächtigeren Stygier. Leider war es mir trotz wiederholter Versuche noch nicht gelungen, einen solchen zu analysieren. Bis jetzt war noch keiner in meine Sichtweite gekommen - der Wolfsgeist hatte mich erfolgreich von jedem "Großen" ferngehalten - aber ich ahnte, dass es mir nicht gefallen würde, einem zu begegnen.

"Welcher ist es?"

Geist antwortete nicht sofort, und als sie es tat, war ihre Stimme ungewöhnlich gedämpft. "Der hier hat dich bis jetzt noch nicht gejagt."

Ich runzelte die Stirn. "Aber du hast gesagt, es ist 'zurück'. Wann hast du ihn denn schonmal gesehen?"

"In der Nähe des Portals, bevor es sich geschlossen hat."

"Und wo ist er jetzt?"

"Er fliegt über dir."

Mein Blick ruckte unwillkürlich nach oben, aber ich sah natürlich nichts. Meine Beklemmung wuchs. Keiner der anderen Großen konnte fliegen. "Kann ich ihm entkommen?"

"Ich glaube nicht", flüsterte Geist.

Das verhieß nichts Gutes. Mehr noch als Geists Worte selbst beunruhigten mich ihre knappen Antworten. Sie war verängstigt. Und das war ungewöhnlich. Aber es war nicht nur ihre Angst, die mich beunruhigte.

Der Himmel über mir war so klar wie seit dem Auftauchen der ersten fliegenden Schlange nicht mehr. "Wo ist der Rest der Stygier? Hat die große Schlange sie verjagt?"

"Nein. Ich glaube ..." Eine lange Pause. "Ich glaube, er sammelt sie."

"Sammelt sie?" fragte ich und versuchte, mir meine Besorgnis nicht anmerken zu lassen. "Wo?"

"Über dir. Die kleineren Biester umkreisen den Großen."

Das waren definitiv keine guten Nachrichten. "Wie viele siehst du?"

"Fünfzig, soweit ich das erkennen kann. Jede Sekunde kommen mehr an."

Was Geist beschrieb, war kein typisches Verhalten für die Stygier, soweit ich es verstand. Bisher hatten die Bestien stets angegriffen, sobald sie in Schlagweite waren. Sie hatten sich nie versucht zu koordinieren.

Bis jetzt.

Kontrollierte der Große die anderen? Es hörte sich ganz danach an. *Verflucht!* Mein Puls beschleunigte sich. Es sah aus, als ob sich die Situation von halbwegs schlimm zu unfassbar schwierig entwickelte.

"Stimmt etwas nicht?" fragte Duggar plötzlich, seine mentale Stimme durch die Entfernung geschwächt. *"Ich kann dein Unbehagen spüren."*

Ich zögerte, dann sagte ich die Wahrheit. *"Ich bin mir nicht sicher. Die Stygier sehen aus, als würden sie sich für einen konzentrierten Angriff versammeln. Vielleicht kann ich nicht ..."*

"Sie tauchen ab", sagte Geist knapp. *"Alle auf einmal."* Sie hielt inne. *"Du hast zwanzig Sekunden."*

Mein Herz schlug heftig. *Alle?*

"Nachkomme?" rief Duggar.

"Keine Zeit zum Reden", keuchte ich, meine Gedanken mit dem kommenden Angriff beschäftigt. Einer so großen Welle konnte ich nicht ausweichen.

Kämpfe ich also? fragte ich mich. Meine Schritte stockten, und ich wob Psi. Wenn ich es schaffte, unter die fliegenden Schlangen zu kommen, bevor sie ihren Sturzflug beendeten, dann konnte ich vielleicht ...

Vielleicht was?

Ich hatte keine Chance gegen fünfzig Stygier. Allein die Vorstellung war lächerlich. Schweißperlen traten mir auf die Stirn. Mir wurde klar, dass ich dem endgültigen Tod ins Auge blicken musste. Und der beste Plan, der mir einfiel, war ... ein letztes Aufbäumen? *Verdammt, Michael, denk nach! Es muss eine ...*

Duggars Präsenz wuchs in meinem Kopf, bis sie wie ein Fels war, auf den ich mich stützen konnte. Ich wurde sofort ruhiger. *"Danke"*, keuchte ich, ohne zu wissen, was der Alpha getan hatte, aber dennoch dankbar.

Eine verhängnisvolle Sekunde lang hatte mich die Angst fast übermannt, aber jetzt sah ich klarer. Kämpfen war nicht die Antwort, das war eindeutig. Blieb also nur die Flucht.

Mit sichereren Schritten änderte ich meinen Kurs und lief direkt auf den Fluss zu. Laut Geist war das Wasser tief und die Strömung schnell, aber im Moment war der Fluss die einzige Hoffnung auf eine Flucht.

Es war eine schwache Hoffnung, aber ich klammerte mich an sie.

Ich konnte hier nicht sterben - weder einen Heldentod noch auf andere Weise - zu viele hingen von mir ab. Ich wurde mir meiner Verantwortung bewusst und wandte mich wieder an den Schattenwolf-Alpha. *"Warte nicht auf mich, Duggar. Ich weiß nicht, wie lange ich brauchen werde, um zurück zum Portal zu kommen. Und noch eine Sache ..."*

Ich brach ab, um einem großen Graben auszuweichen.

"Ja?"

"Der Werwolf, Anriq, von dem ich dir erzählt habe, erinnerst du dich an ihn?"

"Ja."

"Er ist auf dem Weg in die Tundra. Sag Schnee, er soll ihn suchen. Er ist jetzt Teil vom Rudel."

Bevor Duggar antworten konnte, überquerten hundert leuchtende Bewusstseine die Grenze meiner Gedankensicht - fliegende Schlangen, die zum Angriff abtauchten. Geist hatte ihre Zahl zu gering eingeschätzt.

Mir ging die Zeit aus, aber der Fluss war endlich in Sicht.

"Ich sag es ihm", versprach Duggar. *"Pass auf dich auf, Nachkomme."*

"Ich werde mein Bestes geben", antwortete ich. Ich sprang nach vorne und tauchte ins Wasser.

Kapitel 303: Der Große

Der Fluss war ein reißender Sturzbach.

Im selben Moment, in dem mein Körper das Wasser berührte, wurde ich weggeschwemmt und die hundert dunklen Geister, die auf mich herabstürzten, verschwanden aus meinem Bewusstsein.

Ich ruderte wild mit den Gliedmaßen und versuchte, mich aufzurichten, aber die Strömung war zu stark, und ich wurde unter die schäumende Oberfläche gezogen. Eisiges Wasser drang mir in Augen, Mund und Nase. Verzweifelt strampelnd versuchte ich, meinen Kopf über Wasser zu halten.

Es war zwecklos.

Ich kniff die Augen zu und schloss meinen Mund. *Beruhige dich, Michael,* ermahnte ich mich. Mir wurde klar, dass ich den Fluss genauso wenig bekämpfen konnte wie die Stygier und hörte auf gegen ihn anzukämpfen.

Bereitwillig zog mich der Fluss in seine Tiefen.

Aber der erste Anflug von Panik war verflogen, und ich blieb entspannt. Ich ließ meine Gliedmaßen locker treiben und versuchte, ein Gefühl für die tosende Strömung zu bekommen und die Situation einzuschätzen.

Die Jenseits-Kreaturen - sowohl in der Luft als auch an Land - waren aus meiner Gedankensicht verschwunden. Aber ein anderes Bewusstsein leuchtete noch in der Nähe. *"Geist, ist alles okay bei dir?"*

"Alles okay", sagte sie und klang verwirrt. *"Das ist das erste Mal, dass ich in einen Fluss tauche. Wer hätte gedacht, dass sich das so seltsam anfühlt?"*

Willkürlich wurde ich von der Strömung in die Luft geschleudert, und ich ließ die Gelegenheit nicht ungenutzt und atmete tief ein.

"Was ist seltsam daran?" nahm ich mein Gespräch mit dem Wolfsgeist wieder auf, was an sich schon mehr als nur ein bisschen seltsam war.

Geist hörte sich an, als würde sie der Fluss überhaupt nicht stören, was er wahrscheinlich auch nicht tat, wenn man genau darüber nachdachte. Ohne Körper zu sein, hatte schließlich auch seine Vorteile.

"Die Strömung trägt mich genauso schnell flussabwärts wie dich", sagte Geist, *"aber ich habe nicht das Gefühl, dass ich mich bewege."*

"Das klingt wirklich seltsam", stimmte ich zu. Es war ein unsinniges Gespräch, während der Fluss versuchte, mich zu ertränken, aber es lenkte mich davon ab, wie prekär meine Situation war.

Das stürmische Wasser zerrte erneut an meinem Körper, dieses Mal nach unten, und ich sank wie ein Stein und trieb für eine gefühlte Ewigkeit abwärts. *Wie tief ist dieser Fluss eigentlich?*

Ein leuchtendes Bewusstsein erschien unter mir.

Einen Moment lang verkrampfte ich mich fast und wollte gegen den Sog des Flusses ankämpfen, aber dann zwang ich mich, mich zu entspannen. *Lauerten da unten auch Stygier?*

Das könnte zum Problem werden.

Eine trockene Untertreibung, aber viel besser als Panik. Ich streckte meinen Willen aus und analysierte das Wesen, das unter mir schwamm.

Dein Ziel ist eine Flussschildkröte der Stufe 15.

Huh. Sieh mal einer an.

Im Fluss gab es auch ganz normale Wildtiere. Ich war mir nicht sicher, warum mich das überraschte, aber ich fand die Entdeckung trotz meiner Umstände unerwartet ermutigend. So jenseitsverseucht dieser Sektor auch war, er war nicht ohne Hoffnung.

Ich öffnete die Augen und eine weitere überraschende Erkenntnis folgte auf die erste: Das Wasser im Fluss war klar und ungetrübt, ohne jegliche Spuren des Jenseits. Ich wollte die Implikationen dessen genauer untersuchen, aber ein weniger erfreulicher Gedanke drängte sich mir auf: Meine Lunge brannte. Es war Zeit, Luft zu holen. "Geist, bist du an der Oberfläche?"

"Ja, Prime."

"Perfekt." Ich wob Psi und teleportierte mich zu ihr.

Du hast dich zu Geist teleportiert.

Für einen kurzen Moment war ich aus dem Wasser. Dann zog mich der Fluss zurück, aber nicht bevor ich tief Luft geholt hatte.

Erneut sank ich auf den Grund. Eine zweite Schildkröte hatte sich zu der ersten gesellt, und vielleicht neugierig auf den Eindringling in ihrem Reich, schwammen sie näher, um mich zu untersuchen. Aber so faszinierend die Tierwelt des Flusses auch war, richtete ich meinen Blick nach oben. Es war an der Zeit, die Situation in den Griff zu bekommen.

"Sag mir, was du siehst, Geist. Sind die fliegenden Schlangen noch da?"

"Ja. Sie haben uns wieder eingeholt."

"Versuchen sie, in den Fluss zu kommen?"

"Nein. Sie halten sich zurück."

Das brachte mich fast zum Lächeln. *Ich hätte früher in den Fluss springen sollen.* Aber wer hätte damit rechnen können, dass es nur ein bisschen Wasser brauchte, um den Stygiern zu entkommen?

Aber jetzt war es Zeit zu verschwinden.

Die Flucht des Rudels sollte bald abgeschlossen sein. Und jede Sekunde, die ich länger im Fluss verbrachte, verlängerte meinen Rückweg. Inzwischen musste die reißende Strömung mich meilenweit vom Portal zum Wächterturm weggetragen haben.

"Der Große ist noch da", fügte Geist hinzu.

Argh. "Wo ist er?"

"Fliegt direkt über dir."

Verdammt! Die unerfreuliche Nachricht änderte nichts an der Situation, auch wenn sie sie verkomplizierte. Ich musste trotzdem aus dem Fluss herauskommen, und in Schatten getarnt könnte ich den Rückweg einigermaßen sicher antreten.

"Also gut, Geist, ich möchte, dass du Folgendes tust ..."

✳ ✳ ✳

Du bist versteckt.

Du hast dich zu Geist teleportiert.
Du hast Windgetragen gecastet.

Mit der Hilfe des Geisterwolfes und einer perfekt ausgeführten Abfolge von Psi-Zaubern entkam ich den Fängen des Flusses. Ich hatte Geist angewiesen, sich an einem der Flussufer neu zu positionieren, mich dann zu ihr teleportiert und war auf einer Windböe zum Ufer gesurft.

Nass und zerlumpt hockte ich nun am Flussufer und suchte die Umgebung ab.

Die Gegend war zum Glück frei von Stygiern. *"Folge mir"*, befahl ich Geist. Ich ignorierte das Wasser, das von meiner Kleidung tropfte, drehte mich nach Nordosten und schlich durch den Nebel in Richtung Jenseitsportal des Wächterturms.

Ohne Orientierungspunkte wäre es unmöglich gewesen, sich in dem jenseitsverseuchten Sektor zurechtzufinden, wäre da nicht eine Sache gewesen: meine Eigenschaft Angehender Entdecker.

Dank der Eigenschaft leuchteten die Schlüsselpunkte des Sektors hell in meinen Gedanken auf. Selbst blind wüsste ich, in welche Richtung ich gehen musste.

Unaufgefordert scrollte eine Spielnachricht durch meine Sicht.

Herzlichen Glückwunsch, Michael! Du hast die Aufgabe: <u>Umsiedlung</u> erfüllt! Das Schattenwolf-Rudel ist in sein neues Zuhause im Sektor 107 des Wächterturms gebracht worden. Wolf ist zufrieden, und dein Zeichen hat sich vertieft.

Mit einem zufriedenen Lächeln im Gesicht kam ich zum Stehen. Es war vollbracht. Safyre hatte es geschafft, und das Rudel war in Sicherheit. Jetzt musste ich mich ihnen nur noch anschließen.

"Michael?" rief Safyre durch das Fernsprecher-Armband.

"Hier" antwortete ich und setzte meine Reise durch den Dunst des Jenseits fort.

"Das Rudel ist durch, und ich bin dabei, das Portal zu schließen."

"Danke", sagte ich halb erstickt vor Rührung.

"Bist du in Sicherheit?", fragte sie, da sie die Emotion in meiner Stimme hörte.

"Ich bin nicht in unmittelbarer Gefahr, falls das zählt", antwortete ich.

"Tut es", sagte sie, und ich konnte das Lächeln in ihrer Stimme hören. *"Schaffst du es alleine zurück zum Portal?"*, fragte sie.

"Ich denke schon", sagte ich und fügte dann zögernd hinzu: *"Aber es wird eine Weile dauern. Ich bin meilenweit weg."* Ganz zu schweigen davon, dass bis dahin alles Mögliche passieren konnte. Safyre wusste das aber besser als die meisten.

"Wie ist das passiert?"

"Ich bin in einen Fluss gefallen."

Eine Pause. *"Soll das ein Witz sein?"*

Meine Mundwinkel zuckten. *"Nein."* Als ich mich an die Schildkröte erinnerte, dachte ich, dass Safyre meine Neugierde befriedigen könnte. *"Ich habe etwas Überraschendes im Wasser entdeckt. Da war so eine ..."*

"Gefahr!" sang Geist.

Ich erstarrte. *"Von wo?"*

"Von oben. Der Große kommt vom Himmel herunter, und er hat andere Bestien dabei."

"Können sie mich sehen?"

"Ich bin mir nicht sicher", gab Geist zu. *"Aber die Schlangen haben noch nicht zum Angriff angesetzt. Sie gleiten um die große Schlange herum. Hilft das?"*

Das tat es. Ich schürzte meine Lippen. Warum kamen die fliegenden Stygier weiter runter? Wussten sie, dass ich nicht mehr im Fluss war? Und würde meine Tarnung halten, wenn sie näherkamen?

"Ist alles in Ordnung?" fragte Safyre. Sie konnte Geist natürlich nicht hören.

"Sie kommen näher", antwortete ich abwesend und überlegte immer noch, wie ich auf die herannahenden Stygier reagieren sollte.

"Ich überlasse es dir, mit ihnen fertig zu werden", sagte Safyre. *"Melde dich, wenn du kannst."*

"Du solltest durch das Portal gehen", sagte ich, als ich verstand, dass sie auf mich warten wollte. *"Die Stygier könnten dir jeden Moment auflauern."*

"Für den Moment bin ich sicher", antwortete sie unbekümmert. *"Ihr letzter Angriff war kaum erwähnenswert. Wenn mehr auf mich zukommen, als ich bewältigen kann, ziehe ich mich zurück. Versprochen."*

Ihr letzter Angriff? Wie viele Angriffe hatte sie schon abgewehrt? *Safyre kann auf sich selbst aufpassen*, erinnerte ich mich. *Wahrscheinlich besser, als ich es kann.*

Ich wandte mich wieder an Geist. *"Wie lange noch, bis unsere Gäste eintreffen?*

"Eine Minute vielleicht? Der Große fliegt langsam, und die anderen Biester halten mit ihm Schritt."

Ich runzelte die Stirn. *"Ist der Große vorher schon einmal tiefer geflogen?"*

"Nein", sagte sie mit Nachdruck. *"Er ist unheimlich. Ich hätte es gemerkt, wenn er nähergekommen wäre."*

"Beschreibe ihn für mich."

"Er ist groß."

Ich rollte nicht mit den Augen. *"Wie groß?"*

Darüber musste Geist eine Weile nachdenken. *"Größer als alle anderen Bestien zusammen? Größer als tausend Duggars?"*

Das war definitiv groß. *"Was kannst du mir noch über ihn erzählen?"* fragte ich und hatte Mühe, meine wachsende Sorge zu unterdrücken. Ein Monstrum dieser Größe - auch wenn es langsam war – war nicht zu unterschätzen.

"Er ist rund wie ein Ball und hat Hunderte von langen grauen Dingern, die sich unter ihm erstrecken."

"Tentakel?"

"Ja!"

Mein Stirnrunzeln vertiefte sich. Ich konnte mir keinen Reim auf die Kreatur machen, die Geist beschrieb, aber jemand anderes vielleicht schon. *"Safyre, wie viel weißt du über Stygier?"*

"Ich bin keine Expertin", antwortete sie, *"aber ich habe schon viele Spalt-Expeditionen mitgemacht. Warum?"*

Ich gab ihr Geists Beschreibung des Großen. *"Weißt du, was das ist?"*
Spürbare Stille.
"Safyre?" forderte ich sie auf.
"Bist du sicher, dass der hinter dir her ist?", fragte sie in einem ungewohnt ernsten Ton.
"So hat Geist ihn beschrieben, und ich habe keinen Grund, sie anzuzweifeln."
"Dann läufst du besser weg", sagte Safyre düster. *"Die Kreatur, die du beschreibst, ist ein stygischer Overlord, und ich habe noch nie von einem unter Stufe dreihundert gehört."*
Meine Augen weiteten sich. "Hast du gerade gesagt ...?"
"Ja. Sie sind langsam und man kann ihnen normalerweise entkommen, aber in einem Sektor wie diesem, in dem es von Stygiern nur so wimmelt, ist das nicht so einfach. Wenn das Jenseits in einem neuen Sektor Fuß fasst, sind es meist die Overlords, die die Verteidigungsanlagen der befestigten Siedlungen in der Region niederreißen."
"Prime!" sagte Geist aufgeregt. *"Der Große tut etwas."*
"Was?", fragte ich knapp.
"Ich weiß es nicht, aber zwischen seinen Tentakeln bildet sich ein dunkles Licht."
Bereitete der Overlord ein magisches Geschoss vor? Das schien eine vernünftige Vermutung zu sein. Ich verdoppelte mein Tempo und bewegte mich so schnell ich konnte, ohne meine Tarnung zu verlieren.
"Welche Art von Angriffen haben die Overlords?" fragte ich Safyre.
"Sie benutzen vor allem Jenseitstropfen", sagte sie und sprach schnell, da sie meine Dringlichkeit spürte. *"Die Geschosse bewegen sich nur wenig schneller als die Overlords selbst, aber was ihnen an Geschwindigkeit fehlt, machen sie durch ihre Reichweite wett. Ein einziger Tropfen kann ein Gebiet mit einem Durchmesser von mehr als hundert Metern überfluten."* Sie hielt inne. *"Allein entkommst du ihm nicht, nicht mit all den anderen Stygiern in der Nähe. Sag mir, wo du bist, und ich komme zu dir."*
Das war schlichtweg unmöglich. Ich war zu weit weg, als dass Safyre mich rechtzeitig hätte erreichen können, selbst wenn sie durch den Nebel finden könnte. Außerdem hatte ich nicht vor, sie in Gefahr zu bringen. Ich sagte nur: *"Ich glaube nicht, dass das eine gute Idee ist. Ich mache das schon."*
"Aber ..."
"Bitte, Cara", unterbrach ich sie. *"Geh, solange du noch kannst. Und pass für mich auf die Wölfe auf."* Weil ich es selbst nicht kann.
Ich hörte ihren unglücklichen Seufzer selbst durch das Fernsprecher-Armband. *"Wie du willst. Pass auf dich auf, Michael."*
"Das dunkle Licht bewegt sich", meldete Geist und unterbrach mich, bevor ich Safyre antworten konnte. *"Es kommt in diese Richtung!"*
Ich lief zurück zum Fluss. Ich hatte keine Ahnung, ob das Wasser mich vor den Wurfgeschossen des Overlords schützen würde, aber wieder einmal war es meine beste Hoffnung, zu entkommen.
Die einzige Hoffnung.
Ich verbannte diesen pessimistischen Gedanken und tauchte wieder ins Wasser.

KAPITEL 304: DER FLUSS NACH IRGENDWO

Mehrere feindliche Einheiten haben dich nicht entdeckt! Du bist versteckt.

Als Folge auf den Angriff des stygischen Overlords starteten die fliegenden Schlangen ihren eigenen Angriff und strömten vor, hinter und sogar *durch* das herabfallende magische Projektil.

Ich war jedoch sicher unter Wasser versteckt, und da sie kein Ziel hatten, auf das sie ihre Wut richten konnten, brachen die Schlangen ihre Sturzflüge ab, um auf der Suche nach mir den Fluss entlangzugleiten.

Dein Fernsprecher-Armband wurde deaktiviert.

Die Spielnachricht kam als Erleichterung. Safyre war weg. Und außer Gefahr. Jetzt musste nur noch ich mich in Sicherheit bringen. Ich war mir allerdings nicht sicher, wie ich das anstellen sollte. Den Fluss zu meiner neuen Heimat zu machen, kam nicht in Frage.

"Was passiert?" fragte ich Geist vom Flussgrund aus.

"Die Magie des Großen trifft gleich aufs Wasser, und mehr Stygier nähern sich den Ufern", berichtete sie.

"Nenn ihn Overlord", sagte ich abwesend. *"Mehr? Welche Art?"*

"Krabbeltiere", antwortete sie.

Boden-Stygier. *Bei den Höllen.* Der Overlord musste sie herbeigerufen haben. Aber ich konnte nichts dagegen tun. Ich blieb untergetaucht und wartete darauf, dass der Zauber des Overlords einschlug.

Es dauerte länger als erwartet, aber als er es endlich tat, war die Wirkung unübersehbar.

Das Wasser wurde leuchtend gelb.

"Uii, goldenes Wasser!"

Ich wartete ab, um zu sehen, was noch passieren würde. Was auch immer das Wasser gelb gefärbt hatte, ich war sicher, dass es nichts Gutes war. Allein in dem Zeug zu *schwimmen* könnte tödlich sein. Plötzlich ängstlich schaute ich mich um.

Nur um mich einen Herzschlag später wieder zu entspannen.

Das umgebende Wasser war kristallklar. Tatsächlich blieb der größte Teil der Tiefen des Flusses unverändert. Nur die Oberfläche war gelb gefärbt. Leider half mir das nicht viel.

Meine Lunge schrie nach Luft.

Verdammnis. Ich würde bald an die Oberfläche aufsteigen müssen. *Aber jetzt noch nicht,* dachte ich hartnäckig. Die Augen an die Wasseroberfläche geheftet, wartete ich darauf, dass der Fluss mich an dem gelben Abschnitt vorbei trug oder dass dieser sich auflöste.

"Geht der Overlord weg?" krächzte ich und suchte nach einer Ablenkung von dem brennenden Gefühl in meiner Brust.

"Nein." Eine Pause. *"Er kommt näher."*
Nun, das ist natürlich ... ganz fantastisch.
Ich beschloss, keine weiteren Fragen zu stellen, und wartete. Eine Sekunde verging. Dann noch eine. Wurde das Gelb des Wassers über mir schwächer?
Ich konnte es nicht genau sagen.
Als ich schließlich bemerkte, dass ich blau anlief, akzeptierte ich das Unvermeidliche und wirkte Schattentransit.

Du hast dich zu Geist teleportiert.
Ein feindliches Wesen hat dich entdeckt! Du bist nicht mehr versteckt.

Ich schnappte nach Luft und meine Augen huschten zur Seite. Gelber Schlamm - so dick, dass er fast fest war - schwamm auf dem Fluss. Kein Wunder, dass das Wasser weiter unten nicht davon betroffen war.

Warnung: Das Gift des Jenseits in dieser Gegend hat sich auf Klasse 12 erhöht! Deine Gesundheit, Psi, Ausdauer und dein Mana sinken um 45% pro Minute (reduziert um 4 Klassen aufgrund bestehender Schutzmaßnahmen).

Argh. Das war es also, was das gelbe Zeug war: rohes Jenseits.
Ich sank schnell wieder durch das verseuchte Wasser, aber die eine Sekunde reichte aus, um mich davon zu überzeugen, dass ich dem Overlord nicht an Land begegnen wollte.
"Er schießt nochmal", berichtete Geist.
Ich brauchte nicht zu fragen, wen sie meinte. Ich zog mich in die Schatten zurück und versteckte mich - oder versuchte es.

Ein feindliches Wesen hat dich entdeckt! Du hast es nicht geschafft, dich zu verstecken.

Bei den Höllen. Was nun?

✳ ✳ ✳

Eine Stunde später war ich immer noch im Fluss.
Der Overlord hatte weder sein Bombardement eingestellt noch hatte er sich entfernt. Als stummer Wächter hielt er mit der Strömung mit, um immer über mir zu bleiben. Laut Geist schwebte der Stygier nur sechzig Meter über der Oberfläche des Flusses, aber damit war er immer noch außerhalb der Reichweite meiner Gedankensicht.
Der Strom der Land-Stygier, die am Flussufer folgten, war ebenfalls gewachsen. Und was noch schlimmer war: Trotz wiederholter Versuche hatte ich es nicht geschafft, mich zu verstecken.
Ich kannte natürlich den Grund.
Der Overlord, der am Himmel hing, war daran schuld. Die Bestie schien bedacht darauf zu sein, mich zu kriegen, und jedes Mal, wenn ich Luft holte, warf er einen weiteren Jenseitstropfen auf den Fluss.
Meine Lage war heikel, keine Frage.

Das Einzige, was für meine Chancen sprach, war der Fluss selbst. Aus irgendeinem Grund schienen sich die Stygier nicht ins Wasser zu trauen. Und so mächtig die Tropfen des Overlords auch waren, nach genauer Beobachtung konnte ich feststellen, dass ihre Wirkung nach fünf Minuten verpuffte.

In dieser Stunde war ich endlos zwischen der Flussoberfläche - um Luft zu schnappen - und dem Flussgrund - um mich vor den Tropfen des Overlords zu verstecken - hin und her gesprungen. Der einzige Vorteil dieses anstrengenden Vorgehens war, dass ich meine Fertigkeit zur Jenseitsabsorption in rekordverdächtigem Tempo verbessert hatte.

Deine Jenseitsabsorption ist auf Stufe 41 gestiegen und hat Rang 4 erreicht. Dadurch erhöht sich deine Chance, schädlichen Jenseits-Effekten zu widerstehen, um 10% und der Schaden, den du durch sie erleidest, verringert sich um 20%.

Ich hatte in weniger als einer Stunde vier Fertigkeitsränge gewonnen, eine phänomenale Leistung - wenn es nur nicht unter so tödlichen Umständen wäre.

Aber die Spielnachricht erinnerte mich auch an etwas anderes. Es war an der Zeit, meine Abwehr zu erneuern. Ich nahm einen Verzauberungskristall aus meinem Gürtel - was am Grund eines Flusses nicht einfach war - und zerbrach ihn in meiner Faust.

Du hast einen Jenseits-Schutzkristall aktiviert. Für die nächste Stunde bist du vor den schädlichen Auswirkungen des Jenseits bis zu Klasse 4 geschützt.

Die Verzauberung schützte mich nicht vor den Jenseitstropfen, aber sie milderte die schädlichen Auswirkungen des Zaubers immerhin etwas ab. Meine Abwehr wieder errichtet, lenkte ich meine Aufmerksamkeit nach innen und konzentrierte mich auf meinen mentalen Kompass.

Ich hatte mich damit abgefunden, nicht zum Wächterturm zurückzukehren, zumindest nicht auf dem direktesten Weg. Das Jenseitsportal war bereits einige Dutzend Kilometer entfernt und damit außer Reichweite.

Es gab nur eine andere Möglichkeit zu entkommen.

Dravens Reach.

Es war der Dungeon des zweiten Sektors, und obwohl ich nichts über den Dungeon, seinen Rang, seine Kreaturen oder seinen Aufbau wusste, gab dessen Portal mir Hoffnung für Geist und mich. Die Jenseitsportale des Spiels waren speziell gegen die Stygier konzipiert, und die Horde würde uns nicht durch ein solches Portal folgen können.

Wir mussten es nur erreichen.

Das Portal in Dravens Reach leuchtete in meinem Kopf genauso hell wie das zum Wächterturm. Das Entscheidende war jedoch, dass der Fluss mich in seine Richtung führte anstatt fort.

Angesichts der Tatsache, wie schnell sich die Richtung des Portals in meinem Kopf änderte - von Süden nach Osten - rückte der Zeitpunkt, den Fluss zu verlassen, scheinbar schnell näher. Jeder Instinkt sagte mir, dass der Eingang des Dungeons nahe am Flussufer lag. Und ich hoffte für Geist und mich selbst, dass ich mich nicht irrte.

"Es ist fast so weit", sagte ich zu Geist. *"Bereit?"*

"Ja, Prime."

Ich musste nur noch selbst ein paar Vorbereitungen treffen. Ich zerbrach den anderen Verzauberungskristall, den ich bereithielt, wandte meine Aufmerksamkeit nach innen und zauberte meine Buffs.

Du hast einen Kristall zur Verbesserung von Geschicklichkeit von Rang 4 aktiviert. Für die nächste Stunde ist deine Geschicklichkeit um +8 erhöht worden.

Du hast Erhöhte Reflexe gewirkt, was deine Geschicklichkeit für 20 Minuten um +8 Ränge erhöht.

Du hast Lastmanipulation gewirkt, was dir eine 10-minütige Belastungsaura verleiht, die jeden gepanzerten Gegner im Umkreis von 2 Metern um 20% verlangsamt.

Du hast den Auslösezauber Schnelle Genesung gewirkt. Wenn deine Gesamtgesundheit unter 30% fällt, heilt er dich sofort um 20%.

Für mein nächstes Vorhaben war Geschwindigkeit entscheidend.

Mit all meinen Ausrüstungsgegenständen und Buffs lag meine Geschicklichkeit bei fast hundert. Ich war zweifellos schnell, und die meisten Stygier würden Schwierigkeiten haben, mich einzuholen. Aber wenn ich doch bloß schneller gewesen wäre.

Wenn du schon dabei bist, warum wünschst du dir nicht, Safyre wäre hier? dachte ich trocken. *Oder besser noch, dass ihr beide sicher in der Taverne wärt?*

Mein mentaler Kompass schwenkte genau nach Osten.

Ich unterbrach meine Überlegungen und konzentrierte mich auf das Hier und Jetzt. Es war Zeit. *"Geh"*, befahl ich.

Auf mein Kommando hin spürte ich, wie Geist das östliche Flussufer hinaufkletterte und an den nahen stygischen Bestien vorbeirannte, die sie nicht sehen konnten. Ich wartete, um ihr einen Vorsprung zu lassen. Dann wob ich Psi, bildete eine Windrutsche und sprang auf.

Der Wind schleuderte mich nach oben und zum Ostufer des Flusses. Als ich die schäumende Oberfläche des Flusses durchbrach, schnappte ich nach Luft – ein fast automatischer Reflex –, aber anders als bei früheren Malen fiel ich nicht wieder in die Tiefe.

Der Wind trieb mich immer weiter nach oben, und als die gezauberte Rampe endlich zu Ende war, befand ich mich zwei Meter über dem Wasser und meine Flugbahn führte in einem anmutigen Bogen weiter nach oben.

Ich hatte nur Sekunden, um zu handeln.

Mit geschärften Sinnen suchte ich die Gegend ab. Meine Gedankensicht meldete nichts, aber ich zweifelte nicht daran, dass die fliegenden Schlangen, die in den Nebeln über mir kreisten, ihre Sturzflüge bereits begonnen hatten. Oder dass der ebenso unsichtbare Overlord einen Jenseitstropfen vorbereitete. Das Westufer des Flusses war außer Reichweite. Aber am Ostufer spürte ich eine dichte Masse von Bewusstseinsleuchten.

Ich konzentrierte mich auf das am weitesten entfernte und wirkte Schattentransit.

Du hast dich 20 Meter weit teleportiert.

Mit gezückten Klingen tauchte ich in der Realität wieder auf und machte mich bereit zu fliehen. Ich brauchte nur den Bruchteil einer Sekunde, um mich an die plötzliche Veränderung des Geländes zu gewöhnen, dann schlugen meine Füße hart auf dem Boden auf, während ich nach Osten rannte.

Der Stygier, den ich anvisiert hatte, wirbelte herum, um nach mir zu schnappen, aber ich war bereits außerhalb seiner Reichweite. Ich zog mehr Psi herbei und bereitete einen weiteren Zauber vor. Mein Teleport hatte mich nicht aus der versammelten Masse der Land-Stygier herausgebracht – was ich geahnt hatte - und die, die noch vor mir waren, drehten sich um und kamen mir entgegen.

"*Overlord feuert!*" sang Geist von vorne.

"*Verstanden*", antwortete ich grimmig und startete einen weiteren mentalen Timer in meinem Kopf. Wenn meine Flucht perfekt verlief, konnte ich dem herabstürzenden Tropfen entkommen. Aber wenn nicht ...

Darüber brauchst du dir jetzt keine Gedanken zu machen.

Zwei Stygier kamen auf mich zu. Ich wich dem schnappenden Kiefer des ersten aus, sprang über die Krallen des zweiten und landete leichtfüßig hinter der Kreatur. Ohne mich umzudrehen, rannte ich weiter.

Der Abstand zwischen Geist und mir schloss sich schnell, und sie war schon jetzt zu nah. "*Lauf schneller*", keuchte ich.

Eine Gestalt raste von links auf mich zu. Ich ließ mich in eine Rolle fallen, ließ sie vorbeisegeln und kam wieder auf die Füße, ohne zu stolpern. Fünf weitere Bestien näherten sich von vorne, aber mein Zauber war bereit und ich löste ihn ohne zu zögern aus.

Du hast Massenverzauberung gewirkt. Du hast 5 von 5 Zielen für 20 Sekunden verzaubert.

Ich schnitt eine Grimasse. Ich hatte mir den Spruch für die Angreifer aus der Luft aufgespart, die ich jeden Moment erwartete. Aber was geschehen war, war geschehen, und ich würde meine Taktik entsprechend anpassen müssen. Ich bahnte mir einen Weg durch die jetzt zahmen Gestalten vor mir und schickte sie los, um meinen Rücken zu decken.

Der Weg vor mir war fast frei. Nur noch zwei Stygier lagen zwischen mir und dem offenen Weg, und ich könnte sie mit einem einzigen Schattentransit überholen, aber ich tat es nicht. Ich warf einen Blick nach oben.

Komm schon, worauf wartest du noch?

Wie aufs Stichwort schoss eine Masse von Gestalten durch die oberen Ränder meiner Gedankensicht – die erwartete Welle von fliegenden Schlangen. Hoffentlich waren es alle. Aber ich hatte keine Zeit zum Zählen.

Ich schlüpfte aus der Realität heraus ...

Du hast dich zu Geist teleportiert.

... und zwanzig Meter weiter wieder hinein.

Eine Sekunde später erfüllten die empörten Schreie der vereitelten Schlangen die Luft. *Musik in meinen Ohren.* Grinsend stürmte ich an Geist vorbei. Mit all meinen Buffs war ich schneller als sie. Für einen kurzen Moment richtete ich meinen Blick nach innen und richtete unsere Flucht nach meinem mentalen Kompass aus.

Das Portal war jetzt so nah, dass ich es fast schmecken konnte.

"Fünf Sekunden bis zum Aufprall des Tropfens!"

Verdammt, verdammt, und nochmals verdammt.

Wir waren fast am Ziel. Und Windgetragen war noch nicht bereit. Da ich sonst nichts tun konnte, lief ich weiter. Der Boden fiel ab – wir befanden uns auf einer Art Grashügel – und mein Tempo wurde noch schneller.

"Ich sehe es!" rief Geist aus.

"Wie weit?" keuchte ich.

"Nah" sagte sie eifrig.

"Warte nicht auf mich. Wenn der Zauber trifft, läufst du weiter, bis du das Portal erreichst."

"Warum? Wird der Tropfen dir diesmal wehtun?", fragte sie verwirrt.

Mir blieb keine Gelegenheit, es zu erklären.

Eine riesige gelbe Wolke schoss von oben herab und färbte alles krankhaft gelb, bevor sie meine Sicht völlig verdunkelte.

Ein unbekanntes Wesen hat den verschachtelten Zauber <u>Jenseitstropfen</u> auf das Gebiet gewirkt, in dem du dich gerade aufhältst. Das erste Stadium des Zaubers wurde aktiviert und verbreitet <u>giftige Dämpfe</u> über das Zielgebiet.

Warnung: Deine Umgebung wurde mit einer konzentrierten Dosis Jenseits verseucht. Das Gift des Jenseits hat sich auf Klasse 24 erhöht!

Deine Gesundheit, Psi, Ausdauer und dein Mana sinken um 105% pro Minute (reduziert um 4 Klassen aufgrund bestehender Schutzmaßnahmen).

Das Jenseits, das der Overlord abgelassen hatte, war so konzentriert, dass es zu halbfester Schlacke verklumpte. Auch wurde es nicht mehr durch das schnell fließende Wasser des Flusses gefiltert, wie es vorher der Fall gewesen war.

Der diesmal resultierende Effekt hatte es in sich – und war doppelt so verheerend.

Du hast eine Prüfung auf magischen Widerstand nicht bestanden!

Deine Leere-Rüstung hat den Schaden im Jenseits um 10% reduziert. Verbleibende Ladung der Leere-Rüstung: 99%.

Deine Gesundheit ist auf 99% gesunken.

Deine Ausdauer ist auf 81% gesunken.

Dein Psi ist auf 87% gesunken.

Der gelbe Schleim verstopfte meine Nase. Meine Augen brannten, und ich hustete und musste fast würgen, als ich noch mehr von dem elenden Zeug einatmete. Geblendet und verwirrt stolperte ich über meine eignen Füße und rollte den Hügel hinunter.

Du hast eine Prüfung auf magischen Widerstand nicht bestanden! Deine Gesundheit ist auf 98% gesunken.

"Prime!" rief Geist.

"Lauf weiter", stieß ich hervor, während ich den Hang hinunterpolterte. *"In diesem Chaos sehe ich nichts. Warte am Portal und ich teleportiere mich zu dir."*

Du hast eine Prüfung auf magischen Widerstand nicht bestanden! Deine Gesundheit ist auf 96% gesunken.

Doch trotz des schrecklichen Gefühls des Jenseits war ich erleichtert. So lähmend der Zauber des Overlords auch war, er würde mich nicht daran hindern, das Portal zu erreichen. In nur wenigen Sekunden würde ich den Klauen des freischwebenden Jenseits entkommen.

Die schädlichen Dämpfe haben ihre maximale Ausbreitung erreicht. Die erste Phase des Zaubers ist abgeschlossen. Stadium zwei des Zaubers wird freigesetzt.

Ich rollte am Fuße des Hügels zum Stehen, während die Spielwarnung immer noch vor mir aufblinkte.

Ehrlich jetzt? Ich war mir nicht sicher, was mich mehr benommen machte – der Fall den Hügel hinunter oder der Inhalt der Spielnachricht. *Verschachtelte Zauber?* Ich taumelte zurück auf meine Füße und machte einen stolpernden Schritt in die Richtung, in der ich das Portal vermutete. *Was zum Teufel ist das zweite Stadium?*

Die Antwort ließ nicht lange auf sich warten.

Als mein linker Fuß aufsetzte, schoss ein beißender Schmerz mein Bein hinauf.

Du hast eine Prüfung auf magischen Widerstand nicht bestanden! Ein nekrotischer Stachel wurde aktiviert und fügt dir Jenseitsschaden zu.
Verbleibende Ladung der Leere-Rüstung: 89%.
Deine Gesundheit ist auf 90% gesunken.

Autsch! Das tat weh.

Ich beugte mich vor, tastete an der Oberseite meines linken Fußes entlang und berührte etwas langes Scharfes. Es hatte sich so leicht durch meinen Stiefel des Wanderers gebohrt, als ob er nicht existierte. Ich riss das Ding heraus und betrachtete es aus der Nähe. Erst als es nur noch Zentimeter von meinem Gesicht entfernt war, konnte ich erkennen, was es war.

Der Splitter in meiner Hand war etwa fünfzehn Zentimeter lang und bestand aus einer schimmernden Ebenholzsubstanz - demselben Material, das ich während der Spalt-Expedition mit Simones Leuten im Nest der Stygier gefunden hatte.

Warum bin ich nicht überrascht? dachte ich und warf den Splitter weg. Ich warf einen Blick auf den Boden und war mir sicher, dass noch mehr Stacheln auf mich warteten. Dieser eine kleine Stachel hatte mich fünf Prozent meiner Leere-Rüstung und nur etwas weniger Gesundheit gekostet, und ich hatte keine Lust, über noch mehr zu laufen.

"Ich bin hier!" berichtete Geist.

Ich überprüfte meine Gedankensicht, aber der Geisterwolf war außer Reichweite. Das machte aber nichts. Ich wusste, in welche Richtung ich gehen musste. Ich wob Psi und zauberte Windgetragen.

Für eine kurze, glückliche Strecke von zehn Metern flog ich durch die gelben Schwaden des Jenseits, aber als der Zauber zu Ende war, war ich Geist sehen zu können immer noch nicht nähergekommen.

Verdammt, dachte ich und sprang blindlings von der Windrutsche. Mein Sprung trug mich ein paar Meter weiter, woraufhin ich schmachvoll in ein weiteres Trio wartender Scherben krachte.

Nekrotischer Stachel aktiviert. Du hast Jenseitsschaden erlitten.
Nekrotischer Stachel aktiviert. Du hast Jenseitsschaden erlitten.
Nekrotischer Stachel aktiviert. Du hast Jenseitsschaden erlitten.
Verbleibende Ladung der Leere-Rüstung: 70%.
Deine Gesundheit ist auf 74% gesunken.

"Beeil dich", drängte Geist. *"Die Schlangen versammeln sich zum nächsten Sturzflug."*

Noch mehr gute Nachrichten, murrte ich, als ich mich aufrappelte. Ich konnte nicht warten, bis Windgetragen wieder bereit war, und ich nahm immer noch Jenseitsschaden. Daran konnte ich nichts ändern. Ich würde es riskieren müssen, über den mit Magie gedeckten Boden zu laufen. *"Wie weit bin ich von dir entfernt?"*

Geist zögerte. Ich wusste, dass sie nicht gut darin war, Entfernungen einzuschätzen, weil sie das zuvor nie hatte tun müssen. *"Sechzig Meter, vielleicht?"*

Mein Herz sank.

"Ist das zu weit?"

Das war es. Aber das sagte ich ihr nicht. Meine Gedankensicht reichte nur zwanzig Meter weit, so nah musste ich an Geist herankommen, um Schattentransit zu wirken. Das bedeutete, dass ich die restlichen vierzig Meter zu Fuß zurücklegen musste.

Wenn ich springe, kann ich mit jedem Schritt mehr Strecke zurücklegen. Ich zögerte nicht, obwohl ich den Preis kannte. Aus dem Stand sprang ich los.

Mein linker Fuß traf knirschend auf den Boden.

Nekrotischer Stachel aktiviert. Du hast Jenseitsschaden erlitten.

Ich ignorierte den stechenden Schmerz, sprang von meinem verletzten Fuß ab und überbrückte weitere vier Meter.

Nekrotischer Stachel aktiviert. Du hast Jenseitsschaden erlitten.

Ich kam auf meinem rechten Fuß auf und sprang wieder ab. Dann wieder und wieder.

Nekrotischer Stachel aktiviert. Du hast Jenseitsschaden erlitten.
Nekrotischer Stachel aktiviert ...

...

"Komm weiter, Prime! Du bist fast da."

Ich war zu sehr auf meine qualvollen Sprünge konzentriert und reagierte nicht auf Geists Ermutigung, aber es half.

Nekrotischer Stachel aktiviert. Du hast Jenseitsschaden erlitten.
Leeredieb ausgelöst! Du hast den Zauber <u>Nekrotischer Stachel (gestohlen)</u> von einem unbekannten Wesen erlangt und behältst ihn für die nächsten 4 Stunden in Erinnerung.

Nekrotischer Stachel (gestohlen) ist ein Zauber der Klasse 6, der, wenn er von einem Feind ausgelöst wird, 5% der Gesundheit des Ziels entzieht. Der zugefügte Schaden ist magischer Natur und umgeht alle physischen Verteidigungen und Rüstungen. Die Stacheln bleiben 5 Minuten lang manifestiert, bevor sie sich auflösen.

Beachte: Gestohlene Zauber sind Zauber, die bereits mit den Fertigkeiten und Eigenschaften des ursprünglichen Besitzers gecastet wurden. Ihre Macht wird nicht durch deine eigenen Eigenschaften bestimmt, und es gibt keine Voraussetzungen für Attribute oder Fertigkeiten. Es muss jedoch die gleiche Menge an Mana wie der ursprüngliche Besitzer aufgewendet werden, um den Zauber zu wirken.

Selbst die überraschende Spielnachricht tat meiner Konzentration keinen Abbruch und ich sprang weiter und versuchte, zwischen den Sprüngen so viel Abstand wie möglich wettzumachen.

Nekrotischer Stachel aktiviert. Du hast Jenseitsschaden erlitten.
Nekrotischer Stachel aktiviert ...
...
Leere-Rüstung wurde aufgebraucht.
Deine Gesundheit ist auf 32% gesunken.
Deine Ausdauer ist auf 7% gesunken.
Dein Psi ist auf 13% gesunken.

Endlich kam Geists Bewusstseinsleuchten in Sicht – so hell und einladend wie die Sonne. Ich erschauderte fast vor Erleichterung und teleportierte mich noch mitten im Sprung zu ihr.

Du hast dich zu Geist teleportiert.

"Du hast es geschafft!", sang der Geisterwolf.

"Das habe ich nur dir zu verdanken", röchelte ich müde, als ich neben ihr auf den Boden fiel. Die giftigen Dämpfe des Overlords hatten mir viel Energie geraubt, und ich war in mehrfacher Hinsicht ausgelaugt. Ich hievte mich auf die Beine, ignorierte die vielen Ebenholzsplitter in meinen Stiefeln und blickte hinter mich. Durch das gelbe Durcheinander konnte ich jedoch keinen der sich nähernden Stygier ausmachen.

"Zehn Sekunden bis zur Ankunft der fliegenden Schlangen", berichtete Geist.

Ich wandte mich wieder dem Portal zu. Selbst aus der Nähe war der leuchtende Vorhang der Magie durch den Dunst des Jenseits kaum zu erkennen. Ich hatte keine Ahnung, was der Dungeon für Geist und mich bereithielt, aber es konnte nicht schlimmer sein als das, was uns hier erwartete.

"Dann lass uns nicht hier rumhängen, um sie zu begrüßen", schnaufte ich. Ich nahm einen tiefen Atemzug und humpelte in den Dungeon.

Transfer über das Portal beginnt ...
...
...
Verlassen von Sektor 18.240. Der Endlose Dungeon wird betreten.

✽ ✽ ✽

Das Ende.

Hier endet Buch 4 des Großen Spiels.
Michaels Abenteuer werden in **Wolf in der Leere** fortgesetzt.
Hol es dir hier!

Ich hoffe, die Geschichte hat dir gefallen! Wenn ja, hinterlasse bitte eine Rezension und lass andere Leser wissen, was du denkst.
<u>Klicke hier, um eine Bewertung zu hinterlassen.</u>
Viel Spaß beim Lesen!
Tom Elliot.

MICHAEL AM ENDE VON BUCH 4

Spielerprofil: Michael
Stufe: 154. Rang: 15. Aktuelle Gesundheit: 32%.
Ausdauer: 7%. Mana: 0%. Psi: 13%.
Spezies: Mensch. Verbleibende Leben: 2.
Wahre Zeichen (versteckt): Rudel Alpha.
Falsche Zeichen (angezeigt): Geringe Schatten, Geringes Licht, Geringe Dunkelheit.

Aktive Buffs
Schadensreduzierung: Leben: 0%. Tod: 5%. Luft: 40%. Erde: 40%. Feuer: 40%. Wasser: 40%.
Schatten: 5%. Licht: 5%. Dunkelheit: 5%. Jenseits: 20%. Physisch: 54%*.

Zusätzlicher Widerstand (ohne Attribute bestehender Widerstandsfähigkeit): Leben: 0%. Tod: 2,5%. Luft: 20%. Erde: 20%. Feuer: 20%. Wasser: 20%. Schatten: 2,5%. Licht: 2,5%. Dunkelheit: 2,5%. Jenseits: 10%. Physisch: 0%.

Immunitäten: Verstrickungszauber: Zauber der Klasse 2*. Wahrnehmung: Zauber der Klasse 2*.
* kennzeichnet Buffs, die von Gegenständen beeinflusst werden.

Attribute
Verfügbar: 0 Punkte.
Stärke: 21 (13)*. Ausdauer: 27 (19)*. Geschicklichkeit: 79 (55)*. Wahrnehmung: 35 (31)*. Verstand: 75 (71)*. Magie: 31 (21)*. Glaube: 0.
* kennzeichnet Attribute, die von Gegenständen beeinflusst werden.

Klassen
Verfügbar: 2 Punkte.
Primär-Sekundär-Tertiäre Tri-Mischung: Leerestalker (angezeigt). Leeremischung: Leereräuber VI (versteckt).

Eigenschaften
Leere-Erbe (versteckt): +2 Geschicklichkeit, +2 Stärke, +4 Verstand, +4 Wahrnehmung, +6 Magie.
Tiersprache: Kann mit Bestienkin sprechen.
Markiert: kann Geistersignaturen sehen.
Wolfswandler (versteckt): Verbesserte Sinne unter allen Bedingungen.
Auserwählter Nachkomme (versteckt): an das Haus Wolf gebunden.
Unergründlicher Geist: +8 Geist.
Geheimes Blut (versteckt): verbirgt die Blutlinie.
Mentaler Fokus IV: Erhöht die Effektivität geistiger Fertigkeiten um 40%.

Angehender Entdecker: Alle Schlüsselpunkte in neu entdeckten Sektoren werden aufgezeichnet.
Arktischer Wolf (versteckt): +5 Ausdauer, +2 Verstand, +3 Stärke.
Zauberanalphabet: Kann keine auf Mana basierenden Zauber wirken.
Zaubertrankresistenz II: Die Effektivität von Tränken ist um 2 Ränge reduziert.

Fertigkeiten

Verfügbare Fertigkeitsslots: 0.
Ausweichen (aktuell: 125, maximal: 550, Geschicklichkeit, Grundlegend).
Schleichen (aktuell: 127. max: 550. Geschicklichkeit, Grundlegend).
Kurzschwerter (aktuell: 139. max: 550. Geschicklichkeit, Grundlegend).
Kampf mit zwei Waffen (aktuell: 121. max: 550. Geschicklichkeit, Fortgeschritten).
Leichte Rüstung (aktuell: 126. max: 190. Ausdauer, Grundlegend).
Diebstahl (aktuell: 102. max: 550. Geschicklichkeit, Grundlegend).
Chi (aktuell: 124. max: 710. Verstand, Fortgeschritten).
Meditation (aktuell: 143. max: 710. Verstand, Grundlegend).
Telekinese (aktuell: 127. max: 710. Verstand, Fortgeschritten).
Telepathie (aktuell: 116. max: 710. Verstand, Fortgeschritten).
Einsicht (aktuell: 147. max: 310. Wahrnehmung, Grundlegend).
Täuschung (aktuell: 111. max: 310. Wahrnehmung, Meister).
Kanalisieren (aktuell: 101. max: 210. Magie, Grundlegend).
Elementarabsorption (aktuell: 81. max: 210. Magie, Meister).
Nullkraft (aktuell: 15. max: 210. Magie, Meister).
Null Leben (aktuell: 4. max: 210. Magie, Meister).
Null Tod (aktuell: 11. max: 210. Magie, Meister).
Jenseitsabsorption (aktuell: 48. max: 210. Magie, Meister).

Fähigkeiten

<u>Verwendete Fähigkeitsslots - Ausdauer: 10 / 19.</u>
Lastmanipulation (10 Ausdauer, Experte, Leichte Rüstung).

<u>Verwendete Fähigkeitsslots - Geschicklichkeit: 41 / 55.</u>
Verkrüppelnder Schlag (Geschicklichkeit, Grundlegend, Kurzschwerter).
Geringer Durchdringender Schlag (5 Geschicklichkeit, Fortgeschritten, Kurzschwert).
Verbesserter Rückenstich (10 Geschicklichkeit, Experte, Schleichen).
Verbesserte Fallenentschärfung (5 Geschicklichkeit, Fortgeschritten, Diebstahl).
Überlegenes Schlossknacken (5 Geschicklichkeit, Fortgeschritten, Diebstahl).
Überlegenes Fallenstellen (10 Geschicklichkeit, Experte, Diebstahl).
Wirbelwind (5 Geschicklichkeit, Fortgeschritten, Kampf mit zwei Waffen).

<u>Verwendete Fähigkeitsslots - Verstand: 57 / 71.</u>
Überlegene Massenverzauberung (10 Verstand, Experte, Telepathie).
Betäubender Schlag (Verstand, Grundlegend, Chi).

Windgetragen (10 Verstand, Experte, Telekinese).
Erhöhte Reflexe (10 Verstand, Experte, Chi).
Zwillings-Astralklingen (5 Verstand, Fortgeschritten, Telepathie).
Langer Schattentransit (10 Verstand, Experte, Telekinese).
Schnelle Genesung (10 Verstand, Fortgeschritten, Chi).
Einfacher Geistesschild (Verstand, Grundlegend, Meditation).

Verwendete Fähigkeitsslots -Wahrnehmung: 31 / 31.
Verbesserte Analysieren (5 Wahrnehmung, Fortgeschritten, Einsicht).
Verbesserte Fallenerkennung (5 Wahrnehmung, Fortgeschritten, Diebstahl).
Kleine Waffe Verstecken (Wahrnehmung, Grundlegend, Täuschung).
Überlegene Gesichtsverschleierung (10 Wahrnehmung, Experte, Täuschung).
Überlegenes Ventro (5 Wahrnehmung, Fortgeschritten, Täuschung).
Geringere Imitation (5 Wahrnehmung, Fortgeschritten, Täuschung).

Andere Fähigkeiten:
Verbesserte Slayeraura (versteckt) (Klasse, Fortgeschritten, Telepathie).
Grundlegender Leeredieb (versteckt) (Klasse, Grundlegend, beliebige Leere-Fertigkeit und Telepathie).

Bekannte Schlüsselpunkte
Dungeon Sektor 14.913 (Dungeon der Anwärter) Ausgangsportal und Sichere Zone.
Königreich Sektor 12.560 (Tal der Wölfe) Jenseitsportal und Sichere Zone.
Königreich Sektor 1 (Nexus) Sichere Zone.
Dungeon Sektor 101 (Sengende Dünen) Ausgangsportal und sichere Zone.
Dungeon Sektoren 102, 103 und 104 (Spukende Katakomben) Ausgangsportale und Sichere Zonen.
Dungeon Sektoren 105, 106, 107, 108 und 109 (Wächterturm) Ausgangsportale.
Königreich Sektor 18.240 Jenseits Portal 1 (Wächterturm) und Jenseits Portal 2 (Dravens Reach).

Ausstattung
Waffen
Stygisches Kurzschwert, +3.
Ebenherz (+30% Schaden).

Rüstung & Kleidung
Ausrüstung des Jägers (+40% Schadensreduktion, +4 Ränge Schleichen).
Gürtel des Bombenlegers (5 x Säurebomben, 5 x Rauchbomben, 5 x Eisbomben und 5 x Feuerbomben).
Gürtel des Chamäleons (11 x Rang 4 Jenseits-Schutzkristalle, 11 x Rang 4 Seuchenschutzkristalle, 10 Duft-Tarnkristalle, 5 x Kristalle zur mentalen Verschleierung, 4 x Rang 6 Seuchenschutzkristalle, 2 x Rang 5 Gift-Schutzkristalle, 2 x Rang 4 Kraftverstärkungskristalle, 1 x Rang 4

Geschicklichkeitsverstärkungskristalle und 3 x Rang 4 Magieverstärkungskristalle).
Stiefel des Wanderers (legendärer Gegenstand, +8 Geschicklichkeit, lautloses Bewegen).
Handschuhe des Wanderers (legendärer Gegenstand, +8 Geschicklichkeit, Hände immun gegen gefährliche Substanzen).
Umhang des Magisters (legendärer Gegenstand, +4 Magie, +8% physische Schadensreduktion).

Ringe & Zubehör
Ring des Adepten (+6 Magie).
Ring des Goliaths (+8 Stärke).
Ring des Akrobaten (+8 Geschicklichkeit).
Band des Scharfschützen (+4 Wahrnehmung).
Heiliger Stein (+8 Ausdauer).
Ring des Gelehrten (+4 Verstand).
Talisman des Trolls Armband (+6% Schadensreduktion).
Geschenk der Ungebundenen Ring (Immunität gegen Verstrickungszauber der Klassen 1 und 2).
Ring der Stille (Immunität gegen Verstandszauber der Klassen 1 und 2).
Ätherstein-Armband (2 / 5 Speicherplätze, 0 Steine aufgeladen).
Einfaches Zaubertrankarmband (3 / 3 volle Heiltränke).
Armband des Fallensteller-Veteranen (198 / 200 Fallensteller-Kristalle).

Anderes
Rucksack, Kleine Tasche des Haltens (50 Slots), **Große Tasche des Haltens** (200 Slots), **Alchemiestein des Jägers**.

Rucksackinhalt
Geld: 73 Gold, 5 Silber und 3 Kupfer.
20 x Feldrationen.
2 x Wasserflasche.
2 x Eisendolche.
1 x Schlafsack.
Kopfgeld-Autorisierungsschreiben.
1 x Seil.
Besitzurkunde der Taverne.
Spielmarke von Tartar.
2 x volle Manatränke.
3 x große Manatränke.
2 x kleinere Manatränke.
Spielmarke von Viviane.
Kesh Emporium Zugangskarte.
Katzenkrallen.
Brille der Wachzaubererkennung (Erkennen von Wachzaubern der Klasse 4).
KGJ-Ausweis (Juniormitglied, 1 / 10 aktive Jobs).
Einfache Karte von Nexus.

1 x Rang 6 Seuchenheiltrank.
Stab der Kommune.
Fähigkeitsbände Überlegene Analyse, Verbesserte Fallenerkennung,.
Verzaubertes Lederrüstungsset (+20% Schadensreduzierung, -35% Geschicklichkeit und Magie).
10 x Säurebomben, 14 x Rauchbomben, 10 x Eisbomben und 10 x Feuerbomben.
Gürtel für Tränke (2 x Rang 4 Gift heilen, 1 mittlere Heilung, 2 volle Heilung, 2 volle Manatränke, 3 große Manatränke).
Treue Klinge (+40% Schaden).

Beute
Keine.

Inhalt Alchemiestein
Keine.

Bank Inhalt
Geld: 1.655 Gold, 0 Silber und 0 Kupfer.
2 x volle Heiltränke.
2 x volle Manatränke.

Geld der Taverne: 9.850 Gold, 0 Silber und 0 Kupfer.

Offene Aufgaben
Finde den letzten Wolfsgesandten (versteckt) (finde Ceruvax).
Raub im Dunkeln (stiehl den Kelch der Macht Paya).
Stille Brüder (finde heraus, was mit den Wächtern passiert ist).
Perverse Prüfung (beende den Missbrauch der Kampfprüfung durch das Triumvirat).
Friedensvermittlung (Schaffen innerhalb von 4 Monaten Frieden im Sektor 12.560).
Verpflichtungen der Bruderschaft (Melde dich nach 4 Monaten bei der Jagdmeisterin Kartara zum Dienst bereit).

Bücher des Autors

Von Tom Elliot

Das Große Spiel (Link zur Reihe)
Buch 1: Das Große Spiel: ebook | hörbuch
Buch 2: Weg des Wolfes: ebook | hörbuch
Buch 3: Welt Nexus: ebook | hörbuch
Buch 4: Haus Wolf: ebook | hörbuch
Buch 5: Wolf in der Leere: ebook | hörbuch (kommt bald!)
Buch 6: Die Pflicht eines Nachkommen: ebook | hörbuch (kommt bald!)
Buch 7: Uralte Schuld: ebook | hörbuch (kommt bald!)
Buch 8: Rettung des Verlorenen: ebook (kommt bald!)

The Grand Game Box Set (Link zur Reihe) (Auf Englisch)
Buch 1-3: Birth of a Player: ebook.
Buch 4-6: Rise of the Elite: ebook

The Grand Game, Elana (Link zur Reihe) (Auf Englisch)
Buch 1: Empyrean's Rise: ebook
Buch 2: Empyrean's Flight: ebook

Annals of the Runeguard (Link zur Reihe) (Auf Englisch)
Buch 1: Proving Grounds: ebook

Von Rohan M. Vider

The Dragon Mage Saga (Link zur Reihe) (Auf Englisch)
Buch 1: Overworld: ebook | audiobook
Buch 2: Dungeons: ebook | audiobook

The Gods' Game (Link zur Reihe) (Auf Englisch)
Crota, the Gods' Game Volume I
The Labyrinth, the Gods' Game Volume II
Sovereign Rising, the Gods' Game Volume III
Sovereign, the Gods' Game, Volume IV
Sovereign's Choice, the Gods' Game Volume V

Tales from the Gods' Game (Auf Englisch)
Dungeon Dive (Tales from the Gods' Game, Book 1)

Nachwort

Danke, dass du das Große Spiel gelesen hast!

Wenn dir das Buch gefallen hat, hinterlasse bitte eine Rezension auf amazon [hier klicken]. Ich arbeite bereits an Michaels nächstem Abenteuer.

Wenn du Fragen oder Kommentare hast oder mich beim Schreiben unterstützen möchtest, kannst du mich gerne über meine Website, TomLitRPG.com oder Discord kontaktieren.

Wenn du mehr über die Welt des Reichs der Ewigkeit erfahren möchtest, das System des Großen Spiels besser verstehen willst oder einfach nur Neuigkeiten über das Große Spiel erfahren willst, besuche meine Website TomLitRPG.com oder melde dich für meinen Newsletter an.

Grüße,
Tom
Unterstütze mich auf **PATREON**
Amazon Autorenseite | Goodreads | Facebook | Reddit | Discord |

Definitionen

Abgesandter: Ein vertrauenswürdiger Vertreter einer Macht, der befugt ist, in ihrem Namen zu handeln.

Abgeschworen: ein Geschworener, der seine Macht verraten hat.

Abkommen: Altes Abkommen zwischen neuen Mächten, das die Kontrolle über Nexus an das Triumvirat abgibt.

Adjutant: Kontrolleur und Schiedsrichter des Großen Spiels.

Ahne: Alte Macht.

Alchemiestein: Ein Gerät, das zur Aufbewahrung alchemistischer Komponenten verwendet wird.

Anhänger: Ein Spieler, der sich verbindlich einer Kraft oder Macht verschrieben hat.

Aufsteigender Untoter: Der Begriff, den der Adjutant für Stayne verwendet hat, Bedeutung unbekannt.

Auserwählter Nachkomme: Ein Nachkomme, der sich an eine Blutlinie gebunden hat.

Bewusstseinsleuchten: Die sichtbare Signatur eines Geistes, die mit Gedankensicht gesehen wird.

Bi-Mischung: Eine Kombination aus zwei verschmolzenen Klassen.

Bluterinnerungen: Geschenke von deinen Vorfahren, die die Macht der Ahnen selbst enthalten.

Bluterweckung: Der Prozess des Abrufens von Bluterinnerungen.

Blutinfusion: Die Aufnahme der Essenzen früherer Nachkommen.

Blutlinie: Bezug zu den Ahnen, von denen der Spieler abstammt.

Das Reale: Die physische Realität.

Dunkelheit: Eine der drei Kräfte.

Ebenklingen: Seelengebundene Waffen aus dem Zwielichtdungeon.

Elite: Ein Spieler der Klasse fünf, sprich jemand, der über Stufe zweihundert ist.

Endloser Dungeon: Ein Abschnitt der Sphäre des Jenseits, in dem Dungeon-Mechanismen aktiv sind.

Evolution: Die Weiterentwicklung der Kerneigenschaften eines Spielers.

Ewiges Königreich: Die Welt der Sphäre des Jenseits und des Königreichs.

Fallensteller-Kristall: Kristall im Armband des Fallenstellers. Kann als verschiedene Fallenkomponenten manifestiert werden.

Gemischte Klasse: Eine kombinierte Klasse.

Geschlossener Sektor: Eine Landmasse, die physisch an keine andere grenzt, sodass das Gebiet nur durch ein Portal zugänglich ist.

Geschworene der Dunkelheit: Spieler, die sich der Dunkelheit verschrieben haben und das eigene Ich über das Kollektiv stellen.

Geschworene: Geschworene Diener. Ein Geschworener ist ein Anhänger einer Macht, der sein bindendes Zeichen ausreichend vertieft hat.

Gestohlener Zauber: Ein Zauber, der von jemand anderem gestohlen wurde und mit dessen Fertigkeiten und Eigenschaften gewirkt wird.

Haus der Ahnen: Eine Gruppe von Anhängern, die einem Prime verpflichtet sind.

Haus: Haus der Ahnen.

Klasse: Ein festgelegter Weg oder eine Berufung, die einem Spieler Zugang zu bestimmten Fertigkeiten gibt.

Klasseneigene Fertigkeit: Eine Fertigkeit, die es nur in einer Klasse gibt und die nur durch einen Klassenstein erworben werden kann.

Klassenentwicklung: Der Aufstieg einer Klasse, in der Regel zu einer höherwertigen Klasse aufgrund bestimmter Eigenschaften, Fertigkeiten oder Zeichen, die der Spieler erworben hat.

Königreiche: Die Sektoren, die sich im Äther befinden.

Kontrollierter Sektor: Ein Sektor, der einer Fraktion gehört. Der Besitz eines Sektors gibt den Spielern der Fraktion mehr Privilegien in der Region.

Kraft: Licht, Dunkelheit, Schatten. Die Bausteine des Kosmos und Energie in ihrer rohesten Form.

Leere-Klasse: eine seltene Untergruppe von Klassen, die sich auf Schadensreduzierung spezialisiert haben.

Leere: Ein informeller Begriff für Spieler, die eine Leere-Klasse besitzen.

Ley-Linie: Magische Fäden, die die Jenseitssektoren verbinden.

Licht: Eine der drei Kräfte.

Lichtgeschworene: Spieler, die sich für die Sache der vielen einsetzen, auch wenn es zum eigenen Nachteil ist.

Lykaner: Werwolf.

Macht: Ein evolvierter Spieler.

Nachkomme: Jemand, der das Blut eines Ahnens in sich trägt.

Nachkommen-Fähigkeiten: die Fähigkeiten, die Michael während der Wolfsprüfungen erworben hat: Astralklinge, Chi-Heilung, Geistesschild, Schattentransit.

Neue Macht: Eine der Mächte, die den Ahnen entrissen wurde.

Neutraler Sektor: Ein Sektor, der keiner Fraktion oder Macht gehört und nicht von ihnen beansprucht wird.

Pakt: Ein verbindlicher Vertrag zwischen einer Macht und einem Spieler, der vom Adjutanten überwacht wird.

Plünderer: Ein Spieler, der Leichen plündert, die nicht seine eigenen sind.
Prime Konklave: Eine von Kolath erwähnte Versammlung von Primes.
Prime: Oberhaupt einer alten Blutlinie. Ein Ahne.
Prüfungen der Ahnen: Prüfungen, die von den Primes für ihre Nachfolger geschaffen wurden.
Schwurbrecher: jemand, der einen Pakt gebrochen hat.
Seelengebunden: Ein Gegenstand, der nach dem Tod beim Spieler bleibt.
Spalt: Instabiles Portal aus dem Jenseits. Ley-Linie, die durch stygische Samen geschaffen wurde.
Sphäre des Jenseits: Die Sektoren des Jenseits.
Spiel: Bezieht sich auf das Große Spiel.
Suchzauber: Ein Zauber, der Freund und Feind unterscheidet.
Sumpfbewohner: Geheimnisvolle Bewohner des Salzsumpfviertels.
Torwächter: Bewahrer der alten Überlieferungen, Hüter der Prüfungen der Ahnen.
Tri-Mischung: Eine Kombination aus drei verschmolzenen Klassen.
Upgrade-Edelstein: Ein Spielgegenstand, mit dem du eine Fähigkeit um eine Klasse verbessern kannst.
Verschachtelter Zauber: Ein mehrstufiger Zauber, der aus zwei oder mehr Einzelzaubern besteht.
Verschmelzung: Der Prozess, bei dem mehrere Klassen zu einer zusammengefasst werden.
Wer-Eigenschaft: Eine Eigenschaft, die alle Wer-Spieler tragen und die ihre Fähigkeit zur Gestaltveränderung antreibt.
Wer: Kurzform für Werwölfe und andere Wer-Spieler.
Windrutsche: Eine Rampe aus Luft, die durch den Zauber Windgetragen gebildet wurde.
Wolfkin: Wesen wölfischer Natur.
Wolfsprüfungen: Uralte Prüfungen, die vom Wolf Prime erstellt wurden.
Zivilist: Ein Spieler ohne Klasse oder Kampffähigkeiten. Zivilisten haben keine Spielerstufe.

Hauptcharaktere & Fraktionen

Fraktionen

Achse des Bösen: Eine Allianz der Dunklen Fraktionen.
Albion Bank: Die größte ungebundene Bank im Ewigen Königreich.
Dämmerungsbrigade: Die kontrollierende Kraft im Lichtviertel.
Erwachte Tote: Eine Dunkle Fraktion.
Gottesanbeter: Eine Dunkle Fraktion von Assassinen.
Graue Wache: Die kontrollierende Kraft im Schattenviertel.
Marodeure: Kleine Schattenfraktion.
Rat der Einheit: Das Führungsgremium des Lichts, das sich aus allen dem Licht angehörenden Mächten zusammensetzt.
Schattenkoalition: Ein Machtblock der Schatten, der sich aus gleichgesinnten Schattenmächten zusammensetzt.
Schwarze Garde: Die kontrollierende Kraft im Dunklen Viertel.
Tartan: Die Fraktion von Tartar, dem Gottkaiser.
Tartanerlegion: Die militärischen Kräfte von Tartar.
Triumvirat: Eine einzigartige Fraktion, bestehend aus Licht, Dunkelheit und Schatten, die den Nexus kontrolliert.

Wächter

Kolath: mysteriöses Konstrukt im Wächterturm.

Gilden und Nicht-Fraktionen

Informationsmakler: Eine gnomische Organisation im Pestviertel.
Kesh Emporium: Handelsunternehmen im Besitz von Kesh.
Kopfgeldjägergilde (KGJ): Hauptsitz im Pestviertel, Söldner.
Stygische Bruderschaft: Hat ihr Hauptquartier im Pestviertel und ist Experte für alles, was im Jenseits passiert.

Haus Wolf

Atiras: Toter Wolf Prime.
Ceruvax: Letzter Abgesandter.

Nicht-Spieler

Arden: Gnomischer Informationsmakler.

Cyren: Gnomischer Meister-Informationsmakler.

Spieler

Anriq: Werwolf-Verbrecher.
Augen: Der Türsteher des KGJ-Hauptquartiers, Spezies unbekannt.
Barac: Kreuzritter, männlicher Zentaur.
Beorin: Senior KGJ-Mitglied, Zwerg.
Bornholm: Michaels Begleiter aus Erebus' Dungeon, Zwerg.
Cara: Deckname, den Michael der Agentin von Kesh im Pestviertel gegeben hat.
Dathe: Unbekannter Werwolfspieler.
Devlin: Vivianes Wache, unbekannte Wassertierart.
Ent: Wache vor dem Emporium, Waffenmeister, Riese.
Genmark: Stationsarchitekt, männlicher Gnom.
Gintalush: Gottesanbeter, Insektoider.
Hannah: KGJ-Kundenbetreuerin, weiblich.
Jasiah: Duellant, männlicher Mensch.
Kartara: Jagdmeisterin im Kapitelsaal der Stygischen Bruderschaft.
Kesh: Meisterhändlerin, Besitzerin des Emporiums, weiblicher Mensch.
Lake: Wache vor dem Emporium, Berserker, Riese.
Michael: Protagonist.
Mondschatten: Luftmagier, männlicher Elf.
Morin: Michaels Gefährtin aus Erebus' Dungeon, die bemalte Frau.
Orlon: Ritterkapitän des Triumvirats im Pestviertel, Mensch.
Pitor: Krieger von Rang 15, Kalin-Geschworener, Mensch, Marodeur-Unterchef.
Richter: Wachtmeister in der Zitadelle des Triumvirats, menschlicher Zivilist.
Saya: Alchemistenlehrling, Tavernenwirtin im Tal der Wölfe, Gnom.
Shael: Roter Minnesänger, Halbelf.
Simone: Scharfschützin, Halbelfe.
Stayne: Erebus' Gefolgsmann.
Steinbart: Kapitän des Triumvirats, Zwerg.
Talon: Der Hauptmann, der Gesandte von Tartar.
Tantor: Michaels Begleiter aus dem Dungeon von Erebus, ein männlicher Hochelf.
Teg: Michaels Eskorte in der Zitadelle, menschlich.
Terence: Menschlicher Kämpfer, Rang 2, Schwertkämpfer.

Teresa: Menschliche Kämpferin, Rang 2, Klingengeweihte.
Tevin: Marodeur-Ritter.
Toff: Spieler vor den Spukenden Katakomben, Oger
Trexton: Kräutersammler in der Zitadelle des Triumvirats, Simones Kontaktperson, Dunkelelf.
Trion: Heiliger Ritter des Triumvirats, Geschworener von Herat, Mensch.
Wengulax: Gottesanbeter-Assassine, Klingentänzer, Mensch.
Wilsh: Hauptmann der Schwarzen Garde, Mensch.
Yzark: Marodeur-Boss.

Mächte

Arinna: Macht des Lichts.
Artem: Macht der Schatten. Göttin der Natur.
Erebus: Dunkle Macht, Anführer der Fraktion der Erwachten Toten.
Herat: Macht des Lichts, Mitglied des Triumvirats.
Ishita: Spinnengöttin, Dunkle Macht, Mitglied der Erwachten Toten.
Kalin: Geringe Schattenmacht, Fraktionsvorsitzender der Marodeure.
Loken: Macht der Schatten.
Menaq: Dunkle Macht, Anführer der Gottesanbeter-Fraktion.
Muriel: Macht des Lichts, fechtet das Wolfs Tal an.
Mydas: Schattenmacht, Mitglied des Triumvirats.
Paya: Dunkle Macht, Juniormitglied des Rates der Erwachten Toten.
Rampel: Dunkle Macht, Mitglied des Triumvirats.
Tartar: Dunkle Macht, auch bekannt als der Gottkaiser.
Viviane: Der Macht gehört die Albion Bank.

Wolfkin

Aira: Schattenwolfmutter.
Barak: Schattenwolfältester.
Cantur: halbverrückter Wolf.
Duggar: Schattenwolf Alpha.
Leta: Schattenwolfälteste.
Monac: Schattenwolfältester und ehemaliger Alpha.
Mondstalker: Oursks Welpe.
Oursk: Schattenwolfvater.
Schattenzahn: Oursks Welpe.
Schnee: Arktischer Wolfsrudel Alpha.
Stern: Schnees Gefährtin.

Sturmfinster: Oursks Welpe.
Sulan: Schattenwolfheilerin.
Suva: Schattenwolfälteste.

Standorte

Büro der Informationsmakler: Im Pestviertel.
Das Schläfrige Gasthaus: Michaels Taverne, auch bekannt als Wyverns Rast
Dunkles Viertel: Ostseite von Nexus.
Freuden des Wanderers: Hotel in der sicheren Zone.
Globale Auktion: Auktion in der sicheren Zone.
Hauptquartier der Kopfgeldjägergilde: Im Pestviertel.
Kesh Emporium: Handelshaus in der sicheren Zone.
Lichtviertel: Westseite von Nexus.
Marktplatz: Marktplatz der die Globale Auktion haust.
Pestviertel: Südliche Seite von Nexus.
Salzsumpf: Gebiet im Südosten des Pestviertels.
Schattenburg: Zentrale Burg im Schattenviertel.
Schattenviertel: Nordseite von Nexus.
Sengende Dünen: Öffentlicher Dungeon.
Spukende Katakomben: Öffentlicher Dungeon.
Südlicher Außenposten: Taverne im Pestviertel.
Wächterturm: Öffentlicher Dungeon.

Printed in Great Britain
by Amazon